Verena Reinhardt
Der Hummelreiter Friedrich Löwenmaul

Der Roman *Der Hummelreiter Friedrich Löwenmaul* wurde für den Deutschen Jugendliteraturpreis nominiert.

Verena Reinhardt

Der Hummelreiter
Friedrich Löwenmaul

Roman

von BELTZ & Gelberg

Dieses Buch ist erhältlich als:
ISBN 978-3-407-74855-3 Print
ISBN 978-3-407-74643-6 E-Book (EPUB)

© 2019 Gulliver
in der Verlagsgruppe Beltz · Weinheim Basel
Werderstraße 10, 69469 Weinheim
Alle Rechte vorbehalten
© 2016 Beltz & Gelberg
Lektorat: Eva-Maria Kulka
Neue Rechtschreibung
Einbandgestaltung, Bildtafeln und Vignetten:
Eva Schöffmann-Davidov
Druck und Bindung: Beltz Grafische Betriebe,
Bad Langensalza
Printed in Germany
1 2 3 4 5   23 22 21 20 19

Weitere Informationen zu unseren Autor_innen und Titeln
finden Sie unter: www.beltz.de

Inhalt

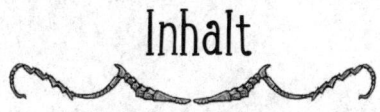

Erster Teil
Die goldene Hummel 9
In Hammelkopf 35
Friedrich und Brumsel sabotieren eine Verschwörung 68
Die Grüne Grotte 95
Hammerschlag 130

Zweiter Teil
Der Verrat 165
Flucht nach Nordwärts 196
Valmü 219
Drei Eulen, drei Raupen und eine Entdeckung 240
Zweimal gefangen 271
Der Kopfstehende Kriegsrat 320

Dritter Teil
Clupeus' Ende 361
Die kuriosen Kreaturen 393
Seidener Faden No 4 419
Blind vor Liebe 442
Unter Tage 466
Heldenkodex, Paragraph 4, Absatz 2 489

1. Kapitel
Die goldene Hummel

Friedrich Löwenmaul stammte aus einer langen, ruhmreichen Ahnenreihe von Hummelreitern. Er selbst war leider das schwarze Schaf der Familie. Er konnte keine Hummeln reiten. Er konnte sie nicht einmal leiden. Als eines Abends eine dicke Hummel mit lautem Brummen auf seinem Balkon landete und seine Balkonblumen auszusaugen begann, erschreckte sich Friedrich deshalb ziemlich.

»Kscht«, rief er und wedelte mit den Händen, »verschwinde! Kscht!«

Aber die Hummel ließ sich gar nicht stören und saugte weiter.

»Wie kriege ich dich denn jetzt hier weg?«, überlegte Friedrich laut. Das Tier war ein gutes Stück größer als er selbst und hatte überhaupt keine Angst vor ihm. (Man muss wissen, dass Friedrich sehr, sehr klein war – das ist ja praktisch eine Voraussetzung, wenn man Hummeln reiten will. Und in seinem Fall auch, wenn man sie nicht reiten will.)

Friedrich musterte also die Hummel und dachte nach. Und je länger er sie anschaute, desto sicherer war er, dass sie keine gelben Streifen hatte – sie hatte goldene. Friedrich kniff sich, um zu sehen, ob er träumte. Aber alles blieb wie vorher und die Hummel war immer noch da und immer noch golden. So etwas hatte er noch nie gesehen.

Und dann hob die Hummel den Kopf und sagte mit einer tiefen Stimme: »Bist du immer so unhöflich, wenn du Besuch hast?«

Friedrich machte einen Satz rückwärts und fiel fast um.

»Du bist Friedrich Johann Löwenmaul, oder?«, hakte die Hummel nach.

Friedrich nickte. Er war sprachlos. Das musste ein Theatertrick sein. Woher kam die Stimme? Es war doch nicht möglich, dass eine Hummel sprechen konnte!

»Das einzig lebende Mitglied der berühmten Hummelreiter-Familie Löwenmaul, nicht wahr?«, fuhr die Hummel fort.

Friedrich nickte wieder. Seine Gedanken ratterten. Ob das vielleicht jemand in einem Hummelkostüm war, der ihm einen Streich spielen wollte? Aber die Hummel sah ziemlich echt aus. Und jetzt summte sie mit den Flügeln, als würde sie ihre Flugmuskeln aufwärmen. Nein, das war kein Kostüm, bestimmt nicht!

»Ich ...« Friedrich räusperte sich. Er war zwar kein ausgesprochener Hummelfreund, aber wann bekam man schon einmal die Gelegenheit, sich mit einem sprechenden Tier zu unterhalten? »Ich bin kein Hummelreiter. Alle anderen in meiner Familie waren welche, ja. Aber ich nicht.« Und das stimmte auch. Von Friedrichs Großvater väterlicherseits standen noch dreiundzwanzig Turnierpokale im Schrank, die Friedrich – widerwillig, aber pflichtbewusst – jeden Samstag abstaubte. Seine Urgroßmutter auf der mütterlichen Seite war eine Hummelzüchterin gewesen, deren Stall zahllose berühmte Hochgeschwindigkeitshummeln hervorgebracht hatte. Sein Onkel hatte landesweites Aufsehen erregt, als er mitten im Rennen von seiner Hummel abgeworfen wurde und seinen Sturz in einen Rückwärts-Dreifach-Salto umwandelte – eine unvergleichlich elegante Lösung, die ihn aber leider nicht davor bewahrte, sich beim Landen das Genick zu brechen.

»Hm. Hm-hm.« Die Hummel wiegte den Kopf. »Und willst du ein Hummelreiter werden?«

»Wie meinst du das denn?«, fragte Friedrich misstrauisch.

Sein Besucher grinste. »Na, du weißt doch, wie man ein Hummelreiter wird, oder? Man zähmt eine wilde Hummel, indem man sich auf ihren Rücken setzt und so lange oben bleibt, bis sie erschöpft ist und aufgibt. Dann folgt sie ihrem Reiter überallhin. Und man bekommt eine Urkunde.«

»Ja, das weiß ich natürlich«, sagte Friedrich. »Aber eigentlich will ich das nicht.«

»Wirklich nicht?« Die Hummel legte den Kopf schief.

Und da musste Friedrich zugeben, dass er vielleicht doch ganz gerne ein Hummelreiter sein wollte. Sein Vater hatte ihn zum ersten Mal auf eine Hummel gesetzt, als er noch sehr klein gewesen war. Friedrich hatte vor Angst gejammert und wild gezappelt und da wurde das Tier unleidlich. Seitdem hatte Friedrich nie wieder versucht, eine Hummel zu besteigen. Und wenn ihn die Verwandten etwas überheblich gefragt hatten, wo es denn mit seinem Leben einmal hingehen solle, hatte er immer geantwortet: »So weit weg wie möglich von Hummeln!« Aber insgeheim nagte diese Unzulänglichkeit an ihm wie eine Wühlmaus an einer Baumwurzel. Nachts lag er oft wach, wälzte sich herum und fragte sich, was er unternehmen könnte, um sich seiner

Familie als würdig zu erweisen. Könnte er vielleicht ein berühmter Erfinder werden? Oder ein Dichter? Oder ein Sänger? Nein, ausgeschlossen. In seiner Familie war nichts so hoch angesehen wie das Hummelreiten. Und nichts anderes würde genügen.

»*Vielleicht*«, betonte Friedrich deshalb vorsichtig. »*Vielleicht* will ich auch ein Hummelreiter werden. Warum fragst du?«

»Du könntest mich zähmen«, schlug die Hummel vor. »Das geht ganz leicht. Ich bin sanftmütig und freundlich.«

Friedrichs Puls beschleunigte sich. Eine sprechende, goldene Hummel! Das musste ein Zeichen sein. Das war *seine* Hummel. Die Hummel, die er bezwingen würde. Niemand würde je wieder über ihn lachen, wenn er eine sprechende, goldene Hummel sein Eigen nennen konnte! Aber … ach, das war einfach zu schön, um wahr zu sein.

»Da muss doch ein Haken an der Sache sein«, sagte er. »Warum bietest du mir das denn sonst so an?«

»Weil ich dann sagen kann, dass ich von einem echten Löwenmaul gezähmt worden bin. Das klingt gut, oder?«

»Na ja«, sagte Friedrich schwach.

»Also komm. Dauert nur eine halbe Stunde. Ich bin ganz leicht zu zähmen. Ehrlich. Steig auf.«

»Ich hab schon das Nachthemd an.«

Die Hummel rollte mit den Augen. »Als dein Großvater mütterlicherseits das große Posthummel-Rennen anno 1740 gewonnen hat, da hatte er nur eine Badehose an, und die war voller Hagebuttenpulver.«

»Woher weißt du das alles?«, wunderte sich Friedrich.

»Ich bin eben ein großer Bewunderer des Reitsports. Steig auf«, sagte die Hummel, und diesmal gehorchte Friedrich – wenn auch sehr vorsichtig.

Aber eigentlich war es gar nicht so schlimm. Der Hummelpelz war weich und man konnte sich gut festhalten.

»Ich heiße übrigens Brumsel. Hieronymus Brumsel«, sagte die Hummel und zitterte mit den Flügeln. Dann hob sie ab und kreiste langsam in den Nachthimmel hinauf. Jetzt fiel Friedrich wieder ein, dass er Höhenangst hatte. Er kniff die Augen zu und versuchte, nur daran zu denken, wie ihn alle für diese goldene Hummel bewundern würden.

Brumsel langte in eine Tasche, die vor seinen Bauch geschnallt war, und reichte Friedrich eine Fliegerkappe und eine Schutzbrille. »Da, zieh das an!«

»Wieso?«

Brumsel begann, an zwei kleinen schwarzen Röhren herumzudrücken, die mit einer Art Harnisch an seinen Seiten befestigt waren. Wo kamen die auf einmal her? Die waren Friedrich vorher gar nicht aufgefallen. »Du brauchst sie noch. Gleich gehen wir ab wie eine Rakete!«

»Du hast doch gesagt, du bist leicht zu zähmen«, wandte Friedrich beunruhigt ein.

»Na ja, das musste ich dir ja erzählen. Sonst könnte ich dich wohl kaum entführen.« Mit einem Heulen flammten die beiden Röhren auf und warfen einen Strahl von Feuer und Rauch nach hinten. Friedrich schrie laut und ausdauernd, während die Hummel im hohen Bogen in den Himmel hinaufschoss.

»Was fällt dir ein, lass mich runter! Bring mich sofort wieder auf die Erde!«, brüllte er in Todesangst und krallte sich in dem schwarzgoldenen Pelz fest. Aber Brumsel war das egal. Friedrich schrie alle Flüche, Bitten und Bestechungsversuche heraus, die ihm einfielen, und dann wurde er heiser. Nun musste er wohl oder übel ruhig sein und sich eine andere Strategie überlegen.

»Bist du dann fertig mit den Stimmübungen?«, fragte Brumsel über die ratternden Geräusche des Feuerantriebs hinweg.

Friedrich zitterte vor Wut und sagte gar nichts.

»Gut. Tief durchatmen und abregen.«

»Ich rege mich erst ab, wenn ich weiß, was du willst«, hustete Friedrich. »Sonst schreie ich weiter, sobald ich kann. Wie kann man jemanden nur so mies austricksen? Und was hast du überhaupt mit mir vor?«

»Erklär ich dir alles. Ich habe dich im Auftrag von Königin Ophrys entführt. Sie braucht einen Hummelreiter.«

»Königin wer? Von der hab ich noch nie gehört«, empörte sich Friedrich. »Und überhaupt, was für eine Königin ist das, die ihre Leute entführt, statt sie einzustellen?!«

Brumsel überlegte einen Moment. »Na schön, ich muss wohl noch weiter vorn anfangen: Du hast dich wahrscheinlich schon gefragt, wieso ich sprechen kann, oder? Das liegt daran, dass ich aus einem Land komme, in dem *alle* Tiere sprechen können.«

»Einer von uns beiden ist total plemplem«, sagte Friedrich, »und ich weiß nicht, ob ich es bin oder du. Oder beide.«

»Du brauchst dir keine Sorgen zu machen«, sagte Brumsel. »Du wirst eng mit mir zusammenarbeiten, also bist du in besten Händen. Königin Ophrys will, dass du etwas für sie erledigst. Und wenn du das geschafft hast, bringe ich dich wieder heim.«

Diese Hummel hatte offensichtlich den Verstand verloren. Friedrich schüttelte hilflos den Kopf und versuchte es mit Vernunft. »Wenn diese ... diese Königin einen Hummelreiter sucht, dann hast du den Falschen entführt. Ich bin kein Hummelreiter, das hab ich dir schon mal gesagt.«

»Das macht nichts. Wir tun einfach so, als hättest du alles unter Kontrolle, und ich fliege uns brav in der Gegend rum.«

»In welcher Gegend denn bitte? Wohin bringst du mich überhaupt?«

»Nach Skarnland. Das ist auf euren Landkarten nicht drauf – es liegt auf der anderen Seite vom Endmeer.«

»Aber das Endmeer ist so endlos, dass noch nie jemand bis ans andere Ende gekommen ist«, wandte Friedrich ein.

»Deswegen heißt es *End*meer.«

»Haha, das denkst *du*. Das sogenannte Endmeer ist nur ein Übergang. Ein Übergang dimensionaler Art, sagen die Wissenschaftler. Weiß auch nicht, was genau das heißt – jedenfalls ist es mit diesen Feuerwerksröhren ein Kinderspiel, hinüberzukommen. Acht oder neun Stunden, dann sind wir in Skarnland. Genauer gesagt: im südlichen Teil, Südwärts. Es gibt noch einen anderen Teil, im Norden. Der heißt Nordwärts – nicht besonders originell, ich weiß. Aber in Südwärts regiert Ophrys.«

Friedrichs Augen begannen zu tränen. Er zog sich jetzt doch die Kappe und die Schutzbrille auf, die ihm Brumsel in die Hände gedrückt hatte. Fast glaubte er diese wirre Geschichte. Aber nur fast. Ein Land, in dem Tiere sprechen konnten? Lächerlich!

Die Wolken sausten mit halsbrecherischer Geschwindigkeit an ihnen vorbei. Tief unten sah Friedrich ab und zu Fetzen von Wäldern oder Feldern, aber dann lag die Wolkendecke unter ihnen und über ihnen nur noch der Mond. Tausend Fragen schwirrten ihm im Kopf herum, aber alle waren so dringend, dass er sich für keine entscheiden konnte. Und so saß er stumm da und nickte immer wieder ein, während Brumsel ihn weiter in die Nacht hineintrug.

Doch schließlich stieg am Horizont ein rosa Streifen aus dem Meer auf und sie flogen auf den Sonnenaufgang zu. Die Wolken waren verschwunden. Dafür sah Friedrich ein Meer so flach wie ein Spiegel, mit kleinen zarten Wellenkämmen darauf. Dann tauchte eine dunkle Linie am Horizont auf, und als sie näher kamen, wurde daraus eine gezackte Küste. Sie hatten tatsächlich das Ende des Endmeeres erreicht!

»Ist das Skarnland?«, fragte Friedrich.

»Genau. Das ist die Küste von Südwärts. Weißfels ist die Hauptstadt von Südwärts. Dahin bringe ich dich. Wir werden pünktlich zum zweiten Frühstück ankommen. Ich hoffe, sie haben mir auch was vom ersten aufgehoben. Das kann ich dir übrigens gleich sagen: Mein Lieblingsessen ist Ahornsirup. Nicht vergessen. Das sollte man wissen, wenn man mit mir arbeitet, ich bin nämlich bestechlich.«

Das Land unter ihnen bestand zuerst aus schroffen, dunklen Felsen, aber diese wurden bald durch grüne Wiesen und sonnige Berghänge ersetzt. Zugegebenermaßen sah es ganz einladend aus. Auf hohen Kalkfelsen und in Bäumen tauchten erste Städtchen auf und die Luft war erfüllt vom Brummen von Käfern, Bienen und anderen ... nun ja, *Leuten*. Wenn jemand sprechen konnte, konnte man ihn ja schlecht als irgendetwas anderes bezeichnen.

»Wir überqueren jetzt einige Kastanienwälder«, erklärte Brumsel. »Zu deiner Linken siehst du am Horizont die Eiswasserberge mit Schnee auf den Spitzen. Direkt unter uns siehst du einen See. Fällt dir daran was auf?«

Friedrich linste vorsichtig nach unten und sah in den klaren See, der aus der Höhe wie eine kleine Pfütze aussah. Man konnte die geschliffenen, grauen Steine tief auf dem Grund sehen – nicht wie zu Hause, wo man seine eigenen Füße nicht mehr erkennen konnte, wenn man knietief im Wasser stand.

»Er ist sehr sauber?«, sagte er.

»Nicht nur das! Schau noch mal genauer hin. Wir spiegeln uns nicht im Wasser. Wir nicht und die Wolken und der Himmel auch nicht.«

»Oh ja, seltsam«, murmelte Friedrich verwirrt.

»Das ist Valmü, ein ganz besonderes Wasser, das aus dem Norden herunterfließt und im ganzen Land Seen bildet. Ist ein exzellentes Schlafmittel. Leider muss man sehr viel davon trinken, um müde zu werden. Und dann muss man ziemlich schnell aufstehen und pinkeln, weil man so viel Wasser getrunken hat. Jedenfalls gibt es das bei euch nicht. Das haben nur wir. Die Königin hat auch einen Vorrat davon. Sie badet gern darin, bevor sie schlafen geht. Das wirkt genauso. Als Königin kann man nicht dauernd zur Toilette rennen.«

»Und als was hat sie dich eingestellt?«, fragte Friedrich, der nichts darüber wissen wollte, wie oft eine Königin zur Toilette gehen kann.

»Ich bin der Chef des Geheimdienstes von Weißfels«, erklärte Brumsel und schaute konzentriert in die Landschaft. »Die goldenen Streifen hab ich mir als Amtsabzeichen einfärben lassen. Drei Streifen, siehst du? – Aha, gleich sind wir da. Halt dich fest, ich muss den Antrieb ausmachen.«

Stotternd verstummten die Feuerröhren und Brumsel flog über den Rand des Waldes hinaus. Dann fiel die Erde unter ihnen steil ab und sie blickten in einen weiten Talkessel. In seiner Mitte lag eine Stadt mit hohen Türmen, die aussahen, als wären sie aus weißem Marmor gebaut. Zwischen den Stadtteilen plätscherten Flüsse. Wie eine Märchenstadt sah das aus. Und eigentlich war es ja genau das. Friedrich kniff sich immer wieder, um sicherzugehen, dass er wirklich hier war.

Brumsel überflog die Stadt, und je mehr sie sich den Marmortürmen näherten, desto sauberer, weißer und imposanter wurden die Gebäude. Am höchsten Punkt stand ein Palast, wie man ihn sonst nur in Märchenbüchern zu sehen bekam. Überall ragten schlanke Türme in die Luft, umschwirrt von Hummeln, Bienen und glänzenden Käfern. Säulengänge führten um die Türme herum, und quer zwischen ihnen waren kleine Pavillons und Hängebrücken gebaut, in denen emsiger Betrieb herrschte. Darunter lagen prächtig verzierte Gebäude aus weißem Marmor.

Brumsel umkreiste einen der breitesten Türme und landete schließlich auf einer großen Terrasse auf halber Höhe. Selbst das Geländer war hier geschwungen und verziert. Der steinerne Boden fühlte sich kalt und klamm an unter Friedrichs Füßen.

»Ist er das? Bringen Sie ihn hier rein«, näselte eine Stimme durch eine halbgeöffnete Türe, und ehe Friedrich es sich versah, hatte Brumsel ihn durch den Türrahmen gedrängt. Zu seiner Verwirrung befand er sich jetzt in einem großen, marmornen Badezimmer. In einer steinernen Wanne dampfte Wasser und über einem lodernden Kamin hingen ein Handtuch und einige Kleider.

»Was soll das denn?«, fragte Friedrich.

»Wir lassen dich jetzt allein und du machst dich fertig«, erklärte Brumsel. »Aber beeil dich, im Thronsaal warten sie alle schon auf dich. Hopp, hopp!« Und damit verschwand er durch eine andere Tür.

Erst wurde man entführt und dann wurde man herumkommandiert! »Du fettes, haariges Biest«, schimpfte Friedrich. »Na warte. Wenn ich in diesen Thronsaal komme, dann werde ich … dann werde ich denen was erzählen!«

Frisch gebadet und abgetrocknet schlüpfte er schließlich in die langärmelige, weiße Unterwäsche, die man ihm bereitgelegt hatte; dazu gab es Socken, Stiefel und einen blauen Anzug mit etwa hundert Taschen, Riegeln und Schnallen.

»Was ist das denn für ein Ding?«, murmelte er irritiert, aber dann zog er ihn doch an. Schließlich ging er zur Tür und lugte hinaus. Draußen wartete schon ein Diener, ein Mann mit einer weißen Perücke, der sich vor Friedrich verbeugte.

»Wenn Sie mir bitte folgen wollen«, sagte er förmlich und schritt los.

»Warum muss ich einen Strampelanzug tragen?«, fragte Friedrich ärgerlich.

Der Diener drehte sich um. »Bitte? Oh, Sie meinen diesen! Das ist hierzulande ein ganz normaler Allzweckanzug für Piloten aller Arten. Er ist leicht gebraucht, Sie verstehen, damit Sie darin glaubhafter wirken.«

»Glaubhafter? Wieso das denn?«, fragte Friedrich. »Und überhaupt! Wo ich herkomme, tragen nur kleine Kinder solche Strampelanzüge. Und lange, weiße Unterwäsche, nee danke, so was Hässliches!«

»Ich weiß ganz sicher nicht, was Sie meinen«, sagte der Diener, und man merkte, dass es ihm völlig egal war, ob Friedrich seinen Strampelanzug mochte oder nicht. »Das ist ein ganz normaler praktischer Anzug für Langstreckenflüge. Warm und widerstandsfähig.«

Friedrich hasste dieses Land gleich noch ein bisschen mehr als vorher. Er war entschlossen, seinen Entführern gründlich den Kopf zu waschen, sobald er in den Thronsaal kam! Aber das tat er dann doch nicht. Als nämlich die weißen Flügeltüren zum Thronsaal aufgingen, sah er ganz am anderen Ende des

Raumes, auf einem goldenen Thron, eine lächelnde, junge Frau; und sie war so schön, dass es ihn vollkommen sprachlos machte.

Ihre langen, goldfarbenen Haare fielen über ihre Schultern und ihren Rücken, und ihre Augen waren so blau wie das Meer an einem Sommertag. Friedrich hatte immer gedacht, »Zähne, weiß wie Perlen« wäre eine romantische Umschreibung – aber sie hatte tatsächlich Zähne, die weiß glänzten wie Perlen. Jetzt fing er wirklich an zu glauben, dass er in einem Märchen gelandet sein musste!

An den Wänden des Saales hingen farbige Banner und überlebensgroße Gemälde von ernst aussehenden Königen und Königinnen, und um den Thron herum stand eine lange Reihe von Höflingen verschiedener Spezies in kostbaren, bunten Kleidern. Sie ließen eine lange Gasse zwischen der Tür und dem Thron frei. Friedrich ging zwischen ihnen hindurch wie in einem Traum. Neben der Königin, auf einem roten Samtkissen, saß Hieronymus Brumsel.

»Willkommen, Hummelreiter«, begrüßte ihn die Königin, und ihre Stimme klang so sanft wie ein Frühlingsschauer.

Siedend heiß fiel Friedrich ein, dass er sich noch nie mit irgendwelchen Monarchen unterhalten hatte. Er wusste gar nicht, was für Höflichkeitsregeln hier angebracht waren. Also verbeugte er sich schnell und hoffte, dass das ausreichen würde.

Nun lehnte die Königin sich vor und sagte: »So, mein Held, ich hoffe, die Reise hat dich nicht zu sehr angestrengt. Mein Name ist Ophrys. Ich bin die Herrscherin über Weißfels und ganz Südwärts.«

»Freut mich«, sagte Friedrich schwach.

»Du wunderst dich sicher, warum ich solche dramatischen

Maßnahmen ergriffen habe, um dich hierherzubringen«, fuhr Ophrys fort, »aber der Grund ist dieser: Südwärts braucht deine Hilfe.«

»Wofür? Wobei?«, fragte Friedrich und versuchte angestrengt, seine Wut wiederzufinden.

»In Zeiten wie diesen braucht man Helden«, sagte Ophrys sanft lächelnd. »Wir brauchten einen Hummelreiter, und wir konnten nicht irgendeinen nehmen, sondern nur den besten.«

»Das tut mir furchtbar leid, Euer Obrigkeit«, stammelte Friedrich, »aber das ist ein Irrtum. Ich bin kein Hummelreiter, auch wenn es einige berühmte Hummelreiter in meiner Familie gegeben hat.«

Ophrys lachte und gluckste dabei wie ein kleiner Bach. »Diese Bescheidenheit steht dir sehr gut, aber du brauchst nicht schüchtern zu sein!« Die Höflinge lachten ebenfalls, nur verhaltener und leiser.

Dann fuhr die Königin plötzlich ernst fort: »Du bist Friedrich Johann Löwenmaul, letzter Spross der berühmtesten Hummelreiter-Familie aller Zeiten – so berühmt, dass ihr Ruf sogar übers Endmeer gedrungen ist! Südwärts braucht Fähigkeiten wie deine, um einer noch namenlosen Bedrohung zu begegnen, die in Nordwärts lauert.«

Friedrich, den die namenlose Bedrohung nur wenig interessierte, fasste sich ein Herz und sagte: »Das ist keine Bescheidenheit, das ist die reine Wahrheit. Ich möchte nur, dass Sie mich nach Hause schicken, bitte schön.«

Da beugte Ophrys sich leicht vor und die Höflinge schauten dezent in eine andere Richtung. Leise sprach sie: »Du machst, was von dir erwartet wird, oder ich schicke dich wirklich nach Hause. In zehn verschiedenen Paketen, verstanden?«

Friedrich überlegte kurz, ob er sich verhört hätte. Dann sagte er sich, dass eine Frau wie Ophrys wahrscheinlich normalerweise alles kriegte, was sie haben wollte; und dass man bei solchen Leuten am besten so tat, als wäre man gehorsam, um dann später doch etwas anderes zu machen. Was auch immer sie von einem Hummelreiter erwartete – er konnte es nicht und daran war nichts zu rütteln. Also erkundigte er sich vorsichtig: »Was soll ich denn für Sie erledigen?«

Ophrys lehnte sich zufrieden zurück. Sofort erschien sie wieder viel bezaubernder. »Du musst wissen: Meine Familie regiert Südwärts schon seit sehr langer Zeit. Unsere nördliche Grenze bilden die Zahnberge und dahinter liegt Nordwärts – ein unzivilisiertes, wildes Land ohne Regierung, ohne Moral, ohne Richter. Aus diesen Gründen beziehe ich gern die Möglichkeiten des Hellsehens in unsere Außenpolitik mit ein.«

»Hellsehen?«, wiederholte Friedrich skeptisch. Er sprach es nicht laut aus, aber er hielt das für Blödsinn.

»Auf unserer Seite des Meeres gibt es viele Dinge, die es bei euch nicht gibt«, erklärte Ophrys leichthin. »Eins davon ist die Magie – ein äußerst nützliches Werkzeug, wenn man es richtig einsetzt. Hellseher gehören zum Standardpersonal eines verantwortungsvollen Monarchen. Meine Seher berichten mir einmal in der Woche alle Neuigkeiten, die für meine Regierungsgeschäfte wichtig sind. In letzter Zeit erzählten sie mir immer wieder von Träumen, in denen Südwärts aus dem Norden Gefahr drohte. Manche erzählten sogar von Schlachten, Angriffen aus dem Hinterhalt und Verrat und das konnte ich nicht ignorieren. Wenn von Nordwärts eine Gefahr ausgeht, egal, von wem oder durch was, müssen wir gewappnet sein.«

Friedrich fröstelte. Die Königin wollte ihn in zehn Paketen

heimschicken und die andere Partei war anscheinend noch unangenehmer. War hier überhaupt irgendjemand freundlich?

Ophrys fuhr fort: »Brumsel hier ist einer meiner engsten Vertrauten und außerdem der beste Spion, den Südwärts je hatte. Aber auch er kann nicht allein Nordwärts infiltrieren. Dafür braucht er einen Helfer. Und mit dieser Aufgabe betraue ich dich, Friedrich Löwenmaul. Wir müssen genau wissen, was im Norden geplant wird, wer dahintersteckt und was für eine Armee sie aufgestellt haben. Es ist gut möglich, dass das Schicksal des ganzen Landes davon abhängt!«

Friedrich stand stumm da, während die Höflinge in Klatschen ausbrachen. Ophrys lächelte so sonnig, als könne sie kein Wässerchen trüben. Dann winkte sie und die Höflinge hörten sofort wieder auf zu klatschen.

»Gleich heute vor dem Mittagessen werdet ihr beide aufbrechen«, bestimmte sie. »Alle Vorbereitungen sind schon getroffen. Und mein Volk wird euch beim Aufbruch noch einmal anfeuern!«

»Aha«, sagte Friedrich. Das Widersprechen hatte er aufgegeben, es interessierte Ophrys ja sowieso nicht. Er würde schon einen Weg finden, dieses ungastliche Land wieder zu verlassen!

»Jetzt geht und stärkt euch noch einmal«, sagte Ophrys und erhob sich. Damit waren sie offensichtlich entlassen. Ophrys winkte und Brumsel stand von seinem Samtkissen auf und zog Friedrich hinter sich her, durch die Reihen der Höflinge und hinaus durch die Flügeltür.

Draußen auf dem Gang fing Friedrich wieder an zu schimpfen. Brumsel summte vor sich hin und zerrte ihn durch einige zugige Korridore voller gestickter Gobelins.

»Ich weiß, das Ganze ist wirklich ziemlich unglückselig«,

sagte er, »aber wenn Ophrys sich etwas in den Kopf gesetzt hat, dann muss es auch so passieren. Weißt du, ich persönlich gebe nicht viel auf Seher. Ich glaube kaum, dass es wirklich gefährlich wird. Ophrys will nur sichergehen.«

»Was nützt mir das?«, rief Friedrich. »Ich will nach Hause!«

»Jetzt gibt es erst mal Frühstück«, sagte Brumsel ungerührt, »denn mit vollen Backen kannst du hoffentlich nicht mehr rumkeifen.«

»Hab ich vielleicht kein Recht, rumzukeifen?!«, zeterte Friedrich. »Ich werde hier nur rumgeschubst!«

»Ich sag nicht, dass du kein Recht hast«, erwiderte Brumsel heiter, »aber mir tun die Ohren weh. In der Küche warten sie schon auf uns.«

Weiter ging es durch Gänge aus Marmor und die Teppiche an den Wänden wurden weniger. Irgendwann wurden aus den Marmorwänden Steinwände und immer mehr Bedienstete und Handwerker kamen ihnen entgegen. Durch einige Schleichgänge gelangten sie schließlich in eine Halle. Dutzende von Gestalten eilten hin und her, schnippelten Gemüse und rührten in Töpfen. Friedrich und Brumsel standen zwischen Kesseln mit brodelnder Suppe, Eimern von Kartoffelschalen und sich drehenden Spießbraten. Friedrich kam ein beunruhigender Gedanke: Wenn hier alle sprechen konnten, aus was waren dann diese Spießbraten?

Kaum waren sie durch die Tür, da hüpfte ihnen schon ein kleiner Laubfrosch entgegen und bat sie mitzukommen. Am hinteren Ende der Küche gab es einige geräumige, rundbogenförmige Nischen, in denen Tische und Bänke standen. Einer dieser Tische war beladen mit Tellern, Saft und Milch.

»Bitte schön«, sagte der Frosch. »Wenn Sie noch etwas brauchen, sagen Sie Bescheid.«

»Herzlichen Dank«, erwiderte Brumsel inbrünstig und hängte seinen Rüssel sofort in einen kleinen Topf mit Ahornsirup. Friedrich folgte ihm etwas zurückhaltender und schaute misstrauisch auf das Essen.

»Lang ruhig zu, so schnell kriegen wir kein Frühstück in der Größenordnung mehr«, ermutigte ihn Brumsel. »Wir gehen jetzt in die Wildnis.«

»Ich will nach Hause«, sagte Friedrich.

»Das geht leider nicht.« Brumsel seufzte. »Ich weiß ja auch nicht, warum Ophrys meinte, dass du unbedingt dabei sein solltest, aber ich habe so langsam meine Zweifel, dass das eine gute Idee war.«

»Na, da sind wir uns ja ausnahmsweise mal einig«, sagte Friedrich. »Wie seid ihr überhaupt auf meine Familie gekommen? Wie kann denn unser Ruf – wie die Königin es so schön ausgedrückt hat – bis übers Meer gedrungen sein, wenn noch nie jemand hin- oder hergereist ist? Mit Ausnahme von dir und deinem Feuerwerksantrieb.«

Brumsel, der kräftig am Mampfen war, musste erst den Mund leer machen. »Also, du wirst lachen. Vor ungefähr zwanzig Jahren wurde ein Schiffsrumpf an die Küste von Südwärts gespült. Darin waren zwar keine Matrosen mehr – die Armen waren wohl alle ersoffen –, aber das ganze Schiff war voll mit Büchern. Ungefähr zweitausend Exemplare von *Hummelreiten – edler Sport und Geistesertüchtigung*.«

»Oh Gott«, sagte Friedrich. »Das hat mein Opa geschrieben.«

Brumsel lachte in seinen Sirup hinein. »Und wie es weiterging, kannst du dir ja vorstellen: Kaum waren die Seiten getrocknet, wurde das Buch gelesen, erreichte Kultstatus, wurde in neuen Auflagen gedruckt und vervielfältigt, und viele blasse Oberschichtkinder wurden zum Hummelreiten genötigt, weil es ihrer Charakterbildung und Willensstärke dienen sollte.«

»Das hätte ihm gefallen«, sagte Friedrich grimmig.

»Natürlich«, erklärte Brumsel weiter, »ist den Leuten ziemlich schnell aufgefallen, dass das Schiff nicht wie unsere Schiffe aussah; und dass weder der Autor noch der Verlag in Skarnland existieren. Na, und dann haben sie den einzig logischen Schluss gezogen. Das hat Ophrys aber nicht aufgehalten. Ihre Leute mussten einen Weg finden, das Meer zu überqueren, und das haben sie dann auch geschafft. Du weißt gar nicht, wie viel Erfindergeist in deiner Entführung steckt! Zum Glück standen vorn im Klappentext eine Kontaktadresse und eine Widmung an den Enkel des Autors, Friedrich Johann. So habe ich dich gefunden. Jetzt iss!«

Friedrich seufzte und gehorchte. Es sah aber auch sehr gut aus: ganz frisch gebackenes Brot, Marmelade, Fruchtstücke und Honig. »Was erwartet Ophrys denn eigentlich, was wir für sie tun sollen?«, fragte er schließlich.

»Rausfinden, was im Norden geplant wird.« Brumsel zuckte die Achseln. »Wie, das sehen wir dann. Wenn wir mit dem Frühstück fertig sind, sollen wir noch einmal zu ihr kommen. Sie will den Auftrag mit uns genauer besprechen.«

»Oh«, sagte Friedrich; bei dem Gedanken, Ophrys noch einmal von Nahem zu sehen, wurde ihm seltsam prickelig zumute.

Brumsel sah ihn nur an, als hätte er ihn völlig durchschaut, und wandte sich dann wieder seinem Sirup zu.

Als das Frühstück beendet war, bestand Brumsel darauf, dass er unbedingt noch Honigkuchen klauen müsste.

»Wenn du nett fragst, geben sie ihn dir bestimmt einfach so«, wandte Friedrich ein.

Das sei doch überhaupt nicht der Punkt, erwiderte Hieronymus Brumsel, und dann setzte er sich in Bewegung. Auf einem großen Tisch in der Mitte der Küche standen Tabletts und Schüsseln mit Honigkuchen und genau in diese Richtung kroch er. Die Köche schienen ihn gar nicht zu bemerken. Dann kam eins von seinen Beinen hoch, zog ein Tablett vom Tisch und balancierte es geschickt herum, bis er es über seinem Kopf hielt.

Da wurde man auf sie aufmerksam.

»Herbert!«, schrie eine schrille Frauenstimme. »Er macht es schon wieder!«

»Nicht die Honigkuchen! Die sind nicht für Sie!«, brüllte jemand, und aus mehreren Richtungen kamen Leute herangestolpert, um Brumsel aufzuhalten. Der war aber schon unterwegs zur Ausgangstür, und Friedrich schlitterte ihm hinterher; aus unerfindlichen Gründen hatte er das Gefühl, er müsse ebenfalls flüchten.

Brumsel fiel über seine Beine, rutschte bis zur Tür und rief: »Friedrich! Rückwärts!«, während er nach draußen segelte. Friedrich stolperte hinaus, drehte sich noch einmal um – und das war sein Glück, denn eine große Suppenschüssel flog auf ihn zu und er konnte ihr gerade noch ausweichen. Verwirrt rannte er hinter Brumsel her, bis sie um ein paar Ecken gebogen waren. Dann plumpste Brumsel lachend auf den Boden und hielt Friedrich das Tablett hin.

»Ha! Komm, das packen wir ein, für später!«

Friedrich nahm ihm ganz belämmert das Tablett ab. »Warum musst du Essen klauen, wenn du der Chef vom Geheimdienst bist?«

»Ach, das muss ich doch gar nicht. Ich versuche nur, für den Ernstfall fit zu bleiben, und die Köche schätzen das nicht. Willst du noch Ahornsirup für deinen Kuchen? Nein? Na, man muss das Glück ja nicht herausfordern.« Brumsel schlug den Weg zurück zum Thronsaal ein.

»Hat Ophrys denn keine eigenen Leute, die sie auf ihre Missionen schicken kann?«, fragte Friedrich, der hinter ihm herhastete. »Statt mir?«

»Du bist eigentlich völlig unqualifiziert, aber ...«, Brumsel hob einen Fuß und winkte ihn vor Friedrichs Gesicht herum, »... du bist ein Löwenmaul. Du hast den richtigen Stammbaum. Das ist sehr romantisch. Die Königin mag so was.«

»Das ist doch völlig bescheuert! Das kann nur in Tränen enden! Kannst du ihr das nicht klarmachen?«

Brumsel zuckte alle sechs Achseln. »Nee. Wenn Ophrys etwas will, dann will sie es unbedingt. Sie hat das Sagen, also wird's so gemacht. Vielleicht hat sie einen Plan, von dem wir alle nichts wissen.«

Friedrich lehnte sich zu einem der hohen Fenster hinaus. Draußen war es warm und hell und die Luft über der Stadt summte nur so von all den Hummeln und Bienen und Käfern. Unten in den Straßen liefen die Leute herum wie Ameisen (und einige von ihnen waren tatsächlich Ameisen) und man hörte ihre Stimmen bis hier hinauf. Es war schwer zu glauben, dass es da irgendeine Bedrohung geben sollte.

»Wir haben jetzt noch zwanzig Minuten bis zur offiziellen Verabschiedung«, sagte Brumsel und schubste die Tür zum Thronsaal auf. Leiser fügte er hinzu: »Und versuch, dich zu benehmen.«

»Wir werden sehen«, sagte Friedrich.

Als sie in den Thronsaal zurückkamen, waren die Höflinge verschwunden. Der Saal lag still da, nur auf dem Thron saß Ophrys und las in einem kleinen Buch. Als sie Friedrich und Brumsel hereinkommen sah, klappte sie das Buch zu und schaute ihnen ernst entgegen. »Du wunderst dich sicher, was ich dir jetzt noch zu erklären habe«, sagte sie, »und warum die anderen Leute hier am Hof es nicht wissen dürfen.«

Friedrich, der noch nicht ganz am Thron angekommen war, antwortete: »Ich wüsste noch etwa hundert Sachen, die Sie mir erklären müssten. Aber das schaffen Sie nicht in zwanzig Minuten.«

Brumsel trat ihm fest auf den Fuß.

Ophrys ignorierte seine patzige Antwort. Sie stand auf und beugte sich zu Friedrich vor. Auf einmal konnte Friedrich ihr nicht mehr böse sein. »Du musst wissen, ich bin ziemlich sicher, dass Weißfels Krieg bevorsteht. Den Verdacht darüber, was im Norden vorgeht, hatten wir schon lange, aber wir brauchen eine Bestätigung, bevor wir irgendwelche Schritte unternehmen können, um uns zu verteidigen.«

Friedrich kratzte sich am Kopf. Seine Wut war immer noch unauffindbar. »Aber wenn es so wichtig ist, warum schicken Sie dann mich?«

Ophrys' Augen brannten, als sie ihm fest ins Gesicht sah. Friedrich wurde heiß und kalt. »Ich weiß, dass du mich nicht enttäuschen wirst«, sagte sie sanft. »Ich fühle, dass du der richtige für diesen Auftrag bist.«

»Ich?«, murmelte Friedrich. »Na, wenn Sie meinen ...«

»Schau nach oben.« Ophrys deutete auf die langen Reihen von Gemälden mit Königen und Königinnen, Kriegern und Ratgebern, die die Wände des Saals zierten. »Das sind die früheren Herrscher von Weißfels. Sie haben diese Stadt durch die Jahrhunderte erhalten, und ich werde sie nicht enttäuschen, indem ich Weißfels in meiner Regierungszeit von Feinden einnehmen lasse.« Dann drehte Ophrys sich um und deutete auf das Bild, das direkt über dem Thron hing. Es war riesig, etwa so hoch wie drei Männer, und zeigte eine Frau. Von Kopf bis Fuß steckte sie in einer silbernen Rüstung; in den Händen hielt sie den Griff eines Schwerts, dessen Spitze zwischen ihren Füßen auf dem Boden stand; ihre langen, blonden Haare flatterten hinter ihr und ihr Gesicht war blass und entschlossen.

»Gryndhild die Große«, erklärte Ophrys. »Eine meiner Vorfahrinnen. Sie hat vor langer Zeit Weißfels gegen vier Eisriesen verteidigt, die das ganze Land heimsuchten. Gryndhild stellte sich ihnen entgegen und tötete sie, alle vier.«

Friedrich schluckte. Irgendetwas an Gryndhild der Großen verursachte ihm eine Gänsehaut – sie machte ihm keine Angst, aber sie war beängstigend heldenhaft. Man fühlte sich ganz klein, wenn man nur ihr Bild anschaute.

»So wie Gryndhild werde auch ich Weißfels verteidigen, wenn es nötig sein sollte«, sagte Ophrys und lächelte ein grimmiges Lächeln. »Und wenn es keinen anderen Weg gibt, werde ich Gryndhilds Rüstung aus der Waffenkammer holen, sie anziehen und an der Spitze meiner Armee den Eindringlingen aus Nordwärts entgegenreiten!«

Friedrich fröstelte immer noch. Er brachte nur heraus: »Sie wird Ihnen bestimmt gut stehen. Die Rüstung.«

»Ja, das tut sie«, erwiderte Ophrys leichthin. »Brumsel wird dir auf der Reise alles erklären, was du über unser Land wissen musst. Wenn ihr beide lebend zurückkommt und mir einen brauchbaren Bericht erstatten könnt, wird es euch nicht leidtun.

Dann werden ich und mein Land für immer in eurer Schuld stehen und wir werden euch reich belohnen.«

Für einen sehr kurzen, vermessenen Augenblick fragte eine kleine Stimme in Friedrichs Hirn, ob diese Belohnung möglicherweise auch die Hand der Königin beinhaltete, wie er das aus Märchen kannte. Aber dann schimpfte er sich selbst einen Narren. Niemals würde so eine Frau wie Ophrys sich für einen Hummelreiter interessieren!

»Ich werde alles tun, was ich kann«, hörte er sich selbst sagen.

Ophrys drehte sich wieder zu ihm um und lächelte wie die Sonne. »Das höre ich gern. Ich erwarte euch in vierzehn Tagen, denn mehr Zeit können wir uns nicht leisten. Ich werde mit meinen Beratern und Ministern in der Grenzfestung sein. – Und jetzt, ihr Helden, lasst uns zum Abflugturm gehen. Das Volk wartet. Ich habe vor Tagen schon alle Vorbereitungen treffen lassen, damit sie euch einen würdigen Abschied bereiten!«

Die Königin führte sie eine lange Wendeltreppe hinauf. Durch eine Tür kamen sie schließlich auf einen großen, prächtigen Balkon hinaus, der weit über den Schlosshof ragte und auf dem dutzende von Höflingen (menschliche und sonstige) standen. Als Friedrich nach unten schaute, sah er einen wahren Volksauflauf von Bürgern in Sonntagskleidung, die sich in den Straßen der Stadt drängten. Wer fliegen konnte, hatte einen klaren Vorteil: Hummeln, Hornissen, Käfer und Schmetterlinge schwebten über den Gassen und glotzten. Und ein Summen und Brummen von Flügelschlägen und Getratsche stieg aus der Stadt auf, dass man sein eigenes Wort nicht mehr hören konnte.

Ophrys schritt nach vorn zur Brüstung und das Raunen aus der Menge wuchs zu einem Tumult an. Sicher konnten nicht alle sie sehen, aber wer sie nicht sehen konnte, der schrie einfach mit.

»Volk von Weißfels«, rief Ophrys, »hier und heute beginnt die Mission des Hummelreiters und der goldenen Hummel! Mögen sie unser Schicksal zum Guten wenden!«

Alle Höflinge klatschten begeistert, aber Ophrys winkte ihnen ungeduldig und da wurden sie sofort still. Als Friedrich das sah, fröstelte es ihn trotz der warmen Sonne. Die bunt gekleideten Hofschranzen, die alle auf jeden Wink von Königin Ophrys hin lachten, applaudierten oder wegschauten, waren ihm sehr unheimlich geworden.

Jemand legte eine Tasche über Brumsels Rücken und jemand anders reichte Friedrich einen Rucksack. Als er keine Anstalten machte, ihn aufzusetzen, wurden kurzerhand seine Arme durch die Schlaufen geschoben. Wie im Traum ließ er es mit sich geschehen. Dann wurde er auf Brumsels Rücken geschubst.

»Und jetzt, meine Helden«, rief Ophrys, während Brumsel neben ihr auf das Geländer krabbelte, wo ihn alle sehen konnten, »jetzt fliegt mit allen guten Wünschen eurer Königin!«

Brumsel salutierte und seine Flügel begannen zu vibrieren; einen Moment später erhob er sich in die Luft und dann ließen sie das Schloss hinter sich und waren über der Stadt. Die Menge jubelte unter ihnen, aber Friedrich schloss die Augen und versuchte, die peinliche Szene zu ignorieren. Das musste einer dieser Fälle sein, von denen er gehört hatte: wo Frauen einen dazu bringen, Dinge zu tun, die man eigentlich nicht tun will.

»Können wir bitte nicht so hoch fliegen?«, fragte er, nachdem er sicher war, dass niemand im Schloss sie mehr sehen konnte.

Brumsel flog tiefer. »Ist schon ein hübsches Schnittchen, unsere Königin, was?«, sagte er.

»Äh, was?« Nicht auch das noch.

»Ophrys. Du kannst gar nicht mehr vor ihr weggucken. Das geht aber allen so.« Brumsel grinste. »Mir auch. Obwohl sie ja keine Hummel ist. Eigentlich ist sie gar nicht mein Fall, mit ihrer rosa Haut und ihren zwei Armen und zwei Beinen und mit ihren blonden Haaren ... aber manchmal ertappt man sich dabei, wie man tagträumt.«

»Ach«, sagte Friedrich.

Schlimm genug, dass Brumsel ihn durchschaute; er wollte jetzt nicht auch noch eine tiefer gehende Diskussion darüber, was ein Hummeldrohn aufregend fand.

»Man weiß natürlich, dass das niemals wahr wird. Aber sie ist schon hinreißend, das muss man sagen. Wenn es jemals eine Frau gegeben hat, die so schön war, dass ihr kein Mann widerstehen kann – dann ist es Ophrys, nicht?«

Friedrich schwieg.

Nach einer Weile sagte Brumsel: »Schau doch mal, was in den Taschen ist.«

Friedrich öffnete seinen Rucksack und wühlte darin. »Hier sind zwei Päckchen mit Brot und ein Wasserschlauch und eine Metallflasche ... und hier, oh, ein Sturmfeuerzeug, ein Notizbuch, eine Bratpfanne, Schnur und ein Messer mit Hülle, mal sehen ... Himmel nochmal!« Friedrich hätte das Messer fast fallen lassen. Die Klinge war monströs gezackt und fast so lang wie sein Unterarm. Es sah beängstigend aus.

»Aha, sehr praktisch«, sagte Brumsel. »Ich wünschte, ich könnte so was benutzen, aber ich habe ja keine Daumen.«

Friedrich packte das Messer sehr vorsichtig wieder ein. »Hier sind noch eine Decke und ein Paar Handschuhe. Und zwei Taschentücher. Wie nett. Die schicken mich auf eine lebensgefährliche Reise, aber zum Glück kann ich mir immer die Nase putzen! – Wohin fliegen wir überhaupt?«

»Wir müssen erst mal die Zahnberge überqueren«, erklärte Brumsel. »Ein bisschen Schlafen unter offenem Himmel, das wird dir gefallen.«

»Glaub ich nicht«, sagte Friedrich. Brumsel hörte sich so an, als versuchte er, ein bockiges Pfadfinderkind zu begeistern, und das gefiel Friedrich überhaupt nicht.

»Jungs wie du mögen doch so was«, fuhr Brumsel fröhlich fort. »Abenteuer und so!«

»Magst du denn so was?«, fragte Friedrich spöttisch, denn er erinnerte sich daran, wie Brumsel vorhin noch auf einem Samtkissen gesessen und seine Königin angeschmachtet hatte.

Brumsel warf Friedrich über die Schulter einen selbstzufriedenen Blick zu und sagte: »Nein. Aber ich bin verdammt gut in vielen Dingen. Auch in solchen, die ich nicht mag.«

2. Kapitel
In Hammelkopf

Nachdem sie den ganzen Tag geflogen waren – unterbrochen durch Mittagessen (kalte Küche) und einen kurzen Nachmittagsimbiss (kalte Küche), wurde es kühl und dämmrig. Die dunklen Felslandschaften unter ihnen waren steinigen Heidekrautflächen und Schutthalden gewichen. Sie hatten den höchsten Punkt der Zahnberge überquert und waren bereits wieder auf dem Sinkflug, wie Brumsel erklärte. »Heute Abend suchen wir uns einen netten Felsvorsprung und machen ein Feuer an. Morgen Abend sind wir, wenn alles gut geht, bei Hammelkopf. Da gibt es dann wieder anständige Betten.« Und damit landete Brumsel unter einem Felsvorsprung (der nicht wie ein »netter Felsvorsprung« aussah) und sie aßen ihr Abendessen.

Immerhin gab es genug Holz und Fichtennadeln, um ein Feuer anzuzünden; und an dem Feuer saßen sie und wärmten sich, während sie zuschauten, wie die letzten roten Sonnenstrahlen über dem Horizont verschwanden.

»Wenn wir so eng zusammenarbeiten werden, sollten wir einiges über einander wissen«, sagte Brumsel schließlich. »Erzähl doch mal von dir!«

»Was soll ich erzählen?«, fragte Friedrich düster. »Ich kann keine Hummeln reiten. Ich mag Hummeln auch nicht so.«

»Nein, nein, über dich sollst du erzählen«, warf Brumsel ein. »Nicht über das, was du nicht tust. Was machst du so? Was magst du?«

Friedrich schwieg. Er hatte keine Lust, Konversation zu machen.

»Magst du Tanztees?«, versuchte Brumsel es weiter. »Bocciaspielen? Nein? Ich auch nicht, ich kann keine Bälle halten, weil ich ja keine Daumen hab.«

Friedrich antwortete nicht.

»Bist du allergisch auf irgendwas? Hast du ein Lieblingsessen? Wenn wir jetzt einen Regenwurm treffen würden, wärst du eher fröhlich oder bedrückt?«

»Was sind das für blöde Fragen?«, murmelte Friedrich.

»Schau, ich fang an, ich zeig dir, wie es geht«, schwatzte Brumsel munter weiter. »Also, mein Name ist Hieronymus Brumsel, wie gesagt, und mein Lieblingsessen ist Ahornsirup. Ich bin zwar Junggeselle, aber ich wünsche mir eigentlich eine nette Hummelkönigin und einen ganzen Stall voll Larven. Der Beruf nimmt einfach zu viel Zeit in Anspruch, aber eines Tages, wenn ich weniger zu tun habe, werde ich mir eine Königin suchen.«

»Wofür willst du denn eine Hummelkönigin, wenn du kein Hummelkönig bist?«, fragte Friedrich maulig. »Du greifst ja ganz schön hoch.«

Brumsel starrte ihn verdutzt an und sagte dann: »Es gibt keine Hummelkönige. Nur Königinnen. Königinnen sind die einzigen Hummeldamen, die sich überhaupt für Männchen interessieren. Arbeiterinnen bleiben allein. Deshalb brauche ich eine Königin, verstehst du? Du weißt aber wirklich nicht viel über Hummeln.«

»Nee.«

»Ist ja auch egal, du bist ja nicht zum Denken hier. Das Einzige, was du wissen musst, ist: Mein Lieblingsessen ist Ahornsirup. Das ist wichtig.«

»Ich hab mich immer gefragt, wieso Hummeln dauernd Nektar und Honig fressen können, ohne dass sie krank werden«, sagte Friedrich gedankenverloren. »Als ich klein war, habe ich oft versucht, meiner Mutter Süßigkeiten abzuschwatzen, und dann sagte sie immer: Du kannst nicht dauernd Süßkram essen, du bist keine Hummel!«

»Ja, das Fliegen ist sehr anstrengend«, erklärte Brumsel. »Ich bewege zwei Paar Flügel, und das so schnell, dass du's gar nicht sehen kannst. Ich verbrenne Kalorien wie verrückt. Da muss man dauernd Zucker essen, ob man will oder nicht.«

»Oh ja. Ich bin sicher, dass ist ein großes Opfer für dich.«

»Tragisch!« Brumsel schüttelte sich. Gleichzeitig ertönte ein Grummeln, das wohl ein Lachen sein sollte.

Eine Weile waren sie still.

Dann stand Friedrich auf. »Ich geh mir mal die Beine vertreten«, sagte er. »Ich hab fast einen Krampf von der ganzen Hummelreiterei.«

»Geh nicht zu weit weg!«, rief Brumsel ihm hinterher. »Man kann's auch übertreiben mit der Vergnügungssucht!«

Friedrich kletterte von dem Felsen hinunter ins Heidekraut und begann, sich seinen Weg durch die Krautbüschel zu bahnen. Er war hundemüde, aber er hatte noch eines vor: irgendjemand finden, mit dem man sich vernünftig unterhalten konnte.

»Irgendwer hier muss doch normal sein«, murmelte er vor

sich hin. »Es kann ja schlecht dieses ganze Land mit irren Hummeln, romantisch verklärten Königinnen und dressierten Hofschranzen bevölkert sein!«

Und damit sollte er leider recht haben. Er war kaum fünf Minuten unterwegs, als er (vor sich hin fluchend und versunken in einen Fluchtplan) plötzlich einen heftigen Widerstand an seiner Brust spürte, der ihn mitten im Laufen innehalten ließ.

»Häh, was …?« Er schaute an sich herunter. Dummerweise griff er mit der Hand sofort nach der Stelle, wo er den Widerstand spürte, und steckte fest. An seiner Brust klebte ein Spinnenfaden und an dem Spinnenfaden klebte seine Hand und beide bekam er nicht mehr los. »Himmel nochmal«, fluchte er wütend, und dann fiel ihm ein, dass Spinnenfäden selten allein kommen. Ein Blick nach oben verwandelte seine Wut in kaltes Grausen: Über ihm verliefen noch mehr Fäden, alle kunstvoll zu einem losen Netz verwoben. Im Dämmerlicht waren sie kaum zu sehen.

Friedrich zerrte an dem Faden, der ihn festhielt. »Äh … äh … Brumsel? Brumsel! Ich bräuchte mal ein bisschen Hilfe …« Konnte Brumsel ihn überhaupt hören? Friedrich hatte sich ziemlich weit von dem Felsen entfernt.

Hinter ihm klackerte etwas über einen Stein. Friedrich drehte sich um, so weit er konnte. »Brumsel?«

»Nicht ganz, nicht ganz«, sagte eine weiche Stimme. Friedrich packte die Angst. Spinnen waren gefährlich, das wusste er. Diese konnte zwar sprechen, aber würde sie das davon abhalten, ihn zu fressen?

Die Spinne lief um ihn herum und nun konnte Friedrich sie sehen. Und wenn er sich bisher eingeredet hatte, sein Tag könne nicht mehr schlimmer werden, musste er jetzt zugeben: Damit hatte er unrecht gehabt.

Sie war riesig. Ihr Köper war größer als Friedrich und dazu kamen noch acht lange, haarige Beine. Mit vier Augen vorn am Kopf beäugte sie ihren Fang neugierig; zwei weitere kleine Augen oben auf dem Kopf schienen nach oben zu schauen.

Friedrich redete sich ein, dass sie vernunftbegabt sein musste. Er räusperte sich und sagte dann mit fester Stimme: »Verzeihung, ich bin aus Versehen in Ihr Netz geraten.«

»Jaja, das sehe ich«, sagte die Spinne und schaute ihn an.

»Es war wirklich nur ein Versehen«, wiederholte Friedrich.

»Ach, das macht doch nichts. Ich bekomme so gerne Besuch!«, sagte die Spinne.

Jetzt kam der entscheidende Punkt. Friedrich räusperte sich noch einmal. »Also ... würden Sie mir bitte heraushelfen?«

Die Spinne schüttelte den Kopf, stakste ganz nah zu Friedrich heran und begann, aus ihrer Spinndrüse am Hinterleib einen neuen Faden zu ziehen. »Heute nicht.«

»Äh«, machte Friedrich. Sein Herz raste, aber er versuchte immer noch, vernünftig zu sein. »Lassen Sie das bleiben. Ich will nicht mit irgendwas eingewickelt werden, was aus Ihrem Hintern kommt!«

Die Spinne grinste und summte, und dann klebte sie den Faden an Friedrichs Rücken fest und begann, um ihn herumzulaufen und Friedrich einzuwickeln, als wäre er eine Spindel.

»He!«, schrie Friedrich. Jetzt wünschte er, er hätte letzte Nacht nicht so viel geschrien, denn nun war er heiser. »Hilfe! Hilfeeeeee!!«

»Jetzt hören Sie schon auf zu schreien«, sagte die Spinne gutgelaunt. »Es dauert ja nicht mehr lange.« Damit knipste sie den Faden ab, der Friedrich mit dem Netz verband, und hob ihn mit den vorderen Beinen hoch.

Ein leises Räuspern ertönte. »Ähä-chäm.«

Die Spinne drehte sich um. Brumsel stand zwischen zwei Büscheln Heidekraut und sah sehr klein aus im Vergleich zu der Spinne.

»Der junge Mann da gehört zu mir«, sagte er.

»Tut mir leid, er war in meinem Netz«, erwiderte die Spinne. »Hausrecht.«

»Ich bestehe darauf«, erwiderte Brumsel.

Die Spinne legte den Kopf schief. »Aber Sie? Als Drohn? Sie können ja nicht mal stechen!«

Brumsel zuckte die Achseln.

»Und Sie wollen mir – haha – *drohn*?«

»Allerdings«, sagte Brumsel.

»Na, dann gibt es heute Abend eben die doppelte Portion«, sagte die Spinne. Sie legte Friedrich auf die Erde.

Dann sprang sie. Friedrich sah es wie in Zeitlupe: wie alle ihre acht Beine sich vom Boden abdrückten und sie über ihn hinwegflog, auf die Stelle zu, wo Brumsel stand – oder besser, gestanden hatte. Mit einem lauten Brummen schoss der nämlich vorwärts nach oben und rammte der Spinne mitten auf der Flugbahn seinen Kopf in den Bauch.

Die Spinne kam direkt zu Friedrich zurückgeflogen, landete neben ihm und versuchte, sich zu berappeln. Sie war schon fast wieder auf den Beinen, als Brumsel ihr direkt ins Gesicht sprang und ihr einen Tritt verpasste, dass es nur so schallerte.

Die dünnen Spinnenbeine schwankten und knickten ein und der Körper der Spinne krachte auf den Boden. Sie versuchte zwar, wieder aufzustehen, aber da saß Brumsel schon auf ihr und hielt eins ihrer Beine hinter ihrem Rücken fest. Es sah schmerzhaft aus.

»Mach ihn los«, befahl Brumsel der Spinne von hinten.

Die Spinne knurrte wütend und versuchte, ihr Bein zu befreien. Aber Brumsel hielt es fest und dann sagte er zu ihr: »Wir können gerne noch eine Runde kämpfen, aber dann ziele ich auf die Augen. Na, wird's bald?«

Hasserfüllt kroch die Spinne zu Friedrich hin und begann, mit ihren Mundwerkzeugen die Fäden durchzuzwicken.

»Und Vorsicht, dass du ihn nicht beißt!«, ermahnte Brumsel sie.

Einer nach dem anderen wurden die Fäden geöffnet und Friedrich konnte seine Arme wieder bewegen. Die Fäden klebten zwar furchtbar an seinen Kleidern, aber mit viel Mühe ließen sie sich abziehen.

»Sag mal«, fragte Brumsel die Spinne freundlich, »kennst du zufällig eine nette Kneipe hier in der Nähe?«

»Äh, was?«, erwiderte die Spinne ganz verwirrt. »Ja, warum?«

»Dann würd ich dir empfehlen, da jetzt hinzugehen und dich nicht mehr blicken zu lassen, bis wir morgen früh weitergezogen sind«, sagte Brumsel. Damit ließ er das Bein der Spinne los.

Die Spinne stellte sich verwirrt auf alle acht Füße und murmelte: »Ja ... das ist vielleicht gar keine so schlechte Idee ... ich könnte jetzt einen vertragen ...«

Und damit wankte sie davon.

Friedrich schaute ihr hinterher. Er saß immer noch auf der Erde und zupfte sich die Fäden vom Körper. Es war höllisch schwierig, weil die Fäden auch an seinen Fingern klebten.

Brumsel reckte den Hals und wischte mit einer groben Bewegung den Dreck von seiner Schulter. »Was hab ich dir vorhin noch über Vergnügungssucht gesagt?«, fragte er grinsend.

Friedrich fürchtete sich in diesem Moment geradezu vor ihm. Er zuckte richtig zusammen, als Brumsel ihn an der Hand packte und hochzog. »Alles gut?«

»Äh ... ja. Klebrig, aber gut«, sagte Friedrich brav.

Zusammen gingen sie zurück zu dem Felsvorsprung, der Friedrich jetzt fast heimelig vorkam. Brumsel plumpste zufrieden neben das Feuer. »Die fette Hummel kann noch was anderes als Honigkuchen stehlen. Hättest du nicht gedacht, was?«

»Nein«, sagte Friedrich ehrlich. Und weil er keine Lust hatte, allzu ehrfürchtig zu klingen, setzte er nassforsch hinzu: »Und was kannst du sonst noch?«

Brumsel zuckte alle Achseln. »Was nötig ist.«

Friedrich wollte es nicht zeigen, aber er war sehr beeindruckt. Was machte Brumsel wohl noch so alles als Chef des Geheimdienstes? Sich verkleiden? In fremde Identitäten schlüpfen? Geheimschriften entziffern? Jedenfalls musste er ein sehr aufregendes Leben führen.

Eine Weile starrte Friedrich ins Feuer und dachte nach. Die Spießbraten kamen ihm wieder in den Sinn. »Sag mal«, meinte er schließlich, »esst ihr euch hier in Skarnland regelmäßig gegenseitig auf oder war diese Spinne eine Ausnahme?«

»Das Gesetz der Natur«, erwiderte Brumsel würdevoll. »Wir sprechen nicht darüber.«

»Aha«, sagte Friedrich, denn solche Antworten kannte er.

In dieser Nacht konnte er zum ersten Mal in seinem Leben beim Einschlafen die Sterne sehen. Die Nacht war kalt, aber unter der Decke hatte er es warm. Und er kam zu dem Schluss, dass er heute doch ein besserer Hummelreiter gewesen war, als die Leute immer dachten.

Am nächsten Morgen wachte Friedrich auf, rieb sich die Augen – und wünschte, er hätte keins von beidem getan: Vor ihm wälzte sich nämlich Brumsel in der erloschenen Feuerstelle, und wo nicht genug Asche und Ruß in seinem Fell hängen blieben, schmierte er sich sorgfältig damit ein. Dabei summte er vor sich hin: »Oh, Maria, deine Beine haben mich verhext … oh, Maria, diese Beine, und davon hast du auch noch sechs …«

»Was machst du denn da?«, fragte Friedrich verwundert, aber ehrfürchtig. Irgendeinen Sinn musste das schon haben.

»Ich muss mich tarnen«, erklärte Brumsel ohne das geringste Anzeichen von Verlegenheit. »Also mache ich mich ganz schwarz, die goldenen Streifen wären ja viel zu auffällig. – Maria, deine Augen, deine hunderttausend Auuuuugeeeeen …« Er wälzte sich noch einmal herum und schüttelte sich dann. Seine goldenen Streifen waren verschwunden, stattdessen war er grauschwarz geworden. »Wie seh ich aus?«

»Muss ich jetzt auf dir sitzen, dreckig, wie du bist?«, fragte Friedrich vorsichtig.

Brumsel rollte mit den Augen. »Nein, ich kann mich auch auf dich setzen, nur ich fürchte, dann kommen wir nicht weit!«

»Ich hab nur einen Anzug, und wenn der dreckig ist, ist er dreckig!«, nölte Friedrich.

»Und was willst du lieber machen? In den Streik treten und dein Korsett verbrennen?«, nölte Brumsel zurück.

»Ich will lieber zu Hause sein, mir gemütlich ein Honigbrötchen schmieren und mich dann auf den Weg zur Arbeit machen«, sagte Friedrich und legte den Kopf auf die Knie. »Wenn alles mit rechten Dingen zugehen würde, wäre ich jetzt auch da, nicht hier. Weit weg von allen Hummeln, inklusive sprechenden Hummeln!«

Brumsel seufzte und schaute ihn vorwurfsvoll an. »So langsam bin ich wirklich am Verzweifeln. Kapierst du eigentlich nicht, dass mir das genauso wenig Spaß macht wie dir? Wenn es nach mir ginge, wäre ich allein hier unterwegs! Du könntest mir gar nicht helfen, auch wenn du's wolltest. Du bist für diesen Auftrag völlig unfähig! Aber ich muss dich rumschleppen, weil Ophrys es romantisch findet, einen Löwenmaul mit auf die Mission zu schicken. Ich bin der beste Spion in ganz Skarnland, verdammt nochmal, und deinetwegen werde ich zum Reittier degradiert!«

»Warum bringst du mich dann nicht einfach nach Hause?«, rief Friedrich verzweifelt.

»Das wäre klare Insubordination«, sagte Brumsel düster.

Friedrich stützte den Kopf in die Hand und seufzte.

»Also los, steig auf«, grummelte Brumsel. »Wir können eh nichts machen. Wir müssen durch und hoffen, dass wir mit allen unseren Körperteilen wieder rauskommen.«

Friedrich krabbelte auf Brumsels Rücken und fühlte sich mies. Die Luft war kalt und der Fahrtwind noch kälter, aber eigentlich war das nicht der Grund, warum Friedrich sich mies fühlte. Irgendwann sagte er: »Brumsel? Ich ... äh ... ich hab das nicht so gemeint. Dich mag ich ja eigentlich. Nur dieses Land nicht. Und die Leute auch nicht.«

Brumsel schwieg. Dann sagte er: »Ja, manchmal weiß ich auch nicht, ob ich sie wirklich mag.«

Friedrich fühlte sich so, als müsste er sich eigentlich noch dafür bedanken, dass Brumsel ihn vor der Spinne gerettet hatte; aber er wusste nicht, wie er das sagen sollte. Für so etwas Großes gab es einfach keine passenden Dankesworte. Also sagte er nichts.

Gegen Mittag waren sie wieder fröhlicher und sie legten ein gutes Stück Wegstrecke zurück. Kurz nach Einbruch der Dunkelheit erschienen in der Ferne die Lichter von Hammelkopf. Friedrich zählte und kam zu dem Schluss, dass Hammelkopf eine kleine Stadt sein musste.

»Hier ist vor vielen Jahren mal ein Hammel von Wölfen gefressen worden«, erklärte Brumsel. »Nur den Kopf haben sie übrig gelassen. In dem haben sich mehrere große Madenfamilien angesiedelt und die gründeten eine Stadt. Deshalb heißt die Stadt Hammelkopf. – Jetzt erinnere dich bitte daran, dass wir inkognito sind. Ich bin eine Holzbiene und du bist ein Kurierflieger. Alles klar?«

»Klar«, sagte Friedrich. Neugierig betrachtete er die dunklen Gassen. Es schien trotz der späten Uhrzeit noch viel Volk unterwegs zu sein. »Wir gehen jetzt einfach da rein und hören uns ein bisschen um, oder wie?«

»Jawohl. Erst gehen wir durchs Stadttor rein, dann ein wenig durch die Gassen und dann in ein Wirtshaus. Ein kleines, wo die Leute sich ungezwungen unterhalten.« Brumsel drehte einen Kreisel über der Stadt und landete schließlich auf der Nordseite. Dort lag vor einem großen, ausgetretenen Landeplatz das Stadttor. Leute strömten hinein und hinaus, und die beiden schmutzig aussehenden Torwächter nickten den meisten einfach nur zu, ohne sie zu kontrollieren. Brumsel und Friedrich hielten sie allerdings an.

»Guten Abend, wer sind Sie und was ist Ihr Anliegen in Hammelkopf?«, fragte einer der beiden. Er kaute auf einem Wurstbrötchen.

»Wir sind Kuriere«, erklärte Brumsel. »Und unser Anliegen ist ein Schlafplatz und unser Abendessen.«

»Dann bräuchte ich noch Ihre Namen«, sagte der dünnere der beiden und zückte ein Notizbuch und einen Bleistift. »Reine Routineangelegenheit, Sie verstehen!«

»Ignatius Schwarz«, antwortete Brumsel wie aus der Pistole geschossen.

»Und Sie?«, wandte sich der Torwächter an Friedrich.

»Ähm ... ähm ... Friedrich Löwen... Hasenfuß«, stammelte Friedrich und wünschte, er hätte Zeit gehabt, sich etwas Besseres auszudenken.

»Gut, Sie können passieren«, murmelte der Torwächter.

Friedrich schämte sich. Für das nächste Mal musste er sich dringend etwas zurechtlegen, denn das Lügen und Improvisieren war nicht sein Fall. Mit rotem Kopf trottete er hinter Brumsel her, bis der am Marktbrunnen stehen blieb.

»So, wo kriegen wir denn jetzt Abendessen her?«, fragte Brumsel und rieb die Vorderfüße voller Tatendrang aneinander. »Gehen wir nach links, nach rechts, nach da oder nach da?«

Friedrich schreckte aus seinen Gedanken hoch.

»Äh. Alles, was du sagst«, murmelte er.

Brumsel schaute sich kurz um. »Dein Tarnname ist zwar nicht das Gelbe vom Ei, aber bleib jetzt einfach dabei«, sagte er leise. »Vorerst bist du Friedrich Hasenfuß, Kurierflieger, und du kommst aus ... sagen wir, aus Schwalbenwall. Wenn dich einer in ein Gespräch über Schwalbenwall oder deine Verwandten verstricken will, lenkst du einfach ab. Nein, besser, du weigerst dich, über deine Vergangenheit zu reden, weil dir ein Weibsbild in Schwalbenwall das Herz gebrochen hat. Dazu musst du nur traurig gucken und in dein Bier starren, dann läuft das schon.«

Friedrich musste fast lachen. »Na, wenn du denkst, dass das funktioniert!«

Sie begannen, durch die Gassen zu schlendern. Hammelkopf war aus grauem Stein gebaut, die Häuser waren dunkel und klobig. Dazu waren die meisten Gebäude mehrere Stockwerke hoch und wurden nach oben hin etwas breiter, sodass sich die obersten Wände fast berührten. Tatsächlich sah Friedrich, dass sich die Leute unterm Dach manchmal von Haus zu Haus die Hände schüttelten oder Dinge hinüberreichten. Es gab einige Abflugtürme, aber auch die waren grob gebaut. Nichts in Hammelkopf hatte Ähnlichkeit mit der märchenhaften Architektur von Weißfels. Friedrich versuchte, so genau wie möglich hinzuschauen und sich nichts entgehen zu lassen. Einige Schnecken, die an Hauswänden hinaufkrochen und Lasten und Pakete nach oben beförderten, faszinierten ihn so, dass er nicht mehr darauf achtete, wo er hintrat. Im nächsten Moment fiel er rückwärts über einen Ballen Stoff.

»Oh, Verzeihung!«, rief er und fühlte sich gleich darauf ziemlich dämlich – denn da war gar niemand zu sehen.

»Schon gut«, piepste es, und der Ballen wurde plötzlich in die Luft gehoben. Darunter stand eine winzige, gelbliche Ameise, die sich den Stoff auf den Rücken hievte und weiterlief, als würde er gar nichts wiegen. Plötzlich sah Friedrich, dass eine ganze Kolonne von gelben Ameisen mit Stoffballen die Straße hinauf unterwegs war. Die Ameise, die er angerempelt hatte, rannte ein Stück voraus und nahm ihren Platz in der Reihe wieder ein. Staunend stand Friedrich da und kratzte sich am Kopf.

»Keine Sorge«, sagte Brumsel hinter ihm und klopfte ihm auf die Schulter. »So blöd, wie du dich anstellst, wird niemand auf die Idee kommen, dir zu misstrauen.«

»Ich hätte sie fragen können, wo wir was zu essen kriegen«, murmelte Friedrich.

»Wenn ich mich recht entsinne, gibt es beim Südtor eine Braterei«, sagte Brumsel. »Das Essen ist gut da. Es ist auch genau die Art von Etablissement, wo Kurierflieger nicht weiter auffallen.«

Friedrich folgte ihm. Anscheinend waren in Skarnland wirklich alle Tiere vernunftbegabt und konnten sprechen. Wenn es zu Hause auch so wäre, überlegte er, hätte man ja nie seine Ruhe!

Schließlich hielt Brumsel vor einem niedrigen, breiten Gebäude an. Durch die schiefen Fenster im Erdgeschoss drangen Fetzen von Gesprächen und das Klappern von Geschirr. »Die Ölstube« stand in großen Buchstaben über der Tür, aber auch ohne diesen Hinweis hätten sie sofort gewusst, was sie drinnen erwartete.

Das Lokal war erfüllt von Frittierdunst. Die Lampen waren kaum zu sehen, die Luft stand still und in kleinen Bretterverschlägen saßen düster aussehende Leute um klobige Tische herum. Niemand beachtete Friedrich und Brumsel, als sie zur Theke gingen.

»Tach«, sagte der dicke, haarige Mann hinter der Theke. »Was darf's für euch sein?«

»Pollen in Honig«, bestellte Brumsel. »Und ordentlich frittiert.«

Friedrich wurde bei dem Gedanken so schlecht, dass er kaum verstand, dass er auch etwas bestellen sollte. »Was, wie? Oh, ich nehme ... ähm, frittiertes Gemüse!«

»Kommt sofort«, sagte der Wirt und drückte Friedrich einen Zettel mit einer Nummer in die Hand. Dann schob er zwei Bierkrüge über die Theke.

Sie fanden keinen freien Tisch, aber Brumsel steuerte zielstrebig auf eine Bank in einem halb besetzten Verschlag zu. »Ist hier noch frei?«

»Sicher, sicher«, erwiderte eine Heuschrecke, die ihnen am nächsten saß, und rutschte höflich weg. Friedrich und Brumsel setzten sich, und während sie auf ihr Essen warteten, betrachtete Friedrich die anderen Leute am Tisch. Es waren ein Hirschkäfer dabei und ein altes Weiblein, das die ganze Zeit mit der Heuschrecke Tratsch austauschte.

»Und dann hat er gesagt, wenn es dir nicht passt, kannst du ja selber den Eintopf machen!«

»Nein! Hat er wirklich gesagt?«

»Ja, hat er! Also hab ich zu ihm gesagt, ich hab zu ihm gesagt, dann mach ich Eintopf, du wirst schon sehen, ja, *das* hab ich gesagt, und du kannst den Hund im Garten vergraben, wenn er reinpasst, und überhaupt sagt Herr Löschsand, dass es mit der Nachbarschaft den Bach runtergeht! Na, und wie seine Frau aussieht, seit sie das letzte Kind gekriegt hat, darüber wollen wir gar nicht reden!«

Friedrich versuchte, nicht hinzuhören.

»Ich geh zirkulieren«, murmelte Brumsel kaum hörbar in seinen Bierkrug. »Bleib hier und beobachte genau!« Dann stand er auf.

Friedrich seufzte, als Brumsel in den Rauch verschwand. Jetzt saß er hier allein mit den Tratschtanten.

»Und dann ist im Baum neben uns noch ein Mistkäfer eingezogen, ich sag dir, ein Mistkäfer! Als Nächstes wahrscheinlich noch Borkenkäfer, es wird immer schlimmer! Nicht, dass ich was gegen Käfer habe«, setzte das Weiblein hinzu und schaute ängstlich seitwärts auf den Hirschkäfer, der viel größer war als sie.

»Kommt wahrscheinlich alles aus dem Süden, das Gesocks«, pflichtete ihr die Heuschrecke bei. »Erst letzte Woche hab ich einen Skarabäus gesehen. Hier in Hammelkopf!«

»Jaja, es wird immer schlimmer. Aber wir reden hier und reden«, sagte plötzlich das Weiblein und wandte sich an Friedrich, ohne den Tonfall zu wechseln, »und Sie haben doch bestimmt auch viel zu erzählen, junger Mann. Wo kommen Sie denn her?«

Friedrich schreckte hoch. »Ich? Oh, aus dem Norden. Aus, ähm, Schwalbenwall.«

»So, so, Schwalbenwall, das ist aber ganz schön weit, aber Sie kommen ja bestimmt rum, in Ihrem Beruf«, plauderte die Heuschrecke. »Was gibt es denn Neues im Norden?«

»Oh, nicht viel«, erwiderte Friedrich. Unter den neugierigen Augen der anderen Gäste flossen ihm die Lügen so gut von der Zunge, dass es eine Freude war, sich selbst zuzuhören. »Ich bin lange nicht mehr da oben gewesen. Eine unglückliche Liebe, Sie verstehen, ich will nicht mehr daran erinnert werden ... deshalb war ich schon lange nicht mehr in Schwalbenwall.« Er schaute traurig in sein Bier. »Ich bin fast nur noch in der Luft unterwegs mit meinem Kollegen. Dem Leben auf dem Boden habe ich abgeschworen.«

Die Heuschrecke und das Weiblein machten mitleidige Geräusche. »Ach ja, die Liebe, in Ihrem Alter ... aber Sie werden wieder jemand Neues kennenlernen«, prophezeite die Heuschrecke. »Sie sind ja noch so jung.«

Friedrich seufzte tragisch und starrte in sein Bierglas.

Da schaltete sich der Hirschkäfer in das Gespräch ein. »Da Sie so weit im Norden herumkommen – sind Sie schon mal der Weißen Fee begegnet?«

»Hubert, red keinen Unsinn«, sagte das Weiblein streng.

»Wieso Unsinn? Die Wächter gibt es wirklich«, beharrte der Hirschkäfer. »Dann muss es die Weiße Fee auch geben.«

»Was für eine Fee? Und was für Wächter?«, fragte Friedrich.

Der Hirschkäfer grinste über das besorgte Gesicht des Weibleins und sprach:

»Die Weiße Fee
ist weiß wie Schnee
und hat schwarze Hände.
Sie schleicht ganz sacht,
lauscht in die Nacht
und schmiedet Ohren an die Wände.

Kommt Ihnen der Reim bekannt vor?«

»Ohren an die Wände?«, fragte Friedrich skeptisch, statt zu antworten.

»Jawohl. Das ist bildlich gemeint. Weil ihre Geheimen Wächter ihr alles zutragen.«

Friedrich schaute an die Wand, als würde er erwarten, dass jeden Moment ein Ohr daraus hervorwachsen würde. »Per Post oder wie?«

»Nein, nein«, sagte der Hirschkäfer und rollte mit den Augen. »Von Wächter zu Wächter. Sie hat natürlich keine Postadresse. Sie ist eine Frau mit tausend Namen. Das gäbe ja ein Chaos bei der Post.«

Der Heuschrecke und dem Weiblein war das Gespräch sichtlich unangenehm, und der Hirschkäfer hatte seinen Spaß daran, wie sie auf ihren Sitzen herumrutschten.

»Hören Sie nicht auf den, das ist nur so eine Geschichte«, zischte das Weiblein.

Derweil fuhr der Käfer fort: »Sie kannten den Reim noch nicht? Sie müssen wirklich lange nicht mehr auf dem Boden gewesen sein! Die Geheimen Wächter bewachen alle Grenzen von Nordwärts. Wenn an einer Grenze eine Gefahr von außen droht, dann beruft die Weiße Fee einen Rat ein, und dann mobilisiert sie ihre Armee, die gegen die Gefahr zu Felde zieht.«

»Was natürlich nur so eine Geschichte ist ...«, setzte die Heuschrecke hinzu.

»Es hat vor ein paar Jahren eine Räuberbande gegeben, die an der Ostküste mit Schiffen gelandet ist und die Dörfer geplündert hat«, flüsterte der Hirschkäfer Friedrich zu. »Und keine zwei Wochen später hat ein Haufen von Kriegern und Bauern sich zusammengerottet und die Räuber vertrieben!«

»Das waren nur ein paar wütende Bauern«, sagte die Heuschrecke aufgebracht.

»Wenn sie eine Fee ist, wieso hat sie dann nicht die Räuber einfach weggezaubert?«, fragte Friedrich in die Runde hinein.

Alle schauten ihn an, als hätte er etwas ziemlich Dummes gesagt.

»Ja, wenn's so einfach wäre«, sagte die Heuschrecke. »Von Magie verstehen Sie wohl nicht viel, junger Mann.«

»So, komm, Ursel, wir gehen zur Theke und zahlen«, sagte das Weiblein bestimmt. »Es wird schon spät. Außerdem ist es nicht gut, von den Wächtern zu erzählen, wo wir hier so nah an der Grenze sind!« Die beiden schoben sich von der Bank und wankten in den Nebel der Gaststätte hinein.

Friedrich sah ihnen nach. »Warum soll es gefährlich sein, von den Wächtern zu reden?«, fragte er flüsternd.

»Nun ja«, murmelte der Hirschkäfer. »Im Moment ist der Pott hier ziemlich am Dampfen. Dauernd kommen Soldaten über das Gebirge und die gefallen den Leuten in Hammelkopf nicht und mir auch nicht. Und den Wächtern erst recht nicht, deshalb gibt es hier in letzter Zeit oft Scharmützel. Wir haben hier seit hundert Jahren Frieden, also was sollen alle diese Soldaten hier, möcht ich wissen?«

Friedrich wusste nicht, was er antworten sollte. Stattdessen fragte er: »Gibt's für die Geheimen Wächter auch einen Reim, mit dem man sie erkennen kann?«

»Nee, die sind ja geheim«, sagte der Hirschkäfer und ließ seine blanken Mandibeln im Licht blitzen. Dann beugte er sich ganz nah zu Friedrich hinüber und flüsterte: »Lang lebe die Weiße Fee!« Und bevor Friedrich Piep sagen konnte, war er ebenfalls im Schmauch der Gaststätte verschwunden.

Da tauchte Brumsel mit dem Essen auf.

»So, hier ist dein Gemüse und hier ist mein Pollenknödel, wohl bekomm's«, schwatzte er.

Friedrich lächelte gequält. Er hätte sich gern noch länger mit dem Hirschkäfer unterhalten, aber nun musste er stattdessen Brumsel dabei zuschauen, wie er einen triefenden Knödel aus Honig und Pollen verschlang. Er stocherte in seinem Gemüse. »Sag mal, kennst du eine gewisse Weiße Fee? Hier saß grade ein Käfer, der von einer Weißen Fee erzählt hat.«

Brumsel fiel ein Stück Pollen aus dem Mund. »Psst«, krächzte er. »Später!«

Friedrich beugte sich über sein Essen und grinste in sich hinein. Anscheinend war er ja auf etwas Interessantes gestoßen, sogar ohne sich vom Platz zu bewegen.

Später, als sie wieder in die Nacht hinaustrotteten, raunte Brumsel Friedrich zu: »Das gibt's doch nicht! Ich laufe rum und belausche die Leute, und du hörst die brisanten Neuigkeiten direkt an deinem Tisch!«

»So brisant war das gar nicht«, wehrte Friedrich bescheiden ab. »Sie haben mich nur gefragt, ob ich die Weiße Fee kenne. Dann haben sie mir erzählt, wer die Geheimen Wächter sind. Sonst nichts. Was hat es denn damit auf sich?«

»Diese sogenannte Fee«, erklärte Brumsel leise, »sitzt irgendwo im Norden und hält von da aus Kontakte in alle Himmelsrichtungen. Sie hat überall ehrbare, arbeitende Leute rekrutiert, damit sie ihr Neuigkeiten zutragen über alles, was an den Grenzen passiert. Ich hatte es dir ja schon mal erklärt, Nordwärts ist ein wildes Land ohne eine Regierung und ohne eine Armee. Deshalb hat sich diese Dame selbst zum Sicherheitsdienst von Nordwärts ernannt. Das wäre auch nicht weiter schlimm, aber sie hasst Ophrys. Es ist durchaus möglich, dass sie ihre Wächter benutzt, um eine Armee zusammenzurotten und Weißfels anzugreifen. Das müssen wir herausfinden.«

»Kann sie wirklich zaubern?«, fragte Friedrich neugierig. »Ich habe gehört, sie hat tausend verschiedene Namen.«

»Zaubern kann sie sicher nicht. Aber sie ist sehr intelligent und gefährlich. Und ihre tausend Namen, ach, ich kenne nur etwa fünfhundert davon. Ich arbeite seit fast zehn Jahren daran, über ihre Pläne auf dem Laufenden zu bleiben. Was gar nicht so einfach ist, das kann ich dir sagen. Sie ist ein harter Knochen.«

Friedrich lief eine Weile stumm neben Brumsel her. »Wo gehen wir eigentlich jetzt hin?«

»In einen Bücherladen«, antwortete Brumsel. »Bevor wir uns eine Unterkunft für die Nacht suchen, solltest du noch ein Stück Lokalhistorie nachholen: die Geschichte von Gryndhild der Großen und den Eisriesen.«

»Was, muss ich heut Abend noch ein Buch lesen?«, fragte Friedrich. Er war nicht begeistert von der Idee.

»Nein, eine Tüte sollst du lesen.«

»Was für eine Tüte?«

»Mythen in Tüten. Kennst du das nicht?«

»Nein. Überhaupt hab ich das Gefühl, dass heute alle wirres Zeug reden.«

»Na, du wirst's gleich sehen. Da sind wir schon.« Brumsel hielt ihn am Ärmel fest, gerade als Friedrich an einem Schild mit der Aufschrift »B. Wurm: Antiquariat und Neuverkauf« vorbeilaufen wollte.

Drinnen sah es aus wie in einem ganz normalen Buchladen, stellte Friedrich fest. Aber Brumsel steuerte schnurstracks auf die Theke zu und forderte von der Verkäuferin (die eine Zikade war): »Der Junge braucht ein paar Gramm Gryndhild in kurz. Haben Sie welches da?«

»Bedaure, im Moment nur die Vollversion-Tüte«, erwiderte die Zikade. »Nicht die Zusammenfassung, nur die Original-Gedichtform.«

»Na schön, dann nehmen wir die. Es kann nicht warten.« Brumsel schob ein Geldstück über die Theke, und die Verkäuferin langte in ein Regal und gab Brumsel eine braune Papiertüte, die mit einem Siegel verschlossen war.

»Da, nimm«, sagte Brumsel und reichte die Tüte an Friedrich weiter.

Friedrich schüttelte sie. Es fühlte sich an, als wäre Sägemehl drin. »Und was mach ich jetzt damit? Wie soll ich das lesen?«

»Das müssen Sie nur ausschütten«, erklärte die Verkäuferin hilfsbereit. »Probieren Sie's ruhig mal auf der Theke aus!«

»Was, ausschütten?«, fragte Friedrich. »So?« Er öffnete die

Tüte an einer Ecke und ließ ein bisschen vom Inhalt auf die Theke rieseln. Dann aber geschah etwas äußerst Seltsames: Das silberne Pulver begann, über die Holzplatte zu sausen. Wie von einem Wind geblasen, ordnete es sich zu Buchstaben an.

»Die Geschichte von Gryndhild der Großen und den vier Eisriesen«, las Friedrich erstaunt ab.

»Sie schütten es aus, und wenn Sie fertig sind, dann klatschen Sie einfach«, sagte die Zikade und schlug die Vorderfüße zusammen. Kaum war das Klatschen verklungen, wirbelte das Pulver hoch und schnurstracks wieder in die Tüte hinein. Nicht ein einziges Stäubchen blieb übrig.

Friedrich war völlig baff. »Was ist das? Zauberei?«

»Genau«, erklärte die Zikade, die sich über sein Erstaunen sichtlich freute. »Mythen in Tüten. So eine Tüte ist viel leichter zu tragen als ein Buch!«

»Ja dann«, sagte Friedrich nur. Er verschloss die Tüte wieder und ließ sich von Brumsel hinausschleppen, während die Verkäuferin ihnen noch »Viel Spaß mit der Mythe in der Tüte!« hinterherrief.

Sie übernachteten im obersten Stockwerk eines fünfstöckigen Rundturms, wo der Wind durch die Fenster pfiff. In einer Wand war eine Nische zu einem Kastenbett ausgebaut und in einer anderen war ein tiefes Loch hineingehauen und innen mit Wachs beschmiert worden. Aus den Nebenzimmern drangen betrunkener Gesang, Poltern und Schnarchen. Es war nicht der Ort, wo Friedrich freiwillig eine Nacht verbracht hätte.

»Vertrau mir. Das ist genau die Art von Absteige, wo Kurierflieger übernachten. Und außerdem ist es doch gemütlich!«, stellte Brumsel begeistert fest. »Ich nehme das Loch in der

Wand.« Und er kroch hinein, mit dem Kopf voran, und begann, leise zu schnarchen.

Friedrich setzte sich auf den Boden und holte seine Mythe-in-der-Tüte aus der Tasche. Gespannt schüttete er eine dünne Pulverspur auf die Holzdielen. Wieder formten sich daraus Wörter und Friedrich fing an zu lesen.

Die Geschichte von Gryndhild der Großen und den vier Eisriesen

Also.
Die Länder südwärts und nordwärts der Zahnberge
waren frei von Gefahren oder Ungeheuern,
und alle Kreaturen, die in Skarnland lebten,
schätzten sich glücklich und priesen das Geschick,
das sie in diese Gegend verschlagen hatte.
Das Land Nordwärts war bevölkert
von freien Leuten,
wild und mit rauen Umgangsformen, aber ehrlich.
Das Land Südwärts war fruchtbar und immer erfüllt von
Frohsinn und Gelächter. Beide Länder
wurden regiert von einer großen Königin,
der größten und berühmtesten Kriegerin, die man je
gesehen hatte.
Aufgrund vieler unglaublicher Heldentaten
hatten die Bewohner von Südwärts sie zu ihrer Königin
gemacht
und Gryndhild die Große wurde sie genannt.
Kein Gegner konnte sie anschauen, ohne dass ihm angst
und bange wurde;

*jeder, der ihr gegenüberstand, sah ihr gleich an,
dass sie stark und tollkühn sein musste.
Im Wettstreit mit einem Dutzend großer Krieger
trank sie alle unter den Tisch.
Von der Südküste bis zu den Gletschern regierte sie mit
Weisheit
und unter ihrer Herrschaft und der ihrer Ratgeber
lebten alle glücklich und zufrieden.*

*Da kamen eines Tages aus den Eisbergen im hohen Norden
vier schreckliche Ungeheuer. Wo ihre Füße hintraten,
da gefror der Boden, und Tiere fielen in tiefen Schlaf.
Unter ihrem Atem froren die Flüsse ein und die Welt
wurde überzogen von tödlichem Weiß.
Günz, Mindel, Riss und Würm waren ihre Namen.
Nach warmen Gefilden hungerte es sie, die sie
mit Schnee und Eis überziehen konnten.
Als die nördlichen Grenzen von Nordwärts eingefroren
waren,
entsendeten die Nordwärtsler in ihrer Not Boten
nach Südwärts und sie erreichten Weißfels.
Als sie vor Gryndhild die Große gebracht wurden,
erschauderten sie angesichts der schrecklichen Schönheit
der Kriegerkönigin.
»Sprecht, was führt euch hierher?«, fragte Gryndhild.
»Und beeilt euch, denn ich habe heute noch etwa
ein Dutzend Ungeheuer zu erschlagen,
und das alles vor dem Abendessen!«
Da sahen sie gleich, dass sie eine furchtbare Gegnerin sein
musste.*

»Wir kommen aus dem Norden, oh Königin«, sagten sie,
»und wir werden bedroht von vier Eisriesen.
Günz, Mindel, Riss und Würm nennt man sie.«
Da stand Gryndhild die Große auf und sprach:
»Zu lange haben diese Unholde ihr Unwesen getrieben.
Ich werde mich persönlich darum kümmern!
Deshalb werde ich heute noch nach Nordwärts aufbrechen,
denn Angriff ist die beste Verteidigung!«
Ihre Ratgeber rieten ihr davon ab, dem Norden
zu Hilfe zu kommen. Aber obwohl sie Angst hatten,
ihre geliebte Königin im Kampf gegen die Eisriesen zu verlieren,
konnten sie sie nicht zurückhalten.
Gryndhild ging in die Waffenkammer und rüstete sich zum Kampf.
Einen Helm nahm sie, geschmiedet aus einem einzigen Stück Eisen und
mit Intarsien aus Gold;
und ihr Schwert Feuerzunge,
das seinerzeit aus den Flügeln von tausend Feuerkäfern gemacht worden war.
Dann zog die große Heldin eine Rüstung an, so
wie man das tun sollte, wenn man sich mit Eisriesen
anlegt. Darin zeigte sich ihre kluge Voraussicht.
Bevor Gryndhild die Große aufbrach,
wurden die Hallen des Schlosses leer geräumt und Bänke und Tische aufgestellt
und der ganze Hof feierte ein Fest.
Gryndhild leerte das goldbeschlagene Horn
Mal um Mal, bis alle großen Krieger des Reiches

*schlafend unter den Bänken lagen und damit die
Überlegenheit ihrer Königin
bezeugten. Dann brach sie auf.*

*Nach langer Reise in den Norden des Landes,
auf der sie viele kleinere Unholde und giftiges Getier
erschlug,
erreichten Gryndhild die Große und ihr Gefolge die Grenze
des Eises. Nie hatte man eine verwüstetere Landschaft
gesehen,
niemals einen furchteinflößenderen Anblick. Die vier Riesen
rissen die grauen Felsen aus der Erde und warfen
sie sich zu, als wäre es nur ein Zeitvertreib. Wo sie gingen,
gefror die Erde, und ihnen folgte eine Wand von Eis.
Günz war für seinen unbändigen Durst
bekannt, Würm für seinen Hunger; der eine trank die Flüsse
leer, der andere
zersplitterte und fraß Bäume und Gräser.
Mindel heulte und sang, dass die Berge erzitterten, und Riss
zerschlug die Felsen zu winzigen Sandkörnern,
so klein, dass man sie kaum noch unter den Füßen spüren
konnte.
Stolz sah Gryndhild die Große ihrem Treiben zu und
verlor keine
Sekunde den Mut, denn sie wusste um ihre Stärke. Sie
sprach:
»Mit dem Schwert ist denen nicht beizukommen, denn
sie bestehen von Kopf bis Fuß aus Eis.
Äxte würden an ihnen zerbersten, Morgensterne nutzlos zu
Boden fallen;*

Schilde würden unter ihren Schlägen erzittern. Aber ich habe einen Plan!«
Und sie befahl, einen riesigen Kessel Würzwein heiß zu machen. Dann trat sie vor Günz hin und rief ihm zu: »Groß und mächtig magst du ja sein, Günz,
aber ich kann dich in einer Sache immer noch besiegen!«
Günz lachte, dass die Berge erzitterten. »Was, du? Du kleines
Tierchen in Blech? Weißt du nicht, dass ich der größte von allen Eisriesen bin?«
Gryndhild antwortete schlau: »Ja, aber ich kann immer noch
zehnmal so viel trinken wie du!«
Da lachte Günz wieder und sprach: »Dann soll es so sein! Wir treffen uns
heute Abend bei Sonnenuntergang, und wenn du nicht zehnmal
so viel trinkst wie ich, werde ich dich zerquetschen unter einem Felsbrocken!« Und so gingen sie auseinander.
Gryndhild rüstete sich für den Abend, aber sie hatte keine Angst.
Und als der goldene Sonnenball über den nördlichen Bergen versank,
stand Gryndhild die Große neben dem großen Kessel heißen Würzweins
am Fuß der Berge. Günz stapfte zu ihr, dass der Boden erbebte.
»Kleines Menschlein«, fragte er, »willst du immer noch gegen mich trinken?«

»Ja«, sagte Gryndhild, »und ich werde gleich damit anfangen!«
Und klug nahm sie einen Becher voll Wein und nippte daran.
Günz lachte dröhnend, hob den ganzen Kessel auf und trank ihn in einem Zug aus. »Das war noch nicht genug«,
erklärte er dann, »ich bin immer noch durstig!«
Doch da begann der heiße Wein, ihn von innen zu schmelzen.
Günz bemerkte das gar nicht; denn er war aus Eis und konnte keinen Schmerz fühlen; aber als seine Beine davongeschmolzen waren und sein Bauch sich auflöste, da heulte er und verfluchte Gryndhild die Große. Bald war von ihm
nur noch eine große Pfütze übrig. Der erste Eisriese war nicht mehr.
Gryndhild aber legte sich in ihrem Zelt schlafen und sparte ihre Kräfte für den folgenden Tag.
Am nächsten Morgen trat sie zu Würm, dem Alles Verschlingenden,
und forderte ihn mit höhnischen Worten heraus.
Würm stimmte zu, bei Sonnenuntergang im Wettessen gegen sie anzutreten. Gryndhild die Große ließ deshalb auf einem Schild einen großen Haufen Salz anhäufen.
Dazu ließ sie eine kleine Schüssel mit Zucker füllen.
Als sie nun zu Sonnenuntergang vor Würm stand, sprach sie:
»Da ich ja keine Bäume und Steine fressen kann, so

*wie du, habe ich hier etwas mitgebracht, was wir beide
essen können. Schau, ich
fange mit dieser kleinen Schüssel hier an
und du kannst dir von diesem großen Haufen nehmen,
was dir behagt!«* So wollte sie seinen Eifer wecken.
Würm aber lachte. *»Ich esse gleich den ganzen Teller voll!
Dann ist nichts mehr für dich da und ich habe schon
gewonnen!«
Und damit nahm er den Schild und ließ
das ganze Salz in seinen Rachen laufen.
Gryndhild die Große aber aß Zucker, bis ihr schlecht
wurde. Tapfer hielt sie aus und gönnte sich
keine Pause beim Essen. Denn sie wusste, dass
Würms Stunden gezählt waren. Das Salz schmolz ihn von
innen,
sodass ihm das Wasser in Bächen vom Körper lief, und
bald war auch von dem großen,
prächtigen Eisriesen Würm nichts mehr übrig
als plätscherndes Nass. Erschöpft ging Gryndhild, die
Siegerin,
zu ihrem Zelt und schlief ein. Vorher tat sie den heiligen
Schwur,
nie wieder Zucker über ihre Lippen zu lassen.

Als zum nächsten Mal die goldene Scheibe der Sonne
über den Horizont stieg, stellte sich Gryndhild die Große
dem Eisriesen
Mindel, dem Heulenden, dem Freund der klagenden Winde.
Sie trat vor ihn hin und forderte ihn zum Duell bei
Sonnenuntergang: Wer von beiden lauter und schrecklicher*

heulen könne, der solle der Sieger sein.« Und, Mindel, abhalten wollen wir diesen Wettkampf in der Schlucht dort drüben!
Denn dort hallt es am schönsten und das wird unseren Kampfgeist
noch mehr anfachen!« Mindel, der sich von ihr geschmeichelt fühlte,
erklärte sich einverstanden. Bei Sonnenuntergang traf Gryndhild die Große auch diesen Gegner in der Schlucht. Gryndhild stand am Eingang der Schlucht, jener mitten darin,
und Gryndhild ließ einen Gesang erschallen, der die Mäuse in
ihren Erdlöchern und die Adler am Himmel erzittern ließ. Doch Mindel holte tief Luft und begann dann zu heulen, dass es die Erde selbst schüttelte.
»Aber ich kann es noch viel lauter!«, rief Gryndhild. »Hör zu!«
Noch einmal sang sie, lauter als zuvor. Noch einmal antwortete ihr Mindel und diesmal bebten die Berge selbst mit
und Stein um Stein fiel von den himmelsstürmenden Gipfeln
herunter in die Schlucht. Und die großen Brocken stürzten auf
Mindel, den Eisriesen, hinunter und zerschlugen ihn in hunderttausend kleine Splitter. »Na also«, sagte Gryndhild die Große,
»bleibt noch einer!« Und damit meinte sie Riss, den gefährlichsten und zornigsten der vier Eisriesen.

Riss hatte erfahren, was Gryndhild mit seinen Brüdern angestellt hatte,
und er kam angerannt, dass die Erde unter seinen Füßen wegstob.
»Weibsbild!«, brüllte er mit schrecklicher Stimme.
»Du hast meine Brüder getötet und dafür wirst du sterben!«
Furchtlos zog Gryndhild die Große ihr Schwert, und
es begann ein Kampf, der zu furchtbar war, um zuzusehen,
sodass alle in der Nähe wegschauen mussten. Gryndhild
hieb mit ihrem Schwert Schlag um Schlag auf
Riss ein, aber gegen das Eis konnte sie nichts ausrichten; und Riss
bekam sie nicht zu fassen, um sie zu zerquetschen.
Drei Tage und Nächte tobte der Kampf und es gab keinen Sieger;
da rief Gryndhild aus: »Halt! So hat es keinen Sinn!
Wir müssen uns ausschlafen und morgen weitermachen!«
Widerstrebend gab Riss zu, dass sie recht hatte.
Da wurde in Gryndhilds Lager das Feuer entzündet und
Gryndhild hielt mit ihren Männern Kriegsrat.
»Riss ist zu stark, um mit dem Schwert besiegt zu werden«,
sprach sie, »und er isst und trinkt niemals und hat auch sonst
kein Steckenpferd, das seine Schwachstelle sein könnte.
Aber ich habe einen Plan. Wenn man einen großen Käse nicht
mit der Klinge schneiden kann, nimmt man
einen Draht!« Da lobten ihre Krieger Gryndhilds Schläue
und begannen, einen langen Draht vorzubereiten.

*Diesen legten sie in die Glut des Feuers, damit
er heiß bleiben sollte. Am nächsten Morgen
stand Gryndhild vor ihrem Zelt, als Riss sich näherte;
und wie es sich für eine Heldin geziemt, hob sie
ihr Schwert und rannte brüllend auf ihn zu.
Riss, der ebenfalls seine Tapferkeit beweisen wollte, rannte ebenso
brüllend auf Gryndhild zu. In der Mitte zwischen den beiden
standen aber zwei Bäume und zwischen diesen
hatte Gryndhild den heißen Draht gespannt. Als
Riss mit voller Wucht dagegen lief, schnitt ihn
der heiße Draht einfach in zwei Teile. So starb
auch der letzte Eisriese eines unrühmlichen Todes.
Und Gryndhild hatte gesiegt.*

*Da begann eine Siegesfeier in ihren Zelten, wie man
dergleichen noch nicht gesehen hatte. Und auf dem Weg
zurück nach Weißfels begannen Blumen zu blühen und
Vögel zu singen und der Frühling brach an.
In Weißfels saßen Gryndhild und alle ihre Ritter
im prächtigen Thronsaal und tranken aus goldenen,
verzierten Bechern und die Dichter und Sänger
berichteten von ihren Heldentaten, und die Weber webten
die Geschichte in Teppiche, auf dass sie niemals
vergessen werden möge.*

*Und Gryndhild regierte in Frieden und Weisheit;
aber eines Tages sprach die größte Heldin
von allen: »Ich werde Skarnland verlassen,*

*doch wisst, dass ich niemals ganz weg sein werde, und
wagt es ja nicht, meinem Land Schaden zuzufügen!
Denn ich werde euch alle im Auge behalten, und wenn
Skarnland Gefahr droht,
dann werde ich wiederkommen und dann
wird es hier einen Satz heiße Ohren geben!«
Und damit stieg die größte Heldin von allen
auf ihr treues Schlachtross und ritt davon.
Bald berührten die silbern beschlagenen Hufe
den Boden nicht mehr und Gryndhild die Große
verschwand
in den Wolken, unter den Strahlen des letzten Abendlichtes.
So schied die größte Heldin dieser Welt von dannen
und hier endet die Geschichte.*

Friedrich blinzelte. Er fühlte sich schon ganz merkwürdig, weil er so lange diese seltsame Sprache gelesen hatte. Gryndhilds Geschichte hatte ihn so gefesselt, dass er an gar nichts anderes mehr gedacht hatte – weder an den unbequemen Boden noch daran, wie müde er war. Gähnend stellte er die Tüte auf und klatschte in die Hände. Das Pulver flog in hohem Bogen in die Tüte zurück. Nicht ein einziges Stäubchen blieb übrig. Brumsel, den das Klatschen geweckt hatte, murmelte etwas Unverständliches und rollte sich in seiner Nische auf den Rücken.

Friedrich zog sich aus und krabbelte in das Kastenbett. Kaum waren seine Augen zugefallen, begannen in seinem Kopf wirre Träume, in denen Eisriesen, Ameisen und eine bleiche, geisterhafte Weiße Fee durcheinanderwirbelten.

3. Kapitel

Friedrich und Brumsel sabotieren eine Verschwörung

»Und was machen wir heute?«, fragte Friedrich, während er noch im Bett saß. Brumsel kroch auf den Dielen des Zimmerbodens hierhin und dorthin. Mal biss er etwas von seinem Frühstückspollenknödel ab, mal krakelte er auf einem großen Blatt Papier herum, das er ausgelegt hatte. Dazwischen beschmierte er sich mit Staub und Dreck, den er in den Ecken des Raumes gefunden hatte, um seine Tarnung aufzufrischen.

»Na ja«, sagte Brumsel, aber eher zu sich selbst als zu Friedrich, »der Käfer, mit dem du dich gestern unterhalten hast, war vermutlich auch ein Wächter. Und er hat dir gesteckt, dass die Wächter Ophrys' Soldaten im Grenzbereich überhaupt nicht gut finden. Sie fühlen sich provoziert. Das heißt zumindest, dass die Wächter auf glühenden Kohlen sitzen. Vielleicht hat die Fee schon lange einen Angriff vorbereitet und sie warten nur auf den Startschuss.«

»Und hast du noch andere Verdächtige?«

»Nordwärts ist ein wildes Land«, erklärte Brumsel, ohne aufzusehen. »Niemand weiß genau, was hier alles im Untergrund passiert. Südwärts ist viel reicher und das macht es natürlich zu einem verlockenden Ziel. Um Südwärts zu unterwerfen, würde sich ein Krieg durchaus lohnen.«

Friedrich dachte darüber nach. »Und die Weiße Fee? Macht sie sich was aus dem Reichtum von Südwärts oder hasst sie einfach nur Ophrys?«

»Puh, das weiß keiner. Vielleicht beides.«

»Was ist denn zwischen den beiden passiert, dass sie sich hassen?«

Brumsel lachte vor sich hin. »Zwischen den beiden? Gar nichts. Die sind sich noch nie begegnet. Es geht bei ihrem Streit um die Grenze zwischen den beiden Ländern, die ist nämlich nie offiziell festgelegt worden. Nordwärts ist ja auch kein richtiges Land mit einer ordentlichen Regierung, deshalb kann es auch keine offizielle Landesgrenze haben. Die Zahnberge sind schon immer die Grenze gewesen, aber Ophrys schickt auch gern Soldatentrupps auf Erkundungsreise über die Berge nach Nordwärts.«

»Warte mal«, warf Friedrich ein. »In der Sage stand doch, dass Gryndhild ganz Skarnland regierte. Wieso ist Ophrys nur Königin von Südwärts?«

»Die Länder sind ziemlich bald nach Gryndhilds Ende auseinandergebrochen«, erklärte Brumsel. »Weißfels liegt ja ganz im Süden, Nordwärts ist weit weg, und ohne Gryndhild als Gallionsfigur haben die Nordwärtsler irgendwann nicht mehr eingesehen, warum sie den Königen von Weißfels unterstehen sollten. Südwärts hatte genug eigene Sorgen, also haben sie Nordwärts das durchgehen lassen. Um ehrlich zu sein, es ist auch besser so. Wenn ein Reich zu groß wird, kann man's kaum noch regieren. Leider hat die Weiße Fee das ausgenutzt, um sich zu etablieren.«

»Und jetzt laufen Gryndhilds Soldaten durch Nordwärts und das mögen die Wächter nicht«, folgerte Friedrich.

»Genau. Wenn Ophrys' Soldaten Pech haben, finden die Wächter sie. Und dann werden sie gefesselt und geknebelt auf unserer Seite der Grenze abgesetzt, mit einem Zettel, auf dem die Weiße Fee schöne Grüße bestellt, und wir möchten doch unsere Spitzel wieder mit heimnehmen, sie will sie nicht.«

Friedrich lachte.

»Andere sind nie zurückgekommen«, setzte Brumsel hinzu. »Was aus denen geworden ist, weiß niemand. Wie dem auch sei, ich habe lange versucht, mit der Fee Kontakt aufzunehmen und sie dazu zu bewegen, mit uns über die Grenzen zu verhandeln. Aber die Weiße Fee kriegt man nicht zu fassen. Es sei denn, sie will das! Im Grunde genommen hat Ophrys recht: Die Fee ist nichts weiter als eine Terroristin. Aber schlau ist sie! Ich würde durchaus gern mal mit ihr verhandeln.«

»Hm.« Friedrich kaute auf seiner Lippe. »Also, mal sehen, ob ich das richtig verstanden habe: Ophrys' Soldaten übertreten die Grenze?«

»Äh, ja.« Brumsel kratzte sich im Nacken.

»Ist es dann nicht in Ordnung, sie rauszuwerfen?«

»Es ist ... es gehört sich nicht«, sagte Brumsel streng.

»Was machen sie da überhaupt? Was wollen sie denn herausfinden auf ihren Erkundungsreisen?«

»Na ja ...« Brumsel sah langsam etwas unbehaglich aus.

Friedrich hakte gleich nach. »Es ist ja sehr günstig für Ophrys, dass die Grenze nicht festgelegt ist. Wenn man ein paar Soldaten hinschickt, dann kann man die Leute vielleicht einschüchtern und die Grenze ein bisschen zu seinen Gunsten verschieben, nicht wahr?«

»Niemals!«, wehrte Brumsel empört ab und setzte dann verlegen hinzu: »Außerdem kann man keine Grenze verschieben, wenn es keine richtige Grenze gibt. Nordwärts hat keine offizielle Regierung, also ist es kein eigentliches Land.«

»Und eine Armee hat es auch nicht«, bemerkte Friedrich. »Wenn man Soldaten hinschickt, ist es also ganz wehrlos.«

Brumsel ließ die Schultern sinken. »Ich sehe schon, von Politik verstehst du nicht viel. Es geht einfach nicht, dass sich irgendein dahergelaufenes Weibsbild zur … zur Polizistin von Nordwärts ernennt und irgendwelche Raufbolde losschickt, um alle zu verdreschen, die sie nicht mag!«

»Ich weiß nicht, das Verdreschen scheint hierzulande Tradition zu haben«, sagte Friedrich nachdenklich. »Gryndhild die Große scheint ja auch ganz groß im Verdreschen gewesen zu sein!«

»Die Weiße Fee hat sich einfach die Macht unter den Nagel gerissen. Die Bewohner von Nordwärts haben sie nie gewählt.«

Friedrich konnte es nicht lassen. »Und Ophrys? Wurde die denn gewählt?«

»Hmpf. Das nennt sich Monarchie. Davon verstehst du nichts!« Brumsel sah beleidigt aus. »Auf jeden Fall müssen wir herausfinden, wer einen Angriff auf Südwärts plant. Egal, ob es die Weiße Fee ist oder jemand anders. Basta.«

»Und wo machen wir weiter?«, fragte Friedrich.

Brumsel fegte seine Papierbögen zusammen. »Die Wächter sind zwar geheim – aber nicht für jemanden, der sich so lange mit ihnen beschäftigt hat wie ich. Die richtig hohen Tiere unter ihnen kenne ich, und ich weiß auch, wo wir sie finden. Ein wichtiger Knotenpunkt des Wächtersystems ist die Grüne Grotte, ein übles Etablissement, etwa drei Tagesreisen nördlich von hier. Wenn die Wächter irgendwo irgendetwas planen, findet man es in der Grotte am leichtesten heraus. Also ist das unser nächstes Ziel.«

Aber so kam es dann doch nicht. Denn kaum traten sie in die Schankstube des Rundturms hinunter, wo es ein trockenes Brötchen, einen Becher Tee und einen Klumpen harte Butter für jeden gab, da stürmte ein Marienkäfer durch die Tür. Um die Schulter trug er eine Tasche voll Zeitungen und auf dem Kopf eine Mütze. »Extrablatt! Gratis-Extrablatt!«, quäkte er und warf auf alle Tische Zeitungen. Auch vor Friedrich und Brumsel klatschte er jeweils eine hin. »Großes Treffen in der Klapperschlucht! Wichtige Neuigkeiten!« Dann machte er kehrt und stakste wieder hinaus. Übelgelaunt schauten ihm die Kurierflieger und Fluginsekten hinterher.

»Die Berichterstattung in der Gegend hier ist deutlich besser, als ich sie in Erinnerung hatte«, sagte Brumsel erfreut und klappte seine Zeitung auseinander. Friedrich tat dasselbe. Die obere Hälfte der ersten Seite wurde völlig von der Überschrift eingenommen: *Herzogin heiratet Baum!* Klein dahinter stand: *Mehr auf Seite zwei.* Die untere Hälfte trug allerdings die Überschrift: *Patriotische Versammlung in der Klapperschlucht! Wider Ophrys' Grenzfestung!*

»Hier, hör dir das an«, zischelte Brumsel und fing an vorzulesen: »*Die Grenzfeste war in früheren Zeiten nur ein Schandfleck in der Landschaft, aber jetzt ist sie eine kriegerische Provokation an der umkämpften Grenze. Deshalb, Brüder und Schwestern, findet euch bei der Grenzfeste ein und helft, um eure Freiheit zu kämpfen!* – Und was danach kommt, ist noch schlimmer. Puh, wer schreibt denn so ein schwülstiges Zeug?«

»Tja, wenn du das wüsstest, wärst du schon ein Stück weiter, was die komischen Träume von Ophrys angeht, was?«, fragte Friedrich mit vollen Backen.

Brumsel faltete die Zeitung zusammen und steckte sie in Friedrichs Rucksack. »Genau. Und deshalb will ich das jetzt rausfinden. Also gehen wir am besten zu dem Verleger der Zeitung und fragen nach, wer für die Anzeige bezahlt hat.«

Aber kaum hatten sie die Straße betreten, da ließ ein schrilles Geplärre sie beide aufhorchen. Am Rand des Marktplatzes stand ein Weberknecht auf einer Seifenkiste und schwenkte vier seiner langen Beine gestikulierend durch die Luft. Um ihn herum hatte sich schon eine ganze Traube von Leuten gebildet.

»Sie werden uns alle versklaven!«, kreischte der Weberknecht. »Und wir streuen uns selbst Sand in die Augen und tun nichts dagegen!«

Friedrich und Brumsel blieben stehen. »Oh, das wird lustig«, sagte Brumsel. »Solche Leute sind immer lustig.«

Der Weberknecht fuhr lauthals fort: »Sie haben ihre fruchtbaren Böden und ihre weißen Paläste, aber das reicht ihnen nicht! Sie wollen uns alle unterwerfen, ALLE!«

Einige Leute gingen kopfschüttelnd vorbei. Andere blieben stehen und die meisten davon grinsten und genossen das Spektakel. Einer aß Knabbergebäck aus einer Tüte, während er interessiert lauschte.

»Sie schielen auf unsere Wälder, unser Eisen, unser Salz! Schon lange versuchen sie, ihre Grenze immer weiter nach Norden zu schieben! Ehrbare Leute werden von ihren Soldatentrupps behelligt! Sie spionieren uns aus, am helllichten Tage!«

»He«, rief jemand aus der Menge, »du musst dringend aufhören, Dinge zu rauchen, die du dir unter den Fußnägeln rausgekratzt hast!«

Der Weberknecht wirbelte herum und starrte den Unterbrecher böse an. »Und ihr dekadenten Feiglinge ignoriert sie einfach! Ihr steht herum und tut nichts! Aber nicht alle sind so wie ihr!« Und er schwenkte eines der Extrablätter. Friedrich schielte nach Brumsel. Der stutzte und lehnte sich immer weiter vor. Fast hing er seinem Vordermann auf dem Rücken.

»Und wenn ihr Mumm und Rückgrat habt, dann holt ihr eure Waffen und schließt euch ihnen an! Ha!« Die Augen des Weberknechtes rollten herum und blieben plötzlich auf Friedrich hängen. »Du da! Junger Mann! Dein Land braucht dich!«

»Das bezweifle ich doch«, murmelte Friedrich. »Das hat wahrscheinlich bis jetzt gar nicht gemerkt, dass ich weg bin.« Es war ihm außerdem ziemlich peinlich, von diesem Spinner angeschwafelt zu werden. Brumsel zupfte ihn am Ärmel und Friedrich folgte ihm so schnell er konnte. Der Weberknecht keifte hinter ihnen her und nannte Friedrich einen Feigling.

Als sie zwei Straßen weiter waren, sagte Friedrich: »Hier scheint es ja heiß herzugehen. Glaubst du, der Verleger der Zeitung will uns überhaupt eine Auskunft geben?«

»Vergiss den Verleger«, knurrte Brumsel aufgekratzt, aber sichtlich zufrieden. »Wir fliegen sofort los zur Klapperschlucht und finden raus, wer hinter der Sache steckt. Dann können wir auch gleich die Garnison auf der Grenzfeste warnen. Komm, steig auf!«

Als sie sich in die Luft erhoben, konnte Friedrich sehen, wie die Menge sich zerstreute. Brumsel grinste grimmig vor sich hin. »Die waren sich ja sehr sicher, dass niemand aus dem Süden die Zeitungen von Nordwärts liest! Was für ein Haufen Anfänger.«

»Wie lange brauchen wir denn bis zur Klapperschlucht?«, fragte Friedrich.

»Wenn wir Glück haben, sind wir heute Abend da«, überlegte Brumsel. »Wenn nicht, dann morgen.«

Den ganzen Tag lagen die Zahnberge rechts von ihnen, Brumsel folgte der Gebirgslinie nach Osten. Sie gönnten sich kaum eine Pause, und Friedrich verwünschte wie so oft den Tag, an dem er nach Skarnland gekommen war. Sein Hinterteil und seine Beine schienen ständig einzuschlafen, und es gab wenig, was er dagegen tun konnte, solange er auf Brumsels Rücken saß.

Über endlose Mohnfelder führte der Flug. Zahllose Hummeln in allen Größen und Streifungen surrten darüber in der Luft. Dann sagte Brumsel, dass ihn der Anblick der Mohnfelder hungrig mache und dass sie ohne ein zweites Frühstück gar nicht weiterfliegen könnten; also machten sie noch einmal Brotzeit in einer Blüte. Friedrich hatte Mohnblüten noch nie von Nahem gesehen. Ihre Pollen waren dunkelviolett und Brumsel warf sich darauf wie ein Verhungernder. Eigentlich schmeckten sie nicht schlecht, aber die Blüte schwankte im Wind ziemlich heftig, was beim Essen nicht sehr angenehm war.

Zu Hause – überlegte Friedrich, als er kauend auf einem Mohnblatt saß –, zu Hause würde er jetzt gerade den Staubwedel zur Hand nehmen und anfangen, die Pokale zu polieren, denn es war Samstag. Dann würde er kochen, dann essen, dann abspülen, dann würde er sich wieder eine Ausrede einfallen lassen, um nicht mit seiner nervigen Nachbarin zum Tanztee zu gehen (Kopfschmerzen!), und dann würde gar nichts mehr passieren bis zum Schlafengehen. Stattdessen war er hier und die ganze Welt hatte den Verstand verloren.

Nun ja, immerhin musste er heute seine Nachbarin nicht sehen. Der Gedanke stimmte ihn fröhlich.

»Los geht's!«, sagte Brumsel und stand auf. »Wir haben noch einen weiten Weg vor uns!«

Aber an diesem Tag schafften sie es nicht mehr bis zur Klapperschlucht. Nachdem die Sonne untergegangen und die Luft kalt geworden war, landeten sie hoch oben in einer Kiefer und schliefen in einer Baumhöhle. Am nächsten Morgen wurde Friedrich schon sehr früh von Brumsel geweckt und sie flogen weiter, etwas tiefer in das Gebirge hinein.

»Weit ist's nicht mehr«, sagte Brumsel irgendwann. »Ich fliege einmal über die Schlucht, und dann sehen wir, wo wir landen können!«

Der Boden vor ihnen fiel steil ab. An den Hängen standen Kiefern und kleinere, graue Pflanzen. Fliegen und Wildwespen flogen ab und zu über den Abgrund. Brumsel drehte eine zügige Runde, schaute aber sehr genau hin und wies Friedrich an, dasselbe zu tun.

»Da ist was, glaube ich«, sagte Friedrich schließlich und beugte sich über Brumsels Seite. »Siehst du die Kiefern da unten, wo mittendrin ein Wacholder steht?«

»Ja, da drunter bewegt sich ein Haufen Volk«, stieß Brumsel hervor. »Ich drehe noch eine Schleife, dann fliegen wir durch die Bäume, sodass sie uns nicht sehen können!«

Kurz darauf landeten sie zwischen den Zweigen des Wacholderbusches auf dem felsigen Erdboden und krabbelten vorwärts, um über einen großen Steinbrocken zu spähen. In einiger Entfernung standen bräunliche Zelte und dazwischen wuselte es nur so von Betriebsamkeit. Käfer rollten Fässer zwischen den

Zeltschnüren hindurch und durch den Vorhang eines großen, rötlichen Zeltes am Lagerrand; ein riesiges Heupferd stakste durch die Menge und irgendwo fielen mehrere Metallgegenstände herunter und machten einen Höllenlärm.

»Glaubst du, wir können uns anschleichen?«, flüsterte Friedrich.

»Wir könnten so laut stampfen, wie wir wollen, bei dem Krach«, gab Brumsel düster zurück. »Hören würden sie uns nicht, aber sehen! Wir haben ja keine Deckung. Vielleicht können wir ums Lager herumgehen und uns auf der anderen Seite anschleichen. Da scheint es mehr Steinbrocken zu geben, hinter denen man sich verstecken kann.«

Aber kaum hatten sie ein Stückchen zurückgelegt, als ihnen der Zufall zu Hilfe kam. Direkt vor ihnen wurde gefrühstückt: Ein Totenuhr-Käfer, eine Libelle und ein Mann aßen belegte Brote.

»Immer nur kalte Küche«, nölte die Libelle, die eindeutig ein Männchen war. »Seit Tagen nur kalte Küche, können wir nicht *einmal* ein Feuer anmachen?«

»Feuer gleich Rauch, Rauch gleich entdeckt werden«, erklärte die Totenuhr. »Wenn der Knall vorbei ist, kannst du Feuer machen – dann ist es egal. Dann kannst du dir sogar gleich fünf oder sechs Feuer anzünden.«

Die Libelle schaute die Totenuhr missbilligend an. »Was soll ich denn mit fünf oder sechs Feuern? Ich will doch nur Stockbrot grillen!«

»Außerdem«, warf der Dritte der Gruppe ein, »wäre es gefährlich, jetzt ein Feuer anzumachen, solange die ganzen Pulverfässer noch im Lager sind. Knallen soll es bitte schön erst, wenn wir weg sind!«

»Weg«, sagte die Totenuhr nachdenklich, »könnten wir schon seit vorgestern sein. Auf was warten wir hier eigentlich?«

»Auf das Signal zum Angriff!«, sagte die Libelle wichtig.

Die Totenuhr rollte mit den Augen. »Ach so. Schön, dass wir das geklärt haben. Aber im Ernst: Seit Tagen sitzen wir hier rum. Wer kann sich das leisten, uns dafür zu bezahlen?«

Der Mann zuckte die Achseln. »Ist doch egal. Wenn mich einer fürs Rumsitzen bezahlen will, ist mir das recht. Außerdem soll's heute Abend losgehen.«

»Das hieß es schon gestern«, schnaubte die Totenuhr.

Ein Pfiff unterbrach das Gespräch der drei. Alle schauten auf, wechselten Blicke, zuckten die Achseln, trotteten los und verschwanden ins Lager.

Friedrich und Brumsel schauten sich ebenfalls an. Schließlich flüsterte Friedrich: »Glaubst du, die reden über Schießpulver?«

»Sollte mich schwer wundern, wenn das kein Schießpulver wär«, sagte Brumsel und starrte auf die Gestalten, die im Lager umeinanderwuselten. »Was sollen sie denn sonst zum Knallen nehmen? Ich nehme an, sie werden versuchen, die Mauern der Festung zu sprengen.«

»Wahrscheinlich an einer Ecke«, sagte Friedrich weise, denn er hatte als Kind gern Bücher zur Geschichte der Kriegsführung gewälzt. »Da wirkt es am besten.«

Brumsel warf ihm einen anerkennenden Blick zu. »Na, du bist ja gar nicht so ahnungslos, wie du aussiehst.«

»Ich hab aber keine Ahnung, was du jetzt vorhast«, sagte Friedrich. »Also, was machen wir? Sollen wir die Leute in der Festung warnen?«

»Hm, ja, das wäre eine Möglichkeit«, murmelte Brumsel und kratzte sich. »Aber ... hm ...« (hier sah Friedrich ein Glitzern in seinen Augen) »... aber noch besser wäre es ... wenn wir ihnen den Plan selbst versemmeln. Das würde sie wurmen!«

»Und wie?«, fragte Friedrich, der sich nicht vorstellen konnte, wie zwei Leute etwas gegen ein ganzes Lager voller Rebellen ausrichten sollten.

Brumsel grinste vor sich hin und rieb die Vorderfüße aneinander. »Indem wir ihr Schießpulver nass machen.«

Friedrich versuchte, sich vorzustellen, wie das wohl funktionieren sollte, aber sein Hirn kam dabei nicht weit. »Wie das?«

»Tja, das ist ein Problem. Wir könnten ein Fass Wasser in das Pulverzelt rollen und es irgendwie über die Pulverfässer kippen ... oder auf einen Regenguss warten und dann die Zeltschnüre durchschneiden, damit das Zelt zusammenfällt und der Regen über die Fässer läuft ...«

»Aber sind Fässer denn nicht ziemlich wasserdicht?«, fragte Friedrich. Brumsel hatte sich in Bewegung gesetzt und jetzt krochen sie durch Wurzeln und Felsen um das Lager herum. »Ist das nicht sogar der wichtigste Punkt an Fässern, dass sie wasserdicht sein müssen?«

»Ja, schon«, sagte Brumsel unbeirrt und stapfte voran. »Wir könnten natürlich einen Schlauch besorgen und ihn nacheinander in die Einfüll-Löcher der Fässer halten. Oder alle Fässer aufstechen, damit ihnen das Pulver auf den Boden läuft. Das würde ihnen zumindest Probleme bereiten.«

»Warum pinkeln wir nicht einfach drauf?«, schlug Friedrich vor und meinte es kein bisschen ernst.

»Gute Idee! Ich hole einen großen Eimer Wasser, den können wir trinken und ...«

»Warum schütten wir dann nicht den großen Eimer Wasser auf das Pulver?«, fragte Friedrich.

Brumsel starrte ihn an. »Wir drehen uns im Kreis mit dieser Diskussion. So kommen wir nicht weiter.«

»Das war auch nur ein Witz mit dem Draufpinkeln«, sagte Friedrich. »Wir können es genauso gut anzünden.«

»Was müssen wir denn dafür trinken?«, fragte Brumsel gedankenverloren. »Spiritus? Spirituosen? – Äh, was?! Was hast du grade gesagt? Anzünden?«

»Ja, klar«, sagte Friedrich. »Warum jagen wir das Zeug nicht einfach sofort in die Luft? Dann ist es weg.«

Brumsel legte den Kopf schief und schaute, als hätte er in eine Zitrone gebissen. »Gewagt, wahnsinnig gefährlich und stilsicher«, sagte er. »Mir gefällt, wie du denkst!«

»Ich hab nicht gedacht«, sagte Friedrich. »Auf so eine blöde Idee kommt man nicht, wenn man denkt. Wahrscheinlich würden wir bei dem Versuch draufgehen und die halbe Schlucht würde einstürzen!«

Brumsel klopfte ihm auf die Schulter. »Junge, du hattest eine sehr gute Idee und darauf werden wir jetzt aufbauen!«

Friedrich zog seine Schulter weg und hielt sofort dagegen. »Aber das war nur ein Witz! Das ist doch viel zu gefährlich! Wenn wir hier eine Explosion verursachen, wird noch jemand verletzt oder stirbt! Von uns selbst mal ganz abgesehen – ich sprenge niemanden in die Luft wegen eurer politischen Streitereien!«

Brumsel hob einen Fuß. »Daran habe ich schon gedacht. Wir sorgen dafür, dass niemand mehr in der Nähe steht. Vertrau mir. Ich bin Experte für so was.«

Schon wieder hatte Friedrich das Gefühl, dass alle um ihn herum verrückt geworden waren. Er hätte gern wild protestiert, aber das ging jetzt nicht, also stapfte er stumm hinter Brumsel her, der sich dem Lager und dem großen Hauptzelt von der

Nordseite aus nähern wollte. Eine lange Zeit kletterten sie über Felsbrocken, krabbelten unter Wurzeln durch und erstarrten bei jedem Geräusch, das in ihrer Nähe zu hören war. Dann tauchte zwischen den Bäumen vor ihnen die Rückseite des rotbraunen Zeltes auf.

Auf langen Beinen makste das Heupferd vor dem Zelt vorbei.

Brumsel lugte über eine Wurzel. »Wachen an allen vier Ecken des Zeltes. Wahrscheinlich noch ein paar mehr auf der Vorderseite, vor dem Eingang.«

»Wie kommen wir da ran?«, flüsterte Friedrich.

»Im Moment gar nicht«, antwortete Brumsel düster. »Aber dafür ist man ja Spezialist. Ich habe für solche Fälle ein ganz besonderes Wässerchen dabei. Ruf des Geldes heißt es, vom letzten Jahr. Ein ausgezeichneter Jahrgang. Sehr stark.«

»Du redest wieder Zeug, das ich nicht verstehe«, sagte Friedrich und lehnte sich trotzig mit dem Rücken gegen einen Felsen.

Brumsel drehte sich vom Lager weg und setzte sich neben ihn. »Ganz einfach. Du kennst doch bestimmt das Gefühl, wenn jemand will, dass du etwas Unangenehmes tust, oder? So wie, ähm, irgendjemanden verraten oder etwas Ekliges wegmachen?«

»Hab davon gehört«, sagte Friedrich vorsichtig.

»Du sagst: Will ich aber nicht. Und dann bietet dieser Jemand dir Geld dafür an. Und du sagst: Mach ich immer noch nicht. Aber dann bietet er dir mehr Geld dafür an, und irgendwann so irrsinnig bescheuert viel Geld, dass du schwach wirst. Und du fängst an zu überlegen: Vielleicht ist es ja doch eine gute Idee, etwas Blödes zu machen, wenn ich so viel Geld dafür kriegen kann ... und was du dann in deinem Kopf hörst, das ist der Ruf des Geldes.«

»Du willst die Wachen bestechen?«, fragte Friedrich und dachte dabei: Diese Hummel drückt sich wirklich umständlich aus.

»Nee, eben nicht!« Brumsel zog den Rucksack heran, langte hinein und fing an zu wühlen. »Ich gebe ihnen das Gefühl der Versuchung. Sonst gar nichts.« Er zog den Fuß aus der Tasche. Darin hielt er eine Reihe von vier winzigen Fläschchen mit Korken, die alle in eine einzige Lederfassung eingenäht waren. »Hier drin«, erklärte er verschwörerisch, »ist die Essenz dieses Gefühls, dass das Geld nach dir ruft. Das lässt einen alle guten Vorsätze vergessen. Wenn ich die Fläschchen aufmache und die Luft in die richtige Richtung fächele, dann kriegen alle im Lager diese Essenz in die Nase. Und schwupps, verlassen sie ihren Posten und rennen hinterher – obwohl sie gar nicht wissen, wieso sie das machen!«

Friedrich zog die Stirn in Falten. »Was ist denn das? Zauberei?«

Brumsel stutzte. »Aber natürlich. Was denn sonst?«

»Die Mythen in Tüten fand ich netter«, sagte Friedrich. »Leute mit Zauberei zu manipulieren, ist doch ... ziemlich unfein.«

Brumsel schaute ihn an, als hätte er gerade etwas sehr Dummes gesagt. »Das hier ist Spionage. Da geht es öfters etwas unfein zu«, erklärte er dann.

»Mir gefällt's nicht«, sagte Friedrich und verschränkte die Arme.

»Ist mir egal, ob's dir gefällt«, sagte Brumsel hitzig, aber dann fuhr er ruhiger fort: »Du wirst außerdem gar nicht mit dem Zeug in Berührung kommen. Du hast eine ganze andere Aufgabe. Während ich mit den Chemikalien hantiere und Luft in die richtige Richtung fächele, wirst du in das Zelt krabbeln, die Fässer aufmachen und die Lunten legen.«

»Werd ich?«, fragte Friedrich, mehr als überrascht. »Das kann ich aber nun wirklich nicht. Ich hab keine Ahnung von Sprengstoffen oder Lunten.«

»Macht nichts, ich gebe dir genaue Instruktionen«, sagte Brumsel zufrieden. »Ich würde es ja selbst machen, aber ich kann dir das Duftwasser nicht anvertrauen, verstehst du? Wenn du nur den leisesten Hauch davon in die Nase kriegst, fällst du selbst unter seinen Einfluss und vergisst alles andere. Ich kann mir die Ausdünstungen durch Flügelfächeln vom Hals halten, aber du – du musst dir die Nase zustopfen.«

»Auch das noch«, seufzte Friedrich.

Brumsel begann, in seinem Rucksack zu kramen, und förderte schließlich eine Rolle dicken Bindfaden zutage. »Hm, die Brennfähigkeit müsste noch besser sein«, murmelte er kritisch. »Schneid doch mal die Wurzel hier an. Mit Harz sollte es gehen.«

Friedrich zog das Messer aus seiner Lederhülle und pulte an einer nicht ganz so verknöcherten Stelle der Wurzel herum. Während er das tat, begann Brumsel, ihm leise einen Vortrag über Sprengstoffe zu halten – über Schießpulver, Arten von Zündschnüren und das korrekte Anbringen derselben. Friedrich verstand ungefähr die Hälfte von dem, was Brumsel sagte, aber er stellte keine Fragen mehr. Ihm schwirrte der Kopf schon genug.

Irgendwann zeigten sich die ersten Harztropfen und Brumsel zog drei lange Schnüre daran entlang. Es war ein klebriges

Handwerk, und als Friedrich ihm zur Hand (respektive zum Fuß) ging, war er öfters in Versuchung, laut zu fluchen.

Die Sonne stieg höher, bis sie ihre Zündschnur-Verharzung beendet hatten. Friedrichs Magen begann zu knurren, aber er war so aufgeregt, dass er nichts heruntergekriegt hätte. Brumsel rollte noch zwei Harzkügelchen, um Friedrichs Nasenlöcher zu verstopfen (Friedrichs Freude hielt sich in Grenzen). Als alles vorbereitet und Friedrichs Nase verpfropft war, erklärte Brumsel: »Ich gehe jetzt und öffne die Duftflaschen. Du bleibst hier, und wenn alle Wachen weg sind, schleichst du dich rein!«

»Und ich ziehe die Korken raus und lege die Schnurenden in die Fässer?«

»Ja, genau. Wir wissen ja nicht, wie viele Pulverfässer es sind, aber selbst wenn nur ein Fass hochgeht, reicht das schon. Dann zerstört der Druck die anderen Fässer und die explodieren auch. Da bleibt nichts übrig. Und lass dir ja nicht einfallen, sie schon zu zünden, bevor ich zurück bin!«

Friedrich holte tief Luft. »Ich tu mein Bestes.«

»Gut so.« Brumsel klopfte ihm auf die Schulter, bevor er durch die Baumwurzeln davonkroch. Friedrich sah ihm hinterher, dann setzte er sich hin und wartete. Aus dem Lager ertönten lautes Reden, etwas Gesang und viel Gelächter. Anscheinend waren diese Amateure sich ihrer Sache sehr sicher.

Im Gegensatz zu mir, dachte Friedrich bedrückt.

Lange Zeit geschah gar nichts. Dann machte sich Unruhe breit. Am anderen Ende des Lagers standen plötzlich Leute auf, schnupperten in den Wind und tappten langsam zwischen die Kiefern. Immer mehr von ihnen liefen in die Felsen hinein, manche rannten sogar. Die plötzliche Neugier schien sich immer mehr in Friedrichs Richtung auszubreiten, bis einer der

Wachposten (ein Mistkäfer) den Kopf hob. Gleichzeitig begann an der nächsten Zeltecke der andere Wachmann zu schnüffeln.

»Hmm, was ist denn das?«, murmelte der eine.

»Bin gleich wieder da«, murmelte der andere, fast willenlos, und sie stolperten beide davon.

Nun folgten die beiden Wachen an den anderen Ecken und ganz zuletzt zwei, die am Zelteingang gestanden haben mussten. Begeistert wankten sie an Friedrich vorbei und fragten sich gegenseitig, was denn da so verlockend riechen könnte.

Das Lager war jetzt fast leer, nur noch ein paar verlorene Nachzügler torkelten begeistert hinter dem Duft her, den Friedrich zum Glück nicht riechen konnte.

Friedrich duckte sich noch ein bisschen hinter die Baumwurzel, dann kroch er durch die Felsbrocken vorwärts, auf die Rückseite des Zeltes zu. An die Vorderseite traute er sich nicht, obwohl niemand mehr da war, der ihn hätte sehen können.

Die Zündschnüre in der Tasche, riss er zwei hölzerne Zeltheringe aus dem Boden und kroch dann unter der rotbraunen Plane durch. Sobald er im Inneren des Zeltes war, warf er einen scharfen Blick um sich herum, falls doch noch jemand da war und auf das Pulver aufpasste. Aber das Zelt war leer, bis auf ein paar Holzkisten in der Mitte. Und auf den Holzkisten lagerten vier kleine Bierfässchen, festgekeilt, damit sie nicht davonrollten.

»Was, mit dem bisschen Schießpulver wollen sie eine Festung angreifen?«, murmelte Friedrich vor sich hin. »Das sind ja Optimisten!« Mit zwei Schritten war er bei den Fässern. Die Korken waren fest hineingestopft, aber Friedrich pulte sie mit dem Messer heraus. Drinnen in den Fässern konnte er ein graues Pulver sehen.

Während er die vorbereiteten – und sehr klebrigen – Zündschnüre in drei der Fässer legte, lauschte er auf Geräusche von draußen. Ein paar Mal glaubte er, dass sich Schritte näherten, aber es war immer nur ein falscher Alarm, ein raschelndes Blatt oder eine Sinnestäuschung. Die Schnurenden versenkte er tief im Pulver. Dann kroch er zur Zeltwand, die Zündschnüre langsam hinter sich abrollend.

Zum Schluss stolperte er zurück hinter die Felsen und lugte aus der Deckung. Er hätte sich aber gar nicht zu beeilen brauchen, nichts rührte sich in der Nähe des Zeltes.

»Brumsel, wo bleibst du denn?«, murmelte Friedrich vor sich hin. Er begann zu fürchten, dass Brumsel der Wirkung seines eigenen Duftwässerchens zum Opfer gefallen wäre, und machte schon Pläne für einen Rückzug allein, denn hier konnte er ja nicht lange bleiben. Da kam die Hummel leise von hinten angekrochen.

»Hat alles geklappt?«, fragte Brumsel heiser.

»Ich denke schon«, flüsterte Friedrich. »Kann ich jetzt die Stopfen aus der Nase nehmen?«

»Ja, jetzt müsste es sicher sein. Lass uns loslegen. Steig auf und halt dich gut fest – das ist das Wichtigste.«

Friedrich schlug das Herz bis zum Hals, während er auf Brumsels Rücken kletterte. »Kommen wir denn weit genug weg, bevor hier alles in die Luft fliegt?«, fragte er.

»Och, die Druckwelle sollte uns aus dem Gefahrenbereich befördern«, sagte Brumsel fröhlich. »Und steck dir die Finger in die Ohren. Wenn man Finger hat, soll man das ausnutzen.«

»Druckwelle?«, wiederholte Friedrich bange.

»Keine Sorge.«

»Du hast leicht reden, bei dir sind die harten Teile außen

und die weichen innen«, murmelte Friedrich. Ihm war etwas schwindelig, und er hatte das Gefühl, dass er reden musste. »Bei mir ist es umgekehrt!«

»Pscht. Benutz deine Daumen und mach die Lunte an, sei so gut.«

Mit zitternden Fingern gehorchte Friedrich; aber es brauchte mehrere Versuche, bis er überhaupt die Lunte erwischte. Mit einem Zischen flammte das Harz auf.

»Und los!«, keuchte Brumsel und stieß sich mit allen Beinen von der Erde ab. In zwei, drei Spiralen schossen sie nach oben. Friedrich versuchte, durch Brumsels Pelz nach unten zu schauen, wie weit die Lunte abgebrannt war. Aber sie stiegen so schnell auf, dass man das Lager schon nicht mehr unter den Bäumen sehen konnte.

WUMMS!

Der Knall war unvorstellbar laut – Friedrich konnte erst einmal gar nichts mehr hören. Über die Schulter sah er, dass eine riesige, weiße Stichflamme aus den Bäumen hervorschoss, dass die Äste zur Seite gedrückt wurden wie von einem Windstoß; und dann erwischte sie die brennend heiße Luft und wirbelte sie weit in den Himmel hinauf. Die Luft war voll mit Schwefel, Harz und scharfem Schießpulvergeruch. Am meisten aber – so sagte er später immer, wenn er die Geschichte erzählte –, am meisten drängte sich ihm der Geruch seiner eigenen angesengten Haare in die Nase. Erst wurden Friedrich und Brumsel hochgewirbelt, dann fielen sie tief hinunter und schließlich sausten sie in eine elegante Kurve und stiegen wieder auf.

Friedrich konnte immer noch nichts hören und dachte entsetzt, er wäre für immer taub geworden, aber dann kam ein dünnes Pfeifen und langsam stellten sich auch andere Geräusche wieder ein – leise zuerst, aber dann immer deutlicher. Er verrenkte sich fast den Kiefer bei dem Versuch, sein überwältigtes Innenohr wieder in Position zu bringen.

»Na, das war doch gar nicht so schlimm«, sagte Brumsel fröhlich, und seine Stimme klang, als käme sie von sehr weit weg. Seine Borsten waren natürlich nicht versengt, weil mit Gold beschichtet, und er sah so frisch aus wie immer.

»Jetzt weiß ich, was ohrenbetäubend heißt«, stöhnte Friedrich und drehte die Zeigefinger in den Ohren hin und her.

»He, he. Das war ein hübscher Knall, nicht? Und jetzt machen wir uns aus dem Staub«, sagte Brumsel und schlug einen geradlinigen Flug nach Norden ein.

»Glaubst du, sie verfolgen uns?«, fragte Friedrich und meinte schon, in den Rauchschwaden über den Bäumen irgendwelche fliegenden Gestalten zu erkennen.

»Würde mich wundern, die haben bestimmt mit sich selbst genug zu tun«, erwiderte Brumsel. »Außerdem, bei dem Chaos im Lager wissen sie wahrscheinlich nicht mal, wer zu ihnen gehört und wer nicht.«

»Das sind wirklich lausig organisierte Wächter, diese Wächter«, wunderte sich Friedrich.

»Ich hab meine Zweifel, ob das Wächter waren«, sagte Brumsel und knirschte mit den Mandibeln.

Eine Weile waren sie still. Dann hakte Friedrich nach: »Stimmt. Die Wächter bekommen ja kein Geld, oder? Die Leute da unten haben vorhin von Bezahlung geredet.«

»Das ist wahr«, gab Brumsel zu. »Hab noch nie davon gehört, dass die Fee ihre Leute bezahlt.«

»Waren das dann vielleicht Sprengstoffexperten, die sie angeheuert hat?«, überlegte Friedrich.

Brumsel drehte sich langsam zu ihm um. »Die Pfeifen da? Meinst du wirklich?«

»Na ja, doch eher unwahrscheinlich«, gluckste Friedrich.

»Genau. Eigentlich sollten wir schnurstracks nach Hause und Meldung erstatten«, erklärte Brumsel. »Aber das machen wir nicht.«

»Sondern fliegen nach Norden, das hab ich schon gemerkt«, sagte Friedrich. »Was gibt es denn im Norden?«

»Die Grüne Grotte«, sagte Brumsel düster. »Wir werden dem alten Gryllo Talpa mal ordentlich auf den Zahn fühlen.«

Wer oder was Gryllo Talpa war, das fand Friedrich erst später heraus. Ihre Reise zur Grünen Grotte setzte Brumsel für drei Tage an und damit war Friedrich vorerst zum Stillsitzen und Nichtstun verdammt. Sobald er aber anfing zu motzen, dass er keine Lust mehr hatte, den ganzen Tag auf Brumsels Rücken zu sitzen, parierte Brumsel mit der Bemerkung, dass er noch viel weniger Lust hatte, Friedrich den ganzen Tag zu tragen.

So verging der Rest des Tages zwar im Flug, aber leider nicht *wie* im Flug. Friedrich saß stundenlang da, stierte in die Landschaft und dachte über die Absurdität seiner Lage nach. Gefangen in einem Konflikt zwischen zwei Ländern, die ihn überhaupt nichts angingen. Kurzerhand zum Spion und Sprengstoffexperten ernannt. Fast aufgefressen und völlig verwirrt. Er konnte sich kaum noch daran erinnern, wie sich ein normales Leben anfühlte.

So sann er über sein Schicksal nach und starrte hinunter in die Heidelandschaft, als er plötzlich etwas Seltsames entdeckte: einen schmalen, kahlen Sandstreifen zwischen den Pflanzen, der wie ein Trampelpfad aussah. Anders als die meisten anderen

Trampelpfade erstreckte er sich nicht über ein kurzes Stück, sondern immer weiter, von Horizont zu Horizont. Manchmal verschwand er kurz unter Blättern, dann war er wieder da und führte weiter nach Norden, in dieselbe Richtung, in die sie auch flogen. Irgendwann fragte Friedrich nach, was es damit auf sich hatte.

»Das ist eine Ameisenstraße«, erklärte Brumsel.

Friedrich schaute interessiert nach unten, aber keine Ameise war zu sehen. Eine Weile ließ er die Gedanken treiben, während sich weit unter ihnen die Ameisenstraße um Bäume und Pfützen herumwand.

Dann sah er endlich eine Ameise. Als sie näher kamen, spähte er hinunter, um zu sehen, was sie allein auf der Straße tat. Es sah aber aus, als täte sie gar nichts, sie saß nur gekrümmt am Wegrand; und fast waren sie schon vorbeigeflogen, als es Friedrich dämmerte, dass da etwas nicht in Ordnung sein konnte. »Brumsel, warte mal«, rief er. »Lass uns schnell bei der Ameise halten!«

»Wieso das?«

»Ich glaube, es geht ihr nicht gut!«

Brumsel drehte sich um und schaute Friedrich an, als ginge es dem nicht gut, aber dann drehte er bei und segelte in einer Spirale hinunter zu dem niedergetrampelten Weg. Friedrich sprang ab und lief zu der Ameise hin, die glänzend und gekrümmt am Wegrand lag. Sie rührte sich nicht.

Friedrich sprach sie laut an: »Hallo, Sie! Können Sie mich hören?«

»Das ist eine Frage für die Philosophen«, murmelte Brumsel.

Friedrich gab nicht auf. Er beugte sich zu ihr runter, packte sie an einem Bein und begann zu schütteln. »He! Hallo!«

Brumsel räusperte sich. »Friedrich, ich sag's dir nur ungern, aber die ist tot.«

»Tot?« Friedrich drehte sich erschrocken um und schaute sich dann die Ameise noch einmal genauer an. »Aber ... woran ist sie denn gestorben? Sie hat ja keine Verletzungen, gar nichts!«

»Nee. Sie ist halt einfach gestorben. Lass uns weiterfliegen.«

»Wir können sie doch so nicht hier liegen lassen! Wieso liegt eine tote Ameise an einer Ameisenstraße? Da sollte sie doch sicher sein!« Friedrich kniete sich neben die Ameise und versuchte weiter, die Todesursache zu entdecken.

Brumsel setzte sich erst einmal hin und fing an, Friedrich einige Grundsätze in Ameisenkunde zu erklären. »Also, hör zu. Ameisen sterben eben ab und zu. Sie gehen nicht in Rente, sondern ziehen mit ihrem Volk mit, bis sie an Altersschwäche sterben. Irgendwann legen sie sich einfach hin und das war's. Deshalb bleiben sie oft an Wegrändern liegen, wenn ihr Volk unterwegs ist.«

»Und keiner hilft ihnen?«

»Bei was, beim Sterben? Das kriegen sie allein hin.«

»Und keiner begräbt sie?«, piepste Friedrich, den Tränen nahe.

»Nee. Vielleicht kommt ja jemand vorbei, der gern einen Happen essen würde.« Brumsel bemerkte zu spät, was für eine grausame Weisheit er von sich gegeben hatte, und schlug einen Fuß vor den Mund. »Jedenfalls kann kein Zug von ein paar Millionen Ameisen anhalten, um eine einzige Arbeiterin zu begraben!«

»Dann sollten wir das tun!«, schniefte Friedrich.

»Warum?«, fragte Brumsel und verdrehte die Augen. »Ameisen erwarten kein Begräbnis. Du tust ihnen damit überhaupt keinen Gefallen. Ameisen ist es egal, was aus ihrem Körper wird, wenn sie tot sind.«

»Aber ... aber ...« Friedrich schniefte noch einmal. Dann fing etwas seinen Blick: An einem der Fühleransätze hatte die Ameise einen schwarz glänzenden Knubbel, am anderen nicht. Für einen Moment vergaß Friedrich seinen Kummer und beugte sich über den Kopf der toten Arbeiterin.

Was er für einen Knubbel gehalten hatte, war ein kleiner Metallring, der am Fühler der Ameise steckte. Er war schwarz, genau wie ihr Panzer, und deshalb kaum zu sehen. Als Friedrich ihn mit dem Finger anstupste, drehte er sich.

»Oh, sie hatte einen Ohrring ... ähm, Antennenring«, sagte er, ohne sich zu Brumsel umzudrehen.

»Was? Das hab ich ja noch nie gesehen, zeig mal her.« Brumsel drängelte sich neben Friedrich und zerrte respektlos den Ring von der Antenne ab. »Das ... das ist mir auch neu. Eine Ameise, die Schmuck trägt? Man lernt doch nie aus.«

»Ist auch nicht komischer als eine vergoldete Hummel.«

»Doch, viel komischer! Ameisen sind nicht eitel. Hummeln schon viel eher. Drohnen sowieso.« Brumsel drehte den Ring zwischen seinen Vorderfüßen.

»He, das ist was eingraviert«, stellte Friedrich fest.

»Tatsächlich! Ein kleines C«, murmelte Brumsel.

»Vielleicht ihr Liebhaber?«, vermutete Friedrich.

»Eher nicht, bei einer Arbeiterin. Die haben mit Romanzen nix am Hut.« Brumsel gab Friedrich den Ring. »Steck du den mal ein. Ich glaube, das ist eine Art Rangabzeichen. Ameisenvölker lassen sich manchmal für größere Aufträge anmieten – aufräumen, viele Gegenstände transportieren und so weiter. Dann tragen sie oft kleine Bändchen oder Wimpel an den Fühlern, damit sie besser zu erkennen sind. Sonst könnte ja irgendeine fremde Truppe sich dazwischenschleichen und mit der Ladung davonmarschieren!«

»Und wofür steht dann das C?«, rätselte Friedrich.

»Hm. Clupeus vielleicht. Der bucht des Öfteren mal Ameisenvölker. Ja, je länger ich's mir überlege, desto sicherer bin ich, dass dieses verquere C Clupeus' Markenzeichen ist. Hast du dich jetzt wieder beruhigt? Können wir weiter?«

»Sollen wir sie wirklich einfach so liegen lassen?«, jammerte Friedrich.

»Nur weil du Erdbeeren magst, muss nicht jeder Erdbeeren mögen«, sagte Brumsel. »Und genauso ist es mit Begräbnissen. Auch wenn du's dir nicht vorstellen kannst. Fühlst du dich besser, wenn wir einen großen Stein auf sie draufwerfen?«

»Nein!«, schnappte Friedrich. Brumsel war offensichtlich nicht mit der Idee vertraut, dass Begräbnisse pietätvoll sein sollten.

»Dann komm und lass die Toten Tote sein«, sagte Brumsel freundlich und schubste Friedrich vom Boden hoch. Widerstrebend ließ dieser sich von der Ameise wegziehen.

»Und du bist sicher, dass sie an Altersschwäche gestorben ist?«, fragte er mit schwacher Stimme, während Brumsel langsam hoch in die Luft kreiselte.

»Ganz sicher«, sagte Brumsel beruhigend.

»Wenn …«, überlegte Friedrich laut, »wenn ich bei diesem Auftrag draufgehen sollte, dann wirst du mich aber begraben, oder? Du lässt mich nicht als Vogelfutter irgendwo liegen?«

»Ich hab zwar keine Daumen, deshalb liegt ein Begräbnis mit Spaten außerhalb meiner Möglichkeiten«, antwortete Brumsel,

»aber vielleicht finde ich einen großen Stein.« Und es war seiner Stimme unmöglich anzumerken, ob er es ernst meinte oder nicht.

Erst ein paar Stunden später fiel Friedrich auf, dass er den Ring der Ameise noch in der Tasche hatte. Zu seinem Entsetzen war er nun also auch noch Leichenfledderer geworden, aber Brumsel weigerte sich standhaft, umzukehren. Dieses Abenteuer nahm Friedrich so sehr mit, dass es ziemlich lange dauerte, bevor er wieder fröhlicher wurde.

4. Kapitel
Die Grüne Grotte

Am Abend des nächsten Tages fand Friedrich mehr über den geheimnisvollen Gryllo Talpa heraus. Die beiden Reisenden legten ihre nächtliche Pause in einer Pension ein, die in einer Stadt hoch oben in den Zweigen einer Birke schaukelte. Man brauchte hier einen starken Magen, aber den hatte Friedrich mittlerweile, und so fand er es ziemlich romantisch, wie draußen die Blätter rauschten und die Lichter der anderen Häuser durch sie hindurchglitzerten.

Auf einem Regal neben der Eingangstür ihrer Pension hatte er ein zerfleddertes Buch gefunden. *Der Mittlere Norden: Die schönsten Routen und Sehenswürdigkeiten für Touristen* hieß es. Friedrich nahm es schnurstracks mit an seinen Platz im Speisezimmer und schlug ihr nächstes Ziel nach.

Die Grüne Grotte

Ein Etablissement mit langer Tradition, südlich von Hammerschlag gelegen. Die besonders schöne Umgebung, zusammen mit dem urigen Charakter des Gasthauses, sorgt seit Langem für hohe Besucherzahlen und einen gewissen Kultfaktor unter den Bewohnern von Nordwärts. Auch Touristen sind willkommen, sollten sich aber nicht nach Anbruch der Dunkelheit in der Grotte aufhalten, denn gelegentliche Schlägereien kommen vor, und es wird gemunkelt, dass auch undurchsichtige Geschäfte dort abgeschlossen werden. Da diese aber nicht strafbar sind – oder zumindest nicht verfolgt werden –, kann der Gründer, Besitzer und Koch, Gryllo Talpa, weiterhin jede Art von Handel in seiner Gaststätte erlauben. Das Essen ist sehr zu empfehlen, insbesondere die Kressesuppe.

Brumsel saß vornübergebeugt am Tisch und wippte langsam mit dem Kopf. Er sah aus, als wäre er beim Warten auf sein Essen eingenickt.

»Scheint ja ein echter Publikumsmagnet zu sein, diese Grotte«, sagte Friedrich laut, um zu testen, ob Brumsel wirklich schlief.

»Talpa ist nur in zweiter Linie Gastwirt und hauptsächlich Schmuggler«, erwiderte Brumsel unverblümt und schaute hoch. »Grob geschätzt sind siebzig Prozent seiner Kunden Wächter. Talpa hat sie auf seiner Seite und deshalb hat er sich einen blühenden Betrieb aufgebaut. Der Handel in Nordwärts ist steuerfrei, aber für die Grenzüberquerung nach Südwärts werden natürlich Gebühren fällig. Die umgeht er, so gut er kann, aber er ist nie selbst dabei. Er organisiert nur. Die Wächter halten ihn außerdem über alles auf dem Laufenden, was passiert. Wenn irgendjemand weiß, ob die Wächter etwas mit der Klapperschlucht zu tun hatten, dann Talpa.«

»Und du glaubst, er wird es dir sagen?«, fragte Friedrich.

»Natürlich nicht«, erwiderte Brumsel geringschätzig.
»Weiß er, wer du bist?«
»Wenn er das nicht weiß, dann sollte ich meinen Beruf an den Nagel hängen«, schnaufte Brumsel. »Das wäre ein Armutszeugnis für mich.«

Ihre Vorbereitungen begannen am Tag ihrer Ankunft schon lange bevor sie in die Nähe der Grotte kamen. Brumsel wollte dieses Mal sichergehen, dass sie in der Grotte niemandem begegneten, der sie vorher unverkleidet gesehen hatte; und so bezahlte er eine geringe Gebühr bei einem Kohlemeiler und durfte sich dafür in einem Haufen Kohle wälzen. Er sah so schwarz aus wie noch nie zuvor. Danach kauften sie eine Dose schwarze Schuhcreme, mit der Brumsel sich die Flügel einrieb.

»Na, seh ich aus wie eine erstklassige Holzbiene, oder was?«, fragte er, während er sich vor Friedrich hin und her drehte

Friedrich hatte in seinem Leben erst einmal eine Tischlerbiene gesehen und die auch nur von Weitem, aber Brumsel sah ziemlich schwarz aus und das taten Holzbienen auch, also nickte er.

»Wir benutzen dieselbe Tarnung wie in Hammelkopf – wir sind Kurierflieger und bringen ein Einschreiben nach ... ähm, sagen wir, nach Hammerschlag. Mehr dürfen wir nicht verraten, von wegen Postgeheimnis!« Brumsel zwinkerte. »Wir möchten nur einen trinken gehen und erwähnen so nebenbei immer mal wieder diese schreckliche Explosion, die wir bei der Klapperschlucht mitbekommen haben. Und dann schauen wir genau, wie die Leute um uns herum darauf reagieren.«

»Ich will ja nicht den Teufel an die Wand malen«, wandte Friedrich ein, »aber was würde denn passieren, wenn sie uns, rein theoretisch, erwischen?«

»Och, das wär nicht so angenehm«, sagte Brumsel fröhlich. »Sie könnten uns verprügeln und rausjagen. Oder teeren und federn, das macht Talpa gerne mit Zechprellern. Wenn es ganz schlimm kommt, würden sie uns vielleicht auch foltern, um rauszufinden, was wir überhaupt wollen und wie viel wir wissen.«

»Nee, nicht mich«, sagte Friedrich, dem es schon kalt den Rücken hinunterlief. »Ich erzähle ihnen alles, bevor sie nur die Nagelfeile auspacken!«

»Du wärst ihnen bestimmt auch ziemlich egal«, erklärte Brumsel, »wenn sie mich hätten. Bis ich ihnen alles erzählt hätte, was ich so weiß, könnten Wochen vergehen. Und da ist die Folterzeit noch gar nicht mit eingerechnet.«

»Irgendwie hab ich immer weniger Lust auf diese Grüne Grotte«, murmelte Friedrich und polierte die Gläser seiner Flugbrille mit dem Ärmel. »Das ist bestimmt ein furchtbar widerliches, düsteres Loch im Boden, dem sich vernünftige Leute nicht auf zehn Meilen nähern!« Und er stellte sich eine dunkle, feuchte, kalte Grotte vor, aus schwarzem Gestein, von dem kalte Wassertropfen langsam herabrannen und hinuntertropften auf böse aussehende, zerlumpte Gestalten mit Augenklappen und schartigen Waffen; und der geheimnisvolle Gryllo Talpa thronte über allen wie ein Schatten, groß und bedrohlich und kaum zu erkennen in der Dunkelheit.

Doch dann war Friedrich regelrecht verzaubert, als er die Grüne Grotte zu sehen bekam, die sich im Wurzelwerk eines umgestürzten Baumes befand. In dem Loch, das die Wurzeln in der Erde hinterlassen hatten, war ein Teich entstanden, und auf dem dunklen, klaren Wasser tummelten sich Wasserläufer zwischen

Teppichen von Entengrütze. In der Tiefe sah man Tauchkäfer herumzischen. Oben in den Baumwurzeln wimmelte es von Leuten aller Arten und auf Balkonen und hinter Fenstern schien es übermütig zuzugehen. Es wurden immer wieder Gäste zu den Fenstern hinausgeworfen – aber zum Glück nur flugfähige.

Sie erreichten die Grotte gerade zur besten Betriebszeit, nach Feierabend, und das war auch gut so, denn Friedrichs Magen hatte schon länger laut vor sich hin geknurrt. »Wollen wir doch mal sehen, ob die Küche von Gryllo Talpa wirklich den Kultfaktor verdient, den sie hat«, sagte er, zu allem entschlossen, und stapfte vor Brumsel durch den Eingang, der so breit war, dass zehn Leute nebeneinander hätten durchgehen können.

»Ha, sei still, sonst halten sie uns noch für Restaurantkritiker«, witzelte Brumsel. »Die Entengrütze, die sie hier servieren, kriegen sie frisch aus dem Teich. Die solltest du mal probieren!«

»Bist du denn schon oft hier gewesen?«, fragte Friedrich erstaunt. Er hatte irgendwie gedacht, dass Brumsel diesen gefährlichen Besuch nur in äußerster Not auf sich nahm.

»Och, früher, als ich jung war«, sagte Brumsel und zwinkerte Friedrich zu. »Heute nur noch beruflich.«

Sie schritten eine lange, breite Treppe hinunter, durch wuselnde Mengen von Gästen. Fackeln in Halterungen erhellten auch die dunkleren Gänge. Wurzeln zogen sich an allen Wänden entlang. Immer wieder zweigten Räume ab, durch deren Fenster das Tageslicht hereinschien. Dann lag vor ihnen eine Treppe, die tiefer in den Baum hineinführte, und schließlich kamen sie an einem schummrigen Raum vorbei, der sofort Friedrichs Blick auf sich zog. Hinter einem Vorhang aus Holzperlen saßen stille Gestalten und sogen eifrig Dampf aus Wasserpfeifen ein. Der ganze Raum war von diesem Dampf erfüllt wie eine Sauna. Was Friedrich aber unheimlich fand, war, dass sich die Raucher nicht bewegten oder sprachen. Sie saßen einfach nur da.

»Brumsel«, flüsterte er und zupfte seinen Begleiter am Flügel, »was ist denn das? Was stimmt denn mit denen nicht?«

»Ach, die sind belämmert«, winkte Brumsel ab. »Die inhalieren heißes Valmü. Noch so eine Verwendung, wofür das Zeug taugt! Wenn man es trinkt, macht es müde, du erinnerst dich. Wenn man es aber inhaliert, dann schläft man nicht ein, sondern fällt direkt in das Fünf-Uhr-Koma.«

Friedrich erriet sofort, was er meinte. »Dieser beduselte Zustand zwischen Wachsein und Schlafen, den man manchmal ganz frühmorgens hat? So um fünf in der Frühe?«

»Genau. Viele Leute sagen, dass ihnen im Fünf-Uhr-Koma die besten Ideen kommen. Und manche Leute sind mit so einem gesunden Schlaf gesegnet, dass sie nie ein Fünf-Uhr-Koma haben. Deshalb helfen sie mit Valmü nach. Es kann schon hilfreich sein: Man sieht um fünf Uhr morgens die Dinge oft viel klarer. Später am Tag hat man zu viel im Kopf, um wirklich gut denken zu können. Das einzige Problem ist, dass manche Valmü-Raucher den normalen, konfusen Alltagszustand in ihrem Kopf irgendwann nicht mehr ertragen. Dann rauchen sie ständig Valmü, sitzen rum und haben viele kluge Ideen, aber können gar nichts mehr damit anfangen, weil sie nur noch inhalieren.«

»Puh, gruselig«, murmelte Friedrich. »Ist das legal?«

»Wenn man das verbieten wollte, müsste man wohl das Fünf-Uhr-Koma auch verbieten! Komm, wir gehen in die Bar runter. Da wird es jetzt abends am interessantesten.«

Es war nicht schwer, in den Schankraum zu finden. Alles strömte in diese Richtung, tiefer in das Wurzelwerk hinein.

Tageslicht sah man schon lange nicht mehr. Die Gänge wurden breiter, weitere Valmü-Höhlen zweigten an den Seiten ab. Schließlich kamen Brumsel und Friedrich zu einer breiten Treppe, die links mit ganz kleinen Stufen anfing. Nach rechts hin wurden die Stufen immer breiter, und je nach Beinlänge ging jeder an der Stelle die Treppe hinunter, wo er Lust hatte.

Brumsel grinste. »Siehst du, das nenn ich Komfort. Stufenlos auswählbare Stufengröße!«

»Keine Treppe ist so flach wie dieses Wortspiel«, stöhnte Friedrich.

Sie traten in einen weitläufigen Saal. Seine Decke wurde getragen von einzelnen Baumwurzeln, die wie Säulen von oben nach unten verliefen. Die Breitseite des Raumes wurde eingenommen von einer Bühne, die mit einem abgewetzten, grünen Samtvorhang verhängt war. Die gesamte Längsseite aber bestand aus einem grün lackierten Tresen. Genau wie die Treppe war auch der Tresen links furchtbar niedrig (hier saßen winzige Fruchtfliegen und Federgeistchen) und wurde nach rechts immer höher (am anderen Ende saßen Eulenfalter und Mäuse).

»Es stimmt schon, was in dem Reiseführer stand«, sagte Friedrich erstaunt zu Brumsel, während sie den Raum durchquerten und auf die Bar zusteuerten. »Urig und schön ist es hier. Solange sie einen nicht zum Fenster rauswerfen oder teeren und federn.« Er lehnte sich auf die Theke und klopfte mit dem Fingernagel prüfend auf den grünen Lack.

»Wieso? Hast du vor, dich zu verdrücken, ohne zu bezahlen?«, sagte eine Stimme über ihm, und zuerst war Friedrich gar nicht klar, dass da jemand mit ihm redete. Dann schaute er nach oben, wo eine Stabheuschrecke mit vieren ihrer sechs Beine Gläser polierte.

»Natürlich nicht«, antwortete Friedrich, zu überrascht, um das witzig zu finden.

»Na, dann brauchst du auch keine Angst zu haben«, sagte die Stabheuschrecke und zwinkerte ihm zu, und das fand Friedrich völlig unangebracht. »Mit dem Chef ist zwar nicht gut Kirschen essen, wenn ihm einer dumm kommt, aber sonst ist er ganz harmlos.«

»Wer ist denn der Chef?«, fragte Friedrich und stellte sich ahnungslos.

»Gryllo natürlich. Der da drüben, der lange Kerl.« Die Stabheuschrecke streckte ein Bein aus. Und nun erspähte Friedrich eine Gestalt, die wahrhaftig so aussah wie etwas aus seinem Alptraum: eine erdbraune Maulwurfsgrille, doppelt so groß wie Brumsel, mit riesigen Schaufelhänden und einem verkratzten und vernarbten Brustpanzer. Wie ein Turm stand Gryllo Talpa über seinen kleineren Gästen. Es sah fast lächerlich aus, wie er sich herunterbeugte, um mit einer winzigen Zikade auf Augenhöhe zu kommunizieren, und dabei versuchte, leise zu sprechen. Seine Stimme klang, als käme sie aus einem rostigen Eimer, und sie hallte durch den ganzen Raum, selbst wenn er flüsterte. Schaudernd malte Friedrich sich aus, was diese Schaufelhände anrichten könnten, wenn Talpa auf die Idee käme, irgendjemandem eine Backpfeife zu verpassen.

Brumsel hatte es sich derweil auf einem Barhocker bequem gemacht. »Wir nehmen dann zwei große Bier«, erklärte er. »Und was gibt's hier zu essen?«

Die Stabheuschrecke reichte ihnen zwei Pappkarten über die Theke, auf denen Speisen und Getränke aufgedruckt waren. Friedrich las seine und fand ganz unten am Rand der Karte einen Hinweis, dass man in der Grünen Grotte mit seiner Bestellung auch gleich jeden Schadensersatzanspruch aufgab, der aus eventueller Misshandlung entstehen könnte, wenn man beim Beschädigen, Stehlen oder Betrügen erwischt wurde.

»Charmante Art haben die hier«, murmelte er.

Brumsel lachte und klopfte ihm auf die Schulter, denn die Stabheuschrecke konnte sie sehen. »Dazu kommt es selten. Wer sich hier bei etwas Verbotenem erwischen lässt, ist selbst schuld!«

»Ja«, sagte Friedrich matt und dachte daran, was ihnen blühte, wenn man sie hier enttarnte. »Wer würde denn so was Blödes machen?«

Brumsel bestellte Entengrützesuppe für zwei. Während sie auf diese warteten, ließ Brumsel seinen geübten Blick durch den ganzen Raum schweifen. Ob er schon jemanden ins Auge gefasst hatte, den man aushorchen konnte?

»Jungs«, sagte die Stabheuschrecke hinter ihnen, »die Suppe dauert noch – uns ist grade die Entengrütze ausgegangen, aber wir haben jemand runtergeschickt, damit er neue holt. Wollt ihr euch schon mal an einen Tisch setzen? Ich bring euch das Essen rüber, wenn es fertig ist. Gleich geht's nämlich mit den Nummern los und hier an der Bar könnt ihr ja nichts sehen.«

»Nummern?«, fragte Friedrich.

»Na, die Unterhaltung«, sagte die Stabheuschrecke und begann, die Gläser einzuräumen. »Um sechs fängt's an.«

»Dann gehen wir mal besser und sichern uns Plätze«, sagte Brumsel und zog Friedrich mit sich fort.

»Aber Brumsel«, zischte Friedrich, so leise er konnte, während er zu einem Tisch geschleift wurde, »wenn jetzt irgendwelche Unterhaltung läuft, können wir niemanden aushorchen, und dafür sind wir doch hier!«

»Hast du etwa gedacht, wir werfen uns durch die Tür und schreien: Wer will uns was erzählen?«, erwiderte Brumsel. »Nee, wir benehmen uns ganz natürlich. Erst Suppe mit Unterhaltung, und dann – wenn alle ein bisschen betrunken und heiter sind – können wir viel besser operieren.«

Brumsel zog Friedrich quer durch den Raum, und schließlich nahmen sie an einem Tisch Platz, wo schon eine Gruppe von finster dreinschauenden, stillen Gästen saß. Als Friedrich und Brumsel ihnen ein fröhliches »Guten Abend!« entgegenschmetterten, lächelten sie immerhin schwach; ihr Groll war anscheinend nur gegen die Welt im Allgemeinen gerichtet. Friedrich und Brumsel zogen die Köpfe ein und warteten auf ihre Suppe.

Dann erklomm ein Grashüpfer mit grauer Melone die Bühne. Vor dem grünen Samtvorhang blieb er stehen. »Hochverehrtes Publikum«, rief er mit gespielter Ehrerbietigkeit, die ihm ein paar Lacher einbrachte, »heute Abend gibt's in der Grünen Grotte wieder mal einzigartige Akte und Kunststücke zu sehen! Die musikalische Begleitung obliegt unserem reizenden Fräulein Elsa«, dabei deutete er auf eine Hornisse, die mit einem großen roten Akkordeon auf den Knien neben der Bühne saß, »und schon geht es los mit unserer ersten Einlage: dem Großen Coccinellus und Pepi!«

Der Grashüpfer hüpfte davon und ein Marienkäfer krabbelte auf die Bühne. Umständlich schleppte er einen Schemel hinter sich her, auf den er sich setzte. Dann fummelte er unter seinen Flügeldecken eine Handpuppe hervor.

»Oh, ein Bauchredner!«, freute sich Friedrich.

»Pepi, wie geht's dir heute?«, fragte der Große Coccinellus seine Handpuppe, die ebenfalls wie ein Marienkäfer aussah.

»Nicht so gut«, quiekte die Puppe, und man konnte fast gar

nicht sehen, dass Coccinellus die Mandibeln bewegte. »Ich fühle mich irgendwie komisch.«

»Na ja, du schaust auch sehr kariert aus der Wäsche«, sagte Coccinellus mitfühlend und hielt dann die Luft an. Er wartete wohl auf Lacher aus dem Publikum, aber es kamen keine. Also half er nach. »Was merkwürdig ist, weil du ja *gepunktet* bist. Nicht kariert.«

Niemand erbarmte sich zu lachen. Beleidigt schniefte der Große Coccinellus und ging schnell zur nächsten Pointe über. Pepi fuhr also fort: »Es sind aber auch viele interessante Leute hier heute Abend! Mit der Puppe in der ersten Reihe würd ich gern mal ausgehen!«

»Dann musst du aber warten, bis sie ausschlüpft«, bemerkte Coccinellus.

In der letzten Reihe lachte jemand, verstummte jedoch gleich wieder.

»Besonders witzig ist der nicht«, flüsterte Friedrich Brumsel zu.

Der Große Coccinellus gab dem Publikum noch eine Chance. »Sag mal, Pepi, was ist der Unterschied zwischen einem Tisch und einem Käfer?«

»Weiß nicht!«

»Ein Tisch hat vier Beine, ein Käfer sechs«, sagte Coccinellus mit verkrampftem Grinsen.

»Ein Tisch erzählt keine schlechten Witze!«, rief jemand von links.

Da warf Coccinellus seine Handpuppe auf die Bühne und stampfte beleidigt davon. Die Hornisse spielte einen Tusch und das Publikum applaudierte begeistert – allerdings nur deshalb, weil der Große Coccinellus endlich aufgehört hatte.

Nun wurde keine Energie mehr auf Zwischenansagen verwendet. Etwas Aufregendes musste auf die Bühne, und zwar schnell, und deshalb schleppten zwei Eidechsen flink eine große, hölzerne Scheibe auf einem Ständer herein.

»Was kommt denn jetzt?«, fragte Friedrich. Die Scheibe trug zahlreiche Schrammen und Schnitte. Sie würden doch hier keinen Messerwerfer-Akt veranstalten, oder?

Bevor Friedrich eine Antwort bekam, flitzte eine Haselmaus in einem roten Badeanzug auf die Bühne, lehnte sich gegen das Rad und schlüpfte mit allen vier Füßen in die Lederschlaufen, die auf der Scheibe festgenagelt waren. Ihr folgte eine junge Frau im schäbigen Nadelstreifenanzug, die tatsächlich einen Gürtel trug, in dem Messer steckten.

»Schönen guten Abend«, rief die Frau dem Publikum zu, »ich bin Trude, das hier ist meine bezaubernde Assistentin Nelli, und wir zeigen Ihnen jetzt eine Nummer, bei der Ihnen der Atem wegbleibt!«

»Ihre Suppe«, näselte jemand neben Friedrich und stellte zwei dampfende Schüsseln vor sie hin. Aber weder Friedrich noch Brumsel widmeten der Suppe besonders viel Aufmerksamkeit. Beide starrten auf die Bühne.

»Oh je«, japste Friedrich. »Was glaubst du, das wievielte Messer trifft?«

»Du hättest eine Wette drauf abschließen können«, sagte ein besonders düster dreinschauender Mann, der an ihrem Tisch saß. »An der Theke nehmen sie Wetten dafür an.«

»Sie wetten darauf, wann die Maus getroffen wird?«, fragte Friedrich entsetzt.

»Ja. Jeden Abend gibt's einen Haufen Touristen, die darauf wetten.« Der Mann grinste. »Und jeden Abend verdient die

Grotte daran. Die Stammgäste wissen alle, dass Trude nie trifft, die ist viel zu gut. Na ja, es dauert ein paar Mal, bis die Touristen das kapieren.«

Inzwischen baute sich die Messerwerferin vor ihrem Opfer auf und zielte. Nelli wirkte entspannt. Friedrich konnte schon gar nicht mehr hinschauen.

Das erste Messer surrte durch die Luft und zack! blieb es am Rand der Scheibe stecken. Das zweite folgte gleich hinterher. Immer noch schaute die Haselmaus heiter drein. Das Publikum begann zu applaudieren. Das hier war schon besser als der unwitzige Bauchredner.

Der nächste Wurf traf das Holz direkt über dem Kopf der Haselmaus und diesmal zuckte sie zusammen. Sofort flog das nächste Messer und sauste nur knapp an ihrem Ohr vorbei. Ängstlich begann sie, mit den Augen zu rollen.

Und da setzte sich die Scheibe in Bewegung. Langsam drehte sie sich, bis die Maus auf dem Kopf stand, und schon wieder holte die Messerwerferin aus. Nelli drehte den Kopf weg, als könne sie gar nicht hinsehen.

Brumsel grinste. »Gute Schauspielerin!«

Die Scheibe drehte sich schneller. Die Messer zischten der Maus jetzt nur so um die Ohren. Friedrich hatte schon einen Löffel Suppe auf dem Weg zum Mund gehabt, aber der war mitten in der Bewegung stehengeblieben. Friedrich konnte erst wieder aufatmen und wegschauen, als die Scheibe mit Messern gespickt war wie ein Nadelkissen, das Drehen aufhörte und die Haselmaus unbeschadet wieder herabstieg.

Die Messerwerferin und ihre bezaubernde Assistentin gingen zum Rand der Bühne und verbeugten sich und die Gäste trommelten begeistert auf die Tische. Friedrich fing endlich an zu essen. Die Suppe war gewöhnungsbedürftig – zumindest für Friedrich, der noch nie auf die Idee gekommen war, Entengrütze zu probieren. Brumsel aber versicherte ihm mehrmals begeistert, es sei eine sehr gute Entengrütze.

Mit sichtlicher Erleichterung hüpfte derweil der Grashüpfer wieder auf die Bühne und kündigte eine Gesangsnummer an. Ein Zaunkönig kam nach oben getrippelt und begann, im Falsett ein Lied zu singen; Friedrich konnte ihn kaum verstehen, weil sein Gezwitscher so hoch war. Vermutlich war das aber auch besser so, denn solche Lieder haben bekanntlich oft ziemlich dämliche Texte. Friedrich glaubte, irgendetwas übers Spazierengehen im Park zu verstehen, aber die Suppe nahm jetzt seine Aufmerksamkeit ganz und gar ein.

Als der Zaunkönig wieder von der Bühne hüpfte, war Friedrich satt und zufrieden mit der Welt. Wenn sie jetzt nur nicht die Wächter aushorchen müssten, dann wäre der Abend perfekt! Brumsel allerdings nahm die Sache gleich in Angriff.

»Der Vogel da war nicht schlecht«, sagte er und nickte anerkennend in Richtung Bühne; aber er sprach nicht zu Friedrich, sondern zu allen am Tisch. »Ich hab ihn schon mal gesehen, vor einer Weile, glaub ich, unten im Süden ... wie hieß der Ort noch ... in der Nähe der Klapperschlucht. Ach, jetzt ist mir der Name entfallen.«

Niemand antwortete. Die Leute am Tisch schauten, als wäre er gar nicht da.

Jetzt betrat der Grashüpfer wieder die Bühne.

»Und nun zum letzten Künstler heute Abend«, rief er. »Anastasia Glubsch wird für Sie mit Tellern jonglieren!« Hinter ihm surrte aufgeregt eine kleine, rote Libelle auf die Bühne, mit einem Dutzend Tellern unter den Armen, und legte sofort los –

der Hüpfer hatte kaum Zeit, von der Bühne zu flüchten. Auf zwei Beinen stand sie, mit vieren jonglierte sie, und dabei flogen die Teller nur so um ihre Antennen. Gerade, als es anfing, langweilig zu werden, nahm sie auch noch die Flügel dazu: Immer wenn ein Teller hinter sie zu fallen drohte, wurde er mit dem Flügel zurückgeschnickt.

Friedrich verfolgte die Jongliernummer begeistert. Ab und zu fiel ein Teller zu Boden und zerbrach, aber das störte weder die Libelle noch das Publikum. Ihr Enthusiasmus steckte alle an. Schließlich sammelte sie ihre Teller ein (die heilen und die zerbrochenen) und verbeugte sich tief, bevor sie unter dem Klatschen der Gäste davontorkelte und hinter der Bühne verschwand.

Nun wollte Friedrich auf Biegen und Brechen ein Gespräch mit den Leuten am Tisch anfangen. »Kann man auch darauf wetten, wie viele Teller sie fallen lässt?«, fragte er die anderen, die bei ihm saßen. Die schauten ihn nur missmutig an, bis sich schließlich doch einer erbarmte.

»Nee, auf die Libelle kann man nicht wetten«, sagte er langsam. Friedrich fühlte sich dämlich, aber dann sagte er sich, dass dieser Typ sich eigentlich dumm vorkommen sollte – der benahm sich schließlich wie ein arroganter Sack.

»Ich geh neues Bier holen, soll ich wem was mitbringen?«, fragte Brumsel leutselig und schaute sich um. Niemand antwortete, also ging er weg und ließ Friedrich zurück.

Der fühlte sich daran erinnert, wie Brumsel ihn in der Braterei in Hammelkopf alleingelassen hatte. Damals hatte sich ein interessantes Gespräch entwickelt und vielleicht würde das ja noch einmal funktionieren. »Woher kriegen sie eigentlich die Leute, die hier die Nummern machen?«, bohrte er weiter.

»Die melden sich hier«, sagte der Kerl, der ihm eben schon geantwortet hatte. Jetzt klang er aber zumindest nicht mehr ganz so unfreundlich. »Talpa kriegt sie von überall in Nordwärts. Manche sogar aus Südwärts.«

Friedrich lehnte sich vor. »Muss man Wächter sein, um hier arbeiten zu dürfen?«, fragte er flüsternd.

»Wächter?« Der Mann dämpfte seine Lautstärke kein bisschen, und die anderen am Tisch schauten Friedrich sogar misstrauisch an, weil er geflüstert hatte.

»Es ist so«, erklärte Friedrich nervös, »ich bin ein Entfesselungskünstler.«

Alle am Tisch wechselten Blicke. »Du?«, fragte der Mann.

»Ja«, sagte Friedrich und schaute ihm voll in die Augen, während er das Blaue vom Himmel herunterlog. »Ich hab lange nichts mehr in der Richtung gemacht, aber ich würde gern wieder einsteigen. Und der Laden hier gefällt mir. Ich glaube, hier würde ich gern mal auftreten.«

»Du musst kein Wächter sein«, sagte der Mann abschätzig. »Die Leute werden hier bezahlt wie anderswo auch.«

»Und wenn ich gern ein Wächter werden möchte?«, fragte Friedrich und fieselte nervös an seinem Kragen herum.

Da war das Misstrauen der anderen Gäste am Tisch endgültig geweckt, und sie weigerten sich nicht nur, ihm die Frage zu beantworten – sie schauten ihn nicht einmal mehr an.

Das hatte ja toll funktioniert. Friedrich fühlte, wie seine Wangen heiß wurden vor Peinlichkeit. Er murmelte schnell eine Entschuldigung und stolperte dann davon, um Brumsel zu suchen. Der würde ihm wahrscheinlich die Haare waschen, weil er die schöne Chance auf ein Gespräch mit dem Feind kaputtgemacht hatte.

Mit hochrotem Kopf versuchte Friedrich, sich zur Bar durchzudrängeln, aber als er den Saal halb durchquert hatte, blieb er zwischen den vielen anderen Gästen stecken.

»Zigarre?«, fragte da eine tiefe, rauchige Stimme hinter Friedrich, und zuerst dachte er, ein Mann hätte ihn angesprochen. Er drehte sich um. Hinter ihm stand aber eine große, breite Streifenwanze, elegant längsgestreift, feuerrot und schwarz und eindeutig weiblich. Sie trug einen kleinen, hölzernen Bauchladen und eine Zigarettenspitze, in der ein würzig riechendes Röllchen vor sich hin glomm. Hinter ihrem linken Fühler steckte ein Büschel glamouröser Federn.

Sie starrte Friedrich an, als würde sie eine Antwort erwarten, und da wurde ihm erst klar, dass *sie* ihn gerade angesprochen hatte. Wahrscheinlich hatte sie sich seit Jahrzehnten selbst die Stimmbänder geräuchert.

»Äh, tut mir leid, ich hab keine«, sagte er höflich.

Da legte die Streifenwanze ihren Kopf in den Nacken und lachte. Es klang, als würde jemand mit einem Stein auf einem Waschbrett herumschrubben. »Och, was bist du für 'n Süßer! Nein, willst du eine Zigarre *kaufen*, hab ich gefragt.«

»Auch nicht, danke«, sagte Friedrich, dem vor lauter Peinlichkeit langsam der Kopf brannte. Er wollte nur noch weg aus dieser Grotte, wo jeder ihn lächerlich zu finden schien.

»Na, bist ja auch noch 'n bisschen klein dafür«, gurrte die Wanze, streckte einen Arm aus und kraulte ihn unterm Kinn. Friedrich war viel zu überrascht, um sich zu empören. »Guck doch nicht so böse, ich wollt dich ja nicht erschrecken.«

Friedrich fühlte, wie sein Gesichtsausdruck ihm langsam entglitt, und seine gesamte Enttäuschung kam über ihn wie eine Welle. Gegen seinen Willen rutschte sein Gesicht langsam hinunter in ein Schmollen. Er holte Luft und versuchte, noch etwas Würde zu bewahren, indem er sagte: »Ich hab keine Lust auf Späße.«

»Ach nein?«

»Nee. Ich hatte einen ziemlich miesen Tag bisher.« Seine Stimme klang erbärmlich dabei.

»Lassen sie dich nicht mitspielen, was?«, sagte die Wanze wissend und klopfte ihm auf die Schulter. »Ja, ich hab dich eben schon gesehen, als du bei den Wächtern gesessen hast.«

»Oh, toll«, murmelte Friedrich. »Das waren Wächter? Dann habe ich es mir ja schon mit ihnen verdorben.«

Die Wanze lachte wieder. »Tja, die können manchmal ganz schön schnäubig sein, die Wächter, besonders Otto. Die wollen sich nicht mit jedem abgeben. Aber das kriegen wir schon hin.« Sie blinzelte Friedrich zu.

»Kriegen wir?«, fragte Friedrich schwach.

»Ja klar. Du kommst jetzt mal mit, dann erklärt dir die alte Elsbeth ein oder zwei Sachen, und dann kannst du dich das nächste Mal ganz anders bei denen vorstellen. Weißt du, die Wächter können sich's am wenigsten leisten, neue Bewerber wegzuschicken! Pah. Auch wenn's Milchgesichter sind wie du. Die werden staunen, was du alles weißt.«

Endlich verstand Friedrich. Die Streifenwanze glaubte, er hätte ernsthaft versucht, den Wächtern beizutreten, und nun wollte sie ihm dabei helfen! Was für ein Glücksfall!

Er hob den Kopf, schaute schon viel hoffnungsvoller und sagte: »Du kannst mir was erklären? Ja? Das wäre ja toll!«

Die Wanze blinzelte wieder und dann legte sie Friedrich einen ihrer Arme um die Schulter und zog ihn zur Seite. Friedrich passte das zwar gar nicht, aber es schien ihre Art zu sein, dass sie Leute gern anfasste; und sie schien es auch nicht böse zu meinen, also ließ er sich hinter eine Wurzelsäule in eine Ecke ziehen.

»Die Sache ist die«, grunzte die Wanze und beugte sich verschwörerisch zu ihm hinunter. »Otto hier spielt sich ja gern auf, aber der weiß auch nicht so viel, wie er gern tut. Und das wurmt ihn. Also, wenn du ihn auf dem richtigen Fuß erwischen willst, musst du ihm was erzählen, was er noch nicht weiß!«

»Ich weiß zum Beispiel«, sagte Friedrich eifrig, »dass in der Klapperschlucht neulich eine riesige Explosion war! Ich war zufällig in der Gegend«, setzte er bescheiden hinzu.

»Ha!«, krächzte Elsbeth. »Das wissen die Wächter schon lange.«

»Und wissen sie auch schon, wer daran schuld war?«, fragte Friedrich und machte große Augen.

»Nicht die Wächter, die nicht«, gluckste Elsbeth. »Aber die wüssten's gern! Immerhin war der Knall in ihrem Gebiet!«

»Ich hab gehört, dass da Sprengstoff von Leuten gelagert wurde, die damit den Wachtturm von Südwärts hochgehen lassen wollten«, sagte Friedrich und schaute so unschuldig, wie er nur konnte.

»Kann sein«, sagte Elsbeth und kratzte sich an der Seite. »Und da wollen die Wächter natürlich gern wissen, wer da noch auf ihrem Gebiet mitmischt! Sie mögen zwar das ganze südwärtssche Militärgehabe an der Grenze nicht – aber was sie noch weniger mögen, ist, wenn sie irgendwas nicht wissen!« Sie gluckste wieder. »Und der Knall in der Klapperschlucht, der ist ihnen ein Rätsel.«

»War da denn niemand mehr, den man fragen konnte?«, bohrte Friedrich gespannt.

»Die ersten Wächter sind natürlich sofort hin, aber da war nur noch ein verlassenes Lager und keine Seele weit und breit! Die haben sich verdrückt, die Feiglinge«, berichtete Elsbeth.

Friedrich hörte aufmerksam zu.

»Aber wenn du wirklich was wissen willst, womit du Otto die Hutschnur hochgehen lassen kannst«, fuhr Elsbeth flüsternd fort, »dann sag ihm das hier: Die goldene Hummel ist wieder in Nordwärts. Das weiß er noch nicht, das ist brandneu. Grade vor ein paar Minuten ist jemand reingekommen und hat davon erzählt. Geh gleich hin und sag's ihm. Dann wird er dich nicht noch mal wegschicken!«

Friedrich schluckte. »Die goldene Hummel?«, fragte er heiser. »Ist das jemand Besonderes?«

»Das kannst du laut sagen«, bestätigte Elsbeth raspelnd. »Das ist ein wichtiger Kopf in Südwärts, der Obermotz der Geheimpolizei sozusagen! Wenn der hier ist, dann geht da unten irgendwas vor. Und bestimmt nichts Gutes, denn von Südwärts kommt meistens nur Ärger. Irgendwas Politisches ist im Gange, na ja, nicht dass es mich interessiert, was diese Staatsköppe da aushecken – aber die Wächter sollten sich darum Gedanken machen!«

»Und was weiß man noch von dieser Hummel?«, fragte Friedrich gespannt. Verdammt, hoffentlich war man ihnen noch nicht zu nah auf den Fersen!

»Erst haben sie ihn in den Zahnbergen gesehen, vor vier Tagen, unterwegs nach Osten«, schärfte ihm die Wanze ein. »In Richtung der Klapperschlucht unterwegs. Komisch, nicht? Dann vor zwei Tagen in den Birkenwäldern, unterwegs weiter nach Norden. Was dahintersteckt, weiß der Geier, aber das wird Otto interessieren!«

Friedrich, dem sich schon vor lauter Aufregung der ganze Brustkorb zusammenzog, nickte eifrig. »Ja … das ist sehr interessant …«

»Also, Junge, wenn du gehst, dann steh grade!« Elsbeth pikte ihn in den Hintern, sodass er vor Schreck zusammenfuhr und aufrecht stand. »Genau, Brust raus, Bauch rein, schön selbstbewusst! Und dann sagst du ihm, du willst wirklich ein Wächter werden und du hast auch eine schöne Geschichte für ihn. Und lass dich nicht abwimmeln!«

Friedrich nickte eifrig. Das Blut rauschte ihm in den Ohren.

»Du musst zeigen, dass du ganz genau weißt, was du tust!« Elsbeth knuffte ihn wieder. »Nicht irgendwie bierdusselig anbiedern, so wie der da!«

Friedrich folgte ihrem Arm in die Richtung, in die sie deutete; und da saß Hieronymus Brumsel auf einem Barhocker neben Otto, zwei Bierkrüge in den obersten Armen, und schwätzte leutselig auf den grimmigen Wächter ein.

»Aber Leute, ich wollt mich doch nicht lustig machen über euch!« Brumsel klang halb betrunken, aber Friedrich wusste, dass das gespielt sein musste. So viel hatte er ja gar nicht gehabt. »Das mit dem Sprengstoff, ach, das kann doch mal passieren! Hat doch jeder schon mal gehabt! Nur ein Funken, dann geht das Ganze hoch …«

»Verzieh dich«, sagte Otto eiskalt und schob das Bier weg, das Brumsel vor ihn hin stellte.

»Aber Leute, warum denn so unfreundlich?«, lallte Brumsel.

»Heut Abend stellen viel zu viele Leute viel zu viele dumme Fragen«, grunzte der Käfer, der neben ihm saß.

Friedrichs erste Idee war, hinzurennen und Brumsel wegzuziehen, bevor sich der Zorn der Wächter über ihn ergießen konnte. Andererseits war denen bestimmt klar, dass zwei dumme Frager, die zusammengehörten, nicht zufällig hier sein konnten; und dann hätten sie beide eine Abreibung verpasst bekommen. Also stand er still und hoffte inständig, dass Brumsel schnell aufgeben würde.

Aber da tauchte plötzlich hinter Brumsel die riesenhafte Gestalt von Gryllo Talpa auf, der ein Tablett trug. »Hier«, dröhnte er, »euer Bier, Jungs!« Doch statt das Tablett abzusetzen, ließ er es lässig zur Seite kippen. Die Krüge rutschten hinunter, einige knallten auf den Fußboden (zum Glück waren sie aus Zinn) und Bier ergoss sich über Brumsels hintere Hälfte.

»Hoppla! Ach, das tut mir leid, was bin ich heute ungeschickt!«, grunzte Talpa, dem das nicht im Mindesten leidzutun schien. Ob Talpa vorhatte, Brumsel durch Bekleckern hinauszuekeln? Aber dann setzte Friedrichs Herz einen Schlag aus: Das Bier hatte die oberste Kohleschicht von Brumsels Hintern gespült und durch den Dreck glänzten seine goldenen Borsten. Nur ein wenig; nur, wenn man danach suchte; aber für das geübte Auge nicht zu übersehen. Talpa war verdammt schlau! Er hatte die goldene Hummel enttarnt, doch wahrscheinlich hatte das außer ihm niemand gemerkt – nicht einmal Brumsel selbst!

Friedrich drückte sich tiefer in die Ecke. Das Dümmste, was er jetzt tun konnte, war, zu Brumsel hinzugehen und ihn zu warnen. Er musste ihn irgendwo erwischen, wo die Wächter sie nicht sehen konnten. Verzweifelt versuchte er, mit Brumsel Blickkontakt aufzunehmen und ihn herüberzuwinken. Aber Brumsel war so fröhlich mit den Wächtern zugange, dass er überhaupt nichts merkte.

»Was ist, traust du dich nicht?«, fragte Elsbeth von hinten und schubste ihn vorwärts.

»Ich geh gleich«, sagte Friedrich, »sobald der Trottel da weg ist!«

»Gut so, du schaffst das!«, ermunterte ihn Elsbeth.

Doch Brumsel machte immer noch keine Anstalten, zu verschwinden. Endlich zog er Gryllo Talpa das Geschirrspültuch vom Arm und begann, sich damit trocken zu tupfen, wobei er die ganze Zeit vor sich hin lallte.

»Entschuldigt, die Herrschaften, ich muss mich schnell frisch machen gehen«, setzte er hinzu, und dann torkelte er weg.

»Jetzt«, schnappte Friedrich und sprintete vor. Hinter sich hörte er noch die Stimme von Elsbeth, die ihn an die Wichtigkeit von Haltung und selbstbewusstem Auftreten erinnerte.

Als er den Raum halb durchquert hatte, konnte er in der Menge untertauchen. Zwischen den Beinen anderer Leute hielt er nach Brumsel Ausschau, aber die Masse hatte ihn schon fast an den Rand des Saales gespült, als er Brumsel in der Nähe einer breiten Flügeltür sah. An die Wand gedrückt, hechtete er hin und quetschte sich hinter Brumsel durch die Tür.

»Friedrich, schau mal an!«, sagte Brumsel hocherfreut. »Ich wollte grade zur Toilette, mich abtrocknen.«

»Du bist erkannt«, zischte Friedrich, so leise er konnte.

Brumsel wurde sofort ernst. »Los, komm mit«, sagte er.

In dem Gang, in dem sie sich befanden, kamen nur noch wenige Gäste an ihnen vorbei, und diese interessierten sich nur für die zwei Türen an der linken und rechten Seite, die mit Sturmlaternen bestückt waren, damit man sie nicht verpassen konnte. Dahinter wurde der Gang zunehmend düsterer. Brumsel zog Friedrich in die Dunkelheit. »Und?«, fragte er.

»Talpa weiß, dass du's bist«, stotterte Friedrich. »Das Bier hat die Kohle abgespült!«

»Oh je«, machte Brumsel und drehte sich um sich selbst bei dem Versuch, seinen Hintern zu begutachten.

»Wie kommen wir jetzt hier raus?«, fragte Friedrich bang. »Durch die Kneipe lassen sie uns bestimmt nicht mehr, oder?«

»Talpa wollte eben vor seinen Gästen keine Szene machen, aber das beschützt uns auch nicht lange.« Brumsel schaute neugierig um eine Ecke im Gang und dann krabbelte er vorwärts. »Flucht nach vorn ist angesagt. Wir gehen dahin, wo er mit uns bestimmt nicht rechnet!«

Hinter der Biegung lag eine große, breite Tür mit der Aufschrift »Privat!«. Brumsel stieß sie unbekümmert auf und ging durch.

Im Gegensatz zu dem dunklen Gang vor den Toiletten war es hier hell erleuchtet. Zu den Seiten zweigten gekachelte Gänge in stahlglänzende Küchen ab. In großen Kupferkesseln blubberte grüne Entengrütze vor sich hin und zwei eifrige Küchenschaben wieselten zwischen den Geräten und Schneidetischen hin und her.

»Ja, hier sind wir richtig«, schnaufte Brumsel. »Wo Küchen sind, sind auch Vorratskammern.«

»Was wollen wir denn in der Vorratskammer?«, fragte Friedrich, der hinter ihm herhechtete, und schaute besorgt in eine Küche hinein. Diese schien eine Braukammer zu sein, nach den Kupfertanks und Rohren zu urteilen. Dann kam auch noch ein durchdringender Biergeruch dazu. Immerhin, das Bier in diesem Laden konnte sich sehen lassen. Und dann war es auch noch selbst gebraut!

»Überleg doch mal«, sagte Brumsel. »Solche riesigen Mengen an Essen und Getränken tragen sie in der Grotte nicht durch die Schankräume und über die Korridore rein. Es muss einen

Lieferanteneingang geben, vielleicht sogar mehrere! Und da können wir fliehen.«

Er schubste eine Tür auf, steckte den Kopf hinein und knallte sie sofort wieder zu, als ein spitzer Schrei ertönte. »Entschuldigung, Madam, tut mir leid!«, rief er noch, und dann zerrte er Friedrich weiter. Er war rot im Gesicht, sofern eine Hummel das werden konnte, und setzte peinlich berührt hinzu: »Talpa sollte Warnschilder an die Zimmer hängen, wo seine Angestellten sich umziehen!«

Friedrich konnte seine Neugier nicht unterdrücken. »Wen hast du denn da erschreckt?«

»Eine Nacktschnecke«, sagte Brumsel schwach.

»Eine Nacktschnecke beim Umziehen?«

»Ja, splitterfasernackt! Himmel nochmal, wie peinlich!«

»Aber ...« Friedrich versuchte, das Konzept zu verstehen. »Nacktschnecken sind doch immer nackt ... oder nicht?«

»Ja, aber das ist doch was anderes!«

»Wenn eine Nacktschnecke draußen nackig rumkriecht, ist das was anderes, als wenn sie hier drinnen ihre Schürze an- und auszieht?«

»Davon verstehst du nichts«, sagte Brumsel würdevoll und vermied es, weitere Türen aufzumachen.

Zum Glück kamen sie nur wenige Schritte weiter an einer vorbei, an der ein Zettel mit der Aufschrift *Kühllager. Fleisch und Bier* klebte. Die nächste danach enthielt *Gemüse und Hülsenfrüchte. Kartoffeln im 1. Stock.* Und schließlich, direkt vor ihnen, der Ausgang in die Freiheit: *Lieferanten. Von 8 bis 10 Uhr morgens unverschlossen lassen.*

»Da ist jetzt aber bestimmt abgeschlossen«, wandte Friedrich ein, während Brumsel ihn durch die Tür schob.

»Egal, wir kriegen das Tor schon auf«, raunzte Brumsel.

»He!«, ertönte plötzlich eine Stimme hinter ihnen. »Was machen Sie denn da?«

»Los, rein!« Brumsel schob Friedrich vorwärts und knallte die Tür hinter ihm zu.

Friedrich war allein in der Dunkelheit. Das heißt, ganz dunkel war es nicht – direkt über der Tür hing eine winzige Funzel. Das Licht warf flackernde Schatten auf den Boden, aber viel mehr tat es nicht.

Erst als sich Friedrichs Augen an die Dunkelheit zu gewöhnen begannen, sah er, wie groß der Raum war. Und außerdem war er vollgestellt mit Reihen von Regalen: Regale voller Teller und Krüge, voller Kisten mit Besteck, voller Fleischermesser und Wetzsteine. Die Grotte war gut ausgerüstet, falls die Gäste mal über die Stränge schlagen und das gesamte Geschirr zerdeppern sollten.

Draußen diskutierte Brumsel leidenschaftlich mit dem Küchenangestellten. Friedrich tappte vorwärts und versuchte zu sehen, wo der Raum endete. In der Mitte zwischen den Regalen war viel Platz und der Boden wirkte ausgetreten und verkratzt. Wenn irgendwo Fässer voller Lebensmittel hineingerollt wurden, dann passten diese Rinnen ausgezeichnet dazu. Eigentlich musste er der ausgetretenen Spur bloß folgen, dann würde er schon an eine Tür kommen. Vielleicht gab es nur einen Riegel, den man zur Seite schieben musste. Vielleicht gab es auch ein Schloss, aber hier drinnen waren ja genug spitze Gabeln, mit denen man im Schloss herumstochern konnte, bis es hoffentlich aufsprang!

Da ging plötzlich die Tür zum Gang auf. Mit einem Hechtsprung war Friedrich hinter einem Regal, aber es war nur Brumsel, der hereintappte. »Friedrich? Friedrich, wo bist du? Puh, der war schwer abzuwimmeln, aber ich hab ihn überzeugt, dass wir die Klempner sind, die das Wassersystem überprüfen. Friedrich?«

Friedrich wollte gerade aufstehen, da ging die Tür wieder auf, aber diesmal mit Schwung. Friedrich erstarrte hinter dem Regal.

Unter dem Lampenlicht stand, riesig und wütend, Gryllo Talpa. Er warf die Tür hinter sich zu und seine Grabschaufeln zuckten im Halbdunkel.

»Brumsel, du Drecksack«, röhrte er.

»Du brauchst nicht so zu schreien, ich bin hier«, erklang Brumsels Stimme. Falls er genauso erschrocken war wie Friedrich, versteckte er das ziemlich gut.

Die Situation war desolat: Sie wussten nicht, wo der Ausgang war, und die Tür zum Gang war jetzt von Talpa verstellt, der nicht so aussah, als ob er sich überrumpeln lassen würde.

»Du bescheuerter, fetter Drohn, was machst du hier?«, grunzte Talpa wütend.

»Ich schau dir nur auf die Finger«, erwiderte Brumsel fest.

»Entweder bist du in den Streifendienst degradiert worden«, schnaubte Talpa verächtlich, »oder Ophrys hat so wenige Feinde, dass sie jetzt schon hinter einem armen Schmuggler her ist!«

Brumsel verdrehte die Augen. »Ein armer Schmuggler, *du*! Bitte!!! Nein, ich denke, du weißt, warum ich hier bin.«

»Nö. Aber ich bin schon sehr gespannt.«

Friedrichs Augen gewöhnten sich langsam an die Dunkelheit. Talpa stand mit verschränkten Pranken vor der Tür und Brumsel vor ihm.

Brumsel nahm einen zweiten Anlauf und bluffte. »Erzähl mir nichts. Du weißt genau, was hier in Nordwärts zurzeit passiert.«

»Nö.«

»Und die Wächter stecken dahinter!«

»Nö. Das wüsste ich.«

»Willst du sagen, du weißt nichts davon?«, stutzte Brumsel.

»Nö, nichts.« Talpa lehnte sich vor zu Brumsel. »Aber irgendwie habe ich den Eindruck, dass du auch nicht genau weißt, wovon du da eigentlich redest.«

»Ich ermittle noch«, erwiderte Brumsel aalglatt. »Aber nehmen wir mal für einen Augenblick an, dass du die Wahrheit sagst und gar nichts weißt. Das kann nur heißen, dass die Wächter nichts damit zu tun haben. Dann ... hast du vielleicht eine Idee, wer sonst seine Pfoten im Spiel haben könnte. Du hast doch dein Ohr nah am Boden!«

»Ziemlich oft sogar darunter«, gab Talpa widerstrebend zu.

»Also! Wer könnte dahinterstecken?«

Talpa schüttelte den Kopf und sah Brumsel lange an. »Hinter was?«, fragte er trocken.

»Oh.« Brumsel sah ein, dass er seinem Gegner wohl etwas entgegenkommen musste. »Nun, ich habe den Verdacht – den bestätigten Verdacht! –, dass jemand plant, Südwärts anzugreifen.«

»Wenn das die Wächter wären, wüsste ich das«, antwortete Talpa eiskalt. »Und wenn ich es wüsste, würde ich's dir auch ins Gesicht sagen. Hab doch keine Angst vor so einer lächerlichen, kleinen Hummel!«

»Jemand hat versucht, die Festung in der Klapperschlucht zu sprengen«, hielt Brumsel hitzig dagegen. »Davon weißt du auch nichts?«

»Doch, das weiß ich.« Talpa grinste und seine Mandibeln glänzten im spärlichen Licht. »Aber ich hab erst gestern davon gehört, als es schon vorbei war. Und das, das waren keine Wächter. Erstens hätte ich das vorher gewusst und zweitens hätten die die Sprengung nicht verhunzt.«

»Jaja, natürlich. Aber wer war es dann?«

Talpa zuckte die Schultern. Sein Schulterpanzer wippte. »Was weiß ich. Ist nicht mein Problem oder das der Wächter.«

»Ophrys ist sehr beunruhigt über diese Aktivitäten an der Grenze«, gab Brumsel wütend zurück. »Und wenn sich das zu einem Krieg zwischen Südwärts und Nordwärts auswächst, dann ist es bald auch euer Problem, und zwar ein gewaltiges! Außerdem, Talpa – das Problem, dem du *nicht* hinterherschnüffelst, gibt es gar nicht. Dafür bist du viel zu neugierig. Du weißt bestimmt irgendwas.«

»Was ich weiß oder nicht weiß, geht dich doch gar nichts an«, sagte Talpa heiter.

»Diesmal nützt es uns beiden, wenn du es mir sagst!«, gab Brumsel wütend zurück.

Talpa lehnte sich gegen die Tür und knirschte mit den Mandibeln. »Über die Klapperschlucht«, sagte er, »weiß ich nichts. Aber wenn du wissen willst, wer in Nordwärts krumme Geschäfte macht, dann frag doch mal in Hammerschlag.«

»Etwas genauer bitte«, forderte Brumsel.

Talpa klickte mit den Fingern auf seinen Panzer. »Ich nehme nicht an, dass du weißt, dass zurzeit fast alle Fabriken von Hammerschlag von einem einzigen Auftraggeber gebucht sind, oder?«

»Und ich nehme an«, entgegnete Brumsel, »du weißt erstens, wer das ist, und zweitens, was er herstellen lässt?«

»Erstens, ja. Clupeus, der Schleimer.«

»Clupeus?«, rief Brumsel überrascht.

»Und zweitens, nein, ich weiß nicht, was er herstellen lässt. Das unterliegt anscheinend strengster Geheimhaltung.«

»Kannst du das nicht rausfinden?«, drängelte Brumsel eifrig. »Clupeus versucht doch seit Jahren, dich auf seine Seite zu ziehen. Kannst du dich nicht bei ihm einschmeicheln und ...«

»Mit meinem Bier war wohl was nicht in Ordnung!«, dröhnte Talpa. »Erstens, das wäre ja noch schöner! Und zweitens, wird er einem neuen Verbündeten erst mal nichts Geheimes erzählen. Ich müsste mich jahrelang einschleimen, um an interessante Informationen zu kommen!«

»Ich dachte ja nur, es wäre eine Möglichkeit«, meinte Brumsel kleinlaut.

»Außerdem«, gab Talpa drohend zurück, »nur weil ich dir noch nicht den Kopf abgerissen habe, heißt das nicht, dass wir am selben Strang ziehen. Frechheit, dass du dich überhaupt hierhertraust! Ich hab keinen Knatsch mit dir, deshalb kannst du unbehelligt meine Grotte verlassen. Aber wenn ich dich noch einmal hier in meinem Haus erwische – oder auch nur in Sichtweite! –, dann werfe ich dich raus. Und vorher wirst du geteert und gefedert!«

»So schön ist es hier auch wieder nicht«, sagte Brumsel.

»Geh zurück zu Ophrys und leg dich auf dein Samtkissen zu ihren Füßen«, spuckte Talpa. »Da passt du besser hin.«

»Oh«, sagte Brumsel peinlich berührt. »Das mit dem Kissen weißt du also auch. Du bist wirklich verdammt gut informiert.«

»Denkst du, nur du bist auf dem Laufenden über andere Leute?«, schnaubte Talpa. »Die Weiße Fee kann dir sagen, was du heute zum Frühstück gegessen hast!«

»Na, das bezweifle ich dann doch«, meinte Brumsel. »Aber Clupeus, uiuiui, das ist interessant! Äußerst interessant!«

»Umso interessanter, weil Clupeus doch angeblich euer Bundesgenosse ist, aber du nichts davon wusstest, was er da in Hammerschlag treibt.« Die Maulwurfsgrille grinste süffisant. »Ihr in Südwärts seid nicht geschickt darin, eure Freunde auszuwählen, möchte man meinen!«

»Na ja, wir werden sehen«, murmelte Brumsel vorsichtig. »Vielleicht gibt es eine ganz normale Erklärung für alles.«

»Natürlich. Bestimmt. Und jetzt entschuldige mich, ich muss zurück zu meiner Arbeit. Manche Leute werden unangenehm, wenn sie ihre Getränke nicht rechtzeitig kriegen.« Talpa warf sich das Spültuch über die Schulter. »Pack deinen Kumpan ein und schaff dich weg. Und falls du dich noch mal hier blicken lässt, dann hoffentlich, weil du einen Tipp für mich hast, mit dem du dich revanchieren kannst. Sonst – Teer und Federn, mein Freund.«

Brumsel grinste humorlos. »Ich bin weg, sobald du mich lässt. Nur keine Eile.«

»Los, komm mit.« Talpa zog seinen Schlüsselbund vom Gürtel und ging voran ins Dunkel des Raumes.

»Sofort«, sagte Brumsel und kroch ihm hinterher. »Erst muss ich noch den kleinen rosa Nichtsnutz finden …«

»Hier bin ich«, sagte Friedrich. Er trat lässig hinter dem Regal hervor und erschreckte Brumsel halb zu Tode.

Der Raum endete in einer breiten, eisenbeschlagenen Flügeltür. Talpa schloss sie auf und hielt einen Flügel offen. »So, packt euch! Bier ist aufs Haus. Ich will kein Geld von dir, wenn Ophrys dich bezahlt!«

»Danke für die reizende Gastfreundschaft«, erwiderte Brumsel zuckersüß. Sobald Friedrich auf seinen Rücken geklettert war, hob er ab. Die Tür schlug hinter ihnen mit einem metallischen Knall ins Schloss und sie waren der Grünen Grotte entflohen.

Kaum waren sie in der Luft, begann Friedrich zu fragen. »Wer ist dieser Clupeus?«

»Erzähl ich dir später. Wir müssen los.«

»Nach Hammerschlag?«, fragte Friedrich, der langsam wusste, wie das Ganze funktionierte.

»Genau«, sagte Brumsel grimmig. »Das ist das Erste, was wir morgen machen. Nach Hammerschlag.«

Sie flogen nur noch eine kurze Strecke und suchten sich dann einen Unterschlupf in einer Biegung eines knorrigen Birkenastes. Von ihrem Platz aus konnten sie in die Nacht hinaussehen, wo dutzende von weißgrauen Motten nacheinander an ihnen vorbeizogen und sehnsüchtig in Richtung Mond flatterten, bis sie in der Ferne verschwanden. Friedrich war in seine Decke eingewickelt und hatte es warm und gemütlich; gespannt hörte er Brumsel zu, wie der ihm von Clupeus erzählte.

»Ein sehr undurchsichtiger Charakter«, sagte Brumsel düster. »Er ist ein Zauberer und theoretisch ist er ein Verbündeter von Ophrys. Er lebt aber in Nordwärts, ziemlich weit oben im Norden, und unterhält seine diplomatischen Beziehungen in alle Richtungen. Deshalb versucht er auch, mit den Wächtern in Kontakt zu treten – wohlgemerkt *in Kontakt*, nicht in freundschaftliche Beziehungen! Und da Talpa natürlich unter den Wächtern einer der wichtigsten ist, hat er auf den ein besonderes Auge geworfen. Wenn du mich fragst, würde Clupeus mit der Fee selbst Tee trinken gehen, wenn es ihm nützen würde!«

»Also glaubst du, er hat sich mit der Weißen Fee verbündet?«, fragte Friedrich. »Aber warum wissen dann die Wächter nichts davon?«

»Keine Ahnung. Clupeus und die Weiße Fee könnten vielleicht die Wächter außen vor lassen und einen ganz eigenen Plan verfolgen. Obwohl ... nee. Wenn Clupeus wirklich etwas Übles plant, dann ist er wahrscheinlich eher der alleinige Urheber.«

»Hast du ihn schon mal getroffen?«

»Er war schon öfters bei Ophrys zu Gast. Aber wenn er etwas sagt, sagt er damit meistens gar nichts.« Brumsel zuckte die Achseln. »Er redet zwar eine Menge höfliche Floskeln daher, doch in die Karten schauen lässt er sich nicht. Er hat ein großes Anwesen; was darin vorgeht, weiß keiner genau. Und weil ihn ja hierzulande niemand kontrollieren kann, übt er sich auch durchaus in Selbstjustiz – er hat sogar einen eigenen Turm für Strafgefangene angelegt und der gilt als absolut ausbruchssicher! Ich mag Clupeus nicht. Ich würde ihm durchaus zutrauen, dass er Ophrys hintergeht. Er macht ihr außerdem schöne Augen ... hör auf zu grinsen, du ungezogener Mistkerl!«

»Es ist doch dunkel«, sagte Friedrich und grinste weiter.

»Ich höre aber, dass du grinst! Auf jeden Fall ist die Lage ernst.« Brumsel räusperte sich. »Und auf jeden Fall halten seine Aufträge im Moment halb Hammerschlag am Laufen. Das allein ist ein Grund, um ihm auf die Finger zu schauen.«

»Aber wenn nicht mal die Wächter bisher rausgefunden haben, was Clupeus in Hammerschlag treibt, wie groß ist dann die Chance, dass die Leute in Hammerschlag es uns erzählen?«, fragte Friedrich etwas hoffnungslos.

Brumsel gluckste lachend. »Wir sind nicht irgendjemand, wir sind Spezialisten. Ich bin Hieronymus Brumsel, vielleicht hast du schon mal von mir gehört?«

»Ich dachte, Spione wären gut, wenn niemand sie kennt«, sagte Friedrich, der den letzten Satz ziemlich doof fand.

Brumsel war dann auch erst einmal still. Schließlich sagte er ungewohnt kleinlaut: »Jedenfalls gehen wir morgen nach Hammerschlag. Basta.«

Friedrich juckte es aber, auf die Demütigung noch einen draufzusetzen. »Und du bist heute erkannt worden. Vielleicht wäre es wirklich besser, wenn du unbekannter wärst.«

»Na und?«, gab Brumsel lässig zurück. »Ist doch nichts passiert!«

»Du bist nur deshalb nicht vermöbelt und rausgeworfen worden, weil Talpa seine Gäste nicht erschrecken wollte!« Wo er so darüber nachdachte, bekam Friedrich selbst Zweifel an dem, was er da sagte. Wer in der Grotte trinken ging, war schwer zu erschrecken – und bestimmt nicht dadurch, dass der Wirt einen Gast vor die Tür setzte.

»Blödsinn«, knurrte Brumsel. »Er hat deshalb nichts gesagt, weil ... na ja...«

Friedrich ging ein Licht auf. »Er hat dich beschützt«, stellte er zufrieden fest. »Vor den anderen Gästen.«

»Weil er mich aushorchen wollte!«

»Weil er erst hören wollte, was du zu sagen hast«, berichtete Friedrich. »Sooo übel scheint er ja nicht zu sein.«

»Was weißt du denn davon?«, schnaubte Brumsel.

»Mir scheint es nur so«, sagte Friedrich vorsichtig, »dass dieser Wächter ganz schön sanft mit dir umgeht, wo die Wächter doch Ophrys so hassen.«

»Mir scheint, dass du den Ernst der Lage nicht begreifst«, sagte Brumsel kühl.

»Hmpf.« Dann fiel Friedrich wieder ein, was er bei ihrem

überstürzten Abflug glatt vergessen hatte zu erzählen. Listig setzt er an: »Ich wäre heute übrigens fast ein Wächter geworden.«

»Du! Ha! Nie im Leben!«, kam es motzig aus der Dunkelheit.

Und dann berichtete Friedrich haarklein, was Elsbeth ihm zuvor erzählt hatte. Brumsel lauschte aufmerksam und unterbrach ihn kein einziges Mal.

»Hm«, sagte er schließlich, »gut, dass du dich so dumm angestellt hast! Das passt zusammen. Dann hat Talpa wohl die Wahrheit gesagt und die Wächter haben mit der Klapperschlucht nichts zu tun. Jetzt haben wir es von beiden Seiten. Na ja, es hätte auch besser laufen können. Bald weiß jeder einzelne Wächter, dass wir hier sind.«

»Ich wollte dich ja warnen, aber du warst so beschäftigt«, seufzte Friedrich.

»Stimmt.« In seiner Ecke richtete Brumsel sich auf. »Aber hättest du nicht vorher Otto und seine Truppe kirre gemacht, dann hätte ich sie bequem aushorchen können. Deinetwegen bin ich nur haarscharf an Teer und Federn vorbeigekommen!«

»Und hättest du dich nicht eingemischt, dann könnte ich jetzt ein Wächter sein!«, gab Friedrich ebenso zurück.

»Tja.« Brumsel seufzte und sackte auf seiner Decke zusammen. »Da sind wir uns schön gegenseitig auf die Füße getreten.«

Friedrich musste kichern. »Sieht aus, als müsstest du dich jetzt jeden Tag im Dreck wälzen!«

»Pfff. In Hammerschlag nicht. Da wird jeder von allein grau.«

»Wieso das?«

»Wirst du sehen«, sagte Brumsel und kuschelte sich in seine Felsenecke. »Wirst du sehen.«

5. Kapitel

Hammerschlag

Hammerschlag war das Größte, Schrecklichste und Wahnsinnigste, was Friedrich je zu sehen bekommen hatte. Es war noch früher Morgen, aber das Licht war düster und grau. Hammerschlag war so tief in seinem eigenen Schmauch versunken, dass man es erst aus der Nähe sehen konnte. Doch dafür konnte man es schon von sehr weit weg hören.

Durch Schwaden von grauschwarzem Rauch und Qualm flogen sie, vorbei an metallisch glänzenden Käfern aller Formen und Größen und vorbei an dicken schwarzen Fliegen, die mit Lasten und Reitern beladen waren.

Ein großer, drohend dunkler Fleck tauchte aus dem Nebel auf und wurde immer deutlicher. Bald konnte Friedrich sehen, dass es sich um einen hohen Felsen handelte. Auf seiner Oberfläche schienen Häuser und Hallen und Türme zu wachsen wie Moos, und Stahlträger und Kräne ragten in die Luft wie Gerippe. Aus Schornsteinen drangen schwarze Schwaden und sprühende Funken. Überall klapperte, knirschte und ratterte es, stählerne Gelenke und Winden kreischten, dumpfe Hammerschläge erschütterten die Luft – in diesem ohrenbetäubenden Konzert gingen Geschrei und Befehle der Bewohner fast unter. Vermutlich konnte man in Hammerschlag sowieso nur schreiend kommunizieren.

Nicht nur die Oberfläche des schwindelerregenden Felsens war bewohnt. Häuser klebten an den steilen Hängen, Höhlen und Schächte waren in den Stein gehauen und von innen durch lodernde Feuer erleuchtet. Seilwinden zogen Lasten hinauf und hinunter, und dazwischen krochen schwer bepackte Schnecken, die Frachten abzuliefern hatten. Überall setzten Fliegen und Käfer zum Abflug oder zur Landung an oder schwirrten mit halsbrecherischer Geschwindigkeit durch den Nebel.

»Irrsinnig«, brachte Friedrich heraus. »Hier wollte ich nicht wohnen!«

»Tun auch nur wenige«, erklärte Brumsel. »Die meisten hier gehen nach der Schicht nach Hause. Nur die Stadt schläft nicht. Die Maschinen laufen weiter, wenn die Arbeiter im Bett sind. Und in manchen Fabriken wird sogar die ganze Nacht durchgearbeitet. Hier ist es eh so dunkel, dass man kaum sieht, welche Tageszeit gerade ist.«

Als sie näher kamen, mussten sie immer wieder den surrenden metallischen Käfern ausweichen, sonst wären sie mit ihnen zusammengeprallt und dabei hätten sie wohl den Kürzeren gezogen. Anfangs pöbelte Friedrich ihnen noch lauthals hinterher, aber niemand antwortete ihm oder pöbelte zurück.

»Ach, das bringt nichts, spar dir doch die Luft«, sagte Brumsel irgendwann müde. Friedrich dachte gar nicht daran.

Die düsteren Straßen Hammerschlags wimmelten nur so vor Leben, aber die meisten Leute trugen graue Arbeitskleidung. Kinder schien es hier überhaupt keine zu geben. Die wären in den schmutzigen Menschenmengen auch verloren gewesen.

Überall verliefen Schienen, auf denen Loren hin und her geschoben wurden, vollgeladen mit grauen Gesteinsbrocken. Grau und schwarz waren auch die großen Hallen und Fabriken, und ihre Fensterfronten waren fast blind vor grauem Schmutz.

Brumsel setzte zum schrägen Anflug an und sie tauchten zwischen die Türme und Schornsteine.

Das Erste, was Friedrich danach sah, war die Fassade einer Werkhalle mit ihren großen, schmutzstarrenden Fenstern. Und dahinter – metallisch glänzende Käfer. Stockstill standen sie da drinnen, hintereinander in Reihen. Es war ein gespenstischer Anblick. Er wollte gerade den Mund aufmachen, um Brumsel davon zu berichten, da kamen sie an der nächsten Werkhalle vorbei, und hier standen auch Reihen über Reihen von Käfern, aber diese hatten alle hochgeklappte Flügeldecken und kleine Arbeiter aller Arten wuselten um sie herum.

Als sie an der dritten Halle vorbeiflogen, lagen hinter den Fenstern nur Käferkörper auf dem Boden. Aus ihren Hälsen ragten Drähte, Räder und Lederriemen.

»Diese Käfer … werden hier gebaut?«, platzte Friedrich ungläubig heraus. »Das sind Maschinen?«

Brumsel gackerte in sich hinein. »Ich hab schon mit mir selbst gewettet, wann du's merkst. Die werden für den innerstädtischen Transport benutzt. Formschön und praktisch und sie passen durch jeden Fabrikeingang.«

»Womit werden sie angetrieben?«, fragte Friedrich fasziniert.

»Mit Flugkohle. Eine spezielle Art von fossilem Brennstoff, der sehr energiereich ist und sehr langsam verbrennt. Vorausgesetzt, er wird mit den richtigen Zaubersprüchen belegt. Das ist eine Industrie, in der heutzutage viele Zauberer arbeiten.«

»Was, Brennstoff verzaubern?«, fragte Friedrich ungläubig.

Brumsel lachte in sich hinein. »Ja, die glamourösen Zeiten sind auch in der Zauberei vorbei. In Flugkohle-Fabriken sitzen Zauberer an einem Gleis und belegen die Kohle mit Sprüchen, eine Lore nach der anderen. Es ist nicht gerade ein Traumberuf, aber immer ein sicheres Einkommen.«

»Macht Clupeus so was auch?«

Brumsel schüttelte sich vor Lachen. »Nee, der bestimmt nicht. Der ist ein richtig mächtiger Zauberer, wie aus dem Märchen. Kein Kohle-Segner. – Komm, lass uns sehen, wo wir was zu essen herkriegen!«

Brutzelküchen und Ölstuben gab es in Hammerschlag überall. Straßenhändler boten Teigtaschen und geröstete Bucheckern an, ein einziges frisches Salatblatt dagegen war fast unmöglich zu beschaffen. Man merkte schnell, dass die Leute hier nicht zum Vergnügen aßen. Friedrich und Brumsel nahmen ihr Mittagessen in einem Etablissement namens »Flotte Lulu« ein und arbeiteten dort an ihrem Schlachtplan.

Die »Flotte Lulu« war so groß wie eine Bahnhofshalle. Ihre Decke wurde von mehreren Reihen völlig verrußter Säulen getragen. Das musste man jedenfalls annehmen, die Decke konnte man da oben nämlich nicht sehen – der Schmauch war zu dicht. Zwischen den Säulen gab es Trennwände bis zur Schulterhöhe und dazwischen kleine Sitzecken aus grob genieteten Metallbänken, mit Tischen aus grauem Holz, die von jahrelanger Benutzung schon ganz rund gescheuerte Kanten hatten. Die Fenster lagen unter der Decke und die Küche am anderen Ende der Halle war ein Wirrwarr aus Kesseln, Kupferrohren, riesigen Dampfdrucktöpfen und Wasserhähnen. Zu essen gab es nur eine Sache – Bohnen mit Soße und einem Brotkanten dazu.

»Immerhin, wenn ich gar keine andere Anstellung finde, kann ich immer noch Koch in Hammerschlag werden«, scherzte Friedrich und kaute auf den Bohnen herum, die nicht schlecht schmeckten – aber auch nicht gut. In Hammerschlag war Essen anscheinend nur eine Notwendigkeit, um den Körper am Funktionieren zu halten. »So gut kochen wie die da kann ich schon lange. Aber jetzt sag mal – wie kommen wir an die Pläne von diesem Clupeus ran? Wenn ich nicht ganz dämlich bin, sind wir ja aus dem einen Grund hier: Wenn Clupeus einen Angriff vorbereitet, nehmen wir an, dass er hier einen Riesenhaufen Waffen herstellen lässt.«

»Ganz dämlich bist du nicht.« Brumsel kaute und grinste.

»Wir können aber nicht einfach hingehen und bei den Fabriken nachfragen, was sie da für ihn bauen, oder?«

»Stimmt genau.« Brumsel strich sich einen Flügel glatt. »Wenn er eine faule Sache vorhat, hat er die Fabriken mit einem Schweigeversprechen belegt. So einen Großkunden wollen die Fabriken nicht verlieren, also wird niemand etwas rausrücken.«

»Magie hatte ich mir immer einfacher vorgestellt«, seufzte Friedrich. »Kann er sich nicht eine Armee herzaubern? Oder: Kann er nicht Leute verzaubern, damit sie für ihn kämpfen?«

»Pah, so einfach ist das halt nicht«, sagte Brumsel. »Jemanden zu kontrollieren, erfordert ständige Konzentration. Und eine ganze Armee von Köpfen zu kontrollieren, das schafft keiner. Auch Clupeus nicht. Und der muss verdammt gut sein.« Nachdenklich rieb er die Mandibeln aneinander.

Auch Friedrich kaute auf seiner Lippe herum. »Und wenn wir so tun, als wären wir Buchprüfer?«, fragte er nachdenklich. »Dann geben diese Fabrikleiter uns vielleicht einen Einblick in ihre Geschäftsunterlagen.«

Brumsel schaute überrascht. »Gar nicht dumm, aber das glaubt uns wahrscheinlich keiner«, sagte er, »weil ich nicht schreiben kann, wegen der fehlenden Daumen. Na, und du – dir glaubt sowieso keiner, dass du ein Buchprüfer bist!«

»Ich *bin* aber Buchprüfer«, sagte Friedrich und schaute fröhlich zu, wie Brumsels Gesichtsausdruck auseinanderfiel.

»Hast du nie erzählt«, sagte Brumsel verblüfft.

Friedrich zuckte die Achseln. »Hat ja auch keiner danach gefragt. Hauptsächlich arbeite ich für die Hummelindustrie – Betriebe, Sportwettbüros und so.«

Brumsel lehnte sich zurück und verschränkte alle sechs Beinpaare. »Fein, dann bist du heute der Anführer«, sagte er. »Du weißt am besten, wie es geht. Also womit fangen wir an?«

»Am besten machen wir es so«, sagte Friedrich. »Du weißt am meisten über Clupeus, also spielst du seinen Angestellten, der die Betriebe für ihn besucht und nach dem Rechten sieht. Ich bin der Fachmann, der die Rechnungen überprüft.«

»Hm, ob sie uns das glauben ... wir bräuchten irgendeine schriftliche Vollmacht von höherer Stelle. Aber so was kann ich uns fälschen.«

»Wie wäre es denn hiermit?« Friedrich zog den Antennenring der verstorbenen Ameise aus der Tasche und hielt ihn hoch. »Wir haben doch ein Firmenabzeichen!«

»Sehr gut, Chef«, sagte Brumsel und grinste in sich hinein.

»Hm ... jetzt bräuchten wir irgendwie respektable Kleider«, überlegte Friedrich. »Weißt du, wo man so was kriegt?«

»Immer.«

Also gingen sie hinaus, vorbei an Massen von rußigen Fabrikarbeitern und Bergleuten voller Eisenstaub. Eine halbe Stunde später wurden sie in einem Pfandladen fündig: Friedrich bekam einen abgetragenen, aber sorgfältig geflickten Anzug mit Hemd und Krawatte und Brumsel eine Krawatte und eine Aktentasche. Dazu kauften sie noch zwei Hüte.

»Perfekt«, rief Brumsel begeistert, als sie sich in einem Spiegel im Laden begutachteten. »Sitzt und sieht nicht zu neu aus – als würden wir die Sachen jeden Tag tragen!«

Die Kleidermotte, die die Sachen verkaufte, wuselte die ganze Zeit um sie herum und zupfte an den Sachen, weil die anscheinend noch nicht gut genug saßen. »Wenn Sie wollen, können Sie ihre alten Sachen direkt hier in Zahlung geben«, schwatzte sie. »Dann werden Ihre neuen Kleider billiger.«

»Nein, nein, die behalten wir«, warf Friedrich ein.

»Wirklich? Wir nehmen alle Arten von Kleidern an«, bettelte die Motte. »Egal, in welchem Zustand. Wenn wir sie nicht weiterverkaufen, kann ich sie immer noch essen!«

Friedrich sah Brumsel an und Brumsel sah Friedrich an.

»Äh, nein, aber können wir Sie um einen Gefallen bitten?«, fragte Brumsel. »Können wir unsere Rucksäcke hier stehen lassen? Wir holen sie heute Abend wieder ab.«

»Nicht in Zahlung? Einfach nur stehen lassen?«, fragte die Motte traurig.

»Nur stehen lassen«, sagte Brumsel. »Es sind ein paar Kleider drin, aber wir wären Ihnen sehr verbunden, wenn Sie die nicht anknabbern würden.«

Die Motte wiegte ihren Kopf hin und her. »Ja, na ja, ja, das geht schon«, sagte sie, aber sie klang nicht begeistert. »Ich suche mir dann zum Abendessen was aus dem Lager aus. Vielleicht mit Rosmarin.«

Kurz darauf waren Friedrich der Buchprüfer und sein Assistent Brumsel zu Fuß unterwegs durch die Straßen von Hammerschlag. Brumsel hatte den Ring über die rechte Antenne gezogen.

»Fangen wir mal gleich hier an«, beschloss Friedrich und steuerte auf das Tor eines großen Fabrikgeländes zu, hinter dessen Mauern Hochöfen in Reihen standen wie riesige Kokons. Vor dem Eingang gab es ein kleines Pförtnerhaus und Friedrich zückte sein Notizbuch und blätterte darin. Dann ging er auf die Glasscheibe zu, die so dreckig war, dass man kaum erkennen konnte, wer dahinter saß.

»Schönen guten Morgen«, sagte er geschäftig. »Wir sind von Herrn Clupeus' Geschäftsleitung, Abteilung Eisenwarenproduktion. Wir würden gern die Bücher prüfen für die Waren, die in seinem Auftrag hergestellt werden.«

Brumsel deutete auf den Ring auf seiner Antenne und schaute wichtig drein.

»Clupeus?«, fragte die Made hinter dem Glas mürrisch und drückte ihre Zigarre an der Scheibe aus. »Für den machen wir dieses Jahr nichts.«

Friedrich stutzte und schaute in sein Notizbuch, das in Wirklichkeit natürlich völlig leer war. »Aber Sie stehen auf unserer Liste«, wandte er ein.

»Nee, das muss ein Irrtum sein«, sagte die Made und schüttelte den Kopf. »Drüben bei Kallerts und bei Richards und im ganzen Südviertel – da sollten Sie's mal versuchen. Da haben Sie Wochen zu tun.«

Friedrich machte ein nachdenkliches Gesicht und drehte sich schließlich um. »Na schön, wir fangen woanders an. Meine Liste werde ich noch mal überprüfen lassen. Danke!«

Bei Kallerts' Fabrik, die fast direkt gegenüberlag, hatten sie mehr Glück. Man ließ sie sofort vor. Mit geschäftiger Miene spazierte Friedrich in das Büro des obersten Buchhalters.

»Guten Tag, ich bin Buchprüfer im Auftrag von Herrn Clupeus«, begann er. »Ich überprüfe die Zahlen, mein Kollege hier schaut die Produktionsaufträge durch.«

»Wir hatten Sie gar nicht erwartet«, sagte der Buchhalter erstaunt. Er war ein kleiner, kurzsichtiger Mann mit starken Brillengläsern, die seine Augen riesig aussehen ließen.

»Das machen wir dieses Jahr so«, erklärte Friedrich. »Überraschungsbesuche. Nicht weil wir Ihnen misstrauen, Sie müssen verstehen, das ist nichts Persönliches. Wir überprüfen alle unsere Partner in der Eisenwarenproduktion auf diese Weise, wissen Sie, in Ihrer Fabrik ist sicher alles in Ordnung. Aber ab und zu ist ja mal ein faules Ei dabei, wir haben da schon Rechnungen bekommen, in denen horrende Summen aufgezeichnet waren für Waren, die nie geliefert wurden ... Wäre es möglich, dass mein Kollege hier sich einmal die Produktion in den Werkstätten ansehen kann?«

Der Buchhalter schüttelte den Kopf. »Nein, das ist ganz ausgeschlossen, das wäre viel zu gefährlich! Bei den ganzen Hochöfen!«

»Na schön«, sagte Friedrich gnädig. »Dann zeigen Sie mir doch bitte schnell die Bücher für die ... na, was war das noch, was Sie hier anfertigen?« Er blätterte eifrig in seinem Notizbuch.

»Ringe«, setzte der Buchhalter hilfreich hinzu.

»Ach ja, Ringe, natürlich ... Aber da war doch noch was ...«

»Nein, nein, nur Ringe«, sagte der Buchhalter eilfertig. »Wir sind mit der Ringproduktion auch völlig ausgelastet. Herr Clupeus hatte ja über eine Million davon bestellt!«

Friedrich schaute zu Brumsel, aber Brumsel schaute gerade woanders hin. Innerlich war Friedrich ratlos, aber er ließ es sich nicht anmerken. »Ja, bitte, ich würde gern durch die Rechnungen gehen«, sagte er aalglatt. »Nur die Rechnungen für dieses Jahr. Das dauert nicht lange. Höchstens eine halbe Stunde.«

Der Buchhalter holte aus einer Schublade seines Schreibtisches einen Stapel nachlässig abgehefteter Zettel hervor und gab ihn Friedrich. Der Stapel war schwerer, als er aussah.

»Sie können sich ja da hinsetzen«, sagte ihr Gastgeber und deutete auf einen Tisch in der Ecke. »Falls es Sie nicht stört, dass ich auch hier in dem Raum arbeite. Wollen Sie einen Tee?«

»Ja, gern«, meldete Brumsel sich zu Wort.

»Ich sage nur rasch der Sekretärin Bescheid«, sagte der Buchhalter und wieselte hinaus.

Sie waren allein.

Friedrich nutzte die kostbaren Sekunden, um Brumsel zuzuflüstern: »Ringe? Der lügt doch, oder?«

Brumsel zuckte die Schultern. Er sah nicht schlauer aus als Friedrich. »Keine Ahnung. Und was für Ringe?«

Da kam der Buchhalter schon wieder in das Büro. Friedrich nahm seinen Platz am zweiten Schreibtisch ein und begann zu lesen. Brumsel setzte sich geduldig neben ihn und langweilte sich. Es gab nichts zu tun – nicht einmal zum Fenster konnte man hinausschauen, weil die Scheiben so verrußt waren. Ein paar Minuten später kam die Sekretärin mit Tee herein.

Friedrich überflog Zahlenkolonnen und suchte nach Hinweisen auf die produzierten Waren. Es gab keine – immer wieder war vermerkt, dass für Eisen, Formen, Gips, Sand und Werkzeug Geld ausgegeben worden war, aber nirgends stand ein Hinweis darauf, was daraus gemacht worden war. Vor Friedrichs Augen begannen die Zahlen zu verschwimmen. Hier, das wusste er, verschwendeten sie nur ihre Zeit. Aber gehen konnten sie jetzt auch nicht so einfach, sonst hätten sie den Buchhalter sicher misstrauisch gemacht.

Immer wieder schielte Friedrich auf die Uhr, die über der Tür des Büros hing. Schleichend vergingen zwanzig Minuten und schließlich hielt er es nicht mehr aus. Er klappte den Hefter zu und gab ihn dem Chef der Buchhaltung zurück.

»Vielen Dank«, sagte er. »Wir haben keinen Grund zur Beanstandung gefunden.«

»Na, das hört man gern«, sagte der Buchhalter und schob seine Brille zurecht. »Dann einen schönen Tag noch!«

»Ebenfalls, ebenfalls«, wünschte Brumsel und kroch vor Friedrich durch die Tür.

Draußen auf dem Gang flüsterte Friedrich: »Das war wohl ein Schuss in den Ofen!«

Brumsel zuckte die Achseln. »Ist ja nur eine Fabrik von vielen. Wir probieren es im Südviertel weiter.«

»Hoffentlich fallen die genauso leicht auf uns rein«, murmelte Friedrich.

Knapp fünf Stunden später hatten sie elf Fabriken abgeklappert, viele Zahlenkolonnen durchforstet und wahre Wasserfälle von Tee konsumiert.

»Ich will nie wieder Tee sehen«, seufzte Friedrich, als sie sich resigniert wieder auf den Rückweg zum Pfandleiher machten. Es war ein langer Marsch und langsam begann es, dunkel zu werden. »Ringe, überall nur Ringe! Was will der Kerl nur mit all den Ringen?!«

»Ich hab nachgedacht«, erwiderte Brumsel. »Vielleicht benutzen sie das Wort *Ringe* auch als Code. Es könnte etwas ganz anderes bedeuten. Wenn sie annehmen, dass wir für Clupeus arbeiten, sagen sie das Codewort und glauben, wir wüssten schon, was es wirklich heißen soll.«

»Aber wie kriegen wir es dann raus?«, rief Friedrich und raufte sich die Haare.

»Hm. Lass uns erst mal was zu essen suchen. Ich bin hungrig. Von Tee wird man nicht satt«, sagte Brumsel.

»Wir sollten uns auch eine Herberge für die Nacht suchen, wenn wir schon dabei sind«, sagte Friedrich müde.

»Nee«, erwiderte Brumsel. »Heute Nacht wird nicht geschlafen.«

»Wie? Was hast du denn vor?«, fragte Friedrich, der schon zu matt war, um zu widersprechen.

»Rauskriegen, was für Ringe Clupeus herstellen lässt«, antwortete Brumsel. »Aber wir machen das jetzt auf meine Art. Du hast Daumen. Und ich kann an senkrechten Wänden hochkrabbeln.«

»Wieso willst du denn an Wänden hochkrabbeln, du kannst doch fliegen!« Friedrich wollte nur noch ins Bett.

»Wenn ich fliege, hört der Nachtwächter das Summen.«

»Welcher Nachtwächter?«

»Der Nachtwächter von Kallerts' Fabrik.«

Es dauerte ein paar Sekunden, bis die Idee sich auf dem Boden von Friedrichs müdem Hirn abzusetzen begann. »Du willst in die Fabrik einbrechen?«, fragte er entsetzt.

»Na klar. Kallerts hat den größten Auftrag von Clupeus bekommen, also sollten wir uns mal anschauen, ob die fertigen Waren wirklich Ringe sind oder vielleicht etwas ganz anderes!«

»Und wenn sie uns erwischen?«, wandte Friedrich ein. Er

hatte wirklich keine Lust, in Hammerschlag im Gefängnis zu sitzen. Die Stadt war auch so schon trostlos genug.

Brumsel zuckte die Achseln. »Da müssen sie uns erst mal kriegen.«

»Du bist doch wahnsinnig«, stöhnte Friedrich.

»Wenn du nicht mitkommen willst, geh ich halt allein«, sagte Brumsel lässig.

Friedrich überlegte. »Ziehen wir dabei schwarze Anzüge und Handschuhe an?«, fragte er zögernd.

»Unbedingt.«

»Und Masken oder so was?«

»Ja, natürlich. Wobei das bei mir total überflüssig ist, weil mein Gesicht eh schwarz ist.«

Friedrich dachte hin und dachte her. Die Stimme der Vernunft sagte, er solle sich ein Bett suchen. Aber da war noch eine andere Stimme in ihm, die sagte, dass er nie wieder eine gute Entschuldigung dafür kriegen würde, nachts in lächerlich schneidigen Klamotten und einer Maske auf einem Dach herumzuturnen. Nicht einmal an Fasching.

»Na schön«, sagte er. »Ich hoffe, du weißt, was du da tust.«

Beim Pfandleiher tauschten sie ihre neuen, alten Anzüge noch einmal ein, diesmal gegen einen engen schwarzen Anzug für Friedrich und dazu eine lange, schwarze Stoffbahn, die sie Brumsel um den Körper wickeln wollten, um seine goldenen Streifen zu verdecken.

»Und haben Sie Masken?«, fragte Brumsel beiläufig. »Masken für Einbrecher?«

»Selbstverständlich«, erwiderte die Kleidermotte, die gerade glücklich die Anzüge entgegengenommen hatte und jetzt selig auf Brumsels früherer Krawatte herumkaute. Ihr Abendessen war gerettet. »Oder denken Sie, Einbrecher kommen nie in Geldnot?«

»Wir bräuchten zwei davon, es ... äh, es ist für einen Maskenball«, erklärte Friedrich.

»Oh, wofür Sie die Kleider verwenden, das geht uns nichts an«, sagte die Motte. »Diskretion ist unsere Devise.«

»Oder ihr Motto«, flüsterte Friedrich Brumsel zu. »Verstehst du? Ihr *Mott-o*?«

»Das habe ich gehört«, sagte die Motte beleidigt.

Brumsel, der so tat, als hätte er gar nichts gehört, packte die neuen Sachen in seinen Rucksack, fummelte seinen Geldbeutel heraus und bezahlte die Motte für die Einbrecherkleidung und für das Ausleihen der Buchhalteranzüge.

»Die schwarzen Sachen bringen Sie nicht zurück?«, fragte die Motte hoffnungsvoll.

»Nein, die wollen wir behalten«, sagte Brumsel. »Schönen Abend noch!« Damit marschierten sie hinaus, bereit für alles, was die Welt heute noch für sie bereithalten mochte – vorzugsweise in frittierter Form.

Als die Sonne untergegangen war, saßen sie beide auf dem Dach einer Lagerhalle. Um sie herum hob sich ein bizarres Gewirr von Schornsteinen, Kranteilen, Rohren und Türmen dunkel gegen den Abendhimmel ab. Noch war es zu hell, um einen Einbruch zu wagen, also warteten sie auf die Nacht.

Viele Fabriken waren still geworden, und viele Schornsteine rauchten nicht mehr, aber in anderen Montagehallen und Verwaltungsgebäuden brannten noch Lichter hinter allen Fenstern und die mechanischen Käfer flogen weiterhin über sie hinweg.

Der Rauch und Nebel des Tages war ein bisschen gewichen, doch den Himmel konnte man nicht sehen, geschweige denn die Sterne. Die sah man im Umkreis von Hammerschlag bestimmt nie.

In der Halle unter ihnen hämmerten immer noch Maschinen vor sich hin, und ab und zu erzitterte das Dach, als würde da unten etwas explodieren.

»Wie kann man hier nur schlafen?«, überlegte Friedrich in das Poltern hinein.

Brumsel zuckte mit den Achseln. Er hatte andere Sorgen: Mit allen sechs Beinen versuchte er, die schwarze Stoffbinde um seinen Körper zu ziehen. Schließlich fragte er: »Hilfst du mir, mich einzuwickeln? Ich hab ja keine Daumen.«

Friedrich stand auf und begann, an dem eingewickelten Brumsel herumzuzupfen. »Wie eine Roulade siehst du aus, nicht wie ein Einbrecher! – Glaubst du, dass die Motte uns verpfeift? Ich mache mir da Sorgen.«

Brumsel machte ein unanständiges Geräusch mit der Zunge. »Nö. Einbrecherkleidung zu kaufen, ist ja nicht strafbar. Außerdem gibt es hunderte von Gebäuden hier in der Stadt. Wenn hier jemand Einbrüche fürchtet, dann sind das die Besitzer der Banken oder der Verwaltungsgebäude, wo sie Geld aufbewahren. Keine Fabrik, wo sie tonnenschwere Eisenwaren herstellen. Eisenwaren lassen sich sehr schlecht klauen.«

Mit zwei Sicherheitsnadeln befestigte Friedrich die Stoffbahn zwischen Brumsels Flügeln. »Sieht fast richtig schick aus«, sagte er und grinste.

»Tja, und jetzt ist natürlich keine Hummelkönigin in der Nähe«, seufzte Brumsel. »Übrigens, egal, wie die Sache heute ausgeht: Wenn wir mit der Fabrik fertig sind, ziehen wir Leine.

Wer weiß, vielleicht hat einer von den Fabrikbesitzern eine Nachricht an Clupeus geschickt. Dann wissen sie spätestens morgen Mittag, dass wir Betrüger sind. Und dann sollten wir weit weg sein.«

Friedrich nickte und spürte ein aufgeregtes Flattern in der Magengrube. Zum ersten Mal fühlte er sich zu einer Gefahr hingezogen. Überhaupt kam es ihm so vor, als würde die Haut des alten Friedrich Löwenmaul Stück für Stück von ihm abfallen, als wäre sie überflüssig geworden. Er fühlte sich viel leichter ohne sie.

Als es richtig dunkel und kühl geworden war, hoben sie ab und flogen nah über den Dächern durch das Gewirr der Schornsteine.

Der Flugverkehr war nachts wesentlich ruhiger. Außer den mechanischen Käfern war kaum noch jemand unterwegs und zwischen den Schornsteinen waren sie von oben und von unten so gut wie unsichtbar. Friedrich hatte völlig die Orientierung verloren, aber Brumsel schien zu wissen, wohin sie mussten. Bald tauchte vor ihnen die vertraute Form von Kallerts' Fabrikdach aus dem Dächermeer auf. Von hier stieg kein Rauch auf; Kallerts machte wohl Nachtpause in der Produktion.

Die Mauer um die Fabrik war so grob zusammengesetzt, dass Friedrich bestimmt auch allein hochgekommen wäre. Wie alles in Hammerschlag starrte sie vor Schmutz. Direkt davor landete Brumsel und begann hinaufzukriechen. »Wir schauen mal in den Hof und sehen dann weiter«, flüsterte er.

Friedrich wurde von der Aufwärtskrabbelei ziemlich überrascht. Er musste sich an Brumsels Fell festkrallen, als ginge es um sein Leben. Mit den Beinen klammerte er sich an Brumsels Hinterleib fest.

Und dann krabbelte Brumsel auf der anderen Seite wieder hinunter! Hatte jemals einer seiner berühmten Verwandten in so einer blöden Lage gesteckt? Kopfüber auf einer Hummel, die die Wand hinunterkletterte? Wahrscheinlich nicht. Die Löwenmaul'schen Reithummeln waren alle wohlerzogen gewesen und hätten so etwas gar nicht erst versucht. Außerdem hatten seine Verwandten immer Sattel und Steigbügel gehabt. Da war es ja kein Kunststück, oben zu bleiben! Und davon abgesehen: Ein Löwenmaul hätte sich niemals dazu herabgelassen, nachts in irgendjemandes Haus einzusteigen. Zum Glück mussten seine strengen Verwandten nicht mehr miterleben, wie er hier die Familienehre beschmutzte! Aber es diente ja einem guten Zweck.

Oben angekommen, lugte Brumsel vorsichtig über den Rand. Friedrich sah hinter seinen Schultern nur ein großes Gebäude, ein Nebengebäude – und ein Licht, das sich unruhig hin und her bewegte.

»Aha, ein Nachtlicht«, murmelte Brumsel.

Friedrich zog sich noch ein Stück höher. In der großen Montagehalle, die jetzt völlig leer war, drehte sich eine helle Halblampe im Kreis und ließ die Muster der Fensterstreben langsam über den Hof und die angrenzenden Gebäude fallen. Das war das einzige Licht – bis auf eine kleine Funzel in dem Pförtnerhäuschen beim Eingangstor.

Brumsel gluckste. »Am besten auf die Dächer, da fällt das Licht nicht hin. Gehen wir!«

Friedrich zog sich schnell die Maske vors Gesicht und sie krochen zur Wand des Hauptgebäudes. Von dort ging es auf das grünspanbedeckte Dach eines Gebäudeteils, das wohl noch aus romantischeren Zeiten hier stand. Es war so baufällig, dass es sich nur noch dank grob genieteter Metallstützen aufrecht halten konnte, von denen einige zur Montagehalle hinüberführten.

»In die Montagehalle können wir nicht, da drinnen ist ja das Nachtlicht«, flüsterte Friedrich. »Aber da werden sie auch die fertigen Waren nicht lagern, oder?«

»Na ja«, wisperte Brumsel zurück. »Solange wir nicht wissen, was sie da überhaupt bauen, wissen wir auch nicht, wo sie es lagern würden. Ich nehme an, irgendwo wird es eine Lorenbahn geben, die nach draußen führt und dort an die Schienen der Stadt anschließt. Von da zu den Kränen am Stadtrand und runter.«

»Aber dann sieht doch jeder, was sie herstellen«, wandte Friedrich ein. »Und dabei machen sie doch so ein Betriebsgeheimnis draus. Vielleicht irgendwo hoch oben, wo sie sie leicht mit den Flugkohle-Käfern rausbringen können.«

»Stimmt auch, ist aber eher unwahrscheinlich«, murmelte Brumsel. »Wenn du so was Schweres in großen Stückzahlen herstellst, dann sind die Käfer viel zu teuer und zu umständlich. Lass uns erst mal auf die andere Seite der Halle gehen, vielleicht finden wir da was!«

Im Pförtnerhaus rumpelte es zwar ab und zu, aber am Fenster war niemand zu sehen. Also kletterten sie schnell über die Stützstreben hinüber zur Wand der Montagehalle. Auf dem Dach der Halle waren sie vor den Lichtern unten völlig geschützt. Außerdem waren an der Dachkante zahllose Abzüge und Kleinkräne angebracht und dazwischen konnte man sich auch gut verstecken. Am anderen Ende des Daches ragte ein schwarzer Ziegelturm gegen den nebligen Himmel.

»Was ist denn das?«, fragte Friedrich. »Ein Schornstein?«

Brumsel zuckte die Schultern und kroch vorwärts.

Friedrich versuchte, logisch zu denken. Was sollte denn ein Schornstein an einer Montagehalle? Da fiel ihm etwas ein. »Du hast doch neulich gesagt, dass der Felsen von Gängen und Schächten durchzogen ist wie ein Käse. Wenn sie nun die Waren aus der Montagehalle abseilen auf die Lorenbahn im Berg? Vielleicht ist das hier ein eingebauter Kran!«

Brumsel klatschte sich an den Kopf. »Ja, natürlich! Da hab ich aber auf dem Schlauch gestanden, dass mir das nicht gleich eingefallen ist! He, du bist wesentlich schlauer als einige Assistenten, die ich vor dir hatte!«

»Na, dass du das erst jetzt merkst!«, empörte sich Friedrich. Aber Brumsel hörte ihm gar nicht zu. Er krabbelte schnell hinüber zu der Stelle, wo die Wände des Türmchens und der Montagehalle sich trafen, und schaute hinunter.

»Wie ich's mir dachte«, sagte er düster. »Jetzt brauchen wir deine Daumen!«

Friedrich schaute ebenfalls die Turmwand hinab. Nur ein kleines Stück unter ihnen lag ein Fenster, dessen hölzerne Klappen verrammelt waren.

»Was soll ich denn da machen?«, flüsterte er.

Brumsel rollte mit den Augen. »Na, der Fensterriegel ist von innen zu. Du sollst ihn hochstemmen. Mit einem Hölzchen oder einem Stück Pappe oder so was.«

»Verzeihung, ich bin noch nie irgendwo eingebrochen«, sagte Friedrich beleidigt. »Bisher dachte ich auch immer, das wäre eine Tugend.«

»Hast du was Passendes dabei?«, fragte Brumsel, der ihm überhaupt nicht zuhörte.

Friedrich tastete seine Taschen ab. »Mein Messer. Die Spitze von der Klinge könnte dünn genug sein.«

»Dann los«, sagte Brumsel, und Friedrich kletterte wieder auf seinen Rücken und vorwärts ging es die Wand hinunter. Das Fenster war nur armlang und genauso breit. Direkt darüber blieb Brumsel stehen.

»Was ist?«, fragte Friedrich. »Warum gehst du nicht weiter?«

»Was ist?«, äffte Brumsel ihn nach. »Warum fängst du nicht an?«

»Bist du so blöd oder tust du nur so?«, zischte Friedrich wütend. »Ich kann kopfüber nicht arbeiten, ich bin kein Insekt! Mir läuft das Blut in den Kopf, und außerdem, wenn ich dich jetzt loslasse, falle ich direkt runter!«

»Jaja«, murmelte Brumsel. »Hab ich nicht dran gedacht. Ich geh unter das Fensterbrett.« Sobald Friedrich sich wieder in einer naturgemäßen Lage befand, fiel es ihm gleich leichter, das Messer aus seiner Kleidung zu holen. Brumsel hielt ihn mit einem Hinterbein fest – bequem war es nicht gerade. Aber Friedrich rechnete sich ganz klar aus, wie er es am besten anstellen sollte. Keine Bewegung zu viel, keine lauten Geräusche. Wenn er jetzt schon zum Einbrecher wurde, wollte er immerhin ein bewundernswerter Einbrecher werden.

Die Bretter der Fensterläden waren ziemlich alt und passten kaum noch zusammen. Friedrich schob die Spitze seines Messers vorsichtig durch den Schlitz zwischen den beiden Klappen, ganz unten beim Fensterbrett. Dann zog er es langsam nach oben. Er war fast bei der Mitte des Fensterladens angekommen, als die Messerspitze an etwas hängen blieb. Friedrich drückte die Klinge probeweise dagegen, aber es rührte sich nicht.

»Vielleicht gibt's auf der Innenseite ein Schloss«, flüsterte er. »Dann kommen wir so nicht rein.«

»Vielleicht ist es nur verkantet«, erwiderte Brumsel. »Versuch doch mal was Einfacheres: Drück gegen das Fenster und probier dann den Riegel!«

Friedrich drückte die Fensterläden gegen den Rahmen, schob das Messer noch einmal mit Schwung von unten dagegen – und der Riegel glitt weg wie Butter. Mit einem leisen Quietschen öffneten die Läden sich einen Spalt weit.

»Na also«, murmelte Brumsel unter ihm zufrieden. »War nur verkantet.«

Friedrich öffnete die Läden ganz und kletterte nach oben. Ungehindert kam er in das oberste Turmzimmer hinein. Leider war es drinnen völlig dunkel, also wagte er es nicht, sich zu rühren, bis Brumsel ihm hinterhergeklettert war. Brumsel zog die Läden hinter sich zu und Friedrich hantierte mit seinem Sturmfeuerzeug. Im aufflackernden Licht sahen sie, dass sie in einer runden Kammer standen. In der Mitte fehlte ein kreisrundes Stück Fußboden, und von der Decke hingen mehrere Seilwinden mit Seilen darauf, die durch die Öffnung verschwanden.

»Gut gemacht«, grunzte Brumsel und klopfte Friedrich auf die Schulter. »Hier, nimm die!« Neben der eisenbeschlagenen Eingangstür hingen zwei kleine Laternen auf einem Haken und eine davon nahm Brumsel herunter und gab sie Friedrich. Der zündete sie an.

»Hier oben ist nichts«, sagte Friedrich. »Gehen wir ein Stockwerk tiefer? – Verdammt, die Tür ist verschlossen! Was machen wir jetzt?«

Brumsel stellte sich auf die Hinterbeine und reckte sich nach oben zur Seilwinde. Dann fummelte er den Ring von seiner Antenne und klemmte ihn zwischen einer Seilwinde und ihrer

Aufhängung fest. Er zog kurz an dem Seil, schon war die Winde verkantet.

»Brauchen wir das nicht noch als Beweismittel?«, fragte Friedrich vorsichtig.

»Nö. Weg damit. Geschieht ihm recht, dem blöden Ding«, sagte Brumsel. »Seit ich es aufhab, hab ich Kopfschmerzen. – So, die Winde hält. Steig auf, wir steigen ab!«

An dem festgeklemmten Seil kletterten sie in die Tiefe. Unter dem Krankämmerchen kam ein langer, weiter, dunkler Schacht, dessen Ende im Licht der Laterne nicht abzusehen war. Dann aber erreichten sie das nächsttiefere Stockwerk. Hier war das Loch im Boden groß und viereckig. Mit einem kurzen Aufsummen beförderte Brumsel sie wieder auf den festen Boden.

Der Raum hatte eine große, offene Eingangstür, durch die man nur Schwärze sah. Irgendwo dahinter mussten die beleuchteten Montagehallen liegen. Durch die Tür führten Schienen, auf denen wohl die fertigen Waren in Loren zum Kran gebracht wurden. Und an den Wänden des Raumes standen Kisten: Kisten über Kisten, alle vernagelt und anscheinend bereit zum Abseilen.

»Schauen wir mal, was drin ist«, raunte Friedrich gespannt und steuerte direkt auf die Kisten zu.

»Wenn du sie aufkriegst«, sagte Brumsel und folgte ihm. »Wir hätten wirklich Werkzeug brauchen können für dieses Himmelfahrtskommando. Aber wenn wir jetzt auch noch ein Brecheisen gekauft hätten, hätten wir vielleicht wirklich Ärger gekriegt ...«

Natürlich bekam Friedrich die Kisten mit den Fingern nicht auf, aber sie waren gefüllt und unmenschlich schwer. Noch lange nicht entmutigt, begann er, den Raum nach brauchbarem

Werkzeug abzusuchen. Brumsel half ihm, und schließlich war er es auch, der einen Klauenhammer fand. Damit war es für Friedrich ein Leichtes, den Deckel hochzustemmen. Brumsel schaute ihm begeistert zu und schwärmte davon, wie toll es sein müsse, Daumen zu haben.

Zwar knarzte der Deckel nur ein wenig, als er aufsprang, trotzdem kam es Friedrich so vor, als müsste das Geräusch das ganze Stadtviertel alarmieren. Er fluchte leise, aber dann vergaß er seinen Ärger und beugte sich über die Kiste. Metall glänzte darin, fast bis zum Rand.

Ringe!

»Und, und, was ist es?« Brumsel stolperte eilig herüber und hängte den Kopf über den Kistenrand.

»Schau's dir an«, sagte Friedrich tonlos. Er verstand die Welt nicht mehr.

»Ringe?« Brumsel fielen fast die Augen aus dem Kopf. »Das sind ja wirklich Ringe!« Er wühlte in der Masse der kleinen, schwarzen Dinger herum. Es waren Abzeichenringe, genau solche wie der, den sie von der Ameise gehabt hatten. Brumsel fasste sich als Erster. »Das kann nicht sein. Mach noch eine Kiste auf!«

Friedrich tat, wie ihm geheißen worden war, aber auch in dieser Kiste befanden sich Ringe – keine Waffen, keine Geräte, nur Ringe, tausende von schwarzen Abzeichenringen. Die dritte Kiste enthielt ebenfalls nur Ringe, und als die vierte schließlich auch nur mit Ringen gefüllt war, gaben sie auf.

»Lass uns gehen«, sagte Brumsel müde. »Was immer Clupeus hier macht, ein Heer ausrüsten tut er jedenfalls nicht. Komm, wir verschwinden.« Und dann kroch Brumsel wieder an dem Seil hoch, Friedrich auf dem Rücken. All die Mühe umsonst!

Friedrich war zu erschöpft, um enttäuscht zu sein. Er konnte nur noch an ein weiches Bett denken. Oder irgendein Bett. Ein hartes wäre auch fein gewesen. Oder einen netten, trockenen Fußboden, wo er sich zusammenrollen könnte.

Aber am oberen Fenster kamen sie nicht mehr an. Niemand hätte sagen können, woran es lag – ob die Winde schon alt war oder das Seil schon abgenutzt oder ob ihr Gewicht den eingeklemmten Eisenring überforderte? Auf jeden Fall gab plötzlich das Seil über ihnen nach und sie stürzten ab.

Friedrich schrie erschrocken auf, und Brumsel begann sofort, mit den Flügeln zu surren. Leider war auch er völlig überrascht von dem plötzlichen Fall, und so trudelte er zweimal um seine eigene Achse und vergaß, wo oben und unten war. Deshalb fielen sie zwar nicht durch das Loch in die Untiefen des Lorenschachtes, aber dafür landeten sie genau in einer der offenen Kisten. Eisenringe flogen nach allen Seiten und fielen klappernd auf den Steinboden. Und wenn das Summen von Brumsels Flügeln oder Friedrichs Schrei den Nachtwächter noch nicht alarmiert hatte, dann taten es auf jeden Fall die fliegenden Ringe.

Kaum hatten Friedrich und Brumsel sich berappelt (Brumsel war zu allem Unglück auf Friedrich gelandet!), da hörte man Schritte aus der Montagehalle und das zornige Gezeter des Nachtwächters, der anscheinend mit einem Löffel auf einen Kochtopf hieb und versuchte, damit seine Helfer zu wecken.

»Oh, verdammt!«, fluchte Brumsel und erhob sich mühsam. »Autsch!«

»Was heißt hier autsch, du bist ja weich gelandet!«, schimpfte Friedrich und hielt sich nur mit einem Arm und einem Bein auf seinem Rücken fest.

»Pssst!« Brumsel horchte.

Da kamen sie auch schon durch die Tür, der Nachtwächter mit einer Fackel (allem Anschein nach ein großer Mistkäfer) und dazu noch zwei kleinere Rosenkäfer mit Laternen.

»Haben wir euch!«, fauchte der Nachtwächter und klickte mit seinen Mundwerkzeugen. »Schön an die Wand, das Gebäude ist umstellt!«

»Wir wollten eh grade gehen«, sagte Brumsel.

In dem Moment ertönte ein lautes Summen von oben. Offensichtlich hatte der Nachtwächter recht und einer seiner Helfer war schon durch das obere Fenster hineingeflogen und versperrte ihnen den Rückzug.

»Scheibenkleister«, sagte Friedrich, aber für Angst hatte er keine Zeit. Nach vorn, sich mit dem Nachtwächter prügeln? Sinnlose Energieverschwendung. Nach oben, sich mit seinem Gehilfen prügeln? Genauso sinnlos. Also nach unten in den Kranschacht, wo es ja immerhin einen Ausgang aus Hammerschlag geben musste!

Brumsel ließ sich mit Friedrich nach vorn fallen und ging in einen Sturzflug über. Innerhalb eines Augenblicks waren sie durch den Boden verschwunden und Kallerts' Fabrik blieb über ihnen zurück.

Um sie herum war nur noch Stein, grobe Wände, vor langer Zeit für den Eisenabbau aus dem Felsen gehauen und später für Kallerts' Kran umfunktioniert. Die beiden Flüchtigen sausten daran vorbei wie ein fallender Stein. Friedrichs Laterne gab ein bisschen Licht, aber die Schienen auf dem Grund des Schachtes sahen sie fast zu spät. Gerade noch rechtzeitig bremste Brumsel ab und schwebte für einen Moment über der Erde. Dann flog er vorwärts. Es gab nur einen Gang, der waagrecht nach vorn führte. Auf seinem Boden verliefen die Schienen, glänzend und gut instand gehalten.

»Den Schienen brauchen wir jetzt nur zu folgen«, erklärte Brumsel munter. »Dann kommen wir raus zu den Kränen.«

»Na, hoffen wir, dass es keine verschlossene Tür am anderen Ende gibt«, sagte Friedrich. Andererseits, warum sollte man Hammerschlag von unten schützen? Um in die Kranschächte zu kommen, müsste man ja erst den ganzen Felsen hochklettern. Und warum sollte sich überhaupt jemand die Mühe machen? In Hammerschlag gab es nichts, was sich zu stehlen lohnte – davon war Friedrich jetzt überzeugter denn je.

Endlich spürten sie frische Nachtluft, bogen um eine Ecke, und Friedrich sah ein kleines Stück des blauen Nachthimmels am Ende des Tunnels. Sie rasten direkt darauf zu und schließlich mitten in das Blau hinein. Der Felsen, seine Kräne und die furchtbar hässliche Stadt blieben hinter ihnen zurück.

Friedrich atmete ein und aus. Zum ersten Mal seit Stunden fühlte die Luft sich rein an. Der Nebel von Hammerschlag begann, sich zu lichten, je weiter sie sich entfernten. Nach wenigen Minuten konnte man schon wieder die ersten Sterne sehen, die blasse Mondsichel und die schwarzen Silhouetten der Bäume. Der Gedanke an ein Nachtlager auf irgendeinem Zweig drängte sich in Friedrichs Hirn. Erst jetzt merkte er, wie müde er war. Irgendein Plätzchen auf irgendeinem Baum …

»Brumsel, wie weit müssen wir denn …?«, fragte er. Hinter seiner Stirn begann die Müdigkeit ihn hinunterzuziehen wie eine bleierne Flut. Er nickte für den Bruchteil einer Sekunde ein und schreckte dann wieder hoch. Auf dem Rücken einer Hummel durfte man niemals einschlafen, das konnte lebensgefährlich sein! So hatten es ihm seine Verwandten von klein auf eingetrichtert.

»In den Wald noch«, sagte Brumsel, und da flogen sie schon durch die ersten Bäume. »Und dann machen wir eine Lagebesprechung!«

»Nicht heute«, bat Friedrich. »Ich kann nicht mehr denken. Ich kann kaum noch sprechen!«

»Dann kannst du immer noch besser sprechen als denken … Manchmal glaube ich, das ist bei euch Weichhäutern ein allgemeines Problem!«, sagte Brumsel grinsend.

Friedrich knuffte ihn – nur ganz leicht, denn er hatte die Energie nicht mehr – und dann landeten sie zwischen Baumwurzeln. Kaum hatte Friedrich festen Boden unter den Füßen, sackte er einfach zusammen und schlief ein, so wie er war.

Friedrich träumte von Ringen. Die graue Kleidermotte aus dem Pfandladen bot ihm kistenweise Ringe für seine Kleider, aber er wollte sie nicht hergeben, weil er genau wusste, die Motte würde sie nur essen. Er hätte ihr gern seine Einbrecherkleidung angeboten, aber dann merkte er, dass er die gerade anhatte. Also sagte er: »Lassen Sie uns vernünftig darüber reden: Ich prüfe Ihre Bücher und Sie geben mir die Ringe!«, und da schaute die Kleidermotte ihn traurig an und gestand, dass sie die Bücher bereits verzehrt hätte – sie wäre in Wirklichkeit als Bücherwurm geboren und hätte sich im Laufe ihres Lebens zur Kleidermotte umoperieren lassen.

Und gerade als Friedrich nicht mehr wusste, was er tun sollte, kam ihm die großartige Erkenntnis, dass dies wohl ein Traum sein musste. Da trat plötzlich ein Duft von geröstetem Speck in seine Nase, der ihn aus seinem Traum herauslockte.

Er setzte sich auf. Brumsel hatte anscheinend eine Decke über ihn gelegt, nachdem er eingeschlafen war, und darunter trug er immer noch die schwarzen Sachen. Er wollte sich gerade die Augen reiben, da merkte er, dass er immer noch die bescheuerte Maske auf dem Kopf hatte. Er stöhnte und kam sich auf einmal sehr dämlich vor.

Brumsel hatte die Pfanne auf die glühenden Kohlen ihres Feuers gestellt und briet Speck. Aus der schwarzen Stoffbahn hatte er sich schon befreit. »Aha, der Held ist wach! Und, was sagst du zu gestern Abend?«, fragte er gutgelaunt.

Friedrich machte ein Geräusch wie ein sterbender Wasserhahn und zerrte sich die Maske vom Kopf. »Fast hätten sie uns erwischt!«

»Nein, nein, was sagst du zu den Ringen? Was glaubst du jetzt über Clupeus, die Weiße Fee und ihre Kriegspläne?«

»Ich weiß es nicht«, stöhnte Friedrich. »Nichts macht Sinn!«

»Geh systematisch vor«, drängte Brumsel eisern.

Friedrich kam nicht ganz auf die Beine, also krabbelte er zum Feuer hinüber und knabberte an einem Streifen Speck. Das war genug Anstrengung für diesen Morgen. Musste Brumsel auch noch Verhör mit ihm spielen? »Also«, sagte er kauend. »Waffen gibt's keine. Clupeus lässt Millionen von Eisenringen herstellen, als Abzeichen für seine Angestellten. Aber das macht doch noch keinen Krieg.«

»Richtig«, sagte Brumsel.

»Von der Weißen Fee wissen wir gar nichts. Auch nicht, ob sie was mit Clupeus zu tun hat. Oh je, ist das kompliziert.« Friedrich nahm ein Stöckchen und kratzte Dinge in die Erde, um den Überblick zu behalten. »Wofür braucht Clupeus denn ein paar Millionen Angestellte?«

»Frag dich lieber: Woher kriegt er ein paar Millionen Angestellte?«, warf Brumsel ein.

Friedrich legte die Stirn in Falten. »Und wie bezahlt er die?«

»Und wer soll ein paar Millionen Leute zum Vorstellungsgespräch einladen und dann einstellen und einweisen?«, setzte Brumsel hinzu. »Nee. Es ist völlig klar, wen unser Zauberer mit diesen Ringen ausstattet.«

»Och ja?«, meinte Friedrich und hasste Brumsel.

Brumsel rollte die Augen. »Es gibt nur eine Art von Leuten, die man zu hunderttausenden als Gruppe einstellen kann. Ach, Friedrich, gib dir doch mal Mühe!«

»Ameisen«, sagte Friedrich, dem es jetzt auch dämmerte.

»Ja, siehst du.«

»Hm, ja, für Ameisen muss man nicht viel Geld investieren«, überlegte Friedrich. »Und man muss sie nicht einzeln bezahlen, weil sie immer nur für ihren Staat arbeiten.«

»Richtig. Versprich dem ganzen Ameisenhügel so viel Zucker, wie sie nur essen können, und schon arbeiten alle Ameisen von diesem Hügel für dich.« Brumsel knabberte ebenfalls an einem Speckstreifen. »Und wenn man ein paar Hügel füttert, hat man ganz schnell einige Millionen Arbeiter.«

»Aber was sollen dann diese blöden Abzeichen?« Friedrich kratzte mit dem Stöckchen weiter auf dem Boden herum. »Warum sollen alle Ameisen, die er mal eben eingestellt hat, sein Markenzeichen tragen? Ist dieser Clupeus derart eitel?«

»Der hat einen Knall«, sagte Brumsel ehrlich. »Bei dem weiß man nie. Und was er mit den ganzen Ameisen will, weiß ich auch nicht.«

»Vielleicht will er ja doch Südwärts erobern«, gab Friedrich zu bedenken. »Ameisen sind ziemlich kriegerisch!«

»Ja, untereinander! Und wenn jemand einen Hügel angreift, dann verteidigen sie sich auch gegen alles andere. Aber Kriege – da gibt es einen Ehrenkodex, Paragraph 27B – Kriege führen Ameisen nur untereinander. Gelbe Waldameisen gegen große Waldameisen oder rote gegen schwarze, aber sie halten das unter sich. Wenn Clupeus hofft, dass die Ameisen für ihn in den Krieg ziehen, dann hat er sich geschnitten. Ameisen sind keine Söldner. Sie leben und sterben für ihren Staat. Für schnöden Mammon oder Zucker bringen die sich nicht in Gefahr. Das wäre ganz gegen ihre Natur.«

»Wofür kann man sie dann überhaupt gebrauchen?«, fragte Friedrich, der zeit seines Lebens versucht hatte, so wenig wie möglich über Insekten nachzudenken.

»Was weiß ich. Um einen Wald aufzuräumen, eine Stecknadel im Heuhaufen zu finden oder eine Menge Sachen herumzutransportieren. Solche Arbeiten, wo eine große Anzahl von kleinen, starken Arbeitern eben nützlich ist.«

»Könnte Clupeus die Ameisen nicht mit Magie zwingen, für ihn zu kämpfen?«, beharrte Friedrich.

Brumsel schaute ihn mitleidig an. »Man merkt, dass es keine Magie gibt da, wo du herkommst … Also schau, das ist nicht so einfach. Mit unbelebten Gegenständen kann man viel machen, wenn man die Zeit und die Ressourcen aufwendet. Aber Lebewesen sind anders. Du kannst nicht einfach mit dem Finger schnippen und jemand wird zu einem Frosch. Und den Willen von lebenden Wesen zu brechen – das ist ungeheuer schwer. Die besten Zauberer können das vielleicht, für kurze Zeit, mit einem einzigen Lebewesen. Aber das erfordert volle Konzentration. In dem Moment, wo du auch nur durch ein kleines Geräusch abgelenkt wirst, ist der Bann gebrochen.«

»Also ist es unmöglich, ein paar Millionen Ameisen zu Marionetten zu machen«, überlegte Friedrich.

»Absolut.« Brumsel putzte seine Flügel.

»Dann haben wir ja eigentlich überhaupt gar keinen Grund, anzunehmen, dass irgendwer hier einen Angriff auf Südwärts vorbereitet.«

Brumsel tippte Friedrich mit dem Vorderfuß auf die Stirn. »Keinen haltbaren Grund, nein.«

»Können wir also heimfliegen«, sagte Friedrich, und seine Stimmung hob sich augenblicklich.

»Können wir«, sagte Brumsel. »Dann sind wir nach genau vierzehn Tagen wieder zu Hause, wie Ophrys es geplant hat. Respektive ich bin zu Hause und dich bringe ich dann noch nach Hause.«

Friedrich fand es plötzlich schade, dass es schon vorbei war. Jetzt hatte es gerade angefangen, ihm zu gefallen!

»Aber zu den Feierlichkeiten bleibst du doch sicher noch?«, schwatzte Brumsel weiter. »Es gibt garantiert ein Willkommensbankett oder so was, besonders, weil wir so gute Neuigkeiten haben. Auf jeden Fall sind eine Menge leckere Sachen für uns dabei.«

»Nee«, sagte Friedrich. »Keine Feste, danke. Nur nach Hause.« Und er wollte Ophrys wiedersehen! Solche Mädchen gab es bei ihm zu Hause nicht, dachte er wehmütig.

»Du kriegst so träumerische Augen«, sagte Brumsel misstrauisch. »Denkst du an Ophrys?«

Friedrich versuchte gar nicht erst, es zu leugnen. »Ja, aber nur mal eben so.«

»Du Glückspilz. Du weißt gar nicht, wie ich dich beneide. Du hast bei ihr bessere Chancen als ich, wenigstens bist du rosa, so wie sie!« Brumsel sah grummelig aus. »Hätt ich doch wenigstens eine Hummelkönigin!«

Friedrich, mit hochrotem Kopf, murmelte: »Ach, du glaubst doch nicht, dass sie sich für mich interessiert! Niemals!«

Brumsel zuckte mit den Schultern.

»Was machen wir denn mit dieser Weißen Fee?«, fragte Friedrich.

»Na ja … nichts. Wir haben bisher keinen Anlass, zu glauben, dass sie irgendetwas plant – ich glaube Talpa. Der wäre einfach zu stolz, um uns anzulügen. Und wenn selbst die Wächter keine verdächtigen Umtriebe mitbekommen haben, dann kann da keine große Sache am Kochen sein.« Brumsel knirschte nachdenklich mit den Mandibeln. »Wir müssen natürlich weiter die Augen offen halten, aber eine akute Gefahr besteht eigentlich nicht.«

Aber uneigentlich … uneigentlich spürte auch Friedrich ein ziemliches Unbehagen in der Magengrube. Irgendetwas war nicht so, wie es sein sollte. Irgendwo, so kam es ihm vor, hing eine große Gewitterwolke über diesem Land.

6. Kapitel

Der Verrat

Ihre Heimreise dauerte nur wenige Tage; das Wetter war großartig, die Luft war erfüllt vom Summen von tausenden von Bienen, Hummeln, Fliegen und Käfern; niemand stellte sich ihnen in den Weg oder versuchte, sie zu fressen. Mit anderen Worten: Es gibt überhaupt nichts darüber zu erzählen. Sie flogen nach Süden, mit einem leichten Drift nach Osten. Friedrich war sehr gespannt, ob sie wieder an der Klapperschlucht vorbeikommen würden, und wenn ja, wie es dann dort aussehen würde.

»Bestimmt kommen wir da vorbei«, versprach Brumsel. »Wir können es uns ja leisten, ein bisschen später anzukommen!«

Friedrich genoss die letzten Stunden seines Abenteuers. Auf Brumsels Rücken ließ er sich den Wind um die Ohren sausen, während in der Ferne, in der flimmernden Hitze über dem Horizont, die Grenzfestung auftauchte.

Sie flogen durch die verwüstete Klapperschlucht, unter den Bäumen entlang. Nichts Aufregendes war zu sehen: Die Schlucht war leer, und von der Explosion zeugten nur noch ein tiefer, schwarzer Krater und einige Reste von Zeltleinen, die in den Bäumen hingen.

Gegen Mittag sah Friedrich die Grenzfestung zum ersten Mal aus der Nähe. Sie war sehr alt und schmiegte sich am Berghang um einen altersgeschwärzten, spillerigen Hauptturm herum, aber ihre Mauern waren so dick, dass drei Hummeln nebeneinander darauf entlanggehen konnten.

»He, schau mal, da auf dem Hauptturm!«, rief Brumsel und deutete auf einige Käfer, die mit einer Fahnenstange beschäftigt waren. »Sie reparieren die Seile an der Fahnenstange. Die sind verrottet, weil wir so lange keinen Krieg mehr hatten und keine Flaggen gehisst haben!«

»Na, die werden sich heute noch ärgern, dass die ganze Mühe umsonst war«, sagte Friedrich und musste grinsen.

In der Mitte des Burghofs stand ein kurzer, dicker Turm, an dessen vier Ecken trotz der mittäglichen Sonne gewaltige Teerfackeln brannten. Brumsel trudelte im Spiralflug darauf zu. Zwei große Hirschkäfer hielten oben Wache und schauten ihnen misstrauisch entgegen. Einer erkannte Brumsel und schubste seinen Kameraden. Beide nahmen sofort Haltung an, klammerten sich an ihren schwarzen Speeren fest und schauten gespannt zu, während Brumsel landete und Friedrich absprang.

»Herr Kommissar«, sagte einer der beiden äußerst zackig, »melde, dass Sie schon erwartet werden!«

»Sehr gut. Was gibt es Neues?«, fragte Brumsel zackig zurück und zog seinen Rucksack ab.

Die beiden Hirschkäfer warfen sich gleich noch ein bisschen stärker in Position. Der eine antwortete wieder, diesmal so zackig, dass es wie ein Bellen klang: »Kriegspläne in vollem Gang, Herr Kommissar.« Dann schaute er neugierig und druckste etwas herum und schließlich fragte er: »Äh ... Herr Kommissar ... ist schon bekannt, wer die Explosion in der Schlucht verursacht hat?«

»Ja. Das waren wir«, sagte Brumsel.

Die beiden Käfer sackten etwas in sich zusammen. Offensichtlich waren sie erleichtert.

Brumsel stapfte zu einer Luke, die vom Turmdach hinunterführte. »Was sind eure Anweisungen?«, fragte er, während die Käfer hinter ihm hereilten.

»Sollen Sie sofort ins Konferenzzimmer der Königin bringen«, bellte der zweite Käfer, der bisher den Mund nicht aufgemacht hatte. Anscheinend brachte ihnen jemand bei, so zu reden. »Egal, zu welcher Stunde oder in welchem Zustand!«

»Gut.« Brumsel stieg durch die Luke und Friedrich folgte ihm hinunter auf eine steinerne Wendeltreppe.

»Wartet Ophrys etwa die ganze Zeit auf uns?«, fragte Friedrich. »Sie hat doch bestimmt auch noch andere wichtige Sachen zu tun, oder?«

»Die Königin ist zurzeit in einer Ratssitzung, aber es ist alles vorbereitet!« Die Käfer stapften sehr militärisch hinter ihnen her.

Kaum waren sie unten im Burghof, wurden sie neugierig angeschaut. Käfer-Soldaten und zahllose andere Bewohner und Angestellte der Festung drehten sich nach ihnen um, irgendjemand rief: »Die Boten sind da!«, und der Ruf verbreitete sich über alle Mauern der Burg.

Einige Treppen und viele neugierige Blicke später waren Brumsel und Friedrich allein in einem Erkerzimmer. Ein großer Schreibtisch stand mitten im Raum, darum herum vier dicke, gepolsterte Ledersessel. Die Fenster waren mit dunkelgrünen Samtvorhängen fast völlig abgedunkelt und die Tür war mit Eisenschnörkeln beschlagen. Auf Friedrich wirkte das alles sehr altmodisch und seriös. Kaum hatten sie in den Sesseln Platz genommen, kamen eine Wespe und eine Hornisse herein und brachten eine große Platte mit Pollenknödeln und geschnittenem Obst.

»Sie scheinen uns ja hier schon erwartet zu haben«, flüsterte Friedrich Brumsel unauffällig zu und betrachtete ganz eingeschüchtert die schwarz gerahmten Bilder von streng dreinblickenden Kriegern, die die Wände und das breite Kaminsims zierten.

»Na klar. Wir sind doch pünktlich«, sagte Brumsel zufrieden und bediente sich. »Sie haben garantiert schon die Betten bezogen und alles.« Dann sagte er einige Minuten lang gar nichts mehr, sondern mampfte still und glücklich vor sich hin. Friedrich hatte vor Aufregung fast keinen Hunger. Außerdem fühlte er sich völlig fehl am Platz in dieser Kaserne. Er knabberte an ein paar Obststücken.

Schließlich lehnte Brumsel sich gesättigt zurück und begann wieder zu erklären: »Die Burg hier ist eigentlich kein Ort für eine Dame wie Ophrys. Eigentlich sind hier nur Soldaten stationiert. Hirschkäfer, Wespen, Hornissen ... ach ja, und rosa Leute natürlich auch, aber fast nur Krieger.« Er lehnte sich vertraulich zu Friedrich hinüber – es war zwar sonst niemand da, der ihn hätte hören können, aber er schien das für nötig zu halten – und setzte glucksend hinzu: »Eben Leute mit viel Muskelmasse und wenig Hirn. Irgendwann kommt man auf den Trichter, dass sie sich Dinge viel besser merken können, wenn man sie ihnen an den Kopf brüllt. Deshalb reden sie auch so.«

Friedrich musste grinsen.

Dann aber ging die Tür auf und Friedrichs Herz machte einen Sprung. Ophrys stürmte leibhaftig ins Zimmer. Ihr goldenes Haar wehte hinter ihr wie ein Schleier und ihre Wangen waren vor Aufregung gerötet. Auf ihrem Mund lag ein atemloses Lächeln. Zwar hatte er sie erwartet, aber als sie vor ihm stand, überkam es Friedrich wieder wie eine prickelnde Flutwelle. Keine Erinnerung, dachte er, konnte dieser Frau gerecht werden.

Zwei Schritte kam sie in den Raum hinein, dann blieb sie stehen und bedeutete der Soldatin, die ihr folgte, draußen zu bleiben. »Lass niemanden herein, und sorg dafür, dass wir nicht gestört werden«, sagte sie und zog die Tür hinter sich zu.

Dann drehte sie sich herum und lächelte Friedrich und Brumsel an. »Ihr seid wohlbehalten wieder zurückgekehrt«, stellte sie fest und kam zum Tisch.

Brumsel salutierte.

»Wir haben gute Nachrichten«, platzte Friedrich heraus.

»Der Krieg fällt aus«, setzte Brumsel überschwänglich hinzu.

»Was?«, fragte Ophrys erstaunt und setzte sich. »Das muss ich genauer hören!«

Und so erzählten sie ihr alles: von Hammelkopf, von der Klapperschlucht, von der Grünen Grotte und von Hammerschlag. Ophrys hörte gespannt zu. Vorgelehnt saß sie in ihrem Sessel und stellte Fragen über Fragen.

Und als schließlich alles erzählt war, lehnte sie sich zurück und legte die Finger aneinander. »Das ist sehr interessant«, sagte sie. »Sehr interessant. Ich berufe den Kriegsrat für morgen früh ein. Dann werden wir hören, was der Kriegsminister und unsere Verbündeten dazu sagen!«

»Na, hoffentlich nicht zu früh«, warf Brumsel ein. »Ich muss erst mal ein paar Stunden schlafen. Die letzten Tage bin ich nur im Akkord geflogen!«

»Oh, keine Sorge, du brauchst nicht dabei zu sein«, winkte Ophrys ab. »Ihr habt euch jetzt eine Erholung mehr als verdient.«

»Ich würde aber furchtbar gern«, sagte Brumsel eifrig und nahm den letzten Pollenknödel.

»Schlaft euch erst einmal aus«, sagte Ophrys lächelnd. »Ihr werdet morgen pünktlich geweckt.«

Zuerst bekam Friedrich von Brumsel eine gründliche Führung durch die Burg. Dann folgte eine Besehung der Waffenkammern inklusive eines Aufbaukurses in Ballistik – Friedrich hatte überhaupt nicht gewusst, was für raffinierte Dinge sich manche Leute einfallen ließen, um andere Leute ins Jenseits zu befördern. Aber das war noch gar nichts gegen die Mordspielzeuge, die er in der historischen Kuriositätenkammer zu sehen bekam. Spazierstöcke, die auf Knopfdruck Pfeile abschossen; vergiftete Zahnstocher; eine Halskette, die sich zusammenzog wie eine Würgeschlange, sobald man die Schließe zuschnappen ließ; und ein kleines Tischkatapult, mit dem man Senfkörner verschießen konnte. Zuerst fand Friedrich das putzig, aber dann führte Brumsel ihm vor, wie gut dieses Katapult funktionierte, und das Loch im Mörtel der jahrhundertealten Wand überzeugte Friedrich schließlich, dass es gar nicht putzig war.

Inzwischen war es dunkel geworden, und Brumsel verkündete, er wolle sich schlafen legen. Friedrich zog es allerdings noch einmal in Richtung Küche, denn von den paar Obststücken war er vorhin nicht satt geworden. Auf dem Weg dorthin verlief er sich völlig – damit hatte er eigentlich schon gerechnet –, aber nach dem Weg fragen wollte er nicht. Irgendwann musste er sich eingestehen, dass er nicht einmal mehr wusste, in welchem Teil der Festung er war, und dass die Küche in unerreichbare Ferne gerückt war. Dabei hätte das Knurren seines Magens ausgereicht, um jedem zu verraten, dass er die Küche suchte.

Zu seinem Erstaunen merkte er schließlich, dass er auf einen Turm geraten war. Nun gut, jetzt musste er erst mal wieder nach unten und so folgte er der Turmtreppe. Diese endete in einer langen Säulenhalle.

In der Halle liefen alle möglichen Leute durcheinander, und Friedrich versuchte, lässig auszusehen und sich seine Verzweiflung nicht anmerken zu lassen. Also betrachtete er pfeifend die Architektur. Die groben Steinblöcke, aus denen das Gebäude errichtet worden war, und die grauen Säulen hatten nur wenig mit der eleganten Architektur des Palastes von Weißfels gemeinsam. Das hier war nicht auf Schönheit ausgelegt, sondern auf praktischen Nutzen. Seitlich an den Wänden lagen zwei lange Reihen von Torbögen. Hinter jedem Torbogen befand sich eine Nische mit Fenster und Sitzgelegenheit. Sie sahen einladend aus. Es musste nett sein, in so einer Nische zu sitzen und ein Buch zu lesen, überlegte Friedrich.

In einer saß ein Schreiber, der gerade sein Schreibpapier und seine Utensilien mit wüsten Schimpfworten beleidigte. Fasziniert sah Friedrich zu, wie er erst mit den Fäusten auf das Papier eindrosch, dann seine Schreibfeder aufs Papier hieb, bis sie umknickte, und sich dann die Haare zu raufen begann. Mit wildem Blick sah er schließlich um sich, und ihm fiel auf, dass er beobachtet wurde.

Friedrich war das Ganze nun peinlich. Als der Schreiber, die Hände noch in den Haaren vergraben, ihn anstarrte (ihm war es offensichtlich auch sehr peinlich), fühlte Friedrich sich verpflichtet, etwas zu sagen.

»Ähm ... haben Sie mit einem schwierigen Thema zu kämpfen?«, fragte er unverbindlich.

»Ja. Oh ja.« Der Schreiber schniefte. »He, Sie sind doch der Hummelreiter, nicht?«

»Äh, ja«, sagte Friedrich, dem das Ganze immer noch peinlich war.

»Also, Sie habe ich ganz besonders heroisch beschrieben!«, erklärte der Schreiber und kramte in seinen Papieren.

»Sie wissen doch gar nicht, was ich überhaupt gemacht habe«, wandte Friedrich ein.

»Das macht nichts, das macht nichts«, winkte der Schreiber ab. »Na, wo hab ich's denn ...«

»Och, machen Sie sich keine Mühe«, wehrte Friedrich ab, der gar nicht wissen wollte, was dieser Wahnsinnige über ihn geschrieben hatte.

»Wenn Sie in den nächsten Tagen mal Zeit hätten, Ihr Urteil abzugeben«, sagte der Schreiber geschäftig, »oder mir noch ein paar aufregende Details zu erzählen ...«

»Ja, gern«, sagte Friedrich schnell, »aber was schreiben Sie denn da eigentlich?«

»Eine Siegeshymne«, seufzte der Schreiber. »Klingt schön, nicht wahr? Aber schreiben Sie mal eine Siegeshymne auf einen Krieg, der noch nicht mal angefangen hat!«

»Ja, das ist sicher schwer«, sagte Friedrich und hatte keine Ahnung, wovon der Schreiber sprach.

»Wie soll ich über den glorreichen Sieg schreiben, wenn ich nicht mal weiß, wo oder wie er stattfindet? Schlimmer noch, sie sind sich ja nicht mal einig, wie der Krieg losgehen soll!«

»Soweit ich weiß, fällt der Krieg aus«, sagte Friedrich höflich. Das hätte er nicht tun sollen. Der Schreiber heulte auf.

»Das wäre ja noch die Höhe! Erst schreibe ich ihnen eine Szene, wie das Banner von Gryndhild eindrucksvoll im Wind flattert, weiß wie Schnee und Silber und all das, und dann kommt mir so ein Affe hier ins Zimmer und sagt mir, das Banner wird rot und golden, denn das alte Banner von Gryndhild kann Ophrys ja wirklich nicht benutzen, und ich kann wieder von vorn anfangen! Schreiben Sie mal über rot und golden! Weil der Anstand verbietet, dass Ophrys Gryndhilds altes Banner verwendet, pfft, was geht das mich an? Ich will hier nur meine Arbeit machen, verdammt nochmal! Mal hü, mal hott, also wenn der Krieg jetzt wirklich ausfällt, dann kündige ich!«

»Oh«, sagte Friedrich nur.

»Da träumt man jahrelang von der Chance, so einen historischen Moment festzuhalten, und dann merkt man, dass es reine Knochenarbeit ist!« Der Schreiber setzte sich wieder hinter sein Pult und ließ entmutigt den Kopf in die Hände sinken.

Friedrich nutzte diese versunkene Phase der Verzweiflung, um leise nach der Küche zu fragen. Der Schreiber gab ihm mit matter Stimme ein paar Hinweise, woraufhin Friedrich so unauffällig wie möglich von dannen schlich. Jede Lust, sich mit anderen Burgbewohnern zu unterhalten, war verschwunden. Er wollte jetzt nur noch sein Essen und das bekam er auch.

Die Küchenhilfen waren begeistert, den leibhaftigen Friedrich Löwenmaul kennenzulernen, und er verließ die Küche mit einem großen Päckchen Honiggebäck.

In dieser Nacht schlief Friedrich so gut wie schon lange nicht mehr. Die Kammer hatte zwar nur ein Bett, aber für Brumsel gab es ein gemütliches Loch in der Wand, und darin schnarchte er vor sich hin, bis die Sonne durch den Vorhang fiel.

Friedrich lag schon seit einer Weile mit offenen Augen da und dämmerte glücklich vor sich hin, wie man das so tut, wenn man nichts Dringendes zu tun hat und das Bett schön warm ist. Da klopfte es plötzlich an die Tür.

Aufgeschreckt sprang Friedrich auf die Füße. Er tappte über den Teppich und rief: »Ja bitte?«, als ihm einfiel, dass er nur seine lange, weiße Unterwäsche trug. Nun ja, jetzt war es zu spät, um etwas dagegen zu unternehmen.

Die Tür ging auf und zwei Hornissen kamen mit zwei Waschzubern herein. Ihnen folgten eine Reihe Wespen mit Eimern.

»Was soll das denn werden?«, fragte Friedrich erstaunt. »Das ist doch keine Waschkammer hier!«

»Ihr Bad«, erklärte die eine Hornisse lispelnd. »Die Königin hat zwei Badewannen für Sie geordert. Weil Sie doch bestimmt eins gebrauchen können, nach der langen Reise! Und weil Sie sauber sein sollen, wenn Sie beim Kriegsrat zuschauen möchten.«

»Oh«, sagte Friedrich erfreut und schaute zu, wie ein Eimer schaumiges Wasser nach dem anderen in die Blechzuber gekippt wurde. »Das war ja sehr vorausschauend von ihr, vielen Dank!«

Brumsel brabbelte vor sich hin, fiel aus seiner Nische heraus und sah die Badewannen. »Das alte Mädchen lässt uns nicht im Stich!«, rief er begeistert aus und schlief sofort wieder auf dem Fußboden ein.

Friedrich, der immer noch jedes Mal, wenn er im Ohr gebohrt hatte, Dreck aus Hammerschlag an seinen Fingern fand, nickte begeistert. »Was für ein Engel!« Dann schüttete er Brumsel etwas kaltes Wasser über, um ihn zu wecken.

Innerhalb von zehn Minuten standen zwei Wannen mit dampfendem Wasser bereit, jede bedeckt mit einer dicken, duftenden, weißen Schaumschicht. Die Hornissen und Wespen empfahlen sich leise.

Sobald die Tür sich hinter der letzten Wespe geschlossen hatte, schälte Friedrich sich aus der langen, weißen Unterwäsche und stieg ins Wasser. »Ich dachte schon, ich kriege nie mehr ein heißes Bad!«

»Was soll diese Schaumschicht«, murmelte Brumsel, dem der kalte Guss erst einmal die Laune verdorben hatte. »Wir sind doch keine Mädchen, wir brauchen keine Schaumschicht mit Rosenduft!«

»Mir egal«, seufzte Friedrich verzückt und tauchte den Kopf unter, um endlich die Ohren sauber zu kriegen. Als er wieder hochkam, hatte er eine lustige Idee. »He, he. Vielleicht ist die Schaumschicht nur da, weil du nicht sehen sollst, dass das Valmü ist und kein normales Wasser.«

»Genau! Ophrys will uns einschläfern«, gluckste Brumsel und schrubbte mit einem Bein auf seinem Rücken herum. Der Schaum um ihn wurde langsam, aber sicher dunkelgrau.

»Wenn ich zu Hause Valmü hätte, würde ich das jedes Mal machen, wenn nervige Verwandte zu Besuch kommen«, überlegte Friedrich.

»Vielleicht haben wir ihr zu viel geredet gestern«, grinste Brumsel. »Und jetzt mag sie uns nicht mehr sehen.« Er streckte den Rüssel aus und tauchte seine Zunge ins Wasser. Friedrich sah, wie das Grinsen plötzlich von seinem Gesicht verschwand.

»Was ist los?«

»Das ist tatsächlich Valmü«, sagte Brumsel langsam. »Na, die meint's ja gut mit uns. Bleib nicht zu lange da drin. Ich bin jetzt jedenfalls sauber genug!« Und damit stieg er wieder aus der Wanne.

»Aber du hast doch grade erst angefangen«, wandte Friedrich ein.

»Ich will heute hellwach sein«, erklärte Brumsel. »Aber du kannst ruhig den Kriegsrat verschlafen, wenn du willst. Die Außenpolitik von Südwärts ist ja nicht dein Problem.«

»Vielleicht schlafe ich wirklich noch ein bisschen«, murmelte Friedrich.

»Mach das«, sagte Brumsel. »Ich habe eine Menge Arbeit aufzuholen. Die Leute von meinen Unterabteilungen haben Anweisung, ihre wöchentlichen Berichte hierherschicken zu lassen statt nach Weißfels. Mal sehen, ob schon welche da sind, die ich durcharbeiten kann. Na, wenn sie noch nicht da sind, muss ich zumindest ein paar Schlafmützen die Ohren lang ziehen!« Er trocknete sich ab und machte sich auf den Weg.

Friedrich fühlte sich nun auch seltsam unruhig. Er schrubbte sich sauber, so schnell es ging, und stieg wieder aus der Wanne. Danach übergoss er sich noch einmal schnell mit kaltem Wasser, um ganz sicher wach zu bleiben, und zog sich an.

Schließlich hatte er etwas Zeit zum Nachdenken. Wenn heute der Kriegsrat vorbei war, war Brumsels Arbeit getan, und dann konnte der ihn wieder zurück nach Hause fliegen. Sicher war es eine gute Idee, schon einmal den Rucksack zu packen. Auf welchem Weg auch immer sie die Heimreise antreten würden, Friedrich wollte vorbereitet sein, und er hatte keine Lust, sich feiern zu lassen. Es sei denn, Ophrys hätte ihn ein bisschen anhimmeln wollen, aber da machte er sich keine Hoffnungen.

Vor dem Ratssaal (der, wie Brumsel erklärte, in unruhigeren Zeiten auch dem Feiern von wilden Siegesorgien gedient hatte) gab es eine kleine Nische mit einem gepolsterten Sitz darin und Büchern an den Wänden – mit richtigen Büchern, nicht Mythen in Tüten. Anscheinend war man darauf eingerichtet, dass hier auf die Beschlüsse von Feldherren gewartet wurde.

Friedrich wusste nicht, wann der Kriegsrat beginnen sollte. Also setzte er sich in die Nische und begann zu lesen, und dort fand Brumsel ihn eine halbe Stunde später. Irgendwo auf einem Turm wurde ein Trompetentusch gespielt.

»Na, dir ist ja nicht langweilig«, stellte Brumsel zufrieden fest. »Hörst du das Signal? Gleich geht es los mit dem Kriegsrat. Bleibst du hier oder gehst du mit rein?«

»Ich möchte schon gern mitgehen«, sagte Friedrich, der wusste, dass er nie wieder die Gelegenheit dazu kriegen würde, so einer wichtigen politischen Entscheidung beizuwohnen. Hier wurde schließlich Weltgeschichte geschrieben.

»Na, ich bin gespannt, was sie sich für mich ausdenkt«, sagte Brumsel zufrieden und quetschte sich neben Friedrich in die Nische.

»Wer?«

»Ophrys natürlich. Im Geheimdienst kann sie mich ja nicht noch höher befördern. Vielleicht wäre sogar ein Ministeramt für mich drin. Aber das ist Schnee von morgen.« Brumsel grinste vor sich hin. »Und du – na ja, dir kann man ja keinen größeren Gefallen tun, als dich heimzubringen. Nützt dir ja nichts, wenn du hier zum Ehrenbürger ernannt wirst, wenn du auf der anderen Seite des Endmeers lebst!«

»Vielleicht könnt ihr mir einen Pokal geben«, sagte Friedrich trocken. »Dann habe ich etwas, was ich abstauben kann.«

»Pst, sie kommen!«, zischte Brumsel und lehnte sich weit vor, um in den Säulengang hineinzusehen. Friedrich schaute auch nach draußen und sah eine wahre Prozession in der Ferne auftauchen. Voran schritt Ophrys, eindrucksvoll anzusehen in ihrem dunkelgrünen Kleid und mit wallenden Haaren. Hinter ihr folgten bärtige, alte Männer, Krieger in voller Rüstung und andere Gestalten. Flankiert wurden sie von Hirschkäferwachen.

Brumsel lehnte sich noch weiter vor und starrte ihnen ziemlich ungeniert entgegen.

»Brumsel, starren ist unhöflich«, sagte Friedrich und zog den Kopf zurück.

»Das gibt's doch nicht«, murmelte Brumsel.

»Was?«, fragte Friedrich leise, denn die Prozession kam nun an ihrer Nische vorbei.

»Siehst du den da?«, flüsterte Brumsel. »Den Kerl in dem schwülstigen Samtanzug mit den Schwalbenschwänzen?«

»Und den fürchterlichen Koteletten?«

»Ja, den. Das ist Clupeus!«

»Clupeus?« Friedrich stutzte.

»Genau. Ophrys hätte ihn nicht einfach im Kriegsrat behalten dürfen, er betreibt schließlich immer noch undurchsichtige Ringgeschichten in Nordwärts! Wieso ist er immer noch dabei?« Brumsel schob sich aus der Nische hinaus und drängelte sich durch die Reihen von Politikern in Ophrys' Richtung. Er holte sie tatsächlich ein und begann, erregt auf sie einzureden, aber sie winkte mit einem Lächeln ab.

Dann war der ganze Zug vorbeigezogen und Brumsel stand allein da.

»Was ist?«, fragte Friedrich und kam zu ihm.

»Hm. Komm mit, wir gehen rein, bevor sie die Türen zumachen!« Brumsel zog Friedrich hinter sich her, aber an der Flügeltür hielt sie eine Käferwache auf.

»Sie dürfen hier nicht rein«, sagte sie höflich, aber bestimmt.

»Sagt wer?«, erwiderte Brumsel.

»Befehl der Königin«, sagte die Käferin und hielt ihren Speer quer vor Brumsels Brust. Zwei weitere Käfer traten hinzu.

»Das ist ein Irrtum, ich darf da rein«, sagte Brumsel ohne den geringsten Zweifel und schob sich an den Speeren vorbei.

Sofort hatten zwei weitere Wachen ihre Speere vor ihn geschoben. »Zutritt ist für Sie nicht erlaubt, Herr Kommissar«, sagte einer von ihnen, merklich ungehalten.

»Blödsinn«, sagte Brumsel selbstbewusst, und nun wurde auch Ophrys auf ihn aufmerksam. Sie stand von ihrem Platz am großen Tisch in der Mitte des Raumes auf und kam zurück zur Saaltür.

»Brumsel, bitte tu mir den Gefallen und bleib draußen«, sagte sie müde.

»Warum soll ich nicht dabei sein?«, fragte Brumsel empört.

»Du bist kein Politiker«, sagte Ophrys streng.

»Na und? Ich will ja keine klugen Reden schwingen, ich will nur dabei sein«, sagte Brumsel, »und das hab ich mir doch verdient, oder?«

»Verdient hast du sehr viel«, antwortete Ophrys, »aber das hier ist nicht dein Feld. Du kannst nicht dabei sein und das ist mein letztes Wort.«

Die Wachen warfen die Saaltür zu. Brumsel und Friedrich standen verdutzt draußen.

»Weißt du, ich glaube fast, sie wollte uns wirklich mit dem Valmü-Bad einschläfern, damit wir sie nicht beim Kriegsrat stören«, sagte Friedrich beleidigt. »Dabei hätte sie doch nur sagen müssen, dass wir nicht zugelassen sind. Dann hätten wir's gar nicht versucht!«

Brumsel schaute ihn an und Friedrich hatte ihn noch nie so wütend gesehen. Es war eine ziemlich kühle Art von Wut, die Brumsel im Bauch zu haben schien: Er sprach sehr leise und beherrscht, aber Friedrich bekam fast Angst vor ihm. »Das Fräulein hat wohl vergessen, mit wem sie's zu tun hat«, sagte er. »Wenn ich sage, dass ich zur Ratssitzung will, dann gehe ich auch hin. Egal, was sie sich einfallen lässt, um mich loszuwerden. Komm mit!«

»Was ist der Plan?«, fragte Friedrich, der merkte, dass nun wieder etwas Aufregendes passieren würde.

»Erst mal an die frische Luft«, murmelte Brumsel grimmig.

Der Ratssaal, so wurde Friedrich erklärt, besaß keine normalen Fenster. Da er aber nun mal gelüftet werden musste, hatte er hoch oben unter dem Dach einige lange, schmale Fensterschlitze. Geöffnet und geschlossen wurden sie über ein raffiniertes Hebelsystem, dafür gab es ein kleines Kämmerchen unter dem Giebel. Und dorthin konnte man kommen, ohne im Saal gesehen zu werden.

»Jetzt«, sagte Brumsel grimmig, »gehen wir durch die Küche!«

»Aber die Küche liegt doch vier Stockwerke tiefer«, wandte Friedrich ein.

»Weiß ich, weiß ich«, erwiderte Brumsel, während sie endlose Wendeltreppen hinunterstiegen. »Ich hoffe, du hast keine Platzangst. Halt dich an mich!«

Der Auftritt, den Brumsel nun hinlegte, übertraf an Zackigkeit alles, was Friedrich in dieser Festung bisher gesehen hatte.

Brumsel stieß die Türen auf, bellte einen militärischen Gruß in die Küche hinein und drängte einige erschrockene Maden zur Seite.

»Wo ist der Chefkoch?«, forderte er.

»Hier«, antwortete ein großer Mistkäfer mit gutmütiger Stimme, der gerade einen Kessel voll Suppe umrührte.

»Auftrag von höchster Stelle, wir müssen sofort zum Giebel rauf«, kommandierte Brumsel. »Notfallcode B27 F4! Ist der Fahrstuhl frei?«

Der Koch schien nicht auf den Kopf gefallen zu sein. Trotz seines gemütlichen Äußeren war er sehr schnell auf den Beinen und wies ihnen den Weg zu einer Klappe in der Wand. »Aber Sie wollen doch sicher nicht selbst mit diesem Fahrstuhl fahren? Der ist nur für Lebensmittel!«

»Doch, wir beide zusammen! Allerhöchste Priorität! Bringen Sie uns direkt hoch, ohne anzuhalten! Das ist sehr wichtig!« Brumsel wedelte seinen Fuß belehrend vor dem Gesicht des Kochs herum.

»Na schön, aber eine angenehme Fahrt wird das nicht«, sagte der Koch kopfschüttelnd.

»Haben keine Wahl«, rotzte Brumsel, quetschte sich in die kleine Kammer in der Wand hinein und winkte Friedrich, ihm zu folgen. »Bereit? Los geht's!«

Friedrich hatte gar keine Zeit zum Protestieren. Erst, als sich die hölzerne Klappe hinter ihnen schloss, fing er an nachzudenken. Und sofort wurde ihm klar, wie unangenehm die Situation war. Er war mit Brumsel in eine Holzkiste eingepfercht, in der kaum genug Platz für einen von ihnen war, und die Kiste wurde langsam und ruckelnd durch einen Schacht nach oben gehievt. Es war außerdem ratsam, die Seitenwände nicht zu berühren, denn man konnte sich in dem bröckeligen Mauerwerk leicht die Finger einklemmen.

Friedrich versuchte, sich nicht zu bewegen. Brumsels linker Hinterfuß pikte ihn ins Ohr, und er konnte kaum atmen, so sehr war sein Brustkorb zusammengequetscht. »Oh je, kommen wir hier jemals wieder lebend raus?«, stöhnte er mit einiger Anstrengung.

»Ruhe bewahren«, murmelte Brumsel. »Ich sagte ja, ich hoffe, du hast keine Platzangst.«

»Hab ich auch nicht, ich will nur hier raus.« Rechts kamen sie an einer Klappe vorbei. Das war wohl der erste Stock. »Und das Ding stürzt auch sicher nicht ab?«

»Nee«, sagte Brumsel trocken, während sie an der zweiten Klappe vorbeikamen. »Die lieben hier ihr Essen viel zu sehr, als einen Unfall im Lebensmittelfahrstuhl zu riskieren. Eigentlich führt er auch nur so weit nach oben, damit man schweres Werkzeug für die Handwerker nicht per Hand hochtragen muss, wenn mal was kaputt ist.«

Sie wurden an der dritten Klappe vorbeigezogen, und schließlich ertönte über ihnen ein leises Pock!, als die Decke des Aufzuges an das Ende des Schachtes stieß. Hier gab es gar keine Klappe, sondern nur einen offenen Rahmen, durch den sie beide hinausfielen.

Brumsel hielt Friedrich noch einmal am Ärmel fest und bedeutete ihm mit einer Geste, totenstill zu sein. Aber das wäre gar nicht nötig gewesen, denn Friedrich konnte in der Tiefe leise, feierliche Stimmen hören und wusste, dass er ab jetzt auch für die Ratsmitglieder hörbar war. Also blieb er still sitzen und schaute sich um.

Sie befanden sich in einem hölzernen Kämmerchen. Vor

ihnen gab es eine Nische, in der mehrere grobe Holzhebel mit Eisenstangen verbunden waren. Nach vorne hin war das Kämmerchen offen, aber ein Geländer schützte sie vor dem Herunterfallen. Sie robbten bis zum Geländer und spähten hinunter.

Unter dem Giebel des Saales verlief ein altersgeschwärztes, verschlungenes Gebälk. In der Mitte der großen, blanken Halle aus weißgrauem Stein, weit unter ihnen, saß der Kriegsrat an einem langen Tisch. Sonst war der Raum völlig leer. Es war nicht besonders hell, denn das einzige Licht kam durch die schmalen Fensterchen unter dem Dach herein. Am Kopfende des Tisches saß Ophrys, links von ihr Clupeus und rechts einige Leute, die Friedrich noch nicht gesehen hatte. Ihm fielen außerdem die Banner auf, die die Wände schmückten. Er erinnerte sich, dass er dieses Banner schon einmal gesehen hatte, gestern in der Waffenkammer. Auf seinem weißen Grund sah man ein langes, silbernes Schwert, umwachsen von einigen zierlichen, grünen Ranken. Es war, dachte Friedrich, durch und durch weiblich und elegant.

So leise er konnte, schubste er Brumsel an, und eigentlich flüsterte er auch nicht, sondern formte die Worte nur mit seinem Mund: »Ist das Gryndhilds Banner?«

Brumsel hauchte: »Ja.«

»Schön«, sagte Friedrich und gab seiner Anerkennung mit einem kurzen Lächeln Ausdruck. Und weil er seine Neugier nicht bezähmen konnte, fragte er: »Was ist die Pflanze da drauf?«

Brumsel sah ihn nur lange an und sagte dann, so leise er konnte: »Hopfen.«

Friedrich musste grinsen. Die große Gryndhild hatte wirklich klar definierte Prioritäten gehabt.

Brumsel starrte derweil angestrengt hinunter in den Saal; unzufrieden lehnte er sich immer weiter vor. Schließlich bedeutete er Friedrich, sitzen zu bleiben, und kletterte mit allen sechs Beinen lautlos über die Brüstung des Geländers und von dort auf einen der dicken Deckenbalken. Friedrich war erstaunt, wie geräuschlos Brumsel vorgehen konnte. Nicht einmal in Hammerschlag hatten sie sich so anstrengen müssen, nicht gehört zu werden.

Und während Brumsel auf seinem Balken immer weiter nach vorn robbte, zog Friedrich seine Schuhe aus und folgte ihm (langsam, äußerst langsam und leise) über das Geländer ins Gebälk, bis sie fast direkt über der Gesellschaft saßen.

»Also genau genommen«, sagte ein sehr alter Mann in einer roten Samtrobe, »haben wir nichts in der Hand. Die Wächter könnten sich, soweit wir wissen, sogar schon längst in alle Winde zerstreut haben – das Einzige, was wir wirklich haben, ist die Explosion in der Schlucht.«

»Wir können aber nicht einmal davon ausgehen, dass sie gegen uns gerichtet war«, warf ein Grashüpfer ein. »Außerdem ist sie auf der Nordwärts-Seite der Grenze passiert. Wir haben nicht einmal eine Grundlage für einen Eingriff.«

»Wo die Grenze genau liegt, wird seit Jahren diskutiert«, gab Ophrys süß, aber fest zurück. »Fest steht, dass meine Boten leider unfähig waren, irgendetwas herauszufinden – außer, dass Clupeus in Hammerschlag Metallringe produzieren lässt. Und das war uns ja schon lange bekannt.« Sie tauschte einen Blick voller Einigkeit mit Clupeus aus. Friedrich merkte, dass Brumsel seine Füße vor Wut in die Balken drückte, und ihm selbst ging es nicht besser. Erst wurden sie als unfähig beschimpft und dann schäkerte Ophrys auch noch mit Clupeus!

Ophrys fuhr derweil fort: »Dass die Wächter weiterhin in Nordwärts ihr Unwesen treiben und gut organisiert sind, habe ich ja schon von Brumsel gehört. Damit ist der Verdacht leider alles andere als entkräftet.«

»Der Verdacht, der nur auf einigen Träumen und Voraussagen beruht«, wandte der Alte in Rot wieder ein. Andere Männer am Tisch wurden merklich angespannter, als sie merkten, dass es hier vielleicht auf einen handfesten Streit hinauslaufen würde.

Ophrys sah verärgert aus und ihre Antwort war kühl. »Die Geschichte dieses Landes sollte Sie gelehrt haben, dass es eine gute Idee ist, sich auf die Intuition einer Frau zu verlassen.«

Erst jetzt fiel Friedrich auf, dass in diesem Kriegsrat nur Männer saßen. War das ein komischer Zufall, oder dachte ausgerechnet Ophrys, dass Frauen nicht für den Kriegsrat taugten?

»Nun ja, Vorsicht ist natürlich die Mutter der Porzellankiste«, mischte sich eine große Motte besänftigend ein. »Aber Intuition ist keine ausreichende Basis, um das Leben von Soldaten aufs Spiel zu setzen!«

Ophrys zog aus den Falten ihres Gewandes ein kleines Fläschchen hervor, tupfte sich den Inhalt auf die Handgelenke und hinter die Ohren und sagte dann: »Hören Sie sich erst einmal an, was Clupeus hier zu erzählen hat. Ich denke, dann werden Sie die Dinge anders sehen, meine Herren!«

Clupeus räusperte sich. Tatsächlich war er noch gar nicht alt, mit seinen Koteletten sah er nur sehr schlecht gealtert aus. Er entrollte mit wichtiger Miene einen Notizzettel und wandte sich dann an den Rat. »Es wird kaum nötig sein, irgendwelche Leben aufs Spiel zu setzen, zumindest nicht die unserer Soldaten. Erstens ist Nordwärts völlig unorganisiert und würde bei einem Angriff keine vernünftige Gegenwehr zustande bringen. Was noch viel wichtiger ist: Niemand in Nordwärts weiß, dass wir einen militärischen Angriff in Erwägung ziehen.« Er räusperte sich noch einmal. »Mir ist es außerdem gelungen, eine Armee ... äh ... zu rekrutieren, die die erste Besetzungswelle durchführen wird. Danach folgen unsere anderen Soldaten und halten einfach nur noch die Stellung.«

»Was für eine Armee ist denn das?«, fragte jemand misstrauisch, aber interessiert.

Clupeus lächelte, als wollte er gleich einen Blumenstrauß aus dem Ärmel ziehen. »Ein Ameisenheer.«

»Das klingt für mich nicht nach einer guten Idee«, sagte jemand anders. »Ameisen sind sehr klein. Tragen können sie zwar gut, aber es braucht schon eine Menge Ameisen, um nur einem größeren Käfer beizukommen!«

»Das ist kein Problem«, fuhr Clupeus fort. »Zehn Millionen Soldaten stehen jetzt schon bereit und weitere Millionen werden zurzeit rekrutiert!«

Am Tisch wurde es ganz still. Die Ratsmitglieder schauten sich gegenseitig an; ob sie begeistert oder beunruhigt waren, konnte man nicht erkennen.

»Zehn Millionen?«, fragte der alte Mann in Rot fassungslos.

»Sie sehen, meine Herren, das Risiko ist klein«, sagte Clupeus, faltete seinen Notizzettel zusammen und lächelte breit. »Der Gewinn wäre dafür umso größer. Endlich wären Südwärts und Nordwärts wieder vereint, und die ewigen Grenzstreitereien, die uns in den letzten Jahren so viel Energie gekostet haben, hätten ein Ende!«

»Wenn Sie uns nun Ihre Meinung dazu geben wollen, Herr Kriegsminister«, sagte Ophrys honigsüß.

Der alte Mann in der roten Robe stotterte vor sich hin.

»Zehn Millionen ... du meine Güte ... ich ... äh ... das erfordert noch etwas Denkarbeit ...«

»Lassen Sie sich Zeit«, erwiderte Ophrys freundlich und wandte sich an jemand anderen, während am Tisch ein Stimmengewirr losbrach.

Da es nun etwas lauter war, wagte Friedrich es, Brumsel zuzuflüstern: »Ich dachte, Clupeus käme aus Nordwärts!«

»Tut er auch«, antwortete Brumsel. »Er rechnet sich sicher schon seinen Anteil des Landes aus, der Verräter. Pscht jetzt! Ich will das hören!«

Friedrich lauschte nur noch mit halbem Ohr. Er war aufgebracht, weil Ophrys ihren Rat so leicht zur Seite gefegt hatte; und außerdem kam sie ihm heute sehr merkwürdig vor. Zuerst das Valmü-Bad und dann das Verbot, an der Sitzung teilzunehmen. Fast so, als wollte sie nicht, dass Brumsel dabeisaß und vernünftig mit den Ratsteilnehmern redete. Ja, eigentlich *genau* so: Ophrys wollte den Rat allein bearbeiten!

Je länger er darüber nachdachte, desto deprimierender wurde es, und je deprimierender es wurde, desto froher war er, dass er bald einfach heimfliegen konnte, weg von all diesen politischen Ränkespielen.

Der Rat unten beruhigte sich derweil wieder. Ein oder zwei Teilnehmer sprachen sich laut dafür aus, beide Länder zu vereinen, wenn es denn so leicht machbar sein sollte. Auch die anderen schienen nun widerstrebend zuzugeben, dass es vielleicht gar keine so schlechte Idee war.

»Und um mit gutem Beispiel voranzugehen«, sagte Ophrys schließlich und erhob sich, »werde ich persönlich dem Heer voranreiten. Und hier«, sie winkte mit großer Geste, »sehen Sie das Banner, das diesem Feldzug als Wahrzeichen dient!«

Die beiden Käferwachen, die Friedrich und Brumsel vorhin hinausgeschickt hatten, kamen stolpernd angelaufen und brachten eine große, weinrote Stoffrolle. Diese legten sie auf den Tisch und rollten sie der Länge nach aus, bis sie den ganzen Konferenztisch bedeckte. Von oben hatte man eine ausgezeichnete Sicht darauf.

»Eine goldene Sonne auf rotem Grund«, sagte Ophrys stolz, während ein Raunen durch die Runde der Ratsteilnehmer ging. »Dieses Banner wird von nun an mein persönliches Banner sein!«

Friedrich schaute hinunter auf die goldene Stickerei, deren Durchmesser sicherlich so groß sein musste, wie Friedrich lang war – mit ausgestreckten Zehen. Noch nie hatte ihn eine Sonne so sehr deprimiert. Brumsel fiel derweil vor Wut fast von seinem Balken.

»Na, vielleicht hat sie sich das schicke Banner schon machen lassen und will jetzt den Krieg nicht mehr absagen, damit sie es nicht umsonst bestellt hat«, flüsterte Friedrich, um Brumsel zu beruhigen. Aber dem war gar nicht nach Scherzen zumute.

»So leichtsinnig, wie sie hier ihre Außenpolitik betreibt, glaube ich das langsam wirklich«, zischte Brumsel.

Friedrich setzte sich und lehnte den Rücken gegen eine Strebe. Gedankenverloren starrte er durch ein Fenster hinaus in das blasse Sonnenlicht. Die Worte, die unten im Saal gewechselt wurden, zogen an ihm vorbei, und er hörte sie nur noch mit halbem Ohr. Von diesem Land hatte er jetzt die Nase voll.

Zwar hatte er eine Uhr in seiner Tasche, aber er traute sich nicht, sie aufschnappen zu lassen; und so begnügte er sich damit, dem wandernden Sonnenlicht im Fensterrahmen zuzuschauen und die Zwischenräume zwischen seinen Zehen sauber zu machen. Unten wurde weiter geredet über Stationierung, über Versorgung der Truppen und über die Aufteilung der eroberten Gebiete.

»Ha! Clupeus, natürlich kriegt er Hammerschlag und den Norden der Wilden Wälder!«, zischelte Brumsel hasserfüllt. »Das ist ja wohl das Letzte! Ein Verräter an seinem eigenen Land!«

Wie lange dauerte diese Sitzung denn noch? Friedrich starrte wieder aus dem Fenster. Im Saal ging es derweil weiter mit der Diskussion über die Ameisen-Armee. Aber hatte Brumsel nicht gesagt, dass Ameisen für niemanden in den Krieg ziehen würden außer für ihren Staat? War Clupeus vielleicht doch ein besserer Zauberer, als alle dachten? Oder ein genialer Dompteur?

Da ertönte ein Gongschlag von draußen und der versammelte Rat sprang wie ein Mann auf und rief erfreut etwas von Mittagessen.

»Pause bis zwei Uhr«, bestimmte Ophrys. »Danach geht die Sitzung weiter!« Mit raschelnden Roben und klappernden Helmen eilten die Herren zum Ausgang. Mit der würdevollen Prozession von vorhin hatte das nichts mehr gemein. Jetzt ging es ums nackte Essen.

»Komm«, schnappte Brumsel und begann, zum Lüftungskämmerchen zurückzukriechen. Friedrich folgte ihm, und jetzt bestand auch wenig Anlass zur Vorsicht, da der Saal sowieso gerade laut war. Dann waren alle verschwunden und die Saaltür schlug zu.

Friedrich zog seine Stiefel an und Brumsel lief hinter ihm in dem Kämmerchen hin und her wie ein Wahnsinniger und fluchte wild vor sich hin. »Das gibt's doch gar nicht!«, raunzte er. »Was tut die bekloppte Schnalle da?!«

»Was fragst du das mich?«, erwiderte Friedrich. »Ich bin genauso überrascht wie du!«

»Ich werde sie mir vorknöpfen«, brabbelte Brumsel wütend, »und dann stelle ich sie zur Rede!«

»Nach dem Mittagessen.«

»Natürlich!«

»Und wann bringst du mich nach Hause?«, fragte Friedrich, damit dieses Thema nicht unter den Tisch fiel.

»Was? Äh – oh, du hast recht! Absolut. Hör zu, ich muss mit Ophrys sprechen, aber wenn diese Sache geklärt ist, dann fliegen wir. Wir müssen erst in die Hauptstadt zurück, wegen des Raketenantriebs – ohne den kann ich das Meer nicht überqueren. Also noch mal drei, vier Tage und dann ein Expressflug und du bist zurück.«

»Na schön«, sagte Friedrich, der heimlich gehofft hatte, der Expressflug könnte schon heute Abend arrangiert werden.

Und da er Brumsel auf sein Wort festnageln wollte, stand er bereits mit gepacktem Rucksack hinter ihm, als Brumsel vor der Speisesaaltür auf und ab lief und auf die Gesellschaft wartete. Die letzte Stunde hatte nichts dazu beigetragen, seinen Zorn abzukühlen.

Da ging die Speisesaaltür auf, und einige Höflinge und Kriegsrat-Mitglieder kamen heraus – offensichtlich zufrieden mit dem Mittagessen. Ihnen folgte Ophrys. Sie war ebenfalls sichtlich zufrieden mit der Welt.

»Ophrys, auf ein Wort«, sagte Brumsel und zupfte an ihrem Kleid, als sie an ihnen vorbeifegen wollte.

»Ja, Brumsel, was ist denn?«, erwiderte sie freundlich und folgte ihnen brav in einen offenen Säulengang.

»Was war das eben für eine Vorstellung im Kriegsrat?«, fragte Brumsel mit mühsam unterdrücktem Zorn.

»Der Kriegsrat ist noch nicht beendet«, antwortete Ophrys. »Wir sind noch nicht zu einer Einigung gekommen.«

»Das klang mir aber eben ganz so, als wärt ihr euch schon einig, dass es Krieg gibt«, warf Brumsel zurück.

»Was meinst du damit?« Ophrys runzelte ihre bildschöne Stirn.

Am Ende des Ganges tauchten zwei Käferwachen auf. Sie hielten sich im Hintergrund, aber sie verfolgten ganz genau, dass hier jemand ziemlich ruppig mit der Königin umging.

»Wir waren dabei«, mischte sich Friedrich ein. »Wir haben alles gehört.«

Endlich hatte Ophrys den Anstand, peinlich berührt auszusehen. »Oh. Nun ja, ihr hättet es heute Abend sowieso erfahren.« Sie lächelte liebenswürdig.

»Was soll der Blödsinn?«, zischte Brumsel. »Wieso schlägst du unsere Ergebnisse so einfach in den Wind? Wir haben zwei Wochen lang daran gearbeitet, das alles rauszufinden, und dabei wären wir fast draufgegangen! Mehr als einmal!«

Ophrys lächelte wieder ihr schönstes Lächeln. »Lass mich erklären, Brumsel!«

Der aber fuhr wütend fort: »Du hast uns diese ganze gefährliche Reise machen lassen, und hinterher verdrehst du alles, was wir herausgefunden haben?«

»Von meiner Entführung mal ganz abgesehen!«, rief Friedrich.

»Ihr habt leider nicht das herausgefunden, was ihr herausfinden solltet«, sagte Ophrys heiter. »Bis zur Klapperschlucht habt ihr euch gut geschlagen, aber dann wart ihr leider viel zu effektiv! Ich konnte ja nicht ahnen, dass ihr die schöne Rebellenhorde so gut sabotiert, dass sie die Festung gar nicht angreifen können! Na ja, das hat ihnen Arbeit erspart und der Grenzfeste beträchtliche Schäden an der Außenmauer.«

In Friedrichs Hirn ratterte es. »Wie? Sie wussten, dass jemand versucht, die Festung anzugreifen?«

»Natürlich, ich hab sie doch bezahlt«, flüsterte Ophrys, beugte sich zu ihm und zwinkerte ihm zu. »Sie sollten natürlich keinen ernsthaften Schaden anrichten, aber einen Grund zum militärischen Eingreifen liefern!«

»Und der irre Weberknecht in Hammelkopf, hast du den auch bezahlt, damit er uns zur Klapperschlucht schickt?«, fragte Brumsel grimmig. »Und die Anzeigen in der Zeitung, die hast du geschaltet?«

»Natürlich. Und es hat ja auch gut funktioniert.« Ophrys schien gar nicht zu begreifen, dass sie mit Charme hier nicht weiterkam. »Ich habe mir da wirklich ein ganz schönes Theater für euch einfallen lassen!«

»Und Sie dachten, dass wir dann schnurstracks nach Weißfels kommen und Ihnen vorheulen, dass an der Grenze Rebellen herumhüpfen«, stellte Friedrich angewidert fest. Was war das für ein furchtbares, hinterlistiges Weibsbild? Selbst ihre Schönheit konnte ihn jetzt nicht mehr betören.

»Richtig.« Ophrys nickte. »Aber ihr wolltet ja erst noch nach Hammerschlag, wo ihr dann ganz unbegründet den armen Clupeus verdächtigt habt, er würde Waffen herstellen.«

»Und dabei steckte er mit dir unter einer Decke«, zischte Brumsel. »Aber eins musst du mir noch erklären: Wie schafft es Clupeus, Ameisen in Söldner zu verwandeln?«

Ophrys winkte die Frage beiseite und fuhr fort: »Und dann

kamst du heim und sagtest, alles wäre in Ordnung! Das kann ich doch gar nicht gebrauchen. Also habe ich mir die Freiheit genommen, deine Botschaft etwas ... frei zu interpretieren.«

»Ins genaue Gegenteil zu verkehren, meinst du wohl!«, empörte sich Brumsel.

»Und wieso musste ich dabei sein?«, mischte Friedrich sich ein. Er kochte vor Wut.

»Weil Namen wie deiner der Stoff sind, aus dem Legenden hergestellt werden«, erklärte Ophrys. »Friedrich Löwenmaul und die goldene Hummel! Was denkst du, wie großartig das in der Geschichtsschreibung klingen wird!«

»Das ist mir egal! Sie haben mich entführen lassen und sinnlos in Gefahr gebracht«, rief Friedrich, »wenn Sie doch schon genau wussten, was Sie hinterher von uns hören wollten!«

Beschwichtigend legte Ophrys ihre Hand auf Friedrichs Ärmel. »Ich kenne meine Leute genau. Mit Brumsel warst du nie wirklich in Gefahr!«

»Da bin ich aber ganz anderer Meinung!«, schnauzte Brumsel. »Und ich sollte es wissen!«

Ophrys legte den Kopf schief.

»Du hast immer noch nicht verstanden, um was es hier geht, nicht wahr?«, fragte sie.

Brumsel atmete tief aus und presste zwei Füße an seine Stirn. »Nein, kein Stück. Du willst Krieg mit Nordwärts. Wieso brauchst du eine Entschuldigung, um anzugreifen? Wieso greifst du nicht einfach an? Das ist zwar kein guter Stil, aber dein Recht als Monarchin.«

Ophrys lehnte sich gegen das Geländer zwischen zwei Säulen und schaute hinaus auf das Land. »Du weißt genauso gut wie ich, dass man eine gute Entscheidung auch gut verkaufen muss«, sagte sie ernsthaft. »Es darf nicht so aussehen, als hätten wir angefangen.«

»Hätten wir aber! Und wie soll unbegründeter Krieg eine gute Entscheidung sein?« Brumsel war nun so verwirrt, dass er gar nicht mehr schreien konnte.

»Stell dir doch mal vor, wie die unzufriedenen Bürger von Südwärts sich plötzlich alle einig wären«, erwiderte Ophrys sanft. »Gegen einen gemeinsamen Feind. Auf dass Südwärts und Nordwärts wieder vereint sind, wie sie es früher waren! Manchmal braucht ein Volk ein gemeinsames Ziel, einen gemeinsamen Mythos, eine gemeinsame Geschichte! Gemeinsame Helden! Beispielsweise euch beide.« Ophrys drehte sich um und lächelte. »Die goldene Hummel und Friedrich Löwenmaul, die die drohende Gefahr rechtzeitig gemeldet haben, sodass die Königin von Südwärts alle Armeen mobilisieren und an ihrer Spitze das Land verteidigen konnte!«

»Aber das ist doch überhaupt nicht wahr!«, hielt Friedrich laut dagegen.

»Du bist wahnsinnig«, sagte Brumsel mit sanftem Erstaunen. »Total plemplem.«

Das Lächeln lag weiterhin auf Ophrys' Mund, aber ihre Augen lächelten nicht mehr. »Wie dem auch sei, die Sache ist schon lange gelaufen. Der Krieg findet statt. Ihr könnt das Spiel nur noch mitspielen.«

»Wir können uns auch weigern«, sagte Brumsel scharf.

»Ja, natürlich, aber das wird euch nicht viel nützen«, erklärte Ophrys nüchtern.

»Wir können es den Leuten erzählen!«, schrie Friedrich. »Was Sie hier für eine ... schmutzige Komödie spielen! Dass Nordwärts eigentlich friedlich ist!«

Ophrys lachte. »Und wer würde dir glauben, kleiner Hummelreiter? Ausgerechnet dir?« Dann wandte sie sich Brumsel zu. »Und du? Komm, sei vernünftig. Dich würde ich ungern verlieren.«

»Ich kündige«, sagte Brumsel düster.

»Schade. Aber da kann man nichts machen«, seufzte Ophrys. »Erwarte nur kein gutes Arbeitszeugnis von mir.«

»Ich arbeite nicht für dich, sondern für Südwärts«, zischte Brumsel. »Und ich werde alles tun, was ich kann, und gegen deinen wahnsinnigen Plan arbeiten. Und dafür sorgen, dass du vom Thron suspendiert wirst!«

»Haha, vom Thron suspendiert!« Ophrys lachte hell auf. »Wie soll das denn gehen? Und überhaupt wirst du erst mal gar nichts tun. Deine Rachepläne kannst du in einer Zelle schmieden.« Sie drehte sich um. »Wachen! Nehmt die zwei da fest!«

In diesem Moment tat Friedrich, ohne nachzudenken, genau das Richtige: Er warf sich auf Brumsels Rücken und Brumsel stürzte sich über die Brüstung.

7. Kapitel
Flucht nach Nordwärts

*(Die nun folgende Verfolgungsjagd sollte am besten
zu einer guten Orchesterversion von Rimsky-Korsakovs
»Hummelflug« gelesen werden.)*

Einen Augenblick lang fielen sie, dann flogen sie hoch über die Festung. Brumsel raste, wie er noch nie gerast war – zumindest nicht ohne Raketenantrieb. Friedrich krallte sich an seinem Hals fest. Er hatte kaum Zeit, die Brille über die Augen zu ziehen. Seine Augen tränten jetzt schon vom Fahrtwind.

»Wer folgt uns?«, rief Brumsel. Friedrich schaute über die Schulter. Von Zinnen und Balkonen hoben sich große, dunkle Insekten in die Luft.

»Hummeln, Hornissen, Käfer«, schrie er gegen den Wind. »Hauptsächlich Hornissen!«

»Mit Reitern?«

»Ohne!«

»Mist«, fluchte Brumsel und drehte eine unelegante Schleife. Sie flogen auf die dunklen Felswände der Zahnberge zu.

Friedrich drückte den Kopf nach unten und versuchte, so wenig Luftwiderstand wie möglich zu bieten. Er dachte daran, dass er wohl gerade einen neuen Familienrekord aufstellte. Mit Sicherheit war noch nie ein Löwenmaul mit einer solchen Geschwindigkeit auf einer Hummel geritten. Schade, dass es hier keine Pokale dafür gab.

»Was passiert, wenn die uns kriegen?«, schrie er in Brumsels Fell hinein.

»Nicht mehr viel!«

»Oh.«

Friedrich analysierte schnell die Windrichtung, den Luftwiderstand und ihre Tarnung. Als dunkler Punkt am Himmel waren sie bestimmt gut zu sehen. Aber wenn sie für ihre Verfolger nur ein dunkler Punkt vor den dunklen Felsen waren?

»Flieg tiefer!«, brüllte er. »Gegen die Berge sehen sie uns nicht so gut!«

Brumsel senkte sich ab. Friedrich schaute nach oben. Ein wahrer Schwarm von Insekten folgte ihnen jetzt. Nicht alle schienen genau zu wissen, wo sich das Ziel gerade befand.

Die Festung lag weit hinter ihnen und die Spitzen der Zahnberge ragten drohend vor ihnen auf. Näher und näher rückten sie, und Friedrich überlegte bereits, ob Brumsel in seinem Fluchtwahn vorhatte, dicht über dem Boden über den Bergrücken zu fliegen. Sie flogen so schnell, dass jedes plötzlich auftauchende Hindernis sie das Leben kosten konnte.

Die Spitzen der Berge sahen mehr denn je wie Reißzähne aus.

»Nicht so tief!«, rief Friedrich. »Du fliegst zu tief!«

Brumsel schüttelte nur kurz den Kopf und raste konzentriert weiter.

Friedrich drehte sich noch einmal um und erschrak. Der große Schwarm der Verfolger war zwar etwas zurückgeblieben, aber einige besonders schnelle Hornissen waren ihnen schon sehr nahe gekommen. Plötzlich hörte Friedrich ein besonders lautes Summen, und als er sich umdrehte, wäre er fast von Brumsels Rücken gefallen: Links neben ihnen holte eine Hornisse auf. Ihr riesiger Kopf war schon fast auf gleicher Höhe mit Friedrich.

Da überkam ihn plötzlich ein tiefer innerer Frieden.

»Die Bratpfanne«, sagte er sich, »werde ich entweder jetzt brauchen oder nie wieder.« Und dann hakte er die Pfanne vom Rucksack ab, holte aus und schlug sie der Hornisse ins Gesicht, dass es nur so schepperte. Die Hornisse taumelte und segelte langsam vom Himmel hinab, während Brumsel und Friedrich weiter vorwärtssausten.

Eine andere Hornisse erschien über ihnen, den Stachel drohend ausgestreckt.

»Brumsel, runter!«, schrie Friedrich, und plötzlich blieb die Hornisse über ihnen zurück. Das gefiel ihr gar nicht. Im Sturzflug drehte sie sich um ihre eigene Achse und schoss nach unten, den beiden Flüchtlingen hinterher, offensichtlich mit dem Ziel, sie einfach zu rammen und aus der Bahn zu werfen. Friedrich wog die Pfanne in der Hand und zielte und dann warf er sie. Die Pfanne traf die Hornisse mitten zwischen die Augen, und Pfanne und Hornisse purzelten aus der Luft und aus Friedrichs Sichtfeld.

Die steilen Felsen waren mittlerweile gefährlich nahe gekommen.

»Weißt du, was du tust?«, quiekte Friedrich.

»Absolut«, antwortete Brumsel.

Sie rasten nur knapp über die höchsten Felsspitzen hinweg, bis Friedrich an dem steilen Abhang einen kleinen Flecken Grün sah: etwas Moos und eine verwachsene Fichte mit dichten

Zweigen. Brumsel stieg hoch in den Himmel hinauf, so hoch, dass er ein leichtes Ziel bot. Die Verfolger unter ihnen flogen ebenfalls höher.

»Festhalten«, knurrte Brumsel und fiel plötzlich vornüber. Wie ein Stein ließ er sich fallen, drehte sich um die eigene Achse, richtete sich im Sturzflug aus und schoss direkt auf die Fichte zu.

Friedrich wollte schreien, aber es kam kein Ton heraus.

Sie stürzten durch die dicht benadelten Äste, und Brumsel bremste in einer Spirale aus, so gut er konnte. Nadeln schlugen ihnen ins Gesicht, sie streiften die raue Rinde, und dann trudelten sie unten wieder zwischen den Zweigen hinaus und um den Stamm, einmal, zweimal, direkt auf den Schutt am Boden zu, und in den Boden hinein.

Brumsel und Friedrich tauchten durch ein Loch zwischen den Steinen. Vor ihnen lag ein unregelmäßiger Tunnel aus Geröll, der steil nach unten führte. Sie trudelten weiter vorwärts durch die Dunkelheit. Dann war das Licht des Eingangs nicht mehr zu sehen und Brumsel wurde langsamer und hielt an.

»Ich seh nichts mehr. Mach deine Laterne an«, keuchte er.

Friedrich gehorchte, so schnell er konnte. Mit zitternden Fingern ließ er das Sturmfeuerzeug aufschnappen und entzündete das Öllämpchen in seiner Laterne. Ein bisschen von dem Glas war auf dem Flug durch die Fichte kaputtgegangen und er schnitt sich in die Finger, aber er schaffte es, den Docht zum Brennen zu bringen.

Mit dem flackernden Licht, das die Laterne warf, sauste Brumsel weiter. Es war nicht besonders hell, aber wenigstens flogen sie nicht gegen die Wände.

»Die haben keine Laternen dabei«, setzte Brumsel nach einer

Weile schwer atmend hinzu. »Falls sie den Eingang überhaupt finden, sitzen sie hier unten im Dunkeln. Aber ich hoffe, dass sie sich erst in der Baumkrone dumm und dämlich suchen.«

»Wo sind wir hier?«, fragte Friedrich.

»Strategischer Gang. Fluchtweg für die Festung. Führt quer durchs Gebirge. Den kennen nur wenige Leute. Inklusive mir.« Brumsel schnaufte. »Das soll Ophrys sich nur hinter die Ohren schreiben: Ich bin immer noch der Chef von Südwärts' Geheimdienst und solche Pfeifen wie ihre Hornissen verspeise ich zum Frühstück! – Aber dir erst mal ein Kompliment wegen deiner Schlagkraft mit der Bratpfanne! Das hat uns gerettet.«

»Dieser Tag wird immer merkwürdiger, was?«, kicherte Friedrich albern. Er nahm seine Kappe ab und fuhr sich durch die verschwitzten Haare.

»Hoffen wir nur, dass wir sie losgeworden sind«, sagte Brumsel und schaute starr geradeaus.

Eine Weile flogen sie still durch die Dunkelheit, und die Schatten vom Laternenlicht wanderten über die Felsen und schienen ihnen zu folgen. »Wenn wir sie abgehängt haben«, sagte Friedrich, »dann lass uns heimgehen. Zu mir, meine ich. Ophrys kann uns nicht über das Endmeer verfolgen.«

»Übers Endmeer? Wie denn?«, fragte Brumsel düster. »Mein Raketenantrieb ist immer noch in Ophrys' Palast.«

»Irgendwo finden wir schon einen neuen! In Hammerschlag zum Beispiel. Da müssen sie doch auch Raketen verkaufen!«

»Mein Raketenantrieb war eine Sonderanfertigung, und es hat mehrere Wochen gedauert, ihn zu bauen. Und selbst wenn wir Weißfels umgehen könnten, wir müssten so oder so über Südwärts fliegen – und da Ophrys uns jetzt offiziell auf die Fahndungsliste setzen wird, würden wir da nicht weit kommen.«

»Und um Südwärts herum? Über das Meer? Wir könnten nachts fliegen und uns tagsüber verstecken!«, schlug Friedrich eifrig vor.

Brumsel schüttelte den Kopf. »Erstens kann ich nachts nicht weit fliegen, da ist es viel zu kalt. Außerdem hätte ich gar nichts davon, bei dir zu leben. Was soll ich als einziges intelligentes Insekt in einer Welt, wo alle anderen Insekten dumm sind? Was wäre ich denn da? Eine Sensation für einen Zirkus, aber sonst nichts. Und wo würde ich denn Hummelköniginnen finden, mit denen ich mich paaren kann? Ich kann doch nichts anfangen mit einer Frau, die kein Wort von dem versteht, was ich sage!«

Friedrich seufzte. Er war der Heimreise schon so nahe gewesen und nun war sie in unerreichbare Ferne gerückt. »Also weiter nach Nordwärts?«, fragte er entmutigt.

»Scheint mir der einzige Weg«, sagte Brumsel. »Das ist ein weites Land, da können wir untertauchen. Ophrys' Soldaten können uns nicht einfach folgen und ihre Fahndungsliste interessiert da oben keinen. Wir wären relativ sicher. Zumindest so lange, wie Ophrys Nordwärts noch nicht erobert hat!« Er seufzte. »Das tut mir alles so leid. Hätte ich geahnt, was Ophrys da für ein Spiel spielt, hätte ich dich nie nach Skarnland geholt.« Dann setzte er hinzu: »Kneif mich bitte. Das Ganze muss doch ein Traum sein.«

»Ist es aber nicht, fürchte ich«, antwortete Friedrich, aber er kniff Brumsel trotzdem in die Antenne.

Die Stunden, die sie durch die Dunkelheit flogen, zählte keiner von ihnen. Ab und zu legten sie eine Pause ein, ab und zu gingen sie zu Fuß weiter. Die Dunkelheit und Enge schienen Friedrich zu erdrücken. Er dachte an die riesigen Zahnberge, an die Millionen Tonnen Fels über ihnen. Das allein war genug, um seine Knie weich werden zu lassen. Er durfte gar nicht daran denken, beschloss er.

»Was glaubst du, was hier unten so für zwielichtige Gestalten herumkrabbeln?«, fragte er Brumsel.

»Außer uns, meinst du? Keine.« Brumsel schnaufte. »Die sind doch nicht bekloppt.«

Dann waren sie wieder still.

Nach einer Ewigkeit bemerkte Friedrich, dass die Flamme seiner Laterne weniger Licht abgab. Er warf einen genauen Blick durch das Glas und erschrak: Der Docht war bis auf zwei oder drei Fäden geschrumpft. Noch kämpfte er flackernd vor sich hin, aber es war klar, dass er sehr bald ausgehen würde.

»Brumsel«, sagte Friedrich mit belegter Stimme, »gleich haben wir kein Licht mehr.«

»Es ist nicht mehr weit«, murmelte Brumsel. »Wir müssen nur noch ein Stück vorwärts. Dann können wir wieder sehen.«

Friedrich gefiel der Gedanke überhaupt nicht, bald im Dunkeln vorwärtszukriechen. »Wie weit denn noch?«

»Kann ich so nicht sagen. Ungefähr ... ungefähr ...«

Da war das Licht weg. Dunkelheit fiel über sie wie ein Vorhang.

»Na ja«, sagte Friedrich resigniert, »dann wohl einfach immer an der Wand entlang.«

»Ich geh voraus«, erwiderte Brumsel entschlossen. »Ich kriege nicht so leicht Beulen wie du.«

Vergebens wartete Friedrich darauf, dass seine Augen sich daran gewöhnen würden, mit weniger Licht auszukommen. Aber hier unten gab es überhaupt kein Licht und darauf konnten sich seine Augen nicht einstellen. Vor sich hörte er Brumsel trapsen.

Seine Finger strichen an den rauen Wänden entlang. Angenehm war das nicht.

»Also, wie weit noch?«, fragte er so lässig wie möglich. Er wollte nicht ängstlich klingen, aber leider klang er nicht annähernd so sicher, wie er gern wollte.

»Sehr weit kann es nicht mehr sein«, sagte Brumsel konzentriert. »Noch eine halbe Stunde, eine Dreiviertelstunde vielleicht.«

Friedrich sagte nichts mehr. Stattdessen konzentrierte er sich auf seine Hände und Füße und fand nach einer Weile, dass er gar nicht so übel zurechtkam. Oft musste er sogar anhalten, weil Brumsel vor ihm nicht so schnell war. Seine Beklemmung darüber, unter einem Berg zu sein, schwand ebenfalls, und er kam schließlich zu der Überzeugung, dass der Berg nicht extra einstürzen würde, nur weil er zufällig darunter durchging.

Und gerade, als die Beklemmung sich endgültig legte, spürte Friedrich plötzlich einen kühlen Luftzug auf seinem Gesicht.

»Jetzt ist es nicht mehr weit, oder?«, fragte er.

»Nee. Siehst du schon das Licht?«, sagte Brumsels Stimme.

Friedrich schaute nach vorn und sah Brumsel, abgehoben gegen einen sehr schwachen Schimmer. Noch ein paar Schritte, dann tauchte er selbst darin ein. Er sah seine Füße wieder und den Boden vor sich. Das Licht war kühl und grau. Er trat um eine Ecke und dachte, er würde gleich ins Freie schauen.

Stattdessen lag vor ihnen eine Höhle. Aber was für eine! Friedrich verschlug es glatt den Atem. Ophrys' ganzer Palast hätte hier hineingepasst. Den Boden der Höhle bildete ein klarer, blauer See und von der Decke hingen grau-violette Tropfsteine in allen Größen und Formen. Durch einige schmale Schächte in der Decke fiel bleiches, bläuliches Tageslicht nach unten.

»Beeindruckt?«, fragte Brumsel mit schwachem Lächeln. »Wart's nur ab, es wird noch besser. Steig auf!«

Sie flogen über das tiefblaue Wasser, wie ein winziger schwarzer Punkt im endlosen Raum, vorbei an den Tropfsteinen, deren Spitzen mit weißen Kristallen verkrustet waren, wo sie die Wasseroberfläche berührten.

»Und du sagst, es wird noch besser?«, meinte Friedrich beeindruckt. Seine Stimme hallte durch die Höhle.

»Jawohl«, sagte Brumsel. »In diesen Höhlen wird seit Jahrhunderten Salz abgebaut. Von hier aus wird fast ganz Nordwärts mit Salz versorgt und einiges wird auch über die Grenze verkauft. Nicht gerade in dieser Höhle – die ist ja nur hübsch anzuschauen –, aber in den anderen Höhlen, das solltest du mal sehen! Na ja, wirst du ja auch gleich.«

Sie hatten die Wasserfläche überquert und vor ihnen in der Felswand tat sich eine große Spalte auf. Ein Stück weit ging es bergab durch einen Gang mit eingehauenen Treppenstufen im Boden, dann kamen sie in eine weitere Höhle, länger und schmaler als die vorherige. Alle Wände waren hier mit würfeligen Salzkristallen überzogen. Sogar von der Decke hingen sie, lange Gebilde aus weißen Würfeln, großen und kleinen und riesigen, scharfkantig und perfekt quadratisch.

»Es war eine gute Idee, durch die Salinen zu flüchten«, lobte Brumsel sich selbst. »Am Hof oder in der Festung weiß niemand mehr genau, wie der Weg verläuft oder wo er endet, außer mir. Das steht zwar in den Bauplänen, aber die werden sie erst lesen müssen, und so haben wir eine gute Chance, dass wir ihnen entwischen.«

Sie flogen durch weitere Höhlen, wo die beeindruckenden Salzgebilde bereits zum größten Teil abgeschlagen und abgebaut worden waren. Durch die felsigen Böden blubberten kleine Rinnsale von Sole. Das Licht, das durch die Deckenlöcher hereinfiel, wurde gelb und schwach. Draußen musste es früher Abend sein.

Und dann, nach einer letzten Höhle, in der das Salz schon fast ganz abgeschlagen worden war und hölzerne Leitern an den Wänden lehnten, verschluckte sie das Tageslicht.

Es war so hell, dass es Friedrich zuerst blendete. Aber als er die Augen langsam wieder öffnen konnte, sah er, dass sie durch eine große Felsspalte hinausflogen. Unter ihnen lagen grüne Wälder an steilen Berghängen und über den Bäumen herrschte geschäftiges Treiben. Aber niemand beachtete sie und es waren keine Hornissen zu sehen.

»Wir haben sie abgehängt!«, jubelte Friedrich.

»Sieht so aus ...«, sagte Brumsel. Dann, plötzlich, driftete er zur Seite weg und drehte sich um die eigene Achse. Friedrich, der sich gerade noch rechtzeitig festgekrallt hatte, brüllte ihn an, und Brumsel schreckte auf.

»Hä? Oh. Ich bin eingeschlafen«, erklärte er entschuldigend. »Ich bin todmüde. Aber zuerst müssen wir noch ein Stück weiterfliegen und ein Versteck suchen. Nur für den Fall der Fälle. Du musst mich wach halten. Tu irgendwas, damit ich nicht einschlafe!«

Und das tat Friedrich. Er sang Brumsel sehr laut etwas vor, und da er überhaupt nicht singen konnte, war die Darbietung auch nicht dazu angetan, Brumsel sanft einzululen. Dabei fielen Friedrich selbst fast die Augen zu. Die Anstrengungen des Tages machten sich bemerkbar.

Einige Minuten flogen sie über die Hänge, immer abwärts und Richtung Norden. Schließlich fanden sie einen dichten

Kastanienbaum und darin eine Astgabelung, die völlig von Blättern abgeschirmt war.

Brumsel war kaum gelandet, schon sank sein Kopf nach unten und er war entschlummert. Friedrich stolperte von seinem Rücken, warf den Rucksack von sich und sich selbst der Länge nach hin und dann fiel auch er in tiefen Schlaf.

Die Sonne schien hell durch die Blätter, als Friedrich erwachte. Ein unangenehmer Traum hatte ihn geplagt, und er war erleichtert, als er merkte, dass er nur geträumt hatte. Als er sich aber daran erinnerte, dass sein echtes Leben gerade auch nicht besonders rosig aussah, schlug er die Augen sofort wieder zu.

»Feuerzeug ... Laterne ... eine Decke«, zählte eine leise Stimme neben ihm auf, »ein Seil, ein Löffel, aber keine Pfanne mehr.«

»Was?«, murmelte Friedrich.

»Ich gehe die Ausrüstung durch«, hörte er Brumsel neben sich. »Zum Glück haben wir auf unserer ersten Mission wenig Geld verbraucht, also können wir das meiste nachkaufen, was absolut nötig ist.«

Friedrich setzte sich auf und sah Brumsel zu, wie er den Inhalt des Rucksacks vor sich ausbreitete. »Glaubst du, dass Ophrys wirklich mit dieser Ameisenarmee Nordwärts überrennen kann? Dass es wirklich so einfach ist, wie sie denkt?«

Brumsel schaute hoch. Die ganze Misere des letzten Tages stand ihm ins Gesicht geschrieben. »Wie du gesehen hast, sind die Wächter durchaus noch quicklebendig und gut organisiert. Nee, nee, wenn Ophrys Nordwärts wirklich angreift, dann gibt es Blutvergießen. Ihr ist das egal, denn auf Südwärts' Seite kriegen das hauptsächlich die Ameisen ab. Ihre normalen Soldaten kommen erst hin, wenn der größte Tumult schon vorbei ist.«

»Ich hatte also doch recht mit dem, was ich damals gesagt habe«, stellte Friedrich grimmig fest. »Nur, dass Ophrys nicht die Grenze verschieben will. Sie will gleich das ganze Land.«

Brumsel starrte ihn wütend an. Ob er auf Ophrys wütend war oder auf Friedrich, weil der die ganze Zeit recht gehabt hatte – das war nicht zu erkennen.

»Aber was ich nicht verstehe«, fuhr Friedrich fort, »ist, *warum* sie das macht. Südwärts ist reich und fruchtbar und all das. Nordwärts hat nur Eisen und Wald. Da ist doch nichts zu holen!«

»Erklär du's mir«, knurrte Brumsel. »All meine Arbeit der letzten zehn Jahre – futsch und weg! Zehn Jahre lang habe ich alles getan, damit Südwärts sicher ist, und jetzt stürzt Ophrys das ganze Land in einen unnötigen Krieg! Erklär du mir das! Das macht überhaupt keinen Sinn.« Er ließ sich vornüberfallen und knallte mit der Stirn auf den Ast. Dort blieb er liegen und sprach deprimiert weiter. »Als ich für sie gearbeitet habe, dachte ich, wir wären die Guten! Irgendwo unterwegs hat Ophrys eine Kehrtwende gemacht und jetzt sind wir die Bösen. Und ich bin auch noch dabei gewesen!«

Etwas hilflos setzte Friedrich sich neben ihn. »Das konntest du doch nicht wissen«, murmelte er.

»Hätte ich aber sollen!«, knurrte Brumsel. »Ich dachte, ich bin der gerissenste Kopf im ganzen Land, aber ich habe mich von einer Frau blenden lassen! Mehr als einmal, ach, was sag ich, dutzende von Malen hab ich für sie meinen Hals riskiert. Und ich hab nie zu meinem Vorteil gehandelt. Nicht *ein* Mal hab ich sie belogen. Im Gegenteil, ich habe sie beraten und sie hat auf mich gehört! Und jetzt? Jetzt hintergeht sie mich und will mich auch noch einsperren lassen! Einfach so!«

»Die blöde Kuh«, sagte Friedrich aus tiefstem Herzen. »Na ja, andererseits gibt es einen guten Grund, warum sie uns festhalten wollte – wir haben den Kriegsrat mit angehört und wissen, was sie plant!«

»Sie findet nichts dabei, mich einzusperren oder umzubringen, nur um ihren Krieg mit Nordwärts auf die Beine zu stellen!«, jammerte Brumsel, der immer noch mit der Stirn auf dem Ast lag.

»Na, und mich erst!«, empörte sich Friedrich.

»Ich versteh das alles einfach nicht«, sagte Brumsel mit hoffnungsloser Stimme.

»Ich noch viel weniger«, murmelte Friedrich.

Da hob Brumsel den Kopf. »Hä, was war das für ein Geräusch?«, fragte er.

»Mein Magen«, sagte Friedrich. »Ich geh schnell was zu essen suchen.« Damit stand er auf und lief den Ast entlang. Ihm tat Brumsel sehr leid, aber noch größer war die Wut auf Ophrys. Was für ein Land war das hier eigentlich, wo die Königinnen sich so schäbig benahmen?

»Wir haben ein doppeltes Problem«, erklärte Brumsel später, als sie gemeinsam an einigen Kastanienpollen nagten. »Erstens sind Ophrys' Leute hinter uns her. Und wenn wir zweitens den Geheimen Wächtern in die Hände fallen, sind wir erst recht geliefert. Denn offiziell sind wir ja schuld, wenn der Krieg losbricht.«

»Oh ja«, sagte Friedrich düster und starrte vor sich hin. »Ophrys hat schon ihre eigene Geschichtsschreibung inszeniert – ihre Schreiber sitzen schon daran, den Krieg in allen Details auszuarbeiten. In Reimform.«

»Ich werde mich gründlich mit Asche einreiben, damit man das Gold nicht sieht«, überlegte Brumsel, der ihm gar nicht zugehört hatte. »Aber es ist am besten, wenn wir überhaupt so wenig wie möglich in Erscheinung treten. Die Wälder hier sind tief und wild, und wir können es bis nach Schwalbenwall schaffen, ohne eine einzige größere Stadt zu durchqueren.«

»Fliegen wir nachts?«, fragte Friedrich hoffnungsvoll.

»Nachts ist es zu kalt«, erwiderte Brumsel. »Es bleibt uns nichts anderes übrig, als die Tage zu nutzen.«

Und damit machten sie sich auf den Weg und flogen schnurstracks nach Norden, weit weg von Ophrys' Einfluss und ihren Handlangern.

Ihre Flucht durch Nordwärts begann mit spektakulärem Wetter. Als wollte die Sonne sich über ihre Sorgen lustig machen, schien sie auf die grünen Wälder hinunter und veranstaltete ein wahres Feuerwerk von Lichtflecken mit den rauschenden Blättern. Überall summten Mücken und Käfer durch die Luft. Vögel sangen. Der Sommer hatte zweifellos begonnen.

»Wir müssten doch eigentlich die Leute vor Ophrys' Plänen warnen«, sagte Friedrich irgendwann.

Brumsel schnaubte. »Und wie machen wir das, ohne uns zu erkennen zu geben? Und überhaupt, das würde nur dazu führen, dass sie sofort zum Gegenangriff rüsten. Das Ergebnis ist ebenfalls Krieg, nur findet er etwas früher statt, als Ophrys es geplant hat. Was nutzt das denn? Mal abgesehen von dem offensichtlichsten Problem: Uns glaubt sowieso keiner.«

»Hm.« Friedrich sah schon ein, dass ihre Position hoffnungslos war, aber insgeheim gab er seine Idee nicht auf. Sie *mussten* Ophrys einen Strich durch die Rechnung machen!

»Lass uns mal über die Baumkronen gehen«, sagte Brumsel und steuerte durch den Blätterwald nach oben. »Ich will jetzt ein bisschen Blau sehen.«

Ein paar Sekunden später flogen sie durch den Himmel. Friedrich genoss den Fahrtwind in seinen Haaren und war froh, dass die Zahnberge langsam in die Ferne rückten. Unten konnte man große, hängende Häuser sehen, grob zusammengezimmert, aber Friedrich erschienen sie hundertmal einladender als Ophrys' ganzer Palast. Über ihnen flogen Amseln und Spatzen, nur als Silhouetten gegen das Sonnenlicht erkennbar. Hin und wieder kreiste über ihnen auch ein Raubvogel oder ein Kranich flog mit langsamen Flügelschlägen vorbei, doch keiner schenkte ihnen Beachtung. Sie begegneten Käfern und Bienen, aber alle waren mit sich selbst beschäftigt.

»Die Nordwärtsler mögen Ophrys nicht«, murmelte Brumsel. »Die kümmern sich nicht darum, ob sie uns sucht. Das ist unser Vorteil hier.«

Zwei Stunden lang flogen sie nach Norden. Immer wieder drehte Friedrich sich um und freute sich, wenn die Zahnberge ein Stück weiter in der Ferne verschwanden.

»Sollen wir mal schauen, ob es da unten eine Wirtschaft gibt, wo wir Brot kaufen können?«, schlug er vor. »Nur Pollenknödel sind auf die Dauer nichts für mich.«

»Heute Abend«, sagte Brumsel. »Wir finden schon was für dich.«

Friedrich wurde plötzlich mulmig zumute. Zuerst wusste er nicht, warum; dann sah er aus dem Augenwinkel am Horizont etwas durch den Himmel schießen, und ihm war sofort klar, dass es Wespen oder Hornissen sein mussten – ihre Art zu fliegen und ihre Silhouetten waren unverkennbar.

»Brumsel, flieg runter!«, rief er und zerrte an Brumsels Pelz. Brumsel fiel sofort nach vorn und zischte schräg in die Baumkronen hinein. »Warum, was ist los?«

»Ich glaube, da sind Hornissen.«

Brumsel hängte sich kopfüber an die Unterseite eines Blattes. Friedrich krallte sich fest, um nicht hinunterzufallen. Das hätte ihm seine berühmte Verwandtschaft erst einmal nachmachen sollen – ohne Sattel und Steigbügel!

Sie linsten über den Blattrand. Über den Baumkronen rasten Hornissen vorbei, in einer langen Reihe, eine neben der anderen. Der Anblick war gespenstisch – Friedrich hatte noch nie davon gehört, dass Hornissen in Formation flogen. Sie waren so schnell wieder verschwunden, dass man schon nach wenigen Sekunden ihr Summen nicht mehr hören konnte.

Brumsel flog sofort im Steilflug wieder nach oben und schaute vorsichtig unter den obersten Blättern hinaus. In der Ferne konnten sie die Hornissenreihe gegen den Horizont verschwinden sehen.

»Glaubst du, die suchen uns?«, flüsterte Friedrich, obwohl die Hornissen natürlich viel zu weit weg waren, um ihn zu hören.

»Klar, wen denn sonst?«, antwortete Brumsel mit gepresster Stimme. »Die tragen zwar keine Abzeichen von Ophrys' Armee, aber das sind Soldaten, sonst bin ich eine Eule. Ich kenne diese Sorte. Ich hab Ophrys selbst geraten, sich die Kerle als Wache zuzulegen. Große, starke Schlägertypen – nicht besonders helle und ziemlich kurzsichtig, aber dafür stellen sie keine Fragen. Zum Glück machen sie so einen Krach, dass man sie schon von Weitem hört. Wir bleiben ab jetzt unter dem Blätterdach.«

In gedrückter Stimmung setzten sie ihren Weg fort. Zum

Glück passierte bald etwas, das ihre Stimmung hob. Als sie nämlich auf einem Ast Mittagspause machten und Pollen kauten, bedeutete Brumsel Friedrich plötzlich, still zu sein.

»Pscht!«, machte er. »Hörst du das auch?«

Friedrich hielt inne und lauschte und dann hörte er es tatsächlich: Jemand sang vor sich hin, laut und falsch und inbrünstig.

»Nuuuhuuur die Straße und iiiiiiich … auf meinem Bock fühl ich mich königliiiiiihiiiiiiiiich …«

Friedrich und Brumsel sahen sich an.

»Was ist das denn?«, murmelte Friedrich. Sie krochen näher und schauten durch das Laub.

Auf einer Astgabel saß eine große, dicke, grüne Raupe, die einen gusseisernen Helm und eine Flugbrille trug. Über und über war sie tätowiert, und mit ihren kurzen Stummelbeinchen rührte sie in einem Kessel Suppe, der auf einem winzigen Kohleöfchen stand. Hinter ihr (oder besser: hinter ihm, denn es war eindeutig eine männliche Stimme) stand ein grob zusammengeschweißtes Gebilde aus Metall.

Friedrich und Brumsel sahen sich wieder an.

»Bock?«, fragte Friedrich.

»Vielleicht meint er einen Holzbock?«, schlug Brumsel vor.

»Blödsinn. Eine fette Raupe auf einem Holzbock? Der wird ja erdrückt!« Friedrich zog ein Gesicht. »Meine Mutter hat mich immer vor Tätowierten gewarnt. Jetzt weiß ich auch, warum.«

»Noch wissen wir gar nichts«, sagte Brumsel. »Lass uns hingehen und es herausfinden! Mit Ophrys oder Clupeus hat der Spinner bestimmt nichts zu tun.«

»Ich weiß nicht. Erstens können wir hier nicht einfach jedem vertrauen. Und außerdem: Der nimmt bestimmt Drogen! So, wie der singt, ist er doch jetzt schon völlig breit!« Friedrich versuchte, Brumsel zurückzuhalten, aber den konnte man ja ebenso wenig zurückhalten wie eine Sturmflut, wenn er etwas wollte.

Brumsel krabbelte also unter den Blättern hervor und begrüßte die Raupe fröhlich mit einem »Guten Tag!«.

»Mahlzeit«, sagte die Raupe und begann zu essen.

»Wir haben gerade das Lied gehört und uns gefragt, um was für einen Bock es dabei geht«, sagte Brumsel ehrlich.

Die Raupe – oder der Rauperich oder wie auch immer man dazu sagte – blinzelte. »Redest du im Pluralis Majestatis oder gibt's da noch mehr von deiner Sorte?«

Friedrich krabbelte ebenfalls unter den Blättern hervor, so als wäre er zufällig gerade vorbeigekommen, stellte sich neben Brumsel und lächelte (wie er hoffte) freundlich.

»Also mein Bock, das ist der da«, sagte die Raupe und deutete auf den Blechhaufen hinter sich. »Den hab ich selbst gebaut.«

»Heißes Gerät«, log Brumsel anerkennend und fast ohne mit der Wimper zu zucken.

»Was – hinter dem Haufen Altmetall da, oder wo?«, fragte Friedrich gleichzeitig, und Brumsel trat ihm auf den Fuß, worauf er schnell fortfuhr: »Ach, das da, ja, sehr schöner Bock!«

Das Ding sah aus, als würde es nur von ein paar groben rostigen Nieten und Schrauben zusammengehalten. In der Mitte befand sich ein Sitz, vorn ein Lenkrad, hinten ein großer Kohleofen und unten zwei ganz kleine, breite Räder.

»Sieht nicht schnell aus«, erklärte die Raupe, »ist er aber. Seid ihr zwei auch unterwegs nach Schwalbenwall?«

»Ja«, improvisierte Brumsel sofort weiter. »Den Jahrmarkt sehen. Der Kleine hier ist noch nie da gewesen!«

»So 'ne Schande«, sagte die Raupe kopfschüttelnd. »Ich geh jedes Jahr hin. Neue Ersatzteile für meinen Bock kaufen. Und das gute Essen, das es da gibt – ganz zu schweigen von den Artisten! Da gibt es diese dicke Wanze, die drei Teller gleichzeitig auf Stöcken auf dem Kopf herumtragen kann, und Beine hat die, alter Schwede ...« Dann räusperte er sich. »Wollt ihr auch was von der Suppe? Setzt euch doch!«

»Ich nicht, danke, aber mein Freund hier könnte bestimmt eine Abwechslung vertragen, nachdem wir die letzten Tage nur Pollen gegessen haben«, meinte Brumsel. »Was sagst du, Friedrich?«

»Äh«, sagte Friedrich, aber er sah ein, dass er keine Wahl hatte. Außerdem würde Brumsel ihn bestimmt nicht zu etwas überreden, wenn es gefährlich sein könnte. Also setzte er sich, ließ sich einen kleinen Blechnapf in die Hand drücken und schöpfte eine Kelle voll Suppe – es war Kohlsuppe – hinein. Am ersten Löffel verbrannte er sich den Mund, der zweite schmeckte durchschnittlich. Das hätte er selbst besser kochen können, aber er sagte nichts und löffelte mit verzerrtem Grinsen vor sich hin. »Heiß, aber gut«, gab er irgendwann von sich, als ihm der Mund nicht mehr wehtat.

Die Raupe öffnete eine Flasche, trank lange und gierig daraus und rülpste dann laut. Es roch nach Bier. Friedrich musterte sie stumm und unauffällig. Dabei fiel ihm etwas Merkwürdiges auf: Quer über die Brust hatte die Raupe einen großen Schriftzug, aber falsch herum. Die Buchstaben standen auf dem Kopf. Friedrich brauchte eine Weile, um sie zu entziffern.

»Karl Kahlsson?«, fragte er. »Wer ist Karl Kahlsson?«

»Na, ich«, sagte die Raupe. »Ich bin Karl Kahlsson. Steht doch drauf.« Er klopfte auf die Schrift.

»Und warum steht es da falsch herum?«, fragte Friedrich, der völlig vergessen hatte, dass er sich nicht mit Tätowierten unterhalten wollte.

»Damit ich es lesen kann. Wenn du was auf der Brust stehen hast, dann muss die Schrift auf dem Kopf stehen, damit du sie lesen kannst. Ganz einfach.«

»Aber ... aber ...«, stammelte Friedrich, »vergisst du denn ab und zu, wie du heißt?«

»Hör mal zu, das hat alles seinen Sinn«, sagte Karl Kahlsson freundlich. »Raupen verpuppen sich, und wenn sie schlüpfen, haben sie ihr früheres Leben vergessen. Deshalb schreib ich alles auf, was wichtig ist.«

Und das schien eine Menge zu sein. Da gab es Namen, Bilder, Merksätze, mathematische Formeln und Dinge, bei denen man überhaupt nicht erkennen konnte, was sie sein sollten.

»Tja, ich habe schon einiges erlebt«, sagte Kahlsson stolz und drehte sich einmal langsam herum, damit Friedrich alle Tätowierungen sehen konnte. »Ist aber noch ein bisschen Platz auf mir. – Willst du auch eine?«

»Nein, danke«, sagte Friedrich fest. »Ich erinnere mich auch so ganz gut.«

»Erzählt doch mal, wo kommt ihr her?«, fragte Kahlsson und setzte sich wieder (soweit man das bei seinen Stummelbeinchen beurteilen konnte).

Brumsel schaute Friedrich an und Friedrich schaute Brumsel an. Die Frage war klar: War Karl Kahlsson ein Wächter? Wenn ja, dann wäre es äußerst dumm, ihm zu erzählen, wo sie gerade herkamen.

»Was druckst ihr denn so rum? Habt ihr was ausgefressen?«, fragte Kahlsson.

»Hm«, erwiderte Brumsel nachdenklich. »Nicht direkt. Wir haben es geschafft, den gesamten Rest der Welt wütend auf uns zu machen. Und es ist nicht mal unsere Schuld. Wir wurden nur gelinkt.«

»Uh, das klingt interessant, raus damit!« Kahlsson lehnte sich vor und trank noch etwas mehr Bier.

»Nee«, seufzte Brumsel. »Wir haben eh schon zu viel erzählt.«

»Wie ihr wollt.« Kahlsson klang enttäuscht.

»Wir haben niemandem etwas Böses getan«, sagte Friedrich. »Immerhin können wir das von uns behaupten. Und das ist mehr, als viele Leute von sich sagen können«, setzte er wütend hinzu.

»Wollt ihr wirklich nach Schwalbenwall oder behauptet ihr das auch nur so?«, fragte Kahlsson spitz.

Friedrich und Brumsel schauten sich wieder an. »Schwalbenwall ist fein«, sagte Friedrich dann.

Brumsel nickte düster. »So weit weg von Südwärts wie möglich.«

Kahlsson schien zu überlegen. »Hm. Direkt durch das Dornenreich?«

»Obendrüber«, sagte Brumsel bestimmt.

»Die beste Route für Flüchtlinge, die nicht gesehen werden wollen«, meinte Kahlsson süffisant.

»Dornenreich? Das klingt ziemlich unangenehm«, sagte Friedrich skeptisch.

»Oh, das ist's auch«, erwiderte Kahlsson belehrend. »Da sollte man sich nicht reinwagen, ohne jemanden dabeizuhaben, der sich auskennt. Gut, dass ihr mich getroffen habt!«

Verstohlen linste Friedrich zu Brumsel hinüber. Auch der sah ziemlich überrascht aus. »Wieso willst du denn mit uns zusammen weitergehen?«, fragte er schließlich.

»Ich werd noch aus euch rauskriegen, was ihr für ein episches Desaster ausgefressen habt«, sagte Kahlsson. »So lange bleibe ich für euch unentbehrlich.«

»Das Dornenreich ist erstens nicht so ein wildes Pflaster, dass wir jemanden brauchen, der auf uns aufpasst«, erwiderte Brumsel spöttisch. »Zweitens bist du viel zu langsam, um mit uns Schritt zu halten – selbst wenn wir dich mitnehmen wollten!«

»Ich bin langsam. Aber mein Bock ist schnell! Den hab ich selbst gebaut, hab ich das schon erzählt?«, setzte er mit stolzgeschwellter Brust hinzu. »Der kann locker mit einem Hummelflug mithalten!«

»Weißt du«, sagte Friedrich und baute sich vor Kahlsson auf, »wir suchen uns unsere Kameraden selbst aus!«

Brumsel hinter ihm fing an zu kichern.

Kahlsson saß unbeeindruckt da und schaute zu Friedrich hoch. »Wenn ich nett gefragt hätte, hättet ihr mich dann mitgenommen?«

»Vielleicht«, sagte Friedrich kalt.

»Dann nehmen wir einfach an, ich hätte nett gefragt«, schlug Kahlsson achselzuckend vor. »Wovor habt ihr überhaupt Angst? Dass ich euch nachts überfalle und ausraube oder was? Ich allein? Mit meinen Stummelbeinen?« Und er wackelte mit den Beinen, nur um zu zeigen, wie albern die Idee war.

Friedrich schnappte Brumsel an einem Fuß und zog ihn weg, außerhalb von Kahlssons Hörweite. Dann zischte er: »Was machen wir mit dem Kerl?«

»Ich weiß auch nicht, was er vorhat«, murmelte Brumsel.

»Wächter oder keiner?«, fragte Friedrich.

»Glaube kaum«, erwiderte Brumsel.

»Er hätte bestimmt auch schon von uns gehört, wenn er ein Wächter wäre«, überlegte Friedrich. »Talpa hat wahrscheinlich dafür gesorgt.«

»Kann sein«, murmelte Brumsel. »Jedenfalls sollten wir uns nicht so einfach in die Karten schauen lassen.«

»Brauchen wir ihn denn wirklich oder können wir nicht einfach einen Sprint hinlegen und ihn abhängen?«, fragte Friedrich mit einem Blick über die Schulter. Diese dicke Raupe würde sie sicher nicht einholen.

»Das Dornenreich kenne ich nicht besonders gut«, gab Brumsel widerstrebend zu. »Als ich das letzte Mal durch die Gegend gekommen bin, war der Waldboden noch grün und frisch. Die Dornen haben sich erst in den letzten Jahren ausgebreitet. Die wuchern ja verdammt schnell.«

»Hm.« Friedrich kam ein Gedanke. »Falls die Wächter die Augen nach uns offen halten, dann suchen sie ja nur nach einer Hummel und einem Reiter, oder? Und nicht nach einem Trio. Kahlsson als unbeteiligter Zivilist könnte uns sogar noch als Tarnung dienen.«

Brumsel nickte. »Gute Idee«, sagte er. »Vorausgesetzt, er kommt uns nicht auf die Schliche.«

Und so gingen sie zu Kahlsson zurück und verkündeten, dass sie sich ihm auf dem Weg nach Schwalbenwall anschließen würden (eigentlich war es ja umgekehrt, aber Kahlsson sagte dazu nichts). So beendeten sie ihr Mittagessen und setzten ihren Weg durch die Wilden Wälder fort – immer auf das Dornenreich zu.

8. Kapitel
Valmü

Kahlsson erwies sich als angenehmer Zeitgenosse, der gut schmutzige Witze erzählen konnte und sich selbst von einem Regenguss nicht die Laune verderben ließ. Mit seinem Bock ratterte er über die größeren Äste, während Brumsel darüberflog. Lücken überbrückte er mit waghalsigen Sprüngen. »Was soll ich mir denn brechen?«, fragte er immer wieder. »Ich hab doch keine Knochen!« Wenn es gar nicht anders ging, spannte er einen Faden und ließ sich samt Bock daran hinab auf einen anderen Ast, der bessere Verbindungen zum nächsten Baum versprach.

So ging es weiter nach Norden. Währenddessen saß Friedrich oben auf Brumsels Rücken und kalkulierte. In seinem Notizbuch schrieb er Namen auf und zog Pfeile dazwischen. Ophrys. Clupeus. Brumsel. Ganz an den Rand: die Fee und die Wächter. Er zog Pfeile von einem Namen zum anderen und machte Bemerkungen dazu, aber er konnte keinen Sinn erkennen.

»Was Schweres auf der Seele, Kleiner?«, rief Kahlsson hinauf.

Friedrich nickte konzentriert.

Kahlsson rieb seine Stummelfüße aneinander. »Ich glaube,

ich weiß da was, das euch auf andere Gedanken bringen wird. Oh ja, da fällt mir was ein. Das ist genau die richtige Medizin für euch!«

»Medizin?«, fragte Brumsel misstrauisch.

»Ja! Das wird euch gefallen! Wenn ich mich nicht ganz irre, kommen wir heute Nacht noch beim Herz am Spieß vorbei.«

»Das klingt ja herzallerliebst«, sagte Brumsel.

»Das ist eine Kneipe«, erklärte der Rauperich. »*Letzte Kneipe vor dem Dornenreich*, so steht's über der Tür. Da machen sie Innereien zu essen, na ja, das ist nicht jedermanns Geschmack, aber ... ach, vertraut mir!«

»Das«, murmelte Friedrich, »sagt sich so leicht.« Aber er wünschte sich, sie könnten Kahlsson einfach einweihen. Von Heimlichtuerei und Spionage hatte er die Nase voll.

Das Herz am Spieß erreichten sie erst kurz vor Mitternacht, aber Kahlsson hatte darauf bestanden, dass sie heute unbedingt noch hinmussten. Es lag tatsächlich genau auf der Grenze zum Dornenreich: Vor ihnen begann eine wahre Mauer von Brombeerranken, die bis in die Bäume hinaufkrochen und sich um niedrig hängende Äste wanden. Dunkel und bedrohlich sahen sie im Mondlicht aus.

Direkt vor ihnen allerdings lag der einladende Eingang zu einer Höhle unter der Erde, aus der Licht und Kneipenlärm drangen. Brumsel sah erfreut aus. Als Hummel fühlte er sich unter der Erde sowieso zu Hause.

Allerdings gab es dort unten natürlich keine Fenster; und so kam Friedrich das Herz um ein Vielfaches düsterer vor als die Grüne Grotte. Auch das Klientel war nicht so bunt durchmischt: Es fanden sich viele Spitzmäuse, Mistkäfer und winzige

Wildbienen. In einer Ecke saß ein Dutzend Regenwürmer und alle sogen Limonade durch Strohhalme ein (jeder Strohhalm in einer anderen Farbe) und sprachen kein Wort.

Zum Glück musste man nicht unbedingt Innereien bestellen und so knabberten Friedrich und Brumsel an einigen Honigbroten herum. Nach dem Essen lehnte Kahlsson sich zufrieden zurück und erklärte, er wolle ihnen nun zeigen, weswegen er sie schon den ganzen Tag auf die Folter gespannt hatte. Er stand vom Tisch auf und führte sie in eine kleine Stube hinter dem Schankraum.

Schon beim Eintreten schlug Friedrich ein wohlbekannter Dampf entgegen. »Valmü?«, spottete er. »Darum hast du so ein Tamtam gemacht? Das Zeug kennen wir doch!«

»Aber hast du's auch schon mal geraucht?«, fragte Kahlsson altklug.

»Was soll das bringen?«, fragte Friedrich zurück.

»Gar nichts.« Kahlsson zuckte alle Achseln. »Ich dachte, etwas Entspannung würde euch guttun. Mir isses doch egal, ob ihr auch welches wollt. Aber ich will jetzt ein bisschen in das Land, wo es immer fünf Uhr ist.« Damit robbte er vorwärts in die Valmü-Stube hinein.

Friedrich und Brumsel sahen sich an.

»Schau mich nicht an«, sagte Brumsel schließlich. »Ich bin hier derjenige, der vergessen will. Ich hab eine gute Entschuldigung.«

»Was könnte denn schiefgehen?«, fragte Friedrich vorsichtig.

»Schiefgehen? Was könnte denn noch schlimmer werden als die letzten Tage?«, erwiderte Brumsel und krabbelte hinter Kahlsson her.

Friedrich, den jetzt doch die Neugier gepackt hatte, folgte ihnen. Die Valmü-Stube hatte keine Möbel außer einigen niedrigen Tischen, und darum herum lagen große, runde, verschlissene Kissen. An den Wänden brannten kleine Ölfunzeln und dazwischen hingen zarte, weiße Spitzenvorhänge – oder waren es Spinnweben? Die Luft war erfüllt von Valmü-Nebel. Brumsel und Kahlsson ließen sich sofort neben einem Tisch auf die Kissen plumpsen. In der Mitte des Tisches stand eine große Wasserpfeife und Brumsel sog an dem Mundstück und reichte es dann mit einer geradezu brüderlichen Geste an Kahlsson weiter.

»Na toll«, murmelte Friedrich, »die zwei sind ja schon richtig dicke Freunde.« Er stieg über die Kissen, in denen seine Füße einsanken, und über einige belämmerte Raucher und hockte sich schließlich zu den anderen beiden. Das angebotene Mundstück lehnte er ab. Der Dampf stieg ihm auch so schon genug ins Hirn.

»Wie lange reicht denn so eine Pfeife?«, fragte er, nur um zu wissen, wie lange sie hier noch sitzen würden. Er wollte eigentlich nur ins Bett.

»Wenn sie leer wird, füllen wir nach«, grinste Kahlsson um das Mundstück herum.

Friedrich drehte sich um. Hinter ihm, auf einem Kissen auf einem Schemel, saß ein winziger Sandfloh und rauchte andächtig aus einer noch winzigeren Wasserpfeife. »Aber ihr wollt das doch sicher nicht die ganze Nacht machen.«

Brumsel lächelte selig. »Wieso nicht? Müssen wir uns keine Unterkunft suchen«, brabbelte er und sog die Luft ein. Gleich darauf blies er sie als Rauchring wieder aus. »Keine Angst, wir wissen schon, wann wir genug haben!«

Friedrich war ein bisschen schwindelig. Er merkte, dass er entweder den Raum verlassen oder mitrauchen musste – mit Mundstück oder ohne. Und da er keine Lust hatte, Brumsel mit der fremden Raupe allein zu lassen, blieb er sitzen und versuchte, so wenig wie möglich zu atmen.

»Erzählt doch mal von diesem Dornenreich, so lange ihr noch reden könnt«, forderte er die beiden auf.

»Das Dornenreich«, sagte Kahlsson und blickte zur Decke, »breitet sich unerbittlich aus.«

»So isses«, bestätigte Brumsel. »Es ist feucht und dunkel da. Alles voller Stacheln. Sogar die Blätter. Aber Brombeerblüten! Die mag ich am liebsten.«

»Mit dem Bock isses wie Hürdenlauf«, erklärte Kahlsson. »Immer um die Stacheln rum!«

»Du meinst Sla... Sla... Slalum«, berichtigte ihn Brumsel. »Komm, wir reden von netteren Sachen! Friedrich, nimm einen ... ach nee, du willst ja nich. Schönes Segelschiff! Sehr schönes Segelschiff!« Jetzt redete er wieder mit Kahlsson und deutete auf eine seiner Tätowierungen.

»Ist aus dem Hafen von ... ach, zum Henker, wo war ich da ...« Kahlsson versuchte, sich um sich selbst zu drehen, um seinen eigenen Rücken sehen zu können, und wirkte enttäuscht, als er merkte, dass es nicht funktionieren würde.

Konnte von Kahlsson noch irgendwelche Gefahr ausgehen? Oder spielte er vielleicht nur beduselt? Friedrich beschloss, das auszuprobieren. Brumsel reichte gerade das Mundstück an Kahlsson weiter und Friedrich griff dazwischen und brachte dabei die Pfeife zum Wanken.

Einen Moment lang schwankte sie, dann fiel sie um. Kahlsson und Brumsel griffen wie in Zeitlupe danach. Einige glühende

Kohlen ergossen sich über den Tisch, der aber zum Glück gekachelt war. Fast bis zum Rand rollten sie, dann blieben sie liegen.

»Du Schwachkopf«, fluchte Kahlsson. »Fast hättst du hier die Kissen angezündet!« Mit einer kleinen Kohlezange warf er die Stückchen in die Pfeife zurück – beim dritten Versuch landeten sie auch tatsächlich darin.

»Entschuldigung«, sagte Friedrich und konnte sich das Grinsen nicht verkneifen. »Ich wollte auch mal.«

»Komm, ich zeig dir, wie man Rauchkringel macht!«, rief Brumsel und legte ein Bein um Friedrichs Schulter.

Da Friedrich nun wusste, dass Kahlsson wirklich ziemlich beduselt war, brachte er es leichter über sich, einen Zug zu nehmen. Zuerst schmeckte es nach gar nichts, wie einfacher Wasserdampf. Dann aber nahm er einen leichten Geschmack wahr: nur ganz zart, frisch und irgendwie … irgendwie blaugrün. Das Schwindelgefühl in seinem Kopf verschwand fast augenblicklich und alles wurde wunderschön klar. Allerdings wurde er auch sehr müde. Seine Augendeckel sackten ab und er riss sie wieder weit auf.

Brumsel rief ihm derweil zu, er müsse mit dem Mund ein O formen und mit der Zungenspitze das Loch in den Kringel piken. Friedrich hörte ihm gar nicht zu. Er war sowieso müde, und das Gefühl von bleierner Schwere, das jetzt über ihn kam, war so angenehm. Einfach zurücklehnen, die Augen schließen – er konnte sich nichts Schöneres vorstellen. Er ließ sich nach hinten sinken und wie von selbst fielen seine Augen zu. Mit halbem Ohr hörte er noch, wie die anderen beiden sich über ihn lustig machten, aber das war ihm egal.

Denn in dem Moment, als er seine Augen schloss, gingen sie in seinem Kopf wieder auf. Plötzlich war da alles, was er seit seiner Ankunft in Skarnland erlebt hatte. Der wilde Ritt mit dem Raketenantrieb kam zuerst. Dann Ameisen, Ameisen, so weit das Auge reichte, alle mit einem kleinen Ring an der linken Antenne. Jetzt verwandelten sie sich in die Mitglieder des Kriegsrates und zwischen ihnen lief Clupeus, im Gleichschritt mit allen anderen. Dann Gryndhild die Große mit wehendem, blondem Haar. Als sie sich umdrehte, sah Friedrich, dass es gar nicht Gryndhild war, sondern Ophrys. »Aber ich hab einen Plan«, sagte sie sanft, und Friedrich wunderte sich, da das ja eigentlich Gryndhilds Lieblingsspruch gewesen war, wenn man ihrer Sage glauben durfte.

Plötzlich kamen lautes Knallen und Hämmern, die riesigen Maschinen von Hammerschlag, sich drehende Räder und ein Regen von Ringen. Millionen von Ringen für Millionen von Ameisen. Ameisen mit Ringen. Warum Ringe? Oder warum nicht? Magische Ringe? Magische Ringe mit einem Kopfschmerzzauber? Brumsel hatte davon Kopfweh bekommen. Aber dann sank das Meer von Ringen nach unten weg, und aus ihm hervor stieg Gryndhild die Große auf einem Pferd und in voller Rüstung, und sie trug eine Standarte, von der ein Banner flatterte, weiß mit einem silbernen Schwert und grünem, blühendem Hopfen. Sie schaute Friedrich freundlich an und sagte: »Man soll eine Siegeshymne nie schreiben lassen, bevor man den Krieg gewonnen hat!«

Da fiel Friedrich ein, dass irgendjemand eine Siegeshymne geschrieben hatte. Wer war das noch gewesen? Ach ja, der arme hysterische Schreiber! Der eine Siegeshymne schreiben musste, obwohl der Krieg noch gar nicht angefangen hatte! Sogar noch bevor der Kriegsrat getagt hatte, fiel Friedrich jetzt ein. Und er wunderte sich, wieso alles auf einmal so klar wurde.

Ja, das tut sie.

Ja, das tut sie … Wer hatte diesen Satz gesagt? So nebenbei, dass es Friedrich gar nicht erst aufgefallen war. Aber jetzt zerrte das Valmü diesen Satz aus den Tiefen seines Gehirns hervor.

Ja, das tut sie.

Wer hatte das gesagt? Friedrich fühlte, dass er die Lösung schon fast auf der Zungenspitze hatte, aber er konnte sie nicht greifen. Er wusste nur, dass es mit Rot und mit Gold zu tun hatte. Rot. Gold. Die Farben waberten in seinem Kopf hin und her. Irgendetwas war rot und golden.

Weiß wie Schnee und Silber und all das.

Rot und Gold.

Da lächelte Gryndhild ihm zu und drehte sich weg, und plötzlich – ohne ihr Gesicht zu sehen – wusste Friedrich, dass es jetzt Ophrys war, die er anschaute.

»Du hast die falsche Flagge«, wollte er rufen, aber die Worte blieben ihm im Hals stecken. Die Rüstung. Es war die Rüstung. Die Flagge und die Rüstung. Die Rüstung passte ihr wirklich wie angegossen.

Ja, das tat sie.

Da wusste Friedrich, wieso ihm der Satz in den Kopf kam.

Und dann teilte sich die Rüstung mit der blonden Frau darin in zwei, eine Ophrys und eine Gryndhild, und Ophrys wurde immer kleiner und Gryndhild immer größer. Bald füllte Gryndhild das ganze Sichtfeld und Ophrys war nur noch ein kleiner Punkt in der Ferne. Und irgendwann verschwand sie ganz und Gryndhilds kühles, ernstes Gesicht füllte alles aus.

Dann plötzlich sah Friedrich, dass es nur eine Maske war, festgebunden mit Bindfäden. Sie verblasste, und dahinter sah Friedrich die Grüne Grotte, und alle Gäste schienen zugleich aus dem Fenster geworfen zu werden. Die Luft war erfüllt von Surren und Brummen. Gryllo Talpa flog dazwischen und beteuerte lautstark seine Unschuld.

Die Fenster schienen auf Friedrich zuzukommen, und dann flog er durch, in die Grüne Grotte hinein, durch die Gänge, vorbei an Erde und Wurzeln bis zur Bar und dort war über der grün lackierten Bühne ein roter Samtvorhang heruntergelassen worden.

Komisch, dachte Friedrich, was macht denn so ein schicker Vorhang in so einer urigen Kneipe? Aber dann stieg Elsbeth ächzend auf die Bühne, mit ihrem Bauchladen und allem, und baute sich oben auf. »Hochverehrtes Publikum«, krächzte sie, »heute Abend servieren wir Ihnen eine ganz besondere Vorführung: den Großen Krieg von Skarnland! In der Hauptrolle die reizende Königin Ophrys!«

Sie verbeugte sich und ging von der Bühne und der Vorhang schwang auf, aber statt der kleinen Bühne der Grünen Grotte befand sich dahinter plötzlich eine weite, schwarze Bühne mit Fackeln, so groß wie in einem Opernhaus.

Und da, in der Mitte, stand ganz klein Ophrys, in Gryndhilds Rüstung, elegant gegen ihre Standarte gelehnt, und von dieser flatterte ihr rotes Banner mit der goldenen Sonne. Sie schaute Friedrich geradewegs in die Augen, und dann sagte sie: »Ich habe mir wirklich ein ganz schönes Theater für euch einfallen lassen, nicht wahr?«

Und während sie ein Parfümfläschchen aus der Tasche zog und sich hinter den Ohren beträufelte, wusste Friedrich plötzlich alles – oder fast alles. Wut kochte in ihm hoch über diese skrupellose Frau und er brüllte los: »Theater! Es ist alles nur Theater! Alles nur fauler Zauber! Nichts davon ist echt!«

»Jaja«, sagte Ophrys gelangweilt, und ihre Stimme hörte sich komisch an.

»Alles nur Theater!«, schrie Friedrich weiter.

»Jaja, jetzt geh weg, damit ich hier putzen kann«, sagte Ophrys und hörte sich noch komischer an.

»Ich spiele nicht mit in deinem Stück, dass du's nur weißt!«, empörte Friedrich sich lautstark. Da traf ihn ein Wasserschwall. Die Welt wurde leer und grau, sein Schädel drückte – und ihm wurde klar, dass alles nur ein Traum gewesen war.

Über ihm stand eine Stinkwanze und schaute mit stumpfem Blick auf ihn herunter. »Aufwachen, Freund. Kehraus. Entweder du nimmst dir ein Bett oder du verschwindest!«

Friedrich blinzelte. Wo war Brumsel? Und Kahlsson? Als er sich aufsetzte, sah er die beiden. Sie lagen um den Tisch herum und waren offensichtlich in einer noch schlimmeren Verfassung als er.

»Mwie spät is'?«, lallte er.

»Halb sechs Uhr morgens«, gab die Wanze ihm bereitwillig Auskunft.

Friedrich krabbelte auf seine Füße und begann, Brumsel zu schütteln. Sein Kopf floss über vor lauter Gedanken. Das Fünf-Uhr-Koma hatte seine Wirkung getan.

Brumsel ließ sich erst mit mehreren Ohrfeigen wecken, aber für Feinfühligkeit hatte Friedrich jetzt keine Zeit. Kahlsson, den die Wanze mit dem Besen schubste, rollte sich mühevoll auf den Bauch und fing an davonzukriechen.

»Brumsel!«, rief Friedrich. »Ich glaube, jetzt verstehe ich alles!«

»Das ist schön«, wimmerte Brumsel. »Dann ergänzen wir uns ja. Ich verstehe nämlich überhaupt nichts.«

Friedrich sah sich um. »Wir brauchen eine ruhige Ecke, wo wir reden können«, sagte er entschlossen und wandte sich an die Wanze. »Wo geht's denn hier nach draußen?«

»Oben«, sagte die Wanze, als hielte sie ihn für völlig bescheuert.

»Los, komm!« Friedrich zog Brumsel hinter sich her. Ein völlig verwirrter Kahlsson robbte ihnen nach, so schnell er konnte.

Der Schankraum war schon besenrein. Die letzten Betrunkenen lagen vor der Tür (ebenfalls hinausgefegt) und die drei mussten über sie drübersteigen.

»Wieso hast du mich nicht vom Valmü-Rauchen abgehalten?«, jammerte Brumsel. »Es ist stinkgefährlich, in so einer Kneipe wie dieser einfach umzukippen!«

»Ich hab dich gefragt, was passieren könnte«, verteidigte sich Friedrich, »und du hast gesagt, es könnte eh nichts Schlimmeres mehr passieren als das, was schon passiert ist!«

»Ja, aber das hab ich doch nur so dahingesagt!«, raunzte Brumsel.

»Jetzt sei still und hör mir zu!«, fuhr Friedrich ihn an.

Draußen war es halb dunkel und kühl. Die letzten Glühwürmchen waren schon zu Bett gegangen und die Vögel hatten mit ihrem üblichen Morgenkonzert begonnen. Friedrich ließ Brumsel auf einen Stein fallen und hockte sich vor ihn hin.

»Also. Ich hatte einen Fünf-Uhr-Traum, und jetzt weiß ich, warum Ophrys das tut, was sie tut.«

»Nicht so laut«, lallte Brumsel, viel lauter als Friedrich, »und nicht vor dem da!« Er deutete mit zittrigen Füßen auf Kahlsson.

»Das ist jetzt egal!«, rief Friedrich ungeduldig. »Ophrys will sein wie Gryndhild!«

»Wer nicht?«, seufzte Brumsel.

»Nein! Nein, ich meine, sie will wirklich *genau* so sein wie Gryndhild!« Friedrich ruderte mit den Armen. »Sie hat ihre Rüstung anprobiert, sie wollte Gryndhilds Banner benutzen und sie hat schon Leute für ihre eigene Sage bezahlt!«

Brumsel starrte ihn an und eins seiner Augen zuckte.

Friedrich begann noch einmal. »Ich glaube, dass Ophrys den Krieg mit Nordwärts nur vom Zaun brechen will, damit sie sich als Heldin aufspielen kann. Wer erinnert sich schon an Könige, die ihr Land in Friedenszeiten regiert haben? Stoff für Bücher und Sagen liefern doch nur Schlachten und Monster.«

»Moment«, winkte Brumsel ab und rieb sich den Kopf. »Hast du grade gesagt … hast du gesagt, Ophrys hat Gryndhilds Rüstung anprobiert?«

»Ja! Das hat sie sogar selbst gesagt, bevor wir aus Weißfels abgeflogen sind! Sie hat gesagt, die Rüstung passt ihr! Erinnerst du dich nicht?«

»Nee.«

»Hat sie aber.«

»Gryndhilds Rüstung? Unmöglich! Das ist eine Reliquie! Die liegt in einer goldenen Vitrine in der Schatzkammer vom Schloss in Weißfels!« Brumsel saß ratlos auf seinem Ast. »Das wäre ja praktisch Frevel, sie einfach mal zum Spaß anzuziehen!«

»Das ist es ja, es ist gar kein Spaß!« Friedrich haute mit der Faust in seine Handfläche. »Sie will es wirklich machen – die Rüstung anziehen und in den Krieg reiten! Nur, dass es kein echter Krieg ist, weil die Ameisen die ganze Drecksarbeit erledigen. Sie gibt nur die strahlende Heldin, wenn die größte Gefahr vorbei ist, mit Banner und allem.«

»Das wäre ja absolut infam«, murmelte Brumsel. »Du meinst ... sie baut sich einen Krieg, damit sie so sein kann wie Gryndhild? Aber das ist doch absurd! Nein, das glaube ich nicht! Das wäre ja purer Wahnsinn!«

»Das Ganze ist eine Inszenierung. Ein Theaterstück. So wie sie uns losgeschickt hat, aber das Ende zu unserer Mission schon geschrieben war. So ist es mit allem. Nordwärts wird überrannt von Ameisen, und Ophrys wird die Heldin, die die Gefahr abgewendet hat. Weißt du noch, warum sie dich losgeschickt hat, um mich zu holen? Weil ihre Seher ihr prophezeit haben, dass Südwärts Gefahr droht. Aber diese Seher kann sie doch genauso bezahlt haben, ihr nach dem Mund zu reden, wie sie es mit dem Schreiberling gemacht hat, der ihre Sage schreiben sollte!«

Brumsel starrte vor sich hin. »Was für ein Schreiberling? Davon hast du mir gar nichts erzählt!«

»Doch, hab ich schon«, winkte Friedrich ab. »Nur du hast mir nicht zugehört!«

Brumsel richtete sich langsam auf. »Nehmen wir mal an, dass du recht hast. Nur für einen Moment. Dann ... dann würde Ophrys ziemlich sicher den Krieg gewinnen. Und damit wäre sie die Herrscherin über Südwärts und Nordwärts. Die beiden Länder sind ja auseinandergebrochen, Jahre nachdem Gryndhild nicht mehr auf dem Thron war. Wenn Ophrys' Ameisen Nordwärts überrennen, dann steht sie in der Geschichte da als die Königin, die beide Länder wieder vereinigt hat!«

»Besonders, wenn sie die Geschichtsschreiber bezahlt«, setzte Friedrich grimmig hinzu.

Kahlsson, der die ganze Zeit mit offenem Mund neben ihnen gesessen hatte, fing an zu jammern. »War ich jemand anders, als ich gestern Abend eingeschlafen bin, oder habt ihr da auch schon so wirres Zeug geredet und ich hab es nur nicht gemerkt?«

Friedrich und Brumsel sahen sich an.

»Na, ein Wächter ist der jedenfalls nicht«, sagte Friedrich, »das ist ziemlich offensichtlich.«

Und um Kahlsson nicht weiter zu quälen, erzählten Friedrich und Brumsel ihre Geschichte, angefangen mit Friedrichs Entführung übers Meer und weiter über ihre erste Reise nach Nordwärts bis zu Ophrys' Verrat. Kahlsson starrte mit offenem Mund von Brumsel zu Friedrich und wieder zurück. Zwischendurch rief er immer wieder: »Nicht zu fassen!« oder »Da brat mit einer einen Storch!«, und fasste sich an den Kopf.

Währenddessen stieg die Sonne zwischen den Bäumen auf und es wurde etwas wärmer. In ihren Köpfen lichtete sich der Valmü-Nebel.

»Mann, ich hätte was dafür gegeben, dabei gewesen zu sein!«, gurgelte Karl Kahlsson und glotzte sie mit großen Augen an.

»Nee«, sagte Friedrich. »Hättest du nicht. Es war furchtbar.«

»Ihr seid also im Untergrund! Flüchtlinge! Märtyrer für eine gute Sache!«

»Märtyrer für eine Geschichte, die keinen Sinn macht«, berichtigte Brumsel.

»Ich werde euch helfen!«, versprach Kahlsson und drückte mit je einem Bein Friedrichs Hand und mit einem anderen Brumsels Fuß. »Auf mich könnt ihr euch verlassen! Was ist der Plan?«

»Wir haben keinen Plan«, sagte Brumsel. »Wir wollen erst mal nicht sterben, deshalb fliehen wir nach Norden. Wo wir hoffentlich sicher sind – falls jemand Ophrys einen Strich durch die Rechnung macht. Wenn Nordwärts wirklich überrannt wird, sind wir nirgendwo sicher.«

Kahlsson zog seine Stirn in Falten. »Ich weiß ja auch nicht, was man da machen kann. Aber eins weiß ich: Wenn ich mich verpuppe, dann will ich sagen können: Ich bereue nichts! Und wenn ich euch allein gehen lassen würde, würde ich das für immer bereuen. Ich komme mit euch! Keine Widerrede.«

»Das wird kein Spaß«, warnte Brumsel.

»Es ist mir auch todernst!«, erklärte Kahlsson. »Und außerdem will ich gern ein Andenken an euch!«

»Was denn für ein Andenken?«, fragte Friedrich vorsichtig.

Kahlsson schob sich hinüber zu seinem Bock, schlug eine Ledertasche auf, die dort am Sattel hing, und zog ein kleines, metallisches Pistölchen heraus. »Hierhin, siehst du?« Er tippte auf eine Stelle an seiner Seite, die noch nicht mit einer Tätowierung bedeckt war.

»Ich ... wir ... wir sollen dich tätowieren?«, fragte Friedrich fassungslos.

»Wenn du dich traust«, sagte Kahlsson sanft.

Friedrich, der sich beim Spießigsein ertappt fühlte und sich darüber ärgerte, kniff die Lippen zusammen. »Natürlich trau ich mich! Wenn es hässlich wird, musst du doch damit rumlaufen, nicht ich!«

»Ob schön oder hässlich, ist doch ganz egal«, sagte Kahlsson. »Ihr seid ein Teil von meiner Geschichte, den ich nicht mehr vergessen möchte!«

»Das hat ja alles noch Zeit«, wandte Brumsel ein und raffte sich auf. »Lasst uns erst mal ein Stück Weg zurücklegen. Ich fühl mich wohler, wenn wir im Dornenreich sind.«

Und so bespritzten sie sich mit dem eiskalten Tau von den

Brombeerblättern, um noch etwas wacher zu werden, und tauchten ein in das Dickicht des Dornenreichs.

Eine besonders imposante Gruppe bildeten sie nicht: Kahlssons Bock schlingerte über die Ranken und darüber summte Brumsel im Tiefflug und sackte immer wieder ab. Friedrich mit seinem hämmernden Schädel hätte gern etwas geschlafen, aber er konnte nicht. Außerdem machten sich die anderen beiden über ihn lustig, weil ein einziger Zug aus der Wasserpfeife ihn ins Fünf-Uhr-Koma versetzt hatte. Immerhin, bei ihm hatte es auch die stärkste Wirkung gezeigt; aber die Tatsache blieb bestehen, dass er jetzt als das Küken dastand, das nichts vertragen konnte.

Dunkel und feucht war es im Dornenreich. Auf dem laubigen Boden huschten Wühlmäuse und Käfer herum. Zwischen den Ranken hingen Spinnennetze, wie Friedrich sie noch nie gesehen hatte: dicht gewebt, fast wie Stoff, und trichterförmig statt ausgebreitet. Tautropfen klebten darin und glitzerten in der Morgensonne. Weit über ihnen ragten die Baumkronen in den Himmel, aber hier unten war man in einer ganz anderen Welt.

Nach einer Weile erlahmten ihre Gespräche – die drei waren viel zu müde zum Reden. Wirklich geschlafen hatten sie ja nicht. Gegen Mittag rasteten sie in der Sonne auf einem abgebrochenen Baumstumpf und aßen etwas, und dann drängelte Kahlsson, er wolle jetzt endlich seine neue Tätowierung haben. Er hatte sogar schon eine Stelle auf seinem Bauch dafür auserkoren.

»Du kannst uns beide da hinmalen«, schlug Brumsel Friedrich vor. »Ich würde auch gern was malen, aber ich habe ja keine Daumen.«

»Au ja! Die Goldfarbe ist ganz unten in der Tasche!«, erklärte Kahlsson.

Eine Stunde später hatte Kahlsson seine neue Verzierung. Friedrich hatte sein Bestes gegeben. Leider war es nur eine kleine, krakelige Figur von einer goldenen Hummel mit einem kleinen Männchen im blauen Anzug darauf, aber Kahlsson betrachtete sie immer wieder begeistert.

Sie zogen bis zum frühen Abend weiter und legten eine vorgezogene Nachtruhe ein. Am Ende des Tages waren sie schon wie alte Freunde, und insgeheim waren Brumsel und Friedrich froh, dass sie Kahlsson ihre Geschichte erzählt hatten. Zusammen lauschten die drei Reisenden den Schnakenchören, die über ihnen in der Abenddämmerung sangen, und schliefen schließlich erschöpft ein.

Am nächsten Tag, gegen Mittag, kamen sie zu einer alten Eiche, die vom Blitz gespalten war. Von oben bis unten war sie ausgehöhlt und durchlöchert, und in allen Löchern gab es Geschäfte und Lädchen, von der Wahrsagerin bis zum Gemüsefachhandel. Hier stockten sie ihre Vorräte auf und kauften eine genaue Karte von Nordwärts, da das Dornenreich sich in den letzten Jahren sehr verändert hatte. Vor dem Weiterfliegen gönnten sie sich noch etwas Kuchen und Tee in einer Teestube. Sie setzten sich an das Balkongeländer, von dem aus man den Wald weit überblicken konnte, tranken aus Kupfertassen und schauten zufrieden dem Treiben unten auf dem Boden und in den Dornenranken zu (und Kahlsson schielte auf die Kellnerin, eine attraktive Apfelspinnerraupe). Da sah Friedrich etwas so Unglaubliches, dass er sich die Augen reiben musste.

Von einem Moment auf den anderen wurde der Waldboden von einer schwarzen, glänzenden Flut überzogen. Wie eine ölige Flüssigkeit zog sie sich dahin, über das Laub und über die Ranken, immer höher und immer weiter. Friedrich blinzelte und beugte sich über das Geländer, und dann sah er, dass es Ameisen waren. Unzählige von ihnen krabbelten über den Waldboden und auf den Brombeerranken, sodass man den Boden überhaupt nicht mehr sehen konnte.

»Ameisen«, sagte Friedrich mit belegter Stimme. »Da unten sind Ameisen. Sehr viele. Glaubst du, sie sind hinter uns her?«

Brumsel warf sich hinter dem Geländer in Deckung und linste nach unten. »Nee«, sagte er. »Die interessieren sich für gar nichts, siehst du? Die wollen nur vorwärts.«

Tatsächlich strebte die schwarze Masse unaufhaltsam weiter, um den gespaltenen Baumstamm herum und mitten hindurch, aber keine einzige Ameise drehte auch nur den Kopf und sah sich um. Alle schauten starr geradeaus.

»Vielleicht sind es nur harmlose Ameisen, die gar nichts mit Clupeus zu tun haben«, flüsterte Friedrich.

Kahlsson, der neben ihnen stand, hielt sich am Geländer fest und sagte leise, aber mit Grausen in der Stimme: »Seht ihr das? Die Biester laufen Gleichschritt!«

Friedrich verstand nicht, warum Kahlsson sich plötzlich so komisch anhörte. »Na und? Gleichschritt?«

»Ameisen laufen nicht im Gleichschritt«, erwiderte Kahlsson scharf. »Niemals. Ameisen verteilen ihre Schritte, sodass sie keinen Rhythmus auf die Erde stampfen.«

Und jetzt konnte Friedrich es auch hören. Ein leichtes Trumm, Trumm, Trumm, und es wurde immer stärker, je breiter die Masse vorbeifloss. Friedrich begann es zu grausen. Er verstand zwar nicht genau, warum, aber das hier war nicht so, wie es sein sollte, und es war furchteinflößend.

»Sie wandern nach Norden, um ihre Stellung für den großen Angriff einzunehmen«, flüsterte Brumsel ihnen zu. »Clupeus wird sie irgendwo sammeln, wo sie leicht von oben das Land überrennen können. Von Südwärts aus kommen dann Ophrys' Armeen.«

Ob sie alle Clupeus' Abzeichenringe trugen? Vielleicht sogar genau dieselben, die sie in Hammerschlag gesehen hatten? Friedrich ertappte sich dabei, wie er sich auf die Fingerknöchel biss. Ihm kam eine Idee, von der er jetzt schon wusste, dass Brumsel sie nicht gut finden würde. »Vielleicht wüsste die Weiße Fee, was man gegen diese Ameisen tun kann«, sagte er halblaut.

»Red keinen Blödsinn!«, fuhr Brumsel ihn an. »Gegen Ophrys und ihre Armeen ist die Weiße Fee nur eine irre Tante, die im Wald sitzt und ihre Pfadfinder auf Schnitzeljagd schickt! Glaub mir, die kann diesen Armeen da unten nichts entgegenstellen!« Er regte sich wieder etwas ab und sprach leiser. »Ameisen sind zwar nicht groß, aber sie sind ziemlich unkaputtbar – ausgezeichnete Panzerung und außerdem verspritzen sie Säure! Eine allein kann dich zwar nicht niederringen, aber drei oder vier schon. Und sie hören auch nicht auf, wenn sie müde sind. Ameisen machen weiter, bis sie gewonnen haben oder tot zusammenbrechen. So sind sie halt. Mit ein paar Millionen von ihnen kann man durchaus Nordwärts überrennen.«

»Was sind das bloß für Ameisen?«, murmelte Kahlsson. »Sie laufen Gleichschritt und sie ziehen für jemand anders in den Krieg!«

Unter ihnen zog die schwarze Flut unbeirrt weiter. Nicht zum ersten Mal wünschte Friedrich sich nach Hause zurück. Dieses Land war ihm unheimlich.

Da begann ein surrender Singsang, von der Flut aufzusteigen.

Das Geräusch zog sich von einem Ende der schwarzen Masse bis zum anderen, ein riesengroßes und weites und monotones Summen.

Bald merkte Friedrich, dass darin Wörter zu erkennen waren, und er hörte genauer hin. Die Ameisen skandierten immer wieder dieselben Reime im Takt ihres Gleichschritts und so klang ihr Lied:

Eins, zwei, drei, vier,
wir sind viele, wir sind hier.

Fünf, alleine sind wir keins.
Sechs, zusammen sind wir eins.

Sieben, acht, neun, zehn,
nichts kann gegen uns bestehn.

Ganz egal, wohin es geht,
niemand stellt sich in den Weg.

Friedrich hatte eine Gänsehaut. Brumsel neben ihm schien es nicht besser zu gehen, obwohl er natürlich keine Gänsehaut kriegen konnte: Er klammerte sich mit vier Füßen am Geländer fest und bleckte die Mandibeln, im Gesicht einen Ausdruck von Ekel.

»So was hab ich noch nie gesehen«, hauchte Kahlsson. »Träum ich? Wenn ja, dann will ich bitte, dass mich einer kneift, denn das ist ein bescheuerter Traum!«

»Im Chor singen tun Ameisen wohl normalerweise auch nicht?«, fragte Friedrich, der die Augen immer noch nicht von den tausenden von schwarzen Panzern abwenden konnte, die tief unter ihnen vorbeizogen.

»Nee«, sagte Brumsel und atmete schwer. »Was hat Clupeus da ausgebrütet? Das ist einfach nur widerlich!«

»Aber wenn du doch sagst, dass er ihren Verstand mit Magie nicht kontrollieren kann«, flüsterte Friedrich, »wie kriegt er sie dann dazu, solche Sachen zu machen?«

»Ich weiß nicht, wie er das macht«, schnaubte Brumsel und schüttelte sich. »Ich weiß nur, dass ich hier keine Minute länger bleiben will. Lass uns schnell bezahlen und dann von hier verschwinden!«

Das taten sie, und dann verließen sie den Baum durch eine unterirdische Lorenbahn, die sie ein paar Stunden lang weiter nach Norden brachte. Zwar war die Bahn so schrecklich langsam, dass sie zu Fuß schneller gewesen wären, aber wenigstens waren die Ameisen längst außer Sichtweite, als sie am Abend wieder das Tageslicht erblickten. Noch unter der Erde hatten sie das Gefühl gehabt, die Schritte von Millionen von Ameisenfüßen über sich zu hören, die im Gleichschritt marschierten.

9. Kapitel
Drei Eulen, drei Raupen und eine Entdeckung

Zwei Tage lang zogen sie weiter nach Norden. Hornissen und Wespen bekamen sie im Dornenreich nicht ein einziges Mal zu sehen, und bald fühlten sie sich so sicher, dass Brumsel sich kaum noch die Mühe machte, seine goldenen Streifen zu verdecken. Die Ameisen sahen sie auch nicht mehr – aber wann immer sie irgendwelche Einheimischen fragten, bekamen sie zu hören, dass solche Massen von Ameisen des Öfteren hier vorbeigekommen waren, seit das Jahr begonnen hatte.

Am dritten Tag nach der unheimlichen Begegnung begann Kahlssons Bock, beunruhigende Geräusche zu machen, und daraufhin begann auch Kahlsson, beunruhigende Geräusche zu machen, und sagte, er müsse dringend eine Werkstatt aufsuchen. »Zum Glück kenne ich eine, die ist nur ein paar Stunden weg«, sagte er, »der Bock muss bloß so lange durchhalten.«

Die letzte halbe Stunde musste Kahlsson schieben und Brumsel und Friedrich flogen über ihm Kreise. Er war ja auch schrecklich langsam zu Fuß, wie Raupen es nun mal sind. Als sie die kleine Siedlung erreichten, in der sich die Werkstatt befand, dunkelte es schon. Brumsel bestand darauf, schlafen zu gehen, aber Friedrich wollte doch noch mit zur Werkstatt. Er war gespannt, wie dieser Bock wohl funktionierte.

Kahlsson führte ihn zu den Wurzeln eines großen Baumes. Darunter waren zahlreiche Fahrzeuge aller Art geparkt; einige standen defekt oder verbeult herum, an anderen wurde geschraubt. Ein halbes Dutzend Mechaniker war trotz der späten Stunde noch zugange. Kahlsson schob seinen Bock mitten zwischen sie.

»Grüß dich«, sagte ein Mechaniker und nickte Kahlsson zu. »Biste auch mal wieder in der Gegend? Was kaputt an deinem Bock?«

»Nee, ich hatte nur Sehnsucht nach dir«, sagte Kahlsson trocken. »Ich will gern selbst mal einen Blick in die Kiste werfen. Vielleicht kriege ich es ja allein hin.«

»Nur zu, du weißt ja, wo alles ist«, sagte der Mechaniker und schraubte weiter.

Kahlsson suchte sich eine freie Stelle mit einer kleinen Hebebühne und schleppte einen Werkzeugkasten heran. »Die überlassen einem für ein paar Klicker den Arbeitsplatz und das Werkzeug«, erklärte er Friedrich, ohne dass Friedrich gefragt hätte, »und wenn ich es selbst hinkriege, kostet es viel weniger, als wenn sie es reparieren müssen.« Dann ließ er Friedrich stehen und vergrub sich im Motor seiner Maschine.

Friedrich störte das aber nicht. Er fand sich gerade in einer enorm interessanten Umgebung wieder, und all diese Maschinen weckten seine Neugier. Er wollte unbedingt herausfinden, wie sie funktionierten. Da aber niemand Muße zu haben schien, ihm Sachen zu erklären, schlich er allein um die Maschinen herum und reimte sich zusammen, welches Rädchen und welcher Hebel in welcher Bewegung eingesetzt wurden und wie sie zusammenspielten. Eine Weile lang klappte das ganz gut: Friedrich begutachtete Einzelteile, ganze Räderwerke, Pumpen und Kettenzüge. Einige waren so groß wie ein Haus, andere so klein wie ein Uhrwerk. Manche standen und lagen offen auf Werkbänken herum, andere konnte er nur durch Klappen in großen Maschinen betrachten. Und dabei hatte er das Gefühl, dass er jede Minute schlauer wurde.

»Na, kann man dir helfen?«, fragte ein Käfer, der an einem Kolben herumzerrte.

Friedrich schüttelte den Kopf. »Ich schau mich nur um und versuche zu lernen, wie alles funktioniert.«

»Du hast nichts zum Reparieren?«

»Ich warte nur.« Friedrich spähte in einen Radkasten.

»Wenn du dich langweilst«, sagte der Käfer, »da drüben steht eine große Kiste mit Reststücken. Damit kannst du basteln, die werden sowieso eingeschmolzen.«

Friedrich schlenderte zu der Kiste hinüber. Zerbrochene und verbogene Teile lagen darin herum, Schrauben mit ausgerissenem Gewinde, Drähte und Stifte. Friedrich begann mit vagem Interesse zu stöbern.

Vier Stunden später fand Kahlsson ihn dort, mit glühenden Wangen und umgeben von einem halben Dutzend kleiner Gerätschaften aus Abfalleisen. So versunken war Friedrich, dass er Kahlsson erst bemerkte, als der sich räusperte.

»Ich wär dann fertig mit dem Bock«, sagte Kahlsson und wischte sich mit einem Lappen ein Fußpaar nach dem anderen ab.

»Oh, Kahlsson, schau mal hier, das muss ich dir zeigen«, plapperte Friedrich begeistert und hielt eines seiner Machwerke in die Höhe. »Du kurbelst hier und die zwei kleinen Platten da kommen zusammen und gehen wieder auseinander! Genial, nicht?«

»Sehr nützlich«, sagte Kahlsson trocken. »Zusammen und wieder auseinander. Kann man immer brauchen.«

»Jaja, mir fällt jetzt auch nichts ein, wofür man es brauchen kann«, gab Friedrich zu, »aber irgendwann kommt vielleicht jemand, der sucht genau so etwas!«

»Es ist nach Mitternacht«, sagte Kahlsson, »wollen wir vielleicht schlafen gehen?«

»Halt, eins noch!« Friedrich hielt Kahlsson ein weiteres Gebilde vor die Nase. »Ein Flaschenhalter für deinen Bock. Hab ich für dich gebaut.«

»Oh, danke«, freute sich Kahlsson, und diesmal war er wirklich angetan. »Den kann ich an den Lenker schrauben.«

Und nun nahm Friedrich brav hinter Kahlsson auf dem Bock Platz, und sie fuhren zu der kleinen Herberge, wo Brumsel bereits in einem Loch in der Wand schnarchte. Friedrich konnte sehr lange nicht schlafen, denn so viele Ideen spukten ihm im Kopf herum. Aber irgendwann wurde er doch von Müdigkeit übermannt und schlief ein, und als die Sonne aufging, zogen sie weiter nach Schwalbenwall.

Einen weiteren Tag dauerte es noch und die Dornen begannen sich merklich zu lichten. Brumsel und Friedrich flogen über der Straße, und mit der Zeit merkten sie, dass es dort unten immer voller wurde. Leute jeder Haut-, Fell- und Panzerfarbe strömten unter ihnen vorbei und kletterten den steinigen Pfad hinauf, der sich immer höher am waldigen Berghang entlangwand. Kahlsson ratterte froh auf seinem Bock dahin, aber weil er bergauf fahren musste, war er viel langsamer als sonst. Wäre er nicht gewesen, hätten sie Schwalbenwall innerhalb weniger Stunden erreicht. Da sie sich aber an sein Tempo anpassten und mit der Menge mitzogen, brauchten sie einen ganzen Tag und den größten Teil eines Vormittages, bis sie den Jahrmarkt sehen konnten.

Schwalbenwall war in das Halbrund eines Steilhanges hineingebaut worden. Die hellen Sandsteinhänge ragten weit über die Baumkronen im Tal hinaus. Tatsächlich nisteten in den höheren Lagen zahllose Schwalben und Mauersegler und unter den Baumkronen standen Häuser und Türmchen.

Zwar gab es dort unten auch zartes, grünes Gras und hübsche Moospolster, aber davon sah man nur noch wenig. Zelte und Wagen bedeckten fast alle verfügbaren Flächen und dazwischen hingen bunte Girlanden und Lampions. Auch in den Bäumen und an den Hängen entlang waren Zelte aufgestellt oder aufgehängt und Buden errichtet worden und über Hängebrücken und Strickleitern zu erreichen. Hier und da gab es auch Bühnen, auf denen Musiker vor sich hin fiedelten, und Akrobaten liefen jonglierend oder auf Stelzen zwischen den Zelten hin und her.

Friedrich, Brumsel und Kahlsson erreichten Schwalbenwall vom oberen Rand aus. Völlig überwältigt starrte Friedrich auf den Abgrund hinunter, der sich vor ihm auftat. So weit das Auge reichte, herrschte ein wahnsinniges Gewusel.

»Ist das groß!«, stammelte er.

Brumsel war auch überrascht, aber er bemühte sich sehr, es nicht zu zeigen. »Na ja«, sagte er, »dann gehen wir mal hin!«

»Och, geht ihr ruhig schon vor«, sagte Kahlsson. »Ich lass den Bock hier stehen und seil mich ab.«

Und so stürzten Friedrich und Brumsel sich hinunter ins Gewühl.

»Da ist ein Kettenkarussell!«, schrie Friedrich, als sie durch die Baumkronen auf den Waldboden zusteuerten. »Ich will Kettenkarussell fahren! Können wir dahin?«

»Hab ich noch nie gemacht! Wie ist das so?«, rief Brumsel zurück.

»Wie fliegen!«

»Hä?«, sagte Brumsel verwundert. »Was soll denn daran so toll sein?«

Aber dann fuhr er doch mit dem Kettenkarussell mit und jubelte genauso laut wie alle anderen. Nachdem sie schätzungsweise zehn Runden gefahren waren, stiegen sie aus und suchten sich die nächste Vergnügung. Alles war bunt und fremd und roch aufregend. Dann kamen sie an einem großen Plakat vorbei, das an einer Bude hing.

»Nein, da brat mir einer einen Storch!«, rief Brumsel aus und stürzte sich begeistert auf das Plakat. »Siehst du das, Friedrich? Die Oilinis singen heute Abend hier auf dem Fest!«

»Die wer?«

»Du kennst die Oilinis nicht? Unter welchem Stein bist du denn aufgewachsen ... oh, natürlich, klar. Die Oilinis ...«, erklärte Brumsel und zog Friedrich auf die Seite, damit sie den Besucherstrom nicht aufhielten, »... sind drei schrecklich berühmte Opernsängerinnen. Schwestern, genauer gesagt. Ich habe sie schon mal an Ophrys' Hof gehört, die sind wirklich fantastisch. Die hören wir uns an! Und als krönenden Abschluss gibt's ein Feuerwerk, oh Mann, was für ein Tag!«

Friedrichs Freude hielt sich in Grenzen – schließlich machte er sich nicht viel aus Oper –, aber er war entschlossen, sich zu amüsieren. Und damit machten sie gleich weiter. Zuerst gingen sie an eine Bude zum Dosenwerfen, danach fuhren sie Schiffschaukel, dann liehen sie sich Stelzen aus und versuchten, darauf zu laufen (Brumsel auf gleich drei Paar Stelzen), und als sie damit fertig waren, mussten sie sich erst einmal ausruhen von so viel Spaß.

Deshalb schlenderten sie zwischen den Ständen herum, an denen Waren angeboten wurden. Es gab die unglaublichsten, fremdländischsten Sachen: Klamotten und Schmuck für alle Sorten von Kreaturen, Räucherstäbchen, komische Sandalen, Bücher, Laternen, Bilder, Geräte und Geschirr und vieles mehr. Außerdem drang fast überall, wo man sich auf dem Jahrmarkt bewegte, von irgendwoher Musik ans Ohr, denn an zahlreichen Ecken wurde gefiedelt oder geschrammelt oder Tuba gespielt. Friedrich versuchte, alle diese wunderbaren Sachen in sein Gedächtnis aufzusaugen, als wäre es ein Schwamm, aber er wusste, dass er das meiste wieder vergessen würde, und das machte ihn traurig. Wenn irgendwann irgendwie alles gut werden und er nach Hause zurückkehren würde, könnte er ja dann nie mehr zum Jahrmarkt nach Schwalbenwall kommen.

Sie hatten fast die ganze Verkaufsmeile durchmessen und es dunkelte schon; die Sterne waren zu sehen, und obwohl der Jahrmarkt überall von Fackeln und Lampions und Gaslämpchen erhellt war, war der Himmel schwarz, und die Sterne glitzerten wie Diamantstaub auf schwarzem Samt.

»Es ist so schön hier«, seufzte Friedrich.

»Ja, auch wenn man alles nur anguckt und gar nichts kauft«, sagte Brumsel zufrieden. »Hätt ich eine Hummelkönigin, würde ich ihr aber einen Antennenring mitbringen. Oder ein schönes Fußband. Oder einen Schal, so einen wie den hier!« Er zupfte begeistert an einem hauchdünnen, rosa Tuch, das mit vielen anderen auf einer Leine hing. »Oder schau mal hier, das schöne Pergament!«

»Ja, aber ganz schön teuer«, meinte Friedrich. »Kann es sein, dass wir uns langsam in die exklusivere Ecke vom Markt bewegen?«

»Schon möglich«, sagte Brumsel und spähte herum, während er weiterkrabbelte. Plötzlich blieb er wie angewurzelt stehen. »Och nee«, murmelte er.

»Was ist?«, fragte Friedrich.

»Da. Die haben mir grade noch gefehlt.« Brumsel nickte mit dem Kopf in Richtung eines Zeltes, an dem sie gerade vorbeigegangen waren. Es bestand aus roten und gelben Bahnen und davor stand ein Schild mit den Worten:

Muscalur, Disparlur und Bombykol

FEINSTE DUFTWÄSSER UND
PARFÜME,
HOCHWIRKSAME EUPHORIKA

OFFIZIELLE HOFLIEFERANTEN
IHRER MAJESTÄT KÖNIGIN OPHRYS
VON SÜDWÄRTS

»Toll«, sagte Friedrich. Ausgerechnet hier an Ophrys erinnert zu werden, war ihm auch nicht angenehm. »Was trägt sie denn für ein Parfüm, die Gute?«

»Weiß ich nicht«, feixte Brumsel. »Komm, wir gehen rein und fragen.«

»Spinnst du? Wenn die dich erkennen, sperren sie uns irgendwo ein!«, wandte Friedrich ein.

»Glaub ich nicht. Hier in Nordwärts interessiert mein Steckbrief keinen. Außerdem, innerhalb von ein paar Tagen sind die drei Herrschaften sicher nicht über meine unehrenhafte Entlassung informiert. Und selbst wenn, was soll's? Komm, gehen wir rein und schauen, ob sie denken, ich wäre noch im Dienst!«

»Au ja«, sagte Friedrich rachsüchtig. »Und wenn sie das denken, dann geben wir eine riesige, richtig teure Bestellung auf Ophrys' Namen auf. Was wird die sich wundern, wenn ihr das Zeug geliefert wird und sie die Rechnung kriegt!«

»Also wirklich, Friedrich, das wäre sehr kindisch«, tadelte Brumsel, aber dann schauten sie sich an und grinsten.

Voller Elan stapften sie vorbei an den Kohlebecken, die den Eingang erhellten, durch den dicken, grünen, goldbestickten Samtvorhang. Drinnen im Zelt war es sehr hell. Flackernde Lampen beleuchteten jeden Winkel, und das lohnte sich auch, denn jeder Winkel des Zeltes sah nach Glamour und Reichtum aus. Die Kohlebecken hier drinnen waren verschnörkelt und verziert und überall standen wunderschöne, geschnitzte Stühle. Auf den Regalen waren unzählige Fläschchen und Tiegelchen aus buntem Glas aufgestellt, die auf die einfallsreichsten Arten geschmückt waren. Einige waren mit Silberdrähten oder ganzen Silbernetzchen umspannt; einige hatten Perlen oben auf den Korken; Edelsteine blitzten auf schnörkeligen Mustern aus Blattgold. Einige Fläschchen hatten hölzerne Beschläge mit Perlmutteinlagen. Manche schienen ganz aus einem Stück Elfenbein geschnitzt zu sein, mit einem kleinen Glasfensterchen, durch das bernsteinfarbene oder weiße Flüssigkeit schimmerte. Natürlich glitzerte all das noch viel schöner und spektakulärer im flackernden Licht der Fackeln und Kohlefeuer, als das Tageslicht es jemals zustande gebracht hätte.

»Preise auf Anfrage«, seufzte Brumsel und schaute überwältigt herum.

Die Regale, auf denen all diese Kostbarkeiten lagerten, erstreckten sich nach oben über drei Stockwerke, die als Galerien an den Zeltwänden entlang verliefen. Dicke Seidenraupen mit Seidenkrawatten robbten zwischen den Regalen hin und her und polierten immer mal wieder im Vorbeirobben eine Flasche.

Es gab nur zwei Arten von Besuchern: solche, die sehr reich waren (oder zumindest so aussahen) und mit Kennermiene zwischen den Waren hin und her stolzierten; und solche, die sich einen derartigen Luxus offensichtlich nicht leisten konnten und verstohlen und sehnsüchtig zwischen den Regalen herumhuschten, hier und da mal schnupperten, aber es kaum wagten, die Flaschen zu berühren. Außerdem war es sehr still hier drinnen. Die Besucher aus den unteren Preisklassen flüsterten sowieso nur ehrfürchtig miteinander und die reicheren wurden von den Seidenraupen in leisem und äußerst seriösem Tonfall beraten.

»Mit deinem goldenen Fell passt du hier richtig gut rein«, scherzte Friedrich im Flüsterton.

»Lass uns mal schauen, wie sie auf uns reagieren«, erwiderte Brumsel. »Komm, gehen wir mal da rauf!«

Sie hatten es kaum bis zur Hälfte der Treppe ins erste Stockwerk geschafft, als ihnen schon ein Rauperich entgegenkam. Als hinge sein Leben davon ab, brabbelte er sofort los: »Herr Brumsel, das ist aber eine Ehre, dass Sie unseren Standort hier besuchen!«

Brumsel, der sehr viel schmutziger und abgerissener aussah als das normale Klientel dieses Zeltes, erklärte höflich, er sei nur zufällig hier in Schwalbenwall. »Aber«, fuhr er fort, »dann sah ich Ihr Zelt und dachte, wenn ich schon mal hier bin ...«

»Ja, haha, wenn man schon mal hier ist, nicht …«, brabbelte der Verkäufer dazwischen.

»… dann könnte ich auch gleich sehen, ob die neueste Bestellung der Königin Sie schon erreicht hat«, sagte Brumsel aufgeräumt.

Der Verkäufer maß Friedrich und seinen fadenscheinigen Fliegeranzug mit unverhohlenem Erstaunen, wandte sich dann aber sofort wieder Brumsel zu. »Da müsste ich mal nachsehen. An welchem Datum ist sie denn ausgestellt worden?«

»Vor acht Tagen«, log Brumsel fröhlich. »Vielleicht ist der Bote vom schlechten Wetter im Süden aufgehalten worden.«

»Nein, da haben wir noch nichts«, sagte der Verkäufer und neigte den Kopf zur Seite. »Die letzte Bestellung von Ihrer Majestät kam vor über vier Monaten. Aber warten Sie, ich bringe Sie beide direkt zur Geschäftsleitung!«

»Das ist doch nicht nötig«, protestierte Friedrich schwach. Er hatte sich vorgestellt, dass sie einfach einen Bestellzettel ausfüllen und sich dann kichernd davonmachen würden. Dass sie mit der Geschäftsleitung verhandeln müssten – und nach Ausfüllen des Bestellzettels wahrscheinlich noch mit Muscalur, Disparlur und Bombykol anstoßen würden, voraussichtlich mit Champagner, so wie die Dinge hier aussahen –, das hatte er sich so nicht vorgestellt.

Aber Brumsel trat ihm auf den Fuß und zischte: »Pst! Mach das nicht kaputt! Du hast gesagt, wir machen das, und jetzt machen wir das. Mit allen Schikanen.«

Friedrich, dem dieser Streich gerade über den Kopf wuchs, war also einfach still und bürstete sich im Laufen noch etwas Dreck vom Anzug. Sie folgten dem Verkäufer, vorbei an überlebensgroßen Werbeplakaten, auf denen aufgeputzte und ätherisch weichgezeichnete Raupen und Motten fantasievoll benannte Parfüms bewarben; und in der Mitte des ersten Stockwerks, genau gegenüber dem Zelteingang, lag ein weiteres kleines Zelt: ein Zelt in einem Zelt! Dieses war aus dunkelgrünem, üppigem Samt, mit goldenen Sonnen bestickt und vorne offen. Drinnen saßen auf grünen Samtkissen und umgeben von Schälchen mit Räucherwerk drei besonders fette Seidenraupen mit gezwirbelten Schnurrbärten.

Der Verkäufer robbte voran und sprach die drei an: »Herr Muscalur, Herr Disparlur, Herr Bombykol? Der Herr hier möchte mit Ihnen über die nächste Bestellung Ihrer Majestät Königin Ophrys sprechen.«

»Danke, Gaston«, sagte die dickste Raupe und winkte dezent. Gaston verschwand.

»Schönen guten Tag«, sagte Brumsel unverdrossen und schüttelte allen dreien reihum die Hände. Friedrich war genötigt, es ihm gleichzutun. »Mein Name ist Hieronymus Brumsel, das hier ist mein Assistent, und ich war zufällig auf der Durchreise hier in der Gegend und dachte, ich erkundige mich mal eben, ob die neueste Bestellung womöglich schon angekommen ist.«

Der dicke Rauperich in der Mitte (Bombykol, wie er sich beim Händeschütteln vorgestellt hatte), zog ein Monokel aus seiner roten Samtweste und setzte es auf. Nach einem kritischen Blick auf Brumsel schaute er gleich freundlicher drein und sprach: »Herr Brumsel, es ist ein Vergnügen, Sie in Person kennenzulernen. Setzen Sie sich doch!« Und die drei Raupen rutschten zusammen und machten Platz für Friedrich und Brumsel.

Friedrich versank in den Polstern fast bis zum Ellenbogen. Was nun folgte, war ein Abtausch von ausgesuchten und nichtssagenden Höflichkeiten, an denen er zum Glück nicht teilnehmen musste. Also hörte er nur aufmerksam zu. Nach einer Weile wurde ein verschnörkeltes Tablett mit hohen Teetassen gebracht und das Gespräch wandte sich dem Geschäft zu.

»Königin Ophrys möchte gern einige Flaschen von ihrem Lieblingsparfüm bestellen«, erklärte Brumsel. »Dasselbe, das sie auch das letzte Mal gekauft hat. Wie hieß es noch …?«

»Ihre Spezialmischung«, sagte Disparlur (der eine gelbe Weste trug) stolz. »Wir stellen sie nur für sie her, und das schon seit zwölf Jahren! Solche Qualität kommt nie aus der Mode!«

»Äh, richtig. Sehr subtiler Duft, das muss ich sagen!«

»Äußerst subtil«, betonte Muscalur, der eine blaue Weste trug, und warf Friedrich einen strafenden Blick zu, weil der seinen Tee geschlürft hatte. »So subtil, dass man es fast nicht wahrnimmt.«

»Ja, das kann man wohl sagen!«, erwiderte Brumsel wichtig. »Aber sehr aromatisch! Eine, äh, sehr milchige Kopfnote, aber holzige Herznote, glaube ich.«

»Wichtiger als die Kopfnote sind die aphrodisierenden Inhaltsstoffe«, winkte Bombykol ab und warf seinen Kollegen einen amüsierten Blick zu. Sie schienen es lustig zu finden, was die ahnungslose Hummel da schwatzte.

»Ehrlich? Ach, ich habe ja keine Ahnung«, brabbelte Brumsel und lachte. »Was sind denn aphrodisierende Inhaltsstoffe?«

»Das ist natürlich ein Geheimrezept«, wiegelte Disparlur ab. »Wir können nur verraten, dass die Wirkung auf Männer jeder Spezies kaum überschätzt werden kann!«

Da ging Friedrich ein Licht auf, aber was er sah, gefiel ihm gar nicht. »Ist das wirklich ein Parfüm oder eher ein magisches Duftwasser, mit dem man Leute manipuliert?«, fragte er, bevor er sich zurückhalten konnte.

Strafend blickten ihn die drei Raupen an. Er war ja schließlich nur Assistent – was fiel ihm ein, ungefragt loszuschwätzen? »Es handelt sich um eines der am stärksten wirkenden Mittel zur Gefühlsbeeinflussung«, antwortete Muscalur kalt. »Natürlich sind auch Duftöle darin involviert, aber hauptsächlich besteht seine Wirkung darin, die Trägerin für Männer unwiderstehlich zu machen – was durchaus auch die Wahrnehmung mit anderen Sinnen beeinträchtigen kann. Schließlich entsteht Schönheit nicht nur im Auge des Betrachters, sondern im gesamten Hirn.«

Nur für den Bruchteil einer Sekunde fiel Brumsels Gesichtsausdruck auseinander. Dann war er wieder ganz leutselig beim Geschäftsgespräch. »Und sie erwähnte, dass sie auch zwei Flaschen von einem Parfüm haben möchte, das Mitternachtsschatten heißt«, log er munter weiter.

»Mitternachtsschatten?« Die drei Raupen schauten sich wieder verdutzt-verwirrt an, dann schlug Muscalur vor: »Sie meinen sicher Nachtschattengewächs. Das war lange einer unserer Verkaufsschlager, aber mittlerweile ist es aus dem Sortiment genommen worden.«

»Oh nein«, sagte Brumsel. »Das wird sie ärgern.«

»Wir können auch extra für sie noch einige Flaschen herstellen«, besänftigte Bombykol. »Das ist gar kein Aufwand – nicht für eine unserer besten Kundinnen!« Er beugte sich vertraulich zu Brumsel hinüber und fragte leise: »Sie können mir bestimmt auch sagen, wie dringend Ihre Majestät die nächste Lieferung nach Hammerschlag braucht? Wir haben nämlich einen kleinen Lieferengpass in unserer Fabrik.«

»Hammerschlag?«, wiederholte Brumsel. »Mir ist gerade entfallen, was sie sich hat nach Hammerschlag liefern lassen ...«

»Fünfzig Fässer Aqua Generale«, sagte Disparlur, so vorwurfsvoll, als hätte Brumsel die fünfzig Fässer in seinem eigenen Vorgarten übersehen. »Und zwölf kleine Flaschen Meisterlösung zur Grenzfeste!«

»Äh«, machte Brumsel. »Es tut mir leid, davon verstehe ich gar nichts, aber das klingt sehr interessant. Wofür benutzt man denn Aqua Generale?«

»Das ist ein starkes Duftwasser, das auf die Psyche wirkt«, erklärte Bombykol stolz. »Da es sich dabei um eine Form von chemischer Kriegsführung handelt, wundert es mich, dass Sie nicht schon davon gehört haben! Aqua Generale bewirkt eine starke Bindung an eine Autoritätsperson. Vorausgesetzt, diese Person trägt die Meisterlösung.«

»Faszinierend!« Brumsel hielt sich an seiner Teetasse fest. »Wenn ich also die Meisterlösung auf meinen Pelz sprühen würde und Aqua Generale auf andere Leute, würden diese Leute mir gehorchen?«

»Natürlich«, versicherte Disparlur. »Allerdings kommt es auf die Spezies an. Bei anderen Hummeln würde Aqua Generale keinen Gehorsam bewirken, sondern höchstens ein bisschen Kopfschmerzen auslösen.« Er lachte dümmlich.

In Friedrichs Kopf rollten einige kleine Gedanken wie Kieselsteine und lösten eine Lawine aus. Plötzlich fielen die letzten Puzzleteile an ihre Plätze und er sah Ophrys' ganzen höllischen Plan in seiner vollen Größe.

»Aber stellen wir uns mal vor, ein Windstoß kommt und fegt das Aqua Generale durch eine belebte Straße«, wandte Brumsel derweil ein, der sich auf bewundernswerte Weise nichts anmerken ließ. »Wären dann nicht alle davon verwirrt?«

»Oh nein, der Effekt ist sehr begrenzt«, versicherte Bombykol. »Aqua Generale wirkt nur auf Ameisen.«

Friedrich krallte seine Finger in die Polster.

»Sie sehen also, das ist eine durchaus nützliche neue Erfindung«, sagte Muscalur. »Leider ist eine unserer Fabriken in die Luft geflogen – ein unglückseliger Zwischenfall –, und deshalb können wir nicht so schnell liefern, wie wir es ursprünglich vorhatten. Denken Sie, dass die Lieferung sehr dringend ist? Wir würden natürlich alles stehen und liegen lassen und die Produktion umstellen, wenn Ihre Majestät das Aqua Generale sofort braucht.«

»Nein, nein«, sagte Brumsel friedlich. »Sie braucht es frühestens nächstes Jahr. Oder das Jahr danach. Machen Sie sich keinen Druck! Stellen Sie erst einmal schön alles andere her, was noch auf Ihrer Liste steht!«

»Das ist natürlich eine Beruhigung«, lächelte Bombykol.

Und Brumsel lächelte ebenfalls grimmig in sich hinein.

Sie verließen das Zelt, nachdem sie eine Bestellung über drei Flaschen Ophrys-Spezialmischung und zwei Flaschen Nachtschattengewächs aufgegeben hatten; der Preis, den die drei Raupen genannt hatten, war so astronomisch hoch, dass Friedrich davon schwindelig geworden war.

»Aber noch viel mehr«, sagte er, »wird sie sich darüber ärgern, dass ihr Aqua Generale zu spät ankommt!«

»Unglaublich«, rief Brumsel derweil immer wieder aus, stapfte durch die Menge und gestikulierte wild mit den Armen. »Einfach unglaublich!«

»Lass uns erst mal hinsetzen und was essen«, schlug Friedrich vor. »Ich hab Hunger.«

»Ja, du hast recht«, seufzte Brumsel. »Ich hab auch schon Magenknurren.« Und so versorgten sie sich mit exotischem, scharfem Essen und setzten sich im Mondschein auf eine der Bänke vor der Bude, wo sie das Essen gekauft hatten.

»Das erklärt natürlich, warum Ophrys dir so gut gefallen hat, obwohl du eigentlich nur Hummelköniginnen attraktiv findest«, resümierte Friedrich. Und, setzte er im Geiste hinzu, warum sie auch mir so überirdisch toll vorkam.

»Und außerdem, warum es neuerdings Ameisen-Armeen gibt, die fremden Befehlen gehorchen und im Gleichschritt laufen«, knurrte Brumsel. »Clupeus und seine Leute haben natürlich die Meisterlösung.«

»Aber wie kriegen sie das Aqua Generale auf die Ameisen?«, überlegte Friedrich. »Meinst du, es ist auf den Antennenringen aufgetragen?«

»Sicher«, erwiderte Brumsel und verschlang einen Löffel Gemüse.

»Und deshalb hast du Kopfschmerzen davon bekommen?«

»Na klar.«

»Aber wie kann man sicher sein, dass die Ameisen das Aqua in die Nase kriegen, wenn es auf ihren Antennen aufgebracht ist?«

Brumsel verdrehte die Augen. »Ist dir schon mal aufgefallen, dass ich überhaupt keine Nase habe?«

»Nee«, sagte Friedrich verdutzt. »Jetzt, wo du's sagst ...«

»Ameisen haben natürlich auch keine. Insekten riechen mit den Antennen. Mann, du weißt ja wirklich gar nichts.« Brumsel schlang einen weiteren Löffel hinunter. »Das Aqua ist auf den Fühlern schon ganz gut angebracht. Es ist nur ein kleiner Ring, den man aber nie abnehmen darf. Angeblich ein Abzeichen, oh, wie raffiniert sie das eingefädelt haben!«

»Aber nicht raffiniert genug für uns!« Friedrich grinste.

»Wenn man ihnen die Ringe wegnimmt, dann werden sie wieder normal, oder? Das wäre doch ein Weg, den Krieg zu sabotieren!«

»Klau du mal ein paar Millionen Ringe von ihren Besitzern weg«, seufzte Brumsel. »Allein die schiere Anzahl der Soldaten, die man gegen ihren Willen entringen müsste, macht die ganze Sache narrensicher! Wie soll das jemand schaffen?«

»Und wenn man ihnen erzählt, dass sie manipuliert werden?«, fragte Friedrich.

Brumsel schnaubte. »Erstens sind sie bedingungslos loyal. Zweitens sind Ameisen keine großen Denker. Wahrscheinlich würden sie nicht mal darüber nachdenken, was man ihnen da erzählt!«

»Hm.« Friedrichs Brustkorb schnürte sich zusammen, als er sich der Hoffnungslosigkeit der Lage bewusst wurde. »Können wir da wirklich gar nichts machen?«

»Den Kopf einziehen und warten, bis der Sturm vorüber ist«, murmelte Brumsel düster. »Es gibt immer Gegenden, wo man sich noch ganz gut verstecken kann. Von Tarnung verstehe ich ja was.«

Friedrich konnte allein schon den Gedanken nicht ertragen, dass Ophrys ihren Krieg tatsächlich kriegen würde! »Dieses bösartige Weibsbild«, murmelte er und schüttelte den Kopf. »Nur gut, dass wir ihr einen Streich spielen wollten, sonst wären wir ihr nie auf die Schliche gekommen.«

Es sollte sich sehr bald noch jemand zeigen, der mit Brumsel Geschäfte machen wollte. Kaum hatten sie ihren Imbiss beendet und sich wieder ins Gewühl gestürzt, da strich ein Schatten über sie hinweg – was nichts Besonderes war, denn auch größere Vögel frequentierten den Jahrmarkt – und ließ sich im dicken, niedrigen Geäst eines Busches nieder, unter dem sie gerade vorbeispazierten.

»Herr Brumsel, auf ein Wort«, rief es von oben. Friedrich und Brumsel schauten hoch und sahen eine kleine Steinkäuzin über sich sitzen. Ihre gelbgrünen Augen leuchteten zwischen den bunten Lichtern der Laternen. »Haben Sie einen Moment?«

»Sicher«, rief Brumsel hinauf, und zu Friedrich: »Komm, steig auf!« Sie ließen sich auf dem Ast neben dem Käuzchen nieder. Unter ihnen zogen die Massen von Besuchern und Artisten vorbei.

»Mein Name ist Angostura Stricksner, ich vertrete die geschäftlichen und musikalischen Interessen der Oilini-Schwestern«, stellte das Käuzchen sich vor.

»Na ja, mich kennen Sie ja anscheinend, aber meinen Freund hier kennen Sie noch nicht«, erwiderte Brumsel. »Angostura, das hier ist Friedrich Löwenmaul. Friedrich, Angostura ... und so weiter.« Friedrich hörte kaum zu, denn er merkte, dass Brumsel ihn gerade zum ersten Mal als einen Freund bezeichnet hatte. Nun ja, eigentlich war es ja klar gewesen, dass man nicht fremd bleiben konnte, wenn man so viel zusammen durchgemacht hatte. Trotzdem nicht schlecht! Brumsel hatte wohl auch etwas Respekt vor Friedrich entwickelt.

Angostura nickte knapp. »Verwandt mit der berühmten Hummelreiter-Sippe aus dem Anderen Land?«, fragte sie forsch.

»Äh, ja«, sagte Friedrich und hatte zum ersten Mal das Gefühl, dass seine Familie ihm hier zum Vorteil gereichte.

Aber Angostura wechselte sofort das Thema. »Wahrscheinlich haben Sie schon gehört, dass das Trio heute Abend noch eine Vorstellung hier auf dem Jahrmarkt geben wird?«

Brumsel beeilte sich zu versichern, dass er das wisse und sich auf diesen besonderen Höhepunkt schon freue. »Außerdem«, setzte er hinzu, »bin ich ja am Hof schon in den Genuss gekommen.«

Angostura Stricksner plusterte sich ein bisschen auf. »Nun ja, ich will nicht um den heißen Brei herumreden, das ist nicht meine Art«, sagte sie. »Genau darum geht es: Die drei würden sehr gern einmal wieder am Hof von Weißfels auftreten. Sie wissen doch sicher, ob es in den nächsten Monaten irgendwelche Feierlichkeiten gibt, bei denen so eine Darbietung erwünscht sein könnte?«

»Sicherlich, mehrere«, log Brumsel drauflos. »Da wäre der Geburtstag der Königin in zwei Monaten, die Sommersonnenwende und der Nationalfeiertag, also der Geburtstag von Gryndhild der Großen, im September. Aber für die Planung der Unterhaltung ist der Oberhofmeister zuständig.«

»Vielleicht können Sie ein gutes Wort für uns einlegen«, beharrte Angostura Stricksner, »wenn Sie wieder zurück nach Weißfels kommen.«

»Das werde ich sicher!«, erwiderte Brumsel und lächelte so übertrieben fröhlich, dass es einem angst und bange werden konnte.

»Moment«, mischte sich Friedrich nun ein – das war zwar unhöflich, aber er hatte es satt, dass heute alle über seinen Kopf hinwegredeten. »Ich bin ja von auswärts. Diese Oilini-Schwestern sind wohl eine ganz große Nummer, was?«

Angostura plusterte sich noch mehr auf und versuchte, ihre Empörung zu verbergen, was ihr aber nicht besonders gut gelang. »Die Oilini-Schwestern sind die größten Opernsängerinnen unserer Zeit«, erklärte sie steif. »Es gibt kein einziges

Gesangsstück in der Geschichte unserer Musik, das sie nicht gemeistert hätten!«

»Und dabei kommen mittelmäßige Sängerinnen nicht einmal über die ersten zwei Takte des berühmten Wühlmaus-Gesinges hinaus«, setzte Brumsel wichtig hinzu.

»Man denke nur an ihre Interpretation von *Uhu im lockigen Haar* aus der Operette *Der Pinguinbaron*!«, erläuterte Angostura. Ihre Stimmung schien sich allein dadurch zu bessern, dass sie an diesen Hörgenuss dachte.

»Oder *Oh Gewölle mein* aus der *Dreigoschenoper*«, schwärmte Brumsel, »die natürlich für eine Trio-Besetzung geradezu gemacht ist.«

»Das klingt ja gr...großartig«, sagte Friedrich schwach.

»Hören Sie einfach selbst«, erwiderte Angostura stolz. »Dieses Vergnügen sollten Sie sich auf keinen Fall entgehen lassen!«

»Na, ich hoffe, die Damen amüsieren sich auch auf dem Jahrmarkt heute Abend«, versuchte Friedrich die Stimmung zu heben. »Vielleicht läuft man sich mal über den Weg.«

Oh, das war kein guter Satz gewesen. Angostura plusterte sich fast auf das Doppelte ihrer Größe auf. »Ich glaube kaum«, krächzte sie eisig. »Zwischen den Ständen werden Sie sie nicht finden. Erstens interessieren sie sich kaum für solche ordinären Vergnügungen und zweitens ist ein Aufenthalt zwischen lauter Verehrern – ganz zu schweigen von all dem raubeinigen Fußvolk – ihrer Gesundheit nicht zuträglich. Unterhalten können Sie sich mit ihnen auch nicht, denn sie schonen ihre Stimmen und sprechen nie, wenn es vermeidbar ist!«

Friedrich rollte mit den Augen und fing an, Angostura unausstehlich zu finden.

»Allerdings kann ich es arrangieren, dass Sie beide nach der Vorführung die Schwestern treffen könnten«, setzte Angostura listig hinzu. »Was halten Sie davon?«

»Oh ja, nichts lieber als das«, sagte Brumsel schnell, und Friedrich wurde ganz aufgeregt. Er hatte noch nie irgendwelche Berühmtheiten getroffen, außer natürlich seine ganze Familie, aber das zählte ja nicht richtig.

»Dann kommen Sie nach der Vorführung hinter die Bühne, ich kümmere mich darum«, sagte Angostura.

»Und wir stören auch nicht?«, fragte Friedrich.

»Die Damen haben bestimmt nichts dagegen, wenn ich sie danach frage«, erklärte Angostura wichtig. »Nach der Vorführung hinter der Bühne – und lassen Sie sie nicht warten!« Mit diesen Worten schlug sie zweimal mit den Flügeln und erhob sich in die Luft. Der Wind wehte Friedrich fast vom Ast.

Während sie als Silhouette in den beleuchteten Bäumen verschwand, wandte sich Friedrich an Brumsel. »Was ist das denn für eine komische Person? Die nimmt sich ganz schön wichtig, was?«

Brumsel kicherte. »Angostura Stricksner ist nicht nur die Managerin der Oilinis, sie ist auch ihre Cousine. Deshalb hat sie ja diese Stelle überhaupt. Natürlich versucht sie, die drei, so gut es geht, zu beschützen und abzuschirmen. Sind ja sensible Künstlerinnen und all das. Eigentlich ist Angostura zum großen Teil verantwortlich dafür, dass die Oilinis so bekannt geworden sind. Aber immer, wenn sie sich aufbläst, will sie darüber hinwegtäuschen, dass die Oilinis eigentlich nur ein kleines Familienunternehmen sind.«

»Sind diese Oilinis wirklich so toll?«, fragte Friedrich skeptisch.

»Oh ja, die sind besser als toll! Wart's nur ab. Oh, und danach das Feuerwerk! Das wird eine Nacht!« Brumsel rieb die Vorderfüße aneinander.

»Eigentlich mag ich Oper gar nicht so«, murmelte Friedrich und trottete hinter Brumsel her. »Dauernd stirbt jemand, und immer wenn jemand stirbt, dann singt er noch ewig rum, bevor er stirbt. Als hätten Sterbende nichts anderes zu tun!«

»Manchmal sterben Leute ja an schleichenden Krankheiten«, sagte Brumsel versöhnlich, »da hat man dann noch Zeit zum Singen. – Oh, schau mal, Armbrustschießen! Da muss ich hin.«

Und dann gewann Brumsel eine Gummirose und Friedrich einen violetten Plüschtiger, der fast so groß war wie er selbst. Zuerst fluchte er, dass er den Tiger mitschleppen musste (er hatte eigentlich versucht, eine Thermoskanne zu schießen), aber da wusste er noch nicht, dass der Tiger schon bald sehr nützlich sein würde.

Sie hatten nämlich gerade den Armbruststand verlassen und wollten sich etwas Neues suchen, da hörten sie eine Fanfare und der ganze Jahrmarkt wurde von einem Moment auf den anderen totenstill. Sie bogen in die nächste Zeltreihe ein und prallten fast gegen eine Wand aus Körpern: Alle Leute vor ihnen starrten ehrfürchtig nach vorn, wo die Zeltgasse in einen Platz überging.

Friedrich und Brumsel flüsterten Entschuldigungen und bewegten sich vorsichtig durch die Menge, bis sie auf den Platz kamen, und dort sahen sie, worauf die Leute so gebannt starrten.

In einer großen Eiche, umgeben von Schwärmen von Glühwürmchen, stand eine Bühne, die mit tiefblauem Samt bespannt war. Fackeln steckten an den Bühnenrändern, aber noch war der Vorhang geschlossen.

»Das sind sie«, flüsterte Brumsel und nickte in Richtung der Bühne. »Die Oilinis!«

Jeder einzelne Platz in Sichtweite der Bühne war besetzt: In den Straßen und in den Bäumen saß das Publikum, auf jedem einzelnen Ast, auf den Moospolstern und Felsvorsprüngen der Hänge, sogar auf den Dächern der Stände, wo immer es möglich war. Friedrich legte schnell seinen Plüschtiger ab und sie nahmen darauf Platz und damit saßen sie gemütlicher als die meisten Zuschauer.

Dann öffnete sich der blaue Samtvorhang aufreizend langsam. In der Mitte der Bühne standen – ziemlich klein in dem bombastischen Aufbau – drei Schleiereulen mit gesenkten Köpfen und niedergeschlagenen Augen. Die Farbe der Bühne war geschickt gewählt, denn das tiefe Blau unterstrich die Schönheit ihres weiß-goldenen Gefieders. Wer dieses Konzert organisiert hatte, wusste genau, was er tat.

Gerade als die Spannung unerträglich zu werden drohte, öffnete die mittlere der drei ihre Augen und ihren Schnabel und sang einen glasklaren, hohen Ton. Wider Willen fand sich Friedrich sofort verzaubert.

Da setzte die zweite Eule ihre ebenso schöne Stimme dazu, eine Terz höher; und schließlich erklang auch die Stimme der dritten und kleinsten Eule. Die Sprache konnte Friedrich nicht verstehen, aber die Melodie war äußerst bezaubernd, eher in Dur als in Moll gehalten. Er traute sich kaum zu atmen und den Leuten um ihn herum schien es nicht anders zu gehen.

»Das ist das berühmte Schmetterlingsterzett aus *Die Wurst und die Wasserspitzmaus*«, flüsterte Brumsel ehrfürchtig, und fast hätte Friedrich ihn mit einer Handbewegung zum Stillsein angehalten. Sofort fiel ihm auf, dass das Vibrato der langgezogenen Töne tatsächlich wirkte wie das Flattern von Schmetterlingsflügeln. Die Welt um ihn herum schien zu versinken, und alles, was er sah und hörte, waren die drei Eulen und das zauberhafte Netz, das ihr Gesang spann.

Nach der ersten Nummer herrschte Stille, bis der letzte Ton verklungen war; dann brach frenetischer Applaus los. Die drei Oilinis verneigten sich (aber nur ein bisschen und sehr damenhaft), dann stellten sie sich wieder kerzengerade hin und warteten mit steifen Hälsen, bis sie wieder anfangen konnten.

Doch lange mussten sie nicht warten. Der Applaus verstummte, und wer jetzt noch klatschte oder pfiff, der wurde angezischt. Die Damen wollten offensichtlich weitersingen.

Friedrich kannte keines der Stücke, die sie vortrugen – natürlich nicht, denn woher sollte er auch die Musikklassiker von Skarnland kennen? Bei vielen ärgerte es ihn allerdings, dass er sie nur einmal hören konnte, denn er wusste genau: Morgen würde er sich erinnern, dass es tolle Lieder gewesen waren, aber die Melodien würde er nicht mehr im Ohr haben.

Der Mond stieg höher und höher und Friedrich vergaß die Zeit vollkommen. Irgendwann schlief eins seiner Beine ein und er musste die Position wechseln, aber ansonsten merkte er nicht, dass die Nacht weiter fortschritt.

Schließlich fiel der Vorhang und der Applaus steigerte sich zum Tumult. Friedrich schnappte enttäuscht nach Luft, denn offensichtlich war die Vorstellung ja vorbei. Auch er klatschte wie verrückt und rief zusammen mit tausend anderen Stimmen nach einer Zugabe – ohne viel Hoffnung, dass er auch eine kriegen würde.

Aber plötzlich ging der Vorhang wieder auf und die drei Oilinis kamen zum Rand der Bühne. Sie verbeugten sich, dann hob die größte von ihnen einen Flügel und sofort verstummte die Menge. Anscheinend war doch noch nicht alles vorbei.

Auch das Stück, das sie sich bis zum Schluss aufgespart hatten, kannte Friedrich nicht, aber die Melodie schlug sofort eine Saite bei ihm an. Sie war triumphal, überwältigend, freudig und trotzdem getragen; so schön, dass es fast wehtat.

»Die Siegesarie aus der Gryndhild-Oper«, wisperte Brumsel mit Tränen in den Augen. »Dass ich das noch erleben darf!«

Zuerst noch getragen, wurde das Stück bald schneller, ohne an Ausdruck zu verlieren. Friedrich fühlte sich wie verliebt: ob in das Lied oder in die Eulen oder ihre Stimmen, das wusste er nicht. Jedenfalls musste das das beste Stück sein, das er je gehört hatte.

Und es war zwar lang, aber trotzdem viel zu schnell vorbei. Die drei Sängerinnen steigerten sich zu einem triumphalen Crescendo und hörten dann plötzlich auf – bis auf eine leise Stimme, die noch summend in der Luft hing und dann auch verstummte. Die atemlose Stille hielt an, bis der Vorhang gefallen war. Dann brach der Applaus los, noch lauter als zuvor. Aber der schwere Samtvorhang regte sich nicht mehr und die Oilinis waren verschwunden.

»Los, komm«, sagte Brumsel und knuffte Friedrich in die Seite. »Wir haben eine Audienz!«

Ach ja, richtig! Friedrich wurde ganz flau im Magen, als er daran dachte, dass er die drei gleich von Angesicht zu Angesicht treffen würde. Jetzt, wo er gesehen hatte, wie unglaublich gut sie waren, hatte er fast Angst, sie kennenzulernen.

»Ich krieg bestimmt kein Wort raus«, sagte er mit zitternder

Stimme, als Brumsel über den Festplatz flog. Den Stofftiger hatten sie liegen gelassen.

»Die auch nicht«, sagte Brumsel und gluckste vor Vergnügen. »Rechne nicht damit, dass sie mit dir reden!«

Hinter der Bühne gab es einige überdachte Gänge, die zu einem großen Zelt in der Baumkrone führten. Dieses war ebenfalls aus blauem Samt und sah nicht so aus, als wären Besucher willkommen – kein offensichtlicher Eingang, aber einige streng aussehende Nachtschwalben als Wachen drum herum. Nachdem sie aber gehört hatten, dass Friedrich und Brumsel mit Angostura verabredet waren, ließen sie sie in das Zelt hinein. Eine ging mit ihnen, um sie an eventuellen Dummheiten zu hindern.

Drinnen war es heller als draußen. An jeder Ecke standen flackernde Lampen, und die vielen Vasen waren mit Blumensträußen so vollgestopft, dass nichts mehr hineinging. Nachdem Friedrich und Brumsel einmal um die Ecke gebogen waren, wurden die Samtwände allerdings durch schwarze Tuchwände ersetzt, und hier und da lag eine vergessene Blume auf dem Boden.

»Alles schicke Fassade hier, was?«, murmelte Friedrich.

Nun kam Angostura ihnen entgegen, eifrig und angespannt wie vorhin auch schon. »Ach, da sind Sie ja! Kommen Sie mit, bitte.« Sie winkte mit dem Flügel und überließ es den beiden, hektisch hinter ihr herzustolpern. Selbst mit ihren Stummelbeinchen war sie noch viel schneller als Brumsel und Friedrich. Nach kurzer Strecke durch die schwarz betuchten Gänge blieb sie vor einem Samtvorhang stehen. Neben diesem hing ein kleines, silbernes Glöckchen und das läutete sie.

Eine sehr, sehr zarte Stimme antwortete gedämpft durch den Vorhang: »Herein!«

Angostura zog den Vorhang zur Seite. Friedrich und Brumsel traten hindurch und Angostura folgte ihnen. Der Raum vor ihnen war anscheinend die Umkleidekabine der Oilinis (oder was auch immer Vögel hinter der Bühne brauchen, denn Kleider tragen sie ja meistens keine).

Linker Hand standen drei große Spiegel mit Leuchten drum herum und mehrere große Zinnvasen, vollgestopft mit Blumensträußen. Es gab außerdem eine Ecke mit blauen Samtsesseln, und in diesen saßen die drei Schleiereulen, jede mit einem Glas Wasser in der Hand.

»Hieronymus Brumsel und Friedrich Löwenmaul«, sagte Angostura und lächelte ihren drei Cousinen warm zu. Dann stellte sie die Eulen der Größe nach vor. »Jolanda Oilini, Jorinde Oilini und Josefa Oilini«, sagte sie mit einer ausschweifenden Flügelbewegung.

Josefa Oilini, die kleinste und anscheinend jüngste, lächelte. Die anderen beiden schauten stumm und ernst auf ihre Besucher. Irgendwie fühlten Brumsel und Friedrich sich genötigt, sich zu verbeugen – es schien der richtige Ort für übertriebene Höflichkeit zu sein.

Zwar hatte Friedrich gedacht, er würde kein Wort über die Lippen bringen, aber jetzt brach es unaufhaltsam aus ihm heraus: »Das Konzert war toll! Ganz großartig! Ich habe ja nicht viel Ahnung von Oper, aber ich hab noch nie ein besseres Konzert gehört! Wirklich sensationell!«

Nun lächelten auch die beiden anderen Eulen schüchtern.

»Ich schließe mich an«, sagte Brumsel. »Große Klasse, wie immer.«

»Vielen Dank«, erwiderte Jolanda mit einer sehr zarten, leisen Stimme, die fast ein Zwitschern war.

Auch Angostura sah zufrieden aus. »Denken Sie, Sie können ein gutes Wort für die drei einlegen, damit Ihre Majestät Königin Ophrys sie wieder einmal an den Hof bestellt?«

»Ich werde mein Bestes tun!«, versprach Brumsel feurig und so überzeugend, dass Friedrich ihm sofort geglaubt hätte (hätte er es nicht besser gewusst). »Für die Sommersonnenwende-Konzerte vielleicht schon? Auf jeden Fall für das Jahresende-Konzert! Ich bin sicher, dass die Königin da nicht Nein sagen wird!«

Wo sie wohl zum Jahresende sein würden? Ob sie überhaupt noch leben würden? Friedrichs Stimmung sank sofort um einige Grade.

»Besser um die Sommersonnenwende«, warf Angostura derweil ein. »Im Winter zu reisen, ist ihrer Gesundheit nicht zuträglich. Es hätte ja keinen Sinn, den ganzen Weg nach Weißfels zu reisen, nur um dann mit einer Erkältung anzukommen!«

Jorinde beugte sich zur Seite und würgte dezent ein Gewölle hoch.

»Kann ich Ihnen irgendwas anbieten?«, fragte Angostura. »Etwas zu trinken? Holunderlimonade? Ja? Gut.« Ohne eine Antwort abzuwarten, ging sie zu einem Blechschränkchen in der Ecke, zog eine Glasflasche heraus und schenkte zwei kleine Becher voll.

Friedrich nahm seinen misstrauisch in die Hand und schnupperte. Als er aber einen Schluck getrunken hatte, war er sofort von dem Gesöff überzeugt – das war nicht irgendeine Limonade. Sie schmeckte teuer und handgemacht. Die Sprudelbläschen stiegen ihm direkt in den Kopf.

»Und wo findet der nächste Auftritt statt?«, fragte Brumsel.

»In den nächsten zwei Monaten sind keine regulären Konzerte geplant«, erklärte Angostura. »Nach der anstrengenden Tournee durch die Westerinseln gönnen sie sich erst einmal eine Pause!«

»Na, dann hoffen wir doch, dass wir uns bald in Weißfels sehen«, sagte Friedrich, dem die Limonade mittlerweile auch im Magen herumsprudelte, und weil sie ihn in eine aufgekratzte Stimmung brachte, prostete er den Eulen zu.

Kahlsson war zutiefst beleidigt, als sie ihn später in den Zeltgassen wiedertrafen. Er hätte auch zu gern mit den Oilinis gesprochen, aber leider hatten sie ihn ja vorher schon aus den Augen verloren. »Manche Leute haben einfach nur Glück«, schmollte er. »Na ja, was soll's, ist eh nicht meine Musik. Pöh. Gehen wir zur Schiffschaukel.«

Und während sie noch schiffschaukelten, ertönte eine Stimme durch einen Blechlautsprecher: »Wir bitten nun alle flugfähigen Gäste, sofort den Luftraum zu verlassen und sich einen Platz zu suchen!«, und dann begann das Feuerwerk. Es war das größte, das Friedrich je gesehen hatte, und das ging den anderen beiden ganz genauso. Manche Raketen überzogen fast den ganzen Himmel mit bunten Funken, aber das hielt die Feuerartisten nicht davon ab, noch kleinere dazwischenzuschießen.

»He, jetzt da oben rumzufliegen, wäre bestimmt toll!«, rief Kahlsson aus. »Zwischen dem ganzen glitzernden Zeug!«

»Ja, wenn du dir gern den Hintern verbrennst, ist das bestimmt toll«, sagte Brumsel und süffelte an einem Getränk, das genug Alkohol enthielt, um ihn für den Rest der Nacht am Fliegen zu hindern.

Der Rauch der brennenden Lunten begann, durch die Zeltgassen zu kriechen. Bald konnte man nur ein paar Schritte weit sehen und überhaupt nichts mehr riechen außer Verbranntem, aber Friedrich war trotzdem begeistert. Sie zogen durch die Gassen, um noch einen besseren Blick auf den Himmel zu bekommen, und begegneten schwankenden Gestalten im Nebel. Schließlich kletterten sie auf das Dach eines Standes und schauten von dort aus zu.

Wie lange das Feuerwerk dauerte, wusste Friedrich später nicht mehr. Er war müde und nickte hin und wieder einfach weg. Aber irgendwann war es dann doch zu Ende und die drei rafften sich auf und suchten sich einen Schlafplatz. Sie schafften es gerade noch zu einem der Moospolster am Rand der Felswand, wo sie sich in ihre Decken einwickelten und sofort einschliefen.

10. Kapitel
Zweimal gefangen

Zum Glück regnete es in der Nacht nicht, denn das wäre ein unsanftes Erwachen gewesen. Besonders liebevoll wurde Friedrich aber sowieso nicht geweckt, denn das Erste, was er sah, war Brumsels Gesicht über ihm. Dazu wurde er geschüttelt.
»He, aufwachen! Wir sollten jetzt langsam Leine ziehen!«
»Warum?«, raunzte Friedrich, dem es gerade schön warm war in seiner Decke. »Der Markt geht doch noch ein paar Tage!«
»Ja, aber für uns ist es nicht schlau, hierzubleiben«, sagte Brumsel. Er sah ziemlich übernächtigt und verkatert aus. »Wenn die Parfümraupen und Angostura Stricksner mich einfach so erkannt haben, dann haben das sicher auch andere Leute. Und wer weiß, in ein paar Tagen könnte Clupeus oder sonst wer schon davon wissen, dass wir hier waren. Also besser verschwinden, dann verwischt sich unsere Spur.«
»Warum sind wir dann nicht schon gestern Abend gegangen?«, maulte Friedrich.
»Weil ich zu betrunken war«, sagte Brumsel nüchtern. »Ich konnte nicht mehr fliegen.«

»Ja, von mir aus, dann gehen wir halt«, sagte Friedrich. »Ist Kahlsson wach? – Ach, da bist du ja. Morgen.«

Kahlsson raffte sich mit allen Kräften auf seinen Bock. »Tja, ich wär auch gern noch geblieben«, meinte er. »Aber Brumsel hat schon recht, es ist für euch beide nicht sicher.«

»Und wohin jetzt?«, fragte Friedrich und stand auf. Es war ein sehr früher, kalter Morgen. Die Sonne kletterte gerade erst über den Steinbruch und war noch sehr orange und schwach. Um sie herum sah es aus wie auf einem Schlachtfeld voller Erschlagener, nur dass Erschlagene normalerweise nicht schnarchen. In Decken eingewickelt oder einfach so pennten die Jahrmarktsbesucher vor sich hin. Außer den drei Freunden war noch niemand wach.

»Ich schlage vor«, sagte Brumsel leise, »dass wir uns weiter in den Norden bewegen. Du erinnerst dich doch an die Geschichte von Gryndhild? Hast du Lust, den Gletscher zu besuchen, wo sie die Eisriesen bekämpft hat?«

»Äh. Eisriesen? Aber das ist doch nur eine Geschichte«, sagte Friedrich skeptisch, und dann merkte er, wie dämlich das klang. Schließlich unterhielt er sich gerade mit einer sprechenden Hummel.

»Denkst du«, sagte Brumsel und hob einen Fuß. »Wir müssen erst mal hoch in die Berge, aber zum Glück gibt es da kaum eine lebende Seele. Also verliert sich unsere Spur sehr gut.«

»Und dann? Auf dem Gletscher können wir ja nicht bleiben«, warf Friedrich ein.

»Es findet sich schon was zu gegebener Zeit«, winkte Brumsel ab. »Das hat ja bis jetzt auch funktioniert.«

Und so machten sie sich auf den Weg.

»Ich bin mal gespannt, wie lange die Oilinis brauchen, um rauszufinden, dass wir nur dicke Backen gemacht haben«, überlegte Friedrich, während sie langsam in die Berge hinaufflogen und Kahlsson unter ihnen herratterte.

»Ich bin viel gespannter, was Ophrys sagt, wenn sie einen langen Brief von Angostura kriegt und darin liest, dass wir mit ihr geplauscht haben«, seufzte Brumsel. »Andererseits können wir nur hoffen, dass wir nicht rausfinden, was Ophrys dazu sagt. Denn wenn Ophrys uns davon erzählen kann, dann hat sie uns gefunden. Und dann gute Nacht.«

Der Tag war sonnig und warm, aber die Luft wurde immer kälter, je höher sie ins Gebirge hinaufkamen. Zu Mittag rasteten sie auf einer warmen Steinplatte in der Sonne.

»Wie weit nach Norden wird Clupeus denn seine Ameisen schicken?«, fragte Friedrich. »Kommen sie bis hier hoch?«

»Nördlich von uns gibt es kaum noch Siedlungen«, sagte Kahlsson und schüttelte den Kopf. »Wenn Clupeus Nordwärts von Norden überrollen will, dann wird er nicht noch weiter hoch gehen. He, habt ihr eigentlich meine neueste Tätowierung gesehen?« Stolz drehte er sich und zeigte ein großes, gelb-rotes Kettenkarussell auf seinem Hinterteil. »Das habe ich mir an einem Stand stechen lassen. Als Erinnerung an Schwalbenwall!«

»Was machst du bloß, wenn dir der Platz auf der Haut ausgeht?«, fragte Friedrich und lachte.

»Ich brauch ja nicht mehr viel Platz«, sagte Kahlsson leichthin. »Das war wahrscheinlich mein letztes.«

Es wurde still auf dem Stein.

»Du meinst ... du verpuppst dich bald?«, fragte Friedrich vorsichtig.

Kahlsson nickte und versuchte dabei zu grinsen. »Ein paar

Tage vielleicht noch, eine Woche oder so ... Es ist ziemlich bizarr! Mich überkommt es alle paar Minuten, mich einfach an einen Ast zu hängen und da zu bleiben. Dauernd habe ich das Gefühl, dass ich meine Haut abwerfen muss. Und dass auf mir ein Panzer steckt und jede Bewegung einschränkt. Im Moment bin ich noch so beweglich, ich könnte mich verknoten, wenn ich wollte! Aber mein Kopf sagt mir: Du hast einen Panzer, du hast Gelenke, also benutz gefälligst die und hör auf, dich zu winden wie ein Wurm!«

»Och, das kenn ich, ich war ja auch mal eine Larve«, sagte Brumsel beruhigend. »Man weiß nicht mehr, wo vorne und hinten ist! Aber irgendwann ist es vorbei, dann passt wieder alles zusammen.«

»Und wisst ihr, was das Schlimmste ist?«, fragte Kahlsson und riss seine Augen weit auf. »Ich habe im Moment zwei Dutzend Beine, aber mein Kopf sagt mir: Du hast nur sechs! Selbst beim Laufen muss ich mich tierisch konzentrieren. Und das Gefühl, wenn man mit den Flügeln schlagen will und hat keine. Da brauchen wir gar nicht drüber zu reden!«

»Furchtbar. Muss man einfach aussitzen«, meinte Brumsel kopfschüttelnd.

»Aber freust du dich nicht?«, ermutigte Friedrich ihn. »Bald kannst du fliegen. Von oben sieht alles viel toller aus. Und du siehst dann sowieso viel besser aus als jetzt!«

»Danke schön«, sagte Kahlsson und pikte mit einem Fuß in seine grünen Speckrollen.

»Vor dem Umwandeln brauchst du wirklich keine Angst zu haben«, warf Brumsel ein. »Das tut nicht weh. Außerdem hat man's die ganze Zeit schön warm.«

»Ich hab ja keine Angst vor dem Umwandeln! Was mich

ärgert, ist der Schmetterling, der ich dann hinterher bin!«, schnaubte Kahlsson. »Was fällt dem ein, ich zu sein!«

»Tja, was glaubt der eigentlich, wer er ist?«, sagte Friedrich, der Kahlssons Sorgen für etwas übertrieben hielt.

Kahlsson fand das aber nicht witzig. »Ich habe eine ernsthafte Identitätskrise und du machst dich darüber lustig! Vielleicht vergesse ich mein ganzes früheres Leben! Aber was soll's, dir kann das ja nicht passieren!«

»Ich weiß nicht mal, was ich alles vergessen habe«, überlegte Brumsel. »Ich war ja eingedeckelt in einer Wabe. Da gab es nichts zu sehen außer den Wänden. Ja, wenn ich so überlege, meine Kindheit war ziemlich dröge.«

Friedrich versuchte, wieder besseren Wind zu machen. »Ich bin sicher – egal, wer du am Ende bist, du bist immer noch du.«

»Na, du hast leicht reden«, schmollte Kahlsson. »Ich weiß ja nicht mal, was für ein Schmetterling ich werde! Ein Nachtfalter oder ein Tagfalter und in welcher Farbe? Vielleicht werde ich rosa. Ich mag kein rosa.«

»Na ja, die meisten Schmetterlinge sind ja nicht gerade rosa«, meinte Friedrich.

»Außerdem ist Friedrich auch rosa. Dann könnt ihr ja zusammen rosa sein«, tröstete Brumsel und trank einen Schluck Kaffee.

Aber der Höhepunkt von Kahlssons Identitätskrise näherte sich schneller, als sie gedacht hatten. Schon am nächsten Morgen war er kaum aus dem Schlafsack zu kriegen. Schütteln und kaltes Wasser halfen nur sehr langsam, und als er endlich auf die Beine kam, glaubte man, seine Gelenke quietschen zu hören. Dabei hatte er ja noch gar keine.

»Ich muss jetzt auf einen Baum«, erklärte Kahlsson und blinzelte aus halb verklebten Augen. »Wenn ich jetzt nicht auf einen Baum gehe, schaffe ich's gar nicht mehr!«

Friedrich schluckte. Er hatte erwartet, dass sie wenigstens noch ein paar Tage mit Kahlsson hätten. Nun hatte er keine Zeit mehr, um mit ihnen zu frühstücken. Nicht einmal eine Tasse Kaffee wollte er mit ihnen trinken.

»Nee, nee, danke, dafür ist es zu spät«, sagte er und wankte an ihnen vorbei. »Jetzt gibt es kein Zurück mehr. Alles, was ich brauche, hab ich dabei.« Und damit schüttelte er sich und begann, an einer Wurzel hochzukriechen. »Jetzt brauch ich nur noch einen Platz. Himmel nochmal, ich bin so müde. Ich will schlafen. Aber erst muss ich mich noch einspinnen. Dann ... Ach, was freu ich mich aufs Schlafen!« Damit war er schon am Stamm des Baumes.

Friedrich und Brumsel zündeten das Feuer an und schauten wortlos zu, wie Kahlsson mühsam immer höher kroch. Als er die erste große Astgabel erreichte, blieb er sitzen.

»Glaubst du, er ist sicher da oben?«, fragte Friedrich leise.

»Weiß nicht.«

»Und denkst du, er wird sich noch an uns erinnern, falls wir uns mal wiedersehen?«, fragte Friedrich traurig.

»Denkst du denn, wir werden ihn nochmal wiedersehen?«, fragte Brumsel düster. »Die Chance ist nicht gerade groß.«

Bedrückt schauten sie nach oben, wo Kahlsson sich einzuspinnen begann. Er schnaufte dabei so laut, dass sie es unter dem Baum hören konnten. Auf Fragen antwortete er nicht mehr, so beschäftigt war er. Vom einen Ende angefangen, bildete sich um ihn herum langsam ein dichter Kokon. Irgendwann hing er ganz in einem Gewebe aus weißen Fäden, aber immer noch webte er angestrengt weiter. Schließlich, als er in seiner Hülle kaum noch sichtbar war, kam sein Helm an die Reihe, den er einfach aus dem Baum fallen ließ.

Schweigend schauten Brumsel und Friedrich nach oben. Friedrich schmeckte das Frühstück schon lange nicht mehr.

»He, Vorsicht, du hättest uns mit dem Helm treffen können!«, rief er halbherzig nach oben, aber auch darauf antwortete Kahlsson nicht. Unter der weißen Oberfläche des Kokons war keine Bewegung mehr wahrzunehmen.

»Ob es sicher ist, ihn hier zurückzulassen?« Für einen Moment hatte Friedrich die wahnwitzige Idee, Kahlsson abzupflücken und mitzunehmen. Aber dann war auch ihm klar, dass das nicht ging.

»Er ist sicherer als wir«, seufzte Brumsel. »Weder die Ameisen noch die Hornissen und Wespen werden sich Gedanken um einen unscheinbaren Kokon machen. Lass uns gehen.«

Den Bock deckten sie mit Zweigen zu, damit er kein Aufsehen erregen konnte. Friedrich raffte sich auf. Ihm war sehr leer zumute. Er warf einen letzten Blick auf die hängende Hülle über ihnen, die sich langsam bräunlich zu färben begann, dann stieg er auf Brumsels Rücken und sie flogen weiter nach Norden.

Den ganzen Tag hindurch reisten sie wortlos. Das Wetter wurde immer kälter. Sie flogen über Bergseen und Wasserfälle. Am späten Nachmittag rasteten sie noch einmal und Friedrich inspizierte ihre Karte.

»Über diesen See hier sind wir vor einer halben Stunde geflogen. Wir sind schon ziemlich nah an der Eisgrenze«, stellte er fest.

»Lass mal gucken! Oh ja, wir müssten bald den Gryndhild-

Gletscher sehen können«, sagte Brumsel erfreut. »Das schaffen wir noch vor Einbruch der Dunkelheit, wenn wir uns beeilen!«

Tatsächlich kam der Gletscher schon bald in Sichtweite. Allerdings zogen schwere Regenwolken herauf, sodass sie beschlossen, sich einen trockenen Platz zu suchen. Denn bei einem Gewitter im Gebirge wollte selbst Brumsel nicht weiterfliegen. Sie entfachten ein Feuer unter einem Überhang aus Stein, wickelten sich in ihre Decken und hockten an der Felswand mit Blick auf den Schnee und die langen Eiszungen, die in der Ferne die Berge überzogen.

»Und da unten im Tal hat Gryndhild gekämpft?«, fragte Friedrich schläfrig. Zwischen den dunklen Wolkenfetzen ging gerade die Sonne unter, was ziemlich spektakulär aussah.

»Jep.«

»Brumsel, mal ehrlich, Gryndhild gab es doch nicht wirklich? Ich meine, so wie sie in der Sage beschrieben ist.« Friedrich gähnte. »Das ist doch nur eine alte Geschichte, oder?«

»So lang ist das nicht her, nur etwa hundert Jahre«, meinte Brumsel nachdenklich. »Doch, Gryndhild hat wirklich gelebt. Und sie war auch wirklich so. Ophrys ist eine verbürgte Nachfahrin von ihr.«

»Warum sind Helden eigentlich nie da, wenn man sie mal braucht?«, fragte Friedrich melancholisch.

»Weil es rückwärts nicht funktioniert«, sagte Brumsel. »Frag mich nicht, wieso, aber rückwärts geht es nicht.«

»Aha«, sagte Friedrich. Er hatte keine Ahnung, wovon Brumsel da sprach.

Nach ihrem Besuch am Gletscher flogen sie wieder Richtung Süden, denn (so erklärte Brumsel) noch weiter nördlich wäre es für eine Hummel einfach zu kalt. Zwei Tage später endete ihre Flucht auf unrühmliche Weise. Eigentlich war es nur ein dummer Zufall gewesen, dass sie einem Hornissentrupp über den Weg liefen – oder besser, über ihn hinwegflogen. Die zwei Dutzend Hornissen, einige bewaffnete Hornissenreiter und ein paar zusätzliche Wespen hatten auf einer Sandfläche weit unter ihnen gelagert und Brumsel (der wieder einmal darauf verzichtet hatte, sich mit Dreck einzureiben) glitzerte in der Sonne wie ein Kugelblitz.

Von da an dauerte ihre Flucht kaum noch eine Minute. Als unter ihnen das unverkennbare laute Surren eines ganzen Rudels Hornissen erklang, fluchte Brumsel den obszönsten Fluch, den Friedrich je gehört hatte, und stob davon. Friedrich zerrte sich die Brille vor die Augen und zog den Rucksack vor seinen Bauch, um nach einer Waffe zu suchen. Die Bratpfanne war ja schon weg, und nichts anderes von ähnlicher Qualität bot sich an. Er konnte sich nur festklammern und darauf hoffen, dass er im wilden Flug nicht heruntergerissen wurde. Ihm war nur zu klar, dass die Hornissen ausgeruht waren und Brumsel schon den ganzen Tag geflogen war. Den Heimvorteil hatten sie auch nicht mehr: Hier würde sich kein Geheimgang auftun. Wenn nicht ein Wunder geschah, konnte sie nichts mehr retten. Aber mit Wundern ist es leider wie mit Helden: Wenn man gerade eins brauchen könnte, ist keins da.

»Hör zu«, zischte Brumsel ihm zu, »wenn ich sie nicht abhängen kann, werfe ich dich runter, dir werden sie nicht folgen. Wir treffen uns am Schweinezahn wieder. Schweinezahn – vergiss das nicht!« Dann flog er durch einen gespaltenen Baum und wendete direkt dahinter in die Gegenrichtung. Tatsächlich warf das die Hornissen, die ihnen scharf auf den Fersen waren, völlig aus der Bahn. Einige Sekunden lang torkelten sie umher, dann folgten sie ihnen wieder und holten auf.

»Lass los«, keuchte Brumsel, setzte zum Sturzflug auf die Heide an und zischte dann durchs Heidekraut, dass die Blätter stoben. »Jetzt spring!« Friedrich stieß sich ab und flog in das Kraut.

Er krabbelte schnell zur Erde und suchte nach Deckung, aber sofort griffen ihn harte Panzerfüße von hinten am Anzug.

»Ich hab einen!«, ertönte es über ihm, und dann wurde er wieder in die Luft gerissen. Das Surren und Schnarren der Hornissenflügel war ohrenbetäubend. Er wurde geschüttelt, aber er kam nicht los – es wäre auch nicht klug gewesen, jetzt zu springen, denn sie waren schon hoch über der Erde.

Er sah den Rest des Hornissengeschwaders hinter Brumsel herrasen, der über dem Heidekraut Haken schlug, und sie holten immer mehr auf. Zwei Hornissenreiter feuerten Armbrustbolzen auf ihn ab, aber Brumsel wich aus und sie zischten nutzlos an ihm vorbei. Alles ging so schnell, dass Friedrich es kaum verfolgen konnte. Den dritten Reiter, der direkt über dem Heidekraut flog, sah er gar nicht. Plötzlich ging ein Ruck durch Brumsel und er sackte in der Luft ab. Ein langer, schwarzer Schaft steckte quer in seinem Pelz.

Friedrich wusste später nicht mehr, was er schrie oder wie wild er zappelte. Er sah, wie Brumsel noch einmal aufsummte und dann langsam zur Erde segelte. Das Heidekraut verschluckte ihn geräuschlos.

Friedrich war es plötzlich furchtbar schlecht. Er konnte kaum atmen vor Entsetzen. Sein Magen sackte nach unten und er sah nichts mehr vor lauter Tränen.

Erst viel später konnte er wieder klar denken; da saß er auf dem Rücken einer Hornisse, mit gefesselten Armen, und je mehr er nachdenken konnte, desto schlimmer wurde alles. Das Geschwader war mit seinem Gefangenen weiter unterwegs nach Süden. Brumsel hatten sie nicht mitgenommen. Das musste wohl heißen, dass er tot war und sich die Mühe nicht lohnte. Oder vielleicht lebte er noch und die Hornissen hatten ihn zum Sterben liegen lassen. Wahrscheinlich brauchte er Hilfe, aber Friedrich wurde hier festgehalten und konnte nichts tun.

Der Gedanke machte ihn halb wahnsinnig. Dass er allein in einem fremden Land war, in der Hand von Feinden, das war im Moment das kleinere Problem.

»Warum habt ihr ihn nicht mitgenommen?«, schrie er seinen Träger an. »Ist er tot?«

»Kein Kommentar«, sagte die Hornisse zackig. Besonders intelligent war sie nicht, wie Friedrich noch merken sollte.

»Und was habt ihr jetzt mit mir vor?«, versuchte er es noch einmal.

»Kein Kommentar!«

Friedrich seufzte. »Na gut. Kannst du mir wenigstens sagen, ob wir bald da sind?«

Es kam genau die Antwort, die er erwartet hatte.

Dann nahm er den Kopf vor sich genauer in Augenschein. Rechts trug die Hornisse einen schwarzen Metallring mit dem wohlbekannten eingestanzten C. Clupeus also. War das eher gut oder eher schlecht? Dass Ophrys zu jeder Gemeinheit fähig war, wusste er ja jetzt, aber vielleicht konnte man mit diesem Clupeus vernünftig verhandeln.

»He«, rief er einfach in die Richtung einer anderen Hornisse, »ihr arbeitet für Clupeus, den Zauberer?«

Die andere Hornisse schien etwas aufgeschlossener zu sein. Sie flog näher heran. »Wir arbeiten für Clupeus und wir bringen dich zu ihm. Was mit dir passiert, entscheidet er. Sonst noch Fragen?«

»Was wird der mit mir anstellen?«, fragte Friedrich bang.

»Normalerweise«, sagte die Hornisse, »wirft er Leute wie dich in den Turm.«

»Er hat einen Turm?«

»Den Turm der Verzweiflung, hast du davon noch nie gehört?«, summte die Hornisse.

»Irgendwo vielleicht schon mal«, sagte Friedrich. »Warum heißt er so?«

»Junge, du fragst einem ja Löcher in den Bauch«, gurgelte sie. »Also, der Turm der Verzweiflung ist ein geniales Machwerk. Er ist das ausbruchsicherste Gefängnis der Welt. Die Leute werden in ihre Zelle eingemauert, fertig.«

»Und wie holt er sie dann wieder raus?«

»Na, überhaupt nicht! Deswegen ist es ja so wichtig, dass es ausbruchsicher ist!« Die Hornisse flog näher heran. »Pass auf, das System ist genial: Niemand kann rein. Alle können raus. Wenn sie können. Aber es kann niemand.«

»Du meinst«, sagte Friedrich skeptisch, »alle können rein, niemand kann raus?«

»Nee! Niemand kann rein, alle können raus! Was das heißen soll, weiß ich auch nicht, aber es funktioniert perfekt! Das ist ja das Tolle daran! Niemand weiß, wie's funktioniert, aber es funktioniert!« Sie gluckste vor Vergnügen.

»Hmpf.« Friedrich biss sich auf die Lippe. »Selbst die stärksten Gitter kann man irgendwie durchsägen!«

»Es gibt keine Gitter!«, plapperte die Hornisse begeistert

und klatschte in die Vorderfüße. »Gar keine! Du hast ein riesiges Fenster und einen tollen Ausblick über die Berge! Nur, wenn du fliegen kannst, dann legen sie dir vorher einen Harnisch an – damit du die Flügel nicht bewegen kannst, natürlich.«

Friedrich glaubte immer mehr, dass die Hornisse den Verstand verloren hatte. »Aber dann kann doch jemand kommen und einen am Fenster abholen«, sagte er, nur um zu sehen, wie die Hornisse ihre bizarre Geschichte weiterspinnen würde.

»Nee! Es kann ja keiner rein! Über dem ganzen Tal liegt ein Bannkreis«, erklärte sie nüchtern. »Dafür ist Clupeus ja ein Magier. Ach, du wirst es sehen, es ist das teuflischste Gefängnis aller Zeiten. Absolut genial. Es ist fast eine Ehre, da einzusitzen!«

»Ihr seid doch alle bekloppt«, murmelte Friedrich. Seine Position auf der Hornisse war alles andere als bequem und die Fesseln an seinen Händen schnürten ihm das Blut ab. Das sagte er der Hornisse auch so.

»Das ist ja nur, bis wir im Lager sind«, winkte sie ab. »Gleich sind wir da.«

Aus dem Heidekraut tauchte ein riesiger, dunkler Felsen auf und vor diesem standen viele zerschlissene Zelte. Drum herum lagerten Gruppen von Hornissen, Wespen und Reitern; den äußersten Kreis bildeten schwarz glänzende Massen von Ameisen und über der Zeltstadt thronte ein Gebäude aus Kupfer und Glas.

Eines der Zelte war mit silbernen Monden und Sonnen bestickt und zu diesem brachten die Hornissen Friedrich. Seine Trägerin landete vor dem Zelt und eine andere krabbelte vorsichtig zum Eingang hin, zupfte respektvoll am Vorhang und rief: »Herr Clupeus? Wir haben einen der Verräter gefangen!«

Die Zeltklappe flog auf und Clupeus kam herausgefegt. Allerdings schenkte er ihnen kaum Beachtung. Fast wäre er an ihnen vorbeigelaufen, aber dann hielt er an.

»Ah ja«, sagte er zerstreut. »Ja, das ist einer von den beiden, ich erinnere mich. Wo ist der andere?«

»Tot«, antwortete die Hornisse zackig, und Friedrich kam wieder ein großer Klumpen im Hals hoch. Er wollte nicht weinen, nicht vor diesem widerlichen Clupeus, aber die Tränen fingen doch wieder an, ihm übers Gesicht zu laufen.

»Ich weiß alles!«, schmetterte er Clupeus mit gebrochener Stimme entgegen. »Alles über Ophrys und ihre schmutzigen Duftwässer! Und über die Ameisen und die Ringe!«

»Ja, das ist schön«, winkte Clupeus ab.

»Und ich werde allen davon erzählen!«, brüllte Friedrich.

»Herzlich gern. – Gute Arbeit«, wandte er sich eilig an die Hornissen, »ich denke mir später eine Belohnung aus. Wir haben hier gerade ein Problem mit zwei verschiedenen Ameisenvölkern, die sich prügeln wollen, und das muss ich unterbinden.« Damit wollte er wegrennen, aber die Trägerin zupfte ihn am Mantel.

»In den Turm?«, fragte sie.

»In den Turm«, erwiderte Clupeus und machte sich davon.

Die Fesseln hatten sie ihm nicht gelockert, nicht einmal einen Schluck Wasser oder ein Taschentuch hatten sie ihm angeboten; und jetzt waren sie schon im Weiterflug zum berüchtigten Turm der Verzweiflung, was auch immer das sein mochte. Die gesprächige Hornisse von vorhin war nicht mehr bei der Gruppe, und die Trägerin, auf der Friedrich saß, bellte nur immer wieder: »Kein Kommentar!« Also konnte er nicht einmal nachfragen, was nun eigentlich passieren sollte. Selbst die Hornissenreiter schienen Anweisungen zu haben, sich nicht mit Gefangenen zu unterhalten, und schauten starr geradeaus.

Ihr Flug dauerte keine Stunde, aber Friedrichs Hände waren trotzdem ziemlich eingeschlafen, als sie ankamen. Von Weitem schon konnte man eine schwarze, zerklüftete Turmspitze zwischen den Bergen erkennen. Sie gehörte zu einem sehr, sehr hohen und sehr schmalen Turm, der mitten in einem weiten Talkessel stand. Er hatte tatsächlich ziemlich große, gitterlose Fenster; hinter manchen glaubte Friedrich verzweifelte Gesichter oder irgendwelche Bewegungen wahrzunehmen. Aber das konnte genauso gut seine Einbildung sein. Die Wände des Turms glänzten wie poliert.

In den Turm kamen sie durch einen unterirdischen Gang: Zuerst landete der Trupp an einer Felswand, wo eine eisenbeschlagene Holztür ins Innere des Berges führte. Dann schloss einer der Reiter die Tür mit einem Schlüssel auf und Friedrichs Trägerin und zwei weitere Hornissen krabbelten hinein. Der Rest blieb draußen zurück.

Zwar gab es hier unten kein Licht, aber dafür waren die Wände glatt und der Gang ziemlich geradlinig. Man konnte kaum irgendwo anstoßen. Schließlich tauchte in der Ferne ein schwaches Leuchten auf. Es kam von oben, aus einem Schacht, und als sie das Licht erreichten, sah Friedrich eine Wendeltreppe. Mit einiger Mühe krabbelten die Hornissen hinauf (denn zum Fliegen war der Gang zu eng und die Stufen waren offensichtlich nicht für Insekten ihrer Größe gemacht) und nach einigen Runden kamen sie durch einen Boden in den Turm.

Friedrich schaute sich um. Über ihm ging die Wendeltreppe weiter, immer um den Lichtschacht herum. Es konnte einem fast schwindlig werden von der Höhe, die sich über ihm auftat.

Hier gab es ein paar Türen, die zu den Seiten abzweigten; aber niemand war zu sehen. An der Wand hingen eine kleine Glocke und ein Schild, auf dem stand, man solle läuten, und das tat eine der Hornissen auch.

Eine Tür schwang auf und ein buckliger Mann kam herausgestürmt. »Ah, oh, neue Kundschaft«, rief er aus. »Bringen Sie ihn rauf, wir haben im oberen Bereich noch ein paar Räume frei!«

Friedrich musterte ihn. »Sind Sie der Gefängniswärter oder so was?«, fragte er misstrauisch. Der Mangel an Anteilnahme, den dieser Kerl zeigte, machte ihn wütend.

»Bin ich, bin ich, aber wir können uns ruhig duzen, denn du wirst dich eh für den Rest deines Lebens nur noch mit mir unterhalten und mit niemandem sonst«, sagte der Bucklige leutselig. »Also lassen wir doch die Förmlichkeiten!«

Bevor Friedrich ein weiteres Wort sagen konnte, wieselte der Mann vor ihm die Treppe hinauf, und die Hornissen folgten ihm. Immer weiter und weiter nach oben ging es, bis Friedrich fast froh war, dass er getragen wurde und nicht selbst laufen musste. Dann tauchten die ersten Treppenabsätze auf. An jedem Treppenabsatz befand sich eine Tür – eine zugemauerte Tür mit einer kleinen Klappe darin, nur etwa so groß wie ein Ziegelstein. Mit jeder Tür, an der sie vorbeikamen, sank Friedrichs Mut. Wie sollte er von hier fliehen?

Nach einem schier endlosen Aufstieg erreichten sie einen Türrahmen, der nicht vermauert, sondern nur mit einer hölzernen Tür verschlossen war. Aber in der Tür befand sich schon die Klappe, die später beim Vermauern freigelassen werden sollte.

Der Bucklige schloss die Tür auf. »Rein mit ihm«, sagte er gut gelaunt. »Ach ja, vorher nehmen wir dir noch die Fesseln ab. Nicht, dass dir die Hände abfallen, haha.« Er zückte ein Taschenmesser und zerschnitt die Seile. Friedrich quietschte, als das Blut in seine Hände zurückzufließen begann – das tat jetzt wirklich weh!

Er wurde in die Zelle geschubst und die Tür wurde hinter ihm abgeschlossen. Gedämpft erklang von draußen die Stimme des Buckligen: »Gut, und einer von euch bleibt hier und hilft mir, den Mörtel anzurühren. Du da!«

»Kein Kommentar!«

Dann verschwanden sie die Treppe hinunter und Friedrich war allein in seiner Zelle. Er drehte sich einmal um die eigene Achse: Da waren drei Steinwände und eine große, glaslose Fensterfront. An einer Wand stand eine Pritsche mit einer Decke darauf und daneben ein Krug und ein Teller. Ansonsten war die Zelle leer.

Zuerst versuchte er es mit der Tür. Er rüttelte daran, er trat dagegen, aber sie war doch stabiler, als sie aussah. Auch das Schloss knacken konnte er nicht, denn es gab auf der Innenseite kein Schlüsselloch. Wofür auch? Es war ja nicht geplant, dass die Insassen von innen aufschließen sollten. Er versuchte, den Arm durch die Luke zu schieben – vielleicht hatte er ja unglaubliches Glück und der Bucklige hatte den Schlüssel nicht abgezogen? –, aber die Klappe ließ sich von innen nicht öffnen.

Schließlich wandte er sich dem Fenster zu. Das Panorama des Gebirges war atemberaubend. Doch das kümmerte Friedrich jetzt herzlich wenig, denn er stellte fest, dass man auch auf diesem Wege nicht entfliehen konnte. Die Wände waren viel zu glatt zum Hinunterklettern; und die schwindelnde Höhe, in der er sich befand, ließ keinen Zweifel daran, dass er nicht einfach springen konnte. Es sei denn, er hätte sich selbst umbringen wollen. Weit, weit unter ihm lag das Tal und grinste Friedrich höhnisch entgegen.

Er setzte sich auf die Pritsche. Seine Sachen hatten sie ihm alle gelassen, sein Werkzeug und seine Vorräte. Und warum auch nicht? Der Turm war ja ausbruchsicher!

Da begann vor der Tür ein Scharren und Klopfen. Offensichtlich war der Bucklige mit Mörtel und Steinen zurückgekehrt und fing gerade an, Friedrich einzumauern. Ob man mit ihm vielleicht reden konnte? Vielleicht war er ja bestechlich? Zwar hatte Friedrich nichts zum Bestechen, aber einen Versuch war es möglicherweise wert.

Von innen konnte er die Klappe ja nicht öffnen, also begann er, gegen das Holz zu hämmern. »Hallo! Hallo-ho!«

Nach viel Grummeln und Schnaufen ging die Klappe tatsächlich auf. »Mjaaaaa? Schon langweilig in deiner Zelle?«, quengelte es von draußen. Friedrich schaute durch die Luke und sah, dass es tatsächlich der Bucklige war. In der Hand hielt er eine Maurerkelle.

»Ich hab Hunger«, sagte er, weil ihm nichts Besseres einfiel. Irgendwie musste er ja ein Gespräch in Gang bringen, solange die Mauer noch nicht fertig war.

»Trockenes Brot gibt es nur zum Frühstück«, sagte der Bucklige. »Wasser steht neben der Tür. Den Krug füll ich morgen nach.«

»Wie denn?«, fragte Friedrich, um Zeit zu gewinnen. »Der passt doch gar nicht durch den Schlitz!«

»Du hältst ihn da hin und ich füll mit dem Wasserschlauch auf«, erklärte der Bucklige. »Sonst noch was?«

»Mauerst du gern Leute ein?«, erkundigte sich Friedrich und versuchte, ihn auf die verständnisvolle Art zu erwischen.

»Hm, das Mauern ist nicht so spaßig, man schleppt zu viele schwere Steine«, erwiderte der Bucklige, »aber sonst mag ich meinen Beruf.«

»Hast du denn nie ein schlechtes Gewissen dabei?« Jetzt schaute Friedrich so hilflos drein, wie er konnte.

»Ich? Nein. Das wäre ja sehr hinderlich«, sagte der Bucklige und bückte sich nach einem weiteren Ziegelstein.

»Siehst du denn einen Sinn darin, Leute einzumauern, die vielleicht gar nichts Schlimmes getan haben?«, fragte Friedrich weiter.

»Sinn ... hör mir auf mit Sinn. Sinn macht gar nichts«, seufzte der Bucklige ungeduldig. Offensichtlich wollte er weiterarbeiten.

»Dann macht es auch keinen Sinn, mich hier einzumauern, stimmt's?«, erwiderte Friedrich prompt.

Der Bucklige legte die Kelle weg. »Was soll das denn jetzt?«, schnaufte er.

Friedrich trieb seinen verzweifelten Versuch noch etwas weiter. »Sag mal, die Leute werden doch hier eingemauert? Für immer, oder? Die Tür wird nie wieder aufgemacht?«

»Mjaaaa?«

»Wenn du mich ... sozusagen ... rauslässt ... dann wird niemals jemand erfahren, dass ich nicht mehr drin bin, weil niemand jemals nachschaut, richtig?«

Der Bucklige lachte. »Du bist ja ein schlaues Kerlchen. Nein, ich lasse niemanden raus. Wenn ich so weich wäre, hätte ich diesen Posten niemals gekriegt. Da waren schon ganz andere hier, die zum Steinerweichen gejammert und gefleht haben, und die haben mich auch nicht weichgekocht. Da musst du dir schon was anderes einfallen lassen ... nein, halt, das war doof ausgedrückt: Egal, was du dir einfallen lässt, es wird nichts bringen. So, und jetzt gute Nacht!«

»Warte!«, rief Friedrich. Die Klappe wurde schon zugeschoben. Aber der Bucklige hielt noch einmal inne.

»Was?!«

»Wie viele Leute stürzen sich denn so vom Turm?«, fragte Friedrich verzweifelt, nur um Konversation zu machen. »Pro Jahr?«

Der Bucklige grinste. »Niemand hat sich je runtergestürzt. Glaub mir, alle hängen hier am Leben, auch wenn sie's nur in einer Zelle verbringen. Das wirst du auch noch merken. Hier leben wollen sie nicht, aber sterben wollen sie am allerwenigsten.« Plötzlich kicherte er noch einmal. »He, willst du was, worüber du die ganze Nacht nachdenken kannst? Der Buckel hier«, er klopfte darauf, und es klang hohl, »der ist aus Stahl. Ich hab gar keinen echten. Der Meister hat mich eingestellt, weil er einen stilechten Kerkermeister suchte, und ich wollte den Posten unbedingt. Er weiß nicht, dass der Buckel falsch ist. Wenn er's jemals erfährt, bin ich arbeitslos. Aber du kannst es ihm ja nicht mehr verraten!« Er lachte und schlug die Klappe zu. »So, und jetzt lass mich weitermauern!«

Neue Steine wurden auf die alten gesetzt, und Friedrich sank neben der Tür auf den Boden und hörte zu, wie das Kratzen immer höher an der Tür emporwanderte. Schließlich wurde unter Fluchen ein letzter Stein eingeschoben und dann war alles ruhig. Nur noch die schleppenden Schritte des Buckligen (oder besser, des falschen Buckligen) verklangen im Treppenschacht, bis es ganz still war.

Friedrich sah sich noch einmal in seiner neuen Behausung um, die nun auch seine letzte sein sollte. Die Sonne ging gerade rotglühend hinter den Bergen unter. Sollte er diesen Anblick nun täglich sehen? Bis ans Ende seiner Tage? Immer wieder? Bis er die Sonne verfluchte und sich vielleicht irgendwann vor Verzweiflung vom Turm stürzte? Er schaute hinunter ins Tal. Weit, weit unter ihm lag der Erdboden, bewachsen mit grünem Gras, durchsetzt mit Felsen. Er hätte da unten spazieren gehen können, aber das würde nun niemals passieren. Niemals. Denn es gab nur einen Weg hinunter, und wenn er den wählte, würde er sich über den ganzen Rasen verteilen, sobald er ankam.

Irgendwo da draußen war Brumsel – tot oder schwer verletzt, mutterseelenallein in einem unbewohnten Land. Die ganze Verzweiflung schlug über Friedrich zusammen wie eine Welle. Sturzbäche von Tränen stiegen ihm in die Augen und rannen seine Wangen hinunter. Rotz lief ihm aus der Nase. Er schluchzte und heulte vor sich hin, laut und leise, bis er nicht mehr konnte. Dann schleppte er sich zu seiner Pritsche. Er war völlig müde und verzweifelt und dachte, dass er vor lauter Kummer bestimmt wochenlang nicht schlafen würde. Aber kaum lag er waagrecht, schlief er schon tief und fest.

Als er die Augen öffnete, war es heller Tag. Auf dem Boden lag ein trockenes Stück Brot, das der Wärter wohl durch die Klappe geworfen hatte. Es sah nicht sehr einladend aus und Friedrich frühstückte stattdessen von seinen Vorräten.

Er musste hier ausbrechen. Brumsel suchen. Und allen in Skarnland von Ophrys' Verrat erzählen. Irgendetwas musste er doch tun können!

Aber dazu musste er erst einmal von hier verschwinden. Und wie sollte das gehen, wenn es noch nie jemandem gelungen war, aus diesem Turm zu fliehen?

Was würde Brumsel an seiner Stelle tun?

Friedrich begann, seine Zelle systematisch auf Schwachstellen zu untersuchen. Er beklopfte die Wände; er lauschte auf Geräusche aus anderen Zellen, am Fußboden oder von oben; er schaute den Turm hinunter, bis ihm schwindelig wurde, um zu sehen, wo man hinunterklettern könnte; aber nichts bot ihm einen Ansatzpunkt für einen Fluchtplan.

»Das ist aussichtslos«, murmelte er vor sich hin. »Hier sitzen bestimmt auch Ausbrecherkönige und Schwerverbrecher, und wenn die es nicht schaffen, hier wegzukommen, dann schaffe ich Anfänger es erst recht nicht.«

Aber er ging noch einmal mit doppeltem Eifer ans Werk, untersuchte die Zelle bis in den letzten Winkel, und musste schließlich zugeben, dass es nur einen Weg aus dieser Zelle hinaus gab, nämlich den durch das Fenster.

Ob er nicht irgendwie ein Seil bauen konnte, an dem er sich hinunterlassen konnte? Er hatte ja sogar ein Stück Seil dabei, aber das war natürlich viel, viel zu kurz. Und selbst wenn er alle seine Kleider in Streifen schnitt und zusammenknotete und ein langes Seil daraus machte – niemals würde es lang genug sein, um bis in Bodennähe zu reichen.

Was könnte er sonst noch tun? Einen Fallschirm bauen? Oder eine Flugmaschine? Völlig unmöglich.

Friedrich war mittlerweile so gründlich entmutigt und verzweifelt, dass er sich am liebsten hingesetzt und überhaupt nichts mehr getan hätte. »Der Turm der Verzweiflung«, murmelte er. »Jetzt weiß ich, warum er so heißt.«

Und dann fiel ihm wieder ein, was die Hornisse gestern gesagt hatte.

»Alle können raus, wenn sie rauskönnen«, sagte er still zu

sich. »Aber niemand kann rein. Was für ein blöder Spruch. Ich sitze hier drin, und ich hab immer noch nicht verstanden, was er bedeutet!« Er kratzte sich am Kopf. »Hm. Alle können raus«, flüsterte er vor sich hin. »Wenn sie raus können. Was zum Teufel bedeutet das? Ein Gefängnis, das davor geschützt werden muss, dass Leute rein können. Hm.« Er setzte sich hin und dachte nach.

»Wie funktioniert das?«, fragte er laut, und dann: »Warum ist ein Gefängnis ohne Gitterstäbe sicherer als eines mit Gitterstäben?«

Er bekam Hunger und langte wieder nach seinem Rucksack. Dabei fiel ihm die Tüte mit Gryndhilds Mythe in die Hände. Das würde wohl sein einziges Lesematerial für den Rest seines Lebens sein, wenn ihm nichts Besseres einfiel. Was würde Gryndhild tun? Sie würde mit List und Tücke vorgehen. Aber List und Tücke nützten ihm auch nichts gegen steinerne Wände.

Dann suchte er sich seine Karte aus der Tasche. Er schaute nach dem Schweinezahn; der war tatsächlich nur ein paar Marschstunden vom Turm entfernt, aber er hätte genauso gut am anderen Ende der Welt sein können. Friedrich kam ja nicht hin.

Er stützte die Stirn in die Hände und dachte nach, bis ihm das Hirn wehtat. »Alle können raus, aber niemand kann rein«, murmelte er. »Alle können raus, aber niemand ...«

Und dann hatte er eine absurde Idee. Wenn niemand dem Turm von außen zu nahe kommen durfte – dann konnte das nur heißen, dass niemand den Turm genauer unter die Lupe nehmen sollte. Und das hieß natürlich, dass es einen Schwachpunkt geben musste, der von außen offensichtlich war. Aber eben nicht von hier drinnen.

»Alle können raus«, sagte er leise vor sich hin. »Nun ja, nicht durch die Tür, das ist wohl klar. Die Wände sind solide genug. Bleibt nur das Fenster.« Er ging wieder hin und schaute an der glatten Wand hinunter, bis ihm die Augen wehtaten. Er rieb sie mit den Handballen, bis er Sterne sah. Ob ihm seine Augen hier überhaupt viel nützen würden?

Er dachte an alle Gemeinheiten, die ihm in Skarnland bisher widerfahren waren, und eines hatten sie alle gemeinsam: Nichts war so, wie es aussah. Ophrys' Liebreiz war nur eine Täuschung. Ihr großes Abenteuer – nichts als eine Inszenierung. Selbst Clupeus' Ameisen gehorchten ihm nur, weil sie ihn fälschlicherweise für ihren Anführer hielten. Es war sehr schwer, noch an irgendetwas zu glauben.

»Sagen wir mal«, begann er forsch, »sagen wir mal, das Gefängnis hier ist auch nicht echt.« Er merkte selbst, wie absurd das klang. »So. Das hier ist alles falsch. Was sehe ich dann?«

Er schloss die Augen und lauschte; roch und fühlte die Luft auf seinem Gesicht; und dann schaute er noch einmal genau hin. Hier oben wehte der Wind unangenehm kalt, aber da unten im Tal war es so schön ruhig und windstill …

Und da stutzte er. Hier war etwas faul.

»Wie kann das denn sein?«, flüsterte er, und sein Herz schlug wie wild. Er hatte es fast – den Plan, wie er hier herauskommen würde. Gleich, gleich konnte sein Verstand den Gedanken greifen! Er war da, im Hinterstübchen seines Kopfes, er durfte nur nicht entwischen!

Friedrich kniff die Augen zusammen, lehnte sich aus dem Fenster und schaute noch einmal genauer nach unten. Seltsames, dunkles Gras war das. Solches Gras hatte er noch nie gesehen. Zumindest nicht … zumindest nicht auf trockenem Erdboden!

Er stürzte zu seinem Rucksack und holte mit zitternden Fingern sein Notizbuch hervor. Eine Seite riss er aus, knüllte sie zusammen, torkelte damit zum Fenster zurück und warf sie hinaus. Das Papier fiel an der Außenwand entlang, blieb dann mitten in der Luft stehen, trudelte noch ein bisschen herum und lag still. Mitten in der Luft. Nur, dass das natürlich keine Luft war. Und das da unten, das war auch kein Gras.

Friedrich holte tief Luft. Jetzt wusste er, wie der Turm der Verzweiflung funktionierte.

Er wurde sehr ruhig. Er holte seinen Rucksack, zog ihn auf den Rücken, stärkte sich noch einmal (es war gerade Zeit fürs Mittagessen), schnallte seine Stiefel fest und sprang dann aus dem Fenster.

Im Flug schalt er sich selbst einen Schwachkopf. Was, wenn er sich völlig verschätzt hatte und gerade in seinen Untergang sprang?

Aber da tauchte er schon unter.

»Valmü«, prustete er, als er wieder an die Oberfläche kam, »verdammtes Valmü!«

Denn es war ein See aus Valmü, der den Turm umgab. Von oben unsichtbar, sodass die Illusion einer riesigen Tiefe entstand. Deshalb brauchte man keine Gitterstäbe – die Gitterstäbe, die die Gefangenen zurückhielten, waren in ihren eigenen Köpfen. Dazu noch ein Bannkreis über dem Tal, der alle davon abhielt, sich die Gegend genauer anzuschauen. So einfach war das und so genial! So raffiniert und gleichzeitig so albern. Clupeus lachte sich bestimmt jeden Abend schlapp über seinen Turm.

Friedrich wusste, dass er nicht viel Zeit hatte. Die Brühe würde ihn schnell schläfrig machen. Er begann zu schwimmen, zügig, nicht zu hektisch, um seine Kräfte nicht zu früh aufzubrauchen. Er musste bis zum Rand des Talkessels schwimmen und das war ein langer Weg. Wenn er erst einmal die Baumgrenze erreicht hatte, würde es einfach sein, sich zu verstecken.

Immer wieder schaute er sich ängstlich um, ob ihn irgendjemand beobachtete, aber vom Turm waren keine Geräusche zu hören außer dem Stöhnen der Verzweifelten. Und selbst das wurde mit jedem Schwimmstoß schwächer.

Gerade schreckte er hoch und merkte, dass ihm für einen Moment beim Schwimmen die Augen zugefallen waren, da berührten seine Zehen die ersten Blätter der Wasserpflanzen.

Durchnässt torkelte er an Land. »Schlafen«, murmelte er. »Nein, ich hab keine Zeit zum Schlafen! Ich muss ... ich muss ...«

Wohin eigentlich? Die Gegend, wo er Brumsel verloren hatte, würde er sicher nicht allein wiederfinden. Blieb also nur der Schweinezahn, der war ja auf seiner Karte eingezeichnet. Wenn Brumsel noch lebte, hatte er es vielleicht dorthin geschafft. Vielleicht war er ja gar nicht so schwer verletzt. Vielleicht ... Nein, es war nutzlos, sich jetzt Hoffnungen zu machen.

Schlafen. Er konnte kaum noch stehen. Er musste schlafen. Nur ein Stündchen. Nur kurz die Augen zumachen ... Und so stolperte er noch ein Stück den Hang hinauf, zwischen die Bäume, ins Unterholz. Unter einer Eiche fand er ein Mauseloch und kroch halb hinein, legte den Kopf auf den Rucksack und schlief sofort wie ein Stein.

Als er aufwachte, fiel ihm siedend heiß ein, dass er gar keine Zeit zum Schlafen hatte. Er musste weiter! Er blickte nach oben – dem Stand der Sonne nach zu urteilen, war es früher Nachmittag. Er raffte sich auf, und dann merkte er auch, was ihn geweckt hatte. Von drinnen, aus dem Inneren des Mauselochs, kam ein äußerst ungnädiges Gekeife: »He, du Nichtsnutz, was machst du hier? Raus, aber dalli! Was sind wir denn hier, ein Hotel für Penner?«

Friedrich rieb sich die Augen. Er war immer noch nass, ihm war kalt, er hatte mit dem Rücken auf einem Stein gelegen und er hatte die spektakulärste Flucht in der Geschichte von Skarnland hinter sich. Er war nicht in der Stimmung, sich von irgendjemandem zusammenpfeifen zu lassen. Also musterte er sein Gegenüber – eine sehr wütende, sehr kleine Spitzmaus –, stand auf und sagte: »Entschuldigung, ich wollte nicht stören. Ich hab im See gebadet und war dann so todmüde, dass ich einfach hier mit einem Bein in der Höhle eingeschlafen bin. Konnte ja nicht wissen, dass das Ihr Windfang ist.«

Die Spitzmaus zwinkerte mit ihren winzigen Äuglein und kräuselte misstrauisch die Nase. »Sag mal, willst du mich vielleicht auf den Arm nehmen, Freundchen? Was für ein See?!«

»Der See da vor Ihrer Tür. Wo Sie nicht hinkönnen, wegen des Bannkreises.« Friedrich stand auf, warf sich den Rucksack auf den Rücken und stapfte nach draußen. Die Spitzmaus folgte ihm. »Ich muss zum Schweinezahn. In welcher Richtung liegt der denn?«

»Da lang«, sagte die Spitzmaus verwirrt. »Aber sag mal, wo soll denn da hinter dem Bannkreis ein See sein?«

»Den sieht man nicht, nicht mal von dort oben aus«, sagte Friedrich und zeigte auf den Turm der Verzweiflung, der immer noch drohend durch die Bäume ragte. »Schönen Tag noch.« Mit diesen Worten stapfte er davon und ließ die Spitzmaus verwirrt zurück.

Als die Dämmerung anbrach, kam er an einen Steilhang, von dem aus er das Land gut überblicken konnte. Und tatsächlich, in der Ferne ragte der Schweinezahn – ein sehr großer, sehr dicker, geborstener Baumstamm – durch die Bäume wie eine Säule.

Er kletterte den Steilhang hinunter (es gab genug Wurzeln, an denen er sich festhalten konnte) und hielt weiter darauf zu. Aber obwohl er gut vorankam, erreichte er sein Ziel erst, als die Sonne schon untergegangen war. Er trat durch die Bäume und unvermittelt ragte vor ihm der graue Stamm in den Himmel.

Mit klopfendem Herzen rief er: »Brumsel? Brumsel, bist du hier?« Er horchte in den kühlen, dunkel werdenden Wald hinein, aber es kam keine Antwort.

Wieder rief er: »Brumsel? Wenn du hier bist, dann antworte!«

Diesmal hörte er etwas wie ein schwaches »Hier!« – so leise, dass er nicht wusste, ob er es sich eingebildet hatte.

Er begann, nach links um den Stamm zu laufen, und rief noch einmal, und diesmal hörte er die Antwort deutlicher. Und in dem Moment stolperte er schon und fiel mit dem Gesicht ins Gras.

Es war tatsächlich Brumsel, über den er gestolpert war! Erbärmlich sah er aus, zusammengekrümmt und eingefaltet. Quer durch die Brust war er mit dem langen Pfeil aufgespießt und er bewegte sich kaum.

»Au«, röchelte er, »musst du mich auch noch treten?«

»Du lebst!«, rief Friedrich, und Tränen schossen ihm in die Augen.

»Ich glaube nicht, dass das anhält«, erwiderte Brumsel schwach.

»Blödsinn, was verstehst du denn davon! Wir können einen Arzt suchen und uns irgendwo verstecken, bis du wieder heil bist!« Friedrich sprach so schnell, dass er sich fast die Zunge verknotete.

»Ich werde nicht mehr heil.«

»Doch, natürlich! Was redest du denn da?«

»Du weißt wirklich nichts von Hummeln«, seufzte Brumsel. »Wir sind Wegwerfmaterial der Natur. Wir heilen nicht. Du kannst uns ein, zwei Beine ausreißen, den halben Flügel abknicken … Es heilt nicht, aber wir fliegen weiter. Unsere Muskeln heilen, aber die Panzer wachsen nicht mehr zu, verstehst du?« Er machte eine lange Pause. »Mit Löchern im Panzer kann man nicht leben.«

Friedrich liefen die Tränen übers Gesicht. »Aber … aber … es muss doch irgendwas geben, was wir tun können!«

»Hast du Sirup?«, fragte Brumsel hoffnungsvoll.

»Nein«, schluchzte Friedrich. Und dann wurde er wütend. »Hör mir auf mit deinem Sirup. Ich bin nicht aus dem Turm der Verzweiflung entkommen, um dich sterben zu lassen!«

»Was? Du bist *was*?!«, flüsterte Brumsel atemlos. »Erzähl!«

»Das erzähl ich dir, wenn du wieder gesund bist. Vorher nicht.«

»Du kannst ja versuchen, ob mir jemand helfen kann«, sagte Brumsel, »aber ich glaube nicht, dass es funktioniert.«

Friedrich wischte sich mit dem Ärmel die Nase ab. »Du kannst mich mal«, sagte er. »Ich rette dich, ob du willst oder nicht.«

Dann sammelte er Äste zusammen und verband sie mit seinem Seil. Er versuchte, eine Trage zu bauen, und als ihm das halbwegs gelungen war, schob er Brumsel darauf und begann, ihn hinter sich herzuziehen.

»Du bist doch wahnsinnig«, stellte Brumsel fest.

Friedrich antwortete nicht einmal. Er wusste von seiner Karte, dass talwärts ein Ort namens Kaltwasser liegen musste, und in einem Ort musste es auch einen Arzt geben. Der Gedanke half ihm enorm beim Ziehen, denn Brumsel war ziemlich schwer.

Ein, zwei Stunden schleppte er sich und seine Last so dahin; es war kalt und still im Wald, und Brumsel antwortete nicht mehr, wenn Friedrich ihn etwas fragte. Vor Hoffnungslosigkeit fing Friedrich bald wieder an zu weinen, und als er völlig erschöpft und durchgeschwitzt war, sah er durch die Bäume Lichter.

Kurz darauf kam er auf einen Pfad, der in Richtung der Stadt führte. Aber da es spät war, begegnete ihm niemand mehr. Und wo in der Stadt sollte er beginnen, Hilfe zu suchen? Der Weg bis zu den ersten Häusern sah noch weit aus.

»He! Wohin gehn wir denn, so spät in der Nacht?«, quäkte es plötzlich neben Friedrichs Ohr, und er erschrak furchtbar.

»Äh, was? Wer?«

»Wohin gehn wir denn, wir zwei?«, quäkte es wieder, und plötzlich sah Friedrich an einem Baum eine ganz kleine Schnecke mit gelbem Haus. Oben auf ihrem Haus klebte eine Kerze, die in der Dunkelheit flackerte.

»Wer, wir?«, fragte Friedrich ganz belämmert.

»Na, du und dein Hummelvieh. Wir zwei!«

»Ach so, du meinst uns zwei!«

»Ja, uns zwei.«

»Ich suche dringend einen Arzt«, erklärte Friedrich und war froh, dass er die Schnecke getroffen hatte. »Gibt es da jemanden in Kaltwasser?«

»Ja, ja, da gibt es ganz viele Jemanden in Kaltwasser! Ist ja eine Stadt!«

»Nein, einen Arzt«, sagte Friedrich und gab sich Mühe, nicht zu schreien.
»Wofür wollen wir denn einen Arzt?«
»Für meine Hummel!«, fuhr Friedrich die Schnecke an.
»Langsam, langsam, wir sollten lieber nicht so schreien, wir sind zufällig der Nachtwächter von Kaltwasser, jawohl! Das ist Amtsbeschreiung, jawohl!«
»Es geht um Leben und Tod«, knirschte Friedrich.
»Oh? Ja, ist die Hummel kaputt?«
»Sehr kaputt. Furchtbar.«
»Wir wollen jemanden, der die Hummel ganz macht?«
»Ja, genau!«
»Ja, warum versuchen wir's nicht bei der Mottenmeisterin? Die macht alles wieder ganz!«, sagte die Schnecke eifrig.
»Wo ist die?«, fragte Friedrich atemlos.
»Da, in dem Baum leben wir«, sagte die Schnecke und zeigte mit ihrem Fühler auf einen riesigen, bleichen Baum, der etwas oberhalb des Ortes am Wegrand lag. Seine Blätter raschelten laut im Wind. »Da oben wohnen wir.«
»Sie? Die Mottenmeisterin?«
»Ja, genau, wir! Wir reparieren alles, was Löcher hat, he, he! Wir müssen nur da hoch und dann macht sie unsere Hummel wieder ganz!«
»Danke«, sagte Friedrich herzlich und zog wieder los mit seiner Trage. Er hatte keine Sekunde mehr zu verlieren. Der Baum war riesig hoch. Eine Treppe aus eingeschlagenen Stufen wand sich den ganzen Stamm hinauf, immer ringsherum. Friedrich wurde ziemlich übel bei dem Gedanken, dass er Brumsel den Baum hinaufziehen sollte. Das könnte die ganze Nacht dauern. Vielleicht konnte er die Mottenmeisterin herunterholen?

Ein Schild stand am Weg: »Zur Mottenmeisterin. Wir reparieren alles, was Löcher hat!«

Der Weg war immer noch sehr weit für Friedrich mit seiner Last. Als er endlich am Baum ankam, glaubte er, er könne keine zwei Schritte mehr laufen. Er fiel einfach vor der Trage zu Boden und rief mit letzter Kraft: »Frau Mottenmeisterin? Hallo? Sind Sie zu Hause?«

Oben in dem Baum brannte ein Licht, aber nichts rührte sich. Keine Mottenmeisterin erschien auf der Treppe. Aber da fand Friedrich eine Klingelschnur neben der ersten Stufe, und als er daran zog, erklang ganz oben im Baum ein leises Klimpern.

Plötzlich erhob sich ein Schwarm von weißen Motten aus den belaubten Zweigen, erst hunderte, dann tausende, immer mehr. Sie umflatterten den Stamm wie eine Wolke und sie kamen herunter und umflatterten Friedrich wie tausend weiße Tücher. Friedrich konnte nicht verstehen, was sie sagten; es klang für ihn nur wie hohes Zirpen und Singen, nicht mehr.

Einige packten Hieronymus Brumsel und hoben ihn in die Luft, und einige packten Friedrich und trugen ihn ebenfalls hoch, am Stamm und an allen Stufen vorbei, bis sie hinauf zu dem Licht kamen – ihre Füße fühlten sich weich und leicht an. Ganz oben, wo der Stamm sich in die Krone aufspaltete, befand sich auf einer Plattform ein Haus aus Holz und alten Maschinenteilen. Auf der Veranda legten die Motten Brumsel ab und ließen Friedrich gehen.

»Sofort, sofort«, rief eine Stimme von drinnen. »Sofort. Komme sofort.« Dann öffnete sich der derbe Vorhang, der in der Türöffnung hing.

So hatte Friedrich sich eine Mottenmeisterin nicht vorgestellt. Erstens war sie überhaupt keine Motte, zweitens sah sie auch nicht weise oder heilkundig aus: eine kleine, drahtige Frau mittleren Alters, die einen weißen Kittel trug, der fast so gefleckt aussah wie die Flügel ihrer Motten. Ihre Augen waren groß und grau und ihre Haare weiß und wild zerzaust. Ihre Hände waren übersät mit Flecken von Schmiere und Öl.

Als sie Brumsel sah, stutzte sie. Dann trat sie näher heran und schließlich wandte sie sich an Friedrich und fuhr ihn an: »Sag mal, geht's dir noch gut? Mir hier Ophrys' Bluthund vor die Tür zu legen?!«

Friedrich stotterte. Er wusste gar nicht, was er sagen sollte. »Aber ... aber .. das ist nicht Ophrys' Bluthund! Also, nicht mehr!«, brachte er schließlich heraus.

»Und was ist das?«, fragte die Mottenmeisterin und pikte mit dem Zeigefinger gegen die Harpune, die aus Brumsels Rücken herausragte. »Hat er sich mit seiner eigenen Waffe erschossen? Donnerwetter, Ophrys bildet ihre Leute ja katastrophal aus!«

»Wir sind auf der Flucht vor Clupeus' Soldaten! Und ...«, plötzlich merkte Friedrich, was sie gesagt hatte, »... und was meinst du, *erschossen*? Ist er tot?«

»Wieso auf der Flucht?«, fragte die Mottenmeisterin barsch, aber interessiert. »Was erzählst du da?«

»Ist er tot?«, schluchzte Friedrich.

»Nein, ist er nicht«, grummelte die Mottenmeisterin. »Kann sein, dass du die Wahrheit sagst. Kann aber auch sein, dass du schwindelst. Was für eine Flucht?«

Friedrich begriff, dass er nur weiterkommen würde, wenn er schleunigst eine gute Erklärung ausspuckte. Er versuchte, kurz nachzudenken. Leicht war das gerade nicht. »Ophrys plant, Nordwärts ohne Grund anzugreifen«, erklärte er. »Wir wissen das und deshalb verfolgt sie uns.«

»Du redest wirres Zeug! Na ja, wir können ihn ja schlecht hier draußen verrecken lassen, also bring ihn rein.«

Friedrich war nur zu glücklich über diesen Befehl, aber die Motten gehorchten schon, bevor er es tun konnte. Sie trugen Brumsel durch die Tür und legten ihn auf einen großen Arbeitstisch. Friedrich folgte ihnen und fand sich in einer Werkstatt wieder. Kessel und Flickzeug, Holz und Leim, Gummi und Harz und Schrauben und Feilen lagen überall herum.

»Du bist gar keine Ärztin?«, fragte er entsetzt.

»Wieso, hat das jemand behauptet?«, erwiderte die Mottenmeisterin und ging zu einem Waschbecken, um sich die Hände zu waschen.

»Aber ... aber ...«

»Mach dir nicht ins Hemd. Ich kann alles flicken. Alles. Das ist nicht das erste Insekt, das ich repariere.«

»Wie ... wie flickt man denn eine Hummel?«, fragte Friedrich verwirrt.

»Wirst du gleich sehen. Jetzt geh da rüber zur Feuerstelle und stell den kleinen, grünen Topf in die Glut. Wird's bald? Von allein wärmt er sich nicht auf!«

Friedrich stolperte zur Feuerstelle. Seitlich des Ofens hing ein Topf mit abgesplittertem grünem Lack an einem Haken und den nahm er und stellte ihn auf die glühenden Kohlen. Darin befand sich eine dreckige, dunkle Masse, die steinhart aussah.

»Das Pech muss warm werden, bevor wir anfangen können«, sprach derweil die Mottenmeisterin und inspizierte Brumsels Pfeilwunde. »So, und jetzt holst du mir aus der obersten Schublade von dem Schrank da Käferflügel. Die grüngoldenen mit den Rillen.«

Friedrich stolperte zu dem Schrank und leistete dem Befehl

Folge, so schnell er konnte. Als er zurückkam, nahm die Mottenmeisterin die Flügel zufrieden entgegen. »Sehr schön. Ja, die sind gut.« Sie ging zu einer der Werkbänke und kam mit einer Zange zurück. Mit kritischem Blick hielt sie den Käferflügel über die Löcher in Brumsels Panzer und schnipselte daran herum, bis sie zwei passende Stücke zurechtgeschnitten hatte.

»Jetzt halt ihn fest«, sagte sie unwirsch zu Friedrich. Mit der Zange knipste sie die Spitze des Pfeils ab und zog ihn mit einer schnellen Bewegung aus Brumsels Panzer heraus. Der zuckte dabei nicht einmal. »Ha, geht doch. Und jetzt hältst du die Stücke fest über die Löcher«, sagte sie, »und ich klebe sie mit Pech an.«

»Mit dem Pech?«, rief Friedrich entsetzt. »Du willst doch kein heißes Pech auf ihn schmieren?!«

»Der fühlt's nicht, du Dummkopf, der hat einen Panzer«, fuhr ihn die Mottenmeisterin an. »Nun halt schon fest!«

Unbehaglich hielt Friedrich mit spitzen Fingern die Käferpanzerstücke, während die Mottenmeisterin mit heißem Pech daran herumbastelte. Ob sie Brumsel vielleicht schaden wollte? Plante sie, Ophrys' Bluthund zu beseitigen?

Doch Brumsel schien nichts zu merken, weder beim ersten noch beim zweiten Stück. Die grünen, gerillten Stücke in dem dichten Pelz sahen merkwürdig aus, aber Friedrich fand den Anblick schon viel tröstlicher. So also flickte man eine Hummel! Damit waren Löcher im Panzer natürlich kein Problem mehr.

Schließlich klebte die Mottenmeisterin Propolis-Pflaster auf die Wunden und wischte sich die Hände ab. »So, bis jetzt ist er nicht tot. Wenn du Glück hast, lebt er morgen noch; die Biester bestehen ja zu einem großen Teil aus Fett unter dem Panzer. Vielleicht übersteht er die Nacht. Ich verspreche nichts.«

»Aber ... sollten wir ihn nicht in ein Bett packen oder so

was?«, wandte Friedrich ein und schniefte noch ein letztes Mal. »Auf dem Tisch kann er doch nicht liegen bleiben!« Es kam ihm so herzlos vor.

Die Mottenmeisterin drehte sich noch einmal zu ihm um. »Du bist außen weich, du brauchst es weich«, sagte sie. »Der ist außen hart. Der merkt es gar nicht, ob er weich liegt oder nicht. So, ich geh jetzt ins Bett. Unter dem Tisch gibt's eine Hängematte, da drüben sind die Haken. Gute Nacht.« Damit verschwand sie hinter einem anderen Vorhang.

Friedrich holte die Hängematte unter dem Tisch hervor und hängte sie an den Haken in der Ecke auf. Er ging noch einmal zu Brumsel und drückte seinen stachligen Hummelfuß und dann fiel er in die Hängematte und schlief ein.

Am nächsten Morgen weckte ihn eine schwache Stimme.

»Friedrich! He, Friedrich!«

Friedrich blinzelte. Er war verwirrt.

»Friedrich? Wo zum Teufel sind wir hier?«

»Brumsel!« Friedrich fuhr hoch. »Geht's dir gut?«

»Na ja«, antwortete Brumsel. Seine Stimme war kaum zu hören und er lag auf der Seite. »War mal besser.«

Friedrich lachte vor Erleichterung. »Du lebst noch! Du hast die Nacht überstanden!«

»Wie kann das denn sein, gestern war mir noch nach Sterben zumute«, murmelte Brumsel.

»Schau dir das hier mal an!« Friedrich zeigte auf das Propolis-Pflaster auf seiner Brust.

»Was ist denn das?«, murmelte Brumsel verwundert.

»Du bist geflickt worden«, sagte Friedrich. »Von der Mottenmeisterin!«

»Von der was?!«, keuchte Brumsel und richtete sich auf.

»Der Mottenmeisterin. Das ist eine Frau, die in einem Baum lebt und ...«

»Ich weiß, wer das ist!« Brumsel hustete. »Weiße Haare, weißer Kittel und immer schmutzige Hände vom Maschinenöl?«

»Ja«, sagte Friedrich. »Ist das jemand Besonderes?« Und plötzlich fiel es ihm wie Schuppen von den Augen. »Weiß wie Schnee ... und sie hat schwarze Hände ...«

Brumsel keuchte wie ein Teekessel und fiel rückwärts auf die Tischplatte. »Wir sind verloren! Verloren! Sie wird uns umbringen!«

»*Das* ist die Weiße Fee? Wirklich?«, fragte Friedrich zweifelnd.

Brumsel richtete sich unter Aufbietung aller Kräfte auf. »Wir müssen hier weg!«

»Halt die Mandibeln«, sagte die Mottenmeisterin hinter ihm und drückte ihn mit einem Zeigefinger wieder zurück auf die Werkbank. »Ich hab mir nicht gestern Nacht die Finger schmutzig gemacht, damit du hier vor Aufregung einen Herzanfall kriegst und doch noch den Löffel abgibst.«

Brumsel ließ sich auf den Tisch fallen und japste.

»Sie hat dir gestern das Leben gerettet. Und außerdem hat sie dich Ophrys' Bluthund genannt«, sagte Friedrich sichtlich zufrieden.

»Ja, feiner Bluthund«, schnaubte die Mottenmeisterin. »Wenn's nach mir ginge, würde man deiner feinen Königin die Rübe abbeißen und sie in einem Fass Essig einlegen!«

»Teuerste«, erwiderte Brumsel todesmutig, »das würde ich am liebsten höchstpersönlich tun.«

»Im Moment tust du gar nix«, sagte die Mottenmeisterin.

»Ich bin mir noch nicht sicher, ob du mein Gast bist oder mein Gefangener. Wir werden sehen.«

Friedrich hatte eine Eingebung. Er würde die Dame ködern wie einen Fisch. Listig fragte er: »Haben Sie vielleicht was zu essen für uns? Ich hab meinen ganzen Proviant im Turm der Verzweiflung zurücklassen müssen, weil das Gewicht zu schwer war für meinen Fluchtplan.«

Die Mottenmeisterin hörte es, schnappte den Köder und konnte ihn nicht mehr loslassen. Sie drehte sich ganz langsam zu ihm um. »Du willst mich auf die Schippe nehmen!«

»Nein. Ich hab im Turm der Verzweiflung eingesessen, eingemauert und alles! Aber nur für ein paar Stunden. Dann bin ich, wie man so schön sagt, getürmt.«

»Wie?«, fragte die Mottenmeisterin kaum hörbar.

»Wir stehen ja schon so tief in Ihrer Schuld, aber wenn Sie noch etwas zu essen für uns hätten ...«, spekulierte Friedrich.

»Schon gut, ihr Bettler und Wegelagerer! Ist aber nicht viel da. Nur Brot und Ahornsirup.«

»Ahornsirup?«, fragte Brumsel, plötzlich sehr lebendig. »Viel Ahornsirup?«

Die Mottenmeisterin warf ihm einen mitleidigen Blick zu. »Ja, wenn du wüsstest. Der Baum hier ist ein Zuckerahorn!«

Etwas später saßen Friedrich und die Mottenmeisterin an dem großen Tisch und frühstückten. Brumsel lag oben auf dem Tisch wie tot, aber seine lange rosa Zunge fuhrwerkte in einer Schüssel mit Ahornsirup herum und ab und zu seufzte er verzückt.

»Und so ist es«, erklärte Friedrich. »Der Turm der Verzweiflung kann einen nur eingesperrt halten, wenn man verzweifelt!«

»Großartig«, sagte die Mottenmeisterin und biss begeistert

in ein Sirupbrot. »Clupeus ist schon ein ausgefuchster Mistkerl!« Sie steckte sich den Rest des Brotes in den Mund und rieb sich die Hände. »Und was hab ich für einen Fang gemacht! Den Geheimdienst-Chef von Südwärts auf meinem Wohnzimmertisch, in meiner Gewalt! Ha!«

»Tausendmal lieber in Ihrer Gefangenschaft als in den Diensten von Ophrys«, seufzte Brumsel und schleckte weiter die Sirupschüssel aus.

Die Mottenmeisterin lehnte sich zurück und grinste. »Ich wusste ja schon seit einer Weile, dass Brumsel in Nordwärts unterwegs ist. Erst kam die Meldung von Talpa, dann kamen immer wieder Nachrichten über eine goldene Hummel aus Schwalbenwall und den Wäldern. Zuletzt sogar, dass Clupeus Hornissen ausgeschickt hat, um eine goldene Hummel umzubringen. Und es gibt nur eine einzige Hummel auf der Welt, die sich die Borsten golden hat färben lassen – damit man ihn auch sofort überall erkennt!«

Brumsel räusperte sich. »Es war eine Jugendsünde.«

»Soweit ich weiß, hast du dich zur Feier des Tages einfärben lassen, als du zum Chef des Geheimdienstes befördert wurdest«, sagte die Mottenmeisterin.

Brumsel wurde rot, soweit eine Hummel rot werden kann. »Ich war jung und hatte das Geld.«

»Genauso gut hätte er sich das Wort SPION auf die Stirn tätowieren können«, gluckste die Mottenmeisterin. Bei dem Wort »tätowieren« musste Friedrich an Karl Kahlsson denken und er seufzte traurig.

Die Mottenmeisterin lehnte sich über den Tisch. »Aber eins verstehe ich nicht. Was will Ophrys mit so einem knieweichen Jüngling wie dir?«

»Ich habe den richtigen Namen«, antwortete Friedrich. »Die Löwenmaul-Familie sind die berühmtesten Hummelreiter aller Zeiten. Wichtig war nicht, was wir herausgefunden haben oder was wir Ophrys gemeldet haben – sondern dass ein berühmter Hummelreiter und eine goldene Hummel der Königin Nachrichten aus Nordwärts bringen, woraufhin dann die Königin die Rüstung anzieht und die Bedrohung aus Nordwärts in die Flucht schlägt. Auch wenn es eigentlich gar keine Bedrohung gibt.«

Die Mottenmeisterin schüttelte den Kopf. »Und was soll das Ganze? Was hat sie davon?«

»Ophrys, Verehrteste«, erklärte Brumsel, »möchte sich gern ihr eigenes Porträt über den Thron hängen anstelle von Gryndhild der Großen. Das ist der einzige Grund.«

Die Mottenmeisterin öffnete ihren Mund, aber zuerst kam kein Wort heraus. Sie schloss und öffnete ihn noch ein paarmal und dann stotterte sie: »Sie ... sie will ... sie will was? Einen Krieg anfangen, damit sie ein bisschen Heldin spielen kann?!«

»So sieht es aus«, sagte Friedrich.

»Uh ... äh ... hat ihr irgendjemand gesagt, dass Krieg ziemlich gefährlich ist? Dass dabei auch jemand verletzt werden kann?«, fragte die Mottenmeisterin fassungslos.

»Anscheinend weiß sie nicht so genau, wie man sich das vorzustellen hat«, sagte Brumsel düster. »Oder vielleicht ist es ihr egal, weil sie sowieso alles in trockenen Tüchern hat und sicher sein kann, dass sie gewinnt.«

»Die ist doch wahnsinnig«, murmelte die Mottenmeisterin.

»Ich glaube«, sagte Brumsel, »sie ist ein kleines Mädchen, das zu selten ein Nein zu hören bekommen hat. Irgendwie ist sie nur älter geworden, aber nicht erwachsen. Ich fand das immer niedlich. Es haben ja so viele Leute auf sie aufgepasst. Aber jetzt ... jetzt fühle ich mich irgendwie schuldig an dem, was aus ihr geworden ist.« Er sah so elend aus, dass die Mottenmeisterin ihm mitleidig auf die Schulter klopfte.

In Friedrich reifte ein Entschluss. Vorsichtig fragte er: »Und haben Sie eine Idee, wie man Ophrys' Kriegspläne stoppen kann?«

»Nein, im Moment nicht«, erwiderte die Mottenmeisterin. »Aber ich kann innerhalb einer Woche ein paar hundert schlaue Köpfe aus dem ganzen Land zusammentrommeln, und gemeinsam können wir uns überlegen, was zu tun ist. Und binnen zwei Wochen kann ich alle Geheimen Wächter mobilisieren.« Sie lehnte sich mit einem grimmigen Grinsen zurück und nahm einen Schluck aus ihrer Tasse. »Ich kann zwar nicht zaubern, aber Wunder wirken kann ich manchmal schon!«

»Dann werde ich Ihnen helfen«, erklärte Friedrich. »Und wenn ich auch ein Wächter werden muss, um Ophrys in den Hintern zu treten, dann mache ich sogar das!«

Die Mottenmeisterin lachte. »Sehr gut. Du bist gekauft. Und was ist mit dir, Dicker?«

»Da ich im Moment völlig nutzlos bin«, sagte Brumsel und wackelte mit seinem durchschossenen Flügel, »kann ich nur sagen: Ich werde den Geheimen Wächtern mit allen Kräften helfen, sobald ich wieder welche habe. Ahornsirup könnte das übrigens extrem beschleunigen ...«

Nach der Hoffnungslosigkeit der letzten Wochen wagte Friedrich es kaum noch, endlich das Licht am Ende des Tunnels zu sehen. Was konnte die Mottenmeisterin schon unternehmen, um Ophrys' Kriegsmaschinerie aufzuhalten? Trotzdem sagte ihm eine innere Stimme, dass jetzt alles besser werden würde. Und das erste Zeichen dafür erreichte sie noch am selben Abend.

Die Sonne war untergegangen und der Mond stand als leuchtende, schmale Sichel zwischen den Sternen. Der Himmel war noch nicht ganz schwarz, sondern von einem dunklen, aber knalligen Blau – die Art von Farbe, die man im Farbkasten nie zusammenmischen kann, egal, wie lange man es versucht.

Friedrich saß am Rand der Plattform und ließ die Beine baumeln. Die Mottenmeisterin war außer Haus, denn sie hatte sofort begonnen, ihre Leute in Kenntnis zu setzen. Brumsel war mittlerweile in einer Mauernische untergebracht, wo er sich viel wohler fühlte als auf dem Werktisch. Er war still, vermutlich ruhte er sich gerade aus.

Da sah Friedrich drei schwarze Silhouetten gegen den Himmel. Es waren ganz offensichtlich Raubvögel und ihr weicher, lautloser Flug verriet sie schon von Weitem als Eulen. Aber Friedrich starrte nur in den Himmel und kam nicht auf die Idee, wer das sein könnte, bis sie Kurs auf den Mottenbaum nahmen.

Konnten das die drei Oilinis sein? Nein, das war eigentlich völlig unmöglich. Angostura würde ihnen doch nie erlauben, um so eine nachtschlafende Zeit in der kalten Luft herumzuschwirren! Friedrich stand auf und starrte ihnen misstrauisch entgegen. Näher und näher kamen sie, lautlos und elegant, dann landeten sie direkt vor der Hütte der Mottenmeisterin auf drei dicken Ästen. Und Friedrich sah, dass es tatsächlich die drei Oilini-Schwestern waren.

Ihr weiß-goldenes Kopfgefieder hatten sie unter nachtblauen Kapuzenumhängen versteckt. Mit ihren schwarzen Augen schauten sie Friedrich lange an, bevor er sich durchringen konnte, sie höflich zu begrüßen.

»Guten Abend«, sagte er heiser.

»Guten Abend, Herr Löwenmaul«, erwiderte Jolanda sanft.

»So sehen wir uns also wieder. Seien Sie versichert, dass wir Sie bei unserem letzten Treffen nicht in böser Absicht getäuscht haben.«

»Haben Sie?«, fragte Friedrich verwirrt. Er fragte sich, ob er eingenickt war und träumte.

»Ist da draußen jemand?«, rief Brumsel mit matter Stimme. »Wenn ja, soll er reinkommen und mich unterhalten!«

»Äh, das geht nicht«, rief Friedrich schnell, denn jede der drei Eulen war so groß wie das ganze Haus. Also zog er den speckigen Vorhang vor dem Eingang weg, sodass Brumsel hinausschauen konnte. Der war völlig verblüfft. »He, ist das dieser Schmerztee, den das Mottenweib mir gegeben hat? Oder stehen da wirklich die Oilinis vor der Tür?«

Jolanda schlug ihre Kapuze zurück und die anderen taten es ihr gleich. »Sie sehen richtig«, piepste sie. »Wir haben uns erlaubt, an Ihnen eine kleine Täuschung vorzunehmen. Wir mussten herausfinden, auf welcher Seite Sie stehen.«

»Wieso sind Sie hier?«, fragte Friedrich völlig durcheinander. »Woher wussten Sie, wo wir sind, und wovon reden Sie überhaupt?«

Nun sprach Jorinde. »Sie müssen wissen, dass wir bereits vier Wochen vor dem Jahrmarkt von Schwalbenwall selbst in Weißfels waren und dass Königin Ophrys uns für ein Konzert gebucht hatte.«

»Und nicht für irgendein Konzert«, fuhr Jolanda fort. »Für ein großes Heldenepos, das als krönende Abschlussfeier vor dem offiziellen Kriegsbeginn für den Hofstaat gegeben wird.«

»Vier Wochen vor dem Jahrmarkt«, rechnete Friedrich. »Das

war, bevor wir von dem Krieg überhaupt etwas wussten – da waren wir noch in Nordwärts auf Spionage-Ausflug!«

»Kurz darauf hörten wir Gerüchte, dass Sie vom Hof fliehen mussten und in Ungnade gefallen waren. Später bemerkten wir, dass Sie sich zufällig auf dem Jahrmarkt von Schwalbenwall aufhielten. Also schickten wir Angostura zu Ihnen, um Sie auszuhorchen und zu uns zu bringen.« Jorinde machte eine Kunstpause. »Angostura bat Sie darum, uns ein Konzert in Weißfels zu vermitteln. Das war natürlich nur ein Vorwand, denn wir waren ja schon gebucht! Doch von dem Kriegsvorglühkonzert wussten Sie nichts, denn Sie waren ja nicht eingeladen.«

»Und damit war klar, dass Ophrys Sie gar nicht in ihre Kriegspläne eingeweiht hatte«, piepste schließlich Josefa. »Die Gerüchte, dass Sie mit ihrer Politik nicht einverstanden waren und fliehen mussten, waren also wahr.«

»Ich bin beeindruckt«, sagte Brumsel, der verzweifelt versuchte, über seinen eigenen pelzigen Bauch nach draußen zu schielen. »Ich kann kaum glauben, wie raffiniert Sie vorgegangen sind, meine Damen!«

»Die arme Angostura«, sagte Josefa mit ehrlichem Bedauern. »Wir baten sie, das für uns zu erledigen, und es hat sie sehr verwirrt. Trotzdem hat sie das für uns getan, die treue Seele!«

»Sie konnte ja nicht wissen, dass wir Wächter sind«, setzte Jolanda sanft hinzu. »Aber jetzt müssen wir sie wohl einweihen und sie wird sich schrecklich aufregen!«

Einige Sekunden lang war es sehr still. Irgendwo schrie ein Käuzchen.

Schließlich holte Friedrich tief Luft. »Wir finden neuerdings Verbündete an den unmöglichsten Stellen«, sagte er leichthin.

»Wir möchten Ihnen versichern, dass die Weiße Fee auch

weiterhin auf uns zählen kann«, schloss Jolanda. »Was auch immer wir tun können, wenn wir im Palast sind – wir werden uns die größte Mühe geben, die Pläne der Wächter zu unterstützen!«

»Sie wird sich sehr freuen, das zu hören!«, versicherte Friedrich und setzte ehrlich hinzu: »Wir freuen uns jedenfalls wie verrückt!«

Die drei Eulen verneigten sich und zogen ihre Kapuzen wieder über die Köpfe. Dann erhoben sie sich lautlos in die Luft und segelten in den Nachthimmel hinauf. Friedrich sah ihnen stumm nach.

»Was für ... bemerkenswerte Damen«, sagte Brumsel hinter ihm nachdenklich.

»Ja, nicht?« Friedrich drehte sich um. »Ich finde sie großartig!«

Brumsel grinste und kuschelte sich in seine Wolldecke. »Drei Verbündete im Palast zu haben, ist ein unschätzbarer Vorteil. Den müssen wir unbedingt nutzen.«

»Schon«, sagte Friedrich, nahm sich ebenfalls eine Decke und kletterte in seine Hängematte. »Aber erst mal solltest du wieder auf den Füßen sein, bevor du dir solche Gedanken machst!«

Brumsel fluchte leise vor sich hin und schlief dann geräuschvoll ein. Friedrich sah noch lange hinaus in den Sternenhimmel und versuchte, sich zu erinnern, wie seine alte Wohnung ausgesehen hatte. Irgendwie wurde die Erinnerung immer blasser.

Und so begann etwas, was als der »Kopfstehende Kriegsrat von Nordwärts« in die Geschichte einging: ein Kriegsrat, der dazu diente, einen Krieg aufzuhalten. Die Mottenmeisterin oder vielmehr die Weiße Fee setzte alle magischen Kräfte ein, die sie nicht hatte; und die Geheimen Wächter kamen nach Kaltwasser und jeder konnte sie sehen. Friedrich wurde in diesen Tagen herumgezerrt, bis ihm der Kopf schwirrte. Die Mottenmeisterin stellte ihn dutzenden von Leuten vor, die alle furchtbar wichtig zu sein schienen. Er saß bei Versammlungen und geheimen Gesprächen und verstand kaum, worum es überhaupt ging.

»Aber unsere Geheimwaffe«, pflegte die Mottenmeisterin augenzwinkernd jedem zu erzählen, »habt ihr noch gar nicht gesehen. Wir haben die Hummel, die uns alles über Ophrys' Pläne, ihre Armee und ihre Berater erzählen kann!«

Besagte Hummel fühlte sich jeden Tag besser, und es gefiel ihr gar nicht, dass sie noch nicht draußen herumsummen und sich einmischen konnte – besonders jetzt, wo so viele interessante Leute nach Kaltwasser kamen. Friedrich verbrachte jede freie Minute bei Brumsel, um ihn aufzuheitern, und spielte mit ihm Karten oder »Ich sehe was, was du nicht siehst«, aber Brumsel half das nicht über seine Langeweile hinweg.

»Verdammt, ich will raus!«, maulte er jeden Tag. »Wann kann ich endlich wieder fliegen? Was glaubst du, wie lange es noch dauert? Wenn ich bloß richtig krabbeln könnte! Da draußen ist Kriegsrat und ich muss hier drinnen bleiben!«

»Wenigstens musst du nicht zum hundertsten Mal fremden Leuten die Geschichte von unserer Flucht erzählen«, seufzte Friedrich. »Ich komme mir schon vor wie ein Stück im Museum, das jeder betatschen und kommentieren darf!«

Und die Mottenmeisterin vertröstete sie beide.

Aber nach acht Tagen kroch Brumsel überall in ihrer Werkstatt herum und ging ihr so sehr auf die Nerven, dass sie ihn hinauswarf. Den Motten sagte sie, sie sollten ihn in die Stadt tragen, und dort hatten Friedrich und Brumsel endlich Zeit, sich richtig umzuschauen. Sie besorgten sich etwas zu essen, setzten sich auf die Brücke vor dem Stadttor und schauten den strömenden Massen von Reisenden zu.

»Eigentlich«, erklärte Friedrich, »kommen nur selten Besucher nach Kaltwasser. Sagt die Mottenmeisterin. Aber in den letzten Tagen kommen sie von überall, fast alle Gasthäuser sind schon voll.«

»Und das«, sagte Brumsel grimmig, »ist alles ihr Werk. Schau dir das an, das sind ihre Leute. Ihre Geheimen Wächter und alle, die ihnen helfen wollen. Die allermeisten von denen sind ihr noch nie im Leben begegnet und sie kommen trotzdem. Kannst du jetzt verstehen, wieso ich zehn Jahre lang nichts gegen sie ausrichten konnte?«

Friedrich lächelte. Je länger er der Magie der Weißen Fee beim Entfalten zuschaute, desto mehr Hoffnung schöpfte er, dass Ophrys' Pläne nicht aufgehen würden.

Und über die Brücke kamen mehr und mehr Geheime Wächter: ein Eissturmvogel watschelte daher, Schwalben zogen elegante Kreise und landeten vor den Toren, und ein paar grimmig aussehende Seeleute stapften breitbeinig auf den Torbogen zu. Ein winziges, altes Weiblein, das einen riesigen Berg von Laternen und Lampen auf dem Rücken herumtrug, drängelte die Seeleute frech zur Seite und überholte sie. Einige ihrer Laternen brannten sogar. Neben dem Lampenweiblein hüpfte eine dicke Kröte über die Brücke. Und dann hörte Friedrich eine Stimme, die ihm bekannt vorkam, und gleich darauf tauchte Gryllo Talpas vernarbter Panzer zwischen den Reisenden auf. Es dauerte nur einen Augenblick, bis er sie entdeckte.

»Ha! Brumsel und der kleine Hosenscheißer!«, dröhnte er und drängelte sich zu ihnen durch.

»Friedrich. Ich heiße Friedrich«, erwiderte Friedrich steif.

»Friedrich, auch gut!« Talpa tippte sich an den Kopf, als würde er salutieren, und bei dem Anblick seiner Schaufeln fiel Friedrich etwas Wichtiges ein.

»Und hau bitte Brumsel nicht leutselig auf den Rücken vor Freude«, sagte er schnell.

Talpa, der schon am Ausholen war, ließ enttäuscht den Arm sinken. »Wieso?«

»Ich bin noch etwas geflickt«, erklärte Brumsel. »Leichte Gebrauchsspuren, aber sonst so gut wie neu.«

»Schade.« Talpa grinste. »Ich hätte dich gern passend auf der guten Seite begrüßt. Nur um zu sehen, ob du's vertragen kannst. Na ja, wir kommen bestimmt noch dazu!« Hinter Talpa sammelten sich einige Wächter, die sein Gefolge zu sein schienen. Friedrich sah auch Otto unter ihnen, der so grummelig schaute wie immer. »Ich wär auch schon viel früher hier gewesen, aber wie's halt ist, wenn man den Betrieb für eine Weile einer Vertretung überlässt – hier muss noch was geregelt werden, da ist noch was im Argen. Die Bar macht im Moment Elsbeth. Ich hab ihr fast die Antennen abgerissen, als ich gehört hab, was sie dem Kleinen hier alles ausgeplaudert hat!«

»Grüß sie mal von mir!«, unterbrach Friedrich seinen Redefluss. »Wenn sie nicht gewesen wäre, hätte uns vielleicht gar nichts davon überzeugt, dass die Wächter unschuldig waren!«

»Auf mein Wort als ehrlicher Geschäftsmann verlässt man sich ja nicht mehr«, seufzte Talpa und verdrehte die Augen. »Also, ihr beiden, ich muss weiter – die Chefin erwartet mich schon. Bis bald.« Und damit drehte er sich um und verschwand wieder in der Menge und seine Stammgäste folgten ihm.

Brumsel starrte ihm nachdenklich hinterher.

»Ich wette mit dir«, sagte Friedrich grinsend, »spätestens morgen Abend nach dem sechsten Bier schwört ihr euch ewige Brüderschaft.«

Brumsel schüttelte den Kopf, ohne den Blick von der Menge abzuwenden. »Ja ... da wird mir wohl gar nichts anderes übrig bleiben.«

11. Kapitel
Der Kopfstehende Kriegsrat

An diesem Abend schob die Mottenmeisterin ihren großen Werktisch hinaus vor die Tür, legte eine Tischdecke darauf und gab ein Abendessen für einige ihrer Freunde unter den neu angekommenen Wächtern. Außer Talpa waren da noch ein paar Leute dabei, die Friedrich nicht kannte; und schließlich kündigte die Mottenmeisterin an, dass auch noch einige Berühmtheiten zum Abendessen vorbeikämen. Natürlich wussten nur Friedrich und Brumsel, um wen es sich dabei handelte.

In Begleitung von Angostura (die noch strenger dreinblickte als sonst) trudelten die Oilinis schließlich ein. In den Klauen hielt jede eine Maus, denn wegen ihrer Größe hätte die Mottenmeisterin ihnen wohl kaum ein passendes Essen anbieten können. Die Überraschung unter den anderen Gästen war perfekt, und wenn die Oilinis auch vor der Terrasse auf den Zweigen sitzen mussten, war die Stimmung sehr herzlich.

»So, meine Lieben«, sagte die Mottenmeisterin, als alle Schüsseln und Teller auf dem Tisch standen, »wir werden einen sehr schlauen Plan brauchen, um Ophrys aufzuhalten. Also lasst hören – hat schon jemand eine gute Idee?«

»Zuerst mal gibt es mehrere Dinge zu bedenken«, sagte eine nervöse Zwergfledermaus, die sich zuvor als Strella vorgestellt hatte. »Die größte Bedrohung stellt die Ameisenarmee dar. Wenn wir die unschädlich machen, ist uns Ophrys nicht mehr überlegen. Dann würde ein Krieg für sie ein großes Risiko bedeuten, weil sie auch leicht verlieren könnte.«

»Stimmt«, sagte die Mottenmeisterin.

»Das zweitgrößte Problem sind ihre normalen Streitkräfte, die Hornissen und Wespen, Käfer und so weiter. Die sind größtenteils an der Landesgrenze stationiert, weil sie den Angriff von Süden aus führen sollen – sind wir uns da einig?«

Alle nickten. Strella schien so etwas wie die Strategin unter den Wächtern zu sein.

»Anders als die Ameisen kämpfen die normalen Soldaten aus freiem Willen. Die Ameisen können wir vielleicht aus ihrem Bann befreien, aber mit Ophrys' bezahlten Truppen müssen wir dann immer noch kämpfen. Und das wollen wir ja nicht, oder? Also schlage ich vor, dass wir das Problem an der Wurzel packen!« Strella beugte sich über den Tisch und schnappte blitzschnell nach einer Beere, die die Mitte eines Kuchens zierte. »So!« Alle starrten auf den leeren Kuchen, dann schauten sie vorwurfsvoll zurück zu Strella.

»Keine Königin, kein Angriffsbefehl und ergo auch kein Angriff: Wir schleichen uns in den Palast und entführen Ophrys. Das ist mein Vorschlag!«

Es folgte eine ehrfürchtige Stille. Dann sagte Talpa: »Gib's zu, du hast uns das nur demonstriert, weil du die Beere klauen wolltest.«

»Vielleicht«, sagte Strella leichthin und fing an zu kauen.

»Das klingt alles sehr gut, aber im Detail haben wir zwei

Probleme«, überlegte die Mottenmeisterin. »Erstens: Wie heben wir den Bann auf, der auf den Ameisen liegt? Zweitens: Wie kommen wir in den Palast?«

»Was den zweiten Punkt betrifft«, verkündete Angostura, »können wir vielleicht helfen. Kurz nach der Sommersonnenwende wird der Angriff auf Nordwärts beginnen, aber davor wird es eine Aufführung der Gryndhild-Oper geben, mit der Königin Ophrys sich geistig auf den Krieg vorbereiten will. Sie und ihr ganzer Hofstaat werden dieser Oper beiwohnen, die natürlich von Jolanda, Jorinde und Josefa vorgetragen wird. Während dieser Aufführung ist es doch sicher möglich, unbemerkt in den Palast einzubrechen.«

»Na ja, die Wachen werden immer noch da sein«, warf Brumsel nüchtern ein. »Denen wird Ophrys nicht extra Urlaub geben, damit sie sich die Oper anschauen können. Das heißt, von oben einfliegen oder durch ein Fenster einbrechen wird eher nicht möglich sein. Und wir kommen ja auch nicht unbemerkt durch alle Gebäude, bis wir nah genug sind, um Ophrys zu greifen.«

»Wenn man sie allein erwischen will, von welcher Stelle aus kommt man am besten an sie heran?«, fragte die Mottenmeisterin.

Brumsel überlegte. »Alle Gebäudeteile, wo sie sich normalerweise aufhält – ihre Gemächer, der Opernsaal und auch der Thronsaal – liegen im Herzen des Palastes. Von außen kommt man dort nur hin, wenn man sich vorher durch Scharen von Bediensteten und Wachen kämpft.«

»Dann gehen wir von unten rein«, beschloss Strella. »So ein großer Palast hat garantiert Abwasseranlagen und Keller!«

»Die Abwasserkanäle«, seufzte Brumsel, »sind so konstruiert, dass sie immer bis zur Decke voll sind. Nur ein Tauchkäfer käme da durch. Außerdem sind sie alle vergittert. Die sind äußerst einbruchsicher ... Ich hab damals mitgeholfen, sie zu bauen. Ich Trottel.«

»Die ganze Sache muss vor allem schnell gehen«, sagte die Mottenmeisterin und biss sich auf die Lippe. »Eine Oper ist ja nur ein oder zwei Stunden lang.«

Angostura räusperte sich. »Nicht diese. Es handelt sich um die Originalfassung in voller klassischer Inszenierung.«

»Und wie lang ist die?«, fragte Friedrich.

»Viereinhalb Tage.«

»Viereinhalb Tage?!«, quietschte Strella, und Talpa brach in Gelächter aus.

»Viereinhalb Tage«, wiederholte Brumsel tonlos. »Ich könnte nicht mal so lange zuhören, geschweige denn so lange singen!«

Jolanda neigte anmutig den Kopf. »Verlassen Sie sich auf uns. Wir sind vom Fach«, sagte sie sanft.

»Ophrys ist also viereinhalb Tage lang abgelenkt?«, fragte die Mottenmeisterin zweifelnd. »Das ist gut, aber wie kommen wir rein?«

»Wir könnten uns durch den Boden bohren«, sagte Strella eifrig und zupfte die Mottenmeisterin am Ärmel. Ihre großen Ohren zuckten. »Wir fragen Oskar! Der ist der Beste für so ein Problem!«

Die Mottenmeisterin maß Strella mit einem resignierten Blick. »Strella, du kennst Oskar. Du weißt, dass der mit seinen infernalischen Grabmaschinen einen Lärm macht, der einem das Trommelfell rausreißt. Wenn wir Oskar unter den Palast schicken, um ein Loch zu bohren, dann können wir auch genauso gut an der Tür klingeln.«

»Ja, das stimmt«, sagte Strella, stützte den Kopf in die Hände und versank in Grübeleien, während die anderen am Tisch anfingen, zu diskutieren, was man sonst tun könnte.

Da erklang Jorindes zarte Stimme durch den Lärm und sofort verstummten alle. Sie erklärte: »Glücklicherweise sind wir in der Position, dieses Problem zu beheben. Wir können gegenüber Königin Ophrys darauf bestehen, dass wir nur singen werden, wenn das Orchester auch das volle Original-Arrangement dazu spielt. Sie wird uns das sicher genehmigen.«

»Das Original-Arrangement«, erklärte Angostura weiter, »beinhaltet unter anderem zwölf Spitzhacken, dreizehn Ambosse und einen Presslufthammer. Ja, die Opern waren damals noch nicht ganz so raffiniert und ausgefeilt wie heute. Dafür hat diese Musik etwas sehr Ursprüngliches an sich.«

»Ein ... Presslufthammer?«, fragte Talpa vorsichtig nach.

»Erst der Presslufthammer bringt die monumentale Größe der erzählten Geschichte richtig zur Geltung«, erklärte Josefa distinguiert.

»Wir haben also viereinhalb Tage, während der wir lärmen und von unten in den Thronsaal einbrechen können?«, fragte Brumsel. »Das klingt gar nicht schlecht!«

»Dann ist Oskar tatsächlich die richtige Adresse für uns«, meinte die Mottenmeisterin und machte überhaupt keine Anstalten, zu erklären, wer oder was Oskar war.

»Bleibt aber immer noch unser erstes und größtes Problem«, sagte ein kleiner Wasserkäfer, der bisher still gewesen war. »Was machen wir mit den Ameisenarmeen? Herr Brumsel, Herr Löwenmaul, bitte erklären Sie doch kurz, wie der Bann überhaupt funktioniert!«

Friedrich holte tief Luft. »Die Ameisen tragen Eisenringe auf den Antennen, die mit einer Lösung namens Aqua Generale bestrichen sind. Clupeus und seine Leute tragen eine sogenannte Meisterlösung. Wenn eine Ameise Aqua Generale riecht, gehorcht sie dem, der die Meisterlösung an sich hat. Dadurch halten sie Clupeus für eine höhergestellte Ameise und tun, was er ihnen sagt – auch, wenn es eigentlich gar nicht ihrer Natur entspricht. Würde man die Ringe wegnehmen, würden sie bestimmt schnell wieder zur Besinnung kommen.«

»Das Problem ist, dass es Millionen von Ameisen sind, die diese Ringe tragen«, setzte Brumsel hinzu. »Man muss jeden einzelnen Ring abpflücken – und wie soll das gehen?«

»Und wenn man das Aqua Generale unschädlich macht?«, fragte Strella. »Die meisten Duftwässer kann man mit Alkohol wegwaschen. Wir könnten sie von oben mit Schnaps besprühen!«

»Klingt nach einer ziemlich unsicheren Methode«, sagte die Mottenmeisterin. »Außerdem können wir nicht tonnenweise Schnaps durch die Luft befördern!«

»Ich hatte mir da was überlegt«, sagte Friedrich, und alle Köpfe drehten sich zu ihm.

»Ja?«, fragte die Mottenmeisterin gespannt.

Es machte Friedrich ziemlich nervös, alle Augen auf sich gerichtet zu sehen. Er errötete. »Ich ... also, ich muss es wohl vorführen. Eine Sekunde!« Er sprang auf und lief in die Werkstatt. Mit einer dicken Schraubenmutter kehrte er zurück. »Brumsel, du musst mir jetzt mal assistieren«, bat er seinen Freund.

»Was soll ich tun?«, fragte Brumsel.

»Gar nichts, nur stillhalten«, sagte Friedrich und ließ die Mutter auf Brumsels Antenne gleiten. Brumsel saß still und schaute nach oben.

»Die Ringe«, erklärte Friedrich, »sind ja aus Eisen. Also kann man sie so klauen!« Aus der Tasche zog er einen großen Hufeisenmagneten und hielt ihn über Brumsels Kopf.

Schwupps, sauste der Ring nach oben. Klack, schlug er gegen den Magneten.

»Ha!«, freute sich Brumsel. »Geniale Idee!«

»Wäre es denn möglich, so etwas in großem Stil zu machen?«, fragte Friedrich die Mottenmeisterin, die schon über der Idee brütete.

»Zuerst mal«, sagte sie, »brauchen wir einen sehr viel stärkeren Magneten. Dann müssen wir ihn in die Luft kriegen und schließlich müssen wir auch die Ringe irgendwo abladen können. Das ist ... schwierig, aber nicht unmöglich. Lass mich nachdenken!« Sie leckte sich über die Lippen und grinste. »Oh ja, ich glaube, das ist möglich. Schwierig, aber möglich!«

»Dann brauchen wir für den Anfang einen möglichst detailgetreuen Bauplan vom Palast, einen Spielplan der Oper und genaue Informationen, wo Clupeus seine Ameisentruppen aufgebaut hat«, fasste Strella eifrig zusammen.

»Und ich denke mir aus, wie man mit Magneten ein Ameisenheer entwaffnet«, sagte die Mottenmeisterin zufrieden. »Damit sind wir doch schon viel weiter! In diesem Sinne: Guten Appetit!«

Die nächsten drei Tage über war die Mottenmeisterin in einer ungnädigen Stimmung. Jeden Winkel ihrer Werkstatt stellte sie auf den Kopf, prüfte und verwarf alles, was ihr in die Finger kam. Friedrich übernahm es, für sie alle drei zu kochen, während nebenan die Mottenmeisterin fluchte und metallene Dinge durcheinanderwarf. Wenn das Essen fertig war, kam sie in die

Küche gestampft, warf sich auf einen Stuhl, verschlang ihr Essen und erklärte zwischen den Bissen, an welchem Problem sie gerade arbeitete.

»Wir brauchen«, sagte sie immer wieder, »einen extrem starken Magneten, den wir in der Luft transportieren können. Außerdem muss man ihn ein- und ausschalten können, damit man die Ringe wieder irgendwo abwerfen kann, die daran kleben. Das ist eine ganz neue Mechanik, so etwas habe ich noch nie gebaut. Ich glaube, niemand hat so was jemals gebaut!«

Friedrich hörte sie hämmern, schmieden, schrauben, schweißen, sägen und feilen, und immer, wenn er einen Blick durch den Vorhang in die Werkstatt warf, stand sie über irgendeinem Gerät, eine große, verrußte Schutzbrille auf dem Kopf, mit wirren Haaren, während sie laut vor sich hin murmelte. Ihre Hände, die in riesigen, eisenbeschlagenen Lederhandschuhen steckten, fuhrwerkten in Feuer und Metallspänen herum, und stiebende Funken versengten ihre Haare und ihren Kittel, aber das bemerkte sie nicht einmal.

Brumsel und Talpa hatten es derweil übernommen, alle Neuankömmlinge unter den Wächtern über die Ameisentruppen zu befragen. Viele hatten die Heere vorbeiziehen sehen, und einige wussten auch, wo welche lagerten. Mit einer Karte fertigten die beiden einen Plan an; Stück für Stück fügte sich zusammen, wo Clupeus seine Angriffspositionen aufgebaut hatte.

»Schau hier«, erklärte Brumsel schließlich, als Friedrich wieder einmal vorbeikam. »Am Fuß der Berge sind die Legionen stationiert. Ein schöner Bogen über dem ganzen Land! Clupeus wird vom Norden aus nach Süden ziehen. Wenn die Ameisen den größten Teil der Drecksarbeit gemacht haben, kommt ihm Ophrys vom Süden mit ihren normalen Soldaten entgegen.«

»Das bedeutet«, setzte Talpa hinzu, »dass Clupeus früher anfangen muss, ist ja klar. Die Oilinis beginnen mit ihrem Konzert am Tag nach der Sonnenwende. Viereinhalb Tage später sind sie fertig, dann zieht Ophrys in den Krieg. Clupeus muss mit seinen Ameisen mindestens zwei Wochen vorher anfangen, um einen Großteil des Landes in seine Finger zu kriegen.«

Friedrich rechnete im Kopf. »Das heißt, wir haben weniger als drei Wochen, um die Ameisen zu entwaffnen!«

»Richtig. Bis dahin muss die Chefin ihren Magneten entwickelt haben.« Talpa biss sich auf einen Finger. »Ich hoffe nur, dass sie das wirklich schafft. Die meisten Wächter sind keine Krieger, von der normalen Bevölkerung ganz zu schweigen. Wenn es hart auf hart kommt, wird es ziemlich eng für Nordwärts.«

»Und danach müssen wir uns schnell auf den Weg nach Weißfels machen, um rechtzeitig zum Konzert mit den Grabarbeiten anzufangen«, fuhr Friedrich fort.

»Erst die Ameisen, dann Clupeus«, verbesserte Brumsel. »Dann weiter nach Süden. Ophrys nehmen wir uns ganz zum Schluss vor. Clupeus müssen wir vor allem deshalb ausschalten, damit Ophrys den Braten nicht riecht – er würde ihr sonst bestimmt eine Botschaft zukommen lassen.«

Als Friedrich später zum Haus der Mottenmeisterin zurückkam (die Motten hingen schlafend in der Rinde und er musste den ganzen Weg allein hochsteigen), fand er sie in der Küche. Die Brille auf der Stirn, die Handschuhe auf dem Tisch und einen Ausdruck von Verzweiflung auf dem Gesicht, hing sie quer über einem Küchenstuhl.

»Friedrich«, jammerte sie, »was soll ich bloß noch ausprobieren? Gibt's irgendwas, was ich noch nicht versucht habe?«

Friedrich, der von ihr die letzten drei Tage fast ganz ignoriert worden war, erklärte lapidar: »Das kann ich so nicht sagen. Ich weiß ja nicht mal, was du bisher getrieben hast.«

Die Mottenmeisterin schaute mit blutunterlaufenen Augen zu ihm auf. »Einen abschaltbaren Magneten hab ich gebaut«, erklärte sie. »Das ist einfach. Man braucht nur ein dünnes Brett zwischen dem Magneten und dem Ding, was man damit anzieht. Dann kann man den Magneten einfach vom Brett wegnehmen, wenn er loslassen soll. Bums, die Distanz wird zu groß und die Magnetkräfte können das Eisen nicht mehr halten. Aber alle Magnete, die ich bis jetzt versucht habe, sind viel zu schwach.«

»Man bräuchte einen Verstärker für die ganze Sache«, überlegte Friedrich.

»Genau. Einen Verstärker für Magnetkräfte.« Die Mottenmeisterin seufzte.

»Hm.« Friedrichs Wissen über Magie war sehr begrenzt, aber die Sache mit der Flugkohle kam ihm in den Sinn. »Gibt es nicht irgendeinen Zauberer unter den Wächtern, der dir so etwas herstellen könnte?«

»Zauberer haben wir ein paar«, sagte die Mottenmeisterin nachdenklich. »Die kann ich fragen, aber da habe ich wenig Hoffnung. Das sind magiemäßig keine großen Leuchten.«

»Hm«, sagte Friedrich wieder.

»Hast du eine Idee, Wunderknabe?«, fragte die Mottenmeisterin hoffnungsvoll.

»Wenn jemand etwas über Verstärker weiß, dann Angostura Stricksner.« Friedrich kratzte sich am Kopf. »Nie im Leben hätten die Oilinis den ganzen Jahrmarkt von Schwalbenwall beschallen können, wenn sie nicht irgendeine Verstärkung gehabt hätten.«

»Das ist ein ganz anderer Verstärker«, winkte die Mottenmeisterin ab. »Außerdem sind die Oilinis gar nicht hier. Die kommen erst übermorgen, zur offiziellen Ratssitzung. Wenn du derweil noch was Nützliches lernen willst, geh zu Talpa. Der soll einen von seinen Leuten abstellen, um dir Kampfunterricht zu geben – wer weiß, ob du es noch brauchst!«

So wurde Friedrich einem Schnellkurs in Waffenkunde und Nahkampf unterzogen. Sein Lehrer war eine ältliche Knoblauchkröte namens Henry, der aber darauf bestand, er sei in Wirklichkeit ein Frosch. Henry hatte zum Glück Verständnis dafür, dass Friedrich keinen Schwertkampf lernen wollte, und brachte ihm stattdessen bei, was er ganz unbewaffnet oder nur mit seinem Allzweckmesser anstellen konnte. Das war allerdings auch anstrengend genug.

»Das machst du schon ganz gut, jetzt darfst du's nur nicht schleifen lassen«, quakte er am Abend des zweiten Tages. »Immer schön üben! Morgen machen wir weiter.«

»Aber morgen beginnen doch die Ratssitzungen«, wandte Friedrich ein, dem insgeheim alle Knochen wehtaten.

»Erst nachmittags«, winkte Henry ab. »Wenn du früh aufstehst, können wir beide noch den ganzen Vormittag trainieren!«

Friedrich stöhnte.

Umso erleichterter war er, als pünktlich um fünf Uhr am nächsten Tag der Kopfstehende Kriegsrat seine erste offizielle Sitzung hatte. Die Mottenmeisterin hatte große Plakate drucken lassen, auf denen die Versammlung angekündigt wurde. Jetzt hingen sie überall in Kaltwasser, und wer es rechtzeitig in die Stadt geschafft hatte, der versammelte sich.

Die große Wiese vor der Stadt hatte sich schon seit dem Mittag mit Wächtern gefüllt. Es waren hunderte, und als der Abend fortschritt, wurden daraus tausende: Käfer, Fliegen, Schmetterlinge, Füchse, Hasen, Frösche und Zweibeiner der verschiedensten Berufe; Heupferdchen, Eidechsen, Schnecken, Katzen, Ratten, Spatzen, Meisen, Spechte und Greifvögel, sogar einige Wildschweine und ein Reh. Mitten auf der Wiese stand ein Baumstumpf, auf dem die Wächter einige Bänke aufgestellt hatten.

Um fünf Minuten vor fünf bahnte sich eine kleine Karawane den Weg durch die Menge, die sich ehrfürchtig vor ihnen teilte. Voran schritt die Mottenmeisterin, hinter ihr Gryllo Talpa und ein Schmetterling, den alle den »Admiral« nannten; danach kamen Friedrich und Brumsel und zum Schluss noch Strella und Angostura Stricksner. Sie schritten die Treppen hoch, die am Baumstumpf nach oben führten (Angostura hopste mit einem Flügelschlag hinterher), und nahmen ihre Plätze ein. Erwartungsvoll blickte die Menge zu ihnen hinauf. Selbst viele der Wächter sahen an diesem Tag die Weiße Fee zum ersten Mal in Person.

Nachdem Ruhe eingekehrt war, stand die Mottenmeisterin als Einzige auf. »Guten Abend«, rief sie, »und willkommen! Alle altgedienten Wächter, alle Neulinge und alle, die uns helfen wollen!«

Die Wächter brachen in tosenden Applaus aus. Die Mottenmeisterin wartete geduldig, bis sie fertig waren, aber das waren sie schnell – natürlich wollte jeder wissen, warum sie überhaupt herbestellt worden waren. Die wildesten Gerüchte machten schon seit Tagen die Runde, aber es hatte noch keine offizielle Bestätigung gegeben.

»Der Grund, warum wir uns hier versammelt haben, ist kein schöner«, fuhr die Mottenmeisterin fort. »Uns allen steht eine Katastrophe ins Haus, wenn wir sie nicht verhindern können. Und dazu brauchen wir nicht nur eure Hilfe, sondern auch eure Ideen. Denn wir wissen, was die Bedrohung ist, aber wir wissen noch nicht genau, wie wir sie abwenden sollen.«

»Und was ist diese Katastrophe?«, riefen mehrere Stimmen aus der Menge.

»Kurz und knapp: Südwärts will Krieg«, erwiderte die Mottenmeisterin.

Einen Augenblick lang waren die Wächter völlig still. Nach allen Seiten sah Friedrich ein Meer von erstarrten Gesichtern. Dann brach ein Tumult los, wie er ihn noch nie gehört hatte. Die Mottenmeisterin unterbrach das Geschrei aber sofort mit einigen zackigen Armbewegungen und es trat wieder Ruhe ein.

»Rumschreien bringt uns nicht weiter!«, rief sie barsch und fuhr dann fort: »Die Kriegspläne laufen schon seit langer Zeit, aber sie wurden sorgfältig geheim gehalten – sogar viele Leute in Südwärts wissen noch nichts davon! Der erste Angriff wird von allen Seiten stattfinden, und er ist so gut organisiert, dass wir im offenen Kampf kaum eine Chance haben. Wir können nur eins tun: schlauer sein!«

»Ich kann nicht ganz glauben, dass wir jetzt schon schlauer sind als die Leute von Südwärts!«, quäkte eine kratzige Stimme unterhalb des Baumstumpfes. Da unten saß das kleine alte Lampenweiblein, das Friedrich schon vor Tagen bei der Anreise beobachtet hatte, mit all seinen Lampen auf dem Rücken. Ob es die Lampen trug oder sich an sie anlehnte, war schwer zu erkennen. »Da sollte man sich vor Überheblichkeit hüten!«

Friedrich wusste sofort, worum es sich bei der Dame handelte: Bekanntlich gibt es ja in jeder Menge ein kleines altes Männlein oder Weiblein, das in der ersten Reihe sitzt und alles besser weiß. Die Mottenmeisterin schien das auch zu denken. Sie verdrehte die Augen und warf Friedrich einen wissenden Blick zu. Die Anmerkung überging sie geflissentlich und nahm, an die Menge gerichtet, ihren Vortrag wieder auf: »Wir haben noch Zeit, aber nicht mehr viel. Die Tatsachen sind kompliziert und die Wächter sind darin genauso verstrickt wie einige Unschuldige und die Königin von Südwärts. Aber solange ihr die Fakten nicht kennt, könnt ihr auch wenig helfen, und deshalb habt noch etwas Geduld. Bevor der eigentliche Kriegsrat beginnt, müssen euch diese beiden Herren hier erzählen, um was es geht!« Damit setzte sie sich wieder.

Alle auf der Bühne schauten nun auf Friedrich und Brumsel, und die Menge begann, sie ebenfalls erwartungsvoll anzustarren. Die beiden warfen sich einen Blick zu, dann stand Friedrich auf.

»Guten Abend«, sagte er und räusperte sich etwas verlegen. »Mein Name ist Friedrich Löwenmaul. Sie kennen den Namen wahrscheinlich von einem Buch übers Hummelreiten, das ein Verwandter von mir geschrieben hat.«

Ein kurzes Raunen ging durch die Menge.

»Das Buch ist auch der Grund, warum ich überhaupt hier bin, denn das war nie meine Absicht«, fuhr er fort, und Brumsel hatte wenigstens den Anstand, schuldbewusst zu gucken. »Hieronymus Brumsel hier – vielleicht kennen Sie den Namen auch, der Chef von Ophrys' Geheimdienst – hat mich aus dem Anderen Land entführt und nach Skarnland gebracht. Wir haben zuerst für Ophrys gearbeitet, weil wir dachten, Südwärts wäre in Gefahr. Aber in Wirklichkeit war es umgekehrt.«

»Junger Mann, drücken Sie sich mal klarer aus!«, krähte das Lampenweiblein.

Die Mottenmeisterin schaute zu Friedrich hin und formte lautlos mit dem Mund den Satz: Das kann ja heiter werden.

»Oh je, wir sollten von vorn anfangen, aber es ist schwer zu sagen, wo vorn ist bei dieser Geschichte«, sprang Brumsel ein und stellte sich neben Friedrich. »Aber versuchen wir's!«

Die Sonne ging unter, und der Mond ging auf, ehe sie ihre Geschichte erzählt hatten. Leute brachten Fackeln und Kohlebecken. In der Menge wurden Laternen und Feuer angezündet, Abendessen wurden ausgepackt und geröstet und gegessen, aber alle schauten dabei wie gebannt auf Friedrich und Brumsel, die abwechselnd von Ophrys' perfiden Plänen berichteten.

Danach übernahm die Mottenmeisterin wieder das Wort. »Danke an unsere beiden Erzähler hier. Sie sind außerdem unsere besten Informanten, denn sie haben Ophrys' Kriegspläne noch genau mitbekommen, bevor sie fliehen mussten!«

»Ha, die beiden haben in ihrem Leben doch noch keinen Krieg gesehen!«, quäkte es halblaut aus der Wiese. Natürlich war es das unvermeidliche Lampenweiblein von vorhin (und jetzt brannten alle ihre Lampen in der Dunkelheit). »Hundertjähriger Frieden von Skarnland! Was verstehen denn die Grünschnäbel heutzutage von Krieg?«

»Aus dem Grund«, sagte die Mottenmeisterin und dehnte jedes Wort wie Gummi, »haben wir erfahrene Militärleute hier!« Sie deutete mit dem ausgestreckten Arm auf den Admiral, der zackig salutierte, und auf Strella, die mit ihren zusammengerollten Plänen und Landkarten winkte. »Und jetzt bitte nochmal Ruhe. Talpa hier möchte eine Ansage machen.«

Talpa stand auf und knackte mit den Fingern und sofort

wurden alle still. »Es ist schon ziemlich spät geworden, und ich schlage vor, dass wir den eigentlichen Kriegsrat morgen beginnen«, verkündete er. »Aber für Vorschläge und Fragen sind wir trotzdem noch offen. Wir hier oben haben heute noch kein Abendessen gehabt, und wie ich sehe, geht es ein paar von euch genauso.« Er grinste breit und deutete auf ein großes Feuer, das vor dem Baumstumpf brannte. »Ich habe eine tote Maus organisiert, die wir hier gebraten haben. Wer davon ein Stückchen will, der ist herzlich eingeladen!«

Strella lehnte sich zu Friedrich hinüber. »Ist natürlich nur eine symbolische Geste«, erklärte sie. »Wenn hier jeder ein Stückchen haben wollte, du meine Güte, dann würde überhaupt niemand satt werden.«

Friedrich erklärte, dass sein Magen schon seit Stunden am Knurren sei und dass er jetzt gern etwas zu essen hätte, auch wenn es nur symbolisch sei.

Das Lampenweibchen seinerseits drückte Zweifel aus, ob die Leute hier überhaupt wüssten, wie man eine Maus richtig braten müsse; aber natürlich wollte auch sie ein Stückchen schnorren, denn bisher hatte sie nur an einer Brotrinde genagt.

Derweil begannen die Wächter, Talpa mit Fragen und Vorschlägen zu bewerfen. »Warum ziehen wir nicht gleich los und nehmen Clupeus auseinander?«

»Genau! Dann kann er auch die Ameisen nicht befehligen!«

»Weil«, antwortete Talpa, »er bestimmt nicht als Einziger die Meisterlösung hat, sondern sicher auch noch einige von seinen Leuten. Die könnten für ihn einspringen.«

»Was sollen wir nur tun? Wir sind verloren! Verloren!«

»Hätten wir bloß eine ordentliche Regierung, dann würde Ophrys sich gar nicht erst an unser Land herantrauen!«

»Wir hätten es gar nicht erst so weit kommen lassen dürfen! Wir hätten schon vor Jahren selbst angreifen müssen! Gryndhild die Große hat mal gesagt: Angriff ist die beste Verteidigung!«

»Wieso hat das eigentlich niemand kommen sehen?«

»Worauf warten wir noch? Wir müssen sofort etwas unternehmen! Warum sitzen wir hier rum und diskutieren?!«

Von allen Seiten prasselten die Vorwürfe und Ratschläge auf Talpa und die Mottenmeisterin ein. Wie auf Kommando hatte alle Wächter die Disziplin verlassen. Die Mottenmeisterin versuchte, sie zur Ruhe zu bringen, damit man hören konnte, auf was für Fragen Talpa gerade antwortete – aber diesmal ließ die Menge sich nicht mit Armbewegungen ruhig stellen. Sogar eine Trillerpfeife ging im Geschrei unter. Schließlich hatte die Mottenmeisterin genug, setzte sich einfach hin und wartete darauf, dass der Menge das Schreien langweilig wurde.

Friedrich lehnte sich zu ihr hinüber und fragte: »Sind die Wächter immer so aufgekratzt, wenn es hart auf hart kommt?«

»Pff, das weiß ich nicht. Das hier ist das größte Wächtertreffen, das es je gegeben hat«, erwiderte die Mottenmeisterin achselzuckend. »Zumindest in meiner Lebenszeit. Außerdem ist die Situation auch noch nie so verzweifelt gewesen. Und ausgerechnet in dem Moment benehmen sie sich wie die Kinder ...«

»Sie regen sich sicher gleich wieder ab«, murmelte Friedrich.

Aber genau das passierte einfach nicht. Einige wollten sofort losstürmen und sich Clupeus vornehmen, andere wollten nach Süden ziehen und Weißfels einnehmen; und viele wollten auch gern die Diskussion hören und Fragen stellen, aber das war über dem ganzen Gebrüll nicht möglich.

»Glaubst du, es hat Sinn, heute weiterzumachen?«, fragte Friedrich leise.

»Wir können jetzt nicht abbrechen«, sagte die Mottenmeisterin düster. »Wir müssen die Sitzung so beenden, dass wir die Fäden in der Hand haben. Sonst rottet sich vielleicht wirklich ein kleiner Mob zusammen und nimmt sich Clupeus vor – der wohnt ja nur ein paar Tagesreisen von hier –, und wenn der aus ihnen herauskriegt, wo sie herkommen, dann gute Nacht. Dann ist Kaltwasser das erste Angriffsziel.«

»Das würde ihn freuen«, setzte Talpa hinzu, der hinter der Mottenmeisterin stand. »Dann könnte er alle Geheimen Wächter auf einen Streich erledigen!«

Derweil schwang sich ein Uhu durch die Lüfte und landete direkt neben Angostura, die den ganzen Abend noch nichts gesagt hatte. Er schaute streng in die Menge und seine imposante Erscheinung lenkte tatsächlich die allgemeine Aufmerksamkeit zurück zur Bühne. Endlich waren die Wächter wieder still. Man hörte nur noch das Lampenweiblein, das laut nörgelte, es hätte jetzt gern endlich ein Stück Maus.

»Nun ja, da gibt es wohl nichts zu beschönigen«, sagte der Uhu in schulmeisterlichem Ton, »wir sind in einer prekären Lage. Die Heere von Südwärts sind uns hoffnungslos überlegen. Aber wir könnten – wohlgemerkt, solange wir schnell handeln! – etwas gegen die Ameisen ausrichten, bevor sie uns angreifen. Viele von uns Wächtern sind Vögel, und zwar insektivore Vögel. Sie verstehen, worauf ich hinauswill?«

»Wir sollen sie essen?!«, sagte Angostura angewidert.

»Ein paar Millionen in ein paar Tagen?«, fragte eine Dohle entsetzt.

Der Mottenmeisterin gefiel es gar nicht, dass da jemand Fremdes auf ihrer Bühne herumstolzierte. Sie sprang auf und rief energisch: »Auf keinen Fall, dass das klar ist! Die Ameisen sind genauso Opfer von Clupeus' Intrigen wie wir, und sie zu töten, wäre grausam und unnötig! Nur in Notwehr!«

»Ich denke, man kann durchaus darüber streiten, ob dieser Fall nicht als Notwehr zählt«, sagte der Uhu und schaute streng auf die Mottenmeisterin. Für eine kleine rosa Schnecke in der ersten Reihe war das zu viel. Sie brach in Tränen aus.

Aber wenigstens hörte die Menge jetzt wieder zu. Die Mottenmeisterin ergriff die Gelegenheit und fuhr mit ihren Erklärungen fort: »Wie der Herr hier schon richtig gesagt hat, wären wir im offenen Kampf unterlegen. Aber wir haben den Vorteil der Überraschung auf unserer Seite und wir haben endlos viele kluge Köpfe hier unter uns Wächtern. Wenn wir uns auf unseren Grips verlassen und einen gemeinsamen Plan verfolgen, werden wir gewinnen!«

Und dabei klang sie tatsächlich sehr überzeugend. Ihre Stimme hallte über den Platz und alle Wächter lauschten gebannt: »Wir werden drei verschiedene Strategien verfolgen, um alle Gegner gleichzeitig auszuschalten. Diese drei Strategien stellen wir euch morgen vor!«

»Wieso erst morgen? Und wieso drei Strategien?«, blökte es aus der Menge. »Gryndhild die Große hat nie drei Strategien gebraucht!«

Da platzte der Mottenmeisterin der Kragen. »Gryndhild die Große«, brüllte sie, »ist aber nicht hier! Das hier ist unser Problem und wir müssen es lösen – alle zusammen, oder wir richten uns selbst zugrunde!«

»Ist die Maus bald fertig?«, quäkte das Lampenweibchen.

Friedrich stand auf. Er hatte plötzlich eine verzweifelte Idee. Es hatte ja nie jemand gesagt, dass Gryndhild die Große gestorben war, oder? Und wenn sie nicht gestorben war, dann musste sie ja irgendwo sein. Und wenn sie irgendwo war, dann konnte man sie auch finden.

»Könnten wir nicht«, schlug er vor, »könnten wir nicht einfach Gryndhild die Große suchen und sie fragen, was sie in dieser Situation tun würde?« Dann merkte er, dass die ganze Wächtermenge ihn anstarrte, und er errötete und fühlte sich plötzlich sehr dämlich.

»Ach, das wäre schön«, seufzte die kleine Schnecke sanft.

»Die Eisriesenschlacht ist über hundert Jahre her!«, fuhr ihn der Uhu an. »Da müsste sie ja über hundertdreißig Jahre alt sein!«

Friedrich schwieg beleidigt und setzte sich.

»Können wir jetzt endlich die Maus anschneiden?«, quengelte das Lampenweibchen in die Stille hinein. »Ich bin am Verhungern!«

»Da hat der Herr leider recht«, sagte die Mottenmeisterin düster. »Wir können uns nur auf unsere eigenen Ideen verlassen. Und wir können uns nicht mal darauf einigen, wie wir das machen sollen.«

»Ich will jetzt mein Mausrippchen!!!«

Brumsel starrte düster vor sich hin. »Im offenen Kampf haben wir nichts zu gewinnen. Und einen Hinterhalt können wir wohl auch vergessen. Ich werde noch mal die Gryndhild'schen strategischen Schriften durchlesen, aber ob wir da schnell genug eine Idee finden, das ist ...«

Da stand das Lampenweibchen auf, ihren Lampenberg auf dem Rücken, und wackelte wütend auf das Feuer zu. Sie langte nach oben und zog zwischen den Lampen ein langes, schartiges Schwert heraus. Und noch bevor irgendjemand einen Pieps sagen konnte, war sie zweimal um den Mäusebraten herumgewirbelt. Dann stand sie wieder still, und der Braten fiel von den Knochen herunter, säuberlich in hundertundsiebzehn Stücke geschnitten. »Gryndhild die Große bin ich!«, krähte das Weiblein. »Und kann man hier vielleicht endlich mal sein Mausrippchen kriegen?!«

Stumm vor Ehrfurcht standen die Wächter da. Die Alte hatte inzwischen ihren Schal vom Gesicht gezogen, mampfte grummelnd auf einem Mausrippchen herum und stützte sich dabei auf ihr schartiges Schwert, das so groß war wie sie selbst. Staunend verglich Friedrich sie mit der Frau auf dem Kolossalgemälde.

Die Mottenmeisterin flüsterte: »Sie ist es wirklich! Sie ist es!« Dann verbeugte sie sich tief und sofort machte die ganze Versammlung es ihr nach. Die Alte interessierte das nicht. Sie kaute vor sich hin und murmelte, dass der Braten noch Rosmarin vertragen hätte.

»Frau ... ähm ... Euer Frühere Majestät ...«, begann die Mottenmeisterin.

»Ach, lass den Quatsch«, grummelte Gryndhild die Kleine und Verschrumpelte. »Den Titel habe ich schon lange abgegeben und dafür gab's auch gute Gründe.«

Die Mottenmeisterin kratzte sich am Kopf. »Wahrscheinlich. Ohne Zweifel. Warum haben Sie sich nicht früher zu erkennen gegeben?«

Die Alte grinste. Ihr Gesicht runzelte sich so sehr, dass man kaum noch sehen konnte, wo Mund und Augen waren. »Eigentlich wollte ich mich ja nicht mehr einmischen. Aber dann wollte ich doch mal gucken, was ihr so könnt. Die berühmte Weiße Fee. Die gefährlichste Gegnerin meiner Ur-Ur-Ur-Ur-Ur-Großnichte Ophrys. Willst ihr mal richtig die Haare waschen, was?«

Die Mottenmeisterin verschränkte die Hände hinterm Rücken.

»Hätte schon viel früher mal die Kleine in Augenschein nehmen sollen, aber ehrlich gesagt, ich hab mir Mühe gegeben, nichts mehr von Politik mitzukriegen. Allein die letzten vierzig Jahre hab ich nur Lampen verkauft und so zufrieden war ich lange nicht mehr! Aber vorige Woche hab ich gehört, was Ophrys treibt, und da dachte ich mir: Schau ich mir am besten mal an, was ihre Gegner so gegen sie haben. Und das, was ich hier gehört habe, ist wirklich allerhand.«

»Es ist aber alles wahr!«, versicherte die Mottenmeisterin. »Wenn Sie ein bisschen Zeit haben, führe ich Ihnen die Beweise vor!«

»Jaja«, mümmelte das alte Weiblein und wischte sich den Mund ab. »Hat alles Zeit bis morgen, oder? Jetzt geh ich erst mal schlafen. Es ist ja fast Mitternacht und ich bin eine alte Frau!« Damit wackelte sie mit all ihren Lampen davon – ein kleiner, bunt leuchtender Berg, dem die Wächter ehrfürchtig Platz machten – und ließ die Versammlung stumm zurück.

»Ist sie das wirklich?«, fragte schließlich der Uhu skeptisch.

Die Mottenmeisterin nickte. »Wenn sie das nicht ist, bin ich nicht die Mottenmeisterin!«

»Wenn das Porträt über Ophrys' Thron der echten Gryndhild auch nur halbwegs ähnlich sieht, dann ist sie es wirklich«, schaltete sich Brumsel ein. »Und wie sie die Maus zerlegt hat ... nur Helden würden auf die Idee kommen, so barbarisch mit dem Essen umzugehen.«

»Jetzt haben wir Gryndhild die Große auf unserer Seite!«, jubelte die kleine rosa Schnecke. »Hurra, jetzt werden wir ganz sicher gewinnen!«

Die Mottenmeisterin sah noch etwas zweifelnd aus. »Wer weiß, ob Gryndhild überhaupt einen Rat für uns hat! Unsere Probleme lassen sich leider nicht lösen, indem man einfach irgendwelche Ungeheuer erschlägt. Wir werden sehen.«

Wie ein Lauffeuer verbreitete sich unter den Wächtern die Nachricht, dass Gryndhild die Große, die totgeglaubte Heldin, aus dem Reich der Legenden zurückgekehrt war und jetzt in Kaltwasser dem Kriegsrat beiwohnte. Das veränderte natürlich alles – niemand dachte mehr daran, auf eigene Faust und gegen den Willen der Weißen Fee etwas zu unternehmen. Alle warteten gespannt darauf, wie Gryndhild die Große die Situation retten würde. Denn mit Gryndhild der Großen auf ihrer Seite konnten die Wächter ja schlecht verlieren!

Die Mottenmeisterin schien sich da allerdings nicht so sicher zu sein wie ihre Anhänger. Deshalb verbrachte sie den größten Teil des nächsten Tages mit Gryndhild in ihrer Werkstatt, um sie über alle Details der Krise zu informieren. Niemand durfte sie dabei stören. Friedrich verbrachte also den Tag mit Henry und übte. Brumsel und Talpa wollten ihn auch nicht bei sich haben, denn sie arbeiteten an einem Plan, wie man Clupeus' Anwesen infiltrieren könnte.

Zu der Sitzung kam Friedrich zu spät. Er hatte sich etwas früher von Henry weggeschlichen, um im Fluss baden zu gehen, und dann die Zeit vergessen. Das war ihm schrecklich peinlich. Er musste sich den Weg durch die Menge der Wächter bahnen und machte sich dabei so klein wie möglich. Trotzdem flüsterten sie über ihn, wo er auch hinkam. Tja, jetzt war er wohl berühmt.

»Da wir offensichtlich keine Chance haben, den Krieg zu gewinnen«, rief die Mottenmeisterin gerade über die Menge hinweg, »haben wir nur eine Möglichkeit.« Sie machte eine dramatische Pause, grinste dann und sprach weiter: »Wir werden den Krieg verhindern!«

Den Tumult, der daraufhin losbrach, schnitt sie mit einer Handbewegung ab. »Und dabei gehen wir systematisch vor. Erstens: Entmusterung der Ameisen-Armeen durch Wegnahme der Abzeichenringe. Alle Vögel, besonders Groß- und Raubvögel, werden hierfür gebraucht, und außerdem ist jeder Freiwillige willkommen, der sich zutraut, eine Maschine zu bedienen. Dafür bitte ich alle, die es betrifft, später mit mir zum Mottenbaum zu kommen.«

Die Menge war nun mucksmäuschenstill. Die Mottenmeisterin fuhr fort: »Zweitens: Gleichzeitig wird Clupeus ausgeschaltet und festgesetzt. Dafür muss eine Partei zu seinem Anwesen reisen und sich darum kümmern, und ich bitte die Stärksten und Wagemutigsten unter euch, diese Aufgabe anzugehen. Wahrscheinlich kommt man an Clupeus nicht ohne Gewaltanwendung heran. Dafür wendet ihr euch an Hieronymus Brumsel und Gryllo Talpa hier, die euch genauer einweisen werden.« Sie deutete auf die beiden.

»Wenn diese Schritte getan sind, haben wir es nur noch mit Ophrys' normalen Soldaten zu tun. Die sind auch schon schlimm genug, deshalb wollen wir sie gar nicht erst treffen. Wir versuchen, Clupeus' Entwaffnung und Gefangennahme so lange wie möglich vor dem Süden geheim zu halten. Ophrys muss sich in ihrem Schloss sicher fühlen, und während sie dort die letzten Tage vor dem Angriff mit Opern und sonstigem Schnickschnack – pardon …«, hier nickte sie Angostura zu, »verbringt, wird eine ausgewählte Gruppe von Spezialisten heimlich in den Palast eindringen und die Königin schnappen und zur Rechenschaft ziehen.« Sie schnippte begeistert mit den Fingern. »Und der Rest von euch bewacht derweil die Grenzlinie, damit nichts schiefgehen kann.«

»Äh, die Grenzlinie laut Südwärts oder die Grenzlinie laut uns?«, quäkte eine Stimme aus der Menge.

»Ich mal euch eine Karte«, seufzte die Mottenmeisterin.

»Und wie kommen wir in den Palast?«, fragte ein Maikäfer in der ersten Reihe. »Wie kommen wir überhaupt unbemerkt nach Weißfels?«

»Das Schmuggeln über die Grenze wird unser lokaler Fachmann für grenzüberschreitende Transporte übernehmen«, erklärte die Mottenmeisterin und deutete auf Talpa, der sich grinsend verbeugte. »Und wie wir in den Palast kommen – nun, das erzählen euch am besten unsere verehrten Hilfskräfte!«

Eingewickelt in ihre blauen Umhänge, stiegen die Oilinis auf die Tribüne und schlugen ihre Kapuzen zurück. Ein Raunen ging durch die Menge – viele der Wächter erkannten die Oilinis natürlich sofort.

Angostura wollte ein paar einleitende Worte sprechen, aber Jolanda kam ihr zuvor. »Sehr geehrte Wächter«, sagte sie, »vielleicht sind viele von euch überrascht, uns hier zu sehen. Wir sind zwar schon sehr lange ebenfalls Wächter, doch bisher waren die Umstände nie so zwingend, dass unsere Hilfe gefragt war – und wir hätten wohl auch keine Hilfe bieten können, denn wir sind ja nur Musikerinnen.« Angostura klappte den Schnabel zu und kniff die Augen zusammen. Offensichtlich hatte Jolanda jetzt schon ihre Stimmbänder stärker strapaziert, als Angostura ihr das für eine ganze Woche erlauben würde.

»Aber jetzt«, fuhr Josepha fort, »können wir helfen, und

wir werden alles tun, was in unseren Kräften steht! Bevor sie in den Kampf reitet, wird Ophrys sich unsere Darbietung der Gryndhild-Oper anhören. Da es sich um die klassische Vollversion handelt, dauert sie mehrere Tage und wird enorm laut sein. Während dieser Zeit ist der gesamte Hofstaat abgelenkt, und den Wächtern wird es möglich sein, in den Palast einzudringen.«

Jorinde übernahm das Wort. »Da um Weißfels herum viele Divisionen der Armee von Südwärts stationiert sein werden, wird Ophrys sich in ihrem Palast sicher fühlen. Entscheidend ist dafür aber, dass Ophrys nichts davon ahnen darf, dass die Wächter hinter ihr her sind. In Zeiten wie diesen müssen wir alle zusammenarbeiten. Wer auf eigene Faust handelt, der zieht Aufmerksamkeit auf sich und gefährdet den Erfolg unserer gemeinsamen Bemühungen.« Alle drei Oilinis schwiegen und setzten sich wieder.

»Und was macht Gryndhild?«, rief jemand aus der Menge.

»Ja, genau!«, kam es hinterher. »Gryndhild! Wir wollen Gryndhilds Plan wissen!«

»Gryndhild, Gryndhild!«, skandierten die Wächter.

Die Mottenmeisterin machte ein säuerliches Gesicht. Schließlich hatte sie die Wächter organisiert, herbestellt und einen Plan ausgearbeitet. Und plötzlich wollten die Wächter nur noch von Gryndhild wissen, die gestern erst aufgetaucht war.

Gryndhild war aber zu klug, um darauf einzugehen. Sie tauschte einen kurzen Blick mit der Mottenmeisterin, dann stand sie auf und wackelte an den Rand der Tribüne. »Meine Zeit als Kriegsherrin ist vorbei«, sagte sie. »Der Krieg, den ihr hier ausfechten müsst, ist eurer. Ich bin Wächter, genau wie ihr, und ich halte mich an die Führung der Weiße Fee.« Hier deutete sie auf die Mottenmeisterin, die hinter ihr saß. »Ich ... nee, ich habe keinen Plan.« Damit wackelte sie wieder zu ihrem Platz.

Für einen Moment herrschte Stille. Die Wächter wussten offensichtlich nicht, was sie davon halten sollten. Diesen Moment nutzte Brumsel, um das Wort zu ergreifen. »Den Palast von Weißfels kenne ich in- und auswendig«, erklärte er. »Die sichersten Stellen zum unerlaubten Eindringen kann ich euch genau vorlegen, aber wir brauchen auch Fachleute für diese Aufgabe.« Er schaute über die Menge. »Wer von euch hat Erfahrung im Einbrechen, Untergraben, Sprengen, Schlösserknacken und widerrechtlichen Betreten von Grundstücken?« Kaum jemand in der Menge rührte sich. »Nicht schüchtern sein«, setzte Brumsel hinzu, »ich weiß, dass hier ein paar richtig üble Subjekte dabei sind!«

Zögernd kamen einige Hände und Füße in die Höhe.

»Euch brauchen wir! Und wer von euch kann bei Dunkelheit arbeiten?«

Es kamen noch einige Hände hoch.

»Sehr gut! Ihr seid die Richtigen für diese Mission. Denn wir können natürlich nicht alle nach Weißfels reisen, das würde zu sehr auffallen.« Er drehte sich zufrieden um und zählte die Hände.

Die Mottenmeisterin stellte sich neben ihn. »Damit kriegen wir eine gute Zahl zusammen, sicher mehr als siebzig«, murmelte sie. »Talpa?«

»Kriegen wir geschmuggelt.« Talpa nickte und verschränkte die Arme.

»Vergiss nicht, dass wir auch noch mitmüssen«, erinnerte sie ihn.

»Vergesse ich nicht. Verlass dich ganz auf mich.«

»Beruhigend, dass immerhin einer von uns schon weiß, was er zu tun hat«, sagte die Mottenmeisterin trocken. Und laut zur Menge: »Alle, die sich jetzt gemeldet haben, kommen erst einmal rauf auf die Bühne und tragen sich hier bei Talpa in eine Liste ein. Und derweil übergebe ich das Wort an unseren hochverehrten Militärstrategen.« Und damit trat sie zurück und überließ dem Admiral das Wort.

Der Kopfstehende Kriegsrat tagte bis zum Abend, aber die Ausführungen des Admirals zogen an Friedrich vorbei – sie waren für ihn sowieso größtenteils unverständlich. Zum Glück wurde die Sitzung um neun Uhr beendet. Friedrich hatte schon insgeheim angefangen, das Luftanhalten zu üben, so sehr langweilte ihn all dieses Gerede.

Der Rat zerstreute sich und Friedrich machte sich allein auf den Weg zurück zum Mottenbaum. Als er unter einem Brombeergestrüpp durch die klamme Wiese stapfte, sah er Angostura auf einem niedrigen Zweig in einem Baum sitzen und einen heißen Kakao schlürfen. Sie hatte einen gestrickten Schal um die Schultern geworfen, denn die Nacht war doch recht kühl. Friedrich wandelte langsam und zögernd zu dem Baum und rief hinauf: »Angostura? Fräulein Stricksner?«

Angostura schaute nach unten. Als sie Friedrich sah, zog sie den Schal enger um sich und kam höflich heruntergesegelt. »Ja, um was geht es denn?«, fragte sie.

»Ich wollte Sie etwas fragen, was mir schon seit Tagen im Kopf herumspukt«, erklärte Friedrich.

»Mich?«, erwiderte Angostura erschrocken.

»Ja, Sie kennen sich doch mit Veranstaltungstechnik aus«, sagte Friedrich.

»Oh«, machte Angostura erleichtert. »Sie meinen, Sie wollen mit den Oilini-Schwestern sprechen!«

»Nein, mit Ihnen«, rief Friedrich schnell. »Es geht um Sie, nicht um die Oilinis!«

»Aber ... aber«, machte Angostura, als hätte man sie in eine Ecke gedrängt, »mit mir? Worüber denn?«

»Fräulein Strick... ach, was soll das, können wir uns nicht duzen?«, fragte Friedrich, der sich fast schuldig fühlte, weil er die Arme so aus der Fassung gebracht hatte. Wie sollte er sie nur wieder beruhigen? »Dieses ganze Siezen macht es doch schrecklich umständlich.«

»Ja ... ja, wenn Sie ... wenn du willst«, stotterte Angostura. Friedrich hielt ihr die Hand hin. »Friedrich.«

»Angostura«, sagte Angostura und hielt ihm eine einzelne Schwungfeder hin, die er schüttelte.

»Also, Angostura, du kennst dich doch mit Veranstaltungstechnik bestimmt sehr gut aus«, begann Friedrich. »Vor allem mit Verstärkung.«

»Ja?«, erwiderte Angostura zögernd. »Sind Sie ... bist du sicher, dass dir die drei das nicht besser beantworten können?«

»Nein. Die kümmern sich ja nicht um ihre eigene Bühnentechnik, oder?«

»Natürlich nicht, dafür gibt es ja mich«, entgegnete Angostura stolz. Solange sie über ihre Cousinen reden konnte, schien sie sich sicher zu fühlen.

Friedrich musste sie von diesem vertrauten Terrain herunterholen. »Wie verstärkt man denn die Lautstärke von Gesang?«

»Oh, das kommt sehr darauf an«, sagte Angostura zögerlich und überlegte sich jedes Wort genau. »In einem Opernhaus sorgt die Bauweise des Gebäudes dafür, dass der ganze Saal hören kann, was die Leute auf der Bühne singen. Aber im freien Gelände, so wie in Schwalbenwall – da haben die drei natürlich kleine Schallverstärker unterm Kopfgefieder.«

»Wissenschaftlich gesprochen, wie funktionieren die?«, fragte Friedrich gespannt.

»Eigentlich handelt es sich nur um eine kleine Membran in einem Kästchen«, überlegte Angostura. »Und davor liegt natürlich ein Größenwahndler.«

»Ein was?«

»Ein Größenwahndler«, erklärte Angostura geduldig, »ist ein kleines Stück Blei, das den Schall überzeugt, er sei viel lauter, als er wirklich ist.«

Friedrich musste wohl ziemlich dämlich dreingeschaut haben, denn Angostura erklärte es ihm sofort genauer. »Blei ist ein sehr beeinflussbares Material und ein guter Magier kann ein Stück Blei leicht zu einem Größenwahndler ummodeln. Schließt man eine Membran daran an, dann werden die Schallwellen, die die Membran zum Vibrieren bringen, davon überzeugt, dass sie viel stärker ausschlagen müssten, als sie es von Natur aus tun würden.«

»Schallwellen ... haben einen Verstand?«, fragte Friedrich ungläubig.

Angostura zuckte die Achseln. »Wer weiß. Jedenfalls funktioniert es. Es ist zwar äußerst schwer, ein Lebewesen mit Magie zu beeinflussen, aber bei Schallwellen ist es sehr einfach. Der Magier muss sich nicht einmal selbst darauf konzentrieren, sondern kann einfach das Blei verzaubern, fertig, und es funktioniert sehr lange, bevor die Wirkung erlischt.«

Friedrich fand, dass Angostura viel angenehmer war, wenn sie einmal ihre strenge Beschützerrolle abgelegt hatte. Seine nächste Frage formulierte er sehr sorgfältig, denn die Antwort war wichtig. »Könnte man mit so einem Größenwahndler auch andere Dinge verstärken?«

»Zum Beispiel?«, fragte Angostura.

»Zum Beispiel einen Magneten«, schlug Friedrich vor. »Vielleicht kann man die Magnetkräfte überzeugen, dass sie viel stärker wären, als sie es sind.«

»Uh«, machte Angostura. »Das weiß ich nicht. Man müsste es einfach ausprobieren. Wofür sollte denn das gut sein?«

»Hast du einen Größenwahndler dabei?«, fragte Friedrich, statt zu antworten.

»Ein paar davon habe ich immer im Gepäck, ich müsste aber erst die Membran abstöpseln«, antwortete die Steinkäuzin und nagte auf ihrem Unterschnabel herum. »Willst du es jetzt gleich ausprobieren?«

»Ja, wenn du nichts Wichtigeres vorhast«, sagte Friedrich.

»Ich soll dabei sein?«

»Ja, klar. Ich weiß ja nicht, wie man mit so einem Gerät umgeht!«

Angostura plusterte sich auf, aber nicht vor Empörung, sondern vor Aufregung. »Dann folge mir.« Sie stakste vor ihm her durch das nasse Gras, was sie sichtlich unbequem fand, aber anders hätte Friedrich ihr nicht folgen können. Der Baum, auf dem sie gesessen hatte, war innen hohl bis zum Boden, und darin befanden sich mehrere große, schwarze Kisten mit silbernen Beschlägen und einige Schrankkoffer in Eulenformat.

Angostura zog zielsicher eine Kiste heraus und öffnete sie. Nacheinander förderte sie einige Gegenstände unbekannter Verwendung hervor und fand schließlich eine Pappschachtel. Sie stellte die Schachtel auf dem Boden ab und öffnete sie. Darin befanden sich mehrere blecherne Kästchen. »Also, das hier sind die Verstärker. Darin sind die Größenwahndler.« Sie legte eines der Kästchen auf den Boden, öffnete es mit dem Fuß und ließ Friedrich hineinschauen. »Siehst du? Hier ist die Membran, das hier ist der Größenwahndler.« Mit einer einzelnen Klaue löste sie vorsichtig einen Metallklotz aus der Hülle. Für sie war es ein winziges Teilchen, aber für Friedrich war es so groß wie ein Schuhkarton und unfassbar schwer.

Friedrich schaute auf den Größenwahndler hinunter. Er überlegte sorgfältig. »Pass auf«, sagte er dann, »ich nehme den Klotz mit hinaus auf die Wiese und versuche dann mal, ob es die Magnetkraft von meiner Kompassnadel verstärkt. Und du … du kommst langsam auf mich zu, mit irgendeinem Eisenstück in der Hand.«

Angostura schüttelte sich, nahm aber gehorsam einen Schraubenschlüssel. »Mit einer Kompassnadel als Magnet? Ist die nicht ein bisschen zu schwach?«

Tatsächlich war sie nicht zu schwach. Genau genommen war sie sogar viel zu stark. In dem Moment, in dem Friedrich den Kompass an den Größenwahndler hielt, flog Angostura der Schraubenschlüssel aus der Hand. Die Kisten im Baum rutschten ein Stück vorwärts, weil eigentlich alle von ihnen irgendetwas Magnetisches enthielten. Zum Glück war die Kompassnadel nur sehr klein und der Abstand zwischen den Kisten und Friedrich sehr groß, sonst hätte es womöglich ein Unglück gegeben.

Die Mottenmeisterin staunte nicht schlecht, als Friedrich und Angostura plötzlich unter ihrem Mottenbaum standen und sie lauthals baten, doch mal eine kleine Schraube auf die Veranda zu bringen. Noch erstaunter war sie, als Friedrich seinen Kompass an den Größenwahndler hielt und die Schraube mitten im Flug eine Kurve machte und zu Friedrich flog. Sie verstand erst gar nicht, was für ein alberner Streich das sein sollte.

»He, und was wird das Ganze jetzt?«, rief sie.

»Das ist die Lösung für dein Magnetproblem!«, rief Friedrich übermütig. Angostura ließ ihn auf ihren Rücken klettern und flog hinauf zum Mottenhaus, und die Mottenmeisterin staunte weiter.

»Das ist ja fantastisch«, schwärmte sie, »ich wusste gar nicht, dass es so etwas gibt! Jahrelang hab ich Kessel geflickt und Maschinen gebaut, und von Bühnentechnik habe ich keine Ahnung. Aber wie schaltet man es aus?«

Angostura plusterte sich stolz auf. »Der Größenwahndler ist so gemacht, dass er nur in eine Richtung funktioniert. Sonst würde er ja auch jedes Geräusch verstärken, das vom Publikum kommt, und nicht nur den Gesang! Man muss ihn richtig herum halten, dann verstärkt er die Magnetwirkung des Lockmagneten, nicht die des angelockten Gegenstandes. Das heißt, man kann den Magneten jederzeit einfach vom Blei wegziehen, um die Verstärkerwirkung aufzuheben.«

»Dann braucht es ja nur noch eine praktische Hülle und fertig ist der Entwaffnungsmagnet!«, jubelte die Mottenmeisterin. »Das ist fantastisch, einfach fantastisch! Langsam kommt alles zusammen!«

Sie verbrachte den ganzen nächsten Vormittag in der Werkstatt und schmiedete und schweißte und schraubte. Gelegentlich hörte man sie wahnsinnig lachen. Friedrich hatte wieder Waffentraining und fand, dass es jetzt langsam reichte mit der körperlichen Ertüchtigung. Deshalb überredete er Henry, ihn früher gehen zu lassen – er wollte nämlich Gryndhild die Große suchen und sich mit ihr unterhalten.

Er fand sie am Flussufer zwischen Baumwurzeln, auf einem Bänkchen, wo sie saß und die Aussicht genoss. Ihr zerschlissener, blauer Kopfschal leuchtete in der Sonne. Eine Weile stand Friedrich unentschlossen da, dann traute er sich, hinzugehen.

»Ähm ... Frau Gryndhild?«

»Ja?«, krächzte das alte Weiblein.

»Kann ich ... ähm, ... könnte ich ein Autogramm haben?«, fragte Friedrich und fühlte sich etwas dämlich. Eine Sagenheldin bat man vermutlich nicht um Autogramme.

»Wo willst du's denn hinhaben?«, fragte Gryndhild und drehte sich zu ihm um.

Friedrich setzte sich neben sie. »Hier, auf meine Mythen-Tüte. Ich hab sie erst vor ein paar Wochen zum ersten Mal gelesen«, setzte er hinzu. »Na ja, ich komme ja nicht von hier. War ein sehr eindrucksvoller Text. Sie müssen ja mal wirklich schrecklich gewesen sein. Nein, ich meine nicht schrecklich, ich meine ... beeindruckend.« Friedrich spürte, dass sein Gesicht heiß wurde. Irgendwie kamen die Worte ganz falsch heraus. »Dass man Ihnen gleich ansehen konnte, was Sie für eine Heldin waren, meine ich. So steht es im Buch ... ähm ... in der Tüte.«

Gryndhild kniff ihr Gesicht zusammen. »Wenn es wirklich Leute geben täte, die ganz von allein wie Helden aussehen, dann hätt ich bestimmt schon mal einen davon getroffen. Hab ich aber noch nie. Es ist andersherum: Man tut irgendwas Heldenhaftes, und dann sagen alle, dass man wie ein Held aussieht. So, als hätten sie's die ganze Zeit gewusst, die Schleimbeutel. So läuft das.« Sie griff hinter ihr Ohr und zog einen Bleistiftstummel hervor. »Wie heißt du nochmal?«

»Friedrich«, sagte Friedrich. »Friedrich Löwenmaul. Aber ich bin kein Hummelreiter«, setzte er schnell hinzu, da er sich nicht mit fremden Federn schmücken wollte. »Ich kann mit Hummeln gar nicht umgehen. Ich bin das schwarze Schaf in der Familie.«

Gryndhild schaute ihn mit schiefgelegtem Kopf an. Friedrich errötete und sprach schnell weiter: »Nicht, dass mir das jemand vorwirft oder so, also, so ist es nicht! Niemand sagt, dass ich ein Versager wäre!«

»Ah ja«, sagte Gryndhild die Große, und dann sagte sie gar nichts mehr.

»Ich weiß natürlich, dass ich kein Versager bin!«, beteuerte Friedrich schnell, und plötzlich brach es aus ihm heraus, »aber ich versteh es einfach nicht, alle in meiner Familie haben Talent im Umgang mit Hummeln, nur ich nicht. Irgendwas muss da schiefgegangen sein mit mir. Das ist doch ungerecht.«

»Macht nix«, sagte Gryndhild und begann zu lachen. Zuerst dachte Friedrich, sie hätte einen Hustenanfall, so merkwürdig klang ihre krächzende Lache.

»Was ist denn daran so witzig?«, fragte Friedrich beleidigt.

»Weißt du, mein Vater«, krähte Gryndhild, »mein Vater hatte eine Käserei. Alle in meiner Familie haben Käse gemacht. Nur ich nicht.«

»Wie, Sie kommen aus einer Käsemacher-Familie?«, fragte Friedrich verblüfft. »Ich dachte, in die Thronfolge wird man irgendwie reingeboren.«

»Nee, bei mir war das anders. Meine Familie konnte Käse. Meine Familie konnte nur Käse. Und ich konnte keinen Käse. Meine Käse-Versuche haben die Leute in Museen gestellt, nur um sich darüber kaputtzulachen. So schlecht war mein Käse.

Und so sah er auch aus. Ich konnte eigentlich nur eins: mich prügeln! Mensch, was war ich für eine Schande für meine Familie!«

Friedrich wusste erst nicht, ob sie es ernst meinte und ob er sich trauen sollte, zu lachen. Dann konnte er aber nicht mehr anders.

»Weißt du, in meiner Familie war das Käsemachen die höchste Kunst von allen«, fuhr Gryndhild fort. »Nichts war so hoch angesehen wie die Fähigkeit, einen perfekten Laib Butterkäse zu erzeugen. Mein Vater hat es nie verwunden, dass ich mich für eine Laufbahn als Königin entschieden habe, wenn ich doch Käsemeisterin hätte werden können! Was für eine Spießerbande, kannst du dir das vorstellen? Die dachten ernsthaft, Käse wäre das Großartigste auf der Welt! Ein großer Klumpen vergorene Milch, den man sich aufs Butterbrot schnippelt! Die höchste Kunst von allen!«

Friedrich stiegen fast die Tränen in die Augen, so sehr lachte er.

»Und deine Familie«, fuhr Gryndhild fort, »also deine Familie setzt sich auf dicke, haarige Insekten und treibt sie durch brennende Reifen, damit andere Leute ihnen applaudieren. Und das ist ihr Lebensinhalt!«

»Wenn man es so formuliert, klingt es ziemlich bizarr«, gab Friedrich zu.

»Ist es ja auch! Was ich damit sagen will: Manche Leute ziehen den Kopf nie unterm Tischtuch raus. Wenn du nicht unter dem Tischtuch lebst, macht das gar nix. – Ach ja, dein Autogramm.«

Gryndhild leckte den Bleistift an und schrieb auf die Tüte:
Lieber Friedrich, weiter so! Gryndhild die Große

Friedrichs Ohren wurden heiß. Wenn das kein Kompliment der besten Sorte war! »Danke schön«, murmelte er.

»Ich hab gehört, du bist ein wahrer Wunderknabe«, sagte Gryndhild. »Die Fee hat mir erzählt, wie du das Problem der Magnetverstärkung gelöst hast.«

»Das war ich nicht allein«, wehrte Friedrich ab. »Angostura hat mich auf die Idee gebracht!«

»Trotzdem beeindruckend. Die Fee wäre nie darauf gekommen, Angostura um Rat zu fragen. Sie hält große Stücke auf dich, das kannst du mir glauben.«

»Auf mich?« Friedrichs ganzes Gesicht kräuselte sich, so verlegen war er.

»Ja, und außerdem sagt sie, du kochst gut.« Gryndhild grinste. »Aber das ist keine Schande. Wer essen will, der soll auch kochen können!«

Friedrich musste wieder über ihre Ernsthaftigkeit lachen.

»Na ja, gehen wir zur Sitzung«, sagte Gryndhild und erhob sich. »Es wird bestimmt wieder spät heute.«

Die Mottenmeisterin kam diesmal nicht zur Sitzung. Sie hatte sich in ihrer Werkstatt eingeschlossen und montierte einen Größenwahndler in eine Apparatur hinein. Angostura fehlte ebenfalls. Die Mottenmeisterin hatte sie in Beschlag genommen, um ihr einen Harnisch anzupassen, mit dem man den Magneten im Flug transportieren konnte.

Dafür hatte heute der Admiral die Leitung übernommen, der mit frischem Elan die Einteilung der Wächter zur Ameisen-Entwaffnung übernahm. Er teilte alle großen Vögel den verschiedenen Ameisenlagern zu. Außerdem wurden alle kleineren flugfähigen Wächter zugeteilt, um entweder allein oder mit einem Reiter (da Daumen ja bekanntlich immer wieder nützlich sind) die Vögel zu ihren jeweiligen Einsatzgebieten zu begleiten. Sie sollten als Späher und als Kampfkräfte für den Notfall dienen. Außerdem sollten sie etwaige Wespen und Hornissen davon abhalten, Clupeus Bericht zu erstatten.

Friedrich saß während der Besprechung neben Brumsel, und endlich hatten sie einmal wieder Zeit, hinter dem Rücken des Admirals ein bisschen zu schwätzen.

»Wir werden dem Geschwader der Fee zugeteilt«, flüsterte Brumsel. »Dafür hab ich schon gesorgt.«

»Das hier«, sagte Friedrich nüchtern, »wird entweder fantastisch oder eine riesige Blamage. Stell dir vor, es funktioniert nicht mit dem Magneten!«

»Wieso soll es nicht funktionieren?« Brumsel grinste in sich hinein.

»Fliegen die Oilinis und Angostura auch mit?«, fragte Friedrich.

»Die Oilinis? Nein, die doch nicht. Die sind für so anstrengende Sachen nicht gebaut. Aber Angostura hat den ausdrücklichen Wunsch geäußert, ihre Cousinen mal für ein paar Tage sich selbst zu überlassen und beim Entwaffnen zu helfen.«

»Angostura? Die ist doch nicht mal Wächterin!«

»Jetzt schon.«

Die Nacht war warm und mondlos, aber hunderte von Fackeln leuchteten auf den Wiesen vor Kaltwasser. Bis zu den Waldrändern standen die Wächter zwischen ihren Zelten, und es war schwer, sich vorzustellen, dass ein solches Heer von Begeisterten seinen Kampf verlieren könnte. Aber Friedrich konnte sich vorstellen, was für eine Aufgabe vor ihnen lag, und ihm war sehr mulmig zumute.

12. Kapitel
Clupeus' Ende

Noch zwei weitere Tage, und der Kopfstehende Kriegsrat von Nordwärts wurde beendet. Jeder einzelne Wächter war seinen Aufgaben zugeteilt worden, jeder Feldzug minutiös durchgeplant. Friedrich und Brumsel kannten ihre eigenen Aufgaben, aber einen genauen Überblick hatten sie schon lange nicht mehr. Einige Wächter waren schon in die südlicheren Großstädte geschickt worden, um Größenwahndler zu kaufen. Die Mottenmeisterin hatte eine Blaupause für einen ausschaltbaren Größenwahndler-Kasten erstellt und verteilt, und in Kaltwasser arbeitete jeder einzelne Schmied, jeder Kesselflicker und jeder begabte Amateur daran, sie nachzubauen und an haltbare Lederharnische zu nieten.

Die Mottenmeisterin stand nur noch in ihrer Werkstatt. Dieser Tage sah sie noch versengter und schmutziger aus als üblich, aber sie war aufgeregt wie ein kleines Mädchen. Abends fand sie immer Zeit, sich mit Talpa zu unterhalten, der ihr viel Organisationsarbeit abnahm. Sonst sah man sie nur zum Essen.

Jetzt mussten die Wächter auf die Ankunft der Größenwahndler und die Fertigstellung der Entwaffnungsmagnete warten. Zwei Tage nach Ende des Kriegsrates war es endlich so weit: Die Wächter trennten sich und brachen in verschiedene Richtungen nach Süden auf.

Friedrich fand es sehr schade, Kaltwasser zurückzulassen. Er hatte sich in dieser merkwürdigen Welt nie so richtig wohl gefühlt, bis er hier angekommen war: Es war der einzige Ort, wo ihn niemand umbringen, aushorchen oder zum Helden machen wollte.

Mit gepacktem Rucksack und der Fliegerkappe auf dem Kopf saß er also eines kühlen Sommermorgens wieder auf Brumsels Rücken und flog mit einem Geschwader Wächter nach Südosten. Ihnen voran flog Angostura, auf ihrem Rücken die Mottenmeisterin in einem Sessel, der auf einen Harnisch genietet war. Zu den Füßen des Sitzes waren drei große Hebel angebracht, von denen Seilzüge nach unten zu der Magnetbox unter Angosturas Brust verliefen. Damit konnte sie verschieden große Magnete an den Größenwahndler koppeln, je nachdem, welche Magnetstärke gerade erforderlich war. Denn es war natürlich unmöglich gewesen, die Apparatur richtig in einer Feldsituation zu testen; deshalb war es gut, die Stärke variieren zu können, hatte die Mottenmeisterin erklärt.

Sie mussten weit nach Osten, deshalb brauchten sie eine ganze Tagesreise, um die Ameisen zu erreichen. »Aber die Entwaffnung«, sagte die Mottenmeisterin dazu achselzuckend, »beginnt für alle Geschwader sowieso erst morgen früh um fünf Uhr, bevor die Ameisen richtig wach sind. Wir fangen alle zeitgleich an.«

Es wurde eine ungemütliche Nacht, denn sie zündeten kein Feuer an. Hinter einer Bergkuppe schlugen sie ihr Nachtlager auf. Ein Feuer hätte die Ameisen sicher misstrauisch gemacht, also saßen die Wächter im Dunkeln, unter Zelten und auf ihren Decken, und lauschten in die Nacht hinein. Irgendwo draußen in der Dunkelheit, im Tal, hörte man das Kauen und Knabbern der Ameisen, die wohl ein totes Tier oder eine große Frucht gefunden hatten.

»Wenn man bedenkt, dass diese armen Dinger ihre Nester verlassen haben, um in einen sinnlosen Krieg zu ziehen«, sagte Brumsel finster, »kann es einem richtig übel werden. Sie hätten tausende von Larven zu versorgen, Gänge und Stollen zu bauen, Pilzgärten zu pflegen oder Eier herumzutragen. Das tut jetzt natürlich niemand und ihre Nester gehen vor die Hunde. Das wird ein trauriger Sommer für die Ameisen von Skarnland, wenn sie heimkommen!«

Um Viertel vor fünf wurde Friedrich wachgerüttelt und auf Brumsels Rücken geschubst. Er musste sich erst daran erinnern, wo er überhaupt war und was gerade passierte. Die Sonne schien schon, aber es war noch kühl: ideale Bedingungen für eine Entwaffnung, denn jetzt mussten die Ameisen noch träge sein.

Alle Wächter saßen im Sattel oder in den Startlöchern und Angostura zitterte vor Aufregung. Die Mottenmeisterin sah auf ihre Taschenuhr. Auch sie war aufgeregt. »Fünf vor fünf«, sagte sie schließlich und ihre Hände ließen fast die Uhr fallen. »Zum Teufel damit, wir fangen jetzt an. Los, Leute.« Sie lachte und es klang ein bisschen irre. »Und denkt dran: Wenn wir scheitern, wird die Welt es nie erfahren!«

Angostura erhob sich als Erste über die Bergkuppe, dann folgten alle anderen. Es war ein Schwarm, der einem Schauer über den Rücken treiben konnte – aber die Ameisen störten sich gar nicht daran. Die Flut von schwarzen Panzern überzog das ganze Tal, aber sie bewegten sich nicht. Ohne einen Befehlshaber, der die Meisterlösung trug, ruhten sie nur aus.

»Jetzt haltet euch hinter mir«, rief die Mottenmeisterin über die Schulter zurück. »Und kommt nicht zwischen Angostura und die Ameisen!« Damit schaltete sie ihren Magneten ein.

Als Nächstes wäre Angostura fast aus dem Himmel gestürzt. Eine riesige Traube schwarzer Ringe hing plötzlich an ihr! Mit Müh und Not schaffte sie es, sich oben zu halten. Die Mottenmeisterin schaltete, so schnell es ging, ab und es regnete schwarze Eisenringe.

»Puh!«, rief die Mottenmeisterin. »Tut mir leid, Angostura! Da habe ich wohl die Magnetstärke unterschätzt! Aber jetzt kriegen wir es besser hin!«

Sie schaltete ihren Apparat wieder ein, und diesmal fing er nur so viele Ringe, dass Angostura sie noch tragen konnte. Da ein Ameisenring im Verhältnis zu einem Käuzchen wirklich enorm klein war, konnte Friedrich sich nicht einmal ausmalen, wie viele von den Dingern Angostura auf einmal schaffte. Aber es waren sicher sehr viele.

Schließlich flog Angostura vollbeladen zurück über die Bergkuppe und die Mottenmeisterin schaltete den Größenwahndler ab und ließ tausende von Ringen auf der anderen Seite des Berges hinunterfallen. Sie machten einen ziemlichen Lärm, als sie die Hänge hinabkollerten.

»Los, wir fliegen ein bisschen runter und fächeln ihnen Luft zu«, sagte Brumsel, und dann waren sie auch schon unterwegs. »Setz die Brille auf. Wenn sie Angst haben, spritzen sie Säure! Mir macht das nichts, aber du solltest sie nicht in die Augen kriegen.« Damit surrten sie dicht über das Heer hinweg.

Sehr verwirrte Ameisen, denen man soeben ihre geistige Führung genommen hatte, stolperten über die Erde. Die frische Luft, die Brumsels Fahrtwind zu ihnen brachte, beschleunigte ihr Aufwachen. Gerade hatte irgendetwas unsanft an ihren Fühlern gezogen, und jetzt merkten sie, dass sie nicht wussten, wo sie waren – das war ein bisschen viel für einen Morgen.

Die anderen Flieger folgten Brumsel und surrten hinter Angostura her, und wo sie vorbeikamen, verwandelte sich die geordnete Masse von schwarzen Körpern in ein panisches Gewühl, in dem tausende verzweifelt durcheinanderjammerten.

Da sah Friedrich am Rand des Lagers vier einsame Hornissen, die sich in die Luft erhoben und auf sie zuflogen. Doch schon nach wenigen Flügelschlägen stutzten sie, wechselten ein paar Worte und suchten dann ihr Heil in der Flucht.

»Hinterher!«, brüllte ein Maikäfer, der neben Friedrich und Brumsel flog. »Die müssen wir einfangen!« Sofort setzten sich die Wächter in Bewegung und jagten hinter den Hornissen her. Bevor diese das Tal verlassen konnten, waren sie von vorn, hinten, oben und unten umzingelt, denn so eindrucksvoll Hornissen auch sind – sehr wendig sind sie nicht.

Als Friedrich und Brumsel die Gruppe einholten, hatten zwei Libellen schon Netze über die Hornissen geworfen und fix unter ihnen zusammengeschnürt. Darin hingen sie nun und konnten nicht mehr mit den Flügeln schlagen, und so wurden sie abtransportiert und am Rand des Ameisenfeldes wie in einem Einkaufsnetz an einen Baum gehängt. Was mit ihnen passieren sollte, wollten die Wächter später entscheiden.

Derweil flog Angostura ihre Runden und die Wächter unterstützten sie wieder nach Kräften. Die Ameisen, die noch nicht entwaffnet waren, reckten zwar drohend die Beine gen Himmel, aber sie konnten nichts tun, um Angostura an den Kragen zu gehen. Nicht einmal ihre Säure konnten sie hoch genug spritzen. Dem Ringdiebstahl aus der Luft hatten sie nichts entgegenzusetzen.

Die Mottenmeisterin jubelte derweil und schüttelte die Fäuste. »Es funktioniert! Es funktioniert! Hahaaaa!!«, krakeelte sie. Und als Brumsel einmal auf ihrer Höhe an ihr vorbeiflog: »Friedrich müssen wir in Kaltwasser ein Denkmal bauen! Das hier ist unglaublich! Wenn es so weitergeht, haben wir die Sache in der Tasche!«

Friedrich hielt die Hand über die Augen und schaute über das Ameisenfeld. »Aber das sind noch so viele Ameisen!«, rief er zurück. »Wie lange wird das noch dauern?«

»Ein paar Stunden«, rief die Mottenmeisterin. »Ein paar Stunden bestimmt!«

Und wieder gingen sie an die Arbeit, ein weiterer Streifen des Feldes wurde entringt, dann noch einer und noch einer. Ameisen wuselten auf dem Boden durcheinander, suchten verzweifelt ihre Stammesmitglieder und waren völlig verwirrt.

Über dem bereits entringten Teil des Feldes zückte einer der Wächter ein blechernes Sprachrohr und richtete das Wort an die Ameisen: »Liebe Mitbürger von Nordwärts, bitte, keine Panik! Sie standen unter einem Bann und wurden soeben befreit. Dass Sie sich etwas verwirrt fühlen, ist ganz normal. Sie befinden sich nördlich von Schwalbenwall und südlich von Kaltwasser. Bewahren Sie Ruhe. Sollten Sie sich unwohl fühlen, setzen Sie sich für eine Weile hin und trinken Sie etwas Tau von den Grashalmen. Treten Sie danach bitte unverzüglich den Heimweg an. Vielen Dank für Ihre Kooperation.«

Das half nicht viel, um die Ameisen zu beruhigen, aber nach

und nach schienen sich einzelne Ameisen wiederzufinden, die sich kannten, und kleine Grüppchen bildeten sich und hielten sich aneinander fest.

Friedrich und Brumsel schlossen wieder zur Mottenmeisterin auf.

»Hier läuft alles nach Plan, also mach dich auf den Weg«, rief sie Brumsel zu. »Grüß Talpa schön von mir! Friedrich, willst du bei mir bleiben? Dann steig rüber. Oder gehst du mit Brumsel?«

Es war schon lange ausgemacht gewesen, dass Brumsel und Talpa gemeinsam Clupeus aufs Korn nehmen sollten. Darüber, wo Friedrich sich bei dieser Aktion befinden sollte, hatte sich niemand Gedanken gemacht. Er wusste es aber schon. »Ich gehe mit ihm«, rief er gegen den Flugwind.

»Fein!«, brüllte die Mottenmeisterin. »Wir sehen uns dann auf dem Weg nach Weißfels. Macht's gut und bleibt am Leben!« Sie lachte grimmig und winkte. Angostura unter ihr konnte nicht grüßen, sie flog mit zusammengebissenem Schnabel und schnaufte vor Anstrengung.

Brumsel machte kehrt, schraubte sich in den Himmel hinauf und flog in Richtung der Berge. Friedrich klammerte sich an Brumsels Pelz fest. Die Sonne war jetzt ganz aufgegangen und schien hinunter auf ihren stürmischen Flug.

»Clupeus«, rief Brumsel, »kriegt einen Anfall vor Schreck, wenn er das erfährt!«

»Oh ja. Vielleicht ist er schon in einer Nervenheilanstalt, wenn wir ankommen«, erwiderte Friedrich übermütig.

»Glaub ich ja nicht«, sagte Brumsel, aber er gluckste leise vor sich hin.

»Wo treffen wir die anderen?«, fragte Friedrich.

»Es gibt eine Felsengruppe mitten in der Heide, weit draußen vor Clupeus' Anwesen«, erklärte Brumsel, »wo der Regen den Sand zwischen den Steinen herausgewaschen hat. Da sind viele Höhlen, in denen wir uns sammeln können. Kaum jemand kommt in die Gegend außer Bienen und Hummeln auf Nahrungssuche und von oben sieht man uns eh nicht.«

Damit zischten sie über die Berge davon.

Schnelligkeit war jetzt ihr größter Trumpf. Clupeus musste überrumpelt werden, bevor er selbst wusste, dass seine Ameisenarmeen ihm nicht mehr gehorchten – denn sonst hätte er vielleicht Zeit, um etwas Neues auszuhecken. Dementsprechend flog Brumsel wie der Teufel und sie legten nicht einmal eine Mittagspause ein. Als das Licht am Abend rötlich und die Luft kühler wurde, tauchte vor ihnen im violetten Heidekraut die besagte Felsengruppe (auch bekannt als die Hundertzwölf Höhlen) auf. Von außen lag alles still da, und selbst Friedrich war überrascht, als sie unter die Felsen tauchten und landeten und plötzlich hunderte von Wächtern um sie herumwuselten.

Eine Hornisse – auch bei den Wächtern gab es Hornissen, das hatte Friedrich schon während des Kriegsrats gelernt – krabbelte sofort auf sie zu und begrüßte sie stürmisch. »Herr Brumsel! Sagen Sie, sagen Sie, wie ist die Aktion Entringung bei Ihrer Gruppe gelaufen?«

»Gut, sehr gut«, rief Brumsel überschwänglich. »Fräulein Elsa, das hier ist Friedrich, Friedrich, das hier ist Fräulein Elsa, sie wurde von Strellas Geschwader geschickt.«

»Ich weiß«, sagte Friedrich stolz. »Sie spielen Akkordeon in der Grünen Grotte, nicht wahr?«

»Sie erinnern sich an mich?«, rief Fräulein Elsa aufgeregt. »Oh, dass Sie sich noch an mich erinnern!«

Brumsel ließ sie den Faden nicht weiterspinnen, denn es gab

schließlich Dringenderes zu tun.»Bei Ihnen ist auch alles ohne Zwischenfälle verlaufen, nehme ich an?«

Elsa schüttelte sich vor Freude.»Das kann man wohl sagen! Und ich höre auch nichts anderes von den anderen Geschwadern! Nur eins hat mich gestört: Dauernd hat mich jemand von Weitem mit einer von Clupeus' Hornissen verwechselt! Ich musste einen roten Schal anziehen, nur damit ich ungestört mitarbeiten konnte.« Sie zupfte an dem Schal, der immer noch um ihren Hals hing.

»Man sieht schon, dass die Stimmung hier gut ist«, sagte Brumsel zufrieden und schaute den vorbeiwuselnden Wächtern nach.

»Oh ja! Und das alles, wenn ich mich nicht irre, aufgrund Ihrer Idee«, sagte Elsa und schüttelte Friedrich die Hand.»Ich hätte Lust, einen Ideenwettbewerb in meiner Schule einzuführen und ihn nach Ihnen zu benennen! Oh, Verzeihung, ich muss erklären: Ich spiele zwar abends in der Grünen Grotte, aber hauptberuflich bin ich Lehrerin und in meinem Nest für die geistige und musikalische Erziehung der jungen Hornissen zuständig. Leider sind viele in unserem Nachwuchs nicht sonderlich helle im Kopf oder politisch interessiert.« Sie seufzte.

»Einen Ideenwettbewerb?« Friedrich fühlte sich gleich drei Köpfe größer.

»Ja. Wäre es in Ordnung, dass ich Ihren Namen dafür benutze?«, fragte Fräulein Elsa hoffnungsvoll.

»Sicher, da würde ich mich sehr geehrt fühlen«, erwiderte Friedrich begeistert und merkte, wie ihm das Blut ins Gesicht stieg.

»Vielleicht kann man damit die jungen Leute motivieren, ihre eigenen Ideen zu entwickeln«, schwatzte Fräulein Elsa munter weiter. »Aber ich rede hier und rede! Sie wollen sicher erst einmal Talpa sehen. Zumindest wartet der schon sehr gespannt auf ein Lebenszeichen von Ihnen! Kommen Sie mit, ich habe ihn grade unten in der Sandgrube gesehen.«

Unter den Steinen hindurch führte Elsa Friedrich und Brumsel zum tiefsten Punkt der Hundertzwölf Höhlen. Wirkliche Höhlen waren es nicht, eher Hohlwege unter Steinen, zwischen denen überall das Tageslicht hindurchleuchtete. Aber von oben boten sie Sichtschutz und ausreichende Deckung bei Regen; und freie Wasserversorgung dazu, denn ein kleines Rinnsal gluckerte durch die Felsen. Viele Wächter waren schon eingetroffen und ab und an kam ein neuer fliegender Bote dazu. Kein Einziger von ihnen schien irgendwelche Misserfolge vekünden zu müssen – in allen Ecken beglückwünschten sich die Wächter gegenseitig und leerten diverse Gläser, deren Inhalt verdächtig nach Selbstgebranntem roch.

Talpa ragte wie immer aus der Menge heraus. Als er die Neuankömmlinge sah, ließ er alles stehen und liegen (inklusive der Wühlmaus, mit der er sich gerade unterhalten hatte) und drängelte sich zu ihnen durch. »Wie ist es gelaufen?«, dröhnte er.

»Großartig!«, rief Friedrich. »Besser, als ich dachte.«

»Und warum lässt du dich dann noch nicht feiern?« Talpa lachte. »Wir haben mittlerweile Leute von fast allen Geschwadern hier, die durchgängig Erfolg gemeldet haben. Wenn noch irgendwo ein angriffsbereites Ameisenheer lagert, dann nur deshalb, weil wir's noch nicht gefunden haben!«

»Die armen Vögel leisten heute sicher schon den ganzen Tag Akkordarbeit«, meinte Friedrich gedankenvoll.

»Oh, wir haben ein paar Eichhörnchen abgestellt, die als Masseure einspringen, falls morgen jemand Muskelkater hat«, erklärte Talpa augenzwinkernd. »Und Angostura – na ja, du kannst dir ja denken, dass die Oilinis auf Tour immer eine eigene Masseurin dabeihaben.«

»Angostura sehen wir sowieso erst in Weißfels wieder«, sagte Brumsel etwas traurig. »Sie schließt sich noch heute Nacht wieder der Entourage der Oilinis an. Sie müssen schließlich vor uns dort sein.«

»Was ist der Plan? Ich meine, ab jetzt?«, fragte Friedrich, entschlossen, das Thema in aufregendere Bahnen zu lenken.

»Morgen früh gehen ein paar von uns – unter anderem natürlich ich, Brumsel und du, wenn du willst – als Gesandtschaft zu Clupeus und erklären ihm, dass er verloren hat«, erklärte Talpa fröhlich. »Wir nehmen ihn gefangen und nehmen ihm alle seine Duftwässerchen weg. Mal sehen, wer von seinen Gefolgsleuten dann noch an ihm interessiert ist. Falls jemand ihn tatsächlich verteidigen will, müssen wir eben kämpfen. Ich glaub aber nicht, dass das passiert.«

»Wo ist denn dieses Anwesen?«, fragte Friedrich.

»Du bist schon da gewesen«, sagte Brumsel. »Es liegt über seiner kleinen Zeltstadt, wo du ihn getroffen hast, bevor du zum Turm der Verzweiflung geschickt wurdest.«

»Ach ja, der Turm.« Talpa kratzte sich. »Wenn Clupeus aus dem Weg ist, müssen wir irgendwie die Gefangenen rausholen und versuchen zu erfahren, was sie überhaupt verbrochen haben. Das wird eine ziemliche Arbeit. Die Fee will sie alle vor ein ordentliches Gericht stellen und das kann Monate dauern. Puh. Für so was haben wir im Moment überhaupt keine Zeit.«

»Aber jetzt«, schloss Brumsel, »hab ich Hunger. Wir haben den ganzen Tag kaum was gegessen und ich rieche hier irgendwo Honigkuchen!«

Clupeus' Anwesen hatte Friedrich bei seinem ersten Besuch in der Zeltstadt gar nicht richtig wahrgenommen. Es thronte hoch oben auf dem Felsen über den Zelten und war eine elegante Konstruktion im Landhausstil aus Glas und poliertem Kupfer. Fast wie eine Orangerie wirkte es, nur dass man drinnen nirgendwo Pflanzen sehen konnte. Draußen auch nicht. Die polierte Oberfläche des Felsens schien für Clupeus Vorgarten genug zu sein.

Sie waren nur zu zwölft, als sie anflogen. Brumsel war dabei, Talpa und einige andere Wächter, die Friedrich nicht persönlich kannte. Beklommen fragte er sich, ob es wirklich eine gute Idee gewesen war, mit einer so kleinen Gruppe anzurücken – innerhalb von Sekunden erhob sich nämlich eine Wolke von Hornissen, Wespen und anderen Fliegern in die Luft und umringte sie. Friedrich war dabei sehr unbehaglich und den anderen schien es genauso zu gehen. Nur Talpa ließ sich natürlich nichts anmerken.

»Das hier ist Privatgelände«, sagte eine ranghohe Wespe mit Abzeichen, die vor ihnen in der Luft auf und ab schwebte und ihnen den Weg versperrte.

»Wissen wir«, sagte Talpa knapp. »Wir wollen zu Clupeus.«

»Das geht nicht«, erklärte die Wespe. »Wenn Sie nicht umkehren, müssen wir Sie verhaften.«

»Das geht aber auch nicht«, gab Talpa zurück. »Wir haben diplomatische Immunität.«

Die Wespe glotzte ihn verständnislos an.

»Wir sind Botschafter der Weißen Fee«, erklärte Talpa geduldig. »Botschafter darf man nicht verhaften oder vermöbeln. Wir überbringen schließlich nur Nachrichten.«

Die Wespe schaute eine Weile ratlos vor sich hin. Irgendwann fingen aber die anderen um sie herum an zu kichern, und so raffte sie sich schnell auf und herrschte die Wächter an: »Na ja, ob wir Sie gefesselt zu Herrn Clupeus bringen oder ungefesselt, ist ja egal. Kommen Sie mit!«

Umgeben von der feindlichen Wolke, bewegten sie sich auf das Glasgebäude zu. Freundlich und heiter hätte es wirken sollen, mit all dem glitzernden Glas und rot glänzenden Kupfer, aber es wirkte sehr kalt und bedrohlich.

Sie landeten, gefolgt von ihrer unwirschen Eskorte, vor dem Tor, und eine der Wespen öffnete es und ging hinein, um die Ankunft der Besucher zu melden.

»Würde mich nicht wundern, wenn er uns gar nicht reinlassen würde«, sagte ein Libellenreiter, während er von seiner Libelle abstieg.

»Wird er«, sagte Talpa mit schiefem Grinsen. »Sobald er hört, dass da draußen eine goldene Hummel sitzt, lässt er uns sofort durch, darauf kannst du Gift nehmen.«

Die Wespe kehrte kurz darauf zurück und ließ sie alle eintreten. Der Weg zum Eingang des Haupthauses war kurz, aber von größter Trostlosigkeit. Gusseiserne, überlebensgroße Büsten von berühmten Zauberern säumten den Pfad wie eine Allee.

»Wahrscheinlich hält er das für kultiviert«, murmelte Brumsel grimmig.

Die Wächter traten alleine ein und die Eskorte blieb draußen zurück. Die Eingangshalle des Hauses war ebenso trostlos wie das Gelände drum herum. Zwar konnten sie auf den ersten Blick keine Wachen mehr sehen, aber der Schein trog: Wenn man genau hinschaute, sah man in allen Nischen dicht gedrängt bewegungslose Hornissen stehen.

Eine geschwungene, eiserne Treppe führte nach oben auf

die Galerie und von dort kam Clupeus mit wehenden Rockschößen – heute trug er einen roten Morgenrock – heruntergelaufen. »Ich bitte tausendmal um Verzeihung, dass ich Sie habe warten lassen«, rief er sarkastisch, während er die letzten Stufen hinunterstieg. »Hätte ich gewusst, dass ich so hohen Besuch kriege, hätte ich dafür gesorgt, dass Kuchen im Haus ist.«

»Wir bleiben nicht lange«, sagte Talpa und trat vor. Er war weitaus größer als Clupeus, aber auf den machte das keinen sichtbaren Eindruck.

»Gryllo Talpa, wie ich sehe. Und das unehrenhaft entlassene frühere Oberhaupt des Geheimdienstes, von den Toten auferstanden«, resümierte Clupeus. »Und Herr Löwenmaul ist auch dabei – na, Sie beide haben ja schnell Freundschaft mit den Wächtern geschlossen!« Das schien ihn nicht einmal zu überraschen. Friedrich hatte heimlich gehofft, dass sein Auftauchen Clupeus verwirren würde, doch dem war nicht so.

An Talpa ging Clupeus' Rede völlig vorbei. Unbeeindruckt erklärte er: »Die Ameisenheere, die Sie haben ausrüsten lassen, sind gestern früh entringt worden. Alle zusammen, alle gleichzeitig. Ihre Angriffspositionen im Norden existieren nicht mehr, die Ameisen sind auf dem Weg nach Hause. Wenn Sie schlau sind, ergeben Sie sich.«

Clupeus schaute heiter vor sich hin. Entweder war er ein begnadeter Schauspieler oder – was wahrscheinlicher war – er glaubte Talpa kein Wort. »Und was kommt dann?«, fragte er im Plauderton.

Talpa hielt seinem Blick stand. »Wir nehmen Sie in Gewahrsam und zerstören Ihre Meisterlösungen. Was mit Ihnen passiert, entscheiden wir, wenn wir Ophrys zur Rechenschaft gezogen haben.«

»Ich werde darüber nachdenken«, lachte Clupeus. »Derweil möchte ich die fröhliche Wiedervereinigung noch ein bisschen aufregender machen. Leutnant!«

Aus dem Schatten einer Nische trat ein beeindruckend großer Falter hervor, ein Bläuling, der sogar Talpa noch überragte.

»Festnehmen!«, befahl Clupeus und zeigte auf die Wächter. Aber das hörte Friedrich kaum. In dem Moment, als er den Falter sah, wusste er, dass er ihn kannte; und einen Augenblick später wusste er auch, warum.

Zwar war der Falter, wie alle Schmetterlinge, mit Pelz bedeckt, aber hier und da schimmerte sein Panzer durch. Da waren Fetzen kleiner Bilder, mathematische Formeln und Wörter; und quer über seiner Brust, kopfüber und verwaschen, stand der Name »Karl Kahlsson«.

»Kahlsson?«, fragte er ungläubig und glaubte zu träumen, während um ihn herum die Wächter ihre Waffen zogen. »Wie kommst du denn hierher?«

»Ich würde keine Gegenwehr empfehlen«, sagte Clupeus und lächelte. Die Hornissen, die in den Ecken gewartet hatten, traten vor, und es waren offensichtlich mehrere Dutzend. Clupeus machte nur eine kleine, schnelle Fingerbewegung, und ein Blitz schoss aus seinem Zeigefinger durch den Saal und traf die Harpune eines Wächters. Zum Glück ließ der sie schnell genug los und sprang zurück, während seine Waffe auf den Boden knallte und dort zu einer Pfütze geschmolzenen Metalls zerfloss. »Und das«, fuhr Clupeus fort, »war nur eine Warnung. Ich habe kein Interesse an den Wächtern, aber wo Sie nun schon mal hier sind, können Sie auch hierbleiben. Mich interessieren hauptsächlich die beiden hier«, und er zeigte auf Brumsel und Friedrich, »weil Ophrys mich darum gebeten hat, sie persönlich zu beseitigen. Aber jetzt habe ich Dringenderes zu tun. Ich hoffe, es macht Ihnen nichts aus, zu warten!« Mit einem widerlichen Grinsen drehte er sich um und stieg wieder die Treppe hinauf.

Die Wächter wechselten schnelle Blicke. Das hatten sie sich ganz anders vorgestellt. Diplomatische Immunität interessierte Clupeus offenbar überhaupt nicht und er hielt sich immer noch für unbesiegbar. Zwar hatte er schon verloren, aber das half den zwölf Wächtern gerade auch nicht viel.

»Steckt die Waffen weg«, knurrte Brumsel.

Enttäuscht und wütend gehorchten alle. Der Kreis der Hornissen zog sich immer enger um sie.

Clupeus drehte sich auf der Treppe um. »Ach ja, die zwei da kommen in eine kleine Zelle, der Rest in eine große«, wies er seine Wachen an.

Hornissen schoben sich zwischen die Wächter und trennten Brumsel und Friedrich von der Gruppe. »Wir sehen uns später!«, rief Talpa ihnen grimmig zu, während sie weggedrängt wurden.

Friedrich drehte sich um und sah plötzlich Kahlsson – also den Falter, der einmal Kahlsson gewesen war – vor sich stehen. »Sie kommen mit mir«, erklärte Kahlsson. Seine Stimme klang anders, scharf und artikuliert. Der Ton hatte keine Ähnlichkeit mehr mit dem Leiern und Nuscheln, das er früher von sich gegeben hatte.

»Kahlsson«, wisperte Friedrich, »erinnerst du dich wirklich gar nicht an uns?«

»Ich weiß nicht, wer Kahlsson ist«, erwiderte der Falter zackig. »Kommen Sie mit, ich bringe Sie zu der Zelle, wo Sie auf Ihre Eliminierung warten.«

Friedrich schluckte schwer. In ihm wurde alles schwarz.

»Weißt du«, sagte er, und seine Stimme zitterte, »als du noch Kahlsson warst, da hast du gesagt, du wärst so gern ein Teil von unserer Geschichte gewesen. Und jetzt bist du ein Teil davon, nur …« Er schluchzte auf. Es war zu grausam, dass sie Kahlsson so wieder trafen.

Der Falter drehte ihnen den Rücken zu und setzte sich in Bewegung und die Hornissen folgten und drängten Brumsel und Friedrich mit sich. Sie verließen die Eingangshalle und betraten eckige Gänge, deren Wände ganz aus poliertem Kupfer bestanden. Hier war es dunkel, bis auf einige Lampen in Glasröhren, die an den Wänden hingen.

Vor ihnen erschien eine kupferne Wendeltreppe. Hier konnten nur drei Leute nebeneinandergehen, sodass die Hornissen hinter ihnen zurückbleiben mussten. Jetzt wäre eine Gelegenheit gewesen, sich loszureißen und einfach vorwärtszufliehen. Friedrich behielt Brumsel genau im Auge, aber der machte keine Anstalten zur Flucht und gab Friedrich keine Blicksignale. Aber wohin sollten sie auch fliehen? Tiefer in die metallenen Eingeweide des Gebäudes hinein? Sie würden wahrscheinlich gar nicht hinauskommen und in irgendeiner Ecke wieder eingefangen werden.

Die Zelle, zu der sie gebracht wurden, war ebenso aus Kupfer wie alles andere hier unten. In der schweren Eisentür gab es ein kreisrundes, vergittertes Fenster und an der Decke eine Lampe in einer Glasröhre, aber um diese herum war auch ein Gitter gebaut. Offensichtlich hatte Clupeus Angst, dass sich seine Gefangenen mit Glassplittern bewaffnen könnten. Friedrich und Brumsel wurden in die Zelle hineingeworfen und die Tür fiel hinter ihnen zu. Von draußen hörten sie, wie sich der Schlüssel im Schloss drehte.

»Und jetzt?«, fragte Friedrich atemlos.

Brumsel warf einen Blick herum. Die Zelle war völlig leer, es gab nicht einmal eine Pritsche zum Sitzen. Die Wände bestanden aus Kupferplatten, die mit eisernen Verbindungsstücken zusammengenietet waren. Alles sah sehr stabil aus.

»Es gibt drei Möglichkeiten«, überlegte Brumsel laut. »Entweder er merkt, dass wir recht hatten und seine Ameisenarmeen zerstört sind, und zwar zu spät – dann sind wir schon liquidiert, bevor er seinen Fehler erkennt. Oder er merkt es noch rechtzeitig und bringt uns aus Rache um. Oder er bemerkt überhaupt nichts, bis die Wächter sein Haus überrollen, aber das bringt uns dann auch nichts mehr. Verdammt, wieso sind wir nicht auf die Idee gekommen, dass er unsere diplomatische Immunität auch einfach ignorieren kann?«

»Du sagst also, im Grunde genommen hat Clupeus keinen guten Grund dafür, uns am Leben zu lassen«, fasste Friedrich zusammen.

»Im Moment wohl nicht«, sagte Brumsel und setzte sich auf den Boden.

Friedrich versetzte diese hoffnungslose Lage in rabenschwarze Stimmung, und das umso mehr, weil Kahlsson jetzt zu ihrer Gefangennahme und Eliminierung beitrug. »Und was machen wir?«, fragte er matt.

»Das Einzige, was wir noch tun könnten«, sagte Brumsel und starrte die Wand an, »wäre, Clupeus irgendeine fantastische Sache vorzusetzen, die ihn so sehr interessiert, dass er uns leben lässt, nur um mehr herauszufinden. Damit könnten wir Zeit schinden, vielleicht sogar bis die Wächter kommen und uns retten.«

»Und was könnte das sein?«, fragte Friedrich.

Brumsel schüttelte den Kopf. »Das weiß ich auch nicht. Mach dir Gedanken, vielleicht fällt dir ja was ein!«

»Fantastisch müsste es sein ...«, murmelte Friedrich.

»Aber glaubhaft!«, ermahnte ihn Brumsel.

Und damit versanken sie in Stille, während ihre Hirne ratterten und rauchten.

Eine halbe Stunde später brachten Ameisen zwei Tabletts: eines mit Pollenknödeln und Nektar und das andere mit Brot, Fleisch und Obst.

»Warum ist bei meinen Henkersmahlzeiten nie Ahornsirup dabei?«, murmelte Brumsel verächtlich.

»Glaubst du, wir sterben wirklich?«, fragte Friedrich plötzlich.

Brumsel wiegte den Kopf hin und her. »Ich kann im Moment noch nicht sehen, wie wir das verhindern können.«

»Aber gibt es denn nicht irgendeinen Weg, um hier rauszukommen?«, rief Friedrich verzweifelt und rüttelte an den Gitterstäben vor der Lampe. »Wir sind doch nicht so weit gekommen, nur um jetzt hier zu sterben!«

Brumsel zuckte mit den Schultern. »Es liegt in der Natur der Sache, dass das Sterben immer dann stattfindet, wenn man am weitesten gekommen ist.«

Friedrich dachte an Kahlsson und krallte sich an den Gitterstäben fest, bis seine Fingerknöchel weiß wurden. Er konnte kaum einen klaren Gedanken fassen, und auch seine Versuche, eine fantastische Geschichte für Clupeus zu finden, waren bisher fruchtlos geblieben. Ihm ging auf, dass Clupeus kaum etwas Schlimmeres mit Kahlsson hätte anstellen können, als ihn in jemand ganz anderen zu verwandeln. Kahlsson war nicht mehr Kahlsson – nicht wiederzuerkennen und unfähig, andere wiederzuerkennen. Nur noch die Hülle war von ihm übrig, der Rest war weg. Das schien Friedrich in diesem Moment das Schlimmste zu sein, was man mit jemandem tun konnte.

Er konnte keinen Bissen hinunterwürgen. Brumsel dagegen schob sich alles ins Gesicht, was er erreichen konnte. Er schien die Hoffnung nicht verloren zu haben, dass er die Energie später brauchen könnte.

»Vielleicht«, sagte er, »vielleicht gibt Clupeus ja noch ein paar Worte von sich, auf die wir aufbauen und sein Interesse wecken können.«

Mehr als zehn Minuten ließ Clupeus seinen Gefangenen nicht für ihre Henkersmahlzeit. Schon wurde die Tür wieder aufgeschlossen und zwei Hornissen zerrten Friedrich und Brumsel aus der Zelle heraus. Die Hände (beziehungsweise Vorderbeine) wurden ihnen hinter dem Rücken zusammengebunden, während vier weitere Hornissen sie auf dem Gang umstellt hielten. Hinter den Hornissen ragte drohend die Gestalt des Falters.

»Das reicht jetzt«, herrschte er die Hornissen an. »Ihr könnt gehen. Ich bringe sie allein zu Clupeus.«

»Aber wir sollten doch …«, warf eine Hornisse ein.

»Wegtreten!«, befahl der Falter kurzangebunden.

Die Hornissen zogen die Köpfe ein und wanderten davon. Kahlsson respektive was von ihm übrig war, fasste die Handfesseln der beiden mit eisernem Griff und zerrte sie vorwärts. »Rühren!«, fuhr er sie an. Friedrich und Brumsel hatten gar keine Wahl, als mitzustolpern. Der Falter war wesentlich größer und viel stärker als sie. Trotzdem rechnete sich Friedrich eine Chance aus, sich an geeigneter Stelle loszureißen. Schließlich waren sie zu zweit!

Der Falter schleifte sie die Wendeltreppe wieder hinauf, und Friedrich versuchte, Blickkontakt mit Brumsel aufzunehmen – nur leider war der ganze Körper des Falters dazwischen.

»Wie sollen wir denn liquidiert werden, wenn ich fragen darf?«, fing Brumsel auf der anderen Seite an zu nörgeln.

»Gift«, antwortete der Falter. »Die schnellste und effektivste Methode.«

»Clupeus wird sich noch wundern«, murmelte Brumsel.

»Kahlsson!«, rief Friedrich verzweifelt. »Du musst dich doch an uns erinnern! Du hast doch ein Bild von uns auf dir, schau, da ist es! Erkennst du uns wirklich nicht?«

»Wieso soll ich mich an euch erinnern? Ihr wart so langweilig, dass ich euch gleich wieder vergessen hab«, erwiderte der Falter.

Friedrich wollte gerade in Tränen ausbrechen, da stupste Brumsel ihn an, so als müsste er Friedrich dringend auf etwas hinweisen.

»Oh nein, fang nicht an zu heulen!« Der Falter verdrehte die Augen. »Was hast du denn für einen Grund zum Heulen, will ich mal wissen? Seit Wochen sitze ich hier fest und um mich rum nur Clupeus' hirnlose Angestellte und jede Menge hirnlose Arbeit, ich komm mir schon vor wie ein Uhrwerk! Mit niemandem kann man sich unterhalten, dieser Clupeus ist ein aufgeblasener Hohlbraten und nicht mal das Essen ist gut! Weißt du eigentlich, wie schlimm es für mich ist in dieser Klitsche?!«

Da begann Brumsel zu kichern.

»Und das mir! In einem Militärladen zu landen, ausgerechnet! Während ihr wahrscheinlich durch die Lande gestromert seid und tolle Sachen erlebt habt! Aber hat ja sein Gutes, dass ich hier bin. Sonst wärt ihr jetzt am ...«

»Kahlsson?!«, brach es aus Friedrich heraus. »Du erinnerst dich doch an uns?«

»Ja klar«, sagte Kahlsson. »Noch bin ich ja nicht völlig blöde.«

»Ich könnte dich küssen, weißt du das?«, rief Brumsel.

»Nee, lass mal stecken«, sagte Kahlsson.

Friedrich musste lachen. »Du hast uns so dermaßen hinters Licht geführt!«, gestand er, und es klang fast wie ein Schluchzen.

»Und den alten Clupeus erst, ha! Aber jetzt gibt's Dringenderes zu tun«, sagte Kahlsson. »Noch sind wir hier und haben Clupeus und all seine Leute am Hals, also lasst mich schnell erklären. Hört zu.« Er zog sie beide näher zu sich heran, während sie dem Kupfergang folgten.

»Clupeus hat für euch je einen Becher mit Gift zurechtmachen lassen – ein Aufguss aus Maiglöckchen und Herbstzeitlose. Es dauert lange, bis man was davon spürt, und man stirbt auch sehr langsam. Die Becher bringe ich euch, aber ohne Gift, ich tu einfach was Harmloses rein. Ihr trinkt die Suppe, und später spielt ihr Theater und sterbt ein bisschen vor Clupeus, damit er sich freut. Ich sorge dafür, dass eure Fesseln lose sind und dass eure Freunde aus ihrer Zelle rauskommen. Sobald Clupeus denkt, ihr wärt tot, lässt er euch irgendwo liegen, und ihr befreit euch. Und dann machen wir gemeinsam die Fliege.«

»Klingt nach einem Plan«, sagte Friedrich entschlossen.

»Is' auch einer«, grinste Kahlsson.

Clupeus' Arbeitszimmer war eher ein Saal. Auch hier waren die Wände mit Kupfer beschlagen, dazwischen hingen Spiegel und durch lange Fensterschlitze fiel das Tageslicht herein.

Das Herzstück des Raumes war ein großer, eisenbeschlagener Schreibtisch mit einer Menge Papierkram und Schreibutensilien darauf. Alles wirkte sehr geschmackvoll, bis auf Clupeus, der auch im maßgeschneiderten Anzug nicht viel besser aussah als sonst.

Direkt vor dem Schreibtisch stand ein lederbezogenes Bänkchen. Kahlsson setzte die beiden unsanft darauf ab. Dann entfernte er sich diskret und ließ sie mit Clupeus und einer Truppe Ameisen allein, die im Hintergrund still auf Befehle warteten.

Clupeus sah von seinem Papierkram auf. »Ah, da sind Sie ja«, sagte er. »Gleich kommen auch die Getränke. Ich habe extra den Spiegelsaal für Ihre Exekution gewählt, damit Sie sich von allen Seiten dabei zusehen können – und außerdem einen sehr signifikanten Kellner!«

»Aha«, sagte Brumsel.

»Es wird Sie vielleicht interessieren, dass Ophrys sowohl auf Ihren Treuebruch als auch auf Ihre Todesnachricht sehr mitgenommen reagiert hat«, sagte Clupeus streng.

»Nein, so was«, sagte Brumsel.

»Deshalb überlässt sie alle weiteren Exekutionsversuche mir«, fuhr Clupeus befriedigt fort.

»Uns können Sie exekutieren, aber spätestens in ein paar Tagen werden Sie merken, dass Sie keine Armeen mehr haben«, zischte Friedrich. »Der Krieg wird nicht stattfinden, das können Sie vergessen.«

Clupeus lehnte sich in seinem Ohrenbackensessel zurück und verschränkte die Finger. »Die Armeen interessieren mich jetzt gar nicht. – Ah, danke, Leutnant!« Kahlsson stiefelte zum Tisch hin und brachte ein Tablett mit zwei großen Tassen. »Dann bitte ich Sie jetzt, ihren letzten Trinkspruch anzustimmen.«

Zwei kleine Ameisen kamen zum Tisch, hoben die Tassen an und hielten sie Friedrich und Brumsel ins Gesicht.

»Was ist das für ein Zeug?«, fragte Friedrich und hoffte, dass es laut und empört klang.

»Gift«, sagte Clupeus friedlich. »Entweder Sie trinken oder ich setze Sie hier und jetzt in Flammen.«

Friedrich und Brumsel sahen sich an. Friedrich versuchte, Brumsels Gesichtsausdruck zu lesen, aber Brumsel spielte seine Rolle sehr gut und zeigte nichts als nackte Angst. Friedrich musste schlucken, ihm war wirklich bange zumute. Das Gebräu in den Tassen war bräunlich und roch ekelhaft. Hoffentlich wusste Kahlsson, was er tat! Er schaute sich noch einmal nach Kahlsson um, aber der trug einen steinernen Ausdruck im Gesicht und schaute an die Wand.

Die Ameise schubste Friedrich den Becher ans Kinn.

»Nur zu. Sie haben danach noch ein paar Stunden zu leben«, sagte Clupeus.

Die Ameise überraschte Friedrich und kippte ihm das Zeug in den Mund, als er nicht damit rechnete. Er musste husten und verschluckte sich, aber einiges von dem Getränk landete tatsächlich in seinem Magen. In ihm drehte sich alles, und er hoffte inständig, dass Kahlsson seinen Trick nicht vermasselt hatte.

Brumsel protestierte derweil lauthals und drohte Clupeus mit der Weißen Fee und allen Wächtern und diversen anderen Dingen, aber als Clupeus drohend die Hand hob, trank auch er widerwillig seine Tasse aus.

»So, jetzt können wir uns über interessantere Dinge unterhalten«, sagte Clupeus. »Zum Beispiel möchte ich wirklich gern wissen, wie Sie aus dem Turm der Verzweiflung entkommen sind.«

»Ha, das war einfach«, spuckte Friedrich, der noch versuchte, den ekelhaften Geschmack aus seinem Mund zu verbannen. »Ich habe nur so denken müssen wie Sie.«

»Beeindruckend, dass Ihnen das gelungen ist«, lobte Clupeus.

»Ja, ich dachte vorher auch nicht, dass ich mich so gut in einen selbstverliebten Wadenbeißer hineinversetzen kann«, schnaubte Friedrich grimmig.

»Nun sagen Sie doch schon!« Clupeus lehnte sich gespannt vor. »Woran haben Sie gemerkt, wie der Turm gebaut ist?«

Friedrich hatte diese Geschichte schon entschieden zu oft erzählt. »Ich hab mich gefragt, warum niemand von außen an den Turm herankommen durfte«, sagte er müde. »Und dann war es ziemlich klar, dass der Schwachpunkt einer sein muss, den man von drinnen nicht sehen kann. Dann bin ich gegangen. – So, nächste Frage.«

»Jetzt erzählen Sie mir von der Weißen Fee«, forderte Clupeus sie zufrieden auf. »Sie hatten ja sicher das Vergnügen, sie zu treffen.«

Friedrich wechselte Blicke mit Brumsel. Brumsel übernahm das Wort: »Eine sehr fähige Dame. Ich habe gar keinen Zweifel, dass sie in Kürze hier vorbeikommen und mit Ihnen abrechnen wird.«

»Wenn sie hier vorbeikommt, wird es ihr nicht besser gehen als Ihnen«, erklärte Clupeus. »Und sobald die Ameisen Nordwärts überrannt haben, werden die Geheimen Wächter still und leise aufhören, Wächter zu sein – und die, die weiter an ihrem Widerstand festhalten, werden zu Gejagten.«

Friedrich atmete mit einem Stoß aus. So viel Starrsinn! Leichter war es, einer Wand etwas beizubringen! »Die Ameisen«, sagte er resigniert, »gibt es nicht mehr. Wir haben ihnen die Ringe weggenommen. Allen. Allen Millionen Zillionen Ameisen. Sie haben nichts mehr, womit Sie Nordwärts überrennen können.«

Da, für einen einzigen Augenblick, flackerte in Clupeus' Gesicht Zweifel auf.

»Aber Sie könnten's natürlich selbst versuchen«, setzte Brumsel hinzu. »Wenn Sie sich ein rüschiges Frauennachthemd anziehen und Socken über die Ohren und ordentlich schreien und Krach machen, mit einem Dreschflegel in der einen Hand und einem Krummsäbel in der anderen – dann schaffen Sie's vielleicht, die Leute von Nordwärts so zu verwirren, dass sie sich von allein ergeben.«

Friedrich starrte Clupeus in die Augen und Clupeus starrte zurück. »Im Ernst«, sagte Friedrich langsam, und da wendete Clupeus als Erster seinen Blick ab. Er schaute nervös hinüber zu Brumsel, aber der machte seine beste Eismiene.

»Wir haben alle Ihre Befehlshaber eingesammelt, damit Sie nicht zu früh davon erfahren«, fuhr Friedrich fort. »Die Ameisen haben wir gehen lassen. Nicht nur haben Sie die Wächter am Hals, sondern auch viele wütende Ameisen, die früher oder später ganz sicher hierherkommen.«

Zum ersten Mal verschwand die überlegene Miene aus Clupeus' Gesicht. Er wirkte ... nicht ängstlich, aber sehr verstimmt.

»Na ja, das mag wahr sein oder auch nicht, Ihnen wird es jedenfalls nichts mehr nützen«, sagte er trocken.

Angesichts solcher Gemeinheit brach es aus Friedrich heraus: »Ich dachte immer, Sie wären der Nettere von beiden, weil Ophrys darauf aus war, uns direkt zu töten, und Sie nicht. Aber wenn man genauer darüber nachdenkt, sind Sie genauso schlimm. Sie haben Spaß daran, mit Leuten zu spielen!«

»Ach?«, fragte Clupeus, wieder sichtlich zufrieden.

»Das geht los mit dem Turm der Verzweiflung«, zählte Friedrich auf. »Statt die Leute in ein normales Gefängnis einzusperren, wie ein vernünftiger Schurke das tun würde, setzen Sie sie in eines, in dem sie nur durch ihre eigene Angst festgehalten werden. Und freuen sich darüber, dass sie sich nicht raustrauen!«

»Durchaus«, lächelte Clupeus.

»Und mit den Ameisen haben Sie bestimmt auch Spaß«, redete Friedrich weiter, »wenn Sie sie dazu zwingen, etwas zu tun, was ganz gegen ihre Natur ist! Es wäre ja noch erträglich, wenn Sie sie nur für sich kämpfen lassen würden. Aber Sie bringen ihnen noch bei, im Gleichschritt zu marschieren und dabei ein bescheuertes Lied zu singen!«

»Stimmt, das macht mir wirklich Spaß«, erklärte Clupeus. »Ohne die wunderbaren Erzeugnisse von einigen Ihnen bekannten Parfümmischern hätte ich das nie geschafft!« Er klopfte an seine oberste Schreibtischschublade. »Ich habe das Marschlied übrigens selbst geschrieben – also bitte keine kritischen Bemerkungen!«

»Warum Sie Kahlsson eingesammelt und in Ihre Dienste gezwungen haben, muss ich wohl nicht noch ausführen«, erwiderte Friedrich grimmig. »Sie haben seine Tätowierung gesehen und wussten sofort, dass er zu uns gehört. Sie fanden es lustig, unseren früheren Freund für sich arbeiten zu lassen!«

»Ich fand es nicht lustig, ich habe nur eine Schwäche für dramatische Ironie«, wehrte Clupeus bescheiden ab.

»Und jetzt musste er Ihnen noch die Giftbecher holen, mit denen Sie uns umbringen!«, knurrte Friedrich. »Schade, dass das niemand mitschreibt – das muss ein Rekord in Niederträchtigkeit sein.«

»Ja, in die Geschichtsbücher wird das sicher nicht eingehen«, sagte Clupeus nachdenklich. »Ich hätte ja nichts dagegen, aber Ophrys will das nicht.«

»Oh«, stöhnte Brumsel plötzlich, »ich fühl mich jetzt schon nicht gut!«

»Sie hätten eben Ihre Henkersmahlzeit essen sollen«, sagte Clupeus streng. »Auf nüchternen Magen wirkt das Gift viel schneller.«

Friedrich bekam es mit der Angst. Brumsel spielte gerade sehr überzeugend!

»Nun ja, das verkürzt natürlich den Zeitplan«, fuhr Clupeus leicht verärgert fort. »Aber dann gehen wir halt jetzt schon zum nächsten Teil des Programms über. Bringt den Turmwärter her!«

Eine der Wachen verschwand durch die Tür. Clupeus drehte lächelnd Däumchen. »Sehen Sie, meine Herren«, sagte er, »falls Ihre Geschichte stimmt und die Ameisen wirklich nicht mehr auf unserer Seite sind, selbst dann wird mir schon morgen etwas anderes einfallen. Man kommt nicht so weit wie ich, wenn man sich nur auf Täuschung verlässt. Man muss auch sehr, sehr gut in seinem Fach sein. Ah, da ist der Wärter!«

Die Tür wurde aufgestoßen und der bucklige Gefängniswärter vom Turm stolperte herein. Seine Hände waren hinter dem Rücken zusammengebunden, seine Kleider waren schmutzig und sein falscher Buckel hing schief. Er hatte offensichtlich einige unbequeme Nächte in einer Zelle verbracht – einer echten Zelle, keiner falschen.

Als er Friedrich sah, blieb ihm der Mund offen stehen. »Ha!«, brachte er schließlich heraus. »Sie haben ihn doch wieder eingefangen!«

»Mein Turmwärter«, stellte Clupeus ihn der Gesellschaft vor.

»Neulich bekam ich die Botschaft, dass der neue Gefangene, den er gerade eingemauert hatte, fröhlich in Kaltwasser herumspaziert! Daraufhin ließ ich sofort die Zelle aufbrechen. Natürlich war niemand drin! Und dieser ... dieser Hanswurst hier hat nichts gemerkt und weiter jeden Tag Essen und Wasser in die Zelle geschoben!«

Der Bucklige stotterte vor sich hin und beteuerte verzweifelt, dass er sich nichts zuschulden habe kommen lassen. »Es hat eben jemand das Prinzip des Turmes verstanden«, jammerte er. »Da kann ich doch nichts dafür!«

»Vielleicht ist er selbst draufgekommen«, sagte Clupeus kalt. »Vielleicht hat's ihm aber auch jemand verraten – in der Hoffnung, dass ich es nie rausfinde!«

»Das habe ich nie, niemals, bestimmt nicht!«, greinte der Wärter.

»Wie dem auch sei«, sagte Clupeus mit einer wegwerfenden Handbewegung, »ich muss an ihm ein Exempel statuieren. – Los, raus auf die Terrasse mit ihnen, und lasst eine Fanfare blasen, damit alle meine Leute dieses Schauspiel mitbekommen!«

Unter Trompetenstößen wurden Friedrich, Brumsel und der Bucklige, eskortiert von vielen kleinen Ameisen, hinausgebracht auf den Felsen, der über die Zeltstadt ragte. Die Leute unten strömten herbei und schauten erwartungsvoll nach oben.

»Tut mir leid, aber ich kann Ihnen das Schauspiel nicht ersparen«, sagte Clupeus leutselig zu Friedrich und Brumsel. »Das muss jetzt sein.«

»Machen Sie nur«, sagte Friedrich. »Mein Mitleid hält sich in Grenzen.« Das war tatsächlich so; Friedrich wollte zwar nicht gerade, dass der Wärter sterben sollte, aber irgendetwas wirklich Ekelhaftes sollte ihm schon passieren. Schließlich hatte er so viele Leute einfach weggesperrt! Also tat Friedrich so kalt wie ein Fisch. Die Wachen stießen den Buckligen bis an den Rand der Terrasse.

»Und nun«, kündigte Clupeus an, »eine kleine Spontandemonstration davon, was passieren kann, wenn man seinen Dienst vernachlässigt!« Er krempelte die Ärmel hoch. Das Volk da unten schien das nicht merkwürdig zu finden. Anscheinend passierte so etwas öfter.

Er zog die Hände zurück und zuckte dann einmal in Richtung des zitternden Wärters. Grüne Blitze schossen aus jeder Fingerspitze, vereinigten sich zu einem einzigen Blitz, zischten durch die Luft und direkt auf den Buckel des Wärters.

Dort prallten sie ab, zischten schnurstracks zu Clupeus zurück und trafen ihn frontal auf die Brust. Es brutzelte, als hätte man Wasser auf eine heiße Herdplatte geschüttet, und dann war von Clupeus, seinen Koteletten und seinem Anzug nur noch ein heißes Häuflein Asche übrig, das friedlich vor sich hin rauchte.

»Äh«, sagte Brumsel fassungslos.

»Der Buckel ist falsch«, erklärte Friedrich. »Nur ein Imitat aus Eisen. Das wusste Clupeus nicht.«

»Oh«, sagte Brumsel, während der Wärter stumm vor sich hin starrte und versuchte, zu verstehen, was gerade geschehen war.

Hinter ihnen hob ein Murmeln und Mauscheln an. Die kleinen Ameisen schienen nicht zu wissen, was sie mit dieser Situation anfangen sollten – es gab ihnen ja keiner mehr Befehle.

Unten in der Zeltstadt herrschte ebenfalls Verwirrung. Das war so nicht geplant gewesen. War das nur ein Zaubertrick? War Clupeus nur verschwunden und würde gleich wieder auftauchen? Es wurde gerufen, geflüstert, gestarrt – aber niemand schien etwas tun zu wollen.

»Und was jetzt?«, zischte Brumsel und schüttelte seine Fesseln ab. »Verdammt, wo ist Kahlsson, wenn man ihn braucht?«

Da hörten sie eilige Schritte hinter sich. Aber es waren keine von Clupeus' Leuten, die aus dem Gebäude gekommen waren, um sie einzufangen, sondern die anderen zehn Wächter. Voran rannte Talpa und hinter ihnen folgte Kahlsson – halb laufend, halb flatternd. Das In-die-Luft-Kommen machte ihm noch etwas Probleme.

»Wo ist Clupeus, die feige Ratte?!«, brüllte Talpa und rannte Friedrich fast über den Haufen.

»Da«, sagte Friedrich und zeigte auf den Aschehaufen. »Das erklär ich dir später. Seid ihr alle unverletzt? Dann sollten wir verschwinden!«

»Langsam, Kleiner«, erwiderte Talpa atemlos. »Erst die Meisterlösungen!«

»Spinnst du, Talpa?«, fuhr eine Heuschrecke ihn an. »Wir können nicht das ganze Haus durchsuchen! Da drinnen sind noch massenweise Bedienstete!«

Friedrich biss sich auf die Lippe und schaute Brumsel an. »Während er über diese Lösungen geredet hat ...«, meinte Friedrich, und Brumsel fiel ihm ins Wort: »Im Schreibtisch! Das Zeug ist bestimmt in seinem Schreibtisch! Los, kommt mit!«

Es stellte sich ihnen niemand in den Weg. Einige Hornissen hasteten durch die Halle, aber die drückten sich an die Wände und schienen alle Disziplin verloren zu haben. Die Wächter – mit dem Turmwärter im Schlepptau, denn Friedrich bestand darauf, dass er Strafe verdient hatte und mitgenommen werden sollte – rannten und flogen die Treppe hinauf auf die Galerie und durch die Tür in den Spiegelsaal, der Clupeus als Arbeitszimmer gedient hatte.

Talpa kniete sich sofort hinter den Schreibtisch und fluchte über das Schloss der Schublade; aber nach einigen Schlägen mit einer kleinen dekorativen Marmorsäule war die Schublade so verbeult, dass der Riegel aus dem Schloss sprang. Mit viel Gewalt und etwas Fingerspitzengefühl manövrierte Talpa die Lade heraus und packte die Fläschchen, die sich darin befanden, in Friedrichs Rucksack.

»So, jetzt aber weg hier«, drängte Brumsel, der sich nicht allzu lange auf die Verwirrung von Clupeus' Privatwachen verlassen wollte, und sie öffneten eins der schmalen Fenster und entließen sich selbst in die Freiheit.

13. Kapitel

Die kuriosen Kreaturen

»Juchhu!«, jubelte Kahlsson, während sie den Berg und das Glashaus und die Zeltstadt hinter sich ließen. »Nur Fliegen ist schöner! Da! Schau! Haha! Ich kann's endlich, siehst du? Und es ist noch viel besser, als ich es mir vorgestellt hatte!«

Es gab ein paar Wespen und Hornissen mit Reitern, die halbherzig versuchten, ihnen zu folgen, aber sie trauten sich kaum, den Umkreis der Zeltstadt zu verlassen. Innerhalb weniger Minuten waren die Wächter allein am Himmel.

»Weißt du noch, wie du erst kein Schmetterling werden wolltest?«, fragte Friedrich und merkte, dass er vor Freude Schluckauf hatte.

»Ja! Ich weiß nicht mehr alles, was ich wusste, aber ich weiß das, was noch wichtig ist!« Kahlsson stieß einen wilden Freudenschrei aus. »Frei, frei, frei, frei! Jetzt geh ich nie wieder auf den Boden! Ach, das Leben ist so schön!«

»So«, rief Talpa, »würde mir jetzt bitte irgendjemand das alles erklären?«

»Und mir bitte auch!«, krähte Kahlsson. »Wer sind die Leute hier?«

»Wächter«, sagte Friedrich.

»Ach!«

»Das wird kompliziert«, seufzte Brumsel. »Kahlsson, fang du besser an. Wie bist du bloß auf die glorreiche Idee gekommen, dich Clupeus anzuschließen?«

Kahlsson wurde ernst. »Das war keine Absicht! Das waren ein paar Hornissen, die mich gefunden haben, als ich gerade ausgeschlüpft war. Ich saß todmüde auf meinem Ast, war noch nicht ganz durchgetrocknet, hatte noch nicht mal meine Flügel zum ersten Mal ausgebreitet – da kamen diese Hornissen vorbei. Und die hätten mich auch in Ruhe gelassen, aber dann ist ihnen das Bild von euch ins Auge gefallen, das ihr mir ja eintätowiert habt, und sofort hatte ich sie an der Backe! Sie haben mich umzingelt und ausgefragt, aber ich konnte mich an wirklich gar nichts erinnern. Mein Kopf war komplett leer. Zusammengeschnürt wie ein Päckchen haben sie mich in Clupeus' Lager gebracht.«

»Und du wusstest nicht mal, warum?«, riet Friedrich.

»Genau! Ich war richtig empört! Clupeus hat mich in seine Verhörzelle gesteckt und ausgehorcht, bis mir der Kopf wehgetan hat. Ob ich euch kenne, woher ich das Bild habe, und ob ich wüsste, dass ihr gesucht werdet? Stundenlang ging das mit der Fragerei. Und mit jeder Frage dämmerte es mir ein bisschen mehr. Irgendwann wusste ich wieder, wer ihr seid, und dann wusste ich auch wieder, wer ich war.« Kahlsson gluckste. »Andere Schmetterlinge haben keine Sorge im Leben, als die nächste Blume zu finden, und ich musste mir als Erstes das Hirn zermartern und tiefgründige Fragen beantworten! Aber ich habe die ganze Zeit so getan, als würde ich mich an nichts erinnern. Jedes Mal, wenn Clupeus weiter nachgebohrt hat, kam ein bisschen was zurück in meinen Kopf, aber ich bin eisern geblieben und habe ihn ausgetrickst.«

»Und dann hat er dir eine Stelle angeboten?«, fragte Brumsel.

»Genau, ein richtig tolles Angebot hat er mir gemacht! Er wollte mich unbedingt behalten. Ich wusste natürlich, dass es nur nützlich sein kann, wenn jemand in Clupeus' Nähe bleibt und ihn beobachtet. Also hab ich mich bei ihm eingeschleimt.«

»Sehr gut mitgedacht«, sagte Brumsel bewundernd. »Hätte ich nicht besser machen können!«

»Aber es war so langweilig da! Und die Leute waren so dämlich! Fliegen konnte ich auch nur selten. Und jetzt kann ich's endlich. Jetzt hab ich allen Platz der Welt, oh, das Leben ist schön! Wer braucht da noch einen Bock, wenn man fliegen kann! – Aber sagt mal, wie ist es euch denn in der Zwischenzeit ergangen?«

»Oh«, sagte Brumsel matt, »das ist eine wirklich lange Geschichte! Das müssen wir alle bei einem Essen bereden, aber nicht jetzt. Mir wird schon schwummrig, wenn ich nur daran denke.«

»Oh, ja! Essen!«, stimmte Kahlsson begeistert bei. »Das muss gefeiert werden! Endlich bin ich wieder mit euch auf der Flucht!«

Friedrich und Brumsel sahen sich an. So viel war passiert, seit sie Kahlsson zum letzten Mal gesehen hatten.

»Wir sind nicht mehr auf der Flucht«, erklärte Friedrich. »Aber ... oje, ich weiß gar nicht, wo ich anfangen soll!«

»Sieh einer an«, sagte Kahlsson und zuckte mit den Achseln. »Was man so verpasst, wenn man sich mal eben in einem Baum schlafen legt!«

»Kahlsson?«, sagte Friedrich, dem die Frage schon lange auf

der Zunge lag. »Was war eigentlich in den Bechern, die du uns gegeben hast?«

»Nieren- und Blasentee«, berichtete Kahlsson stolz.

»Oh«, meinte Friedrich schwach. »Ich glaube, ich fühl mich wirklich nicht gut.«

In dieser Nacht gab es für niemanden Schlaf. Unter den Hundertzwölf Höhlen wurde gefeiert und im Schein der Feuer saßen die Wächter herum und teilten ihre spärlichen Vorräte – Friedrich hatte es noch nie so gut geschmeckt. Es wurde getrunken, gesungen und getanzt und Fräulein Elsa spielte auf dem Akkordeon; es wurde gelacht und gebrüllt, denn jetzt brauchten sie sich ja nicht mehr in der Heide zu verstecken. Die Fläschchen mit den Meisterlösungen wurden feierlich zerschlagen und ihr Inhalt in den Sand gegossen.

Und es dauerte wirklich die ganze Nacht, bis jeder seine Geschichte erzählt hatte; und erst als die Sterne verblassten, nickte Friedrich schließlich in einer Ecke ein, und er war beileibe nicht der Letzte.

Am nächsten Morgen weckte ihn das Gebrüll der Mottenmeisterin.

»Talpa, du Hornochse!«, rief sie von irgendwo links, und es dröhnte in Friedrichs Kopf, als wäre er ein Blechzuber. »Wieso bist du blau und wo ist Clupeus?!«

Friedrich richtete sich auf und rieb sich die verklebten Augen. Strahlender Sonnenschein fiel durch die Steine über den Hundertzwölf Höhlen. Ein paar Schritte zur Linken lag Talpas gewaltiger Körper auf dem Rücken und darüber stand die kleine Mottenmeisterin und schüttelte ihn.

Das war alles zu viel für Friedrich. Er hatte zwar nicht viel getrunken, aber er war bis fünf Uhr wach gewesen und jetzt konnte es höchstens Mittag sein. Wo zum Teufel kam die Mottenmeisterin her?

»Glurbl?«, machte Talpa.

Friedrich richtete sich auf, fühlte sich furchtbar durstig und taumelte zum Bach hin.

»Ah, wenigstens einer ist wach!« Die Mottenmeisterin sprang von Talpas Brustkorb herunter und flog mit wehendem Kittel auf Friedrich zu. »Was ist hier los? Raus damit!«

»Alles ist gut«, sagte Friedrich mit klebriger Zunge, und dann schöpfte er erst einmal Wasser und trank ausgiebig. Schließlich ließ er sich auf seinen Hintern fallen und wischte sich den Mund ab. Die Mottenmeisterin hüpfte derweil vor Aufregung von einem Bein aufs andere.

Friedrich holte tief Luft und erklärte: »Wir waren bei Clupeus und er hat uns alle verhaften lassen. Brumsel und mich hat er gleich exekutiert, mit Gift.«

»Exekutiert?« Die Mottenmeisterin riss die Augen auf. »Ich glaube, du übertreibst da ein bisschen, ihr lebt ja noch!«

»Ja, es war auch nicht wirklich Gift in den Bechern, weil ein Freund von uns für ihn gearbeitet und die Becher ausgetauscht hat«, sagte Friedrich, der sich wünschte, er könnte sich selbst so genau erinnern, »und dann hat er die Wächter rausgelassen aus ihrer Zelle. Und Clupeus wollte den Wächter vom Turm der Verzweiflung verbrutzeln, mit einem Blitz. Der hatte aber eine Buckelprothese, du erinnerst dich, das hatte ich dir ja schon mal erzählt. Der Blitz ist direkt zu Clupeus zurückgekommen und hat stattdessen ihn verbrutzelt.« Und weil die Mottenmeisterin ihn verständnislos anstarrte, setzte er der Klarheit halber hinzu: »Clupeus ist tot. Es war Selbstmord aus Versehen.«

»Da«, sagte die Mottenmeisterin mit schwacher Stimme, »wäre ich gern dabei gewesen.«

»Friede seiner Asche«, sagte Friedrich und musste sehr unangemessen kichern.

Mit viel kaltem Wasser versuchte die Mottenmeisterin schließlich, Talpa und Brumsel zu wecken, um mehr zu erfahren. Friedrich spritzte sich ebenfalls kaltes Wasser ins Gesicht und in den Kragen, um wach zu werden, und dann machte er sich auf den Weg nach draußen. Als er zwischen den Steinen hervortrat, stutzte er: Von Horizont zu Horizont war die Heide unter einem Teppich aus Geheimen Wächtern begraben. Das mussten viel mehr sein, als am Kopfstehenden Kriegsrat teilgenommen hatten.

»Oh«, sagte Friedrich. »Kommen die alle mit nach Weißfels?«

»Nee«, antwortete ihm eine kleine Ralle, die zufällig in der Nähe stand. »Aber wir kommen alle mit bis zur Grenze – und bis dorthin werden wir noch viel, viel mehr! Wir sammeln alle ein, die Mumm haben zum Kämpfen! Ha!«

»Ach, Friedrich, grüß dich«, krakeelte es neben ihm. Gryndhild die Kleine und Verschrumpelte kam angewackelt, mit all ihren Lampen auf dem Rücken, und klopfte ihm auf die Schulter. »Gab's Probleme mit Clupeus? Nein? Alle wieder heil und sicher hier? Na, ich dachte mir doch, dass das ein Kinderspiel wird. Aber du kannst dir nicht vorstellen, wie anstrengend es ist, den ganzen Tag nur zu sitzen! Ich hatte ja meinen Platz auf diesem reizenden Kranich, wie hieß er noch, Olaf? Aber von Sonnenaufgang bis Sonnenuntergang! Das geht so sehr aufs Sitzfleisch – und dabei hat ja eigentlich Olaf die ganze Arbeit gemacht!«

Friedrich starrte stumm vor sich hin. Dann setzte er sich auf einen Stein und hoffte, dass nun in seinem Kopf alles klarer werden würde.

Kahlsson wurde von der Mottenmeisterin herzlichst willkommen geheißen. Je länger Friedrich darüber nachdachte, desto mehr erstaunte es ihn, was Kahlsson seit seiner Verpuppung alles vollbracht hatte. Er hatte sich wirklich sehr zu seinem Vorteil entwickelt. Und auch die Mottenmeisterin war beeindruckt von ihrem neuen Helfer. »Er soll auf jeden Fall zu den hundert gehören, die nach Weißfels reisen«, erklärte sie.

»Nur hundert?«, fragte Friedrich.

»Nicht mehr«, bekräftigte die Mottenmeisterin. »Der Rest bewacht die Grenze, damit Nordwärts auf jeden Fall gesichert ist. Hundert von uns können vielleicht unverdächtig die Grenze überqueren. Willst du dabei sein? Oder hast du nach deinem Abenteuer mit Clupeus genug davon, deinen Hals hinzuhalten?«

»Pah!«, rief Friedrich. »Ich will auf jeden Fall dabei sein! Ich will sehen, wie du mit Ophrys abrechnest. Das hab ich wohl verdient, nach all dem Mist, den sie uns eingebrockt hat.« Insgeheim war er sich nicht sicher, ob es eine gute Idee war; ob er sich von Ophrys' Anziehungskraft – und ihren Duftwässern – noch einmal hinters Licht führen lassen würde? Ihm war mulmig zumute, aber er musste einfach nach Weißfels zurück, um zu sehen, wie diese ganze Lügenkulisse zerlegt wurde; und wie alle, die ihn damals herumgeschubst hatten, dumm aus der Wäsche schauen würden.

Die Mottenmeisterin gluckste in sich hinein. »Hatte ich mir auch nicht anders gedacht. Und du kannst es sicher gar nicht abwarten, wieder zu dir nach Hause zu kommen, oder?«

»Nee«, sagte Friedrich, aber es fühlte sich an, als hätte ihm jemand kaltes Wasser ins Gesicht geschüttet. Zurück nach Hause? An zu Hause hatte er seit mindestens zwei Wochen nicht mehr gedacht. Es war ja auch so unwichtig geworden. Er wechselte schnell das Thema. »Wer kommt noch alles mit?«, fragte er.

»Talpa natürlich«, zählte die Mottenmeisterin auf, »und Brumsel. Du und Kahlsson, Strella und ich und natürlich Gryndhild und eine Menge Einbruchexperten. Der Admiral und Henry organisieren die Aufstellung entlang der Landesgrenze.«

»Und wir können einfach so die Grenze überqueren? Zu hundert?«, fragte Friedrich.

»Wie einfach es wird«, sagte die Mottenmeisterin und machte eine Kopfbewegung in Richtung Talpa, der gerade mit etwas ganz anderem beschäftigt war, »das soll uns unser Schmuggler erzählen. Wenn einer Schnaps und Metalle schmuggeln kann, kann er das auch mit Wächtern. Ich bin mal sehr gespannt, was er sich einfallen lässt.«

Noch am selben Abend tauchten mysteriöse Plakate in den Hundertzwölf Höhlen auf. Sie waren groß und sehr bunt und in einer sehr schicken Schnörkelschrift priesen sie an:

Professor Waldemar Wursthammers
Wunderwesen-Wanderausstellung!

Darunter:

Ein Kabinett von kuriosen Kreaturen und
unvorstellbarer Unterhaltung! Hier gibt es die
merkwürdigsten Geschöpfe von Nordwärts

paarweise zu bestaunen. Schauer, Gänsehaut,
Musik und ein Dummer August!

Und noch kleiner darunter:

In jeder Stadt nur eine Vorstellung –
holen Sie sich schnell eine Eintrittskarte!

Niemand wusste so genau, wer diese Plakate an die Wände geleimt hatte, bis endlich jemand auf die Idee kam, Talpa zu fragen. Der hatte schon stundenlang mit einem fetten Grinsen in der Ecke gesessen und den anderen beim Wundern zugeschaut. Als man ihn fragte, erklärte er genüsslich: »Nun ja, wir sind uns einig, dass ein Transport von etwa hundert Reisenden, die kurz vor Kriegsbeginn die Landesgrenze in Richtung Weißfels überqueren, nicht unbemerkt vonstattengehen kann.«

Da musste ihm die Mottenmeisterin zustimmen.

»Also habe ich mir überlegt, dass wir am besten gar nicht versuchen, uns zu verstecken«, fuhr Talpa fort. »Im Gegenteil! Wir müssen so auffällig sein, wie wir können. Aber vor allem brauchen wir eine gute Entschuldigung für unsere Anreise. Und dabei hilft uns unser werter Verkleidungsexperte hier« – und dabei zeigte er auf Brumsel – »und natürlich Professor Waldemar Wursthammer.«

»Ich freue mich ja, dass ich bei deinem Plan nützlich bin«, sagte Brumsel vorsichtig, »auch wenn ich davon bisher gar nichts wusste.«

»Du bist sogar äußerst nützlich!«, erklärte Talpa und grinste in die Runde, die ihn verständnislos anglotzte. »Wir haben sechshundert Stück von diesen Plakaten. Habe ich in Kaltwasser noch schnell drucken lassen. Das sollte reichen, um uns glaubhaft zu machen.«

»Ich fühl mich schon viel gläubiger«, sagte die Mottenmeisterin langsam, »aber wer ... wer ist Professor Waldemar ... was? Wursthammer?«

»Ich«, erklärte Talpa stolz.

»Und ... wer sind die Kreaturen?«

»Ihr«, erklärte Talpa unverwüstlich.

»Jetzt lass mich noch eins fragen, bevor ich den Mund halte«, sagte die Mottenmeisterin und machte eine unbestimmte Handbewegung vor ihrer Stirn. »Wer ... wer ist der Dumme August?«

»Na, er«, freute sich Talpa und deutete auf Brumsel. »Er hat's ja zu einer traurigen Berühmtheit gebracht mit seinem Blattgold-Bezug, und deshalb ist es am besten, wir stecken ihn von Kopf bis Fuß in ein Kostüm, damit er nicht glitzert.«

»Talpa«, sagte die Mottenmeisterin schwach, »ich halt einfach den Mund, bis ich raushabe, was du vorhast. Erzähl mehr.«

»Der beste Weg, um unter den Augen aller Grenzkontrollen durchzufahren und möglichst wenig Ärger zu bekommen«, erklärte Talpa und lehnte sich begeistert vor, »ist es, die Eisenbahn zu benutzen, wisst ihr? Es gibt einen Zug, der von Sturmschlucht bis nach Weißfels fährt. Hat nur eine einzige lasche Grenzkontrolle, dafür aber Schlafwagen mit richtigen Matratzen und allem. So kommen wir komfortabel und schnell ans Ziel.«

Gryndhild murmelte zustimmend und sagte irgendetwas über ihr Kreuz.

»Aber wir müssen doch gar nicht nach Weißfels selbst«, sagte die Mottenmeisterin, »sondern wir müssen vorher aussteigen. Und weiter bringt uns dann Oskar.«

»Kein Problem. Die Zugroute liegt in der Nähe von Oskars Hügel. Wir verlassen den Zug klammheimlich an geeigneter Stelle.«

»Das klingt ja sehr beeindruckend. So, als hättest du schon alles durchgeplant?«, murmelte die Mottenmeisterin fragend.

Talpa verbeugte sich mit einer ausholenden Geste, die dem Direktor einer Kuriositätenschau durchaus angemessen war. »Das ist alles nur die normale Magie der Wanderausstellung der Wunderwesen, verehrte Fee!«

Am nächsten Tag regnete es in Strömen, aber die Wächter verließen die Hundertzwölf Höhlen und reisten nach Süden – jeder so schnell, wie er konnte, und in der Gesellschaft, die ihm am besten gefiel. Die hundert allerdings, die nach Weißfels unterwegs waren, blieben zusammen. Einige von ihnen waren frühere Söldner, einige waren Einbrecher, einige große Denker und andere waren Bergleute. Ein paar allerdings hatte Talpa nur deshalb ausgewählt, weil sie seinen Wanderzirkus so schön komplettierten.

Eine davon war Fräulein Elsa. »Ich bin ja so froh, dass ich dabei sein kann«, schwärmte sie Friedrich vor, während sie neben Brumsel hersurrte. Ihr Akkordeon hatte sie über die Schulter geschlungen. »Was für ein einmaliges Ereignis in der Geschichte unseres Landes! Ich kann meinen Schülern dann davon berichten und sagen, dass ich selbst dabei war!«

»Na, hoffentlich können Sie das«, seufzte Brumsel. »Ob wir alle lebend aus dieser Sache herauskommen, steht in den Sternen!«

»Wie läuft es mit deinem Dummen-August-Kostüm?«, fragte Friedrich und klopfte Brumsel fröhlich auf die Schulter.

»Frag nicht«, knurrte Brumsel. »Als hätte ich mich in dieser Geschichte nicht schon genug zum Deppen machen lassen! Jetzt muss ich auch noch eine rote Nase tragen. Und eine riesige, gepunktete Hose. Talpa hat da sehr genaue Vorstellungen, wie ein Dummer August auszusehen hat.«

»Wo kriegen wir denn all diese Kostüme her?«, fragte Fräulein Elsa besorgt.

Friedrich zuckte die Achseln. »Talpa hat gesagt, er hat alles nach Sturmschlucht liefern lassen. Ich weiß noch gar nicht, was ich werden soll. Eine kuriose Kreatur bin ich nicht und jonglieren oder seiltanzen kann ich auch nicht.«

»Wie wär's mit Hummelreiter?«, sagte Brumsel mit müdem Lächeln.

»Hör bloß auf«, stöhnte Friedrich.

Nach fast drei Tagen Reise erreichten die hundert Sturmschlucht. Das war eine kleine Stadt, die gefährlich nahe am Rand einer Gebirgsschlucht gebaut worden war. Talpa hatte arrangiert, dass die hundert diese Nacht in der Stadthalle schlafen konnten. Irgendein befreundeter Schmugglerbaron, der zufällig der Bürgermeister war, hatte das für ihn eingefädelt.

Die Halle war groß und breit und vollgestellt mit langen Tischen und Bänken, und sie hatte eine kreisrunde Feuerstelle in der Mitte, was besonders Gryndhild freute, die meinte, das wäre fast so wie in alten Zeiten. Als die Sonne untergegangen war und die Halle ziemlich schummrig wurde, bis auf das glühend heiße Feuer in der Mitte, kuschelte Gryndhild sich in den einzigen gepolsterten Sessel und erklärte zufrieden, gemütlicher sei es auch zu ihren Zeiten im Palast von Weißfels nicht gewesen.

Nach dem Abendessen, als die Wächter zufrieden im Suppenkoma versanken, gingen plötzlich die Flügeltüren auf und mehrere Männer und Käfer in Stadtgardeuniformen kamen in den Saal, beladen mit großen Kisten und Kartons.

»Ah«, rief Talpa, »da kommen ja unsere Tarnsachen! Danke, Jungs, stellt einfach alles hier ab.« Und dann wurden die Kisten geöffnet.

Für jeden Wächter gab es ein braunes Papierpäckchen mit seinem Namen drauf. Manche waren groß, andere sehr klein, aber niemand wurde vergessen – fast niemand.

»He, wo ist mein Päckchen?«, beschwerte sich Kahlsson, nachdem alles verteilt worden war. »Kriege ich keins?«

»Mit dir hat niemand gerechnet«, meinte Friedrich und versuchte, etwas Tröstliches zu finden, was er Kahlsson sagen konnte.

»Wofür willst du denn ein Kostüm?«, sagte Talpa. »Du bist doch jetzt schon perfekt für eine Kuriositätenschau! Karl Kahlsson, der meisttätowierte Schmetterling der Welt!«

»Ja, wirklich?«, fragte Kahlsson. »Verdammte Hacke, du hast ja recht!«

»Kleine Kinder werden dich antatschen wollen«, sagte Brumsel fröhlich.

»Aber an deinem Auftreten musst du noch arbeiten. Lass dir mal ein paar Posen einfallen, in denen deine Tätowierungen gut zur Geltung kommen!« Damit eilte Talpa davon und Kahlsson fing sofort an zu üben.

Endlich hatte Friedrich Zeit, sein eigenes Päckchen auszupacken. Voller Spannung riss er das Papier auseinander und zum Vorschein kam –

»Ein oller Anzug?«, fragte er enttäuscht. Eine zerschlissene, graue Leinenhose, ein verwaschenes Hemd, das an den Man-

schetten schon zehnmal geflickt war, eine Weste, ein Halstuch und eine speckige Schiebermütze. Kohle- und Rostflecken, die jahrzehntealt aussahen, hingen an Knien und Ellenbogen.
»Irgendwie hatte ich mir das anders vorgestellt.«
»Ja, jammer noch rum«, knurrte Brumsel, der gerade eine strahlend gelbe Clownshose mit blauen Punkten entfaltete.
In der Westentasche fand Friedrich einen Zettel, der ihm genau sagte, was er sein sollte: »Die Mechaniker sind ein unverzichtbarer Teil der Kuriositätenschau, denn sie sorgen dafür, dass Bühnenbilder und Zelte stehen und dass die Beleuchtung stimmt. Auch wenn die Wanderausstellung kein eigenes Zelt dabei hat, sind die Mechaniker vor Ort wichtig, um die kuriosen Kreaturen in Szene zu setzen.« In einer Hosentasche fand er außerdem eine kleine Dose mit rostbrauner Schmiere. Auf dem Deckel stand der Hinweis: »Künstlicher Dreck, um Erkanntwerden zu vermeiden.«
Seufzend und immer noch etwas enttäuscht ging Friedrich herum und schaute, was andere Leute in ihren Päckchen gefunden hatten.
Der Mottenmeisterin war es nicht viel besser ergangen als ihm. Sie hatte eine abgetragene, weite Hose, Hemd und Jacke, Halstuch und Mütze in ihrem Päckchen gehabt, zusammen mit der Mechaniker-Anleitung.
»Wenigstens verstehst du wirklich was von Mechanik«, seufzte Friedrich. »Ich hoffe nur, mich fragt keiner um Rat wegen irgendwas Mechanischem!«
»Denen sagst du, du nimmst zwei Groschen für jeden Ratschlag«, sagte die Mottenmeisterin fröhlich. »Dann lassen sie dich in Ruhe.«
Gryndhild hatte ihr Päckchen sorgfältig aufgefaltet und das

Papier zur Seite gelegt und glattgestrichen (sie wollte einen Lampion daraus machen). Erst jetzt faltete sie ihr Kostüm auseinander und staunte.

»Na, ein Kostüm ist das aber nicht«, sagte sie. »Zu meiner Zeit war das nicht einmal ein Kleidungsstück! Damit sehe ich ja aus wie eine Bauchtänzerin! Und das soll ich tragen?«

»Das ist ein sehr hübsches Häkeltuch«, feixte die Mottenmeisterin, »und du sollst es natürlich über deinen normalen Kleidern tragen – nicht ohne alles andere! Komm, ich leg es dir um.«

»Na schön«, sagte Gryndhild zweifelnd und drehte sich ein bisschen in ihrem Kostüm, »aber was bin ich denn damit?«

Friedrich hob den Zettel auf, der aus dem Tuch gefallen war, und las. »Sie«, sagte er und versuchte verzweifelt, sich zu beherrschen, »sind Wendeline Wursthammer, die Mutter unseres Zirkusdirektors und eine sehr sanftmütige, alte Dame.«

»Ach«, sagte Gryndhild.

»Ausgezeichnet im Stricken.«

»Gut zu wissen.«

»Strella kann stricken, die soll sich darum kümmern, dass du es lernst«, winkte die Mottenmeisterin ab.

Aus dem Augenwinkel erhaschte Friedrich einen Blick auf Gryllo Talpa, der sich gerade in Waldemar Wursthammer verwandelte. Dazu gehörten ein herrlich lächerlicher Schnurrbart, eine rot-weiß gestreifte Weste, ein grandioses, goldfarbenes Jackett mit Schwalbenschwänzen und ein zerfledderter Zylinder. Er machte sich sehr gut in dieser Aufmachung – zumindest würde es ihm an Aufmerksamkeit nicht mangeln.

»Und, Friedrich, was ist dein Kostüm?«, fragte Strellas zarte Stimme neben ihm.

»Ich bin nur ein Mechaniker«, erklärte Friedrich traurig.

»Und du? Hast du überhaupt ein Kostüm?« Denn sie trug weder Kleider noch ein Päckchen in der Hand.

»Das hier«, sagte sie, »ist mein Kostüm. Und ich bin seins.« Und damit zeigte sie auf einen Zwergfledermäuserich, der neben ihr stand und Friedrich winkte. »Er heißt Felix. Zusammen sind wir ein Pärchen von kuriosen Kreaturen.« Sie nahm schüchtern Felix' Kralle in ihre.

»Hallo«, sagte Felix und winkte.

»Friedrich, verdammt nochmal, setzt du mir mal die Nase auf?«, raunzte Brumsel. Er sah zum Fürchten aus: eine riesige, gepunktete Clownshose, ein rotweiß gestreiftes Hemd, dicke, grüne Hosenträger, eine silbern glitzernde Fliege, ein kleiner, roter Filzhut mit einer Blume dran und sehr, sehr viel weiße Gesichtsfarbe. Irgendwo in seiner Kleidung musste eine Krinoline oder ein Reifen stecken, denn Brumsel sah doppelt so dick aus wie sonst. Mit dieser Masse an Stoff behangen, schwankte er beim Gehen wie eine Schiffschaukel. Aber immerhin: Kein einziger goldener Streifen war mehr an ihm zu sehen.

»Die Nase?«, fragte Friedrich, viel zu verdattert, um sofort zu gehorchen.

»Ja, die Nase! Mach du sie mir ins Gesicht. Ich weiß ja nicht, wo sie hinsoll!«

»Na, über deine richti... oh, natürlich.« Friedrich schlug sich an den Kopf. »Ich gucke mal, wo sie hinpasst.«

Ein paar Schritte weiter übte Kahlsson das Posieren, und Talpa besserte immer wieder nach, indem er Kahlsson zurechtschubste.

»Gryndhild hatte ein Häkeltuch in ihrem Päckchen und dachte schon, das wäre ihr ganzes Kostüm«, flüsterte Friedrich

Brumsel zu, während er die Schnur hinter seinem Kopf verknotete.

Brumsel zuckte zusammen. »Hat Talpa keine Angst, dass wir wegen groben Unfugs verhaftet werden? Oder wegen Erregung öffentlichen Ärgernisses?«

»Nein, nein, sie soll ja sein kleines altes Mütterchen spielen und hauptsächlich stricken«, beruhigte Friedrich ihn. »Sitzt deine Nase?«

»Ich glaube schon«, sagte Brumsel und ruckelte an der Schnur herum. »Nur, bei Gryndhild kann es durchaus sein, dass sogar ihr Stricken als gewalttätiger Übergriff zählt. Mit einem Schwert ist sie gefährlich genug, aber mit zwei spitzen Nadeln?«

Vor ihnen tanzte plötzlich Fräulein Elsa vorbei. Sie trug ein rosa Kleid mit Spitze und Ansteckblümchen am Ausschnitt. »So ein hübsches Kleid!«, rief sie. »So ein wunderhübsches Kleid! Ich sehe aus wie eine Ballerina, nicht?«

Friedrich lag auf der Zunge, dass sie aussah wie eine verkleidete Hornisse, aber er lächelte nur und nickte. »Wie eine Ballerina. Ja.«

»Brumsel!«, rief die Mottenmeisterin erfreut. »Du siehst ja scheußlich aus! Da hat Talpa ganze Arbeit geleistet!«

»Oh ja«, sagte Brumsel. »Er hängt mir seit zwei Tagen in den Ohren, wie viele Theater seine Leute abklappern mussten, um dieses Kostüm zusammenzustellen. Ein Meisterwerk. Und er darf das tolle Zirkusdirektorkostüm anziehen. Mit Peitsche sogar.«

Immer mehr Paare fanden sich zusammen: Hier saßen ein Zaunkönig und eine Zaunkönigin in einer Ecke, dort ein Mann und eine Frau, neben ihnen ein Mistkäfer und eine Mistkäferin. Alle lasen eifrig in ihrem Anleitungszettel herum – oder in dem ihres Partners – und schauten beschäftigt drein. Eine romantische Partnervermittlung jedenfalls war das nicht.

»Alle mal herhören!«, rief Gryllo Talpa und surrte auf einen Tisch. Weil er zu wenig Beachtung fand, knallte er gleich noch einmal mit seiner neuen Peitsche. (»Er hat viel zu viel Spaß mit dem Ding!«, fand Brumsel.) »Hört mal her, ich brauche nicht lang! Sind alle versorgt mit ihrem Kostüm?«

Ein zustimmendes Gebrüll erhob sich im Saal.

»Und glaubt ihr, ihr schafft es? Könnt ihr sie alle glauben lassen, dass wir wirklich eine Kuriositätenschau sind?«

Wieder donnernde Zustimmung.

»Mit dir als Direktor glaubt uns auch keiner, dass wir was anderes sind!«, rief jemand und lachte dreckig.

»Dann machen wir's! Morgen früh geht es los.« Talpa wurde ernst. »Um elf Uhr fährt der Zug. Wenn wir diesen Saal verlassen, hat jeder sein Kostüm an, bis ins kleinste Detail. Und bis wir in Weißfels sind, spielt jeder seine Rolle, von früh bis spät. Wir dürfen keinen Verdacht erregen, klar?«

Zustimmendes Murmeln.

»Dann los. Macht mich stolz, Kinder!« Talpa grinste.

»Junge, was machst du auf dem Tisch?«, krähte Wendeline Wursthammer in ihrem Häkeltuch durch die Menge. »Du weißt genau, dass du um acht im Bett sein musst!«

»Sanftmut, Gryndhild, Sanftmut«, stöhnte Talpa und stieg vom Tisch. »Ich schenk dir irgendwann mal ein Wörterbuch, da kannst du nachschlagen, was das heißt!«

Und natürlich blieben an diesem Abend alle viel zu lange auf.

Am nächsten Morgen legte Friedrich seinen Fliegeranzug sorgfältig zusammen und stieg in die Mechanikerkluft, die Talpa für ihn ausgesucht hatte. Zusammen mit Brumsel frühstückte er auf den Stufen vor der Stadthalle in der Sonne und starrte über die Schlucht hinaus.

»Es wird bestimmt komisch, in den Palast einzubrechen, den ich selbst einbruchsicher gemacht habe«, sagte Brumsel nachdenklich.

»Es wird bestimmt komisch, in den Palast einzubrechen, in den du mich damals mit Gewalt hineingeschleppt hast, weil ich gar nicht reinwollte«, sagte Friedrich, der gerade in der Stimmung war, das letzte Wort zu behalten.

Brumsel ließ die Schultern hängen, soweit man das unter seinem Kostüm beurteilen konnte. »Ich weiß. Es schien damals eine gute Idee zu sein. Jetzt kannst du nicht mehr zurück ins Andere Land, wenn wir nicht gewinnen. Und vielleicht gehen wir beide drauf, bevor es dazu kommt. Das ist sehr unfair für dich, wenn man's bedenkt.«

Friedrich dachte nach. Irgendwie glaubte er nicht, dass sie draufgehen würden. Aber irgendwie glaubte er auch nicht, dass er seine Pokalsammlung jemals wiedersehen würde. Es war sehr seltsam, aber es fühlte sich nicht unangenehm an. Dann sagte er: »Eigentlich bin ich froh, dass ich hier bin. Wir sind ganz schön weit gekommen!«

»Ja«, meinte Brumsel nachdenklich. »Wir sind beide ganz schön weit gekommen.«

»Fritz! Was sitzt du hier rum und plauderst mit dem Dummen August!«, ertönte eine Stimme von hinten, und dann sah Friedrich die Mottenmeisterin in Mechanikerkluft und ihren eisenbeschlagenen Handschuhen, die ihr bis zum Ellenbogen reichten. Sie stand über ihnen und lachte.

Friedrich musste auch lachen. »Haben wir's eilig? Es ist doch noch nicht mal zehn!«

»Ja, aber wir müssen noch hundert Fahrkarten kaufen«, sagte die Mottenmeisterin. »Alle, die bereit sind, sollen schon mal los und ihre Karte holen. Und noch was: Für unsere Zugreise bist du *Fritz* – du bist einfach zu heiße Ware, ich möchte nicht mal deinen Vornamen im Zug hören.«

»Hast du auch einen Namen für mich?«, fragte Brumsel treuherzig.

»Du hast selbst genug«, schnaubte die Fee und zwinkerte. »Nur benutz keinen von den allzu bekannten.«

»Dasselbe gilt auch für dich«, entgegnete Brumsel und stand mühevoll auf in seinem Riesenkostüm. »Ich war furchtbar effektiv als Chef des Geheimdienstes. – Komm, Fritz, wir holen Kahlsson und gehen.«

In seinem furchtbaren Kostüm konnte Brumsel fast nicht fliegen und so summten sie in einem lächerlich langsamen Tempo über das Pflaster der Straßen dahin. Kahlsson flog in Schleifen um sie herum, sonst wäre er wohl aus der Luft gefallen. Und Friedrich wäre zu Fuß sicher schneller gewesen, aber das sagte er nicht. Außerdem hatten sie es nicht eilig. Es war ein schöner, sonniger Vormittag und Sturmschlucht war ein hübsches Städtchen. Ein paar Kutschen, gezogen von Heupferden, waren die einzigen Gefährte auf den Straßen; Kinder winkten aus den Fenstern der Häuser, freuten sich über den Clown und gruselten sich vor dem tätowierten Schmetterling. Ein paar Mäuse trugen Kohlesäcke über eine Straße und schauten den beiden erstaunt nach. Ohne Zweifel würde die Wanderausstellung noch wochenlang das Stadtgespräch beherrschen, obwohl es nicht einmal eine Vorstellung hier gegeben hatte.

Der Bahnhof bestand nur aus einem Haus, das fast ganz mit

Efeu bedeckt war. Es gab auch nur einen Schalter und die drei Freunde klopften höflich an die Scheibe.

Die Mistbiene dahinter schaute aufgeregt hoch und legte ihren zerfledderten Liebesroman weg. »Oh, Sie sind vom Zirkus?«, fragte sie.

»Na, Sie sind ja gut informiert«, sagte Brumsel trocken, und Friedrich trat ihm auf den Fuß. Die Mistbiene konnte ja auch nichts dafür, dass Brumsel dieses Kostüm tragen musste.

Die aber hörte Brumsel gar nicht zu. Eifrig schwirrte sie mit den Flügeln und erklärte: »Natürlich bin ich das, Herr Wursthammer hat ja schon hundert Zugfahrkarten vorbestellen lassen! Das ist sicherlich der größte Kartenkauf, der hier in Sturmschlucht je stattgefunden hat. Wir haben sogar darum gewürfelt, wer heute Morgen Schichtdienst haben soll, wenn sie abgeholt werden!«

Brumsel, Kahlsson und Friedrich sahen sich an. Die Vergnügungen in dieser Stadt waren anscheinend dünn gesät.

»Haben Sie irgendwelche Vorlieben, wo Sie Ihre Schlafplätze haben möchten?«, fragte die Mistbiene derweil.

»Äh, in der Nähe von Herrn Wursthammer, wenn's geht«, sagte Friedrich.

»Kreaturen oder Angestellte?«

»Angestellte. Wenn möglich, alle drei in dasselbe Abteil.«

»Kein Problem, das mache ich sofort!« Die Mistbiene riss drei blaue Fahrkärtchen von einer Rolle ab und stempelte verschiedene Zahlen darauf. Die Passagiere bezahlten (und die Zugkarten rissen ein ziemliches Loch in ihre Kasse, die sowieso nicht mehr sehr voll war – zumal Kahlsson überhaupt kein Geld hatte) und verabschiedeten sich von der Mistbiene. Die konnte kaum stillhalten, weil sie sich so sehr darüber freute, dass jetzt noch siebenundneunzig Passagiere vorbeikommen und ihre Karten kaufen würden.

Auf dem Bahnsteig saßen nur zwei ältliche Spinnen in Spitzenkrägen. Die drei Reisenden halfen ihnen, ihr Gepäck in den Zug zu tragen, und dann suchten sie ihre eigenen Plätze.

»Wagen achtzehn, Abteil sieben«, las Friedrich auf seiner Karte, während er in den Zug stieg. Er hatte noch nie in einem Schlafwagen übernachtet und war aufgeregt. »Ich freu mich!«

»Na ja, wart lieber ab, ob du nicht einen Hüttenkoller kriegst«, warnte Brumsel. »Mehrere Tage in einem Zug können ziemlich lang sein.«

Ihr Abteil war so eng wie eine Konservenbüchse und die Wände waren mit beinahe schwarzem Holz beschlagen. Es gab unten zwei Betten und oben eine Schlafröhre mit Nachtbeleuchtung. Ein winziges Badezimmerchen gab es auch, aber man konnte es nur mit viel Mühe betreten, denn wenn die Badezimmertür offen war, war kaum noch Fußboden übrig, auf dem man hineingehen konnte.

Friedrich hopste auf seinem Bett auf und ab und fand alles großartig. Durch das Fenster schaute er zu, wie die anderen Wächter nach und nach eintrudelten und über den Bahnsteig in ihre Waggons verschwanden.

Dann klopfte es an der Tür und Strella steckte ihren Kopf herein. »Ach, hier seid ihr. Wir sind im letzten Wagen, Felix und ich und die Wühlmäuse und ein paar andere. Kommt ihr heut Abend in unser Abteil? Wir haben Kekse und Limonade und machen eine Mitternachtsparty!«

»Gerne«, versprach Brumsel.

»Ich glaube, wir haben den ganzen letzten Teil vom Zug für uns allein«, flüsterte Strella. »Das ist gut, da können wir uns freier unterhalten. Gleich fährt der Zug ab. Ich glaube, das wird lustig, bis wir in Weißfels sind!«

Da ging ein leichtes Rumpeln durch den Waggon und der Zug setzte sich langsam in Bewegung.

»Hurra!«, jauchzte Friedrich und stürmte auf den Gang. Das heißt: Er drängte sich erst an Kahlsson vorbei, quetschte sich dann in eine Ecke, öffnete die Tür zum Gang und stürmte dann hinaus. Draußen lehnte er sich ans Fenster und sah zu, wie der Bahnhof an ihnen vorbeizog und dann verschwand. Strella, die neben ihm stand, winkte mit ihrem Taschentuch, obwohl niemand auf dem Bahnsteig war, den sie kannte.

Am anderen Ende des Ganges hängte Gryllo Talpa eines seiner Plakate an seine Abteiltür. Eine Reißzwecke im Mund, summte er dabei fröhlich vor sich hin.

Friedrich ging zu ihm und fragte: »Wie lange brauchen wir denn, bis wir in Weißfels sind?«

»Elf Tage, dann setzen wir uns ab«, nuschelte Talpa. »Hilf mir mal mit dem Reißnagel hier, ich hab ja keine Daumen.«

Friedrich rechnete. »Das lässt uns nicht viel Zeit, bevor die Oper anfängt«, sagte er.

»Oskar ist ein Spezialist«, winkte Talpa ab. »Der kommt überall hinein, solange er nur graben kann. He, wir spielen drüben im Sitzabteil Karten, kommt ihr mit?«

Die Wahrheit war eher: Strella begann, Gryndhild das Stricken beizubringen, und die Mottenmeisterin und Talpa spielten für ein paar Minuten Karten und bezichtigten sich dann gegenseitig des Falschspielens. Schließlich spießte Gryndhild aus Versehen ein paar Karten auf und damit war das Spiel sowieso beendet.

»Das war mein einziges Kartenset«, sagte Talpa erbost.

Gryndhild kniff die Augen zusammen und besah sich den

Schaden. »Wenn ich durch alle anderen auch ein Loch durchpike, sehen sie von hinten wieder gleich aus und man kann ganz normal mit ihnen weiterspielen«, schlug sie vor, aber das wollte Talpa nicht.

»Guten Tag die Herrschaften, die Fahrscheine bitte«, ertönte es von draußen, und dann wurde die Abteiltür einen Spalt weit aufgeschoben. Ein Nashornkäfer mit einer Mütze und einer Weste, aus deren Tasche eine kleine Lochzange schaute, schob seinen breiten, schwarzen Kopf durch die Tür.

Sofort begannen die Wächter zu kramen. Während der Kontrolleur alle Fahrkarten nacheinander abknipste, erkundigte er sich nach einer Ansprechperson für die ganze Gesellschaft.

»Denn«, sagte er, »bei so einer großen Reisegesellschaft, besonders mit so vielen kuriosen Kreaturen, muss jemand die Verantwortung tragen.«

»Das bin ich«, dröhnte Talpa und richtete sich in dem überfüllten Abteil fast bis zur Decke auf, um dem Käfer die Hand zu schütteln. »Waldemar Wursthammer ist mein Name, ich bin der Direktor.«

»Sehr gut«, erwiderte der Käfer und machte sich Notizen auf einem winzigen Notizblöckchen, »und im Falle Ihrer Abwesenheit?«

Die Mottenmeisterin tippte sich an die Mütze. »Das wäre dann ich. Außerdem, wenn Sie eine Frage technischer Natur haben, wenden Sie sich bitte auch an mich. Herr Wursthammer ist zwar ein großartiger Direktor, aber er könnte sein eigenes Klo nicht reparieren, hahaha.«

»Und Ihr werter Name?«, fragte der Kontrolleur mit gezücktem Stift.

»Ofelia Magnolia Betularia Birkheim«, sagte die Mottenmeisterin wie aus der Pistole geschossen, »aber für Sie Betti.«

Der Käfer schrieb angestrengt vor sich hin (er hatte die Kunst gemeistert, den Stift ohne Daumen mit dem Fuß zu umgreifen). Dann schaute er noch einmal zweifelnd herum und merkte, dass er nicht genug Karten abgestempelt hatte.

»Was ist mit Ihrer Fahrkarte?«, fragte er Strella.

»Ich bin eine der Kreaturen«, erklärte Strella. »Wir haben nur Gepäckscheine, möchten Sie meinen sehen?«

»Sie sind eine von den kuriosen Kreaturen? Was machen Sie denn dann auf dem Sitz? Husch, husch, runter!«, sagte der Käfer empört.

Da schaute Strella ihn mit sehr großen, wässrigen Augen an und er wurde sofort weich. »Na schön«, schnaufte er. »Aber mit den Füßen dürfen Sie nicht auf den Sitz.« Irgendetwas wollte er jedoch gerne noch bemäkeln und so blieb sein Blick an Gryndhild hängen.

»Und für eine alte Dame wie Sie ist diese Reise auch viel zu anstrengend«, sagte er streng zu Gryndhild. »Mit fahrendem Volk herumzuziehen, das ist doch kein Leben in so einem würdigen Alter!«

»Das ist meine Mutter«, sagte Talpa laut und stellte sich vor Gryndhild. »Sie ist taubstumm. *Völlig* taubstumm.«

Gryndhild strickte drohend in seine Richtung.

»Ah, am Stricken, wie ich sehe«, sagte der Kontrolleur wohlwollend. »Wird das eine Strampelhose für ein Enkelkind?«

»Äh, ja«, erklärte Talpa schnell.

»Ein Mädchen oder ein Junge?«, fragte der Käfer vorsichtig, denn das Gebilde, das Gryndhild da fabrizierte, konnte er nicht einordnen.

»Ein ... ein Wurm«, faselte Talpa. »Ein Wurm mit siebenundzwanzig Füßen, leider alle auf der linken Seite. Aber wir lieben es trotzdem!«

»Das ist doch die Hauptsache«, sagte der Kontrolleur verdutzt und empfahl sich, um den Rest des Zuges zu kontrollieren.

14. Kapitel
Seidener Faden No 4

Die Mitternachtsparty im letzten Wagen begann zwei Stunden zu früh. Besonders die jüngeren Wächter waren anwesend und tranken Limonade. Einige von Gryndhilds Lampions und Laternen hatten sie aus Kaltwasser mitgenommen und diese hingen jetzt an den Wänden und von der Decke und machten buntes Licht.

Als Friedrich zur Party kam, war er allerdings ziemlich schockiert: Der Wagen hatte keine Abteile, keine Sitze und keine richtigen Fenster. Die hölzernen Fensterläden waren alle weit offen, aber Scheiben gab es nicht. »Was ist das denn hier für ein Wagen?«, fragte er fassungslos.

»Na ja, ist halt kein Passagierwagen«, sagte Strella unverdrossen und drückte ihm eine Flasche Limonade in die Hand.

Friedrich sah sich um: Trotz der gewöhnungsbedürftigen Atmosphäre hatten alle Spaß. An den Wänden entlang zogen sich kniehohe Verschläge, in denen die Schlafsäcke der Wächter lagen. Die Partygäste saßen auf den nackten Holzdielen und auf den Schlafsäcken und Fräulein Elsa spielte eine Polka nach der anderen.

»Wie könnt ihr denn so reisen?«, fragte Friedrich verstört.

»Es ist ja nicht für lang«, sagte Strella. »Als kuriose Kreaturen können wir schlecht als Passagiere reisen. Wir sind Attraktionen, keine Passagiere. Deswegen hab ich ja auch einen Gepäckschein, keinen Fahrschein.«

»Aber ... aber ... ihr seid doch auch ... Leute!«, brachte Friedrich heraus.

»Ja, aber wir sind hier nicht als solche unterwegs«, sagte Strella und wedelte mit ihrem Zeigefinger vor Friedrichs Nase. Dann lachte sie. »Und ich schlaf sowieso immer an der Decke, egal ob Passagierwagen oder nicht.«

Auch wenn die kuriosen Kreaturen als Gepäck zählten, konnten sie immer noch besser feiern als die meisten Leute mit einer Fahrkarte!

Am nächsten Tag, als Friedrich völlig übernächtigt auf einem Schlafsack aufwachte, der ihm nicht gehörte (und in dem der Eigentümer noch drin lag und schlief), waren die Wächter für einige Stunden ruhiggestellt. Langsam ging ihm auf, dass mehrere Nächte feiern hintereinander verdammt anstrengend sein konnte. Während des Mittagessens im Speisewagen hatte er immer noch Kopfschmerzen und merkte, dass Brumsel, der letzte Nacht nicht mitgefeiert hatte, im Gegensatz zu ihm einen ziemlich frischen und erholten Eindruck machte.

Friedrich rührte eine Weile in seiner Zwiebelsuppe herum und stellte dann eine Frage, die ihm die ganze Zeit schon auf dem Herzen lag. So unangenehm es ihm auch war, er musste das Gespräch einfach auf Ophrys bringen. »Brumsel? Was glaubst du, wie werden wir sie sehen, wenn wir sie wiedersehen? Du weißt schon ... *sie*. Jetzt, wo wir wissen, dass sie gar nicht so ist, wie wir immer dachten, dass sie wäre.«

Brumsel seufzte und rührte ebenfalls in seiner Zwiebelsuppe. »Ob sie uns noch so toll vorkommt, wenn wir wissen, dass es nur Betrug ist? Glaube ich nicht. Vielleicht hält ihr Duftwasser mich davon ab, ihr den Kopf abzureißen. Aber dass ich sie noch umwerfend finden werde, das kann ich mir nicht vorstellen.«

»Ich habe Angst davor, dass ich wieder auf sie reinfalle«, flüsterte Friedrich.

Brumsel presste den Mund zusammen und schwieg. »Falls das passiert«, erwiderte er, »dann wird uns ... Betti ... hoffentlich daran erinnern, dass wir wütend auf sie sind. Und dann sage ich dieser Majestät mal meine Meinung, bis ihr die Ohren klingeln!«

Friedrich musste grinsen, aber insgeheim fürchtete er sich doch. Stumm fingen sie an zu essen und die Zwiebelsuppe war wirklich sehr gut. Das musste das erste Mal seit Monaten sein, dass Friedrich auswärts etwas aß, was nicht frittiert oder roh war. Aber sehr schnell wurde ihm wieder die Laune verdorben, denn von irgendwoher hörte er Ophrys' Namen.

»... im Namen von Königin Ophrys!«

Friedrich spitzte die Ohren.

»Eine horrende Summe!« Der Sprecher senkte die Stimme. »Ein Betrug in größerem Ausmaß. Sie gaben einfach diese Bestellung auf und verschwanden, und als die Herren die Lieferung nach Weißfels bringen ließen und auf die Zahlung warteten, kam heraus, dass diese Leute gar nicht mehr für Königin Ophrys arbeiten!«

Das kam Friedrich bekannt vor. Es klang fast, als würde der Sprecher von ihm und Brumsel reden. Oder besser: Es war eigentlich unmöglich, dass von irgendjemand anderem die Rede war!

Sehr vorsichtig versteckte er das Gesicht hinter der Serviette, tat so, als würde er sich den Mund abtupfen, und drehte sich dabei unauffällig um.

Er hatte halb damit gerechnet, eine der dicken Seidenraupen hinter sich zu sehen, aber im Speisewagen saß niemand, der ihm bekannt vorkam. Den Spitzmäuserich, der am Nebentisch aufgeregt auf seinen Nachbarn einredete und sich dabei ständig über die zitternden Schnurrbarthaare fuhr, hatte er noch nie gesehen. Friedrich wechselte einen Blick mit Brumsel, der inzwischen auch aufmerksam geworden war und lauschte.

»Aber wie kann denn so etwas passieren?«, fragte der Hirschkäfer, auf den der Spitzmäuserich einredete, und rückte missbilligend sein Monokel zurecht. »Haben die Herren sich diese Bestellung nicht telegrafisch bestätigen lassen?«

»Telegrafen? Im hohen Norden?« Der Mäuserich schüttelte den Kopf. »Jetzt sind sie auf dem Weg nach Weißfels, um den Schlamassel wieder in Ordnung zu bringen. Sie wollen ja nicht auf den Kosten sitzen bleiben, aber eben auch Ihre Majestät Ophrys nicht als Kundin verlieren.«

»Umso besser für Sie«, sagte der Käfer und prostete dem Mäuserich zu.

»Darauf können Sie Gift nehmen«, sagte der Mäuserich mit zitternder Schnauze. »Einen solchen Fall hat meine Kanzlei noch nie übernommen. Aber es wird natürlich auf eine außergerichtliche Einigung hinauslaufen, wenn Sie meine Prognose hören wollen.«

Friedrich schaute zu Brumsel und zog fragend die Augenbrauen hoch. Brumsel nahm einen Zahnstocher und kratzte etwas in einen Bierdeckel. Den schob er Friedrich hinüber.

Nur die Ruhe. Niemand weiß, dass wir hier sind.

Am Nebentisch driftete das Gespräch in eine andere Richtung ab, es ging plötzlich um die Krampfadern der Tante des Hirschkäfers. Und obwohl Friedrich und Brumsel, nachdem sie ihre Suppe gegessen hatten, noch eine Weile sitzen blieben, führte der Gesprächsfaden nicht zurück auf das Thema, das sie interessierte. Als schließlich die beiden Belauschten verschwanden, verließen auch die beiden Belauscher den Speisewagen.

Sie fanden die Mottenmeisterin und Gryndhild (die zwar immer noch nicht stricken konnte, aber inzwischen wenigstens keine Fleischwunden mehr verursachte, wenn sie es versuchte) zusammen mit Kahlsson in einem Sitzabteil.

Die Mottenmeisterin hörte aufmerksam zu. »Wisst ihr, ob sie in unserem Zug sitzen oder ob sie vielleicht auf einem anderen Weg nach Weißfels unterwegs sind?«, fragte sie dann.

»Nein, das hat dieser Anwalt nicht gesagt«, erwiderte Brumsel. »Der stellt auch keine Gefahr für uns dar – der hat uns sicherlich noch nie gesehen.«

»Solange die beiden niemand erkennt, ist doch alles in Ordnung, oder?«, fragte Kahlsson mit gerunzelter Stirn.

»Ja, aber wenn sie doch jemand erkennt, braucht er nur nachzufragen, mit wem sie unterwegs sind«, sagte Gryndhild und wedelte mit einer Stricknadel (woraufhin alle erschrocken zur Seite wichen). »Und wenn er eins und eins zusammenzählt, kommt er vielleicht auch auf die Idee, dass die ganze Kuriositätenschau gefälscht sein könnte.«

»Vor allem Talpa.« Die Mottenmeisterin seufzte. »Talpa ist ziemlich unverkennbar – wenn man erst mal auf die Idee kommt, dass er es sein könnte.«

»Am besten wär es, wenn wir beide uns überhaupt nicht mehr im Zug zeigen«, sagte Brumsel. »Wir sollten in unserem Abteil bleiben, zumindest bis wir herausgefunden haben, ob Bombykol und Co an Bord sind.«
»Was, die ganzen restlichen neun Tage?«, fragte Friedrich.
»Pah, das ist gar nichts«, sagte Brumsel lässig. »Ich habe mal zwölf Tage in einer Wand gesessen, als ich jemanden beschattet habe.«
»Hat sich aber nicht gelohnt«, sagte die Mottenmeisterin fröhlich. »Der penetrante Geruch nach Ahornsirup hat meine Leute misstrauisch gemacht und so haben wir uns eine andere Bleibe gesucht und stattdessen den Raum an zwei alte Tratschtanten weitervermietet.«
»Dieses tagelange Getratsche«, stöhnte Brumsel. »Und dabei in einer Wand! Das war die Hölle!«
»Eure nostalgischen Streitereien helfen uns jetzt nicht weiter«, warf Gryndhild ein. »Brumsel ist ja wohl kaum zu erkennen, aber was ist mit Friedrich? Würde es nicht reichen, ihm einen falschen Bart anzukleben oder so was?«
»Wo sollen wir denn jetzt einen falschen Bart herkriegen?«, fragte die Mottenmeisterin.
»Na, von seinem Kopf«, sagte Brumsel.
»Äh ... was genau hast du vor?«, fragte Friedrich, der sich schon als Glatzkopf mit Vollbart sah.
Die Mottenmeisterin schnippte mit den Fingern. »Ja, natürlich! Keine Angst, Friedrich, wir kriegen das hin!« Begeistert stieg sie auf den Sitz und kramte in ihrer Reisetasche, die über dem Sitz im Gepäcknetz hing. Mit einer kleinen Nagelschere kam sie heruntergeklettert. »Friedrich, beug den Kopf vor! Und Brumsel, du gehst und holst ein bisschen Ahornsirup.«

Friedrichs Befürchtungen zum Trotz mäßigte sich die Mottenmeisterin beim Kreieren seines neuen Barts. Sie schnitt ihm nur ein paar kleine Strähnen aus dem Nacken und klebte sie ihm mit Sirup auf die Oberlippe – es sah ausgesprochen echt aus. Wie eben viele junge Männer, die verzweifelt versuchen, sich einen buschigen Schnurrbart wachsen zu lassen, aber dabei kläglich scheitern.

»So, jetzt schmier dir noch ein bisschen Dreck ins Gesicht, und du bist nicht mehr zu erkennen«, sagte die Mottenmeisterin zufrieden.

Wie auf Bestellung lief Friedrich noch am selben Abend Bombykol über den Weg. Zwar hatte er gewusst, dass er jederzeit damit rechnen musste, eine der drei Raupen zu treffen, aber als er Bombykol mit seiner roten Samtweste am Ende des Ganges auftauchen sah, rutschte ihm trotzdem das Herz in die Hose.

Es war unvermeidlich, dass sie sich aneinander vorbeiquetschen mussten, denn Bombykol nahm fast den ganzen Gang ein. Friedrich senkte den Kopf, zog die Mütze tief ins Gesicht und murmelte eine Entschuldigung, während Bombykol versuchte, an ihm vorbeizukommen, ohne Friedrich zu berühren, weil der so schmutzig aussah.

Aber für einen kurzen Moment schaute Friedrich auf, und da sah er, dass Bombykol ihn anstarrte. Auch er selbst konnte plötzlich nicht mehr wegschauen. Wie hypnotisiert verfolgte er, wie Bombykols zweifelnder Gesichtsausdruck plötzlich entschlossener Empörung wich. Dann riss der Rauperich seinen Blick von Friedrich los und robbte davon. Friedrich stolperte weiter und traute sich nicht, sich umzudrehen, bis er im nächsten Waggon war.

Verdammter Mist aber auch! Bombykol hatte ihn erkannt, daran gab es für Friedrich keinen Zweifel. Er hätte sich selbst in den Hintern beißen können, weil er nicht einfach die neun Tage in seinem Abteil abgesessen hatte. Aber jetzt war es zu spät. Ihm wurde heiß und kalt, als er daran dachte, was jetzt passieren könnte.

In dem Moment rannte er fast Strella über den Haufen.

»Friedrich, du bist ja ganz bleich, was ist denn los mit dir?«, fragte Strella und hielt ihn an den Schultern fest.

»Grade bin ich Bombykol begegnet«, keuchte Friedrich, »und er hat mich erkannt.«

»Sicher?«, fragte Strella.

»Ganz sicher.«

Strella klopfte ihm auf die Schulter. »In welche Richtung war er unterwegs?«

»Da lang«, sagte Friedrich matt.

»Fein. Ich gehe hinterher und finde raus, was er jetzt macht«, sagte Strella. »Und du gehst schnurstracks zur Chefin und erzählst ihr, was passiert ist.«

Und fort war sie. Friedrich ging zur Mottenmeisterin wie ein Lamm zur Schlachtbank. Er fühlte sich so dämlich. Wie hatte er nur glauben können, dass ein blöder, kleiner Schnurrbart ihn unkenntlich machen würde!

Zu acht zusammengedrückt saßen sie in dem kleinen Sitzabteil, wo nur sechs Plätze waren.

»Und jetzt?«, fragte Friedrich, nachdem er seine Geschichte erzählt hatte und Brumsel, Talpa, Kahlsson, Gryndhild, Felix und Fräulein Elsa ihn betroffen anstarrten.

Nur die Mottenmeisterin sah nicht betroffen aus. »Bis zur

nächsten Station«, sagte sie, »sind es vier Stunden. Dort könnten sie eine Nachricht hinterlassen und dafür sorgen, dass hinter der Grenze von Südwärts die Polizei schon auf den Zug wartet. Wenn wir sie aber vorher außer Gefecht setzen, können sie kaum etwas machen. Wir müssen also nur schnell zuschlagen.«

»Zumal selbst Bombykol nicht genau weiß, ob du's wirklich bist.« Brumsel kratzte sich am Kopf. »Er wird kaum dafür sorgen, dass irgendwelche Polizisten den Zug stürmen, solange er sich darüber nicht absolut sicher ist.«

»Strella ist ihm hinterhergegangen«, sagte Friedrich mutlos. »Sie will schauen, was die drei jetzt unternehmen.«

»Wir haben vier Stunden. Was sagst du, Talpa?«, fragte die Mottenmeisterin. »Wie wär es mit brutaler Gewalt?«

»Klingt nach einer Lösung«, sagte Talpa und knackte mit den Fingerknöcheln. »Ich suche ein paar starke Leute zusammen. Wenn Strella zurückkommt, knöpfen wir uns die Herren vor.« Er stand auf und drängte sich aus dem Abteil auf den Gang.

»Oh, das wird sicher lustig«, freute sich Gryndhild und legte das Strickzeug weg.

»Du wirst es doch noch ohne eine Armee schaffen, drei fette Raupen zu vermöbeln!«, rief die Mottenmeisterin.

»Sicher ist sicher«, sagte Talpa über die Schulter. »Wir wissen nicht, mit wie viel Gefolgschaft sie unterwegs sind.«

Talpa voran, Brumsel und Kahlsson hinterher und Friedrich ganz versteckt am Ende der kleinen Gruppe, schritten sie entschlossen den Gang entlang und klopften an allen Türen. Wer da war, der bekam den Befehl, sich zur Raupenverhaftung bereitzuhalten. Zwei Waggons hatten sie auf die Weise schon durchexerziert und gerade wollten sie den dritten betreten, da hielt Talpa plötzlich auf den Hacken an und alle prallten gegen seinen Rücken.

»Pst«, zischte er, »da kommen sie, die drei!«

Friedrich huschte schnell hinter Kahlssons Flügel und duckte sich dort. Ob sie ihn schon suchten? Ob sie ihn selbst verhaften wollten?

Er linste an Kahlssons Flügel vorbei. Da tauchten die drei tatsächlich auf dem Gang auf und schwatzten aufgeregt miteinander. Vor ihnen marschierte Strella, aber mit ihr sprach niemand.

»Ah!« Das war Bombykol und er klang erfreut. »Herr Wursthammer von der Kuriositätenschau, nicht wahr?«

»Der bin ich«, sagte Talpa, warf sich zu voller Größe auf und fuhr sich über den Schnurrbart.

»Wir wollen nicht stören, aber eine Ihrer kuriosen Kreaturen hat vor unseren Abteilen herumgelungert«, sagte Muscalur streng und schubste Strella vor.

Strella ließ die Ohren hängen.

»Wir möchten ja nicht kleinlich wirken, aber wir hoffen, dass das nicht noch einmal vorkommt«, setzte Disparlur hinzu. »Es kann ja nicht sein, dass die Ausstellungsstücke anderer Leute einem vor dem Abteil herumsitzen!«

»Da haben Sie vollkommen recht, das tut mir sehr leid«, erwiderte Talpa streng. Und zu Strella: »Pfui! Böse, böse Kreatur! Schäm dich!«

Strella zog den Kopf ein.

»Ich werde dafür sorgen, dass sie zukünftig bei den anderen Kreaturen bleibt«, versicherte Talpa den drei Raupen. »Danke, dass Sie sie zurückgebracht haben.«

Friedrich, der noch unentdeckt hinter Kahlsson kauerte, bemerkte, dass sich einige Abteiltüren einen winzigen Spalt öffneten. Die Wächter nahmen bereits genauestens Anteil daran, was hier geschah.

»Dann darf ich Sie bitten, mir zu folgen und ein Abgabeformular zu unterzeichnen«, fuhr Talpa sonnig fort.

»Ein was?«, fragte Muscalur ahnungslos.

»Ein Abgabeformular«, erklärte Talpa, und man wäre nie auf die Idee gekommen, dass er sich diese Geschichte gerade völlig aus den Fingern saugte. »Wissen Sie, die Haltung von solchen Kreaturen ist nicht ganz unbürokratisch. Formulare hier, Formulare da, Einfuhrgenehmigungen und natürlich genaue Verträge über die Arbeitszeiten. Die Kreaturen wollen ja auch zwei Nachmittage in der Woche frei haben. Jedenfalls muss jedes Mal, wenn eine Kreatur aus Versehen in fremden Besitz übergegangen ist und der Irrtum in Ordnung gebracht wird, ein Abgabeformular vom versehentlichen Besitzer und vom eigentlichen Halter unterzeichnet werden.«

»Aber wir haben sie doch nicht gekauft oder gemietet, sie ist uns nur zugelaufen«, widersprach Bombykol.

»Die Kuriositätenschau könnte rechtliche Schwierigkeiten bekommen, wenn die Dokumente der Kreaturen nicht richtig verwaltet werden«, bat Talpa. »Es dauert auch nur zwei Minuten – jeder eine Unterschrift, dass er unsere Fledermaus wieder bei uns abgeliefert hat. Es macht wirklich kaum Umstände. Außerdem bekommen Sie selbstverständlich Freikarten für die Schau, falls Sie mal in derselben Stadt weilen!«

»Na schön«, schnaufte Bombykol. »Wo ist Ihr Formular?«

»In meinem Abteil, wenn Sie bitte mitkommen wollen«, sagte Talpa, und die ganze Karawane setzte sich wieder in Bewegung, und zwar in die Richtung, aus der sie gekommen waren. Voran liefen Brumsel, Fräulein Elsa und Kahlsson (der seine Flügel immer schön weit ausbreitete, sodass Friedrich dahinter verschwinden konnte), in der Mitte Talpa und die Raupen und Strella, die kleinlaut vor den Raupen herschlich; aber hinter ihnen gingen geräuschlos die Abteiltüren auf und die Wächter folgten ihnen. Muscalur, Disparlur und Bombykol waren von vorn wie von hinten umzingelt, aber sie drehten sich nicht um und merkten es deshalb nicht.

»Hier hinein, bitte«, sagte Talpa höflich und hielt die Abteiltür auf, und die drei Raupen robbten vorwärts – gegen Ende wurde es etwas eng – und Talpa schloss die Tür hinter ihnen.

Zwei Sekunden lang war es still da drinnen, dann merkten die drei anscheinend, dass etwas faul war. Sie fanden sich immerhin mit Gryndhild und der Mottenmeisterin konfrontiert. Durch die Tür ertönten Stimmen, dann plötzlich ein lautes Klonk!, so als wäre ein Schwert gegen den Metallrahmen eines Gepäcknetzes geknallt – und dann wurde die Abteiltür von innen wieder aufgerissen.

Die drei Raupen versuchten, sich alle gleichzeitig durch den Türrahmen zu quetschen, aber als sie sahen, dass die Abteiltür umstellt war, stutzten sie. Talpa baute sich bedrohlich vor ihnen auf und ließ seine Peitsche durch die Finger gleiten. Fräulein Elsa trat ebenfalls grimmig vor den Türrahmen.

»Was soll das?!«, keuchte Bombykol. »Lassen Sie uns raus, da drinnen ist eine Verrückte mit einem Schwert!«

»Ja, das ist meine Mutter«, sagte Talpa. »Wir werden Sie jetzt fesseln und knebeln, und das wird für uns alle einfacher, wenn Sie sich nicht wehren. Also, seien Sie mal so freundlich.«

»Was fällt Ihnen ein!«, schrien die drei durcheinander. »Hilfe! Entführer! Polizei!«

Da trat Fräulein Elsa vor und rief mit ihrer autoritärsten Lehrerinnenstimme: »Wenn Sie nicht *sofort* ruhig sind, steche ich Sie alle der Reihe nach!«

»Ha! Sie können mir nicht drohen!«, grollte Bombykol, der ganz vorn stand.

»Ich versichere Ihnen, ich drohe nicht lange«, sagte Fräulein Elsa und hob unternehmungslustig den Rocksaum. Die Raupen rührten sich nicht von der Stelle.

Derweil fing Muscalur hinten an zu greinen, denn die Mottenmeisterin hatte ihm bereits mit ihrem Gürtel die Hände zusammengebunden.

»In dem ganzen Waggon hier ist nicht ein einziger Passagier, der nicht zu uns gehört«, versicherte Talpa. »Niemand wird Sie retten kommen. Aber wir wollen Ihnen nichts Böses. Wenn Sie sich brav verhalten, lassen wir Sie unbeschadet wieder frei.«

Da sah Bombykol Friedrich, der hinter Kahlsson hervorlugte, und tief empört: »Hätte ich mir ja denken können, dass diese üblen Subjekte dahinterstecken!« Aber Friedrich grinste nur.

Als die Raupen dann gefesselt und geknebelt in einem Schlafabteil saßen, erzählte Strella (die von allen hoch gelobt wurde, weil sie es viel einfacher gemacht hatte, die Raupen in einen Hinterhalt zu locken) ihre Geschichte: »Na ja, ich bin dem Dicken gefolgt. Durch ein paar Waggons, dann durch den Speisewagen und da hat er sich kurz mit einem der Kellner unterhalten. Dann ist er aufgeregt weitergezogen und ist schließlich zu seinem eigenen Abteil gekommen – Himmel nochmal, jeder von den dreien hat ein eigenes Abteil nur für sich allein! Jedenfalls hat er sich mit den beiden anderen eingeschlossen. Also hab ich vor der Tür gehorcht – große Ohren hab ich ja und damit konnte ich jedes Wort hören! Er hat gesagt: Ihr werdet's nicht glauben, aber ich habe gerade eben eins von den verwerflichen Subjekten getroffen, die uns diese Geschichte eingebrockt haben! Die anderen beiden waren natürlich ganz aus dem Häuschen und meinten, er würde spinnen. Er bestand aber drauf, dass er recht hatte, und dann sagte er: Ich hab den Kellner gefragt, ob er weiß, wer der kleine, blonde Mechaniker wäre, der in einem von den Waggons wohnt, die diese Wanderschau gemietet hat. Der Mechaniker mit dem Schnurrbart! Und da sagte der Kellner, er hätte ihn zwar schon gesehen, erst heute Mittag, aber da hätte er noch keinen Schnurrbart gehabt! Das fanden sie alle sehr verdächtig.« Stolz schaute Strella in die Runde. »Na, da war mir sofort klar, dass wir handeln müssen!«

»Nur haben sie dich dann erwischt ...«, sagte die Mottenmeisterin.

»Genau! Da ging die Tür auf und sie wollten rausstürmen! Aber dann haben sie mich gesehen und ich habe mich ganz dumm gestellt. Und deshalb kamen sie zuerst zu euch, statt irgendjemand anders Bescheid zu sagen. Gut, nicht?«

»Genial!«, bestätigte die Mottenmeisterin. »Du bist schon ein Goldmädchen, Strella. Bleibt aber die Frage, was wir mit ihnen machen?«

»Wir könnten sie aus dem Zug werfen, die fallen weich bei all ihrem Speck«, schlug Brumsel rachsüchtig vor.

»Ausgeschlossen, wir dürfen sie nicht aus den Augen verlieren«, sagte die Mottenmeisterin kopfschüttelnd. »Sobald sie frei sind, haben wir die Polente am Hals, wenn wir nach Südwärts kommen. Nein, wir müssen sie hierbehalten.«

»Aber ihr Anwalt ist mit im Zug, und der wird sich wundern, wenn sie plötzlich nicht mehr da sind«, warf Friedrich ein. »Das wird ihm sicher verdächtig vorkommen!«

»Ich weiß auch nicht«, seufzte die Mottenmeisterin. »Gryndhild?«

»Nee.« Auch Gryndhild seufzte. »Na ja, ein paar Stunden haben wir doch bestimmt noch, bevor jemand Verdacht schöpft. Wir müssen halt unsere Denkkästen anstrengen.«

Brumsel kam auf die pragmatischste Idee: »Wir könnten ihre Abteile durchsuchen, vielleicht finden wir da etwas Nützliches – kompromittierende Dokumente oder so was –, womit wir sie unter Druck setzen können. Dann könnten wir sie erpressen: Wenn sie uns verraten, geben wir ihre schmutzigen Geheimnisse preis. Irgend so was.«

»Ich komme mit«, sagte Friedrich.

»Feine Sache. Sonst noch wer?«

»Ich!«, piepste Strella. »Jetzt will ich doch wissen, wie's da drinnen aussieht!«

Bewaffnet mit den Kabinenschlüsseln der Gefangenen, machten sich Strella, Brumsel und Friedrich auf den Weg zum vorderen Teil des Zuges. Die drei Abteile der Seidenraupen lagen direkt nebeneinander.

»Ich nehme diesen Raum, ihr zwei die anderen«, sagte Brumsel leise und schloss die erste Tür auf. »Wer zuerst etwas Interessantes findet, sagt Bescheid. Also los!«

Gespannt schloss Friedrich die mittlere Tür auf, öffnete sie vorsichtig und trat ein. Was er sah, war ganz und gar nicht das, was er erwartet hatte.

»Hallo, Friedrich«, sagte Strella, die verdutzt rechts von ihm stand, und Brumsel links von ihm starrte irritiert um sich. Alle drei Türen führten in denselben Raum: ein großes, elegantes Abteil mit drei seidenbezogenen Betten, drei Ledersesseln und drei breiten, geschwungenen Schreibtischen.

»Drei Türen, aber nur ein einziges Abteil?«, sagte Friedrich.
»Was soll das denn?«

»Was weiß ich, vielleicht hören sie sich gern gegenseitig schnarchen.« Brumsel stürzte sich sofort auf den ersten der drei Schreibtische.

Friedrich nahm sich den zweiten Schreibtisch vor und die große Aktentasche, die daneben stand. »Was für kompromittierende Dokumente erwarten wir denn?«, fragte er, während er einen großen Stapel Rechnungen durchblätterte.

»Irgendwas«, murmelte Brumsel.

»Vielleicht finden wir ja ihre geheimen Rezepte für ihre Duftmischungen«, meinte Strella. »Dann können wir sie damit erpressen. Es gibt bestimmt massenweise Parfümeure, die sich darauf stürzen würden!«

»Also, hier sind keine Rezepte ...«, sagte Friedrich und zog die Schreibtischschubladen auf. Zwar hatten die Raupen schon ein paar Tage in diesem Abteil gewohnt, aber die Schubladen waren leer.

»Hm«, grunzte Brumsel enttäuscht. »Bei diesem Herrn gibt's auch nichts. Keine Rezepte, keine persönlichen Briefe und keine pikanten Lithographien von sich häutenden Raupendamen. Zumindest nicht im Schreibtisch. Vielleicht im Gepäck!«

Während Friedrich die Aktentasche zurückstellte, fiel sein Blick unter das Bett. »He, da sind ja Kisten drunter«, sagte er und zog einige metallbeschlagene Sperrholzkisten hervor. Strella flatterte sofort zu ihm hinüber.

»Ich hätt auch gar nicht gedacht, dass sie sich auf so eine Reise begeben, ohne eine Auswahl an ihren neuesten Duftwässerchen dabeizuhaben«, sagte Brumsel, der bis über die Antennen in gefalteter Wäsche steckte.

»Du meinst, da sind Parfümflaschen drin?« Friedrich schüttelte die kleinste Kiste vorsichtig und drinnen klirrte es ganz sanft. »Aber wir können sie nicht öffnen. Verdammt.«

Brumsel kam herübergekrochen. »Zeig mal her. Die kriegen wir schon auf. Ich will doch wissen, was für neue Schweinereien die sauberen Herren sich diesmal ausgedacht haben!« Mit einem kleinen Nagel, den er einfach aus einer Fußbodenleiste zog, begann er, in dem Schloss der Kiste herumzufummeln. Es widerstand nur wenige Sekunden, dann sprang es knackend auf.

Die Vorderwand und der Deckel ließen sich öffnen, und dahinter sah Friedrich viele hübsche Fläschchen stehen, angeordnet wie auf einer kleinen Tribüne, in Rängen. Das war offensichtlich ein Schaukoffer.

Derweil hatte Brumsel die größte Kiste geöffnet und eine komplizierte Anordnung von Reagenzgläschen freigelegt. Sie steckten alle auf einer runden Holzplatte, die sich drehen ließ.

»Was ist das denn?«, fragte Friedrich gespannt.

»Das ist eine Duftorgel«, erklärte Strella. »Eine kleine Reiseausgabe aber nur. So was gibt es auch noch in viel größer. Damit arbeiten Parfümeure.«

»Nicht kompromittierend«, sagte Brumsel und fummelte das nächste Kistchen auf. Darin befanden sich nur braune Laborflaschen, alle wenig aufregend anzuschauen, aber – wie sich nach kurzem Öffnen herausstellte – alle mit sehr aufregenden Parfüms gefüllt. Die waren wohl nicht zum Vorführen, zeugten aber von den außergewöhnlichen Fähigkeiten der drei Parfümraupen.

Die letzte Kiste schließlich enthielt acht sehr sorgfältig eingeräumte, milchige Einweckgläser. In jedem befand sich, eingewickelt in Stränge von Watte, ein kleines, braunes Laborfläschchen.

»Was ist da bloß drin?«, fragte sich Friedrich und drehte ein Einweckglas im Licht. »Wieso sind diese Fläschchen noch einmal extra luftdicht verpackt?«

»Da schau«, rief Strella, die ebenfalls ein Einmachglas samt Inhalt musterte, »hier ist ein Totenschädel auf dem Etikett von dem Fläschchen! Vielleicht sind das ganz hinterhältige Riechgifte, die einen schon beim Schnuppern töten können!«

»Glaub ich nicht«, sagte Brumsel. »Wenn man jemanden mit Riechgift umbringen will, hält man ihm doch kein Gläschen unter die Nase, wo ein Totenschädel draufklebt. Dann schöpft er ja sofort Verdacht.«

»Hier ist kein Gefahrenzeichen drauf«, sagte Friedrich und ließ den Verschluss seines Einweckglases aufschnappen. Er holte das Fläschchen heraus und roch vorsichtig daran, aber es duftete nach gar nichts; er öffnete den Deckel (Strella und Brumsel hielten Abstand) und fächelte sich vorsichtig ein bisschen Luft von der Flasche aus ins Gesicht; immer noch war nichts zu merken.

»Uh, mach das zu!«, stöhnte Brumsel und schwenkte missmutig die Antennen. »Davon krieg ich ja Kopfschmerzen.«

»Kannst du denn das Zeug riechen?«, fragte Friedrich ungläubig.

»Nee, aber es legt sich irgendwie um meinen Kopf wie eine Schraubzwinge«, sagte Brumsel angeekelt.

Friedrich schlug sich an die Stirn. »Wir Blindfische! Das ist bestimmt so was wie Aqua Generale! Deshalb auch die Einweckgläser. Wenn das falsche Fläschchen zu Bruch gehen würde, könnte es hier im Zug ein wahres Chaos auslösen!«

Brumsel starrte ihn an. »Nicht schlecht, Friedrich. Nicht schlecht. Jetzt müssen wir nur noch rausfinden, was das alles ist!«

Friedrich korkte sein Fläschchen wieder zu und schaute. Auf dem Etikett stand nur *B&M&D No 51*. Aber als er es wieder gegen das Licht drehte, sah er durch die Flüssigkeit Linien schimmern. »Da steht was auf der Rückseite des Etiketts«, sagte er und kratzte vorsichtig eine Ecke los.

»Nicht so, Friedrich!« Brumsel warf sich auf ihn und entwand ihm die Flasche. »Du zerreißt es ja. Wir nehmen besser den Teekessel da drüben und machen ein bisschen Dampf!«

Tatsächlich enthielt die Luxuskabine der drei Seidenraupen einen kleinen Ofen mit einem Teekessel darauf und ein paar Kohlen darin und Strella füllte sofort etwas Wasser nach.

Derweil öffneten sie alle acht Einweckgläser. Keines der Wässerchen roch nach irgendwas, aber sie hatten sicher eine besondere Wirkung, sonst wären sie ja nicht so eingepackt gewesen. Nach zwei Minuten konnte Friedrich seine Flasche endlich über die Tülle des Kessels in den Dampf halten und das Etikett begann, sich zu lösen. Eine Ecke nach der anderen ließ sich abziehen.

»Charismatikum«, las Friedrich vor. »Dieses hochwertige Produkt wird Ihnen Führungsqualitäten verleihen und Ihnen die Aufmerksamkeit von Personen sichern, die von Natur aus lieber folgen als befehlen.«

»Himmel nochmal!«, quietschte Strella. »Machen die denn vor gar nichts Halt?«

»Hm, ich könnte ein bisschen davon gebrauchen«, schnaubte Brumsel, »wenn die Rekruten im Geheimdienst wieder mal nicht auf das hören, was man ihnen sagt … Na ja, andererseits ist das ja nicht mehr mein Problem …«

»Jetzt meine Flasche!«, quengelte Strella. »Ich will wissen, was da drin ist!«

»Nein«, sagte Brumsel mit aller Autorität, die er auch ohne Charismatikum hatte, »dein Gift zuletzt. Lass uns erst alle anderen anschauen.«

Strella schmollte.

»Das hier«, erklärte Friedrich, der derweil das nächste Etikett gelöst hatte, »verleiht angeblich magische Anziehungskräfte auf Männer aller Art. Das ist wohl Ophrys' Spezialmischung.«

»Teufelszeug«, zischte Brumsel.

»Und das hier?«, fragte Strella und reichte Friedrich eine Flasche, in der eine milchig-glänzende Flüssigkeit herumschwappte.

»Verursacht Arbeitseifer«, las Friedrich. »Es soll wirken, wenn Kinder ihre Hausaufgaben nicht machen wollen oder der Ehepartner das Waschbecken nicht reparieren will. Sogar zur Selbsthypnose taugt es, steht hier.«

Und so ging es weiter. Es folgten ein Liebeswässerchen für Käfer, eines für Heuschrecken, ein winziges Fläschchen Meisterlösung für Aqua Generale und eine Flüssigkeit, die die Entschlossenheit jeder Person aufweichen sollte, der man gegenüberstand. Vielleicht, fiel Friedrich ein, hatte Ophrys das verwendet, um die Meinung ihrer Kriegsminister in ihrem Sinne zu manipulieren?

»Und jetzt mein Gift! Und jetzt mein Gift!«, fiepte Strella.

»Jaja«, seufzte Friedrich. »Wollt ihr ein Stück zurückgehen, vorsichtshalber?«

»Ach was, behalt einfach die Flüssigkeit im Auge«, winkte Brumsel ab. »Und? Siehst du schon was?«

Ein Eckchen löste sich. Friedrich zog daran und hätte vor Ungeduld fast das Etikett zerstört. Noch ein paar quälende Sekunden, dann fiel es endlich in seine Hand.

»Achtung! Vorsicht beim Einsatz, Wirkung könnte verheerend sein! Arbeiten Sie nur mit Nasenklammer, oder besser: Lassen Sie die Arbeit von einem nicht-raupenähnlichen Mitarbeiter erledigen! – Hm, das ist ja komisch. Ach, hier steht noch was Kleingedrucktes!« Friedrich hielt das Papierchen so nah wie möglich an sein Auge. »Seidener Faden No 4 ist ein höchst wirksames Produkt, mit dem Sie sich den Seidenrauperich Ihrer Träume gefügig machen können«, las er vor. »Äußerst sparsam einsetzen, das Produkt ist sehr ergiebig!«

»Das ist gar kein Gift?«, fragte Strella enttäuscht. »Der Totenschädel war nur zur Tarnung?«

»Genau«, sagte Brumsel mit grimmiger Zufriedenheit. »Sie tarnen das Zeug, damit niemand auf die Idee kommt, es anzurühren und sie selbst damit zu manipulieren!«

»Ich finde«, sagte Friedrich ebenso grimmig, »genau das sollten wir machen!«

»Oh ja«, freute sich Strella. »Glaubst du, wir brauchen dazu eine Raupendame, oder könnten wir dafür jeden nehmen?«

»Das Wässerchen muss ja nur auf den Empfänger wirken«, sagte Brumsel, »die Spezies des Trägers dürfte relativ egal sein. Ich könnte mir das Zeug überschütten und es würde funktionieren.«

»Und warum machst du's nicht?«, gluckste Strella. »Das wäre lustig!«

»Weil ich mir was Schöneres vorstellen kann, als mir drei liebestolle dicke Raupen vom Hals zu halten«, stöhnte Brumsel.

»Ich finde«, sagte Friedrich langsam, »es gibt nur eine von uns, die drei liebestollen Raupen gewachsen ist. Und die soll das Zeug auch tragen.«

»Wieso?«, fragte Brumsel. »Wer?«

»Na, unsere hochverehrte Gryndhild die Große natürlich!«, grinste Friedrich.

»Ich? Was ist das denn für ein hirnverbrannter Quatsch?«, fragte Gryndhild die Kleine und Verschrumpelte. »Das funktioniert doch nie. Und außerdem – wieso ich?«

»Es war deine Idee, Friedrich mit einem Schnurrbart rumlaufen zu lassen«, sagte die Mottenmeisterin streng. »Sonst hätten wir ihn einfach in seiner Kabine eingeschlossen und hätten jetzt den ganzen Schlamassel nicht am Hals.«

»Also erstens«, sagte Brumsel geschickt, »sind Sie die Meisterin der schlauen Pläne, wie man in Ihrer Sage schon nachlesen kann. Sie können bestimmt drei Männer gleichzeitig auf Trab halten. Und zweitens haben Sie ja gesagt, dass Sie sich bei dieser Mission an die Anweisungen der Chefin halten – und die hält Sie für die Beste für diese Aufgabe.« Die Mottenmeisterin nickte dazu ernsthaft.

Gryndhild begann, weich zu werden. »Hm. Na ja. Ich hätte wohl nichts dagegen, mal wieder ein bisschen umschwärmt zu werden. Es ist schon so lange her, dass ich das letzte Mal Verehrer hatte …«

»Dann ist das wohl geklärt.« Die Mottenmeisterin klatschte vergnügt in die Hände. »Und wie sorgen wir dafür, dass die Wirkung nicht nachlässt, wenn sie nicht mehr in Gryndhilds Nähe sind?«

»Ich habe mir überlegt«, sagte Brumsel und schüttelte drei kleine metallene Döschen, »dass wir einfach ein paar Tropfen von dem Zeug in ihre Bartwichse geben. Dann haben sie den Duft immer vorm Gesicht, selbst wenn Gryndhild tagelang nicht in der Nähe ist!«

Die Mottenmeisterin schüttelte sich vor Lachen. »Das wird genial, Kinder! Wir schlagen die drei Seidenspinner mit ihren eigenen Waffen! Damit können sie sich mal höchstselbst von der Qualität ihrer Wässerchen überzeugen!«

15. Kapitel
Blind vor Liebe

Und so wurde es gemacht: Gryndhild tupfte sich Seidenen Faden No 4 hinters Ohr, Brumsel mischte einige Tropfen des Parfüms in die Dosen mit Bartwichse und stellte sie auf ihre Plätze am Waschbecken des Raupenabteils zurück und dann räumten er, Friedrich und Strella das Abteil gründlich auf.

»So, die Herren«, sagte die Mottenmeisterin schließlich und öffnete die Tür zu dem Schlafabteil, in dem Bombykol, Muscalur und Disparlur gefangen gehalten wurden, »wir sind fertig. Sie dürfen gehen.« Damit löste sie den Knebel von Bombykol, der sofort zu zetern begann. »Los, raus hier!«, rief sie gutgelaunt und schubste den Rauperich auf den Gang hinaus.

Und nun geschah etwas, das Friedrich sein Lebtag nicht vergessen würde. Denn auf dem Gang stand Gryndhild, ihr Häkeltuch über den Schultern und das Strickzeug in der Hand, und Bombykol wollte gleichzeitig Gryndhild anstarren und in die Gegenrichtung davonrobben. Nach wenigen Sekunden gewannen seine Augen. Sein Kiefer fiel herunter, sein Blick wurde glasig und träumerisch und er atmete tief ein. Als er die Luft wieder herausließ, entfloh sie als ein tiefer Stoßseufzer.

Himmel nochmal, dachte Friedrich, hab ich etwa auch so dämlich ausgesehen, als ich Ophrys zum ersten Mal getroffen habe?

Als Bombykol wieder sprechen konnte, war seine Stimme ein verzweifelter Singsang. »Wo waren Sie nur mein ganzes Leben?«, wimmerte er.

Gryndhild fiel so schnell keine passende Antwort ein. »Och, hier und da«, stotterte sie.

Bombykol robbte auf sie zu. »Verzeihen Sie, ich vergesse meine Manieren, aber angesichts Ihrer Schönheit könnte ich mich selbst vergessen! Sagen Sie mir – bitte, es hängt so viel davon ab! –, ist Ihr Herz schon an einen anderen vergeben?«

»Im Moment nicht«, sagte Gryndhild, überwältigt von so viel Leidenschaft.

»Dann darf ich hoffen, dass meine Liebe für Sie Erfüllung finden könnte?«, säuselte Bombykol, und in diesem Moment schubste Muscalur ihn weg und verpasste Gryndhild einen Handkuss.

»Schöne Frau, darf ich's wagen, mich vorzustellen?«, fragte er eifrig, und da sprang ihn schon Disparlur an und fauchte: »Nichts da, ich bin der Ältere und deshalb darf ich mich zuerst vorstellen!«

»Heiliger Strohsack«, sagte Brumsel, der das Ganze fassungslos beobachtete. Die Mottenmeisterin stand mit verschränkten Armen da und kicherte. Talpa schüttelte nur verdutzt den Kopf.

Gryndhild begann, sich daran zu erinnern, dass sie eine Rolle spielen musste. »So viele, äh, gutaussehende Herren, da kann man sich ja gar nicht entscheiden«, sagte sie. »Und Sie haben auch noch alle so schöne Schnurrbärte. Ich finde ja, es gibt nichts Aufregenderes als einen Mann mit einem richtig schönen Schnurrbart! Ja, ich glaube, ein Schnurrbart ist die höchste Zierde, die ein Mann haben kann.«

Es war fast schmerzhaft, zuzusehen, wie die drei sofort anfingen, an ihren furchtbaren Zwirbelbärten herumzufingern. Unauffällig versuchten sie alle, einen Blick auf ihr Spiegelbild in den Fensterscheiben zu erhaschen.

»Herr Wursthammer!« Bombykol drehte sich zu Talpa um. »Sie hatten ja gar nicht erwähnt, was für eine reizende Mutter Sie haben!«

»Ach ja«, sagte Talpa aalglatt, »wenn man schöne Dinge jeden Tag sieht, dann gewöhnt man sich so daran, dass es einem gar nicht mehr auffällt, nicht wahr?«

Gryndhild machte eine sehr unanständige Geste in seine Richtung. Das kam den drei Raupen so graziös vor, dass sie einstimmig seufzten.

Friedrich winkte Gryndhild angestrengt zu. Gryndhild sah ihn und nickte, dachte aber offenbar noch darüber nach, wie sie das Gespräch in die richtige Richtung lenken sollte. »Tja«, sagte sie dann, »ich bin ja froh, dass Sie sich alle drei so gut mit meinem Sohn Waldemar verstehen! Aber ich möchte Ihnen gern noch meinen Jüngsten vorstellen: Fritz!«

Das war ein kritischer Moment. Friedrich trat vor, und die drei Raupen glotzten ihn misstrauisch an, besonders Bombykol; aber dann glätteten sich ihre Gesichtsausdrücke wieder und alle drei lächelten wohlwollend.

»Äh, ja«, sagte Friedrich. »Hallo.«

»Ich bin ja so stolz auf ihn«, flötete Gryndhild und freute sich diebisch, »er hat nur eine Schwäche: Er probiert gern falsche Bärte aus. Manchmal so lange, bis ihn seine eigene Mutter nicht mehr erkennt! Du bist es doch wirklich, oder, Fritz?«

»Ja, Mutter«, sagte Friedrich.

»Er trägt sogar jetzt einen falschen Schnurrbart, ob Sie's glauben oder nicht!«, sagte Gryndhild und wedelte mit dem Zeigefinger.

Friedrich pflückte sich die Haare von der Oberlippe und grinste entschuldigend.

»Er ist ja so ein Spielkind!«, sagte Gryndhild fröhlich. »Aber er macht seiner Mutter immer gern eine Freude. Tatsächlich hat er diesen Schnurrbart nur anprobiert, weil er weiß, dass ich Schnurrbärte so schön finde.«

Friedrich fand, dass sie es jetzt zu sehr auf die Spitze trieb, und das fand wohl auch die Mottenmeisterin, die hinter dem Rücken der drei Raupen energische Handbewegungen machte. Die drei verliebten Raupen hörten Gryndhild aber anscheinend gar nicht zu. Disparlur fasste sich als Erster ein Herz und fragte: »Frau Wursthammer, würden Sie heute mit mir zu Abend essen?«

Gryndhild stutzte wirklich nur einen Sekundenbruchteil lang. »Aber gern«, säuselte sie dann. »Im Speisewagen, unter den Augen aller anderen Reisenden, ist ja auch für den nötigen Anstand gesorgt.«

Da platzte es aus Muscalur und Bombykol gleichzeitig heraus, dass sie auch gern Gryndhild zum Abendessen ausführen wollten, wenn sie ihnen nur ein paar Stündchen schenken würde.

»Na schön«, sagte Gryndhild, »dann gehe ich heute mit dir, morgen mit dir und übermorgen mit dir!«

»Sie fühlt sich schon wie ein Fisch im Wasser«, flüsterte Brumsel Friedrich zu und grinste.

»Die Armen«, murmelte Friedrich. »Das Essen wird sie ja

nicht allzu teuer zu stehen kommen – aber stell dir mal Gryndhilds Getränkerechnung vor!«

Von Stund an wurde Gryndhild von den drei Seidenraupen umschwärmt wie eine Lampe von Motten. Felsenfest waren die drei Herren davon überzeugt, dass es sich bei Friedrich mitnichten um Friedrich Löwenmaul handelte, sondern um Fritz Wursthammer, den unbescholtenen Sohn einer hinreißenden Witwe. Unangenehm war nur, dass die drei ihre Angebetete am liebsten die ganze Zeit für sich gehabt hätten. Es war wirklich schwierig für Gryndhild, sie auch nur für eine Stunde abzuschütteln und kurz mit den Wächtern zusammen zu sein. Die Mottenmeisterin und ihre engsten Vertrauten mussten sich allein damit beschäftigen, wie sie in den Palast einbrechen sollten. Eine ganze Woche lang hielt Gryndhild die Raupen in ihrem Bann; eine ganze Woche lang planten die Wächter; und alles schien reibungslos zu verlaufen.

Die Grenze überschritten sie am siebenten Tag ihrer Zugreise. Die Grenzkontrolle bestand nur aus einem müden Beamten, der in alle Abteile hineinschaute und gelegentlich Gepäckstücke öffnen ließ, um nach versteckter Schmuggelware zu suchen. Außerdem hielt er, wie er sagte, die Augen nach gesuchten Verbrechern offen. Aber nicht besonders offen: Er bat Brumsel nicht einmal, die rote Nase abzunehmen, um sein Gesicht zu sehen. Nach Pässen fragte er gar nicht erst, denn viele Leute in Nordwärts hatten sowieso keine. Und nach einer Stunde Kontrolle ratterten die hundert Wächter unentdeckt über die Grenze nach Südwärts.

Friedrich und Brumsel saßen zufrieden in ihrem Schlafwagen.

»Wie geht es eigentlich den drei Raupen?«, fragte Friedrich.

Brumsel gluckste. »Wenn die sich bloß selbst sehen könnten!

Sie sind so inspiriert wie schon lange nicht mehr! Gryndhild hat mir erzählt, dass sie sich ständig um die Duftorgel streiten. Alle drei sind dabei, neue Parfüms zu kreieren, und anscheinend sollen sie alle Wendeline No irgendwas heißen. Ich glaube, gerade sind sie bei Wendeline No 19.«

»Sie müssen ja wirklich blind sein wie die Maulwürfe«, seufzte Friedrich.

»Selbst Maulwürfe sind nicht so blind«, sagte Brumsel und grinste. »Aber he, es erfüllt seinen Zweck. Was soll jetzt noch schiefgehen?«

Solche Fragen, dachte sich Friedrich in dem Moment, sollte man am besten gar nicht stellen. Viel zu oft werden sie nämlich dann auch beantwortet. Und so war es hier auch, denn schließlich gab es noch einen Faktor, den sie völlig außen vor gelassen hatten: den Anwalt der drei Herren Bombykol, Muscalur und Disparlur.

Am Abend des nächsten Tages gab es eine hässliche Szene im Speisewagen. Gryndhild saß mit allen drei Herren am Tisch, und alle hingen an ihren Lippen, als sie irgendeine lustige Geschichte erzählte (zumindest fanden die drei Verehrer sie unglaublich lustig), und an den Nachbartischen saßen einige Wächter und einige kuriose Kreaturen.

Der Anwalt der drei stieß irgendwann dazu, zog sich einen Stuhl heran und begann grußlos und mit zitternden Schnurrhaaren: »Meine Herren, ich muss Sie dringend sprechen!«

»Kann das nicht warten?«, fragte Disparlur. »Wir haben gerade so charmante Unterhaltung hier.«

»Nein, es ist wirklich *sehr* dringend.« Der Anwalt zog einen Stapel Papiere aus der Tasche.

»Jetzt geht es wirklich nicht«, zischte Muscalur. »Später!«

»Und wie viel später soll das sein?« Die Anwalts-Wühlmaus wurde langsam ungehalten. »Es ist ja praktisch unmöglich, Sie noch privat zu erwischen! Entweder Sie verbringen Ihre Zeit mit dieser Dame hier oder Sie schließen sich in Ihren Abteilen ein und erfinden Parfüms und Liebesgedichte!«

»Morgen früh«, vertröstete ihn Bombykol.

»*Früh*? Sie stehen ja immer erst zum Mittagessen auf, weil Sie nachts die ganze Zeit wach sind!«, empörte sich der Anwalt. »Wir sind unterwegs nach Weißfels, weil wir mit der Königin zu einer Einigung kommen wollen, und dafür gibt es noch viel zu besprechen. Sie sollten sich auf ernsthaftere Sachen konzentrieren, es geht hier um viel Geld!«

»Geld!« Muscalur verdrehte die Augen. »Ist das alles, woran Sie denken können? Geld macht das Leben nicht lebenswert! Von Geld wird man nicht glücklich!«

»Sie haben mich beauftragt, und ich tue hier nur das, wofür ich bezahlt werde«, erinnerte die Wühlmaus ihn wütend. »Aber ich kann diese Verhandlungen nicht allein führen, weil ich alle Vereinbarungen mit Ihnen absprechen muss. Also reißen Sie sich doch mal für eine halbe Stunde los von Ihrer Madam!«

Das klang in Bombykols Ohren leider so, als würde der Mäuserich schlecht über Gryndhild sprechen. »Mäßigen Sie gefälligst Ihren Ton, wenn Sie von Frau Wursthammer sprechen!«, blökte er. »Sie ist zufällig die Frau, die ich liebe!«

»Und ich auch!«, rief Disparlur.

»Na, und ich erst!«, warf Muscalur ein.

Gryndhild saß daneben und tupfte sich damenhaft mit einer Serviette den Mund ab. Das heißt, damenhaft hätte es ausgesehen, wäre nicht das andere Ende der Serviette um ihren Hals geknotet gewesen.

»Liebe? Ein erwachsener Mann wird doch wohl noch seine Geschäfte führen können, auch wenn er verliebt ist!«, ereiferte sich die Wühlmaus. »Sie sind doch keine Backfische mehr! Und selbst die benehmen sich nicht so albern. Sie himmeln sie ja an wie hypnotisiert! Alle drei! Das ist doch nicht normal!«

»Was ist daran nicht normal?«, fragte Disparlur böse. »Eine schöne Frau hat eben oft mehrere Verehrer!«

»Ha!«, kreischte die Wühlmaus. »Eine schöne Frau! Haben Sie sie mal angesehen? Die könnte Ihre Mutter sein oder vielleicht Ihre Großmutter!«

»Schönheit und Alter«, sagte Gryndhild würdevoll, »haben gar nichts miteinander zu tun, junger Mann.«

»Sie drei haben für nichts anderes mehr Augen! Sie denken an gar nichts anderes mehr. Das ist ... das ist Hörigkeit, jawohl!« Die Wühlmaus stutzte plötzlich, lehnte sich über den Tisch und flüsterte: »Sagen Sie mal ... Kann es sein, dass Sie aus Versehen etwas von diesem Duftwasser abbekommen haben, das Sie für Königin Ophrys herstellen? Dass Sie deshalb so amourös aufgelegt sind?«

»Ausgeschlossen!« Bombykol hob den Zeigefinger. »Wir haben die Wirkung der Ophrys-Mischung minutiös so austariert, dass sie auf Seidenraupen keine Wirkung hat. Auf Männer fast jeder anderen Spezies, ja. Aber nicht auf Seidenraupen. Vorsichtsmaßnahme, Sie verstehen. Nein, Frau Wursthammer hat einfach einen natürlichen Charme an sich, dem man sich kaum entziehen kann!« Er lächelte ihr verliebt zu und sie zwinkerte zurück.

Friedrich und Talpa am Nebentisch waren schon halb aufgestanden, um einzugreifen. Es war klar, dass jetzt schnell etwas geschehen musste – sonst würden entweder der Anwalt oder seine Klienten innerhalb der nächsten Minuten auf die richtigen Schlüsse kommen.

»Also keine üblen Bemerkungen über Frau Wursthammer!«, sagte Disparlur drohend. »Und jetzt lassen Sie uns bitte allein, wir hatten gerade sehr viel Spaß, bevor Sie sich eingemischt haben.«

Völlig wütend und frustriert kreischte sein Anwalt: »Da geht doch irgendwas nicht mit rechten Dingen zu! Diese schrumpelige, alte Vettel hat Sie so im Griff, dass Sie nicht mehr klar denken können!«

Schon hatten sich alle drei Raupen von ihren Sitzen erhoben, um die Ehre ihrer Dame zu verteidigen, aber Gryndhild winkte ab. »Danke, die Herren, danke, aber fangen Sie jetzt bloß keine Prügelei an!«

Dann stand sie auf, wackelte würdevoll um den Tisch herum zu dem Anwalt, schnappte ihn am Kragen und verpasste ihm einen solchen Kopfstoß, dass er rückwärts vom Stuhl fiel. »Das tu ich immer noch schön selbst«, sagte sie zufrieden.

Am Nebentisch griff sich die Mottenmeisterin verzweifelt an den Kopf.

Der Wühlmäuserich war von dem Kopfstoß sofort ohnmächtig geworden und konnte keinen Schaden mehr anrichten. Aber er fiel einem bulligen Maikäfer am Nebentisch ins Essen, und der fand das gar nicht lustig.

»He!«, brüllte er und stand auf. »Wer war das? Der kann was erleben!«

»Ich!«, rief Gryndhild zahnlos zurück. »Ich war das!«

»Frau Wursthammer! Wendeline!«, rief Bombykol. »Nicht! Legen Sie sich nicht mit diesem Kerl an, wer weiß, was da alles passieren kann!«

»Och, mehr als Prellungen wird es schon nicht geben, ich hab ja mein Schwert nicht dabei«, rief Gryndhild, die offensichtlich gerade von ihrer heldenhaften Seite übermannt wurde.

»Mutter!«, brüllte Talpa verzweifelt, während Gryndhild den Maikäfer abwehrte, hochhob und auf den Rest seiner Tischgesellschaft schleuderte. »Ich verbiete dir, dich zu prügeln!«

»Du hast mir gar nix zu sagen, du Grünschnabel!«, krähte Gryndhild. »Lass eine alte Frau ihren Spaß haben, sag ich dir!«

Talpa antwortete gar nichts mehr, denn nun musste auch er sich gegen einen wütenden Reisenden zur Wehr setzen. Neben Friedrich schrie eine kleine Strandkrabbe »Hossa!« und sprang mit geöffneten Scheren angriffslustig auf ihn zu. Offensichtlich hatte sie nur auf eine Chance gewartet, sich mit irgendjemandem anzulegen.

Und nun brach wirklich die Hölle um sie herum los. Zwei Zikaden mischten sich ein, versuchten, die Streitenden zu trennen, fingen sich einige linke Haken ein und begannen dann erzürnt mitzumischen. Gryndhild warf einen Tisch nach dem Maikäfer. Die Leute, die an dem Tisch gesessen hatten, warfen sich auf Gryndhild und wollten sie fest halten. Erst, als der Erste von ihnen zum Fenster hinausflog (zum Glück war er flugfähig), merkten sie, dass das keine gute Idee gewesen war. Friedrich hatte die Krabbe am Ohr hängen und versuchte brüllend, sie loszuwerden, denn es tat höllisch weh. Kahlsson war derweil herbeigeeilt und zerrte an der Krabbe. Talpa hielt den Maikäfer fest, der sich daraufhin gegen ihn wandte. Die Mottenmeisterin stand mit fassungslosem Gesicht da, bis ihr ein ziemlich großer Braunfrosch in die Arme taumelte und sofort anfing, nach ihr zu hauen. Da schnappte sie sich einen Stuhl und zerschlug ihn auf seinem Kopf und danach eilte sie Talpa zu Hilfe. Zu allem Überfluss gab es noch eine Schnecke im Raum, die für die Prügelei viel zu langsam war, aber trotzdem hierhin und dorthin kroch und alle Parteien anfeuerte. Dabei hinterließ sie eine Schleimspur, auf der die Kämpfenden regelmäßig ausrutschten.

Inmitten dieses Chaos hüpften Muscalur, Disparlur und Bombykol um ihre angebetete Dame herum, fuchtelten mit Stuhlbeinen und versuchten, alle Angreifer von Gryndhild fernzuhalten. Das hielt aber weder Gryndhild auf noch besagte Angreifer, denn niemand beachtete die drei – sie waren einfach keine lohnenden Gegner.

Der ganze Zug begann zu rumpeln und hielt schließlich knirschend und quietschend an. Irgendjemand musste die Notbremse gezogen haben. Das irritierte die Prügelnden aber nicht. Erst als zwanzig Schaffner und Kontrolleure gemeinsam den Speisewagen stürmten und jeden festhielten, der sich noch bewegte, gelang es, die Kämpfenden zur Ruhe zu bringen.

Nur an Gryndhild bissen sie sich die Zähne aus. Ein Schaffner hielt sie von hinten fest und sie strampelte mit den Beinen in der Luft und trat um sich. Ein anderer versuchte, ihr gut zuzureden: »Beruhigen Sie sich! Es ist ja vorbei, sehen Sie? Wir haben die Situation unter Kontrolle!«

Da schrie Gryndhild: »Lasst mich los oder ich erwürge euch alle mit meinen Füßen und brenne eure Häuser ab und tanze auf euren Gräbern!«

»Oh nein«, seufzte die Mottenmeisterin und wand sich aus dem Griff des Lokomotivführers. »Sie hat bestimmt einen Anfall von Kampfwut. Da müssen wir schnell was tun, sonst wächst sich das noch zu einer Trance aus und dann legt sie einen Berserkergang hin! Schnell, wir brauchen kaltes Wasser!«

Irgendwo in einer Ecke stand ein großer Blumenkübel und die Mottenmeisterin zerrte die Blumen heraus und schleppte den Kübel zu Gryndhild.

»He, Sie, junger Mann«, herrschte sie den Schaffner an, der versuchte, Gryndhild zu beruhigen, »helfen Sie mir mal, wir müssen das Wasser auf sie schütten!«

Der Schaffner war sofort überzeugt von der Notwendigkeit der Maßnahme und half der Mottenmeisterin, den Kübel zu heben und über Gryndhild auszukippen.

»Euch werd ich's lehren, ihr Sausäcke!«, krähte Gryndhild, als das Wasser über sie klatschte, und dann: »Argh!! Ich bin nass! Äh … oh. Warum bin ich nass? Berserkergang? Was, wirklich? Oh. Oh, das tut mir leid. Würden Sie mich wohl runterlassen, junger Mann?«

Der Schaffner stellte sie wieder auf die Füße. Gryndhild glättete ihren Kittel und ihr Häkeltuch und schaute sich um. Fast jeder im Waggon starrte sie an, und langsam schien es zu ihr durchzudringen, dass sie gerade etwas Schlechtes gemacht haben musste. Hilfesuchend schaute sie zur Mottenmeisterin hin. Die runzelte drohend die Stirn.

»Schrumpelige Vettel hat er zu mir gesagt …«, murmelte Gryndhild trotzig.

Ein Schaffner (der zwei rote Streifen am Ärmel hatte statt nur einen wie alle anderen) schlug einen Blechlöffel gegen die letzte heilgebliebene Suppenterrine und ließ verlauten: »Die Türen zum Waggon bleiben geschlossen. Wir haben jemanden nach Altwall geschickt«, (so hieß die Stadt, die sie gerade passiert hatten), »und die Polizei wird hoffentlich in der nächsten halben Stunde hier eintreffen. Niemand verlässt den Raum, bis geklärt ist, wer diese Prügelei angefangen hat!«

Die Teilnehmer der Prügelei standen da wie ertappte Schulkinder, einige noch mit Tischbeinen in der Hand (oder in der Kralle oder im Fuß). Die Wächter rotteten sich in einer Ecke um einen zerbeulten Tisch zusammen und zählten ihre Toten und Verwundeten. Zum Glück gab es keine oder zumindest nichts Ernsthaftes. Friedrichs Ohr blutete, die Mottenmeisterin hatte ihre Mütze verloren, Kahlssons Pelz war an einigen Stellen ausgerissen, und Talpa beschwerte sich, dass ihm jemand eine Suppenkelle auf den Schädel gehauen hatte und ihm die Ohren klingelten.

»Na, sauber«, seufzte die Mottenmeisterin und ließ sich auf einen schrägen Stuhl fallen, der nur noch drei Beine hatte. »Das habt ihr ja gediegen hingekriegt.«

»Wieso wir?«, fragte Talpa ärgerlich. »Wer hat denn nun mit der Prügelei angefangen?«

Alle dachten kurz über diese Frage nach, und je mehr sie nachdachten, desto klarer wurde allen, wer schuld war.

»Er kann mich doch nicht so einfach eine schrumpelige Vettel nennen!«, sagte Gryndhild kleinlaut, während langsam alle Blicke in ihre Richtung wanderten.

Die Mottenmeisterin zog ihren Stuhl an einen Tisch heran, dem ein Bein fehlte, und lehnte sich über die Platte. »Kriegsrat«, sagte sie halblaut.

Alle anderen Wächter zogen sich ebenfalls Stühle heran oder blieben um den Tisch stehen. Niemand beachtete sie; die anderen Prügelnden waren viel zu beschäftigt damit, herauszufinden, wieso sie eigentlich in diese Prügelei hineingeraten waren. Muscalur, Disparlur und Bombykol saßen erhitzt in einer Ecke; ihr Heldenmut hatte sie verlassen und nun überkam sie die Aufregung.

Talpa, der wie immer über alle hinausragte, bemühte sich, leise zu sprechen. »Was machen wir, wenn sie Gryndhild verhaften wollen?«

Die Mottenmeisterin, die die Stirn in die Hand gestützt hatte, schaute hoch. »Tja.«

»Pah, die sollen nur kommen!«, grummelte Gryndhild angriffslustig. »Mit denen werde ich auch noch fertig. Die sollen mal versuchen, mich zu verhaften. Ich mach Geschnetzeltes aus ihnen, jawohl!«

»Gryndhild«, seufzte die Mottenmeisterin, »das können wir überhaupt nicht gebrauchen. Wir dürfen keine Aufmerksamkeit bei der Obrigkeit erregen.«

Friedrich, der gerade sein Ohr in ein Taschentuch wickelte, setzte hinzu: »Wenn Sie die Polizisten auch noch verkloppen, müssen wir alle mit Ihnen aus dem Zug fliehen und zu Fuß weitergehen. Und bis Weißfels schaffen wir es nicht mehr rechtzeitig zu Fuß.«

»Und wenn wir fliegen?«, bot Kahlsson an. »Ich kann zwei von euch tragen!«

»Ja«, sagte Talpa, »und ich schaffe auch ein oder zwei. Aber viele von uns sind einfach zu groß, um getragen zu werden. Die Wühlmäuse zum Beispiel. Wir haben ja absichtlich niemanden mitgenommen, der in diesem Zug nicht durch die Türen passt – sagen wir mal, größere Vögel.«

»So, wie ich es sehe«, sagte die Mottenmeisterin und klatschte die flache Hand auf die Tischplatte, »haben wir zwei Möglichkeiten: Entweder du lässt dich nicht verhaften und wir fliehen alle mit dir – und dann ist unsere Mission ernsthaft in Gefahr. Oder du lässt dich verhaften und wir fahren ohne dich weiter.«

Das klang ziemlich herzlos, aber Friedrich sah durchaus, dass es Sinn machte.

Gryndhild selbst stießen diese Perspektiven sauer auf, denn es war klar, was von ihr erwartet wurde.

»Keine Angst«, sagte Kahlsson, »in Ihrem Alter und ohne bekannte Vorstrafen kriegen Sie höchstens Bewährung.«

»Ich könnte ihnen auch einfach sagen, wer ich wirklich bin«, sagte Gryndhild trotzig.

»Ich weiß nicht, was schlimmer wäre«, erwiderte die Mottenmeisterin. »Wenn sie dich auslachen oder wenn sie dir glauben. Dann hätten wir erst recht jede Chance verloren, eine ahnungslose Ophrys im Palast zu finden. Wahrscheinlich wäre sie sofort zu dir unterwegs, um dich mal in voller Lebensgröße zu treffen. Nein, Gryndhild, die Suppe hast du dir selbst eingebrockt.«

Gryndhild schob die Unterlippe vor und ärgerte sich. »Ich kann eben nicht anders«, grummelte sie. »Ein alter Hund und keine neuen Tricks und all das.«

Bedrückt schaute Friedrich durch den Raum. Überall wurden die Schäden an Kleidung und Leuten begutachtet; und einige, die sich vorhin noch gegenseitig verhauen hatten, schauten sich nun verlegen an. Niemand war ernsthaft beschädigt, nur der Anwalt lag immer noch ohnmächtig auf dem Boden und das Abteil war vollkommen verwüstet. Die kleine, rote Krabbe kam angewieselt und brachte Friedrich ein Heftpflaster.

»Danke«, sagte Friedrich verwundert, während sie wortlos wieder davonflitzte.

Die Abteiltür öffnete sich und ein Dutzend Polizisten mit Uniformen und Helmen traten in den Waggon. Vorneweg marschierte eine große, grüne Zikade.

»Na schön«, sagte sie, nachdem sie sich zweimal umgesehen und einmal an den Helm gegriffen hatte, »das ist ja nicht zu fassen. Hören Sie bitte mal alle her! Finkelbeiner ist mein Name, Kommissarin auf der Dienststelle Altwall, und ich möchte Sie alle bitten – alle! –, Ihre Aussagen darüber abzuliefern, wie dieser Tumult zustande gekommen ist. Sie können sich an jeden meiner Leute wenden.«

Stumm standen die Zugpassagiere da, und keiner konnte sich überwinden, zuerst zu petzen. Die Zikade schien aber gar nichts anderes erwartet zu haben. Geduldig ging sie auf die erste Gruppe zu und begann, Fragen zu stellen.

Erst jetzt trauten sich die drei Parfümraupen wieder aus ihrer Ecke, richteten sich langsam auf und robbten durch den Raum. Bei den Wächtern hielten sie an.

»Frau Wursthammer, sind Sie verletzt?«, fragte Disparlur.

»Ich? Nee«, sagte Gryndhild.

Bombykol platzte heraus: »Das war fantastisch! Ich mag Frauen, die Feuer und Temperament haben!«

Muscalur nickte zustimmend.

Friedrich und Talpa schauten sich nur verstohlen an und zuckten die Achseln.

Derweil war die Kommissarin schon mitten im Gespräch mit einigen Passagieren, die verlegen ihre Fragen beantworteten. Und da kam es auch schon: »Eine alte Frau, sagen Sie? Eine kleine, alte Frau hat diese Prügelei angefangen?«

Gryndhild schaute nur resigniert, als die Kommissarin ungläubig zu ihr herüberkam.

»Sagen Sie«, sprach sie Gryndhild mit sehr sorgfältig gewählten Worten an, »haben Sie das hier verursacht?«

Bevor Gryndhild antworten konnte, mischte sich Bombykol

ein. »Nein, die Dame ist unschuldig«, sagte er und warf sich zu seiner vollen Größe auf. »Ich war's.«

»Nein, ich war's!«, rief Muscalur und drängelte sich vor.

»Blödsinn, ich habe angefangen!«, rief Disparlur laut. »Ich und sonst niemand!«

Die Zikade schaute einen nach dem anderen an und überlegte, was merkwürdiger war: dass ein kleines Großmütterchen eine Prügelei angefangen haben sollte oder dass es diese drei distinguierten, älteren Herren gewesen sein sollten.

»Sie brauchen hier gar niemanden zu vernehmen«, erklärte derweil Muscalur laut und hielt der Kommissarin seine Hände hin. »Ich war es.«

»Hören Sie gar nicht auf ihn, ich war es!« Disparlur reckte das Kinn.

»Wir alle drei waren es«, schloss Bombykol edelmütig.

Niemand im Abteil schien gewillt, zu widersprechen – in Wahrheit waren alle viel zu erstaunt über diese plötzliche Wendung der Ereignisse, um irgendetwas zu sagen, aber die Stille nahm Kommissarin Finkelbeiner als Zustimmung.

»Na schön«, sagte sie und legte Muscalur Handschellen an. »Das war ja einfach.«

Wenig später waren alle Wächter wieder glücklich vereint, und während die Mottenmeisterin Brumsel die ganze Geschichte erzählte (denn der war ja nicht dabei gewesen), betupfte sie Friedrichs Ohr mit Jod.

»Na, damit sind wir die drei ja elegant losgeworden«, sagte Brumsel. »Und was ist mit dem Anwalt?«

»Den haben sie mit ins Spital genommen«, erklärte die Mottenmeisterin. »Auf einer Trage.«

»Keine Angst«, kicherte Gryndhild, die zahnlos einen Ingwerkeks zermalmte, »ohne Vorstrafen kriegen die drei bestimmt Bewährung.«

»Wie lange werden sie wohl noch den Mond anheulen, obwohl Gryndhild nicht mehr in ihrer Nähe ist?«, fragte Brumsel nachdenklich.

»Och, vielleicht ein paar Wochen, höchstens ein paar Monate?«, schätzte Friedrich. »Spätestens, wenn ihre Bartwichse alle ist und sie neue kaufen, wird sich das erledigt haben.«

»Und egal, wie lang es dauert«, sagte Brumsel, »danach werden sie sicherlich ein anderes Verhältnis zu ihren aphrodisierenden Wässerchen haben!«

Talpa nutzte die letzten Tage der Reise, um überall laut die Werbetrommel für Waldemar Wursthammers Kuriositätenkabinett zu rühren. Großzügig verteilte er Freikarten und versprach jedem, der es wissen wollte: »Das Wursthammer'sche Kuriositätenkabinett wird Sie so vollends überraschen, dass Sie nicht mehr wissen, wo Ihnen der Kopf steht! Bei dieser sensationellen Schau ist alles möglich!« Und Fräulein Elsa lief ihm dabei hinterher und spielte auf ihrem Akkordeon Zirkusmusik.

»Er soll den Leuten mal lieber nicht zu viel versprechen«, sagte Friedrich. »Wir werden sie ja nicht wirklich überraschen.«

»Oh doch«, sagte die Mottenmeisterin und grinste vor sich hin. »Überraschen werden wir sie alle.« Sie holte einen der Streckenpläne aus ihrer Reisetasche, rollte ihn auf ihren Knien aus und fuhr mit dem Finger die Streckenlinie entlang. »Siehst du, hier sind wir jetzt gerade. Und morgen früh um diese Zeit kommen wir an diesen ellenlangen Tunnel hier, siehst du? Und da drin verschwinden wir.«

»Wir steigen aus, meinst du?«, fragte Friedrich.

»Nein«, sagte die Mottenmeisterin fröhlich. »Wir verschwinden. Abrakadabra.«

»Was unsere Chefin dir hier versucht zu erklären«, mischte sich Strella ein, »ist: Wir wollen nicht an einer Bahnstation aussteigen, denn wir sind hundert Leute und es ist praktisch unmöglich, einen Schritt zu tun, ohne dass uns jemand sieht. Wir wollen auch nicht aus dem fahrenden Zug springen, denn viele von uns können nicht fliegen und sind zu schwer zum Tragen. Man muss ja keine Knochenbrüche riskieren.«

»Also muss der Zug anhalten?«, fragte Kahlsson. »Aber wenn einer die Notbremse zieht, kann man uns doch auch weglaufen sehen!«

»Es muss ja nicht der ganze Zug anhalten«, sagte Friedrich langsam, denn ihm dämmerte, worauf Strella hinauswollte.

»Genau!« Strella klatschte begeistert in die Hände. »Nur der letzte Waggon.«

»Beim Einfahren in den Tunnel hängen wir den letzten Wagen ab«, sagte die Mottenmeisterin zufrieden. »Selbst wenn der Lokomotivführer schnell merkt, dass da etwas an Zuggewicht fehlt, muss er erst mal bremsen. Bis der ganze Zug steht, ist er schon auf der anderen Seite vom Tunnel. Und bis sie zurückgelaufen sind, sind wir schon lange über alle Berge. Wenn wir ganz viel Glück haben, merkt überhaupt niemand etwas, bis sie am nächsten Bahnhof sind.«

»Und das Beste daran«, setzte Strella hinzu, »ist das hier: Seht ihr das Kreuzchen? Das ist ein Eingang zu Oskars Labyrinth. Keine fünf Minuten zu gehen und schon sind wir wie vom Erdboden verschluckt!«

»Also, wenn wir keine Aufmerksamkeit auf uns ziehen

wollen, dann ist das sicher der falsche Weg«, sagte Kahlsson schwach.

»Ach was!«, gluckste Strella. »Alle werden komplett verwirrt sein, und niemand wird auf die Idee kommen, was wir wirklich vorhaben!«

Und so packten die Wächter ihre Sachen und verschwanden.

Das heißt, es war in Wirklichkeit natürlich etwas schwieriger. Mit gepackten Taschen saßen alle auf glühenden Kohlen und warteten in ihren Abteilen. Der letzte Bahnhof ihrer Zugreise lag zwanzig Minuten vor dem Tunnel. Als der Zug dort abgefahren war, musste alles sehr schnell gehen. Stumm machten sich die Wächter auf den Weg durch die Bahnflure, von Wagen zu Wagen, bis zum letzten. Immer enger wurde es in dem kahlen Waggon, als einer nach dem anderen sich dazugesellte. Die Mottenmeisterin stand im vorletzten Waggon und winkte alle vorbei. »Achtundachtzig«, zählte sie, »neunundachtzig … Wer nicht rechtzeitig da ist, der muss eben im Zug bleiben. Wir können nicht warten.« Nervös biss sie sich auf die Lippe. Friedrich saß neben ihr auf seiner Tasche und zählte mit. Unter den Letzten war Brumsel, der sich in seinem Riesenkostüm vorbeidrückte und Friedrich zuzwinkerte. »Achtundneunzig«, zählte die Mottenmeisterin, dann zeigte sie auf Friedrich, »neunundneunzig. Neunundneunzig! Einer fehlt! Wo ist Nummer hundert?«

»Hast du dich selbst schon mitgezählt?«, fragte Friedrich.

»Ach, nee!« Sie lachte. »Nummer hundert bin ich. Natürlich. Nach dir!«

Friedrich hopste hinüber in den letzten Waggon und drückte sich neben Brumsel in eine Lücke zwischen den Wächtern. Hier war nicht einmal mehr Platz zum Umfallen. Die Mottenmeisterin folgte ihm und blieb draußen hinterm Geländer stehen. Fahrtwind kam durch die Tür in den Waggon und sauste ihnen um die Ohren. Friedrich spähte nach vorn, so weit er konnte, an der Mottenmeisterin vorbei. Hinter dem Horizont tauchte ein Berg auf, hell und verschwommen, und gleich darauf ein dunkler Punkt, wo die Schienen im Berg verschwanden.

Die Mottenmeisterin steckte ihr Brecheisen locker in den Gürtel und zog eine Schutzbrille vors Gesicht. »Kinder, macht das bloß niemals nach!«, rief sie über die Schulter und krempelte ihre Ärmel hoch. Dann kniete sie sich auf den Stufenabsatz neben der Kupplung, die den letzten Wagen mit dem Rest des Zuges verband.

Friedrich beugte sich ein Stück aus der Tür heraus, um zu sehen, was sie tun würde. Viel sah er nicht; da waren ein paar zusammenhängende Metallteile zwischen den Waggons und Puffer auf beiden Seiten, die aneinanderklebten wie Frischverliebte. Was die beiden Waggons zusammenhielt, war ein dicker Haken an einer Kurbel an ihrem Wagen und eine große Öse am Wagen vor ihnen. Aber während der Fahrt konnte man die doch nicht voneinander lösen! Die Verbindung war straff gespannt! Und dass die Mottenmeisterin mit einem mickrigen Brecheisen zwei Waggons trennen oder Metall verbiegen konnte – das konnte Friedrich sich nicht vorstellen.

Zuerst hängte sie sich noch weiter nach vorn, waghalsig geradezu, und stützte sich mit einem Arm an den Stufen des nächsten Waggons. Mit dem anderen begann sie, die Verbindung auseinanderzukurbeln. Friedrich sah zu, und dann machte er große Augen: Die Verbindungsteile hingen plötzlich durch, aber der Wagen klebte immer noch an seinem Vordermann. Die Puffer hatten sich kein Stück auseinanderbewegt. Wie war das denn möglich? Er lehnte sich noch weiter vor, um mehr zu sehen. Da sah ihn die Mottenmeisterin aus dem Augenwinkel und schrie ihn an: »Zurück in den Wagen mit dir! Wird's bald?!«

Friedrich duckte sich erschrocken. Die Mottenmeisterin setzte das Brecheisen an und hebelte die Verbindung am Haken auseinander. Ein lautes Klonk! ertönte und dann ein Rasseln, als die Sicherungskette auf den Schienen schleifte. Die Mottenmeisterin hielt sich mit drei Fingern am Geländer fest (mit den anderen zweien hielt sie das Brecheisen) und ließ die Gegenseite los. Mit zitternden Händen robbte sie auf den Treppenabsatz zurück. Zweimal atmete sie tief ein und aus und dann schwang sie ein Bein über den rechten Puffer und schob sich langsam vorwärts. Was das sollte, konnte Friedrich sich nicht erklären, aber als er den Kopf noch etwas weiter hinausreckte, sah er, dass an dem Puffer etwas mit Heftpflaster befestigt war. Ein Größenwahndler-Magnetkästchen! Und die Mottenmeisterin klammerte sich mit einem Arm an den Puffer, streckte den anderen aus und schaltete den Größenwahndler ab.

Da lösten sich die Wagen voneinander, und als Friedrich aufblickte, sah er vor sich das gähnende Loch des Tunnels und die Rückseite des restlichen Zuges, der darin verschwand. Ihr Wagen rollte nur noch sehr langsam vorwärts, und als sie zum Stillstand kamen, war es noch ziemlich hell um sie.

Die Mottenmeisterin ließ sich mit einem tiefen Seufzer von dem Puffer fallen und landete auf den Füßen. Friedrich konnte sehen, dass ihre Knie zitterten. Er sprang die Stufen hinunter und hinter ihm strömten die Wächter hinaus in den Tunnel.

Talpa schimpfte. »Hätte ich gewusst, dass du so was Leichtsinniges machst, wären wir am Bahnhof ausgestiegen! Was, wenn dein Magnet im falschen Moment versagt hätte? Dann wäre dir die Kette um die Ohren geflogen und du auf die Schienen!«

»Ja, einen Moment lang war ich auch besorgt«, sagte die Mottenmeisterin und wischte sich den Schweiß von der Stirn. »Aber eigentlich gab's keinen Grund, warum es nicht funktionieren sollte.«

Talpa schimpfte weiter und die Mottenmeisterin erklärte lapidar: »Vergiss es, Talpa, ich lasse mir von niemandem reinreden. Auch nicht von dir.«

Das brachte ihn nicht zum Schweigen, aber die Mottenmeisterin beachtete ihn nicht mehr. Sie rammte das Brecheisen wieder an seinen Platz in ihrem Gürtel und drehte sich zu den Wächtern um. »So, wir haben keine Zeit zu verlieren. Los geht's – da draußen den Hang rauf. Folgt mir!« Und sie stapfte los, zwischen ihrer Gefolgschaft durch, und die Wächter schulterten ihre Rucksäcke und trotteten hinter ihr her.

Nur Talpa lief ein Stück zurück und nagelte ein großes Schild »Vorsicht – Waggon steht im Tunnel!« an einen Baum, das er auf die Rückseite eines Zirkusplakates gemalt hatte. Dann spannte er die Flügel auf und surrte hinter den anderen her, bis er sie eingeholt hatte.

»Am liebsten würde ich das blöde Kostüm gleich von mir schmeißen!«, knurrte Brumsel, der neben Friedrich herkrabbelte.

»Nix da«, warf Talpa ein, »wir verschwinden ganz und gar. Nicht mal eine Socke verlieren darfst du, bis wir unter der Erde sind.«

Kein Pfad führte den Hang hinauf, aber die Mottenmeisterin schien genau zu wissen, wohin sie mussten. Das Gras ließen sie hinter sich und dann kamen sie zu einigen flechtenbewachsenen Felsen. Zwischen vier großen Brocken lag ein schwarzes Loch, etwa zweimal so hoch wie Friedrich und noch einmal so breit, und dort hinein stapfte die Mottenmeisterin und die Wächter hinter ihr her.

16. Kapitel
Unter Tage

Kurze Zeit ging es durch die Dunkelheit, dann kamen sie in eine weitläufige Zisterne. Über ihnen schien Licht durch die Decke, mitten im Raum stand ein tiefes Wasserbecken, aber bewohnt sah es hier trotzdem nicht aus, sondern kühl und still und feierlich.

Die Mottenmeisterin warf ihren Rucksack auf den Boden und es hallte. »Hier rasten wir erst mal!«, rief sie. »Wasser haben wir ja. Ich habe schon gehört, der eine oder andere möchte sich gern umziehen? Derweil gehe ich Oskar suchen.«

Friedrich fiel zum ersten Mal auf, dass er ja gar keine Ahnung hatte, wer oder was Oskar war. Also fragte er Brumsel – der gerade seine Klamotten von sich warf, als wären sie glühend heiß –, ob der das wüsste.

»Keine Ahnung«, sagte Brumsel, »aber das lässt sich ja leicht rausfinden. He, Chefin! Sollen wir dir beim Suchen helfen?«

Die Mottenmeisterin drehte sich um. »Ja, kommt mit«, sagte sie und stapfte weiter.

Brumsel stolperte aus seinen Clownshosen. Zusammen liefen sie in die Dunkelheit, der Mottenmeisterin hinterher.

»Ich hab eine Laterne«, bot Friedrich an.

»Gute Idee«, sagte die Mottenmeisterin grummelig, aber schon sanfter als vorhin. »Dann mach sie an. Hier unten ist es doch etwas düster so.«

Friedrich ratschte sein Feuerzeug an und machte Licht.

»Wir müssen nämlich noch ein Stück gehen«, erklärte die Mottenmeisterin. »Oskar hat ein System, mit dem man ihn erreichen kann, egal, wo er gerade ist in seinem Labyrinth. Apropos Labyrinth, es ist enorm wichtig, dass keiner einfach so in unbekannte Gänge hineinläuft. Das sage ich auch später den anderen noch mal.«

»Der Wievielte ist heute eigentlich?«, fragte Brumsel. »Wie viel Zeit haben wir noch, bis die Oper beginnt?«

»Heute ist der Zwanzigste«, sagte die Mottenmeisterin. »Morgen beginnt die Ouvertüre. Macht fast genau fünf Tage bis zum Finale. Eigentlich ist die Zeit perfekt – wenn nur Oskar schon bereit ist. Warten können wir jetzt nicht mehr.«

Eine Weile ging es weiter in die Dunkelheit hinein. Der Gang fiel leicht ab und Wurzeln hingen von der Decke. An den Wänden zogen sich mehrere tiefe Rillen entlang. Die Erde um sie herum war feucht und es wurde immer kühler. Dann gabelte sich der Weg in zwei weitere Tunnel und an der Kreuzung baumelte ein großer, leerer Kupferkessel vom Stützbalken herab. Darin lag eine Schöpfkelle.

»Kocht Oskar hier?«

Die Mottenmeisterin lachte und nahm die Kelle aus dem Kessel heraus. Dann holte sie aus und schlug einmal kräftig gegen den Kesselbauch. Es dröhnte und hallte wie eine Glocke. Gleich darauf schlug sie noch viermal zu und entschied dann, das sei für den Moment genug.

»Wenn er in Reichweite ist, hat er uns schon gehört«, erklärte sie und setzte sich auf den Boden. »Jetzt hab ich Hunger.« Damit packte sie ein Wachspapier-Päckchen aus und aß die letzten Stullen, die sie beim Frühstück im Speisewagen heimlich unterm Tisch hatte verschwinden lassen.

»Gar nicht dumm«, sagte Brumsel. »Haben wir noch Pollen im Rucksack?«

Friedrich reichte ihm eine leere Konservenbüchse, die sie vor einiger Zeit mit Pollen gefüllt hatten. Er selbst überlegte noch, ob er überhaupt hungrig war, da hörte er aus der Ferne ein leises Kratzen und Schleifen, kaum wahrnehmbar; zuerst dachte er, es wäre eine Einbildung, aber dann wurde es immer deutlicher und es kam aus den Tiefen der Erde.

»Ah, da ist Oskar«, sagte die Mottenmeisterin zufrieden.

Und dann hörten sie ihn auch sprechen. Es war eine Stimme wie das Knirschen von eingefrorenen Steinbrocken. Eigentlich klang es überhaupt nicht wie eine Stimme, eher wie ein heiseres Kratzen.

»Wer stört?«

»Ich«, sagte die Mottenmeisterin fröhlich.

»Du«, sagte Oskar, und es war unmöglich zu sagen, ob ihn das freute oder ärgerte. Er war immer noch nicht zu sehen, aber Friedrich spürte ihn deutlich in der Dunkelheit – er füllte den ganzen Gang aus. Oskar musste verdammt groß sein. »Ich dachte nicht, dass du dich noch mal unter meine Augen traust. Im übertragenen Sinne.«

»Ich muss dich um etwas bitten«, sagte die Mottenmeisterin, stand auf und wischte sich die Hände an der Hose ab. »Aber nicht für mich.«

»Bitten, darin bist du ja ganz groß«, knirschte Oskar, und

dann schob er sich selbst in das Licht von Friedrichs Lampe. Fast hätte Friedrich gequietscht vor Schreck – vor ihm befand sich eine riesige Hand, fast so groß wie er selbst, und daran lange, mit Eisenbändern beschlagene Klauen. Zerwühlte, graue Fellbüschel wuchsen auf einem Gesicht, das von einem Netzwerk aus Narben überzogen war. Weiße Tastborsten, so dick wie Drähte, streckten sich Friedrich entgegen, und dazwischen vibrierte eine vernarbte, rosa Nase. Ein einziges Auge starrte ihn aus der Dunkelheit heraus an; das andere war mit einer rostigen Metallplatte und den Köpfen zahlloser Riesenschrauben besetzt.

Ein Maulwurf. Natürlich. Was sonst.

»Na, so was«, murmelte Brumsel, »ein Wächter, den ich noch nicht kannte! Und quasi unter Weißfels!«

»War ja klar, dass du eines Tages wieder vor meiner Tür stehst«, schnarrte Oskar. »Nur, weil du mir einmal einen Gefallen getan hast! Und jetzt bezahle ich bis an mein Ende.«

»Ich bitte dich nicht, mir zu helfen«, erwiderte die Mottenmeisterin fest. »Sondern allen. Allen in Nordwärts und Südwärts. Ich mach es kurz: Ophrys will einen Krieg vom Zaun brechen. Wir brauchen dich, um ihn zu verhindern.«

»Was geht mich das an?«, fragte Oskar und drehte sich schon wieder halb in seinen Gang. »Was geht es mich an, was sich da oben abspielt?«

»Tja, da hast du wohl recht«, sagte die Mottenmeisterin resigniert. »Hier unten kriegst du eh nichts mit. Da kann es dir egal sein, wenn oben Leute sterben.«

»Ich spiele niemandes Spiel mehr mit«, sagte Oskar düster. »Nur noch mein eigenes. Deine Ränkeleien interessieren mich schon lange nicht mehr.«

Da platzte der Mottenmeisterin der Kragen. »Jaja, jetzt nennst du es Ränkeleien, aber damals warst du selbst ganz begeistert dabei. Damals hast du ständig gefaselt von Verantwortung und Weltverbesserung, mit dem Mundwerk warst du wirklich der Größte! Und jetzt ziehst du den Schwanz ein und willst nicht mal mithelfen, ein paar Steine aus dem Weg zu räumen, wenn es wichtig ist.«

»Wofür brauchst du mich, wenn du nur ein paar Steine aus dem Weg zu räumen hast?«, fragte Oskar.

»Ich will in den Palast.«

Oskar verschluckte sich. »Na, wenn's weiter nichts ist! Nee, nee, dafür musst du dir jemand anders suchen. Fahr zur Hölle mit deinen Plänen.«

Friedrich fand, es sei Zeit, sich einzumischen. »Wollen Sie sich nicht mal anhören, um was es genau geht?«, fragte er ungeduldig.

»Nein«, erwiderte Oskar. »Ich habe meine Schuld abgezahlt.«

»Dann machen wir eben jetzt Schulden bei Ihnen«, schlug Friedrich vor.

»Ich habe es satt, mit den Wächtern zu tun zu haben«, keuchte Oskar. »Spielt eure Spielchen alleine.«

Die Mottenmeisterin sah Oskar voll unverhohlener Verachtung an. »Ich wünschte, ich könnte einfach den Kopf in den Sand stecken, so wie du! Das wäre so schön einfach. Denkst du, mir macht's Spaß, die Weiße Fee zu sein? Ich passe auf Nordwärts auf, weil es sonst keiner tut. Und weil ich nicht will, dass die Leute zu irgendeinem Volltrottel aufschauen und sich vor ihm verbeugen und Majestät zu ihm sagen. Keiner außer mir ist verrückt genug, sich um diesen Mist zu kümmern. Das

Letzte, was ich brauche, sind Freunde, die mich sabotieren, wenn sie mir helfen sollten!«

»Was hast du denn für Beweise?«, fragte Oskar ungerührt.

»Was für Beweise soll ich dir denn hier unter die Erde schleppen?«, empörte sich die Mottenmeisterin.

»Gib mir einen guten Grund, warum ich dir helfen soll. Ausgerechnet dir.«

»Ach, ich geb's auf!«, rief die Mottenmeisterin und warf die Arme in die Luft. »Dieser sture Bock hier! Müssen wir eben sehen, wie wir klarkommen. Aber an dir wird es nicht scheitern, Oskar! Das wirst du schon noch merken!« Und damit wandte sie sich ab und stapfte wutentbrannt zurück zu den Wächtern.

Brumsel, der bis jetzt noch gar nichts gesagt hatte, drückte sich vom Boden hoch und krabbelte auf Oskar zu. »So, wie ich das verstehe, möchten Sie unserer Freundin hier nicht helfen?«

»Nee«, sagte Oskar schmollend.

»Würden Sie denn Gryndhild der Großen helfen?«

Der Maulwurf spitzte die Ohren. »Das kommt ganz drauf an, was sie will. Außerdem ist das eh eine hypothetische Frage.«

»Ist es nicht.«

»Was soll das denn heißen?«, fragte Oskar misstrauisch.

»Das«, sagte Brumsel mit einem listigen Gesichtsausdruck, »kann ich Ihnen genau erklären. Aber erst müssen Sie sich eine Geschichte anhören.«

Oskar zuckte mit der Schnauze. Er hatte offensichtlich gar keine Lust auf Geschichten. »Was denn für eine?«

»Oh«, sagte Brumsel lässig, »eine Geschichte von Treue und Verrat. Von Legenden, die wieder lebendig werden. Von … von …«

»Von unerfüllter, tragischer Liebe und Verbrechen«, warf

Friedrich ein, der sich an die drei Seidenraupen erinnerte, die jetzt irgendwo in einer Zelle saßen.

»Von Zauberei und Hypnose«, setzte Brumsel hinzu. »Von einer Frau, die alle Männer wahnsinnig machte.«

»Von einer anderen Frau mit tausend Gesichtern«, sagte Friedrich. »Von einer Verwandlung und dem Unterschied zwischen Schein und Sein.« (Auf den letzten Teil war er sehr stolz.)

»Und«, schloss Brumsel, »von einem Maulwurf namens Oskar, der jetzt schon ein Teil der Geschichte ist, egal, wie sie ausgeht. Interessiert Sie das?«

Oskars gelbe Zähne nagten auf seiner Unterlippe herum. Neugierig war er anscheinend schon. »Und diese Geschichte ist wirklich passiert?«

»Sie passiert gerade jetzt«, erwiderte Friedrich. »Wollen Sie sie hören?«

Und natürlich konnte Oskar jetzt nicht mehr Nein sagen.

Während sie erzählten (so kurz und so spannend wie möglich), sagte Oskar gar nichts. Als sie fertig waren, fragte er vorsichtig: »Soll das heißen, dass da draußen hundert Wächter vor meiner Haustür sitzen? Auch Talpa? Und Gryndhild die Große?«

»Ja«, antwortete Friedrich. »Die alle. Und in Weißfels kommen bestimmt die Oilinis gerade an und beziehen ihre Zimmer im Palast.«

»Schickt mir doch nochmal die Fee hierher«, sagte Oskar, dem nun ein wenig die Schnurrhaare zitterten. »Ich möchte mich mit ihr unterhalten.«

Widerwillig kroch die Mottenmeisterin zu Oskar zurück. Und es dauerte nicht lange, da kam sie wieder aus dem Gang getapst, ein siegessicheres Lächeln auf den Lippen. Den Wächtern rief sie zu: »Füllt eure Flaschen auf. In zehn Minuten geht es los nach Weißfels.«

Was nun folgte, war eine lange Reise durch fast komplette Dunkelheit. Nur einige Wächter hatten Lampen dabei. Zum Glück waren die Wände aus feuchter Erde, sodass man sich nicht wehtat, wenn man in eine Wand hineinlief – was öfters passierte. Oskar ging ganz vorn an der Spitze des Zuges, sein Hinterteil füllte fast den gesamten Gang aus. Kahlsson, Brumsel und Friedrich folgten als Nächste.

»Weiß einer, warum Oskar überhaupt so sauer auf die Mottenmeisterin ist?«, fragte Kahlsson flüsternd.

Brumsel zuckte die Achseln.

»Das kriegen wir noch raus«, versicherte Friedrich.

Sie malten sich zahllose Theorien aus – aber wie sich zeigen sollte, war keine so verrückt wie die Wahrheit.

Erst nach mehreren Stunden war Oskar zu überreden, eine Pause zu machen. »Ihr wolltet doch heute noch nach Weißfels«, bemerkte er ungeduldig. »Da haben wir noch ein gutes Stück Weg vor uns.«

»Wir sind nicht alle so schnell wie du«, warf Talpa ein. »Und viele von uns sind überhaupt nicht daran gewöhnt, lange Strecken zu Fuß zurückzulegen.« Er schielte auf Strella und Felix, die Hand in Hand gingen, obwohl ihre Rolle als kurioses Kreaturenpärchen eigentlich beendet war. »Viele von uns sind eben Flieger.«

Grummelnd führte Oskar sie zu einer Stelle, wo der Gang ein bisschen breiter war. Während die anderen Wächter rasteten, schlichen sich Friedrich, Kahlsson und Brumsel zu Oskar hin.

»Oskar?«, fragte Kahlsson.
Oskar drehte ihnen seine Schnauze zu.
»Wir wollen ja nicht aufdringlich sein«, sagte Brumsel, »aber ...«
»Wir wollen gern wissen, warum Sie so einen Brass schieben auf die Fee«, erklärte Kahlsson.
»Was?«, fragte Oskar verständnislos.
»Warum Sie sie gefressen haben«, erläuterte Kahlsson.
»Ich habe was?! Ich hab sie nicht mal angebissen!«
»Warum Sie so wütend sind«, warf Friedrich schnell ein, bevor es zu weiteren Missverständnissen kam. »Dürfen wir das wissen?«

Oskar verzog die Schnauze. »Na schön. Eine Geschichte für eine Geschichte, wie man so sagt. Ich erzähl es euch.«

»Oje, jetzt kommt wieder die olle Kamelle«, stöhnte die Mottenmeisterin von links. »Das haben wir heute schon zigmal durchdiskutiert, lasst ihn bloß nicht noch mal damit anfangen!«

»Halt dich da raus«, schnaubte Oskar und wandte sich an sein Publikum. »Also: Vor langer Zeit war ich auch ein Wächter.«

Die drei nickten. Das hatten sie sich ja schon gedacht.

»Und ich habe dieser undankbaren Schnepfe da drüben«, und er nickte in Richtung der Mottenmeisterin, »geholfen, eine Chemieküche zu unterhöhlen, die bei Hammerschlag ihre Abfälle einfach verbrannt hat. Wie man sich denken kann, sind die sehr giftig gewesen, und die Dämpfe haben sich mit dem Rauch von Hammerschlag vermischt und haben das Leben dort noch ungesünder gemacht.«

»Es war doch sehr heldenhaft, solchen Leuten das Handwerk zu legen?«, meinte Brumsel.

»Tja. Die Statik des Gebäudes war allerdings etwas anders

als erwartet. Der Bauingenieur, den sie – die da drüben – dazu angestellt hatte, war ein kompletter Trottel. Jedenfalls ist uns ein ganzes Labor auf den Kopf gefallen, während wir noch am Graben waren.« Er machte eine Kunstpause.

»Und dann?«, fragte Friedrich. »Wurde jemand verletzt?«

»Nun ja, nicht schlimm«, fuhr Oskar fort. »Aber in dem Labor waren noch ein paar Bombardierkäfer, die dort arbeiteten, und die fielen uns eben auf den Kopf. Einer von denen dachte, er müsste sich verteidigen, und hat mir Säure aufs Gesicht gespritzt. Genau hierhin.« Der Maulwurf deutete auf sein rechtes Auge – das, das mit der angenieteten Eisenplatte bedeckt war.

»Und dabei haben Sie ein Auge verloren?«, fragte Kahlsson. »Das ist ja übel!«

Oskar nickte bedeutungsvoll.

»Äh«, sagte Friedrich, und er wusste, dass er sich auf dünnem Eis bewegte, »aber … sind Sie nicht … sind Sie nicht ein Maulwurf?«

Oskar fuhr herum und Friedrich zuckte sofort zurück. Es war kein guter Stil, jemanden nach seiner Spezies zu fragen. Das war sogar schlimmer, als jemanden zu fragen, ob er ein Männchen oder Weibchen wäre.

»Natürlich bin ich ein Maulwurf!«, blaffte Oskar. »Wonach sieht's denn aus?«

Brumsel sprang an dieser Stelle in die Bresche. »Na ja. Sind Sie dann nicht von Geburt an sowieso blind? Auf beiden Augen?«

»Das ist überhaupt nicht der Punkt!«, heulte Oskar.

Die Mottenmeisterin, die ihr Kinn auf eine Faust gestützt hatte, rollte mit den Augen.

»Und dann hat sie – die da drüben! – mich wieder zusammengeflickt, aber fragt nicht, wie!«

»Das kann man ganz gut sehen«, sagte Friedrich mitfühlend.

»Ich hätte dich ja zum nächsten Arzt gebracht, aber der war ein paar Tage entfernt und du konntest ja nicht warten!«, warf die Mottenmeisterin wütend ein. »Rumgeheult hast du, bis ich es selbst gemacht habe. Mit allem, was eben da war. Guck mich nicht schräg an, ich bin keine Ärztin, verdammt nochmal!«

»Da seht ihr's«, rief Oskar. »Frauen! Immer so irrational.«

»Und wie finden die Mädels die Augenklappe?«, fragte Kahlsson, der wusste, dass manche Weibchen gefährlich aussehende Männchen aufregend fanden.

»Die Maulwürfinnen?«, fragte Oskar und hustete beschämt. »Kann nicht klagen. Aber sagt ihr das nicht – der da drüben –, sonst denkt sie noch, ich schulde ihr immer noch was.«

»Zwei neue Trommelfelle, nach deinem jahrelangen Gejammer«, murmelte die Mottenmeisterin.

»Na ja, ihr seht, warum ich auf keine neue gefährliche Mission mit dieser blöden Schnepfe gehen möchte«, schnaubte Oskar. »Aber ich tu's. Keiner weiß, warum. Ich auch nicht.«

Schließlich brachen sie wieder in die Dunkelheit auf.

»Zuerst«, sagte Oskar, »kommt ihr mit zu meinem kleinen Arsenal und helft mir, die Werkzeuge auszusuchen.«

»Wissen Sie denn nicht selbst, was Sie brauchen?«, fragte Kahlsson erstaunt. »Ich dachte, Sie sind der Fachmann?«

»Ihr habt doch hoffentlich einen Plan und eine Stelle ausgeguckt, wo ihr einbrechen wollt?«, entgegnete Oskar. »Na also, dann wisst ihr ja auch, wie der Boden an der Stelle beschaffen ist und welche Gesteinsarten in welcher Bauweise verwendet wurden. Das weiß ich nämlich nicht.«

»Der Palast ist größtenteils auf den Ruinen und Kellern von alten Gebäuden errichtet worden«, erklärte Brumsel, »und die wiederum auf älteren Häusern. Deshalb müssen wir durch einige verschiedene Gesteinsschichten: Granit, Sandstein, Kalk, weiter oben sogar Marmor. Die Flussseite sollten wir vermeiden, denn da verlaufen die Abwasserkanäle. Am leichtesten ist es auf der Südseite, da sind wir am nächsten an Ophrys' Gemächern und haben die wenigsten Keller unter uns. Genauer kann ich es aber auch nicht sagen.«

Oskar überlegte eine Weile, dann fragte er: »Hab ich das richtig verstanden, dass wir ein Konzert der Oilini-Schwestern ausnutzen, um unseren Baulärm zu verdecken?«

»Genau, Ophrys fährt für die Oilinis schwere Geschütze auf«, erklärte Friedrich. »Sie spielen das Originalarrangement der Gryndhild-Oper, mit einem Presslufthammer und einem Dutzend Hämmer und Ambosse.«

»Das klingt fantastisch«, seufzte Oskar verzückt. »Ich bin nämlich ein großer Freund von Opern, ob ihr's glaubt oder nicht. Dass die Oilinis oben im Palast singen, wäre allein schon ein Grund, dort einzubrechen. Ich würde sie so gern mal selbst im Konzert erleben. So ein Pech, dass wir nicht viel davon hören werden!«

Dann verschwand Oskars Hintern plötzlich aus ihrem Blickfeld. Der Gang war zu Ende, vor ihnen lag tiefe Dunkelheit.

»Wo sind wir?«, fragte Friedrich laut, und dabei hallte seine Stimme. Offensichtlich befand sich vor ihnen ein weiter Hohlraum.

»Mein bescheidenes Hobbyzimmer«, grunzte Oskar.

Friedrich hielt die Laterne weit vor sich ausgestreckt und leuchtete nach vorn. Viel sah er nicht, außer dass vor ihnen eine breite, gemauerte Treppe lag – vermutlich ein Überbleibsel eines alten Kellerraumes. Weit über ihnen gab es auch einige Rundbögen. Offensichtlich war das hier einst eine große Halle gewesen.

Und dann, als er die Treppe hinunterging, sah Friedrich aus der Dunkelheit glänzende, scharfe Formen auftauchen: Schaufelblätter, metallene Spitzen, Gabelzinken, riesige Bolzen und Schrauben und Räder.

»Sind das Ihre Werkzeuge?«, rief er Oskar zu, der schon so weit vor ihnen über den Boden kroch, dass man ihn kaum noch sehen konnte. Glücklicherweise füllte sich die Höhle mit Lichtern, als die anderen Wächter ihnen folgten.

»Was denn sonst?«, fragte Oskar.

Immer mehr Laternen kamen in die Höhle und nun konnte man das Arsenal des Maulwurfs in vollem Ausmaß sehen. Es war furchteinflößend und beeindruckend; aus Friedrichs Sicht war Oskar schon ziemlich groß, aber manche Maschinen waren so immens, dass Oskar darauf wie ein Zwerg wirken musste. Einige hatten Ketten, Zahnräder, Kessel, Dampfrohre, Ventile; andere schienen nur über verlängerte Hebel zu funktionieren, die die Kraft der Hand, die sie bediente, um ein Vielfaches verstärkten.

»Das ist ja irrsinnig«, sagte Friedrich begeistert, der sofort verstehen wollte, wie hier alles funktionierte. »Haben Sie die gebaut?«

»Ich? Nee. Manche habe ich ein bisschen verbessert«, antwortete Oskar stolz, »aber das meiste, was du hier siehst, habe ich gebraucht ersteigert oder aus Hammerschlag bezogen.«

»Beeindruckend«, seufzte Friedrich. »Und wofür sind die alle? Wofür ist diese da, mit der spiraligen Spitze dran?«

»Das ist ein Vorbohrer«, erklärte Oskar. »Für Sandstein ist der ganz geeignet, aber für Granit muss ich mit was Härterem ran. Und für Pflastersteine hab ich noch mal ein anderes Gerät«, sagte er und hob eine Pfote. »Komm mit, ich zeig es dir.«

»Oskar, warte«, unterbrach ihn die Mottenmeisterin schnell, »bevor du mit Friedrich absummst und ihm alle deine Maschinen zeigst! Was ist der Plan?«

»Ich schlage vor«, sagte Oskar, »dass wir jetzt alle Mittagspause machen. Dabei erklärt ihr mir, was wir brauchen. Danach nehmen wir die passenden Maschinen mit und machen uns auf nach Weißfels. Wenn wir uns beeilen, sind wir heute Abend da und können morgen früh mit der Grabung beginnen.«

»Das lässt uns viereinhalb Tage«, sagte die Mottenmeisterin nervös. »Glaubst du denn, dass wir es in der Zeit schaffen, bis zum Palast durchzukommen?«

»Das liegt ganz bei euch«, erwiderte Oskar und zuckte die Achseln.

Zum Glück waren alle Maschinen mit Rollen ausgerüstet, damit man sie leicht mitnehmen konnte. Diejenigen, die mit Dampf betrieben wurden, konnte man fahren; die mechanischen Geräte musste man schieben. Zu gern hätte Friedrich auf einer der rumpelnden Dampfmaschinen gesessen und sie gesteuert, aber Oskar hatte eisern bestimmt, dass nur er selbst und Gryllo Talpa (der ja auch etwas vom Graben verstand) die beiden Grabmaschinen fahren dürften. Gryndhild durfte wegen ihres Alters hinter Gryllo sitzen. Friedrich aber musste sich damit begnügen, hinten an einem Hebelgerät mitzuschieben. Alle anderen Wächter hatten sich mit Schaufeln ausgestattet, solange der Vorrat reichte; einige hatten Spitzhacken mitgenommen, sofern welche in passender Größe vorhanden waren, und wer davon nichts abbekommen hatte, der hatte Eimer dabei.

Die Zeit hier unten verging sehr langsam. Sooft Friedrich auf seine Taschenuhr schaute, dachte er, sie müsse nachgehen. Gegen sechs Uhr endlich erklärte Oskar, sie seien nun unterhalb der Stadt. Hören konnte man das hier noch nicht. Aber von nun an führten die Gänge bergauf, und bald hörte man gelegentlich schwache Geräusche – Rumpeln und Trompetenstöße und manchmal sogar Stimmen.

»Wir bewegen uns unterhalb der Kanalisation«, erklärte Oskar, ohne sich umzudrehen, sodass sie seine Stimme nur gedämpft hören konnten. »Bald kommen wir unter dem Fluss vorbei.«

»Hat sich eigentlich jemand durch den Kopf gehen lassen«, rief Kahlsson nach vorn, »wie wir an Lebensmittel kommen? Wir können ja nicht einfach zu einem Kanaldeckel rauskriechen und in den Gemüseladen gehen. Feuer anmachen und kochen geht ja hier unten auch nicht.«

»Tja, das müsst ihr euch selbst überlegen«, antwortete Oskar dumpf. »Für Wasser kann ich sorgen – ich grabe einfach eine der Zisternen unter dem Palast an.«

»Das ist tatsächlich ein Problem. Wir sollten ja auch nicht ganz entkräftet vor Hunger im Palast ankommen«, überlegte die Mottenmeisterin. »Gibt es vielleicht Ausgänge aus deinem System, wo wir ein paar von uns zum Einkaufen losschicken können?«

»Also, ich fange mir immer meine Regenwürmer, aber die wollt ihr sicher nicht essen«, sagte Oskar und zuckte die Achseln.

»Ich hätte da womöglich eine Idee«, meldete sich Brumsel.

»Unter den Küchen gibt es ein paar Konservenkeller, wo alles gelagert wird, was sich jahrelang hält. Die Keller könnten wir angraben. Die Wände sind nur mit Lehm glattgezogen. Wir müssen nicht mal durch eine Mauer.«

»Und was gibt's da?«

»Alles, was das Herz begehrt«, sagte Brumsel schwärmerisch. »Honig, Sirup, Marmelade.«

Die Mottenmeisterin, die nicht allzu gern Süßes aß, verzog das Gesicht. »Nichts anderes? Nicht mal ein Brot oder so was?«

»Ich glaube, ein paar Tonnen mit Trockenbrot sind auch da«, tröstete Brumsel sie.

»Dann müssen wir die letzten Tage vor dem großen Angriff von Marmeladenbrot leben«, seufzte die Mottenmeisterin. »Hoffentlich macht uns der viele Zucker wenigstens so aggressiv, dass wir der Palastwache ordentlich Furcht einflößen.«

Und so wurde es gemacht.

Bald hörten die Gänge auf zu steigen. Dann blieb Oskar auf einmal stehen und erklärte, hier in etwa sei der Palast, aber viel, viel weiter oben.

»Wie ihr seht«, sagte er, »habe ich hier keinen Rastplatz und keine Kreuzung eingebaut. Zuerst mal muss ich etwas Raum schaffen, damit ihr schlafen könnt. Platz machen, bitte!«

Und mit erstaunlicher Geschwindigkeit hob er eine größere Höhle mitten auf dem Gang aus, die genug Platz für alle hundert Wächter bot. Gegen acht Uhr hatte sich jeder einen Schlafplatz gesucht, und da es hier unten eh nichts zu tun gab, schnarchten bald alle Wächter, und Oskar mitten zwischen ihnen.

»Uh, hier unten verliert man jedes Gefühl für Zeit«, seufzte Brumsel. Friedrich und er waren wach und fühlten sich so ausgeruht wie schon lange nicht mehr – kein Wunder, denn es war neun Uhr vormittags und sie hatten dreizehn Stunden geschlafen.

Oskar krabbelte zwischen ihnen herum. »Brumsel«, fragte er, »in welcher Himmelsrichtung liegt die Küche?«

»Südosten«, sagte Brumsel.

»Dann können wir das mit dem Marmeladenkeller genauso gut gleich hinter uns bringen«, erwiderte Oskar. »Ich muss ja nur einen Gang schaffen, und ein paar von euch können hochfliegen und alles runterbringen, was ihr braucht.«

»Werden wir es hier unten hören, wenn die Musik losgeht?«, fragte Strella.

»Ich merke es auf jeden Fall.« Oskar grub seine Klauen in die nächste Wand der Höhle. »Und dann können wir auch die Grabmaschinen anwerfen.«

»Alles, was wir tun«, sagte Strella wichtig, »muss genau auf die Musik abgestimmt sein.«

»Zum Glück kenne ich die Gryndhild-Oper in- und auswendig, ich habe sie auf Platte«, erklärte Oskar. »Nun ja, auf zwanzig Platten, um genau zu sein. Leider nicht die Oilini-Version, sondern eine ältere. Jedenfalls kann ich dann das Dynamit genau auf die Crescendos abstimmen!«

»Dynamit?«, fragte die Mottenmeisterin und schaute zweifelnd. »Meinst du nicht, damit übertreibst du ein bisschen?«

»Wenn ich das hier deichseln soll, nehmen wir auch mein Dynamit.«

»Schon gut. Alles, was du sagst, Oskar.«

Die ersten Bissen Frühstück (Brot und Marmelade) gab es um halb zehn. Pünktlich um zehn, als auch die letzten Wächter versorgt waren, spitzte Oskar die Ohren. »Da oben geht es los«, sagte er. »Einen Presslufthammer höre ich noch nicht, aber da singt jemand in den höchsten Tönen. Ich nehme an, es ist die Ouvertüre, *Kampfansage im Morgengrauen*. Ah, da setzt die Musik ein. Sehr schön. Los geht's.« Er rieb die Vorderpfoten aneinander und krabbelte dann zu der größeren der zwei Dampfmaschinen, die sie mitgebracht hatten.

»Und was tun wir?«, rief ihm Talpa hinterher.

»Hinter mir aufräumen«, sagte Oskar, glucste und warf Kohlen und Holzspäne in seine Maschine. Er riss ein paarmal einen kleinen Hebel nach unten und schon sprangen Funken auf das Holz und zündeten es an. Bald begannen sich Schaufelräder zu drehen, Zylinder rutschten an Stangen hinauf und hinunter und das ganze Gefährt setzte sich langsam in Bewegung.

»Das Ding hier«, erklärte Oskar, »hoppsa!, das Ding hier ist nur dafür gedacht, uns die Erdmassen aus dem Weg zu räumen.« Und damit ratterte er vorwärts. Es quietschte, krachte und knirschte und dann berührten die Schaufeln eine Wand.

Gryndhild hielt sich die Ohren zu. »Himmel nochmal«, krächzte sie. »Was die jungen Leute heutzutage für einen Krach machen mit ihrem neumodischen Spielzeug!«

Die Mottenmeisterin aber sprang vor Begeisterung auf und ab, als Oskar und seine Maschine innerhalb von Sekunden vorwärts in die Wand hineinverschwanden. Erdkrümel spritzten in alle Richtungen (zum Leidwesen derer, die noch am Frühstücken waren) und ein breiter Gang im Erdreich lag offen.

Der Einbruch in den Palast von Weißfels hatte begonnen.

An die nächsten Tage hatte Friedrich später nur verschwommene Erinnerungen. Vielleicht lag es an der eintönigen Arbeit unter mangelhaften Sauerstoffverhältnissen; vielleicht lag es auch daran, dass es hier unten keine Tageszeit gab und sich ihr ganzer Tagesablauf nach einer Oper richtete, die sie nicht hören konnten. Um zehn Uhr morgens ging es los, um zwölf gab es eine einstündige Pause, dann ging es weiter bis fünf, wo sie eine Stunde Teepause hatten; und dann ging es weiter bis elf Uhr abends. Alle Wächter arbeiteten diszipliniert, und wenn doch mal einer faulenzte, schickten sie Gryndhild zu ihm, um ihn auf Vordermann zu bringen. Eimer um Eimer und Schaufel um Schaufel wurde die Erde entfernt und ein Weg gebahnt. Zuerst schaufelten sie Lehmboden und kleine Steinchen, dann die ersten Ziegel- und Pflastersteine. Dunklere Erde kam ihnen entgegen, und immer öfter tauchten bearbeitete Steinstücke auf mit kaum noch erkennbaren Ranken oder Blättern, die wohl vor langer Zeit als Zierfriese gedient hatten.

Die erste solide Wand erreichten sie am Abend des ersten Tages. Eine neue Maschine musste heran, nämlich der Mauerspalter, den Friedrich schon vorher einmal bewundert hatte. Oskar machte einen Höllenlärm. Die erste Mauer wich ihnen schnell und aus der Lücke kam ihnen eine Flut von rostigem Müll entgegen: Badezuber, Türbeschläge, alte Flaschen.

»Unverantwortlich«, schimpfte Oskar, »wenn Leute ihre alten Keller einfach zumüllen und zumauern! Da kann wer weiß was passieren, wenn man ahnungslos versucht, sich durchzugraben!«

Natürlich lag es an den Wächtern, den Müll zu entsorgen, sodass Oskar weitergraben konnte. Friedrich sehnte sich bald so sehr nach einem Bad, wie er sich noch nie nach einem Bad gesehnt hatte, und außerdem fand er die ständige Dunkelheit deprimierend. Damit war er beileibe nicht der Einzige – auch

Kahlsson wurde immer zappeliger und ungehaltener, je länger er hier unten war. Stunde um Stunde zog vorbei, zäh wie dickflüssige Melasse, und als es endlich Schlafenszeit war, freute Friedrich sich nicht nur, weil er erschöpft war, sondern vor allem deshalb, weil er mit Schlafen ein paar furchtbar langweilige Stunden herumkriegen konnte.

»Brumsel«, flüsterte er beim Einschlafen, so leise, dass Oskar es nicht hören konnte, »findest du es hier unten nicht auch ein bisschen bedrückend?«

»Nee«, erwiderte Brumsel ebenso leise. »Aber ich bin ja auch eine Hummel und unter der Erde geboren worden, also geschlüpft. Was mir mehr zu schaffen macht, ist das, was uns bevorsteht, wenn wir durch die Böden durch sind. Denn dass wir es weiterhin schaffen, einem handfesten Kampf aus dem Weg zu gehen, wenn wir in Ophrys' Palast sind – das glaube ich kaum.«

Nun wurde Friedrich noch bedrückter zumute. Er mochte sich nicht vorstellen, dass irgendeinem von ihnen etwas zustoßen könnte.

Dann schlief er ein: die zweite Nacht unter der Erde.

Am nächsten Tag buddelten sie sich durch Sandstein, räumten Granit aus dem Weg und transportierten eimerweise zerbrochene Ziegelsteine weg. Zweimal konnte Oskar sogar sein Dynamit anwenden, was ihn sehr freute, aber die Wächter nicht so sehr. Zwar kamen sie damit durch zwei sehr hartnäckige Wände, aber hinterher galt es riesige Trümmerhaufen wegzuräumen. Und je weiter sie sich nach oben bewegten, desto größer wurden die Stücke, die ihnen aus der Erde entgegenkamen. Schwitzend und fluchend, aber so vorsichtig wie möglich, schleppten die

Wächter Eimer um Eimer weg. Jederzeit rechneten sie damit, dass alles über ihnen zusammenbrechen würde. Von Oskar bekamen sie aber nur zu hören: »Quatsch, hier ist alles stabil, einfach weitermachen!«

»Wofür hat man eigentlich zwei erwachsene Söhne«, stöhnte die Mottenmeisterin, während sie einen großen Brocken über ihrem Kopf abstützte, »wenn die nicht da sind, wenn's Schwerarbeit zu tun gibt?«

»Den einen hast du an die Westküste geschickt, damit er Seeräuber wird«, erinnerte Talpa sie und nahm ihr den Brocken ab, »und wenn der andere nicht im Postministerium arbeiten würde, würden wir da oben in Kaltwasser überhaupt nichts mehr zugestellt bekommen.«

»Was hab ich mir dabei nur gedacht!« Die Mottenmeisterin ächzte.

»Du wolltest, dass die Kinder mal einen zukunftsträchtigen Beruf haben«, leierte Talpa, der diesen Dialog mit ihr vermutlich nicht zum ersten Mal durchspielte.

»Ach du meine Güte«, keuchte die Mottenmeisterin, »was ist denn das? Hilfe!«

Erde bröckelte auf sie herunter und zusammen mit der Erde kam ihr etwas sehr Großes, Flaches entgegen. Erst nach einiger Graberei konnten sie das mysteriöse Ding aus dem Weg räumen, und im flackernden Licht der Lampen stellte sich heraus, dass es eine Tür war – sogar eine sehr hübsche Tür, einstmals wohl aus Kupfer, aber nun völlig mit Grünspan überzogen. Gewundene Weinreben rankten sich um den großen Klopfer in der Mitte.

»Nun ja, ganz vorsintflutlich ist das hier nicht mehr«, erklärte Oskar, nachdem er die Tür betastet hatte. »Wir nähern uns mit großen Schritten der modernen Architektur!«

»Schön hast du das gesagt«, sagte die Mottenmeisterin. »Kannst du schon einschätzen, wie weit es noch ist?«

Oskar lauschte eine ganze Weile nach oben; und tatsächlich, jetzt, wo die Grabmaschine still war, hörte auch Friedrich ein ganz schwaches, ätherisches Singen über ihnen, durchbrochen von schweren Schlägen, Metall auf Metall, die ihn an Hammerschlag erinnerten.

»Wir können es schaffen«, sagte Oskar schließlich. »Nicht mehr und nicht weniger.«

»Dann weiter!« Die Mottenmeisterin spuckte in die Hände und die Wächter machten es ihr stöhnend nach.

So verging der dritte Tag unter Tage und die dritte Nacht begann. Friedrich durchschlummerte sie unruhig und wachte am vierten Tag wie in Trance auf. Die Stunden verschwammen zu einem Brei, er hatte aufgehört, sie zu zählen; und als er wieder umfallen und schlafen durfte, freute es ihn nicht einmal mehr.

»Noch eineinhalb Tage«, rechnete Talpa am Morgen des nächsten Tages. »Morgen Nachmittag sind sie fertig mit der Oper. Bis dahin müssen wir im Palast sein und hoffentlich auch schon Ophrys nichtsahnend überfallen haben.«

»Ich kann's gar nicht abwarten«, knurrte die Mottenmeisterin.

Gryndhild kicherte vor sich hin und trug ein Eimerchen Kieselsteine davon.

Friedrich war es mittlerweile egal, was passieren würde, wenn sie im Palast wären. Hauptsache, er konnte endlich wieder Tageslicht sehen. Stunde um Stunde schleppte sich dahin, nur unterbrochen von den Pausen, die die Oilinis mit ihrer Oper einlegten, und diese verbrachte er mittlerweile mit Schlafen. Das ständige Essen von Marmeladenbrot half auch nicht gerade, seine Stimmung zu heben. Brumsel ging es damit noch gut, aber auch er war nicht sehr fröhlich. Überhaupt redeten die Wächter nur noch das Nötigste miteinander: Die Dunkelheit, der dauernde Lärm und die harte Arbeit nahmen sie alle mit.

Voller Erleichterung legte Friedrich sich an diesem Tag um Punkt elf Uhr schlafen. Morgen würde alles vorbei sein. Egal, wie, aber morgen hatte alles ein Ende.

17. Kapitel

Heldenkodex, Paragraph 4, Absatz 2

Friedrich erwachte erholt und ausgeschlafen, sein Körper schien zu spüren, dass sie jetzt der Erdoberfläche nahe waren. Auch viele andere Wächter waren wieder fröhlicher, weil die Plackerei heute ein Ende haben würde und endlich etwas passieren würde.

»Die Oper müsste noch etwa bis zwei Uhr gehen«, rechnete Oskar. »Bis dahin sind wir sicher fertig, denn ihr habt alle sehr gut mitgearbeitet.« Das war das erste Mal, dass er für irgendjemanden ein Lob aussprach, und die Wächter stupsten sich stolz an. Nachdenklich fuhr Oskar fort: »Wenn ihr durch den Palastboden gebrochen seid, kann ich euch nicht mehr helfen – da oben kann ich mich nur wenig orientieren, weil ich ja nichts sehen kann. Schnurrhaare und Ohren sind da nur begrenzt nützlich. Also müsst ihr ohne mich auskommen.«

»Du hilfst uns schon enorm, wenn du den Rückzugsweg für uns freihältst«, bemerkte die Mottenmeisterin. »Wir müssen ja auch wieder raus aus der Kiste.«

»Und hoffentlich mit Ophrys im Gepäck!«, rief jemand von hinten.

»In einem sehr kleinen Koffer!«, rief jemand anders.

»Jetzt reicht's, wir haben keine Zeit zu verlieren!«, rief Talpa. »Los, weiter!«

Mit jedem Stein, den sie jetzt abtrugen, rochen sie neue

Luft. Es war keine frische Luft, sondern abgestandene, und immer wieder durchzogen von Ledergeruch, von Holzgeruch, von bewohnten Räumen. Zweimal noch musste Oskar den Mauerspalter einsetzen; die letzten Steine trugen sie mit den Händen weg und dann sahen sie über sich einen Schimmer von bleichem Tageslicht.

Talpa schaute und krabbelte zuerst durch den Boden. »Die Luft ist rein«, rief er halblaut hinunter, aber diese Vorsicht wäre gar nicht nötig gewesen: bombastische Orchesterklänge, durchsetzt von Hammerschlägen und glockenklarem Gesang, drangen durch alle Mauern und machten es fast unmöglich, dass man sie hier unten hören könnte. Einer nach dem anderen kamen die Wächter ans Licht.

Nur Friedrich stand atemlos neben Oskar, denn das Stück, das die Oilinis da sangen, kannte er schon. Auf dem Jahrmarkt von Schwalbenwall, ganz ohne Instrumente, hatte es ätherisch und verzaubert geklungen; jetzt, untermalt mit Orchesterklängen und den Schlägen der Spitzhacken und Ambosse, hatte es eine sehr wilde Note angenommen. Friedrich wusste, dass dieses Stück das letzte der Oper war und dass sie jetzt höchstens eine Viertelstunde Zeit hatten. Trotzdem tat es ihm in der Seele weh, sich von der Musik loszureißen.

Oskar neben ihm runzelte die Nase. »Das kommt mir komisch vor. Welches Stück ist denn das noch mal?«

»Das ist die Siegesarie«, sagte Friedrich.

»Das? Unsinn, eine Arie ist doch ein Solostück. Das da sind ja drei Stimmen«, knurrte Oskar.

Brumsel gluckste. »Doch, das ist die Siegesarie, ganz sicher. Ich glaube, Angostura fand es leichter, dem Rest der Welt zu verkaufen, dass eine Arie drei Stimmen hat, als zwei Oilini-Schwestern das Mitsingen zu verbieten. Los, komm, Friedrich!«

»An welcher Stelle im Palast sind wir denn?«, fragte Friedrich.

»In einem ganz vergessenen Winkel«, erklärte Brumsel begeistert. »Ein alter Flur. Der schnellste Weg nach oben ist durch die Waffenkammer. Folgt mir!« Die letzte Bemerkung galt allen Wächtern.

»Mach's gut, Oskar«, rief die Mottenmeisterin hinunter in das Loch, »und halt uns den Rücken frei!«

Oskar antwortete dumpf, aber das konnte Friedrich schon nicht mehr hören. Sie waren endlich im Palast. Hier hatte alles angefangen; und hier würde es auch enden und dann ... ja, was dann? Er wollte gar nicht daran denken.

Jauchzend trippelten Felix und Strella vorbei; Kahlsson fluchte glücklich vor sich hin, und jeder freute sich wie besessen über das bisschen Licht, das durch die vergitterten Lichtschächte in den Wänden hereinfiel.

»Hier geht es rein«, rief Brumsel und winkte alle in seine Richtung. Zwischen zwei Mauersteinen zog er einen kleinen Schlüssel hervor – mit den Sicherheitsvorkehrungen hier im Palast nahm man es anscheinend nicht sehr genau – und sperrte vorsichtig eine kleine, mit Eisen beschlagene Tür auf. Quietschend öffnete sie sich und der Geruch von Leder und Holz wurde stärker. Jetzt kam auch noch Maschinenöl dazu – vielleicht wurden damit die Gelenke der Ritterrüstungen geölt? Brumsel nahm Friedrich die Laterne ab und ging vorwärts in die Dunkelheit. Dann fiel plötzlich kaltes Tageslicht auf die Wächter: Brumsel hatte die schweren Samtvorhänge von den Lichtschächten der Waffenkammer weggezogen und nun sahen sie direkt in die glorreiche Geschichte von Südwärts hinein.

»Kammer« war dabei nicht das richtige Wort, denn diese Waffenkammer war so groß wie eine Turnhalle – die Waffenkammer der Grenzfeste war gar nichts dagegen. In den Lichtsäulen, die in den Raum fielen, sah man Staub tanzen. Alle Wände waren behängt mit Keulen, Morgensternen, Hellebarden, Schwertern und Degen; dazu gab es Kleinkatapulte und Schleudern und Zwillen und ein paar Musketen, Schilde und Helme und Speere und Kettenhemden. Ritterrüstungen standen zu mehreren in den Ecken, als hätte man für sie einfach keinen anderen Platz mehr gefunden, und es waren beileibe nicht nur Rüstungen für Zweibeiner. Sogar eine Rüstung für eine Schlachthummel war dabei, mit Helm und Visier. Eine Wand wurde komplett von eleganten Bogen und Pfeilköchern eingenommen. In der Mitte des Raumes aber stand ein großer Glaskasten, staubfrei und glänzend poliert, die Scheiben mit goldenen Bändern zusammengehalten – und völlig leer.

Brumsel sackte auf die Knie. »Die Rüstung! Gryndhilds Rüstung ist weg!«

»Sicher«, sagte Friedrich und legte ihm die Hand auf die Schulter, weil er wusste, dass Brumsel der Verrat seiner Königin immer noch schmerzte, »die hat Ophrys sich für den Krieg zurechtgelegt.«

»Das ist ein Sakrileg«, flüsterte Brumsel und schüttelte den Kopf. »Gryndhilds Rüstung!«

»Die jungen Dinger heutzutage«, wunderte sich Gryndhild. »Tragen das alte Zeug, das ich in meiner Jugend angehabt hab! Und heut ist es wieder schick! – Aber mein Schwert hat sie nicht. Das hab ich immer bei mir behalten.«

Die Mottenmeisterin stapfte derweil forsch auf die Wand mit den Bögen und Köchern zu. »Ha!«, rief sie und nahm eine große Armbrust vom Haken. »Die hier nehme ich mit. Die wird uns schon den Weg bahnen, wenn jemand nicht weichen will!«

»Aber das ist die heilige Armbrust von Matthias dem ... ach, egal.« Brumsel ergab sich in sein Schicksal. Es hatte keinen Sinn mehr, Heiligenverehrung zu betreiben. Das Hier und Jetzt musste gerettet werden.

»Sucht euch Fernkampfwaffen«, rief Talpa, »und macht schnell! Wir müssen weiter!«

Innerhalb von zehn Minuten waren die Wächter neu ausgestattet mit alten Waffen. Friedrich hatte sich nur einen Schild mitgenommen, weil er mit einem Schwert sowieso nicht umgehen konnte. Aber um sich vor scharfen Klingen zu schützen, erschien ihm der Schild sinnvoll.

Der Eingang, durch den sie hineingekommen waren, war in Wirklichkeit nur ein Hintertürchen zur Waffenkammer, und hinaus gingen sie durch den breiten Vordereingang. Hier waren die Gänge weiter und die Wächter konnten sich besser verteilen.

»Wir steigen jetzt rauf ins Erdgeschoss«, verkündete Brumsel, »und dabei kommen wir durch die Abteilung Exekutive. Oder kurz gesagt, die Verliese. Da gibt es ein paar Wachen und die müssen wir überwältigen – also bitte äußerst leise gehen!«

Selbst die hellhörigsten Wachen hatten keine Chance gegen Strella und Felix, die still heranflatterten und jedem der Unglücklichen mit ihren Flügeln das Gesicht zudeckten, sodass man ihn nicht schreien hören konnte, bis er überwältigt war. Drei Kerkermeister hatten sie schon gefesselt, geknebelt und in leere Zellen gesperrt. Dann aber, als sie den vierten aufs Korn nahmen, kamen plötzlich zwei Putzkräfte um die Ecke. Der eine sah den Gang voll mit bewaffneten Eindringlingen und ließ sofort seinen Eimer fallen, und der andere (ein sehr kleiner Marienkäfer) warf quiekend seinen Staubwedel von sich und surrte durch die Luft davon, wobei er immer wieder gegen Wände dotzte.

»Hinterher!«, rief Talpa, und es dröhnte durch die Bogengänge. »Lasst ihn nicht entkommen!« Aber der Käfer war schon aus dem Sichtfeld verschwunden.

»Jetzt müssen wir uns beeilen«, rief Brumsel. »Folgt mir!«

Die Wächter rannten, und niemand stellte sich ihnen in den Weg, bis sie die Verliese hinter sich gelassen hatten. Über eine breite Wendeltreppe kamen sie hinauf in das Erdgeschoss und standen nun in einer großen, weißen Wandelhalle. Dort waren sie aber nicht allein: Dutzende von Dienern und Zimmermädchen starrten sie erschrocken an und stoben dann in alle Richtungen davon. Durch eine Seitentür strömten Wachen herein, und Friedrich fand sich plötzlich in der Frontlinie, als die beiden Parteien aufeinanderprallten. Er versuchte verzweifelt, sich an die Dinge zu erinnern, die Henry ihm beigebracht hatte, aber als der erste Soldat sich auf ihn warf, zog Friedrich ihm nur den Schild über den Schädel. Der Helm des Soldaten dröhnte noch lange nach, während sein Besitzer schon ohnmächtig zu Boden sank.

Talpa neben ihm fegte mit beiden Schaufeln gleichzeitig zwei Wachen zur Seite und die anderen Wächter kamen ihnen von hinten zu Hilfe. Die Palastwachen hatten auch keine Chance, denn sie waren kaum mehr als dreißig, und bald rannten die Ersten von ihnen wieder davon.

»Weiter, weiter!«, drängte Brumsel. »Da, die Treppe rauf!«

Die Treppe – ein weißes Marmorkonstrukt mit pompösen Weinblättern und Blumen, die mit Blattgold überzogen waren –

nahmen die Wächter im Sturm ein. Als sie halb oben waren, geriet die Musik plötzlich aus dem Takt. Zuerst setzten einige Instrumente und Spitzhacken aus, dann plötzlich immer mehr. Ein Trompetenstoß ertönte über ihnen, der sich unharmonisch mit den glasklaren Stimmen der Oilinis mischte, und dann verstummten auch diese.

Brumsel biss die Mandibeln zusammen und surrte vor den anderen Wächtern die Treppe hinauf, und wer fliegen konnte, folgte ihm. Friedrich stolperte mit den anderen hinterher. Über eine Galerie ging es durch einen langen Gang voller Gobelins mit beeindruckenden Kampfszenen, und dann kamen sie durch eine weitere Wandelhalle, an deren Ende eine reich verzierte Flügeltür lag.

Wachen stellten sich in ihren Weg, aber auch sie waren viel zu wenige, um die rasenden Wächter lange aufzuhalten. Brumsel war als Erster an der Tür, und während Friedrich sich noch weit hinter ihm mit dem Schild gegen wütende Käferwachen zur Wehr setzte, rüttelte Brumsel an den beiden Flügeln.

»Verdammt!«, brüllte er. »Verschlossen! Mistkerle!«

»Immer, wenn man Oskar und sein Dynamit bräuchte, ist er nicht da!« Talpa half ihm rütteln, aber die Tür wackelte nur ein bisschen in den Angeln.

Da wurde der Riegel zurückgeschoben, und die Tür öffnete sich einen Spalt weit. »Kommen Sie rein«, zirpte Angostura (die sich etwas ducken musste, um hinauszuschauen) und warf den Türflügel weit auf.

Die Wächter schüttelten Ophrys' Soldaten ab und wuselten in den Opernsaal. Hinter sich verriegelten sie die Türe wieder und schöpften erst einmal Luft. Aber sie mussten sich nur kurz umsehen – der Saal war leer. Die rot bezogenen Samtsitze trugen noch alle Zeichen eines hastigen Aufbruchs: Da lagen Operngläser und Monokel herum, hier Programmheftchen und Opernführer, ab und zu sogar Bonbontütchen.

Die Musiker waren gerade dabei, aus dem Orchestergraben zu flüchten, der letzte versuchte verzweifelt, sich aus seinem Tuba-Halter herauszuwinden, denn mit der Tuba passte er nicht durch den Musikanteneingang. Auf der Bühne standen die Oilinis, graziös wie immer.

»Sie haben gerade den Saal verlassen«, zwitscherte Jolanda atemlos. »Was sollen wir tun?«

»Brumsel, wo sind sie hin?«, fragte die Mottenmeisterin.

»Ophrys? Durch den Ausgang in ihrer Loge!« Brumsel zeigte zu einer abgeschirmten Box in der Mitte des Parketts hin, die mehr Blattgold und Verzierungen trug als der gesamte Rest des Saals (und der war auch nicht gerade bescheiden ausgestattet).

»Dann hinterher«, beschied die Mottenmeisterin und kletterte mit ihren schweren Stiefeln über die feinen Sitze.

»Können wir etwas tun?«, fragte Josefa, die die Flügel über der Brust gefaltet hatte.

Draußen begannen die Palastwachen, gegen die Tür des Opernsaals zu wummern. Zwar war sie verriegelt, aber sie würde wahrscheinlich nicht ewig standhalten.

»Möchten Sie, dass wir die Wachen aufhalten?«, fragte Jorinde sanft.

»Können Sie das denn?«, fragte Brumsel erstaunt.

»Der Saal hat eine Haupttür und zwei Seiteneingänge auf den Rängen«, erläuterte Jolanda. »Wir könnten uns einfach davorlegen und so tun, als wären wir ohnmächtig. Bis die Herren durch die Bühneneingänge hereinkommen, wird es eine Weile dauern.«

»Ja, dann«, rief die Mottenmeisterin. »Sehr gut!«

Geräuschlos erhoben sich die drei Eulen in die Luft und waren mit wenigen Flügelschlägen beim Haupteingang im Parkett. Mehr sah Friedrich nicht, denn nun stolperte er hinter den anderen her, vorbei an den pompösen Sesseln von Ophrys' Loge (und einer liegengelassenen Tüte Plätzchen) in einen marmornen Treppengang.

»Wie viele Wachen hat sie denn hier im Palast?«, fragte Friedrich.

»Wahrscheinlich liegen fast alle Soldaten vor den Stadtmauern, weil sie ja heute ausrücken sollen«, erwiderte Brumsel hastig. »Es wird eine Weile dauern, bis sie durch die Stadt kommen, aber früher oder später haben wir sie am Hals. Wir müssen schnell sein.«

Friedrich wurde klar, was für ein Himmelfahrtskommando das hier war. Ein so großer Palast, mit so vielen Leuten darin – und so wenig Zeit, um eine einzige Person zu finden! Und dann wieder zurückkommen und verschwinden, ohne in Stücke gehackt zu werden!

»Wo finden wir sie denn am wahrscheinlichsten?«, keuchte Talpa.

»Wir sollten uns aufteilen«, erwiderte Brumsel, »von hier aus gibt es nur vier Möglichkeiten: ihre privaten Gemächer, ein Ausgang unter die Stadtmauer, die Küchen und den Haupttrakt. Ich nehme den Haupttrakt.«

»Gut, ich teile den Rest ein, ihr geht vor!«, rief Talpa.

Brumsel krabbelte voraus und kümmerte sich nicht groß darum, wer ihm folgte. Friedrich drehte sich um und sah, dass die Mottenmeisterin und Gryndhild hinter ihnen waren, die eine mit der Armbrust über der Schulter und die andere mit dem

Schwert unterm Häkeltuch. Dahinter folgten noch vier Wächter, darunter Felix.

Die Mottenmeisterin schloss zu Brumsel auf. »Was gibt es im Haupttrakt alles abzudecken?«

»Zuerst den Thronsaal, dann noch die angeschlossenen Hinterräume«, antwortete Brumsel. Der Gang war immer noch so schmal, dass er nicht fliegen konnte. »Aber ich hab so eine Ahnung, dass ich sie in den Fußstapfen ihres Vorbilds finde!«

Da endete der Gang und sie kamen durch eine kleine Seitentür in eine größere Halle. Rechts von ihnen lag die Flügeltür des Thronsaals. Brumsel warf sich wütend in die Luft, surrte zur Tür und riss sie auf. Die Wächter folgten ihm.

Totenstill und leer lag der Thronsaal da. Nirgends bewegte sich etwas. Brumsel ließ sich auf den Boden fallen. Hinter ihnen kamen die Wächter angerannt.

»Halt! Keinen Schritt weiter!«, ertönte da eine klare Stimme vom Thron her. Ganz leer war der Saal also offensichtlich nicht. Auf dem Thron saß Ophrys, kerzengerade und bleich, in einer silbernen Rüstung und mit einem blitzenden Schwert. Sie sah kampfbereit aus.

»Oh, da ist ja meine alte Rüstung«, sagte Gryndhild. »Steht ihr gut. Kaum zu glauben, dass ich mal so eine Figur hatte …«

Die Mottenmeisterin schritt durch den Thronsaal auf Ophrys zu. Sie hielt ihre Armbrust hoch. »Leg das Schwert weg.«

»Noch einen Schritt weiter und ich töte dich«, erwiderte Ophrys.

Der Mottenmeisterin blieb der Mund offen stehen. Ungläubig schüttelte sie sich.

»Ich trainiere seit Jahren Schwertkampf, und glaub mir, ich bin ziemlich unbesiegbar«, sagte Ophrys kalt. »Außerdem bin ich gerüstet und du nicht, also würde ich dir nicht raten, es drauf ankommen zu lassen!«

Ohne ihren Blick von Ophrys abzuwenden, fragte die Mottenmeisterin konsterniert: »Brumsel, ist das Ophrys? Das ... dumme Ding da ist die Königin, die mich zehn Jahre lang auf Trab gehalten hat?«

Brumsel räusperte sich. »Ähm, ja. Sie weiß alles über Schwertkampf. Außer, dass man nicht mit einem Schwert zu einem Armbrust-Gefecht geht.«

»Na schön«, seufzte die Mottenmeisterin. »Also, pass auf, Mädel. Deine Rüstung sieht zwar toll aus, hilft dir aber im Fernkampf so gut wie nichts. Ich habe hier eine Armbrust. Der Bolzen hat eine Durchschlagkraft, die du dir gar nicht vorstellen kannst. Wenn ich abdrücke, nagelt er dich durch deine Rüstung durch an die Wand. Du kämst gar nicht nah genug an mich ran, um mich mit deinem Schwert zu piken. Es sei denn, du willst mich totspucken.«

Ophrys' Selbstsicherheit schwankte für den Bruchteil einer Sekunde, aber dann besann sie sich auf die Dinge, die immer schon funktioniert hatten. Mit honigsüßer Stimme sagte sie: »Brumsel, was machst du bei diesen Leuten? Wieso tust du mir das an? Was habe ich dir denn getan, dass du mir unsere gemeinsamen Jahre so zurückzahlst?«

»Öh«, sagte Brumsel. »Wo soll ich anfangen? Du hast mich für dumm verkauft, für vogelfrei erklärt, du wolltest mich ermorden lassen und – das Fieseste von allem – du hast mich manipuliert! Mit Duftwässerchen, die man auf dem Jahrmarkt kaufen kann! Ja, schau nicht so entsetzt, ich hab die drei fetten Raupen getroffen, die dir das Zeug verkauft haben. Möchtest du vielleicht noch eine schriftliche Liste von all deinen Untaten?«

»Aber Brumsel«, sagte Ophrys sanft, »ich dachte doch nur, es wäre zum Besten aller!«

»Gib's auf, es funktioniert nicht mehr«, sagte Brumsel abschätzig. »Wenn man den Trick durchschaut, wirkt er nicht.«

Und auch Friedrich merkte, dass Ophrys überhaupt keine Märchenprinzessin mehr war. Zähne weiß wie Perlen? Haare wie Gold? Von wegen! Sie war immer noch ein ganz hübsches Mädchen, blond, vielleicht etwas uninteressant – vielleicht hätte ihr Gesicht etwas mehr Charakter vertragen können –, aber sie war gar nicht wirklich Ophrys, die Königin, das Zentrum aller Dinge und jedermanns Aufmerksamkeit.

Friedrich schaute nach oben, wo überlebensgroß das Bild von Gryndhild hing. Gryndhild mit ihrem ernsten, schmalen Gesicht – die hatte etwas, das Ophrys fehlte. Friedrich wusste nicht, was genau es war, aber es war der Grund, warum Gryndhild in die Rüstung hineingepasst hatte und Ophrys darin wie ein verkleidetes Kind aussah. Ja, genau: wie ein Kind, das sich das Kleid seiner Mutter angezogen hatte. Er musste grinsen.

»Jetzt gib Ruhe und leg das Schwert weg«, sagte die Mottenmeisterin und rollte mit den Augen.

»Nein«, sagte Ophrys.

»Du kannst nicht gewinnen, sieh's ein«, sagte die Mottenmeisterin in einem Ton, der wohl vernünftig klingen sollte. »Die Ameisenarmeen sind zerstreut, Clupeus hat sich selbst verbrutzelt, und alles, was dir jetzt bleibt, sind deine Hornissen und deine Wespen. Ganz Nordwärts kennt deinen Plan. Sie wissen genau, was du für ein hinterhältiges Miststück bist. Also leg das Ding weg, geh da raus und gib bekannt, dass der Krieg ins Wasser fällt.«

Da lächelte Ophrys. »Und wenn ich mich weigere?«

»Ich hab hier eine Armbrust«, sagte die Mottenmeisterin kühl. »Oder weißt du nicht, was das ist?«

Ophrys stand auf und ging langsam auf die Mottenmeisterin zu, das Schwert gesenkt. »Und damit willst du mich erschießen? Würdest du das tun? So wie ich bin? Ohne, dass ich dich angreife? Einfach nur, weil ich nicht tue, was du willst?«

»Ich weiß nicht«, sagte die Mottenmeisterin und grinste. »Wollen wir's drauf ankommen lassen?«

Ophrys hatte schon die Hälfte des Saales zurückgelegt. Unaufhaltsam kam sie auf die Mottenmeisterin zu, die die Armbrust weiter nach oben hielt, aber keine Anstalten machte, abzudrücken.

»Das Problem ist«, sagte Ophrys, »dass ich dir unterlegen bin.«

»Stimmt«, sagte die Mottenmeisterin und grinste immer noch.

»Und wenn du mich erschießt, was dann? Dann bist du ein Feigling und eine Mörderin«, sprach Ophrys weiter. »Der Krieg gegen Nordwärts wird erst recht losbrechen. Meine Untertanen werden mich rächen. Und ich werde in die Geschichte eingehen als die Heldin, die sich, nur mit einem Schwert bewaffnet, einer Revoluzzerin mit einer Armbrust entgegengestellt hat!«

»Ich … bin … keine Revoluzzerin!«, zischte die Mottenmeisterin, die jetzt verstanden hatte, worauf Ophrys hinauswollte. »Eine Revolution ist organisierter Widerstand gegen eine Regierung. Nordwärts hat keine Regierung. Und wenn es eine hätte, wärst das nicht du! Was wir hier machen, ist keine Revolution. Wir klopfen dir auf deine gierigen Finger, das machen wir hier!«

»Du kannst es nennen, wie du willst«, sagte Ophrys lächelnd. Fast hatte sie die Mottenmeisterin erreicht. »Aber du kannst nicht gewinnen. Was sind schon die Ameisen? Mit meinen Armeen kann ich guten Gewissens gegen deine Wächter antreten. Nordwärts ist hilflos und unorganisiert und meine Leute sind professionelle Söldner. Der Krieg wird stattfinden, und egal, was du tust – ich werde eine Heldin sein!«

»Das stimmt leider, sie bezahlt nämlich private Geschichtsschreiber, die sich darum kümmern«, sagte Friedrich giftig.

Ophrys stand jetzt direkt vor der Mottenmeisterin, die ihre Armbrust zwar nicht senkte, aber dafür vor Wut zitterte.

»Komm schon, erschieß mich, dich juckt es doch in den Fingern!«, sagte Ophrys heiter.

Die Mottenmeisterin knirschte mit den Zähnen.

»Siehst du, ich habe an alles gedacht«, freute sich Ophrys. »So oder so – ich gewinne. Hast du wirklich gedacht, du, ein halb verrücktes Weib aus dem Wald, könntest mich besiegen? Das haben schon ganz andere versucht!«

»Äh, ja, aber die habe ich dir alle aus dem Weg geschafft!«, erinnerte Brumsel seine einstige Brötchengeberin.

Die Mottenmeisterin wusste weder ein noch aus. Friedrich begann, sich Sorgen zu machen. Sie war immerhin sehr impulsiv. Und da kam es auch schon.

»Na ja, wenn ich eh nichts tun kann, sollte ich vielleicht einfach abdrücken«, knurrte sie. »Dann habe ich wenigstens das Vergnügen, dich hinterhältiges Stück ins Grab zu bringen!«

»Fühl dich frei«, sagte Ophrys kalt lächelnd.

Da legte Gryndhild die Kleine und Verschrumpelte ihre Hand auf den Arm der Mottenmeisterin. »Überlass das mir. Das Spiel ist genau meins«, raunte sie.

Es brauchte noch einen strengen Blick von Gryndhild und dann senkte die Mottenmeisterin ihre Armbrust. Sie rauchte immer noch vor Wut, aber sie trat zurück und überließ Gryndhild das Feld.

»Na, geht doch«, sagte Ophrys heiter. »Und was mach ich jetzt mit dir? Am besten sollte ich dich großmütig gehen lassen. Heldenhaft eben.«

»Entschuldigung, Frollein Königin«, sagte da Gryndhild.

Ophrys drehte sich erstaunt um und senkte den Blick auf das alte Weiblein. »Ja?«, fragte sie.

Gryndhild räusperte sich. »Ich beanspruche das Recht auf einen Zweikampf nach dem Heldenkodex, Paragraph 4, Absatz 2.«

»Für wen?«, fragte Ophrys verwirrt. »Für den kleinen Hummelreiter da?«

»Für mich«, erwiderte Gryndhild liebenswürdig.

»Für … bist du völlig plemplem?« Jetzt war es Ophrys, der der Mund offen stand. »Gegen mich willst du kämpfen? Im Zweikampf?«

»Nicht nur kämpfen.« Gryndhild lächelte zahnlos. »Paragraph 2 besagt, wie du bestimmt weißt, dass ein König nur so lange sein Reich behalten darf, wie er im Zweikampf unbesiegt bleibt! Anderenfalls fällt es dem Gewinner zu.«

»Lächerliche Regelung«, sagte Ophrys. »Die stammt noch aus Zeiten, als man zum Königsein nicht mehr brauchte, als ein paar Leuten eine Keule über den Schädel zu ziehen!«

»Gryndhild die Große hat diese Regelung aufgestellt«, sagte Gryndhild die Kleine und Verschrumpelte. »Und ich dachte, ihr Andenken wird hier in Ehren gehalten! Sicher war's eine bescheuerte Idee, aber sie ist bindend – der Heldenkodex ist da sehr eindeutig!«

Ophrys lachte dünn. »Geh heim, Großmütterchen. Gegen dich tret ich nicht an!«

»Das musst du aber«, erwiderte Gryndhild freundlich. »Du musst jeden Zweikampf annehmen, der sich dir bietet, sonst hast du automatisch verloren. Die Klausel stammt auch von Gryndhild der Großen! – Mann, Mann, was war ich für ein dämlicher Hackklotz damals …«, setzte sie sehr leise hinzu.

Ophrys schüttelte den Kopf. »Was hast du denn davon, gegen mich anzutreten?«, fragte sie. Man sah aber, dass sie sich langsam von ihrem Schock erholte. »Du verlierst doch sowieso! Kennst du denn gar keine Heldensagen? Wenn der Held von einem Unwürdigen herausgefordert wird, gewinnt er immer!«

»Ich nehme an, du kennst auch die Abschlussklausel von Paragraph 2«, fuhr Gryndhild fort. »Der Zweikampf ist auszutragen bis auf den Tod. Wodurch der Verlierer sich keine Sorgen machen muss, was für eine Karriere er jetzt einschlagen soll, wo er grade sein Reich verloren hat.«

Ophrys starrte das alte Weiblein noch eine Sekunde lang fassungslos an, aber dann warf sie den Kopf zurück und lachte, dass es durch den Saal hallte. »Gut, dann soll es so sein – du kannst ja immer noch die Herausforderung zurücknehmen, wenn du dich eines Besseren besinnst.«

»Wird nicht passieren«, sagte Gryndhild freundlich. »Wie schnell kannst du deine Untertanen zusammentrommeln? Wir brauchen ja auch ein Publikum. Was ist ein Zweikampf ohne ein passendes Publikum?«

Die Bürger von Weißfels waren sowieso in hellem Aufruhr, da

heute die Kriegstruppen ausrücken sollten; und als plötzlich so viele Soldaten durch die Gassen zurückstürmten, um zum Palast zu kommen, brauchte es nicht viel, um alle Bürger auf die Straßen zu locken. Da oben im Palast ging etwas äußerst Aufregendes vor sich.

Auch der Hofstaat von Ophrys und alle Geheimen Wächter – inklusive Oskar – waren ebenfalls schnell im Vorhof versammelt. Und so dauerte es keine halbe Stunde, bis der Kampf beginnen konnte. Benutzt wurde dafür ein großer, weißer Marmorplatz vor dem Palast, überschattet von zahllosen roten Bannern mit goldenen Sonnen darauf. Die Wächter drängelten sich in den ersten Reihen, und auf den Dachfirsten saßen die Oilinis und Angostura. Der Himmel war gesprenkelt mit all den Fliegen, Käfern, Bienen und Hornissen, die aus der Luft zuschauten.

»Glaubst du, Ophrys hat eine Chance gegen Gryndhild?«, flüsterte Friedrich Brumsel zu.

»Auf keinen Fall«, flüsterte Brumsel zurück. »Es sei denn, Ophrys hat noch einen fiesen Trick in der Tasche.«

»Die Alte kriegt nichts und niemand kaputt«, raunte Kahlsson zuversichtlich. »Die Puppe da soll sich lieber warm anziehen!«

Friedrichs Mund war trocken, als ein schriller Trompetenstoß den Beginn des Zweikampfes markierte, und dann stürmten sie aufeinander los: Ophrys, groß und strahlend in ihrer Rüstung, mit wehendem Haar – wenn man die Augen zusammenkniff, konnte man glauben, es sei die junge Gryndhild die Große –, und die echte Gryndhild, halb so groß wie Ophrys, in einem Kittel und einem Häkeltuch, nur bewaffnet mit einem schartigen Schwert.

Und dann prallten die Klingen aufeinander. Funken stoben. Friedrich erinnerte sich an die Sage und an Feuerzunge, Gryndhilds Schwert. Offensichtlich hatte es noch genauso viel Feuer wie damals, obwohl es alt und rostig aussah. Mit jedem einzelnen Schlag, ob sie angriff oder abwehrte, ließ Gryndhild die Funken fliegen. Und was für ein wildes Gewirbel es war, das die beiden veranstalteten!

»Wenn das so weitergeht, wird hier noch jemand verletzt«, sagte Kahlsson betroffen.

Gryndhild war zwar kleiner, aber das stellte sich jetzt als ihre Stärke heraus: Sie tauchte einfach unter Ophrys' Hieben weg und kam von der anderen Seite. Ophrys parierte zwar alle Schläge, aber Friedrich konnte sich nicht helfen: Gryndhild schien überhaupt nicht richtig zuzuschlagen. Sie hieb nach Ophrys, als wollte sie sie gar nicht treffen. Ophrys dagegen nahm jede einzelne Bewegung todernst. Bald flog ihr Haar wirr um ihren Kopf, ihre Wangen waren gerötet und mit jedem Hieb stieß sie einen wilden Schrei aus. Gryndhild in ihrem Häkeltuch tanzte um sie herum und pikte verspielt nach ihr.

»Weißt du«, krähte sie freundlich, »du hättest mehr in der Rüstung üben sollen statt ohne. Jetzt bist du zu langsam für mich.«

Ophrys, wütend wie eine Wespe, stieß einen lauten Schrei aus und drängte Gryndhild rückwärts.

»Vielleicht wäre gar keine Rüstung auch besser gewesen, lieber ein anständiges Kettenhemd«, sagte Gryndhild und grinste.

Vor Wut packte Ophrys Gryndhild am Häkeltuch und hielt sie fest, damit sie nicht mehr ausweichen konnte. Aber Gryndhild wand sich aus dem Tuch heraus wie eine Schlange und kicherte dabei.

Friedrich dachte sich, dass Spott und Prahlerei in Heldensagen zwar zum Kampf dazugehörten, aber es doch besser wäre, wenn Gryndhild sich aufs Gewinnen konzentrieren würde. Hier ging es schließlich um so viel.

Da plötzlich knickte Gryndhild mit einem Knie ein. Ophrys war so verdutzt, dass ihr Schwert mitten in der Luft stehen blieb, statt die kleine alte Frau auf dem Boden zu treffen.

»'tschuldigung«, krächzte Gryndhild. »Arthrose.«

Mit einem heiseren Schrei warf sich Ophrys auf Gryndhild, aber die war schon zur Seite gerollt und wieder auf die Füße gehüpft. Und nun begann Ophrys, Gryndhild wieder rückwärtszudrängen.

»Gryndhild, pass auf!«, schrie Talpa. »Hinter dir ist eine Treppe!«

»Junge, ich hab hier mal *gewohnt*«, rief Gryndhild zurück und ließ sich von Ophrys genau bis zur Treppenstufe drängen, bevor sie anfing, sich ernsthaft zu wehren – und nun schlug auch sie ernsthaft zu. Ophrys konnte kaum so schnell parieren, wie Gryndhilds Klinge sie bedrängte und ihr einen Funkenregen nach dem anderen um die Ohren fliegen ließ. Schritt für Schritt musste sie weichen, und ihre Knie knickten unter der Macht der Schläge ein, die sie abfangen musste. Über den ganzen Hof drängelte Gryndhild ihre Gegnerin, immer schneller. Und dann stieß Ophrys mit dem Rücken gegen eine Wand, genau zwischen zwei rotgoldenen Bannern. In dem Moment hielt jeder Zuschauer den Atem an. Friedrich wusste schon gar nicht mehr, wann er zuletzt geatmet hatte. Ophrys stand mit dem Rücken zur Wand. Und was nun?

Inmitten der vielen Schläge, die sie abwehren musste, riss Ophrys plötzlich ihr Schwert hoch, sprang vorwärts und ließ es mit einem Schrei auf Gryndhild hinuntersausen. Es glitt an

Feuerzunge ab, wieder stoben die Funken, und dann wirbelten die beiden einmal umeinander – in Ophrys' Rüstung spiegelten sich die Feuerpunkte – und dann war plötzlich alles still.

Ophrys stand wieder mit dem Rücken zur Wand und vor ihr die kleine, gebeugte Gestalt von Gryndhild. Sie hielt Feuerzunge nach oben, die Spitze direkt vor Ophrys' ungeschütztem Hals. Die Königin stand schwer atmend an der Wand und traute sich nicht, sich zu bewegen. Fieberhaft schien sie über ihren nächsten Zug nachzudenken.

»Sieht aus, als hätt ich gewonnen«, sagte Gryndhild fröhlich, so, als ginge es um ein Kartenspiel.

Ophrys' Augen blitzten auf und im nächsten Moment sauste ihr Schwert hoch und klirrte gegen Gryndhilds Klinge. Es dauerte einen Augenblick, bis die Zuschauer ihren Augen trauten und merkten, dass Gryndhilds Schwert sich kein Stückchen bewegt hatte. Gryndhild stand ebenfalls immer noch regungslos da. Nicht einmal mit der Wimper gezuckt hatte sie.

Und Ophrys' blitzendes Schwert hatte jetzt eine tiefe Kerbe, wo es auf die rostige Feuerzunge getroffen war. Fassungslos starrte Ophrys auf Gryndhilds Schwert, das aussah, als könnte es jeden Moment auseinanderfallen; ihr schien zu dämmern, dass das kein gewöhnliches Eisen sein konnte.

Das brach endlich Ophrys' Willen und das Schwert entfiel ihrer zitternden Hand. Klappernd schlug es auf diesen Steinen des Hofs auf. In der folgenden Stille hätte man eine Stecknadel fallen hören können. Selbst das Surren aller Flügel war für den Bruchteil einer Sekunde verstummt.

Gryndhild fixierte Ophrys mit eisernem Blick.

»Und jetzt wirst du Königin?«, flüsterte Ophrys. »So soll

es enden? Das soll meine Sage sein? Was für eine bescheuerte Geschichte ist das denn?«

»Ja, siehst du, Kindchen«, sagte Gryndhild freundlich, »das alles, was du hier veranstaltet hast – das war gar nicht deine Sage. Das war der Fehler.«

»Und wessen Sage«, begehrte Ophrys auf (aber nicht sehr heftig, denn das Schwert war immer noch vor ihrem Hals), »wessen Sage soll es sonst sein?«

Gryndhild grinste zahnlos. »Na, meine. War schon immer meine. Und wenn du deine Bücher richtig gelesen hättest, hättest du dir das auch denken können. Ich hab's schließlich prophezeit.«

Ophrys war völlig verwirrt. »Welche Bücher?«, stammelte sie.

»Mach halt die Augen auf. Du hast mich schon hundertmal gesehen«, antwortete Gryndhild liebenswürdig. »Auch wenn wir uns noch nicht persönlich begegnet sind.«

Ophrys kniff die Augen erst zusammen, dann machte sie sie weit auf und schaute an der kleinen, alten Frau hinauf und hinunter. Schließlich blieb ihr Blick auf dem Gesicht hängen und auch das starrte sie eine Weile lang an.

Dann plötzlich zuckte sie zurück, öffnete ihren Mund und schnappte nach Luft. »Nein«, stammelte sie, »das kann nicht sein! Das ist ... das ist unmöglich! Du bist nicht ... aber ...«

»*Ich werde Südwärts verlassen*«,
sprach Gryndhild die Kleine und Verschrumpelte,
»*aber wisst, dass ich niemals ganz weg sein werde, und wagt es ja niemals, meinem Land Schaden zuzufügen! Denn ich werde euch alle im Auge behalten, und wenn Skarnland Gefahr droht,*

dann werde ich wiederkommen, und dann
wird es hier einen Satz heiße Ohren geben! –
Und das hier zählt ja wohl als Gefahrenfall erster Güte! Mein lieber Herr Gesangsverein, wenn deine Mutter das noch erlebt hätte, die würd' sich was schämen wegen dir!«

Ophrys' Busen unter der Rüstung hob und senkte sich, aber außer ihr wagte in diesem Moment niemand, laut zu atmen. Erste wispernde Stimmen waren in der Menge zu hören, aber die Überraschung hatte das Publikum noch fest im Griff. Selbst die Geheimen Wächter, die Gryndhild kannten, hielten den Atem an.

»Dann werde ich also durch die Hand von Gryndhild der Großen sterben«, flüsterte Ophrys in die Stille hinein. »Ich könnte mir kein ehrenvolleres Ende wünschen.«

»Sterben? Wer redet denn hier vom Sterben?«, fragte Gryndhild und lächelte zahnlos. »Hast du denn die ganzen Sagen nicht richtig gelesen? Der Held begnadigt doch seinen Feind am Ende großmütig und der bereut und schwört dem Helden ewige Treue!«

Ophrys schluckte. »Ich soll unter deiner Lehnsherrschaft büßen?«

»Ach was, Lehnsherrschaft«, sagte Gryndhild und grinste so breit, dass man Angst um ihren Kopf haben musste. »Im Grunde genommen bist du ja gar kein Schurke, sondern nur ein fehlgeleitetes Mädchen. Wo deine Eltern schon so früh gestorben sind und all das ... so ganz allein in dem großen Palast ... Ich glaube, dir fehlt nur etwas mütterliche Führung!«

Ophrys runzelte die Stirn. Sie wusste nicht, was sie davon halten sollte. Die Mottenmeisterin dagegen biss sich auf die Fingerknöchel. Sie schien genau zu wissen, was jetzt kommen sollte, und fand es unglaublich lustig. Friedrich wünschte sich, er wüsste es auch.

Großmütig fuhr Gryndhild fort: »Eine weise und erfahrene Beraterin, die dir zur Seite steht! Das ist genau das, was eine junge Königin braucht, um ihren Charakter zu formen und die richtigen Entscheidungen zu treffen. Aber zum Glück ist ja deine Ur-Ur-Ur-Ur-Ur-Großtante wieder nach Hause gekommen und wird dir bei der schweren Aufgabe, dein Reich zu verwalten, hilfreich zur Seite stehen!« Leise fügte sie hinzu: »Und Mus aus dir machen, falls du jemals wieder so einen Mist baust!«

Ophrys hatte verstanden, woraus ihre Strafe bestand. Sie schluckte wieder.

»Stell dir nur vor, was für eine formidable Monarchin eines Tages aus dir werden wird«, sagte Gryndhild fröhlich. »Oder ziehst du es vor, doch zu sterben?«

»Nein«, sagte Ophrys schnell. »Ich finde deinen Plan, äh, dein großzügiges Angebot ganz fantastisch!«

Und mit einer großen Geste nahm Gryndhild – Gryndhild die Große, groß mit dem Schwert und groß im Kopf – Feuerzunge zur Seite und senkte es zu Boden.

Das war das Signal. Nicht viele hatten gesehen oder verstanden, was da gerade passiert war. Aber alle wussten: Gryndhild die Große war wiedergekehrt, und es bestand keine Gefahr mehr, dass sie Ophrys in Stücke zerlegte! Und das allein war Grund genug, zu jubeln, zu singen, die Hüte in die Luft zu werfen und fremden Leuten in die Arme zu fallen. Die Fanfarenbläser begannen begeistert, Siegeshymnen zu blasen – leider nicht alle dieselbe –, und es dauerte nicht lange, da hatte irgendjemand Gryndhilds alte Banner aus der Waffenkammer geholt. Sie wurden neben Ophrys' Bannern aufgehängt, weiß neben rot, und alles war laut und schön und erhebend und endlich gab es ein gutes Ende. Friedrich fiel der Mottenmeisterin in die Arme, Talpa tanzte auf Oskars Kopf, die Oilini-Schwestern und Angostura rollten vor Übermut die Dachschindeln hinunter, und dann küsste die Mottenmeisterin vor lauter Begeisterung Oskar auf die Nase und Friedrich wurde zwischen Brumsel und Kahlsson fast zerrissen.

»Wir haben's geschafft!«, brüllte die Mottenmeisterin und sprang auf und ab. »Wir haben's geschafft!«

»Lang lebe die Weiße Fee!«, rief Brumsel und lachte wie wild. »Und lang lebe Gryndhild die Große, obwohl ich da überhaupt keinen Zweifel hab!«

Dann folgten Umarmungen auf allen Seiten, wildfremde Leute versuchten, mit Friedrich zu tanzen, und irgendwoher kamen plötzlich Fässer mit ziemlich starken Getränken.

Schließlich verstummten die Fanfarenbläser (Angostura hatte wahrscheinlich etwas damit zu tun), und die Oilinis nahmen auf dem höchsten Giebel des Palastes Platz. Das Geschrei und Jubeln unten in der Stadt verstummte, denn alle wussten, dass man so etwas nicht alle Tage zu sehen bekam.

Und dann sangen die Oilinis die Siegesarie noch einmal von vorn.

Bis über den Nachmittagstee hinaus waren Gryndhild und Ophrys im Thronsaal eingeschlossen, denn sie hatten sich viel zu sagen. Nun ja, Ophrys würde wohl nicht viel sagen dürfen, aber Gryndhild hatte dafür bestimmt umso mehr auf dem Herzen.

Irgendwann kam ein Diener in Livree hinaus in den Schlossgarten, wo die Geheimen Wächter saßen und sich von der

Feierei der letzten Stunden erholten. Viele waren noch unten in der Stadt, aber Brumsel und Friedrich, Strella und Felix und einige andere hatten keine Lust mehr auf den Trubel. Sie hatten viereinhalb Tage dreckig unter der Erde verbracht und brauchten jetzt dringend ein Bad. Dafür hatte sich ein eleganter Springbrunnen im Palastgarten angeboten.

Der Diener näherte sich diskret dem Brunnen, in dem Brumsel auf dem Rücken herumrollte, und flüsterte ihm zu: »Die Königin wünscht Sie zu sehen!«

»So? Was will die denn?«, wunderte sich Brumsel (der etwas beschwipst war), rollte aus dem Brunnen hinaus und streifte das Wasser aus seinem Pelz.

»Es geht wohl um Ihre Wiedereinstellung und Beförderung«, sagte der Diener steif. Er fand das Benehmen des einstigen Geheimdienstchefs sehr unangemessen.

»Dann muss ich wohl ... Friedrich, kommst du mit?« Brumsel winkte mit einem Fuß, was es ihm schwer machte, auf den anderen fünf zu stehen.

Friedrich streifte seine Hose und sein Hemd über und stolperte hinter Brumsel her. »Zu was wollen sie dich denn noch befördern? Der Chef vom Geheimdienst bist du ja schon!«

Brumsel zuckte mit den Schultern. »Das is' eigentlich egal.«

Sie schafften es nicht, mit dem Stechschritt des Dieners mitzuhalten. Als sie am Thronsaal ankamen, stand er schon ungeduldig da und hielt die Tür auf.

Drinnen kauerte Ophrys sichtlich verschüchtert auf ihrem Thron. Neben ihr, an die Armlehne des Throns gelehnt, saß Gryndhild und mampfte Plätzchen aus einer Tüte.

Ophrys stand auf, als sie sich näherten. »Brumsel, ich muss ... Nein, du brauchst nicht niederzuknien!«

»Hatte ich auch nicht vor. Es ist nur so passiert«, grunzte Brumsel und rappelte sich wieder auf.

»Ich muss mich bei dir entschuldigen für die schlimmen Zeiten, die du meinetwegen erlebt hast«, sagte Ophrys mit geknickter Stimme.

»Glaub ich, dass du das musst. Die Alte schneidet dir sonst die Ohren ab!«, sagte Brumsel. Friedrich knuffte ihn in die Seite.

»Deshalb«, seufzte Ophrys, »denke ich, es wäre nur angemessen, wenn ich dich entschädige. Ich hätte dich gern wieder in meinen Diensten, und um dir die Entscheidung zu erleichtern, biete ich dir den Posten des Kriegsministers an!«

»Das wird für die absehbare Zukunft ein ziemlich ruhiges Amt«, bemerkte Gryndhild und stopfte sich noch mehr Plätzchen in den Mund.

Brumsel stand mit offenen Mandibeln da. Friedrich tippte ihn an, nur um zu sehen, ob er vielleicht stehend eingeschlafen war.

Dann hatte Brumsel seinen Schock überwunden. »Ich? Für dich arbeiten? Nie mehr! Nie wieder! So besoffen kann ich gar nicht sein!«

»Überleg es dir, Brumsel«, flehte Ophrys mit einem Seitenblick auf Gryndhild. Lass mich nicht mit dieser furchtbaren Frau allein, bettelten ihre Augen. »Bitte! Wir haben uns doch mal so gut verstanden!«

»Verstanden? Ich fand dich mal ganz toll, ja, weil du mir das Hirn vernebelt hast mit deinem … deinem … Duftgewässer!«, blökte Brumsel ziemlich böse. »Aber jetzt seh ich dich, wie du wirklich bist! Du … mit deiner ekeligen weichen rosa Haut … und den Augen … und davon hast du nur zwei! Nur zwei winzige, kleine Augen, und blau sind die auch noch! Und diesen langen, goldenen Haaren, igittigitt! Und eine Nase mitten im Gesicht, weißt du eigentlich – weißt du eigentlich, wie doof das aussieht, mit einer Nase mitten im Gesicht? Und du hast nur zwei Beine! Nur zwei! Wie läufst du eigentlich? Wie ein Storch!« Er redete sich immer mehr in Rage. »Aber am schlimmsten ist das Rosa. Überall rosa. Weich und rosa. Geh doch hin, wohin du willst! Mit deinen Fingern ... und deinen Daumen! Du kannst mich mal kreuzweise an meinem pelzigen ...«

»Brumsel«, sagte Friedrich schnell und mit aller Autorität, die er hatte, »wir gehen jetzt.«

»Richtig!« Brumsel verschluckte einen Rülpser. »Wir gehen jetzt'! Komm, Friedrich, mit der sinn wir fertig!« Und er machte kehrt und marschierte auf die Thronsaaltür zu. Friedrich zuckte entschuldigend mit den Achseln.

Ophrys blieb wie vom Donner gerührt vor ihrem Thron stehen. Gryndhild dagegen rutschte fast vom Sessel vor Lachen. Die Plätzchentüte fiel ihr vom Schoß, und sie krakeelte: »Wahnsinn! Das ist ja besser als jede Oper!«

Die Feierlichkeiten in Weißfels dauerten noch drei ganze Tage und sie stellten sogar den Jahrmarkt von Schwalbenwall in den Schatten. Währenddessen wurden die Hornissen- und Wespenlegionen entwaffnet und Boten ausgeschickt, die in allen Armeelagern erklären sollten, dass der Krieg abgesagt worden war. Ophrys' Buchhalter lösten die Kriegskasse auf und verteilten das Geld auf Dinge, die dringender erledigt werden mussten. Und die Sänger und Dichter machten sich daran, der Sage von Gryndhild der Großen ein neues Kapitel anzufügen – ohne dass sie jemand dafür bezahlte.

Aber als das Fest dem Ende zuging, stellte sich Friedrich immer wieder die Frage, was jetzt passieren sollte. Für Skarnland und die Leute, die dort lebten, begann jetzt langsam wieder der Alltag. Doch was sollte aus ihm werden? Würde er jemals wieder in sein altes Leben hineinpassen? Und wie lange würde es dauern, bis es so weit war?

Am Abend des letzten Feiertages machten die Geheimen Wächter ein Picknick hoch über der Stadt: auf demselben Balkon, auf dem Friedrich und Brumsel damals gestartet waren. Wer hätte vor wenigen Monaten gedacht, dass eines Tages ein Haufen ungewaschene Leute mit schlechten Manieren auf dem königlichen Balkon picknicken würden? Aber so war es: Brumsel hatte einen Teppich aus dem Thronsaal herausgebracht, auf dem sie alle saßen, und die Mottenmeisterin hatte einen Feuerkorb auf dem weißen Marmor aufgestellt. Die Oilinis und Angostura saßen damenhaft bei ihnen und fächelten sich Luft zu, Kahlsson bemühte sich um das Feuer und sogar Oskar war zu ihnen hinaufgekrochen. Nur Gryndhild fehlte.

»Vielleicht hätten wir Ophrys auch einladen sollen«, überlegte Friedrich.

»Och, Gryndhild ist bei ihr«, wandte die Mottenmeisterin mit vollem Mund ein. »Die beiden haben sich bestimmt noch viel zu sagen. Das Regierungsgeschäft für ein Land zu erledigen, ist eine Ganztagsbeschäftigung!«

»Ich bin sicher, Skarnland geht damit einer goldenen Zeit entgegen«, sagte Josepha feierlich.

»Na ja, goldener als vorher zumindest«, sagte die Mottenmeisterin und stopfte sich einen halben Pollenknödel auf einmal in den Mund.

»Und du«, sagte Brumsel zu Friedrich, »du kannst endlich wieder nach Hause. Wo du hingehörst.«

Friedrich kratzte sich am Kopf. »Ach ja. Nach Hause.« Seine Festtagsstimmung war schlagartig verflogen. Alles fühlte sich plötzlich fade und leer an. Es war das eine, darüber nachzudenken. Von seinen Freunden darauf hingewiesen zu werden, war viel schlimmer.

»Wir können gleich morgen früh fliegen«, sagte Brumsel. »Und zum Nachmittagstee bist du wieder in deinem alten Wohnzimmer! Na, wie klingt das?«

»Ja, schön«, sagte Friedrich abwesend.

»Und wie stolz alle auf dich sein werden!« rief die Mottenmeisterin. »Als du hierherkamst, wolltest du kein Hummelreiter sein, und jetzt, Junge, jetzt bist du ein fabelhafter Hummelreiter geworden! Jetzt könntest du sogar eine Hornisse zähmen!«

»Gegen das, was du hier durchgemacht hast, ist Turnierreiten Kinderkram«, sagte Brumsel. »Der berühmteste Hummelreiter aller Zeiten könntest du werden!«

Friedrich Löwenmaul, wahrscheinlich größter Hummelreiter aller Zeiten ... Und so würde sich sein Schicksal doch noch erfüllen.

Aber Friedrich schwieg. Vor seinem inneren Auge tauchten plötzlich dreihundertundzwanzig Turnierpokale auf.

Dreihundertundzwanzig Turnierpokale. Und er würde noch ein paar hundert hinzufügen und auch die würden in Regalen stehen, und seine Kinder und seine Enkel und seine Urenkel würden sie jeden Samstag abstauben und abstauben, bis ans Ende aller Tage. Friedrich wurde furchtbar schlecht.

»Friedrich? Was ist los? Du siehst so seltsam aus!«

Und da war plötzlich alles ganz einfach. In Friedrich breitete sich eine große Ruhe aus und er sagte: »Danke schön, ich bleibe hier.«

»Freut uns, wenn du noch ein bisschen bleibst«, sagte Brumsel freundlich.

»Nein, ich bleibe für immer hier«, erklärte Friedrich und richtete sich auf. Da, jetzt hatte er es gesagt, und jetzt wusste er, dass ihn nichts mehr umstimmen konnte.

Um sich herum sah er verdutzte Gesichter. Brumsel wechselte einen Blick mit der Mottenmeisterin.

»Aber das geht doch nicht«, sagte Brumsel schließlich vorsichtig. »Die Geschichte … die Geschichte muss ein richtiges Ende haben. Die Heimkehr des Helden ist doch der Sinn der Sache: Wenn man nach bestandenen Abenteuern nach Hause zurückkehrt, wo einem plötzlich all die alten Probleme ganz nichtig vorkommen und man es allen zeigen kann.«

»Und warum soll ich es allen zeigen?«, fragte Friedrich rebellisch. »Gibt's dafür einen guten Grund?«

»Äh«, machte Brumsel und fing an, darüber nachzudenken. Schließlich sagte er weise: »So will es die Geschichte.«

»Die Geschichte«, sagte Friedrich, »kann mich mal.«

Die Mottenmeisterin lachte laut und spuckte dabei Krümel über den Teppich.

»Aber was soll denn dann aus dir werden?«, fragte Brumsel ratlos.

»Weiß ich noch nicht«, antwortete Friedrich. »Aber ich werde es schon noch rausfinden. Vielleicht prüfe ich wieder Bücher. Oder ich mache was ganz anderes. Am liebsten würde ich Erfinder werden, das könnte ich bestimmt sogar richtig gut. Aber eins weiß ich: Ich verbringe mein Leben nicht mit etwas, was mich überhaupt nicht interessiert!«

Brumsel schaute verdutzt aus der Wäsche. So viele Widerworte war er von Friedrich nicht gewohnt.

»Pah, der Junge macht das schon«, sagte die Mottenmeisterin und lachte in ihren Pollenknödel hinein. »Red ihm nicht rein, Brumsel.«

Da musste Brumsel grinsen. »Ich freu mich am allermeisten, wenn du hierbleibst«, sagte er schließlich, und fragte dann etwas ängstlich: »Aber hummelreiten willst du doch ab und zu noch, oder?«

»Ja, klar«, sagte Friedrich und lachte. »Aber nur, solange keiner mitschreibt!«

So endet die Sage von Gryndhild der Großen,
zuerst selbst Königin, dann Beraterin von Königinnen, die
ihrem Reich in der Not zu Hilfe kam;
so beginnt der große Frieden von Skarnland, der
geschmiedet wurde von der Weißen Fee,
der klugen Zauberin, die hoch im Norden hauste,
und den Geheimen Wächtern; von der Goldenen Hummel
und Friedrich, dem glorreichen Hummelreiter, der
ein berühmter Erfinder seiner Zeit wurde; der später
die holde Otilie, die Hummelreiterin, zur Frau nahm, und
deren Nachkommen auf ewig die besten Hummelreiter
von Skarnland geblieben sind.

Und hier endet die Geschichte.

Verena Reinhardt

Verena Reinhardt, geboren 1983 in Wiesbaden, schreibt seit sie ein Kind ist. Als Zehnjährige fand sie eine alte Schreibmaschine auf dem Sperrmüll und tippte fortan mit allen zehn Fingern in rasender Geschwindigkeit zahlreiche Romane und Kurzgeschichten, die aber niemals veröffentlicht wurden. Sie studierte Biologie und Anglistik in Mainz sowie in Birmingham/England und promovierte von 2011–2014 über das Bestäubungsverhalten der Honigbiene. Während dieser Zeit schrieb sie ihr erstes Buch »Der Hummelreiter Friedrich Löwenmaul«.
Verena Reinhardt wohnt in Wiesbaden.
www.verenareinhardt.de

Verena Reinhardt
Die furchtlose Nelli, die tollkühne Trude und der geheimnisvolle Nachtflieger
Roman, 184 Seiten (ab 10), Hardcover 82320
Ebenfalls als E-Book erhältlich (74695)

Haselmaus Nelli, Messerwerferin Trude und die illustre Truppe des Wanderzirkus Woimick haben keinen Schimmer, warum der Kompass verrückt spielt und ihr Zeppelin ziellos umhertreibt. Plötzlich gehen alle Kunststücke schief – die Jungfrau Hilde wird fast zersägt, die Spinne stürzt beinahe vom Seil und Nelli wird um ein Haar aufgespießt! Doch Nelli will sich partout nicht gruseln, sie ist überzeugt: Hinter alledem steckt ein geniales Verbrechen. Mit detektivischem Spürsinn will sie Licht ins das Geheimnis bringen.

Lisa Graff
Eine Messerspitze voll Magie
Aus dem Amerikanischen von Alexandra Ernst
Roman, 224 Seiten (ab 10), Gulliver TB 74701

Das 11-jährige Waisenmädchen Cady hat ein magisches Talent: Sie kann für jeden Menschen den perfekten Kuchen backen. Doch eines hat sie bisher noch nicht gefunden – ihre perfekte Familie! So lebt sie, seit sie denken kann, in Miss Mallorys »Heim für verloren gegangene Mädchen«. Was Cady nicht weiß: Miss Mallory spürt wieder ihr untrügliches Ziehen in der Brust, was bedeutet, dass auch Cadys größter Wunsch bald in Erfüllung gehen wird.

GULLIVER www.beltz.de
Beltz & Gelberg, Postfach 10 01 54, 69441 Weinheim

Cassie Beasley
Zirkus Mirandus
Aus dem Englischen von Wieland Freund
Roman, 336 Seiten (ab 10), Gulliver TB 74859
Ebenfalls als E-Book erhältlich (74827)

Seit Micah denken kann, erzählt ihm Großvater Ephraim vom Zirkus Mirandus. Von dem magischen Lichtkrümmer, der Menschen in ihre Träume zaubert, und von der Vogelfrau, die fliegen kann. Als Ephraim schwerkrank wird, erfährt Micah sein wichtigstes Geheimnis: Die Geschichten waren nicht erfunden. Aber sehen kann den Zirkus nur, wer ihn sehen will … Kann Magie den Großvater retten? Was ist real und was nicht? Ist magisches Denken nur Illusion für die, die daran glauben wollen?

Verena Petrasch
Sophie im Narrenreich
Roman, 536 Seiten (ab 11), Gulliver 74887
Ebenfalls als E-Book erhältlich (74836)

An ihrem 12. Geburtstag entdeckt Sophie in ihrem Schrank einen wundersamen Kerl mit petrolfarbenem Haar. Er stellt sich als Theobald vor und ist ein echter Narr! Die Welt der Narren existiert parallel und unbemerkt zur Menschenwelt. Doch beide sind bedroht: Der grausame Zaubernarr Kiéron und sein Heer der Schwarznarren verbreiten Düsternis und Schwermut. Wird sich die alte Prophezeiung des Narrenlieds erfüllen und Sophie beide Welten vor der Herrschaft der Schwarznarren bewahren können?

 www.beltz.de
Beltz & Gelberg, Postfach 10 01 54, 69441 Weinheim

Karen Foxlee
Ophelia und das Geheimnis des magischen Museums

Aus dem Englischen von Katharina Diestelmeier
Roman, 283 Seiten (ab 9), Gulliver TB 74907
Ebenfalls als E-Book erhältlich (74619)

Mit diesem Museum stimmt etwas ganz und gar nicht! Das spürt Ophelia, obwohl sie nicht an Magie glaubt. Doch dann sieht sie durch das goldene Schlüsselloch einer verborgenen Tür … direkt in das Auge eines Jungen. Hat ihn tatsächlich die mächtige Schneekönigin eingesperrt? Um ihn zu befreien, bleiben Ophelia nur drei Tage, danach hat die Schneekönigin ihr Ziel erreicht und die ewige Winterzeit beginnt …

Jennifer A. Nielsen
Nicolas Calva. Das magische Amulett
Band 1

Aus dem Englischen von Petra Knese
Roman, 336 Seiten (ab 11), Gulliver 74720
Ebenfalls als E-Book erhältlich (74781)

Als Nicolas Calva, Sklave in den römischen Minen, gezwungen wird, in einer Höhle nach dem verschollenen Schatz Julius Cäsars zu suchen, findet er mehr als Gold und Edelsteine. Er entdeckt das magische Amulett, das Cäsar einst zum mächtigsten Herrscher Roms machte. Skrupellose Generäle und Senatoren würden für die göttliche Kraft des Amuletts töten und Nic gerät in den erbitterten Kampf um die Alleinherrschaft Roms …

GULLIVER www.beltz.de
Beltz & Gelberg, Postfach 10 01 54, 69441 Weinheim

Jennifer A. Nielsen
Nicolas Calva. Der allmächtige Armreif
Band 2
Aus dem Englischen von Petra Knese
Roman, 336 Seiten (ab 11), Gulliver 74789
Ebenfalls als E-Book erhältlich (74812)

Den Gefahren als Minensklave entronnen, ist Nicolas Calva in Rom einer noch größeren Bedrohung ausgesetzt: Decimus Brutus, ein Nachkomme des Cäsarmörders, zwingt Nic, ihn zum Armreif des Mars zu führen. Mit dessen Magie könnte Brutus die Alleinherrschaft über Rom an sich reißen. Nic beschließt, den Armreif zu zerstören und riskiert dabei, die Hüterin des allmächtigen Armreifs aus ihrem ewigen Schlaf zu erwecken …

Jennifer A. Nielsen
Nicolas Calva. Der göttliche Stein
Band 3
Aus dem Englischen von Tanja Hamer
Roman, 363 Seiten (ab 11), Gulliver 74955
Ebenfalls als E-Book erhältlich (74773)

Seit Nicolas Calva die Magie nach Rom gebracht hat, ist es sein Schicksal, einen Jupiterstein zu erschaffen. Bedrängt von den Prätoren, die mit der Kraft dieses göttlichen Steins die Alleinherrschaft über Rom an sich reißen wollen, ist Nics einziger Ausweg, alle magischen Gegenstände, auch den Jupiterstein, für immer zu zerstören. Damit wäre der Krieg um Rom beendet – doch Nic müsste dafür mit seinem Leben bezahlen …

GULLIVER www.beltz.de
Beltz & Gelberg, Postfach 10 01 54, 69441 Weinheim

Sergej Lukianenko
Trix Solier, Zauberlehrling voller Fehl und Adel
Aus dem Russischen von Christiane Pöhlmann
Roman, 584 Seiten (ab 11), Gulliver 74334
Ebenfalls als E-Book erhältlich (74293)

Bei einem Putsch verliert Trix alles: Eltern, Schloss, Herzogtum. Er schwört Rache. Bloß wie? Die wilde Welt jenseits der Schlossmauern ist nichts für zarte Prinzen. Untote, Feen und Minotauren machen ihm das Leben schwer. Da entdeckt Trix ein ungeahntes Talent: Ist er vielleicht zum Magier berufen? Kann er damit die Fürstin Tiana vor der Zwangsheirat retten und sein Erbe zurückerobern? Gemeinsam schmieden Trix und Tiana einen tollkühnen Plan …

Sergej Lukianenko
Trix Solier, Odyssee im Orient
Aus dem Russischen von Christiane Pöhlmann
Roman, 592 Seiten (ab 11), Gulliver TB 74429
Ebenfalls als E-Book erhältlich (74339)

Trix träumt von ruhmreichen Heldentaten – im fernen Samarschan lauert der Mineralisierte Prophet und will die ganze Welt unterwerfen. Trix reist in die Wüste und trifft dort nicht nur auf jede Menge seltsamer Gestalten, sondern auch auf alte Freunde. Zusammen mit Fürstin Tiana, dem gewitzen Klaro und Annette, der rauschkrautsüchtigen Fee, begibt sich Trix auf die Jagd nach dem mächtigsten Wesen der Welt …

GULLIVER www.beltz.de
Beltz & Gelberg, Postfach 10 01 54, 69441 Weinheim

GULLIVER www.beltz.de
Beltz & Gelberg, Postfach 10 01 54, 69441 Weinheim

Tonke Dragt
Der Brief für den König

Aus dem Niederländischen von Liesel Linn und Gottfried Barfjes
Abenteuer-Roman, 464 Seiten (ab 11), Gulliver TB 78457
In Holland als »Bestes Buch des Jahres« ausgezeichnet

Tiuri verlässt in der Nacht, bevor er seinen Ritterschlag empfangen soll, seine Heimatstadt und nimmt einen gefährlichen Auftrag an: Er soll einen Brief in das ferne Königreich Unauwen bringen. Ritter und Spione verfolgen ihn, er muss viele Gefahren bestehen, um den Brief und sein Leben zu schützen. Doch er findet Freunde, die ihm bei seiner schwierigen Aufgabe helfen.

Wieland Freund
Die unwahrscheinliche Reise des Jonas Nichts

Roman, 520 Seiten (ab 12), Gulliver TB 74112
Ebenfalls als E-Book erhältlich (74131)

Seit Jonas Nichts das sonderbare Herrenhaus Wunderlich geerbt hat, trachtet ihm jemand nach dem Leben. Aus Angst vor einem Anschlag flüchten er und sein stummer Diener Ruben in das frühere Spielzimmer der verstorbenen Baronin Clara – und finden sich unversehens in Kanaria wieder, einem von seltsamen Gestalten und Fabelwesen bevölkerten Land. Doch auch hier ist Jonas Nichts in großer Gefahr …